PATRICIA CORNWELL

Blendung

GOLDMANN
Lesen erleben

Buch

Kay Scarpetta kehrt tief verstört von ihrem bislang furchtbarsten Einsatz, einem Amoklauf an einer Grundschule in Connecticut, an ihr Cambridge Forensic Center zurück. Doch dort wartet gleich der nächste Fall auf sie: eine in Leinenstoff eingewickelte Frauenleiche, die man auf dem Campusgelände des MIT gefunden hat. Es handelt sich um die Informatikstudentin Gail Shipton, die zuletzt in einer beliebten Bar gesehen wurde, in der auch Scarpettas Nichte Lucy oft verkehrt. Ein Zufall? Die forensische Untersuchung legt nahe, dass die Studentin Opfer eines Serienmörders wurde, der zur gleichen Zeit sein Unwesen in Washington treibt. Und delikaterweise ermittelt ausgerechnet Scarpettas Mann Benton Wesley für das FBI in dieser Sache …

Weitere Informationen zu Patricia Cornwell
sowie zu lieferbaren Titeln der Autorin
finden Sie am Ende des Buches

Patricia Cornwell

BLENDUNG

Ein Kay-Scarpetta-Roman

Aus dem Amerikanischen
von Karin Dufner

GOLDMANN

Die Originalausgabe erschien 2013 unter dem Titel »Dust« im Verlag G.P. Putnams's Sons, New York.

Der Goldmann Verlag weist ausdrücklich darauf hin, dass im Text enthaltene externe Links vom Verlag nur bis zum Zeitpunkt der Buchveröffentlichung eingesehen werden konnten. Auf spätere Veränderungen hat der Verlag keinerlei Einfluss. Eine Haftung des Verlags für externe Links ist stets ausgeschlossen.

MIX
Papier aus verantwortungsvollen Quellen
FSC® C014496

Verlagsgruppe Random House FSC® N001967
Das FSC®-zertifizierte Papier *Pamo House* für dieses Buch liefert Arctic Paper Mochenwangen GmbH.

1. Auflage
Taschenbuchausgabe Februar 2016
Wilhelm Goldmann Verlag, München,
in der Verlagsgruppe Random House GmbH

Umschlaggestaltung: UNO Werbeagentur, München
Umschlagmotiv: Copyright © plainpicture/fStop;
FinePic®, München
mb · Herstellung: Str.
Druck und Bindung: GGP Media GmbH, Pößneck
Printed in Germany
ISBN: 978-3-442-47855-2
www.goldmann-verlag.de

Ich werde euch die Furcht zeigen,
in einer Handvoll Staub.

(T.S. Eliot, Das wüste Land, *1922)*

Wie immer –
für Staci (du bist die Beste)

1

Cambridge, Massachusetts
Mittwoch, 19. Dezember, 4 Uhr 02

Das Schrillen des Telefons übertönt das gnadenlose Prasseln des Regens aufs Dach, das wie ein Trommelwirbel klingt. Ich fahre im Bett hoch. Mein Herz macht einen Satz wie ein aufgeschrecktes Eichhörnchen, als ich einen Blick auf das beleuchtete Display werfe, um festzustellen, wer es sein könnte.

»Was ist los?« Mein Tonfall ist sachlich-nüchtern, als ich Pete Marino begrüße. »Um diese Uhrzeit sicher nichts Gutes.«

Als sich mein adoptierter Windhund Sock enger an mich kuschelt, tätschle ich ihm den Kopf, um ihn zu beruhigen. Dann mache ich Licht und hole einen Block und einen Stift aus der Schublade, während Marino anfängt, mir von einer Leiche zu erzählen, die einige Kilometer von hier vor dem Massachusetts Institute of Technology entdeckt wurde.

»Im Schlamm am Rand eines Sportplatzes des MIT, der Briggs Field heißt. Vor etwa einer halben Stunde«, meldet er. »Ich bin dorthin unterwegs, von wo sie wahrscheinlich verschwunden ist, und fahre dann zum Fundort. Bis du da bist, wird alles abgesichert.« Marinos laute Stimme hört sich an wie immer, so als wäre nichts zwischen uns vorgefallen.

Ich traue meinen Ohren kaum.

»Ich weiß nicht, warum du mich eigentlich anrufst.« Das sollte er nämlich nicht, doch ich kenne den Grund. »Offiziell bin ich noch nicht wieder im Dienst. Ich bin krankgeschrieben.« Meine Stimme klingt in Anbetracht der Umstände ruhig und höflich, und ich bin nur noch ein wenig heiser. »Du solltest besser Luke verständigen oder …«

»Um diese Sache willst du dich bestimmt lieber selbst kümmern, Doc. Das wird sicher ein PR-technischer Albtraum, und du kannst nicht schon wieder einen gebrauchen.«

Natürlich muss er mir sofort mein Wochenende in Newtown, Connecticut, unter die Nase reiben, über das in den Nachrichten ausführlich berichtet wurde und das ich nicht mit ihm erörtern werde. Er ruft mich an, weil er eben Lust dazu hat, und er wird auch nach Lust und Laune herumbohren, damit ich ja nicht vergesse, dass wir unsere Rollen plötzlich getauscht haben, nachdem er ein Jahrzehnt lang Anweisungen von mir entgegengenommen hat. Jetzt führt er das Kommando. Nicht mehr ich. So einfach ist Pete Marinos Weltbild nun einmal.

»Ein PR-technischer Albtraum für wen? Außerdem bin ich nicht für die PR verantwortlich«, füge ich hinzu.

»Eine Tote auf dem Campus des MIT ist ein Albtraum für alle. Die Sache gefällt mir nicht. Ich wäre mitgekommen, wenn du mich darum gebeten hättest. Du hättest nicht allein hinfahren sollen.« Er spricht wieder von Connecticut, und ich tue so, als hätte ich es nicht gehört. »Du hättest mich wirklich fragen sollen.«

»Du arbeitest nicht mehr bei mir. Deshalb habe ich auch nicht gefragt.« Mehr werde ich zu diesem Thema nicht sagen.

»Es tut mir leid. Die Sache war sicher nicht leicht für dich.«

»Es war für niemanden leicht.« Ich huste ein paarmal und greife nach dem Wasserglas. »Haben wir einen Namen?« Ich klopfe Kissen hinter meinem Rücken zurecht. Sock legt den schmalen Kopf auf meinen Oberschenkel.

»Vermutlich handelt es sich um eine zweiundzwanzigjährige Master-Studentin namens Gail Shipton.«

»Wo hat sie studiert?«

»Am MIT. Informatik. Sie wurde gegen Mitternacht als vermisst gemeldet. Zuletzt wurde sie in der Psi Bar gesehen.«

Die Stammkneipe meiner Nichte, eine Vorstellung, die mir gar nicht gefällt. Die Bar ist ganz in der Nähe des MIT und ein beliebter Treffpunkt für Künstler, Physiker und Computerfreaks wie Lucy. Hin und wieder laden sie und ihre Partnerin Janet mich sonntags dort zum Brunch ein.

»Ich kenne das Lokal.« Das ist alles, was ich dem Mann antworte, der mich im Stich gelassen hat – wie ich sehr wohl weiß, nur zu meinem Vorteil.

Wenn mein Gefühl sich dieser Auffassung nur anschließen würde.

»Offenbar war Gail Shipton gestern am späten Nachmittag mit einer Freundin dort, die sagt, gegen halb sechs habe Gails Telefon geläutet. Gail sei rausgegangen, um den Anrufer besser verstehen zu können, und nie zurückgekommen. Du hättest nicht allein nach Connecticut fahren sollen. Ich hätte dich wenigstens hinbringen können«, beharrt Marino. Er wird sich nicht danach erkundigen, wie ich mich jetzt fühle, nach dem, was er angerichtet hat, weil er einfach abgehauen ist, um beruflich noch einmal neu anzufangen.

Er ist wieder bei der Polizei und scheint dort glücklich zu sein. Wen interessiert es schon, wie es mir wegen seines Verhaltens geht. Er will nur wissen, was in Connecticut los war. Das wollen alle, doch ich habe kein einziges Interview gegeben. Über Dinge wie diese rede ich nicht. Ich wünschte nur, er hätte es nicht aufs Tapet gebracht. Denn ich hatte das grausige Erlebnis in die allerhinterste Schublade meines Hirns verbannt. Und jetzt hat er es wieder herausgeholt.

»Und die Freundin fand es nicht seltsam oder besorgniserregend, dass ihre Begleiterin das Lokal verlassen hat, um zu telefonieren, und danach spurlos verschwand?« Ich bin auf Autopilot und in der Lage, meine Arbeit zu machen, während ich versuche, nichts mehr für Marino zu empfinden. »Ich weiß nur, dass die Freundin es mit der Angst zu tun gekriegt hat, als Gail nicht ans Telefon ging und keine SMS beantwortete.« Er nennt die Vermisste, die möglicherweise tot ist, bereits bei ihrem Vornamen.

Es ist mittlerweile eine Verbindung zwischen den beiden entstanden. Er hat sich in den Fall verbissen und wird nicht mehr lockerlassen.

»Als sie bis Mitternacht noch immer nichts von ihr gehört hatte, hat sie sich auf die Suche gemacht«, spricht er weiter. »Die Freundin heißt Haley Swanson.«

»Was weißt du sonst noch über Haley Swanson?«

»Die Ermittlungen stehen noch ganz am Anfang.« Das bedeutet, dass er eigentlich gar nichts weiß, weil Haley Swansons Vermisstenanzeige vermutlich zunächst nicht ernst genommen wurde.

»Wundert es dich nicht, dass sie sich nicht schon früher Sorgen gemacht hat?«, frage ich. »Gail wurde um halb sechs zuletzt gesehen, und ihre Freundin hat erst sechs oder sieben Stunden später die Polizei verständigt.«

»Du kennst ja die Studenten hier. Sie trinken, wechseln einfach mit jemandem das Lokal, vergessen die Zeit und kümmern sich einen Scheißdreck um irgendwas.«

»War Gail ein Mensch, der spontan mit einem fremden Menschen mitgegangen wäre?«

»Wenn die Sache sich so entwickelt, wie ich vermute, werde ich eine Menge offene Fragen klären müssen.«

»Klingt, als würden wir noch ziemlich im Dunkeln tappen.« Noch während ich das ausspreche, wird mir klar, dass das ein Fehler war.

»Ich habe nicht lang mit Haley Swanson geredet.« Offenbar glaubt er, sich rechtfertigen zu müssen. »Offiziell nehmen wir Vermisstenanzeigen nicht telefonisch entgegen.«

»Warum hast du dann überhaupt mit ihr gesprochen?«

»Zuerst hat sie die Notrufnummer angerufen, wo man ihr gesagt hat, sie müsse aufs Revier kommen und Anzeige erstatten. So ist die offizielle Vorgehensweise. Man muss persönlich erscheinen.« Inzwischen dröhnt seine Stimme derart, dass ich die Lautstärke meines Telefons herunterregeln muss. »Kurz darauf hat sie noch mal angerufen und eigens nach mir gefragt. Ich habe ein paar Minuten mit ihr geredet, aber sie nicht wirklich ernst genommen. Wenn sie sich solche Sorgen gemacht hätte, hätte sie doch sofort kommen und Anzeige erstatten müssen. Schließlich haben wir rund um die Uhr geöffnet.«

Marino ist erst seit ein paar Wochen beim Cambridge Police Department, weshalb es mir ziemlich eigenartig erscheint, dass eine Fremde ihn namentlich zu sprechen verlangt. Darum ist mir diese Haley Swanson nicht ganz geheuer. Allerdings würde es nichts bringen, das zu erwähnen. Marino wird nicht auf mich hören, sondern glauben, dass ich ihn belehren will.

»Klang sie aufgebracht?«, erkundige ich mich.

»Viele Leute klingen aufgebracht, wenn sie die Polizei anrufen, was aber nicht zwangsläufig heißt, dass sie auch die Wahrheit sagen. Neunundneunzig Prozent aller vermissten Studenten sind gar nicht verschollen. Solche Anrufe sind deshalb hier nicht ungewöhnlich.«

»Kennen wir Gail Shiptons Adresse?«

»Einer dieser superschicken Eigentumswohnblocks in der Nähe des Charles Hotels.« Er diktiert mir die Einzelheiten, und ich schreibe sie auf.

»Ein teures Pflaster.« Ich sehe die eleganten Backsteinhäuser unweit der Kennedy School of Government und des Charles River vor mir. Von dort aus ist es nicht weit zu meinem Institut.

»Wahrscheinlich bezahlen ihre Eltern die Rechnungen, wie fast immer hier in der Stadt der Eliteunis.« Marino lästert gern über Cambridge, wo man, wie er häufig zu sagen pflegt, schon für Dummheit von der Polizei einen Strafzettel bekommt.

»Hat schon jemand nachgeschaut, ob sie vielleicht zu Hause ist und einfach nicht ans Telefon geht?« Inzwischen bin ich hellwach und mache mir ausführlich Notizen, auch wenn ich in Gedanken noch bei der jüngsten Tragödie bin.

Während ich aufrecht im Bett sitze und telefoniere, habe ich sie wieder deutlich vor Augen, und ich werde die Bilder einfach nicht los. Die Leichen und das Blut. Geschosshülsen aus Messing waren wie blankpolierte Pennymünzen überall auf den Fußböden der Grundschule aus rotem Backstein verstreut. Ich sehe es so klar und deutlich, als wäre ich noch dort. Siebenundzwanzig Autopsien, die meisten Toten waren Kinder. Und als ich den blutigen OP-Anzug auszog und mich unter die Dusche stellte, habe ich mich geweigert, über das nachzudenken, was ich gerade getan hatte.

Ich habe auf einen anderen Kanal geschaltet und alles fein säuberlich in Schubladen verstaut. Schon vor Jahren habe ich gelernt, die zerschmetterten menschlichen Körper nicht mehr zu sehen, nachdem ich mit ihnen fertig bin. Ich habe die Bilder gezwungen, dort zu bleiben, wo sie hingehören – am Tatort, im Autopsiesaal und nicht in meinen Gedanken. Doch diesmal bin ich offenbar damit gescheitert. Als ich am vergangenen Samstagabend nach Hause kam, hatte ich Fieber und Schmerzen am ganzen Körper, so als hätte das Böse mich infiziert. Meine Grenze ist überschritten worden. Ich hatte dem Rechtsmedizinischen Institut von Connecticut meine Hilfe angeboten, und keine gute Tat bleibt ungestraft. Wer das Richtige tut, muss dafür büßen. Die dunklen Mächte mögen das nämlich nicht, und Druck macht krank.

»Angeblich war sie dort, um sich zu vergewissern, dass Gail nicht da ist«, erklärt Marino, »und hat den Sicherheitsdienst gebeten, in der Wohnung nachzusehen. Aber es fehlte jede Spur von ihr, und nichts wies darauf hin, dass sie je aus der Bar nach Hause gekommen war.«

Ich merke an, dass die Freundin bei den Portiers in Gail Shiptons Apartmenthaus offenbar bekannt ist, denn sie würden ja nicht jeder x-Beliebigen die Tür öffnen. Während ich das sage, wandert mein Blick zu dem Stapel aus FedEx-Paketen, die noch ungeöffnet neben dem Sofa am anderen Ende des Schlafzimmers stehen. Sie führen mir vor Augen, dass es nicht gut für mich ist, wenn ich tagelang eingesperrt und zu krank bin, um zu arbeiten, zu kochen oder das Haus zu verlassen, und mich außerdem davor fürchte, mit meinen Gedanken allein zu sein. Dann suche ich nämlich nach Ablenkung, und das habe ich offenbar ausgiebig getan.

Die antike Harley-Davidson-Motorradweste und die Gürtelschließe mit dem Totenkopf sind für Marino. Außerdem sind da noch Hermès-Parfüm und Armbänder von Jeff Deegan für Lucy und Janet. Und mein Mann Benton bekommt eine Titanuhr mit einem Zifferblatt aus Fiberglas, die Breguet inzwischen aus dem Programm genommen hat. Er hat morgen Geburtstag, fünf Tage vor Weihnachten, und es ist schwierig, ihm etwas zu schenken, da es nicht viel gibt, was er braucht und nicht schon besitzt.

Weiterhin eine Unmenge von Geschenken für meine Mutter, meine Schwester, unsere Haushälterin Rosa und verschiedene Mitarbeiter. Außerdem noch ein paar Sachen für Sock, für Lucys Bulldogge und die Katzen meines Verwaltungschefs. Keine Ahnung, was in mich gefahren ist, als ich krank im Bett lag und wie besessen im Internet bestellt habe. Ich schiebe es auf das Fieber. Bestimmt werde ich jede Menge Sprüche über die sonst so vernünftige und sparsame Kay Scarpetta und ihre weihnachtliche Einkaufsorgie zu hören kriegen. Besonders Lucy wird es mir genüsslich unter die Nase reiben.

»Gail reagiert weder auf Anrufe, E-Mails noch SMS«, fährt Marino fort, während der Regen laut gegen die Fensterscheibe peitscht. »Auf Facebook, Twitter et cetera wurde auch nichts gepostet. Hinzu kommt, und das ist das Allerwichtigste, dass ihre Personenbeschreibung auf die Tote passt. Ich nehme an, dass sie entführt worden und irgendwo festgehalten worden ist. Dann wurde die Leiche in ein Bettlaken gewickelt und entsorgt. Ich würde dich unter diesen Umständen normalerweise nicht stören, aber ich weiß ja, wie du bist.«

Ja, und außerdem weiß er, wie es mir geht. Ich werde mich auf gar keinen Fall ins Auto setzen und zum MIT oder sonst irgendwohin fahren, nicht, nachdem ich die letzten fünf Tage praktisch in Quarantäne verbracht habe. Das teile ich meinem ehemaligen Chefermittler auch klipp und klar mit.

»Wie fühlst du dich denn? Ich habe dich ja vor der Grippeimpfung gewarnt. Wahrscheinlich bist du deshalb krank geworden«, erwidert er.

»Von einem abgetöteten Virus kann man nicht krank werden.«

»Nun, die einzigen beiden Male, die ich mich gegen Grippe habe impfen lassen, habe ich prompt eine gekriegt. Mir war sterbenselend. Es freut mich, dass du wieder kräftiger klingst.« Marino tut so, als sei er besorgt um mich, weil er etwas von mir will.

»Das ist vermutlich relativ. Es könnte besser sein. Aber auch schlimmer.«

»In anderen Worten, du bist stinksauer auf mich. Lass uns doch Klartext reden.«

»Ich habe meine Gesundheit gemeint.«

Stinksauer würde meinen derzeitigen Gemütszustand noch beschönigen. Marino hat keinen Gedanken daran verschwendet, wie ich nun als Chief Medical Examiner des Staates Massachusetts und Leiterin des Cambridge Forensic Center dastehe, nachdem er mir einfach alles vor die Füße geworfen hat. Zehn Jahre lang war er mein Chefermittler, und nun hat er sich beruflich von mir getrennt. Ich wage mir kaum auszumalen, wie man sich bei der Polizei die Mäuler über mich zerreißen wird.

Dabei geht es doch eigentlich gar nicht um mich, sondern um Marino und die Midlife-Crisis, die ihn fest im Griff hat, seit ich ihn kenne. Wäre ich ein indiskreter Mensch, könnte ich überall herumposaunen, dass Marino an Minderwertigkeitskomplexen und einem miserablen Selbstwertgefühl leidet, seit er als Sohn eines gewalttätigen Trinkers und einer schwachen, unterwürfigen Mutter in einem Armenviertel in New Jersey geboren wurde.

Ich bin als Frau unerreichbar für ihn, die Frau, die er bestraft, vermutlich die Liebe seines Lebens und ganz bestimmt seine beste Freundin. Seine Motive, mich mitten in der Nacht anzurufen, sind weder fair noch vernünftig, insbesondere, da er weiß, dass ich mit Grippe im Bett liege. Zeitweise war ich so krank, dass ich schon befürchtet habe, sterben zu müssen, und mir dachte: *Aha, das war's, so fühlt es sich also an.*

2

In meiner fieberwahnhaften Erleuchtung hatte ich plötzlich den Sinn des Lebens vor mir, den Zusammenstoß der göttlichen Partikel, aus denen das Universum gemacht ist, und den Tod, der das genaue Gegenteil davon darstellt. Als meine Temperatur auf vierzig Grad stieg, wurde alles sogar noch klarer, einleuchtend und wortgewandt erläutert von dem Kapuzenmann, der am Fußende meines Bettes saß.

Wenn ich nur aufgeschrieben hätte, was er gesagt hat, die flüchtige Formel, die der Natur Substanz verleiht, während der Tod sie ihr wieder entzieht. Die gesamte Schöpfung seit dem Urknall, gemessen an den Erzeugnissen des Verfalls. Rost, Schmutz, Krankheit, Wahnsinn, Chaos, Verderbtheit, Lügen, Verwesung, Zerstörung, tote Zellen, Verdorren, Gestank, Schweiß, Müll, Staub zu Staub, sie alle interagieren auf einer Ebene jenseits der Atome und bilden neue Masse, und so geht es immer weiter bis in alle Ewigkeit. Ich konnte sein Gesicht nicht sehen, wusste aber, dass es anziehend und gütig war, während er mir von Wissenschaft und Poesie erzählte, von hinten erleuchtet von einem Feuer, das keine Wärme abstrahlte.

In diesen Momenten erstaunlicher Klarheit verstand ich, was wir meinen, wenn wir von verbotenen Früchten und von Erbsünde sprechen, vom Hinausschreiten ins Licht, von mit Gold gepflasterten Straßen, von Außerirdischen, Auren, Geistern, dem Paradies und der Hölle und der Wiedergeburt, der Heilung und der Auferstehung von den Toten. Einer

Rückkehr als Rabe, Katze, Buckliger oder Engel. Eine Wiederverwertung, so kristallklar in ihrer Präzision und facettenreichen Schönheit, wurde mir offenbart. Der Plan Gottes, des Obersten Physikers, der gnädig, gerecht und humorvoll ist. Und kreativ. Und in uns allen steckt.

Ich sah und wusste. Ich war im Besitz der vollkommenen Wahrheit. Dann forderte das Leben wieder sein Recht und zog mir die Wahrheit mit einem Ruck unter den Füßen weg. Und hier bin ich nun, von der Schwerkraft an den Boden gefesselt. An Gedächtnisschwund leidend. Ich kann mich nicht erinnern oder über das sprechen, was ich verzweifelten Menschen zumindest erklären könnte, nachdem ich ihre Toten versorgt habe. Wenn ich ihre Fragen beantworte, klinge ich bestenfalls klinisch. Und die Fragen sind immer dieselben.

Warum? Warum? Warum!

Wie konnte jemand so etwas tun?

Darauf hatte ich noch nie eine gute Antwort. Obwohl es sie gibt und ich ganz kurz Kenntnis davon hatte. Was ich immer hatte sagen wollen, lag mir auf der Zunge. Und dann kam ich wieder zu mir, und mein Wissen wurde von dem verdrängt, was ich vor kurzem erlebt hatte. Unerträgliche Bilder, die niemand je sehen sollte. Blut und Messing in einem Flur voller weihnachtlich geschmückter Pinnwände. Und dann das Innere des Klassenzimmers. Die Kinder, die ich nicht retten konnte. Die Eltern, die ich nicht trösten konnte. Die beruhigenden Antworten, die ich nicht kannte.

Haben sie gelitten?

Wie lange hat es gedauert?

Das liegt nur an der Grippe, sage ich mir. Schließlich habe ich schon alles erlebt und kann alles verkraften. Und ich spüre, dass sich in mir die Wut regt wie ein schlafender Drache.

»Glaube mir, du möchtest nicht, dass sich jemand anderer

drum kümmert«, beharrt Marino, und wenn ich ehrlich mit mir bin, freue ich mich, seine Stimme zu hören.

Ich will ihn nicht so vermissen, wie ich es vor kurzem getan habe. Keinen anderen als ihn hätte ich zu diesem wild gewordenen Medienzirkus mitgenommen. Die Übertragungswagen der Fernsehsender mit ihren auf Stativen montierten Satellitenschüsseln stauten sich in den Straßen, und über unseren Köpfen dröhnten pausenlos Hubschrauber, als würde ein Film gedreht.

Wurden die Schüsse aus nächster Nähe abgegeben?

Wieder meldet sich die Wut, und ich kann mir nicht leisten, ihn zu wecken. Den schlafenden Drachen in mir. Es war besser, dass Marino nicht dabei war. Es hat sich nur nicht so angefühlt. Ich weiß, wie viel er aushält, und er wäre zersprungen wie Glas von einem Vibrieren, das zu schrill für die Ohren ist.

»Ich kann dir nur sagen, dass ich in dieser Sache ein komisches Bauchgefühl habe, Doc«, höre ich seine vertraute Stimme. Doch sie klingt anders, kräftiger und selbstbewusster. »Irgendwo läuft ein perverses Arschloch rum, und das hier war erst der Anfang. Vielleicht hat ihn die Sache, die letztens passiert ist, ja erst auf den Gedanken gebracht.«

»Die Sache in Connecticut?« Ich verstehe nicht ganz, wie er darauf kommt. Er soll endlich aufhören, darüber zu sprechen.

»So funktioniert es doch meistens«, erwidert er. »Irgendein perverses Arschloch äfft ein anderes perverses Arschloch nach, das in einem Kino oder in einer Schule rumballert, um sich wichtig zu machen.«

Ich stelle mir vor, wie er bei diesem Wetter durch die dunklen Straßen von Cambridge fährt. Bestimmt ohne Sicherheitsgurt, und ihm deshalb Vorträge zu halten, ist jetzt, seit er wieder Polizist ist, nichts als Zeitverschwendung. Er ist rasch zu seinen schlechten Angewohnheiten von früher zurückgekehrt.

»Sie wurde nicht erschossen, oder?«, frage ich ihn, und zwar in der Absicht, ihn von seinem schrecklichen Thema abzubringen. »Du bist nicht mal sicher, ob es überhaupt ein Mord ist, richtig?«

»Allem Anschein nach wurde sie nicht erschossen«, bestätigt Marino.

»Dann wollen wir keine Verwirrung stiften, indem wir Vergleiche mit Connecticut anstellen.«

»Es kotzt mich an, dass diese Arschlöcher von den Medien auch noch belohnt werden.«

»Geht uns das nicht allen so?«

»Damit macht man die Sache nur noch schlimmer. Wir sollten die Namen dieser Typen nicht veröffentlichen und sie, verdammt noch mal, in anonymen Gräbern verscharren.«

»Lass uns bei unserem aktuellen Fall bleiben. Wurden offensichtliche Verletzungen festgestellt?«

»Nicht auf den ersten Blick«, antwortet er. »Aber sie hat sich ganz sicher nicht selbst in ein Laken gewickelt, ist barfuß hinausgegangen und hat sich bei Regen in den Schlamm gelegt, um dort zu sterben.«

Dass Marino meinen Stellvertreter Luke Zenner und die anderen Rechtsmediziner am Cambridge Forensic Center übergeht, liegt nicht daran, dass ich am besten qualifiziert bin, obwohl das zutrifft. Marino will, dass alles so wird wie früher, damit die Rollen wieder so verteilt sind wie bei unserer ersten Begegnung. Er arbeitet nicht mehr für mich, sondern kann mich nach Bedarf anfordern. So sieht er die Situation, und er wird mich bei jeder Gelegenheit daran erinnern.

»Das heißt, wenn es dir wirklich zu viel ist …«, sagt er, was bei ihm wie eine Herausforderung klingt. Vielleicht will er mich auch provozieren.

Ich weiß nicht. Wie soll ich im Moment irgendetwas beurteilen? Ich bin total erledigt und ausgehungert und kann einfach nicht aufhören, an gekochte Eier mit Butter und geschrotetem Pfeffer zu denken. Dazu frischgebackenes und noch ofenwarmes Brot und ein Espresso. Für ein Glas eisgekühlten, frischgepressten Blutorangensaft würde ich einen Mord begehen.

»Nein, nein, das Schlimmste habe ich überstanden.« Ich greife nach der Wasserflasche auf dem Nachttisch. »Ich muss mich nur noch ein bisschen sortieren.« Ich nehme einen einzigen großen Schluck; der Durst ist nicht länger unstillbar, und Lippen und Zunge fühlen sich nicht mehr an wie Schmirgelpapier. »Ich habe vor dem Schlafengehen Hustensaft genommen. Kodein.«

»Schön für dich.«

»Ich bin ein bisschen groggy, aber sonst okay. Allerdings ist es keine gute Idee, wenn ich jetzt Auto fahre. Nicht bei diesem Wetter. Wer hat sie gefunden?«

Vielleicht hat er mir das ja schon erzählt. Ich drücke die Hand an die Stirn. Kein Fieber. Ich bin sicher, dass es nun wirklich weg ist, nicht nur mit Ibuprofen medikamentös unterdrückt.

»Ein Mädchen vom MIT und ein Typ aus Harvard, die ein Date hatten und in ihrem Wohnheimzimmer unter sich sein wollten. Kennst du Simmons Hall? Der Riesenkasten, der aussieht wie aus Legosteinen gebaut, auf der anderen Seite der Baseball- und Rugbyfelder des MIT«, erwidert Marino.

Ich stelle fest, dass er den Polizeifunk auf voller Lautstärke laufen hat. Bestimmt fühlt er sich wie ein Fisch im Wasser. Bewaffnet und gefährlich, mit einer Dienstmarke am Gürtel und am Steuer eines Zivilfahrzeugs, ausgestattet mit Blaulicht, Sirene und allen anderen Spielzeugen. Damals als Cop hat er seine Dienstwagen aufgemotzt wie seine Harleys.

»Die beiden haben etwas, das sie zuerst für eine Schaufensterpuppe mit Toga gehalten haben, im Schlamm am Spielfeldrand liegen sehen, und zwar innerhalb des Zauns, der das Spielfeld von einem Parkplatz trennt«, erklärt der Marino aus meiner Vergangenheit, der Detective. »Also sind sie durch ein offenes Tor gegangen, um sich die Sache aus der Nähe anzuschauen. Und als sie gemerkt haben, dass es eine in ein Laken gewickelte Frau ist, die drunter nichts anhat und nicht mehr atmet, haben sie die Polizei angerufen.«

»Die Leiche ist nackt?« Was mich wirklich interessiert, ist, ob sie bewegt wurde und von wem.

»Angeblich haben sie sie nicht angefasst. Das Laken ist klatschnass, und offenbar kann man deshalb sehen, dass sie unbekleidet ist. Machado hat mit den beiden geredet, und er ist sicher, dass sie nichts mit ihrem Tod zu tun haben. Wir werden trotzdem DNA-Abstriche nehmen und uns über sie informieren.«

Er fügt hinzu, dass Sil Machado, Detective beim Cambridge Police Department, den Verdacht hat, die Frau könne an einer Überdosis gestorben sein. »Was möglicherweise etwas mit dem schrägen Selbstmord von neulich zu tun hat«, ergänzt er. »Wie du weißt, ist momentan gepanschtes Zeug im Umlauf, das uns Riesenprobleme macht.«

»Was für ein Selbstmord?« Leider hat es, während ich in Connecticut und krank war, eine ganze Reihe davon gegeben.

»Die Modedesignerin, die vom Dach ihres Mietshauses in Cambridge gesprungen ist. Sie hat das Glasdach des Fitnessstudios im Parterre durchschlagen, während drinnen Leute am Trainieren waren«, antwortet er. »Es sah aus, als wäre eine

Bombe hochgegangen. Jedenfalls glaubt man, dass da ein Zusammenhang besteht.«

»Warum?«

»Sie denken, es könnten Drogen im Spiel sein, irgendein Mist, den sie eingeworfen hat.«

»Wer sind *sie*?« Natürlich habe ich den Selbstmord nicht untersucht. Ich greife nach dem Stapel Fallakten auf dem Boden neben meinem Bett.

»Machado. Und auch sein Sergeant und sein Lieutenant«, erwidert Marino. »Inzwischen befassen sich sogar die Ressortleiter und der Polizeichef damit.«

Ich lege die Akten aufs Bett. Es müssen mindestens zwölf Aktenordner sein. Ausdrucke von Autopsieberichten und Fotos, die mein Verwaltungschef Bryce Clark mir jeden Tag mit den Lebensmitteln, die er netterweise für mich einkauft, auf die Veranda legt.

»Die Sorge ist, dass es schlechtes Meth oder irgendeine miese Designerdroge sein könnte, in anderen Worten eine nagelneue Version Badesalz, die zurzeit auf der Straße gedealt wird. Vielleicht hat die Selbstmörderin ja so was genommen«, teilt Marino mir mit. »Eine Theorie lautet, dass Gail Shipton, wenn sie die Leiche ist, sich mit jemandem getroffen hat, der solche üblen Drogen einwirft. Sie hat eine Überdosis erwischt, und er hat die Leiche dann entsorgt.«

»Ist das auch deine Theorie?«

»Auf gar keinen Fall. Wenn man eine Leiche loswerden will, legt man sie doch nicht auf einen dämlichen Uni-Sportplatz, damit auch ja jemand drüber stolpert und einen Riesenschreck kriegt. Und das ist der Punkt. Wenn man nur genug Wirbel macht, kommt es in den Nachrichten, und sogar der Präsident der Vereinigten Staaten interessiert sich dafür. Meiner Ansicht nach ist der Typ, der ihre Leiche am Briggs Field deponiert hat, genau einer von dieser Sorte. Er will Aufmerksamkeit und in die Fernsehnachrichten.«

»Könnte teilweise zutreffen, ist aber vermutlich nicht die ganze Geschichte.«

»Ich maile dir mal ein paar Fotos, die Machado mir geschickt hat«, hallt Marinos dunkle Stimme weiter in meinem Ohr. Derb und aufdringlich.

»Du sollst beim Autofahren nicht simsen.« Ich greife nach meinem iPad.

»Na und, dann verpasse ich mir eben selber einen Strafzettel.«

»Irgendwelche Schleifspuren oder andere Hinweise darauf, wie die Leiche dort gelandet ist?«

»Auf den Fotos kannst du sehen, dass es da wirklich sehr schlammig ist. Leider hat der Regen mögliche Schleifspuren oder Fußabdrücke weggespült. Aber ich war noch nicht dort und habe noch nicht selber nachgeschaut.«

Ich öffne die Fotos, die er mir gemailt hat, und sehe das regennasse Gras und den roten Schlamm am Zaun von Briggs Field. Dann hole ich das Foto von der in Weiß gehüllten Toten näher heran. Sie ist schlank und liegt flach auf dem Rücken. Ihr langes, nasses braunes Haar ist ordentlich um ein hübsches junges Gesicht drapiert, das leicht nach links geneigt und mit Regentropfen bedeckt ist. Das Laken ist wie ein Badehandtuch um ihre Brust gewickelt – so wie in der Sauna.

Etwas daran kommt mir bekannt vor. Ich erkenne eine erschreckende Ähnlichkeit zu den Fotos, die Benton mir vor einigen Wochen geschickt hat, wobei er ein beträchtliches Risiko eingegangen ist. Ohne Genehmigung des FBI hat er mich nach meiner Meinung zu den Mordfällen gefragt, in denen er in Washington ermittelt. Nur dass diese Frauen im Gegensatz zu der hier Plastiktüten über dem Kopf hatten.

Außerdem hatten sie Deko-Klebeband um den Hals und noch eine Schleife umgebunden, eine Eigenheit des Täters, die hier fehlt.

Wir wissen ja noch nicht einmal, ob sie ermordet wurde, halte ich mir vor Augen. Es würde mich nicht wundern, wenn sie einfach überraschend gestorben ist, worauf ihr Begleiter in Panik geraten ist und sie in ein Bettlaken, vielleicht eines aus einem Studentenheim, gewickelt und draußen abgelegt hat, damit sie rasch gefunden wird.

»Wahrscheinlich ist jemand mit dem Auto auf den Parkplatz und nah an den Zaun gefahren, hat das Tor aufgemacht und sie dann reingeschleppt oder -getragen«, spricht Marino weiter, während ich das Bild auf meinem iPad betrachte. Es verstört mich auf einer Ebene, die ich nicht zu fassen bekomme, absolut intuitiv, weshalb ich versuche, meine Gefühle zu rationalisieren. Doch es gelingt mir nicht, und ich darf es ihm nicht sagen.

Benton würde hochkant rausfliegen, wenn das FBI wüsste, dass er seiner Frau geheime Informationen zugänglich gemacht hat. Es spielt keine Rolle, dass ich Expertin und auch für Fälle der Bundespolizei zuständig bin, weshalb es ohnehin sinnvoll gewesen wäre, mich zu Rate zu ziehen. Für gewöhnlich geschieht das auch, allerdings nicht in diesem Fall, und zwar aus unerklärlichen Gründen. Bentons Chef, Ed Granby, kann mich nicht leiden, und es wäre ihm ein Vergnügen, Benton zu degradieren und vor die Tür zu setzen.

»Dieses eine Tor war nicht abgeschlossen«, fährt Marino fort. »Das Pärchen, das die Leiche gefunden hat, sagte, es sei zwar zu, aber nicht abgeschlossen gewesen, als sie kamen. Die übrigen Tore sind mit Ketten und Vorhängeschlössern gesichert, damit außerhalb der Öffnungszeiten niemand Zutritt hat. Also wusste der Täter entweder, dass dieses eine Tor offen ist, hatte einen Schlüssel oder hat einen Bolzenschneider benutzt.«

»Die Leiche wurde drapiert.« Der Nachklang der Kopfschmerzen sorgt dafür, dass mir der Kopf schwer wird. »Auf dem Rücken, Beine zusammen und gerade, ein Arm anmutig auf dem Bauch ruhend, der andere ausgestreckt. Das Handgelenk in einer theatralischen Geste angewinkelt wie bei einer Tänzerin oder als sei sie ohnmächtig auf eine Couch gesunken. Nichts ist in Unordnung. Das Laken ist akkurat um sie gewickelt. Allerdings bin ich nicht sicher, ob es überhaupt ein Laken ist.«

Ich hole das Bild so nah heran, wie es möglich ist, ohne dass es sich in einzelne Pixel auflöst.

»Jedenfalls ist es ein weißes Stück Stoff. Ihre Körperhaltung ist rituell, symbolisch.« Da bin ich ganz sicher, und dass ich ein Flattern im Magen habe, liegt an meiner Angst.

Was, wenn es sich um denselben Täter handelt? Wenn er hier ist? Ich halte mir vor Augen, dass die Fälle in Washington mir deshalb so frisch in Erinnerung sind, weil Benton aus diesem Grund nicht hier ist und weil ich vor nicht allzu langer Zeit die Tatortfotos und die Autopsie- und Laborberichte studiert habe. Eine in weißen Stoff gewickelte Leiche, die entspannt und nicht anzüglich drapiert wurde, muss nicht zwangsläufig bedeuten, dass zwischen den Fällen ein Zusammenhang besteht, sage ich mir immer wieder.

»Sie wurde absichtlich so abgelegt«, meint Marino, »weil es für das perverse Arschloch, das sie umgebracht hat, irgendeine Bedeutung hat.«

»Wie konnte jemand die Leiche unbeobachtet dort ablegen?« Ich versuche, mich auf das Wesentliche zu konzentrieren. »Auf einem Sportplatz mitten zwischen den Dienstwohnungen und Studentenheimen des MIT? Das lässt doch darauf schließen, dass wir es mit jemandem zu tun haben, der sich hier auskennt, möglicherweise einem anderen Studenten, einem Mitarbeiter oder sonst jemandem, der in der Nähe wohnt oder arbeitet.«

»Die Stelle, wo sie liegt, ist nachts nicht beleuchtet«, erwidert er. »Hinter der Tennishalle, du kennst doch diese große weiße Blase, und dann kommen die Sportplätze. Ich hole dich in dreißig, vierzig Minuten ab. Jetzt bin ich vor der Psi Bar. Natürlich geschlossen. Keine Menschenseele in Sicht, alles dunkel. Ich schau mich mal draußen um und sehe nach, wo sie telefoniert haben könnte. Dann komme ich zu dir.«

»Du bist allein«, mutmaße ich.

»Zehn-vier.«

»Dann sei bitte vorsichtig.«

Ich sitze im Bett im Schlafzimmer in unserem Haus aus dem neunzehnten Jahrhundert, das von einem Transzendentalisten erbaut wurde, und sortiere die Akten.

Mit dem Selbstmord, den Marino erwähnt hat, fange ich an. Vor drei Tagen, am Sonntag, dem 16. Dezember, ist die sechsundzwanzigjährige Sakura Yamagata vom Dach ihres neunzehnstöckigen Wohnhauses in Cambridge gesprungen. Die Todesursache ist die, mit der ich bei so einem brutalen Ereignis auch rechnen würde. Mehrfache stumpfe Gewalteinwirkung, traumatische Verletzungen, das Gehirn wurde aus dem Schädel gedrückt. Herz, Leber, Milz und Lunge perforiert. Gesichtsknochen, Rippen, Arme, Beine und Becken sind mehrfach gebrochen.

Ich sehe die Tatortfotos durch, auf denen einige schockiert vor sich hin starrende Menschen zu sehen sind. Viele tragen Sportbekleidung und schlingen wegen der Kälte die Arme um den Leib. Immer wieder ist derselbe, distinguiert wirkende grauhaarige Mann in Anzug und Krawatte zu sehen, der einen entsetzten und benommenen Eindruck macht. Auf einem der Fotos steht er neben Marino, der redet und mit dem Finger auf etwas deutet. Auf einem anderen kauert er mit traurig gesenktem Kopf neben der Leiche, wieder mit einem abgrundtief verzweifelten Ausdruck im Gesicht.

Ganz offensichtlich kannte er Sakura Yamagata persönlich, und ich kann mir den Schrecken der Menschen nur vorstellen, die sich gerade im Fitnessstudio im Parterre aufhielten, als die Leiche auf dem Boden aufschlug. Es war ein dumpfes Geräusch wie von einem schweren Sandsack, hat es ein Zeuge später in einer Nachrichtenmeldung geschildert, die ebenfalls der Akte beiliegt. Gewebe und Blut bespritzten die Glasfront, und Zähne und Knochensplitter haben sich bis zu fünfzehn Meter weit verteilt. Kopf und Gesicht der Toten waren bis zur Unkenntlichkeit zerschmettert.

Wenn sich jemand auf eine Art und Weise umbringt, die zu derart schweren Verstümmelungen führt, muss ich normalerweise an eine Psychose oder an Drogenmissbrauch denken. Und als ich den ausführlichen Polizeibericht durchblättere, fällt mir auf, wie seltsam ich es finde, Marinos Namen und Dienstnummer hier zu lesen.

Diensthabender Beamter: Marino, P. (D33).

Ich habe, seit seinem Abschied von der Polizei in Richmond vor zehn Jahren, keinen von ihm verfassten Polizeibericht mehr gelesen. Nun studiere ich seine Schilderung der Vorfälle in einem Luxushochhaus in Cambridge am vergangenen Sonntag.

> ... Ich traf nach dem Ereignis an o.g. Adresse ein und befragte Dr. Franz Schoenberg. Er teilte mir mit, er sei Psychiater mit Praxis in Cambridge. Sakura Yamagata, eine Modedesignerin, sei seine Patientin gewesen. Am

Tage des Vorfalls, um 15:56, übermittelte sie ihm per SMS ihre Absicht, »nach Paris zu fliegen«, und zwar vom Dach ihres Hauses aus.

Etwa um 16:18 erschien Dr. Schoenberg bei o.g. Adresse und wurde durch eine Hintertür zum Dach begleitet. Er sagte mir, er habe sie nackt auf der Dachkante an der Außenseite eines niedrigen Geländers stehen sehen. Sie habe ihm den Rücken zugekehrt und die Arme weit ausgebreitet. Sofort habe er sie angesprochen: »Suki, ich bin da, alles wird gut.« Allerdings habe sie weder geantwortet noch sonst einen Hinweis darauf gegeben, dass sie ihn gehört habe. Im nächsten Moment sei sie nach vorn gekippt, und zwar in einem Sprung, den er als absichtlich beschreibt …

Luke Zenner hat sie obduziert und die nötigen Gewebeproben und Körperflüssigkeiten an die Toxikologie weitergeleitet. Herz, Lunge, Leber, Bauchspeicheldrüse, Blut …

Ich streiche Socks mageren Körper und spüre, wie sich die Rippen des Windhunds beim Atmen leicht heben und senken. Plötzlich fühle ich mich wieder erschöpft, als ob mir das Gespräch mit Marino alles abverlangt hätte. Ich habe Mühe, wach zu bleiben, als ich mir noch einmal die Fotos anschaue und nach denen von dem grauhaarigen Mann suche, der vermutlich Dr. Franz Schoenberg ist. Deshalb hat die Polizei ihn in die Nähe der Leiche gelassen. Deshalb steht er neben Marino. Und ich kann mir nicht vorstellen, wie es ist, Zeuge werden zu müssen, wenn der eigene Patient vom Dach springt. Wie kann man so etwas jemals verarbeiten? Ich krame in meinem noch immer wirren Gedächtnis und frage mich, ob ich den Psychiater schon einmal irgendwo kennengelernt habe.

So etwas verkraftet man nie, denke ich. *Über manche Dinge kann man niemals hinwegkommen, das geht nicht …*

Gepanschte Drogen, hat Marino vorhin gemeint. Designerdrogen – »Badesalz« – sind seit einem Jahr in Massachusetts ein großes Problem, und wir hatten mit einer Reihe bizarrer Selbstmorde und Unfälle zu tun, die darauf zurückzuführen waren. Es gab auch einen besorgniserregenden Anstieg von Morden und Eigentumsdelikten, insbesondere in der Umgebung von Boston, wo die Section-8-Wohnblocks stehen, die von der Polizei als Sozialhilfeghettos bezeichnet werden. Drogenhändler und Bandenmitglieder bekommen für ein Butterbrot ein gemütliches Dach über dem Kopf und ruinieren dafür das Stadtviertel und terrorisieren ihre Umgebung. Ich gehe im Geiste die Liste der zu erledigenden Dinge durch, rufe meine Büro-Mails auf und bitte die Toxikologie, bei der Analyse im Fall Sakura Yamagata auf die Tube zu drücken und nach Designerdrogen zu suchen.

Mephedron, Methylendioxypyrovaleron und Methylon. Luke hat nicht an Halluzinogene gedacht, danach sollten wir auch Ausschau halten. LSD, Psilocybin, Ergotamin …

Meine Gedanken schweifen ab und kehren wieder zum Thema zurück.

Mutterkornalkaloide können Ergotismus auslösen, auch als Kribbelkrankheit oder Antoniusfeuer bekannt. Die Symptome erinnern an Besessenheit und haben einigen Theorien zufolge zu den Hexenprozessen von Salem geführt. Krämpfe, Spasmen, Wahnvorstellungen, Psychosen …

Mein Blick verschwimmt und wird wieder klar, mein Kopf sackt nach vorn und fährt wieder hoch. Regen prasselt gegen Dach und Fenster. Ich hätte Marino anweisen sollen, dafür zu sorgen, dass jemand ein Zelt aus einer wasserfesten Plane oder einem kunststoffbeschichteten Laken über der Leiche aufbaut, um sie vor dem Wetter und neugierigen Blicken zu schützen. Und mich auch. Ich habe keine Lust, draußen im Regen herumzustehen, nass zu werden bis auf die Haut und mich von Fernsehkameras filmen zu lassen …

Überall wimmelte es von Übertragungswagen, weshalb wir darauf geachtet haben, dass alle Rollos heruntergezogen waren. Ein dunkelbrauner Teppichboden. Dicke geronnene Blutpfützen, die ich riechen konnte, als der Zerfallsprozess einsetzte. Meine Schuhsohlen waren klebrig, als ich im Raum hin und her ging. Es war unmöglich, nicht in Blut zu treten. Alles war voller Blut, und ich gab mir solche Mühe, nicht hineinzutreten und den Tatort gründlich zu untersuchen. Als ob das eine Rolle gespielt hätte.

Denn da ist niemand, den man bestrafen könnte, und außerdem wäre keine Strafe schwer genug. Während ich ruhig und an Kissen gelehnt dasitze, versteckt sich die Wut in einer dunklen Ecke, hält still und schaut mit zitringelben Augen heraus. Ich sehe ihre massige Gestalt und spüre ihr Gewicht am Fußende meines Bettes.

Marino hat sich bestimmt darum gekümmert, dass die Leiche abgedeckt wird.

Die Wut verlagert ihr Gewicht. Geräusch und Rhythmus des Wolkenbruchs wechseln von fortissimo zu pianissimo …

Marino weiß, was er tut.

Fuge von adagio zu furioso …

3

Vor zehn Jahren
Richmond, Virginia

Ein Wolkenbruch ergießt sich über die Einfahrt, setzt das Granitpflaster unter Wasser und peitscht gegen die Bäume. Ein Sommergewitter, ein zorniger Himmel über einer Stadt, der ich den Rücken kehren werde.

Ich kauere schwitzend in meiner Garage und schneide ein Stück Paketband ab. Vom Alkohol fühle ich mich ein wenig ausgelassen und seltsam. Pete Marino, Detective beim Richmond Police Department, will mich betrunken machen, um meinen geschwächten Zustand auszunutzen.

Vielleicht sollte ich ja mit dir schlafen, um es hinter mich zu bringen.

Mit einem Markierstift beschrifte ich Kartons nach den verschiedenen Bereichen meines Hauses in Richmond, das ich aus wiederverwertetem Holz und Stein gebaut habe. Es sollte mein Traumhaus für immer sein: »Wohnzimmer, Badezimmer, Gästezimmer, Küche, Abstellkammer, Waschküche, Büro …« Alles, um mir später das Auspacken leichter zu machen, auch wenn ich keine Ahnung habe, wohin die Reise gehen soll.

»O Gott, wie ich Umzüge hasse.« Ich fahre mit dem Klebebandabroller über den Karton. Es klingt, als würde Stoff zerrissen.

»Warum ziehst du dann ständig um?« Marino flirtet wie ein Wilder, und ich lasse ihn für den Moment gewähren.

»Ständig?« Ich lache laut über diese alberne Bemerkung.

»Und dann noch in derselben gottverdammten Stadt. Von einem Viertel ins andere.« Er zuckt die Achseln. Offenbar merkt er nicht, was wirklich zwischen uns läuft. »Da verliert man ja den Überblick.«

»Ich ziehe ja nicht ohne guten Grund um.« Ich klinge wie eine Anwältin.

Ich bin Anwältin. Ärztin. Vorgesetzte.

»Lauf, so schnell zu kannst.« Marinos blutunterlaufene Augen heften mich an seine emotionale Pinnwand.

Ich bin ein Schmetterling. Ein Limenitis arthemis. Ein Tigerschwalbenschwanz. Ein Pfauenspinner.

Wenn ich dich lasse, streifst du mir die Farbe von den Flügeln. Dann bin ich eine Trophäe, an der du das Interesse verlieren wirst. Sei mein Freund. Warum genügt dir das nicht?

Ich sichere den Deckel des nächsten Kartons. Der Wolkenbruch vor meiner offenen Garagentür tröstet mich. Dunst weht herein. Einhundert Prozent Luftfeuchtigkeit. Dampfend. Tropfend. Wie eine große heiße Badewanne. Wie im Inneren der Gebärmutter. Wie ein warmer Körper, der sich an meinen schmiegt, ein Austausch warmer Flüssigkeiten auf der Haut und tief in einsamen traurigen Orten. Ich will, dass Hitze und Feuchtigkeit mich umarmen und mich umfangen wie meine durchgeschwitzten Kleider, die an mir kleben, während Marino in einer abgeschnittenen Jogginghose und einem ärmellosen T-Shirt auf einem Klappstuhl sitzt. Sein Gesicht ist von Lust, Begierde und Bier gerötet.

Ich frage mich, wer wohl der nächste aufdringliche Detective ist, mit dem ich konfrontiert werde, und ich habe nicht die geringste Lust darauf. Jemand, den ich ausbilden und ertragen muss, den ich respektieren und verabscheuen werde, den ich irgendwann sattbekomme und doch Sehnsucht nach ihm habe und ihn auf meine Weise liebe. Es könnte auch eine Frau sein, halte ich mir vor Augen. Irgendeine mit allen Wassern gewaschene Ermittlerin, die sich mit dem neuen Chief Medical Examiner verbünden will und alle möglichen Dinge als selbstverständlich voraussetzt.

Ich male mir eine Polizistin aus, die scharf wie ein Schießhund ist, an jedem Tatort und zu jeder Autopsie erscheint, ständig bei mir im Büro steht und sonst mit ihrem dröhnenden Pick-up oder dem Motorrad herumkurvt wie Marino. Eine kräftig gebaute, tätowierte, sonnengebräunte Frau, die eine Jeansweste und ein Bikerkopftuch trägt und mich am liebsten bei lebendigem Leibe auffressen würde.

Ich verhalte mich unvernünftig, unfair, heuchlerisch und beschränkt. Lucy kommandiert die Frauen, für die sie sich interessiert, schließlich auch nicht herum. Sie hat weder Tattoos noch ein Bikerkopftuch. Sie hat es nämlich nicht nötig, zum Raubtier zu werden, um zu bekommen, was sie will.

Diese aufdringlichen Zwangsgedanken will ich nicht. Was ist nur los mit mir?

Trauer bohrt sich mir in die hohlen Organe in Bauch und Brust, bis ich kaum noch atmen kann. Es überwältigt mich, was ich alles zurücklassen muss. Eigentlich geht es nicht um dieses Haus, Richmond oder Virginia. Benton ist tot. Er wurde vor fünf Jahren ermordet. Doch solange ich hiergeblieben bin, habe ich ihn in diesen Räumen und auf den Straßen gespürt, auf denen ich fahre. An brütend heißen Sommertagen und im eiskalten trüben Winter, als sähe er mir zu und erspürte mich und jede Schattierung meines Seins.

Ich nehme ihn in jedem Luftzug und Geruch und auch in den Schatten wahr, die meine Gefühle geworden sind, und zwar als Stimme, die ich nicht erreichen kann und die mir sagt, dass er nicht tot ist. Dass er zurückkommt. Dass es nur ein Albtraum ist, nicht die Wirklichkeit. Dass ich aufwachen werde, und er ist da. Seine haselnussbraunen Augen blicken in meine, seine langen, schlanken Finger berühren mich. Ich spüre seine Wärme, seine Haut, seine makellos geformten Muskeln und Knochen, so unverkennbar, wenn er mich in die Arme nimmt, und dann werde ich so lebendig sein wie früher.

Dann muss ich nicht an einen im Grunde genommen toten Ort ziehen, wo weitere Anteile von mir Zentimeter um Zentimeter und Zelle um Zelle verdorren werden. Ich stelle mir die dichten Wälder hinter meinem Grundstück, den Kanal und die Bahngleise vor. Hier befindet sich das Ufer des James River, der an dieser Stelle steinig ist. Hinter Lockgreen liegt ein Stadtteil ohne Geschichte, eine eingezäunte Enklave aus Neubauten, bewohnt von Menschen mit Geld, denen viel an ihrer Privatsphäre und Sicherheit liegt.

Nachbarn, die ich kaum je zu Gesicht bekomme. Privilegierte, die mich nie nach den jüngsten Tragödien auf meinen Edelstahltischen ausfragen. Ich bin eine Italienerin aus Miami, eine Außenseiterin. Der alte Wachmann hier in Richmonds West End weiß nicht, wo er mich einordnen soll. Sie winken nicht. Sie grüßen nicht. Sie beäugen mein Haus, als würde es dort spuken.

Ich bin allein auf den Straßen spazieren gegangen, durch den Wald zum Kanal, über die rostigen Eisenbahnschienen und zum Wasser, das über die Felsen strömt. Dabei habe ich an den Bürgerkrieg gedacht und an die Kolonie, ein Stück flussaufwärts in Jamestown, vor einigen Jahrhunderten die erste dauerhafte englische Siedlung. Da ich vom Tod umgeben bin, trösten mich diese präsente Vergangenheit, diese Anfänge, die niemals enden, und meine Überzeugung, dass nichts ohne einen bestimmten Grund geschieht und dass irgendwann alles gut wird.

Wie konnte es nur so weit kommen?

Als ich noch einen Karton zuklebe, spüre ich Bentons Tod wie einen eiskalten Atemhauch im Nacken. Die feuchte Luft bewegt sich. Ich bin leer und so unbeschreiblich traurig darüber. Und dankbar für den Regen und seine schweren, alles erfüllenden Geräusche.

»Du siehst aus, als würdest du gleich zu weinen anfangen.« Marino beobachtet mich. »Warum weinst du?«

»Der Schweiß brennt mir in den Augen. Hier drin ist es heiß wie in einem Backofen.«

»Dann mach die verdammte Tür zu und schalt die Klimaanlage ein.«

»Ich will den Regen hören.«

»Warum?«

»Weil ich ihn nie wieder hier drin und so wie jetzt hören werde.«

»Mein Gott, Regen ist Regen.« Er späht zur offenen Garagentür hinaus, als ob der Regen heute anders sein könnte, eine Art Regen, die er noch nie zuvor gesehen hat. Dann runzelt er die Stirn wie immer, wenn er angestrengt nachdenkt. Auf seiner sonnengebräunten Stirn bilden sich Falten. Er beißt sich auf die Unterlippe und kratzt sich am massigen Kiefer.

Marino ist kantig und kräftig gebaut, ein Hüne, der Aggression ausstrahlt. Bevor seine schlechten Angewohnheiten schon recht früh in seinem harten Leben die Oberhand gewonnen haben, muss er beinahe attraktiv gewesen sein. Sein dunkles Haar ist ergraut und mit Pomade über seine Glatze gekämmt, etwas, zu dem er ebenso wenig steht wie zu der Tatsache, dass er vorzeitig kahl wird. Er ist über eins achtzig groß, breit und grobknochig, und wenn seine Arme und Beine nackt sind wie jetzt, werde ich daran erinnert, dass er früher einmal Golden-Gloves-Boxer war und keine Pistole braucht, um jemanden zu töten.

»Ich kapiere einfach nicht, warum du freiwillig zurückgetreten bist.« Er starrt mich an, ohne mit der Wimper zu zucken. »Nur um dann fast noch ein Jahr hier rumzuhängen, damit die Arschlöcher auch genug Zeit hatten, einen Nachfolger für dich zu finden. Das war absolut dämlich. Du hättest nicht freiwillig gehen sollen. Ich scheiß auf die.«

»Lass uns doch ehrlich sein: Ich bin gefeuert worden. Das ist die Wahrheit, die dahintersteckt, wenn man seinen Rücktritt anbietet, weil man den Gouverneur in Verlegenheit gebracht hat«, antworte ich, inzwischen ein wenig ruhiger.

»Du bist dem Gouverneur nicht zum ersten Mal auf den Schlips getreten.«

»Und es wird auch nicht das letzte Mal sein.«

»Weil du nicht weißt, wann man aufhören muss.«

»Ich dachte, das hätte ich gerade getan.«

Er beobachtet jede meiner Bewegungen, als sei ich eine Verdächtige, die gleich zur Waffe greifen könnte. Ich beschrifte weiter Kartons wie Beweisstücke: »Scarpetta«, das heutige Datum, Gegenstände, bestimmt für den Wandschrank im Schlafzimmer eines gemieteten Hauses in Florida, wo ich nicht hinwill. Es fühlt sich an, als katapultiere mich eine Niederlage von apokalyptischen Ausmaßen wieder in den Bundesstaat meiner Geburt.

Zum Ausgangspunkt zurückzukehren, ist das ultimative Scheitern, ein Beweis dessen, dass ich es nicht geschafft habe, mich über meine Herkunft zu erheben. Ich bin nicht besser als meine um sich selbst kreisende Mutter und meine narzisstische, männerfixierte Schwester Dorothy, die ihr einziges Kind Lucy sträflich vernachlässigt hat.

»Was war die längste Zeit, die du an ein und demselben Ort

verbracht hast?«, setzt Marino gnadenlos sein Verhör fort und drängt sich damit übergriffig an Orte vor, zu denen ich ihm niemals Zutritt gewähren würde.

Er fühlt sich dazu berechtigt, und das ist meine Schuld, weil ich mit ihm trinke und mich auf eine Art und Weise von ihm verabschiede, die eher wie »Hallo, verlass mich nicht« klingt. Er liest meine Gedanken.

Wenn ich dich ranlasse, wird es vielleicht weniger wichtig.

»Wahrscheinlich in Miami«, erwidere ich. »Bis ich sechzehn war und angefangen habe, an der Cornell University zu studieren.«

»Sechzehn. Auch eines dieser Genies. Du und Lucy, ihr seid aus demselben Holz geschnitzt.« Seine blutunterlaufenen Augen fixieren mich. Darin ist nichts Subtiles zu sehen. »Ich bin schon fast so lange in Richmond, es ist Zeit, weiterzuziehen.«

Ich klebe den nächsten Karton zu, der die Aufschrift »Vertraulich« trägt und Autopsieberichte, Fallstudien und andere Dinge enthält, die ich geheim halten möchte, während er mich mit Blicken auszieht. Vielleicht will er sich ja auch nur ein Bild von mir machen, weil er besorgt ist, ich könnte durchdrehen und wegen des jähen Absturzes meiner Traumkarriere ein bisschen durch den Wind sein.

Dr. Kay Scarpetta, die erste Frau, die zum Chief Medical Examiner des Staates Virginia ernannt wurde, ist nun auch die Erste, die gezwungen war, das Amt aufzugeben … Wenn ich das noch ein einziges Mal in den gottverdammten Nachrichten höre …

»Ich kündige bei der Polizei«, sagt er.

Ich reagiere nicht überrascht, sondern gar nicht.

»Du kennst den Grund, Doc. Du hast damit gerechnet. Genau das hast du gewollt. Warum weinst du? Das ist kein Schweiß. Du weinst. Was ist los? Du wärst sauer, wenn ich nicht hinschmeißen und zusammen mit dir dieses Drecksnest verlassen würde, gib es zu. Hey. Schon gut«, meint er liebevoll. Wie immer versteht er alles falsch, und es wirkt gefährlich tröstend auf mich. »Mich wirst du nicht so schnell los«, fährt er fort, was mich freut, allerdings anders, als er glaubt. Und so unterhalten wir uns weiter in zwei verschiedenen Sprachen.

Er holt zwei Zigaretten aus einem Päckchen und steht auf, um mir eine zu geben. Sein Arm berührt mich, als er das Feuerzeug daran hält. Es flammt auf, und er zieht das Feuerzeug wieder weg, wobei mich sein Handrücken streift. Ich rühre mich nicht und nehme einen tiefen Zug.

»So viel zum Thema aufhören.« Ich meine, mit dem Rauchen.

Nicht, dass er beim Richmond Police Department aufhört. Er wird es tun, und ich sollte das nicht wollen, weil ich keine Hellseherin zu sein brauchte, um das Ergebnis und das Nachspiel vorauszusagen. Es ist nur eine Frage der Zeit, bis er zornig und deprimiert sein und sich entmannt fühlen wird. Er wird immer frustrierter und eifersüchtiger werden und außer Kontrolle geraten. Und eines Tages wird er sich rächen. Er wird mir weh tun. Alles hat seinen Preis.

Ein Ratschen ertönt, als ich den nächsten Karton zuklebe, den ich wie die anderen auf die weiße Mauer aus Pappe schichte, die nach abgestandener Luft und Staub riecht.

»In Florida wohnen. Angeln, auf meiner Harley herumfahren, kein Schnee mehr. Du weißt ja, wie sehr ich kaltes Mistwetter hasse.« Er pustet eine Rauchwolke aus. Als er sich wieder auf seinen Stuhl setzt und sich zurücklehnt, verfliegt sein kräftiger Geruch. »An diesem Provinznest werde ich rein gar nichts vermissen.« Er schnippt Asche auf den Betonboden und schiebt Zigarettenschachtel und Feuerzeug tiefer in die Brusttasche seines schweißfleckigen T-Shirts.

»Du wirst unglücklich sein, wenn du die Polizeiarbeit aufgibst«, sage ich schonungslos.

Aber ich werde es ihm nicht ausreden können.

»Polizist zu sein, ist für dich kein Beruf, sondern Teil deiner Persönlichkeit«, füge ich hinzu.

Ich nehme kein Blatt vor den Mund.

»Du musst Leute verhaften. Türen eintreten. Deine Drohungen auch wahr machen können. Miese Halunken im Gerichtssaal böse anschauen und dafür sorgen, dass sie in den Knast wandern. Das ist deine *raison d'être,* Marino, der Sinn deines Lebens.«

»Ich weiß, was *raison d'être* bedeutet. Du musst es mir nicht übersetzen.«

»Du brauchst die Macht, Leute zu bestrafen. Dafür lebst du.«

»*Merde de bull.* Die vielen tollen Fälle, an denen ich gearbeitet habe?« Er zuckt die Achseln. Das Geräusch des Regens wechselt von Prasseln zu Plätschern zu Trommeln. Seine massige Gestalt wird von dem unheimlichen grauen Licht des launischen Nachmittags beleuchtet. »Ich kann mir selber etwas suchen.«

»Was zum Beispiel?« Ich setze mich auf einen Karton und schnippe Asche weg.

»Dich.«

»Man kann sich nicht nur auf einen einzigen Menschen stützen, und heiraten werden wir ganz bestimmt nicht.« Ich bin zwar ehrlich, aber es ist nicht die ganze Wahrheit.

»Ich habe dir auch keinen Antrag gemacht. Hat jemand gehört, wie ich ihr einen Antrag gemacht habe?«, ruft er, als seien noch andere Leute bei uns in der Garage. »Ich habe dich nicht mal gefragt, ob du mit mir ausgehen willst.«

»Das würde auch nicht klappen.«

»Selten so gelacht. Wer könnte schon mit dir zusammenwohnen?«

Als ich die Kippe in eine leere Bierflasche werfe, erlischt sie zischend.

»Ich rede nur davon, für dich zu arbeiten.« Inzwischen weicht er meinem Blick aus. »Ich könnte dein Chefermittler werden, ein gutes Team aufbauen, ein Fortbildungsprogramm entwerfen. Das beste auf der Welt.«

»Du könntest nicht mehr in den Spiegel schauen.« Ich habe recht, aber er glaubt mir nicht.

Er raucht und trinkt, während der Regen auf das graue Granitpflaster vor der großen, quadratischen Öffnung niederprasselt. In der Ferne biegen sich die Bäume, und dunkle Wolken ballen sich zusammen. Und noch weiter weg sind die Bahngleise, der Kanal und der Fluss, der durch die Stadt verläuft, die ich verlassen werde.

»Und dann wirst du auch keinen Respekt vor mir mehr haben, Marino. Es wird so weit kommen.«

»Die Entscheidung steht.« Noch ein Schluck Bier, an der grünen Flasche sammelt sich tropfend Kondenswasser, während er mich noch immer nicht ansehen kann. »Wir haben alles geplant. Ich und Lucy.«

»Merk dir, was ich gerade gesagt habe. Jedes Wort«, entgegne ich von dem zugeklebten Karton aus, auf dem ich gerade sitze. »Nicht anfassen«, steht darauf.

4

Cambridge, Massachusetts
Mittwoch, 19. Dezember, 4 Uhr 48

Vor dem Haus dröhnt ein Motor. Als ich die Augen aufschlage, erwarte ich, mit einem Markierstift beschriftete Kartons und einen schwitzenden Marino auf einem Klappstuhl zu sehen. Doch ich habe nur schlichte Möbel aus Kirschholz vor mir, die schon seit mehr als hundert Jahren im Besitz von Bentons neuenglischer Familie sind.

Ich erkenne champagnerfarbene Seidenvorhänge vor den Fenstern, das gestreifte Sofa und den Couchtisch davor, und dann verwandelt sich der braune Parkettboden in einen braunen Teppich. Süßlicher Verwesungsgeruch steigt mir in die Nase. Pfützen aus Blut, so dick wie Pudding. Dunkelrote Schmierer und Tropfen auf Tischen und Stühlen. Mit Wachsmalkreiden und Magic Marker ausgemalte Bilder und Kleiderhaken, an denen Kindertornister hängen, in einem bunten, chaotischen Unterrichtsraum einer ersten Klasse, von deren Schülern niemand mehr lebt.

Die flüchtigen Moleküle zerfallenden Blutes hängen in der Luft. Die roten Blutkörperchen trennen sich vom Serum. Gerinnung und Verwesung. Ich kann sie riechen. Dann nicht mehr. Eine Geruchshalluzination der Rezeptoren meines ersten Schädelnervs, angeregt vom Gedanken an eine Situation, die längst vergangen ist. Ich reibe mir den steifen Nacken und hole tief Luft, der eingebildete Geruch weicht dem Duft von antikem Holz und dem Zitrus-Ingwer-Duftspender mit Holzstäbchen auf dem Kaminsims. Ein leichter Hauch von Rauch und verbranntem Holz des letzten Feuers, das ich vor Bentons Abreise, vor Connecticut, angezündet habe, steigt mir in die Nase. Vor meiner Krankheit. Ich schaue auf die Uhr.

»Verdammt«, schimpfe ich.

Es ist kurz vor fünf. Offenbar bin ich nach Marinos Anruf wieder eingeschlafen, und nun steht er in meiner Auffahrt. Ich schicke ihm eine SMS, dass ich in einer Viertelstunde unten sein werde, weil ich mich an den Marino erinnere, mit dem ich gerade in der schwülen Hitze geredet und Bier getrunken habe. Jedes Bild, jedes Wort aus diesem Traum steht mir so klar vor Augen wie ein Film. Einiges davon sind Bruchstücke dessen, was wirklich geschehen ist, in dem Sommer, als ich vor zehn Jahren Virginia für immer den Rücken gekehrt habe. Manche Details haben meine tiefe Enttäuschung und meine Ängste hinzugedichtet.

Alles ist in seiner Symbolhaftigkeit wahr. Genau das habe ich damals in der dunkelsten meiner dunklen Zeiten gewusst und empfunden. Dass Benton ermordet worden war. Dass ich aus dem Amt gedrängt wurde, ausgetrickst von der Politik, von weißen Männern in Anzügen, die sich einen feuchten Kehricht um die Wahrheit scherten, geschweige um das, was ich verloren hatte – wie ich es sah, einfach alles.

Ich stelle die Füße auf den Boden und taste nach meinen Pantoffeln. Ich muss mich um einen Tatort kümmern, und Marino holt mich ab, so wie in der guten alten Zeit, damals in Richmond. Er nimmt an, dass es ein unschöner Fall werden wird, und meiner Vermutung nach wünscht er sich genau das. Er sehnt sich nach einem sensationellen Mordfall, um seinem verlorenen Ich auf die Sprünge zu helfen, während er sich aus der Asche dessen erhebt, was er – seiner Ansicht nach – meinetwegen vergeudet hat.

»Tut mir leid«, sage ich zu Sock, als ich ihn wieder wegschiebe und aufstehe. Ich bin zwar noch schwach und mir ist schwindelig, doch es geht mir schon viel besser.

Ich fühle mich gut. Eigentlich sogar seltsam euphorisch. Bentons Gegenwart hüllt mich ein. Er ist nicht tot, Gott sei Dank. Seine Ermordung wurde nur vorgetäuscht, ein geniales Manöver des genialen FBI, um ihn vor dem organisierten Verbrechen zu schützen, einem französischen Kartell, das er unterminiert hatte. Er durfte mir nicht mitteilen, dass er noch lebte und sicher in einem Zeugenschutzprogramm untergebracht war. Er durfte überhaupt keinen Kontakt zu mir haben, nicht den kleinsten Hinweis, während er mich aus der Ferne beobachtete und auf mich achtete, ohne dass ich es wusste. Ich habe ihn gespürt, da bin ich ganz sicher. Mein Traum ist wahr, es hätte einen besseren Weg gegeben, das Problem zu lösen, und ich werde dem FBI die verdorbenen Jahre niemals verzeihen. Diese zerstörten, grausamen Jahre, in denen ich mich elend in den Lügen des FBI verstrickt habe. Mein Herz, meine Seele, mein Schicksal wurden von einem gesichtslosen, hässlichen, nach J. Edgar Hoover benannten Fertigbau aus gesteuert. Inzwischen würden Benton und ich so etwas nie mehr zulassen, niemals im Leben. Wir stehen füreinander an erster Stelle, und er sagt mir die Wahrheit. Er findet Wege, mich wissen zu lassen, was ich wissen muss, damit wir nie wieder so eine entsetzliche Qual durchmachen müssen. Er ist gesund und lebendig und auf Dienstreise. Mehr nicht. Als ich ihn mobil anrufe, um ihm zu sagen, dass ich ihn vermisse, und ihm alles Gute zum Fast-Geburtstag zu wünschen, erreiche ich nur die Mailbox.

Also versuche ich es in seinem Hotel im Norden Virginias,

dem Marriott, wo er immer übernachtet, wenn er ein Treffen mit seinen FBI-Kollegen von der Abteilung für Verhaltensforschung hat.

»Mr. Wesley hat ausgecheckt«, meldet der Rezeptionist, als ich ihn bitte, mich mit Bentons Zimmer zu verbinden.

»Wann?« Ich verstehe kein Wort.

»Als ich gerade um Mitternacht meine Schicht antrat.« Ich erkenne die Stimme des Mannes, ruhig und mit einem melodiösen Virginia-Akzent. Er arbeitet seit Jahren in diesem Marriott, und ich habe schon oft mit ihm gesprochen, insbesondere in den letzten Wochen, nachdem es noch einen zweiten und einen dritten Mord gegeben hat.

»Ich bin Kay Scarpetta …«

»Ja, Ma'am, ich weiß. Wie geht es Ihnen? Hier spricht Carl. Sie klingen, als sei Ihre Nase ein bisschen verstopft. Hoffentlich haben Sie sich nicht die Grippe eingefangen, die momentan umgeht. Ich habe gehört, dass sie ziemlich übel sein soll.«

»Es geht mir gut, danke der Nachfrage. Hat er vielleicht erwähnt, warum er früher als geplant auscheckt? Soweit ich informiert bin, wollte er bis zum Wochenende bleiben.«

»Ja, Ma'am. Ich schaue mal nach. Hier steht, dass er am Samstag abreisen wollte.«

»Drei Tage später, da bin ich ein wenig erstaunt. Sie wissen nicht, warum er plötzlich um Mitternacht weg ist?« Ich plappere vor mich hin, während ich versuche zu verstehen, was keinen Sinn ergibt.

»Das hat Mr. Wesley nicht gesagt. Ich habe etwas über den Fall hier gelesen, in dem seine Abteilung ermittelt, auch wenn es nicht viel ist. Das FBI macht ein großes Geheimnis darum, was, wenn Sie mich fragen, die Sache noch verschlimmert, weil ich lieber wüsste, woran ich bin. Schließlich gibt es auch Leute, die keine Pistolen und Dienstmarken haben und nur gruppenweise unterwegs sind, und jetzt trauen wir uns kaum noch ins Einkaufszentrum oder ins Kino. Deshalb wäre es nett, wenn wir ein paar Informationen kriegen würden, da will ich kein Blatt vor den Mund nehmen, Dr. Scarpetta. Die Leute hier sind nervös, viele haben Angst, ich auch. Wenn es nach mir ginge, dürfte meine Frau nicht mehr das Haus verlassen.«

Ich bedanke mich bei ihm und beende so höflich wie möglich das Gespräch. Dabei überlege ich, ob es vielleicht schon wieder einen grausigen Fall gegeben hat. Möglicherweise hat Benton einen neuen Einsatzort. Allerdings passt es nicht zu ihm, mir nicht Bescheid zu sagen. Ich schaue nach, ob er mir eine Mail geschickt hat. Hat er nicht.

»Wahrscheinlich wollte er mich nicht wecken«, meine ich zu meinem faulen alten Windhund. »Das ist einer der Vorteile, wenn man krank ist. Man fühlt sich sowieso schon miserabel, und dann impfen die Leute einem auch noch ein schlechtes Gewissen ein, weil sie einen nicht stören wollen.«

Im Vorbeigehen werfe ich einen Blick in den Spiegel. Zerknitterter blauer Seidenpyjama, angeklatschter Blondschopf, die blauen Augen glasig. Ich habe ein paar Kilo abgenommen und sehe aus, als würde ich von Träumen aus einer Zeit geplagt, die ich einerseits vermisse, andererseits auch nicht. Ich habe eine Dusche bitter nötig, aber das muss warten.

Stattdessen öffne ich Kommodenschubladen und krame Unterwäsche, Socken, eine schwarze Cargohose und ein schwarzes langärmeliges Hemd mit dem in Gold aufgestickten Emblem meines Instituts heraus. Dann hole ich meine SIG Neun-Millimeter aus der Nachttischschublade und verstaue die Pistole in einer schnell zu öffnenden Hüfttasche. Dabei frage ich mich, warum ich mir die Mühe überhaupt mache. Niemanden interessiert es, was ich an einem morastigen Tatort anhabe. Außerdem brauche ich keine versteckte Waffe bei mir zu haben, wenn Marino mich abholt.

Selbst die kleinste Entscheidung ist mir zu viel, vermutlich weil ich in den letzten Tagen keine wichtigen treffen musste. Hühnersuppe aufwärmen, Socks Wassernapf nachfüllen, ihn füttern, sein Glucosamin und Chondroitin nicht vergessen. Viel Flüssigkeit trinken und so viel essen, wie ich runterkriege. Die Akten auf dem Boden neben dem Bett nicht anfassen – die Autopsie- und Laborberichte, die darauf warten, dass du sie liest und abzeichnest. Nicht, solange du Fieber hast. Und natürlich habe ich, weil ich so viel Zeit hatte, meine Gedanken schweifen zu lassen, Unmengen im Internet eingekauft und Geld für die Menschen ausgegeben, die ich glücklich machen will und denen ich dankbar bin, selbst wenn sie mich enttäuscht haben wie meine Mutter, meine Schwester Dorothy und vielleicht auch Marino.

Dass Benton sechshundert Kilometer südlich von hier ist, während ich ans Bett gefesselt war, war eigentlich eine gute Idee. Das habe ich mir so oft eingeredet, bis ich es beinahe selbst geglaubt habe. Die meisten Ärzte sind lausige Patienten, und ich bin vielleicht die Allerschlimmste. Als ich aus Connecticut nach Hause kam, wollte er sofort aus Washington abreisen, und ich wusste, dass das keine gute Idee war. Er hat versucht, ein guter Ehemann zu sein, und vorgeschlagen, den nächsten Flieger zu nehmen. Aber ich wollte nichts davon hören. Wenn er einem Killer auf den Fersen ist, hat nichts anderes Platz, nicht einmal ich. Ganz gleich, was ich gerade durchmache. Und deshalb habe ich abgelehnt.

»Ich liege nicht im Sterben, im Gegensatz zu anderen Leuten«, sagte ich nachdrücklich am Telefon. »Ich habe genug Tote gesehen. Mehr, als ein Mensch jemals zu Gesicht bekommen sollte. Ich weiß nicht, warum jemand so durchdrehen kann.«

»Ich komme nach Hause. Ein paar Tage mehr oder weniger spielen keine Rolle. Aber du kannst mir glauben, Kay, es sieht hier ziemlich übel aus.«

»Eine Mutter hat einen stark entwicklungsverzögerten Sohn. Also bringt sie ihm bei, mit einem gottverdammten Bushmaster-Sturmgewehr umzugehen, so was gibt's doch nicht!«

»Du brauchst mich, und deshalb muss ich nach Hause kommen.«

»Damit er eine ganze Grundschule niedermetzeln und sich für einen Moment mächtig fühlen kann, bevor er sich selbst das Leben nimmt.«

»Ich verstehe, wie wütend du bist.«

»Nur dass Wut hier gar nichts bringt.«

»Ich nehme einen Flieger. Vielleicht kann Lucy mich auch abholen.«

Ich habe ihm erklärt, dass es für ihn und seine Kollegen bei BAU, der FBI-Abteilung für Verhaltensforschung, im Augenblick oberste Priorität haben muss, den Mörder zu schnappen, den die Medien inzwischen den Washington Ripper nennen. »Leg diesem *bastardo infame* das Handwerk«, habe ich gesagt. »Ich schaffe das schon, ich habe nur die Grippe, Benton, und bin sowieso miserabler Laune. Außerdem will ich nicht, dass du dich bei mir ansteckst. Komm nicht nach Hause.«

»Hier läuft es gar nicht gut, eher immer schlechter«, hat er geantwortet. »Ich fürchte, er könnte weitergezogen sein und dort wieder morden oder es zumindest bald tun. Doch bei BAU sind alle anderer Ansicht.«

»Glaubst du immer noch, dass er nicht in der Umgebung von Washington wohnt?«

»Meiner Ansicht nach ist er viel unterwegs, was erklären würde, warum zwischen April und Thanksgiving keine Morde stattgefunden haben. Sieben Monate Ruhe, und dann plötzlich zwei am Stück? Wir haben es mit jemandem zu tun, der sich in gewissen Gegenden ausgesprochen gut auskennt, weil er aus beruflichen Gründen reisen muss.«

Seine Erklärung ergibt Sinn. Was allerdings keinen Sinn ergibt, ist die Tatsache, dass niemand auf ihn hört. Bis jetzt hat man Benton stets den Respekt entgegengebracht, den er verdient, nur nicht in diesen Fällen in Washington. Ich weiß, dass er verärgert, um nicht zu sagen stinksauer ist, und deshalb darf er sich jetzt keine Sorgen um mich machen. Mir ist klar, dass er genug davon hat, mit einer Gruppe kriminologischer Analysten herumzusitzen, die umgangssprachlich noch immer Profiler genannt werden, und sich Theorien und psychologische Thesen anzuhören, die aus Boston und nicht von BAU stammen. Ed Granbys Fingerabdrücke sind überall auf diesem Fall, und das ist das größte Problem, mit dem Benton sich jetzt herumschlagen muss – nicht seine Frau.

Sock folgt mir ins Bad. Die Deckenbeleuchtung lässt mich blinzeln, die alten U-Bahn-Kacheln sind blitzblank. Die weißen Badelaken, die gefaltet auf dem Wäschekorb neben der Wanne liegen, erinnern mich an die eingewickelte Leiche vor dem MIT.

Wieder muss ich an die Opfer in Washington denken und daran, dass ich letzten Monat die Fallakten studiert habe, nachdem in einem Abstand von einer Woche zwei weitere Frauen ermordet wurden. Ich überlege, ob ich das MIT-Foto an Benton mailen soll, aber das ist nicht meine Aufgabe, sondern die von Marino. Außerdem ist es noch zu früh, und hinzu kommt, dass ich Marino keine Einzelheiten über Bentons Fall erzählen darf. Genau genommen ist es sogar absolut unmöglich.

Ich wasche mir das Gesicht und denke an Bentons Ausführungen zum Thema Verhaltensmuster, die über die Morde an sich hinausgehen. Die Tüten, das Klebeband, dass jedes Opfer, bis auf das erste, die Unterwäsche seiner Vorgängerin trug – Klara Hembree. Sie war aus Cambridge, und das macht mir ebenfalls zu schaffen.

Sie steckte gerade mitten in einem hässlichen Scheidungskrieg mit ihrem Mann, einem wohlhabenden Immobilienunternehmer, als sie im letzten Frühjahr nach Washington zog, um in der Nähe ihrer Familie zu sein. Nur einen knappen Monat später wurde sie entführt und ermordet. Die DNA an ihrem Höschen stammte von einer unbekannten Frau europäischer Herkunft, für Benton ein klarer Hinweis darauf, dass da noch weitere Opfer sind.

Allerdings gibt es keine Möglichkeit, die Fälle miteinander zu vergleichen oder in Verbindung zu bringen, weil das FBI einfach nicht mit Informationen herausrückt. Die Tüten und das Klebeband wurden mit keinem Wort in den Nachrichten erwähnt. Es war nicht einmal von weißem Stoff oder von Laken die Rede, und ganz eindeutig nicht von den Tüten. Es sind durchsichtige Plastiktüten mit dem Hologramm eines Oktopus darauf. Ein schimmernder länglicher Kopf und Fangarme, die, abhängig vom Lichteinfall, in allen Regenbogenfarben leuchten.

Klara Hembree wurde im letzten April ermordet, und später, vor Thanksgiving, gab es zwei weitere Opfer. Sally Carson, Professorin, und Julianne Goulet, Konzertpianistin. Bei beiden Frauen wird davon ausgegangen, dass sie, wie das erste Opfer, mit einer Plastiktüte aus einem Laden für Naturkosmetik namens Octopus erstickt wurden. In dem Laden wurde vor etwa einem Jahr eingebrochen. Dabei wurden Tüten mit dem Logo und außerdem Ware aus der Anlieferungszone gestohlen. Benton ist sicher, dass der Täter sich nicht mehr im Griff hat, doch das FBI hört nicht auf ihn und seine beharrliche Forderung, man solle einige Details der Öffentlichkeit zugänglich machen.

Vielleicht ermittelt irgendeine Polizeibehörde derzeit in einem ähnlichen Fall, doch Ed Granby, sein Chef, tut Bentons Einwand mit schöner Regelmäßigkeit ab. Er hat angeordnet, dass keine Informationen über Klara Hembree das Haus verlassen dürfen, was heißt, dass das auch für die beiden späteren Fälle gilt. Wenn sich Einzelheiten herumsprächen, würde das nur Trittbrettfahrer animieren, und nichts kann Granby von dieser Überzeugung abbringen. Seine Begründung hat zwar etwas für sich, allerdings auch zur Folge, dass die Ermittlungen laut Benton inzwischen in einer Sackgasse stecken.

Seit Granby im letzten Sommer die Außenstelle in Boston übernommen hat, fühlt Benton sich zunehmend unerwünscht und nicht ernst genommen. Ständig erinnere ich ihn daran, dass es eben Menschen gibt, die neidisch, machtfixiert und ehrgeizig sind. Das ist nun einmal eine unschöne Tatsache im Leben. Inzwischen verabscheuen die beiden einander von Herzen, vermutlich der eigentliche Grund, warum mein Mann nach Hause kommen wollte. Es ging nicht nur um meine Krankheit, darum, dass er morgen Geburtstag hat, oder darum, dass Weihnachten vor der Tür steht. Bei unserem Telefonat klang er ausgesprochen unglücklich, und ich habe fast damit gerechnet, dass er jeden Moment hier erscheint. Vielleicht war es ja auch nur Wunschdenken. Er ist seit einem knappen Monat in Washington, und ich vermisse ihn schrecklich.

Gefolgt von Sock gehe ich zurück ins Schlafzimmer. Marino wird eben noch ein wenig warten müssen. Ich nehme mein iPad vom Bett, logge mich in meine Bürodatenbank ein und suche die Dateien, die Benton mir letzten Monat eingescannt hat. Rasch sehe ich die Akten durch. Drei Morde laufen in meinem Kopf ab, als geschähen sie vor meinen Augen. Allerdings empfinde ich die Einzelheiten weiterhin als genauso verwirrend wie am Anfang. Ich male mir alles noch einmal aus und rekonstruiere den Hergang anhand dessen, was ich über biologische Prozesse weiß. Wieder sehe ich ihnen beim Sterben zu, wie ich es schon einmal getan habe. Es ist ein deutliches Bild.

Eine Frau mit einer durchsichtigen Plastiktüte über dem Kopf und Klebeband um den Hals, ein Schmuckband mit einem schwarzen Spitzenmuster. Die durchsichtige Plastikfolie bewegt sich rasch hin und her, und Panik liegt in ihrem Blick, während ihr Gesicht eine tief bläulich rote Färbung annimmt. Druck baut sich auf, was zu einer leichten Anhäufung von Petechien auf Wangen und Augenlidern führt, winzige, rotleuchtende Nadelstiche, als Blutgefäße platzen. Sie kämpft um ihr Leben, ist aber auf unbekannte Weise fixiert. Dann wird alles still, und als letzte Handlung wird eine Schleife aus demselben Schmuckband unter ihrem Kinn angebracht. Der Täter verpackt sein grausiges Geschenk an die Menschheit.

Allerdings decken sich die Untersuchungsergebnisse nicht mit meinen Erwartungen. Sie erzählen eine Geschichte, die mir unwahr zu sein scheint. Sicher haben die Opfer sich heftig gewehrt. Sie haben panisch nach Luft gerungen, als sie erstickt wurden. Doch nichts weist darauf hin. Wie Benton es ausgedrückt hat, scheinen sie gehorcht zu haben, als hätten sie sterben wollen, und ich bin absolut sicher, dass das nicht stimmt.

Sie sind keine Selbstmörderinnen, sondern Opfer eines sadistischen Verbrechens, weshalb ich glaube, dass der Täter sie gefesselt hat, vermutlich mit etwas, das keine Spuren hinterlässt. Aber ich habe keine Ahnung, was das gewesen sein könnte. Selbst das weichste Material verursacht Striemen oder eine Abschürfung, wenn jemand fest damit verschnürt wird und sich in Todesangst sträubt. Ich verstehe auch nicht, warum das Klebeband nicht zu Verletzungen geführt hat. Wie erstickt man jemanden, ohne dass auch nur die geringste Spur zurückbleibt?

Alle Toten wurden in einem öffentlichen Park entweder im nördlichen Virginia oder im südlichen Maryland gefunden. Rasch lese ich weiter, was Benton mir Ende November geschickt hat, wohl wissend, dass ich mich beeilen muss und dass ich Marino nicht erzählen darf, was mich beschäftigt. Drei verschiedene Parks, zwei mit einem See, einer mit einem Golfplatz darin, alle nah an Eisenbahngleisen gelegen und innerhalb eines Radius von dreißig Kilometern rings um Washington. Auf den Tatortfotos tragen sie nur Höschen, die einem früheren Opfer gehören, mit Ausnahme der ursprünglich aus Cambridge stammenden Klara Hembree. Das DNA-Profil, das an ihrem Höschen sichergestellt wurde, ist das einer unbekannten Frau europäischer Herkunft – in anderen Worten, einer Weißen.

Ich klicke mich durch die Fotos toter Gesichter, die mich durch die Plastiktüten einer Kosmetikboutique namens Octopus anstarren. Der Laden befindet sich in der Nähe des Lafayette Square, nur wenige Straßen entfernt vom Weißen Haus. Es gibt keine Hinweise auf sexuelle Gewalt, und auch sonst wurde an den Leichen nichts Aufschlussreiches entdeckt, nur zwei Sorten von Lycrafasern, eine blaugefärbte und eine weiße. Die Beschaffenheit der Fasern ist in allen drei Fällen leicht unterschiedlich. Man vermutet, dass sie entweder von der Sportkleidung des Täters oder vielleicht von einem Polsterbezug in seiner Wohnung stammen.

Ich setze mich aufs Sofa, um meine Kräfte zu schonen, bevor ich zum Sportplatz des MIT aufbreche, wo ich eine

Tote untersuchen und ihr die Wahrheit entlocken werde, wie ich es im Laufe meines Berufslebens schon zehntausendmal getan habe. Sock springt hoch und legt seine graue Schnauze auf meinen Schoß. Ich streichle seinen Kopf und seine samtige lange Nase und bin vorsichtig mit seinen Ohren, die nach einem Leben auf der Hunderennbahn und vielen Misshandlungen zernarbt und eingerissen sind.

»Du musst aufstehen«, teile ich ihm mit. »Ich gehe schnell mit dir raus, und dann muss ich arbeiten. Bitte reg dich deswegen nicht auf. Versprochen?« Ich erkläre ihm, dass unsere Haushälterin Rosa bald kommt und ihm Gesellschaft leistet. »Los. Anschließend frühstückst du und hältst ein Nickerchen. Ich bin gleich wieder zurück.«

Ich hoffe, dass Hunde es nicht merken, wenn sie angelogen werden. Rosa kommt nämlich nicht bald, und ich bin auch nicht gleich wieder zurück. Es ist noch sehr früh, und es wird ein ziemlich langer Tag werden. Mein Mobiltelefon empfängt eine SMS.

»Kommst du jetzt endlich?«, schreibt Marino.

»Bin schon da«, antworte ich.

Ich befestige den Nylonriemen der Hüfttasche an meiner Taille und ziehe ihn enger zusammen, während ich einen Vorhang öffne.

5

Dichter Regen umhüllt die Straßenlaternen vor unserem alten Haus im Federal-Stil. Es steht im Zentrum von Cambridge, unweit des Priesterseminars von Harvard und der Academy of Arts and Sciences.

Ich beobachte, wie Marino aus einem SUV steigt, der ihm nicht persönlich gehört. Der Ford Explorer ist schwarz oder dunkelblau und steht in meiner von Pfützen durchsetzten Einfahrt. Regen prasselt auf die alten Backsteine nieder. Als er die Beifahrertür öffnet, ahnt er nicht, dass ich ihm aus einem Fenster im zweiten Stock dabei zusehe. Er weiß nicht, was bei seinem Anblick in mir vorgeht, und es interessiert ihn nicht, welche Folgen sein Verhalten für mich hat.

Er hat mir seine Absichten nicht angekündigt, was sich eigentlich auch erübrigte, da ich bereits im Bilde war. Das Cambridge Police Department hätte seinem Antrag, in seinem Fall eine Ausnahme zu machen, nicht stattgegeben, und auch die allerbesten Referenzen hätten ihm nichts genützt, wenn ich ihn nicht für eine Versetzung zur Kriminalpolizei empfohlen hätte. Ich habe ihm seinen gottverdammten neuen Job besorgt. Das ist die Wahrheit und das Absurde an der Sache.

Ich habe mich beim Polizeichef und bei der Staatsanwaltschaft für ihn eingesetzt und mit Nachdruck beteuert, dass Marino genau der Richtige für diesen Posten sei. Ein Mann mit seiner langjährigen Erfahrung und guten Ausbildung solle nicht mehr mit Berufsanfängern die Polizeiakademie besuchen müssen, und zum Teufel mit irgendwelchen Altersgrenzen. Ich habe mich für ihn verwendet, weil ich wollte, dass er glücklich wird. Er sollte mir nicht mehr grollen oder mir Vorwürfe machen.

Ich empfinde eine Mischung aus Trauer und Wut, als er das Hundegitter auf dem Rücksitz öffnet und seinen Deutschen Schäferhund herauslässt, der vor Tierquälern gerettet wurde und Quincy heißt. Er befestigt eine Leine am Halsband, und dann höre ich das dumpfe Geräusch der im heftigen Regen zufallenden Autotür. Durch die kahlen Äste der riesigen Eiche und die Fensterscheibe beobachte ich, wie der Mann, den ich schon fast mein gesamtes Berufsleben lang kenne, seinen Hund, noch ein Welpe, zum Gebüsch führt.

Sie gehen die Backsteinmauer entlang, worauf Bewegungsmelder anspringen, als wollten sie Detective Pete Marino begrüßen. Seine massige Gestalt wirkt durch den Schattenwurf noch größer, als er im Licht der alten eisernen Gaslaternen auf den Stufen zur Veranda stehenbleibt. Sock folgt mir zur Treppe, seine Krallen klappern auf dem Parkett.

»Meiner Ansicht nach wird es nicht so klappen, wie er glaubt«, sage ich zu dem Hund, der schweigt wie ein Pantomime. »Er tut es nämlich aus den falschen Gründen.«

Natürlich sieht Marino das ganz anders. Er hat sich in den Kopf gesetzt, dass er meinetwegen und absolut gegen seinen Willen vor zehn Jahren aus dem Polizeidienst ausgeschieden ist. Wenn man ihn fragen würde, ob alle Enttäuschungen in seinem Leben die Schuld von Kay Scarpetta sind, würde er mit Ja antworten und einen Lügendetektortest bestehen.

Ich schalte die Lichter an, die durch die französischen Buntglasfenster auf dem Treppenabsatz nach draußen scheinen. Waldszenen erstrahlen in lebendigen, bunten Farben.

Unten deaktiviere ich die Alarmanlage und öffne die Tür.

Marino steht überlebensgroß auf der Fußmatte. Sein Hund, der nur aus langen Beinen und Pfoten zu bestehen scheint, zerrt heftig an der Leine, um Sock und mich zur Begrüßung fröhlich abzuschlecken.

»Komm rein. Ich muss noch Sock rauslassen und ihn füttern.« Ich öffne den Wandschrank im Flur, um meine Sachen zusammenzusuchen.

»Du siehst zum Fürchten aus.« Marino schiebt die Kapuze seines tropfnassen Regenmantels zurück. Sein Hund trägt eine Arbeitsweste. IN AUSBILDUNG steht in großen weißen Buchstaben auf der einen Seite. NICHT STREICHELN auf der anderen.

Ich wuchte meinen Tatortkoffer aus dem Schrank, einen großen, stabilen Werkzeugkasten, den ich für ein Butterbrot gekauft habe. Ich besorge mir die Sachen, die ich für meine forensischen Untersuchungen brauche, wenn möglich bei Walmart oder im Baumarkt. Warum Hunderte von Dollar für einen chirurgischen Meißel oder eine Rippensäge ausgeben, wenn ich auch spottbilliges Werkzeug benutzen kann, mit dem es genauso gut funktioniert?

»Ich will dir nicht den Boden volltropfen.« Marino beobachtet mich von der Veranda aus, und zwar mit demselben starren Blick wie in meinem Traum.

»Kein Problem. Rosa kommt heute. Hier herrscht das absolute Chaos. Ich habe noch nicht mal einen Weihnachtsbaum.«

»Sieht aus, als würde Scrooge, der geizige Weihnachtshasser, hier wohnen.«

»Vielleicht tut er das ja. Und jetzt steh nicht länger im Regen rum.«

»Es soll bald aufklaren.« Als Marino die Sohlen an der Matte abstreift, machen seine Lederstiefel ein scharrendes, polterndes Geräusch.

Nachdem er eingetreten ist und die Tür hinter sich geschlossen hat, setze ich mich auf den Teppich. Quincy zerrt an der Leine, weil er zu mir will. Dabei wedelt er wie wild mit dem Schwanz, so dass er gegen den Schirmständer schlägt. Marino, der Hundeführer – oder »Hundechauffeur«, wie Lucy ihn nennt –, ruckt an der Leine und befiehlt Quincy, sich zu setzen. Vergeblich.

»Sitz«, wiederholt Marino streng. »Platz«, fügt er hilflos hinzu.

»Wissen wir noch mehr über den Fall, als du mir am Telefon erzählt hast?« Sock kauert zitternd auf meinem Schoß, weil er ahnt, dass ich jetzt aus dem Haus gehe. »Sonst noch etwas über Gail Shipton, falls sie es wirklich ist?«

»Hinter der Bar gibt es eine Seitengasse mit einer kleinen Parkzone, ziemlich einsam dort, und einige Laternen sind kaputt«, vermeldet Marino. »Offenbar hat sie dort telefoniert. Ich habe nämlich ihr Smartphone gefunden. Außerdem einen Schuh, der ihr gehört.«

»Können wir sicher sein, dass es ihre Sachen sind?« Ich ziehe Stiefeletten an. Sie bestehen aus schwarzem Nylon, sind gefüttert und wasserdicht.

»Beim Telefon hundertprozentig.« Er kramt einen Hundekuchen aus der Tasche und bricht ein Stück ab. Quincy nimmt eine Körperhaltung ein, die ich als seine Sprungstellung bezeichne. Bereit zuzuschlagen.

»Was ist denn mit den Leckerchen, die ich dir für ihn gegeben habe? Aus Süßkartoffeln. Einen ganzen Karton voll.«

»Die sind alle.«

»Dann verfütterst du ihm eindeutig zu viele.«

»Er ist noch im Wachstum.«

»Tja, wenn du so weitermachst, wächst er sicher, allerdings nicht in die gewünschte Richtung.«

»Und sie säubern seine Zähne.«

»Was ist denn mit der Hundezahnpasta, die ich für dich zusammengemischt habe?«

»Die mag er nicht.«

»Ist ihr Smartphone nicht passwortgeschützt?«, frage ich, während ich meine Schnürsenkel mit einer doppelten Schleife zubinde.

»Ich habe da so einen Trick, mit dem man so was knackt.«

Lucy, denke ich. Offenbar führt Marino bereits die alten Tricks meiner Nichte in seinen neuen Arbeitsplatz ein. Und wir alle wissen, dass diese Tricks nicht notwendigerweise legal sind.

»Ich wäre mit Dingen vorsichtig, die du nicht vor Gericht erwähnen möchtest«, teile ich ihm mit.

»Leute können nur Fragen über etwas stellen, von dem sie wissen.« Sein Verhalten macht mir unmissverständlich klar, dass er keine guten Ratschläge von mir hören will.

»Ich nehme an, dass du das Smartphone zuerst auf Fingerabdrücke und DNA untersucht hast.« Ich kann nicht verhindern, dass ich genau so mit ihm rede wie in der Zeit, als ich noch seine Vorgesetzte war. Das ist noch nicht einmal einen Monat her.

»Das Telefon und auch die Hülle.«

Als ich vom Boden aufstehe, zeigt er mir ein Foto, das ein Smartphone in einer stabilen schwarzen Hülle auf nassem, rissigem Asphalt neben einem Müllcontainer darstellt. Das ist keine gewöhnliche Smartphonehülle, denke ich. Sondern ein wasser- und stoßfestes Hartschalenetui mit zurückschiebbarem Deckel, das Lucy als militärtauglich bezeichnen würde. Sie und ich haben auch solche, und vielleicht verrät mir dieses Detail etwas Wichtiges über Gail Shipton. Denn die meisten Menschen besitzen keine solchen Smartphonehüllen.

»Ich habe die Liste ihrer Anrufe.« Marino erklärt mir, wie er das Passwort und andere Daten mit Hilfe eines tragbaren Analysegeräts herausgefunden hat, das er eigentlich nicht einsetzen dürfte.

Eine Erfindung von Lucy. Ein mobiler Scanner, den sie so umgebaut hat, dass er ihr jeden Wunsch von den Augen abliest. Wer meine Nichte auch nur fünf Minuten mit seinem Smartphone oder Computer allein lässt, legt sein Leben in ihre Hände.

»Gails letzter Anruf war um siebzehn Uhr dreiundfünfzig.« Marinos Blick fällt auf meine Hüfttasche. »Carin Hegel, die Gail gerade eine SMS mit der Bitte um Rückruf geschickt hatte. Seit wann schleppst du denn eine Knarre mit dir rum?«

»Carin Hegel, die Anwältin?«

»Hattest du schon mal mit ihr zu tun?«

»Zum Glück hatte ich noch keinen großen Prozess am Hals, also nein. Aber wir sind uns ein paarmal über den Weg gelaufen.« Zuletzt im Bundesgerichtsgebäude in Boston. Ich versuche, mich zu erinnern, wann das gewesen ist.

Anfang des Monats, vielleicht vor zwei Wochen. Wir sind uns zufällig im Café im ersten Stock begegnet, und sie sagte, sie sei wegen einer Anhörung dort. Es ginge um eine Investorenfirma, die sie als »Bande von Gangstern« bezeichnete.

»Es scheint festzustehen, dass Gail das Lokal verlassen hat und nach hinten auf den Parkplatz gegangen ist, etwa so, wie ihre Freundin Haley Swanson es geschildert hat«, fährt Marino fort. »Gail hat einen Anruf von einem Menschen mit unterdrückter Nummer bekommen und ist vermutlich raus, um besser hören zu können. In der Anruferliste heißt es nur *unbekannt* und *mobil*. Wenn man die Informationen abruft, steht da das Datum, die Uhrzeit und wie lange das Gespräch gedauert hat, nämlich siebzehn Minuten.«

Er gibt Quincy noch ein Stück Hundekuchen.

»Gail hat das Telefonat beendet, als die SMS von Carin Hegel eintraf«, spricht er weiter. »Sie hat versucht, sie zurückzurufen, doch dieser Anruf dauerte nur vierundzwanzig Sekunden, was interessant ist. Entweder hat sie sie nicht erreicht und ihr eine Nachricht auf der Mailbox hinterlassen, oder sie ist gestört worden.«

»Wir müssen mit Carin Hegel reden.« Ich bekomme ein mulmiges Gefühl.

Als wir uns vor ein paar Wochen im Café im Gerichtsgebäude einen Kaffee geholt haben, hat sie mir nämlich noch etwas erzählt. Sie hat angedeutet, dass sie derzeit nicht zu Hause wohnt. Ich habe erfahren, dass sie an einem geheimen Ort lebt, bis der Prozess vorbei ist.

Es sei zu gefährlich, ihren üblichen Tagesablauf einzuhalten, vertraute sie mir an. Wie praktisch, wenn sie ausgerechnet jetzt Opfer eines Autounfalls werden würde, witzelte sie, doch mir war klar, dass das ganz und gar nicht scherzhaft gemeint war. Sie wolle mich nur warnen, falls sie plötzlich ohne Termin und in horizontaler Lage in meinem Institut erscheinen sollte, fügte sie grinsend hinzu, was ich auch nicht sehr lustig fand. Ganz im Gegenteil.

»Ich habe ihr bereits eine Nachricht hinterlassen, dass sie sich umgehend bei mir melden soll«, erwidert Marino.

»Hast du erwähnt, dass ihre Mandantin möglicherweise vermisst wird?«

»Ja. Aber ich weiß nicht, ob sie mich zurückrufen oder ihre dämliche Sekretärin damit beauftragen wird. Du kennst diese erfolgreichen Anwälte ja«, antwortet Marino, während ich meine Jacke anziehe. »Der Schuh lag neben dem Mobiltelefon und war nass vom Regen, sah aber nicht danach aus, als wäre er lange dort gewesen. Also nur ein paar Stunden, nicht mehrere Tage«, fügt er hinzu. »Meiner Ansicht nach hat sich jemand Gail geschnappt. Sie hat sich gewehrt, und dabei hat sie das Telefon fallen gelassen und einen Schuh verloren. Was zum Teufel willst du mit einer Knarre?«

»Wie sieht der Schuh denn aus?«, erkundige ich mich.

Er öffnet ein anderes Foto auf seinem Mobiltelefon und zeigt mir einen grünen Ballerina aus falschem Krokoleder, der mit der Sohle nach oben auf dem nassen, schmutzigen Boden liegt.

»So einen Schuh verliert man leicht, im Gegensatz zu Stiefeln, Schnürschuhen oder welchen mit Reißverschluss«, merke ich an.

»Richtig. Das verrät uns, dass sie sich gewehrt hat, als sie von jemandem in ein Auto gezerrt wurde.«

»Ich habe noch keine Ahnung, was uns das verrät. Was ist mit ihren persönlichen Sachen?«

»Vermutlich hatte sie eine braune Umhängetasche bei sich. Gestern hat sie so eine benutzt, und sie ist nicht in ihrer Wohnung. Das hat ihre Freundin Haley gesagt.«

»Mit der du seit ein Uhr nicht mehr geredet hast.«

»Eine Stunde hat nur sechzig Minuten.« Marino gibt Quincy noch ein Stück Hundekuchen. Jetzt sind wir bei drei in einer Viertelstunde. »Der Entführer muss auch Gails Tasche mitgenommen haben.«

»Und niemand hat sie schreien gehört? Jemand packt sie und zerrt sie während der Happy Hour im Zentrum von Cambridge in sein Auto, und kein Mensch kriegt etwas mit?«

»Es war laut in der Bar. Außerdem hängt es davon ab, wie viel sie getrunken hatte.«

»Wenn sie betrunken war, hat er sicher leichteres Spiel mit ihr gehabt.« Das predige ich schon seit Jahren.

Vergewaltiger, Räuber und Mörder sehen es nämlich gern,

wenn ihre Opfer unter dem Einfluss von Alkohol oder Drogen stehen. Eine Frau, die allein aus einer Kneipe torkelt, kommt ihnen da wie gerufen.

»Hinter dem Lokal war es nach Einbruch der Dunkelheit sicher recht einsam«, merkt Marino an. »Die Seitengasse ist eigentlich nur ein Durchgang zur Massachusetts Avenue. Für jemanden, der etwas im Schilde führt, ist es also kein Problem, sich unbemerkt auf diesen Parkplatz zu schleichen. Wirklich nicht sehr schlau von ihr, ausgerechnet dort im Dunkeln zu telefonieren. Um halb sechs oder um sechs war es sicher stockfinster.«

»Wir wollen nicht dem Opfer die Schuld geben.« Ich gehe mit Sock den Flur hinunter und bleibe stehen, um die viktorianischen Kupferstiche an der vertäfelten Wand geradezurücken.

Überall ist es muffig und staubig, in meinem privaten Umfeld herrschen Durcheinander und Vernachlässigung, oder zumindest fühlt es sich so an. Keine Spur von Weihnachtsbeleuchtung, abgestandene Luft, in der Küche steht nichts auf dem Herd, nichts lebt. Seit ich aus Connecticut zurück bin, ist meine Welt aus den Fugen.

»Sie hätte nicht dahinten rausgehen sollen.« Marinos Stimme folgt mir. »Und es wäre besser gewesen, wenn sie nicht telefoniert und besser aufgepasst hätte«, fügt er laut hinzu.

6

Im Garten steht das Wasser auf dem Rasen. Die Bäume biegen sich im böigen Wind, und der Regen ist unnatürlich laut. Er zischt auf dem Pflaster, als sei die Terrasse heiß. Dichter Nebel ist aufgezogen.

Die umliegenden Häuser sind dunkel. Deren Weihnachtsbeleuchtung ist mit Zeitschaltuhren verbunden, die die elektrischen Kerzen und Lichterketten zwischen Mitternacht und Morgendämmerung abschalten. Seit ich allein und krank bin, lasse ich Sock stets auf dieselbe Art und Weise hinaus: Ich stehe, die Hand an der Hüfttasche, in der offenen Tür Wache und spüre das Gewicht der Pistole darin, während mein traumatisierter Windhund zu seiner Lieblingsstelle trottet, hinter den Buchsbäumen herumschnüffelt und in dunklen Winkeln verschwindet, wo ich ihn nicht sehen kann. Er ist ein Experte darin, das Einzugsgebiet der Bewegungsmelder zu meiden.

Ich spähe in die düsteren Schatten und betrachte die alte Backsteinmauer, die unser Grundstück von dem dahinter trennt. Vielleicht hat Benton vor ein paar Tagen ja recht gehabt. Ich bin wachsamer als sonst. Er sagte, angesichts der Ereignisse ist es nur natürlich, dass ich schreckhaft und empfindlich bin, und ich habe ihm weder widersprochen noch es weiter ausgeführt. Er hat genug um die Ohren, weshalb ich ihm keine zusätzlichen Sorgen machen wollte. Doch als ich mich in Dunkelheit und Regen umschaue, werde ich das Gefühl nicht los, dass mich jemand beobachtet. Das geht schon so, seit ich aus Connecticut zurück bin.

Ich habe Geräusche gehört, ganz leise, das Knacken eines Zweiges und das Rascheln von aufgewühltem trockenem Laub. Inzwischen kostet es mich Überwindung, Sock bei Dunkelheit aus dem Haus zu lassen, und er scheint sich auch zu fürchten. Er hasst den Winter und schlechtes Wetter, und ich habe für mich die Erklärung gefunden, dass sich meine Beklommenheit vermutlich auf ihn überträgt. Ich erschrecke, als ich bemerke, dass er zu schnuppern anfängt, als suche er etwas. Im nächsten Moment erstarrt er und rennt zu mir zurück. Den Schwanz zwischen die Beine geklemmt, versucht er, sich an mir vorbei ins Haus zu drängen, wie er es in letzter Zeit öfter tut.

»Mach dein Häufchen«, weise ich ihn streng an. »Alles ist gut. Ich bin hier.« Ich halte Ausschau nach etwas, das ihn geängstigt haben könnte, für den unwahrscheinlichen Fall, dass es nicht nur meine Stimmung ist, die ich auf ihn abfärbt. »Was hast du? Ist da irgendwo ein Waschbär, eine Eule oder ein Eichhörnchen?«

Ich spitze die Ohren, höre aber nichts als das laute Prasseln des Regens, während ich mich von meinem sicheren Ausguck aus umschaue. Das Licht, das durch die offene Tür nach draußen strömt, taucht das verfilzte, durchweichte braune Gras, das Laub und die runde, niedrige Steinmauer rings um die Magnolie mitten im Garten in einen dämmrigen Schein. Über mir hebt sich das französische Buntglasfenster strahlend von der Hauswand ab. Die Farben, die an Edelsteine erinnern, signalisieren, dass ich zu Hause oder mit meinem Hund im Garten bin.

Eigentlich könnte ich Leuten mit bösen Absichten gleich eine Einladung schicken, weshalb es sinnvoller wäre, das Licht auf dem Treppenabsatz nicht einzuschalten. Aber ich weigere mich. Die leuchtenden Farben und mythischen Tiere spenden mir Trost und Freude. Ich werde mich nicht von irrationalen Ängsten beherrschen lassen. Ich werde weder bösen Menschen noch auch nur dem Gedanken an sie gestatten, mir noch mehr zu nehmen, als sie bereits getan haben.

»Was ist denn? Also gut.« Als ich mich in Bewegung setze, folgt Sock mir in den Garten. Seine Schnauze berührt meine Kniekehle. »Komm.« Ich klinge ruhig und sorglos, obwohl ich mich ganz und gar nicht so fühle.

Mein Verstand sagt mir, dass alles in Ordnung ist, doch ein anderer Teil meines Gehirns meldet das Gegenteil. Wieder werde ich von dem starken Gefühl ergriffen, das ich bereits kenne. Windböen treiben den Regen vor sich her und peitschen die dicken Äste und die fleischigen Blätter der Magnolie. Mein Puls wird schneller. Der Sturm umtost das Dach und schüttelt die Büsche, und ich reagiere körperlich auf etwas, das ich nicht zu fassen bekomme.

Auf der anderen Seite der Mauer knirscht ein Stein. Meine Kopfhaut beginnt zu prickeln, und meine Beine werden schwer, obwohl ich die Tage, in denen ich vor Angst wie gelähmt war, doch in meiner Kindheit zurückgelassen habe. Seitdem habe ich so viel erlebt, dass ich meine Ängste im Griff habe. Ich gerate nicht mehr in Panik. Ich öffne die Hüfttasche und hole vorsichtig die Pistole heraus. Dann setze ich die Kapuze auf und gehe mit Sock zu der Steinbank, die rings um die Magnolie verläuft. Ganz in der Nähe ist ein Gebüsch.

»Los. Ich warte hier«, sage ich zu ihm, worauf er hinter einem dichten Buchsbaum in Deckung geht. Er legt die Ohren an und lässt mich nicht aus den Augen.

Schwere kalte Regentropfen klopfen auf den wasserdichten Stoff, der meinen Kopf schützt, während ich reglos verharre. Zu meinem Bedauern fällt mir ein, dass ich keine Patrone in die Kammer geschoben habe, und es wird schwierig werden,

den Schieber zurückzuziehen. Die Pistole ist nass. Es war dumm von mir, sie vor dem Verlassen des Hauses nicht zu entsichern. Plötzlich rennt Sock zur offenen Tür. Ich folge ihm, allerdings ohne den Blick von der Mauer abzuwenden, die mein Grundstück von dem dahinter trennt.

Ich spüre es wie ein Magnetfeld, das Böse, das im Dunkeln hinter der Mauer lauert. So nah, dass ich es beinahe riechen kann. Säuerlich, ein schmutziger elektrischer Geruch, wie ein altes Gerät, das einen Kurzschluss hat. Das, was Menschen riechen, bevor sie einen Krampfanfall erleiden. Aber ich bilde es mir nur ein. Da ist kein Geruch, nur der muffige Gestank von nassem totem Laub und der Ozongehalt des Regens. Das Wasser strömt stetig, es weht ein feuchtkalter Wind, und das, was sich gerade bewegt hat, ist nun reglos und still. Das rätselhafte physikalische Gesetz, das Dinge selbsttätig an andere Orte versetzt, denke ich. Als ob man eine Münze auf dem Teppich findet und keine Ahnung hat, wie sie dorthin geraten sein könnte, denn schließlich hat man sie zuletzt auf der Kommode gesehen.

Ich schaue mich um und kann nichts Ungewöhnliches erkennen. Dann kehre ich zurück ins Haus, ziehe die Tür zu und schließe ab. Nachdem ich durch den Spion einen Blick in den leeren, regennassen Garten geworfen habe, trockne ich Sock ab, lobe ihn für das gelungene Geschäft, wische die Pistole ab und verstaue sie wieder in der Hüfttasche. Danach schaue ich noch einmal durch den Spion, es ist ein Reflex, als ich die Hand auf den Türknauf lege. Es dauert einen Moment, bis mir klarwird, was ich da sehe.

Die Gestalt auf der anderen Seite der Mauer ist ein junger Mann, nicht sehr groß, vielleicht auch ein Junge. Ich bin ziemlich sicher. Barhäuptig, hellhäutig. Einen Moment lang betrachtet er meine Hintertür und blickt mich an, während ich ihn durch den Spion beobachte. Ich erkenne blasse Haut und dunkle Augenhöhlen. Als ich die Tür weit aufreiße, rennt er davon.

»Hey!«, rufe ich.

Er verschwindet so plötzlich, wie er gekommen ist.

Ich gehe in meine Küche, die mit Gastrogeräten aus Edelstahl, altem Holz und antiken Kronleuchtern aus Alabaster ausgestattet ist.

»Was war da los?« Marino gießt Mineralwasser in ein Glas. Er bedient sich selbst, und ich bin sicher, dass er glaubt, ich hätte Sock angeschrien, der auf die Matte mit seinen Näpfen zusteuert und sich erwartungsvoll davorsetzt.

»Wir hatten einen Besucher«, erwidere ich. »Offenbar ein junger Mann, weiß, vermutlich dunkelhaarig, könnte ein Jugendlicher gewesen sein. Er stand hinter der Mauer, und zwar vielleicht die ganze Zeit, während wir im Garten waren. Er ist weggelaufen.«

»Auf deinem Grundstück?« Marino stellt Glas und Flasche weg, als wolle er sich gleich an die Verfolgung machen.

»Nein.« Ich bin erstaunlich ruhig. Endlich habe ich die Bestätigung.

Also doch keine Halluzinationen.

»Er war auf der anderen Seite der Mauer im Garten meiner Nachbarn.« Ich breite das nasse Handtuch über einen an einem Schrank befestigten Handtuchständer.

»Dann war es kein Hausfriedensbruch. Zumindest nicht bei dir.«

»Keine Ahnung, was er da wollte.«

»Bist du sicher, dass es nicht dein Nachbar war?«

»Warum sollte mein Nachbar sich um diese Uhrzeit und im strömenden Regen hinter der Mauer verstecken und dann wegrennen? Ich glaube nicht, dass ich diesen Menschen kenne, aber natürlich konnte ich ihn nicht gut sehen.«

Ich öffne meine Handtasche, die neben dem Telefon steht, und hole Brieftasche, Dienstausweis und Schlüssel heraus.

»Ein junger Mann, der dir fremd vorkam? Bist du sicher?« Marino stellt die Flasche in den Kühlschrank, und zwar nicht in den, aus dem er sie genommen hat.

»Ich weiß nicht mehr als das, was ich gerade gesagt habe.« Ich greife nach meinem Institutsausweis mit dem eingebauten, per Funk ablesbaren Identifikationschip, der an einem Band hängt und in einer Plastikhülle steckt. »Aber ich hatte ein komisches Gefühl, als ich in den letzten Tagen zu Hause war. Es war, als ob jemand das Haus beobachtet. Und Sock war ziemlich unruhig.«

Marino überlegt einen Moment und wägt die Möglichkeiten gegeneinander ab. Er könnte hinaus in Regen und Dunkelheit gehen und den Unbekannten suchen. Allerdings ist kein Verbrechen geschehen, jedenfalls keines, von dem wir wissen. Außerdem bin ich sicher, dass der Eindringling längst verschwunden ist, was ich Marino auch mitteile. Ich sage ihm, die Person, die ich gesehen hätte, sei in Richtung der Academy of Arts and Sciences geflohen, die in einem dichtbewaldeten Gebiet liegt. Ein Stück nördlich davon, auf der anderen Seite der Beacon Street und der Bahngleise, beginnt Somerville, wo das Cambridge Police Department nicht mehr zuständig ist. Der Mann könnte also überall sein.

»Vielleicht ein Jugendlicher, der einbrechen wollte«, verkündet Marino, während ich eine kleine starke LED-Taschenlampe aus einer Schublade hole und mich vergewissere, dass die Batterien noch voll sind. »Insbesondere um diese Jahreszeit gibt es jede Menge Vandalismus, aufgebrochene Autos und eingeschlagene Fenster. Jugendliche klauen Laptops, iPads und iPhones. Du würdest dich wundern, wie viele reiche Leute in Cambridge keine Alarmanlage haben«, fährt er fort, als hätte ich keine Ahnung, was in der Stadt, in der ich wohne, vor sich geht. »Die Kids spionieren ein Haus aus, um rauszufinden, wo die elektronischen Geräte sind, brechen ein Fenster auf, schnappen sich, was sie tragen können, und hauen ab.«

»Wir sind kein lohnendes Objekt für Einbrecher, denn dass wir eine Alarmanlage haben, ist offensichtlich.« In der Abstellkammer hängt die quer über dem Körper zu tragende Tasche, die ich benutze, wenn ich mit leichtem Gepäck reise. »Im Garten steht ein Schild, und wenn jemand durchs Fenster schaut, sieht er an den Wänden die Bedienungsfelder mit dem roten Licht, ein Hinweis darauf, dass sie aktiviert ist.«

»Hast du sie immer an, wenn du zu Hause bist?«

»Insbesondere, wenn ich allein bin.« Das müsste er doch eigentlich wissen, verdammt.

»Und dieses seltsame Gefühl hat angefangen, nachdem Benton nach Washington geflogen ist?«

»Nein, so lange ist es noch nicht her. Er ist seit etwa einem Monat weg, gleich nachdem der zweite und der dritte Mord geschahen. Ich glaube, damals ist mir noch nichts Merkwürdiges aufgefallen.« Ihn interessiert, ob Bentons Fälle mir Angst gemacht haben, Entführungen und Morde, von denen Marino nur das wenige weiß, was die Nachrichten gebracht haben.

»Okay, und wann hast du angefangen, dich komisch zu fühlen?«

»Als ich aus Connecticut zurückkam. Am Samstagabend hatte ich es zum ersten Mal.« Brieftasche, Ausweis, Dienstmarke und Taschenlampe wandern in die Tasche.

Marino beobachtet mich, und mir ist klar, was er denkt. An diesem Wochenende habe ich etwas Traumatisches erlebt, und jetzt bin ich paranoid. Und was noch wichtiger ist: Ich fühle mich nicht mehr so sicher wie in der Zeit, als er bei mir gearbeitet hat. Er will glauben, dass ich unter seiner Abwesenheit leide und dass mein Leben dadurch in Unordnung geraten ist, was nicht stimmt. Ich öffne einen Schrank über der Spüle.

»Nun, das ist verständlich«, sagt er.

»Mein Gefühl hat nichts damit zu tun, Ehrenwort.« Ich deponiere eine Dose mit Socks Futter und ein Paar grauer Untersuchungshandschuhe aus Nitril auf der Arbeitsfläche.

»Wirklich? Möchtest du mir nicht erklären, warum du es plötzlich für nötig hältst, eine Pistole zum Tatort mitzunehmen? Und das, obwohl du in meiner Begleitung bist?«, bohrt er weiter, weil er glauben will, dass ich verängstigt bin.

Und vor allem will er glauben, dass ich ihn brauche.

»Dabei magst du Pistolen nicht«, fügt er hinzu.

»Es geht nicht darum, was ich mag«, erwidere ich, begleitet vom Rhythmus des Dosenöffners, der das Metall durchtrennt. »Außerdem finde ich, dass man für Pistolen keine Gefühle entwickeln sollte. Liebe, Hass, Zuneigung oder Abneigung sollten sich auf Menschen, Haustiere und Lebensmittel beziehen. Nicht auf Schusswaffen.«

»Seit wann trägst du eine oder machst dir die Mühe, sie zu entsichern?«

»Woher willst du wissen, womit ich mir Mühe mache? Meistens bist du nicht in meiner Nähe. Und in letzter Zeit überhaupt nicht mehr.«

»Tja, ich halte es nicht für einen Zufall, dass du dich bis an die Zähne bewaffnest, seit ich nicht mehr für dich arbeite.«

»Ich bewaffne mich nicht bis an die Zähne. Aber ich tue es, wenn ich nachts unterwegs oder allein hier im Haus bin.«

Marino stürzt den letzten Schluck Mineralwasser hinunter und rülpst leise.

»Abzuwarten, bis jemand die Alarmanlage abschaltet, um mit dem Hund rauszugehen, ist der älteste Trick der Welt.« Ich füttere Sock mit der behandschuhten Hand – glutenfreie Klößchen aus Weißfisch und Hering –, um sicherzugehen, dass er nicht zu schnell frisst und dabei Essen in die Luftröhre bekommt.

Mein Adoptivhund neigt nämlich zu Lungenentzündungen. Und dass er sein Futter hinunterschlingt, liegt daran, dass er in seinen ersten Lebensjahren auf der Hunderennbahn nicht regelmäßig gefüttert wurde.

»Du glaubst doch nicht ernsthaft, dass ich das unbewaffnet tue«, fahre ich ruhig fort, als ich zur Tür gehe.

Marino stellt sein Glas ins Spülbecken und folgt mir. Aus unseren Jacken tropft Wasser auf den Boden.

»Wie viele Fälle kennen wir, in denen der Stalker weiß, dass sein Opfer einen Hund hat, und es so lange beobachtet, bis er seine Verhaltensmuster kennt?«, erinnere ich ihn. Vielleicht will ich ihm ja ein schlechtes Gewissen machen.

Er hat einfach seinen Job hingeworfen und sich die Mühe gespart, mich vorzuwarnen. Seit ich krank bin, hat er kein einziges Mal angerufen, um sich nach meinem Befinden zu erkundigen. Ich aktiviere die Alarmanlage und schiebe ihn rasch aus dem Haus, während Sock mit einem Süßkartoffel-Leckerchen beschäftigt ist. Ein zweites steckt in meiner Tasche, was Quincy natürlich gerochen hat. Er läuft hinter mir her, die Stufen hinunter und den Gartenweg entlang.

Der Regen lässt nach, und es ist für die Jahreszeit sehr warm. Um die fünfzehn Grad, und man würde nicht glauben, dass Weihnachten vor der Tür steht, wären da nicht die geschmackvollen Kränze an den Türen und die roten Bänder und Schleifen an den Laternenmasten. Wir hatten noch keinen Frost. Das Wetter ist für Dezember mild und wolkig, doch das wird nicht so bleiben. Für das Wochenende ist Schnee vorhergesagt.

»Wenigstens brauche ich mir keine Sorgen zu machen, dass du dich mit der Waffe selbst gefährden könntest.« Marino hilft Quincy in seine Box und macht sie zu. »Schließlich habe ich dir selbst das Schießen beigebracht.«

Quincy sitzt auf seiner Fleecedecke und mustert mich aus leuchtenden braunen Augen.

»Ich möchte natürlich nicht in seine Ausbildung hineinpfuschen«, bemerke ich, während ich das Süßkartoffel-Leckerchen zutage fördere.

»Dazu ist es inzwischen ein bisschen zu spät«, erwidert Marino, so als sei die Tatsache, dass sein Hund überhaupt nicht gehorcht, wie alles andere nur meine Schuld.

Quincy steckt die Nase durch den Maschendraht. Ich höre ihn kauen, als ich es mir auf dem Beifahrersitz bequem mache.

Marino startet den Motor und greift zum Funkgerät. Er funkt die Zentrale an und bittet darum, dass alle Streifenwagen in dieser Gegend Ausschau nach einem jungen männlichen Weißen halten, der möglicherweise am nördlichen Rand von Harvard Häuser ausspioniert. Zuletzt sei er gesehen worden, als er in Richtung der Academy of Arts and Sciences gelaufen sei. Wagen 13 meldet sofort, er befände sich wenige Häuserblocks entfernt.

»Weitere Personenbeschreibung?«, fragt Wagen 13.

»Barhäuptig, vermutlich recht zierlich, möglicherweise ein Jugendlicher«, raune ich Marino zu. »Wahrscheinlich zu Fuß.«

»Keine Mütze«, spricht er ins Funkgerät. »Zuletzt dabei beobachtet, wie er in Richtung Beacon Avenue zum Wald gerannt ist.«

7

Marinos ziviler SUV ist mit Polizeifunk, Funkgerät, Sirene und bruchsicheren Scheinwerfern ausgestattet. Aufbewahrungsboxen und Schubladen halten seine Ausrüstung in Ordnung und außer Sichtweite, und die dunklen Sitzpolster aus Stoff und der Teppich sind makellos sauber. Ich spüre, dass er stolz auf seinen »fahrbaren Untersatz« ist, wie er damals in Richmond seinen Crown Victoria nannte.

»Der sieht ziemlich neu aus und scheint sehr gut in Schuss zu sein. Und ein Hybridmotor. Du achtest auf die Umwelt, ich bin beeindruckt.« Ich fahre mit dem Finger über das mit dem Cockpitspray Armor All polierte Armaturenbrett. »Glatt wie Glas. Da könnte man drauf Schlittschuh laufen.«

»Ein mickriger Zwei-Liter-Vierzylinder, nicht zu fassen«, grummelt er. »Die haben gerade erst nagelneue Turbo-Sechszylinder angeschafft, aber die sind nur für die hohen Tiere. Was mache ich, wenn es zu einer Verfolgungsjagd kommt?«

»Dann gewinnst du den ersten Preis für einen kleinen CO_2-Fußabdruck.« Ich spähe aus dem Fenster und halte Ausschau nach dem Menschen, der an der Mauer hinter meinem Haus herumgelungert hat.

»Sie könnten uns genauso gut mit Wasserpistolen ausrüsten, um Munition zu sparen.«

»Der Vergleich hinkt.« Das ist so albern, dass ich mir ein Grinsen nicht verkneifen kann.

»Mein letztes Auto, bevor ich aus Richmond weg bin, war ein V8. Mit dem habe ich zweihundertzwanzig Sachen geschafft.«

»Ich kann mir keinen Grund vorstellen, warum du in Cambridge so schnell sein müsstest, solange du kein Flugzeug verfolgst.« Draußen ist keine Menschenseele zu sehen.

Einige Minuten lang begegnen wir keinem einzigen Auto. Ich frage mich immer noch, warum mir jemand nachspionieren könnte, seit ich aus Connecticut zurück bin. Ich glaube nämlich nicht, dass es um einen Einbruch geht. Wer ist dieser Mensch? Was will er?

»Benton hätte nach Hause kommen sollen.« Marino hält sich auf der Fahrt über den Campus von Harvard an die Geschwindigkeitsbegrenzung. »Sterbenskrank warst du und ganz allein. Ganz zu schweigen von dem, was du gerade erlebt hattest.« Schon wieder muss er es erwähnen, und er wird es immer wieder tun.

»Benton hätte auch nichts machen können, wenn er nach Hause gekommen wäre«, erwidere ich, obwohl das nicht stimmt.

Falls jemand unser Haus beobachtet oder mir nachstellt, wäre es sehr hilfreich gewesen, ihn in meiner Nähe zu haben. Außerdem mag ich es nicht, wenn er weg ist. Die letzten Wochen waren lang und anstrengend. Vielleicht hätte ich nicht beteuern sollen, dass alles in Ordnung ist und dass ich ihn nicht brauche, denn es stimmte ganz und gar nicht. Ich hätte egoistischer sein können.

»Du hättest nicht allein sein dürfen. Schade, dass ich nicht gewusst habe, was mit dir los ist.«

Marino hätte es gewusst, wenn er sich die Mühe gemacht hätte nachzufragen. Ich schaue aus dem Fenster und betrachte das aus Backstein und Glas erbaute Kunstmuseum von Harvard, das an uns vorbeigleitet. Der Harvard Faculty Club ist festlich dekoriert, und die Bibliotheken Houghton und Lamont ragen als beeindruckende Backsteingebäude hinter den alten Bäumen im Harvard Yard auf. Autoreifen zischen auf nassem Asphalt. Quincy schläft leise schnarchend in seiner Box auf dem Rücksitz. Marinos Funkgerät läuft auf Hochtouren.

Ein Notruf, bei dem jemand aufgelegt hat. Ein Fall von häuslicher Gewalt. Verdächtige Personen in einem roten SUV sind vom Parkplatz eines Sozialwohnungsblocks in der Windsor Street geflüchtet. Er hört beim Fahren aufmerksam zu und ist zufrieden und voller Tatendrang und froh, wieder dort zu sein, wo er hingehört. Ich hatte noch keine Gelegenheit, ihn wegen seines Verhaltens zur Rede zu stellen, und im Moment ist der Zeitpunkt denkbar ungeeignet.

»Falls du Lust haben solltest, könntest du mir ja gütigerweise erklären, was mit dir los ist.« Ich bringe es trotzdem aufs Tapet.

Er antwortet nicht. Kurz darauf biegen wir in den Memorial Drive ein. Rechts von uns funkelt der dunkle Charles River, der sich anmutig in Richtung Boston schlängelt. Die Skyline der Innenstadt ragt dämmrig beleuchtet in die Wolken. Die Antenne auf dem Dach des Prudential Building blinkt blutrot.

»Wir haben in einem früheren Leben schon einmal darüber gesprochen«, fahre ich schließlich fort. »Ich habe es dir an dem Tag vor meinem Umzug in Richmond vorausgesagt. Und jetzt, zehn Jahre später, ist es so weit. Ich hätte mich gefreut, wenn du mit mir über deinen Berufswechsel geredet hättest, bevor du, offenbar ganz allein, eine Entscheidung getroffen hast.«

Er neigt den Kopf in Richtung Funkgerät und lauscht einer Durchsage, in der es um mögliche Autoaufbrüche vor dem Wohnblock in der Windsor Street geht, von dem bereits vor einigen Minuten die Rede war.

»Und wenn auch nur aus Respekt und Höflichkeit«, füge ich hinzu.

»Zentrale an Wagen 13«, wiederholt der Mann am Funk.

Wagen 13 meldet sich nicht.

»Scheiße.« Marino reißt das Funkgerät aus der Ladestation und stellt es lauter.

Um mich zu übertönen, weil er dieses Thema nicht erörtern will, denke ich. Allerdings bin ich auch verwundert. Noch vor einer knappen Viertelstunde hat Wagen 13 gefunkt, dass er in der Nähe meines Hauses sei und Ausschau nach dem Eindringling halte. Vielleicht hat er diesen Einsatz ja wegen der neuen Entwicklungen abgebrochen.

»Zentrale an Wagen 13, hören Sie mich?«, wiederholt der Funker.

»Wagen 13 hört«, antwortet der Polizist endlich. Der Empfang ist schlecht.

»Sind Sie noch vor Ort?«

»Ja. Wir nähern uns zu Fuß Haus 3, wo offenbar einige Fahrzeuge aufgebrochen wurden. Mehrere Personen wurden dabei beobachtet, wie sie sich mit einem roten SUV mit hoher Geschwindigkeit entfernten.« Der Mann atmet schwer. »Die Beschreibung des Fahrzeugs passt auf eine Bande, die hier früher schon einmal Ärger gemacht hat. Autoaufbrüche und Vandalismus. Fordere Verstärkung an.«

»Verdammt gefährlich dort, ganz gleich, wie hart sie auch durchgegriffen haben.« Marino lauscht gebannt. »Da geht es wirklich übel zu. Drogendealer schauen vorbei, um ihre Mütter zu besuchen und nebenbei ein paar Geschäfte zu machen. Crystal Meth, Heroin, Badesalz. Dazu die aufgebrochenen Autos, Vandalismus und vor ein paar Wochen Schüsse aus einem fahrenden Auto. Die bauen Mist und hauen dann ab. Und sobald die Polizei weg ist, kommen sie wieder. Das ist für die alles nur ein Scheißspiel.«

So habe ich ihn schon lange nicht mehr erlebt.

»Das Verrückte daran ist«, spricht er aufgeregt weiter, »dass sie diese Sozialwohnungsblocks genau neben millionenteure Villen und mitten auf den Tech Square gebaut haben, wo Milliarden umgesetzt werden. Also macht man uns mächtig Druck, da für Ordnung zu sorgen.«

»An Wagen 13, sind auf der Main«, meldet ein anderer Streifenwagen, dass er in der Gegend ist. »Sind gleich da.«

»Verstanden«, antwortet die Zentrale.

»Erinnerst du dich noch an den Tag in Richmond, den ich meine?«, kehre ich zu meinem Thema zurück.

»Nicht richtig. Erzähl mir davon.« Er legt das Funkgerät auf seinem Schoß wieder weg.

Ich schildere den regnerischen Nachmittag und denke an den Marino von damals, während ich den von heute neben mir betrachte. Inzwischen ist er älter, hat tiefe Falten im Gesicht und den Schädel glattrasiert.

In seiner schwarzen Regenjacke von Harley-Davidson wirkt er noch immer stark und respekteinflößend, und ich erkenne an seinen Reaktionen, dass sein schlechtes Gedächtnis nur vorgetäuscht ist. Er sieht mich nicht an. Das kann er nicht, weil beinahe etwas geschehen wäre, das wir uns beide nicht eingestehen wollen.

Bevor er an jenem Tag mein Haus in Richmond verließ, ging er hinein, um die Toilette zu benutzen. Als er wieder herauskam, erwartete ich ihn in der Küche. Ich sagte, er müsse jetzt etwas essen und solle besser nicht mehr Auto fahren. Er habe zu viel getrunken und ich auch.

»Was hast du denn zu bieten?« Damit meinte er nicht das Essen. »Wir können es zusammen machen.« Das war kein Angebot, mir beim Kochen zu helfen. »Ich bin die eine Hälfte, du die andere, und wir passen ausgezeichnet zusammen.« Er sprach weder übers Kochen noch über die Arbeit.

Marino war schon immer der Ansicht, dass wir das perfekte Paar abgeben würden. Sex sei die Zauberformel, die uns in das verwandeln würde, was er sich wünscht. Und an diesem regnerischen Tag in Richmond hätten wir es beinahe auf den Versuch ankommen lassen. Ich habe ihn nie auf diese Weise geliebt und begehrt. Ich hatte nur Angst vor dem, was er tun könnte, wenn ich nicht einverstanden sein würde. Und dann hatte ich Angst, was geschehen würde, wenn ich es tat. Marino hätte mehr darunter gelitten als ich, und ich wollte nicht, dass er mir irgendwohin folgte – denn offenbar schien er zu glauben, dass ich ihm genau das vorschlug.

Und das hat mich daran gehindert. Es ging nicht mehr einfach nur um Sex. Er war in mich verliebt, und das hat er mir auch gesagt. Und zwar mehr als einmal, beim Abendessen. Er hat es nie mehr wiederholt.

»Ich habe dich gewarnt. Ich habe dir genau das, was du jetzt getan hast, vorausgesagt.« Ich bleibe absichtlich vage. »Ich begreife einfach nicht, warum du deine beruflichen Pläne nicht mit mir besprochen hast. Stattdessen habe ich aus heiterem Himmel Anrufe von Leuten bekommen, die Empfehlungsschreiben von mir wollten. Ich finde dein Verhalten nicht richtig.«

»Vielleicht war dein Verhalten am fraglichen Tag in Richmond auch nicht richtig.« Er weiß es. Er erinnert sich.

»Da kann ich dir nicht widersprechen.«

»Ich wollte nicht, dass du es mir diesmal wieder ausredest, okay?«, sagt er.

»Ich hätte es versucht.« Ich entsperre mein iPhone, um mich ins Internet einzuloggen. »Ich hätte ganz sicher versucht, dir auszureden, dass du beim Cambridge Forensic Center kündigst. Da hast du absolut recht.«

»Wenigstens gibst du es zu.« Er macht ein zufriedenes Gesicht.

»Ja, ich gebe es zu, und es wäre unfair gewesen, dir eine so wichtige Entscheidung im Leben auszureden.« Ich tippe Gail Shiptons Namen in ein Suchfeld ein. »Das war es auch damals, und ich entschuldige mich dafür. Wirklich. Ich wollte dich aus rein egoistischen Gründen nicht verlieren. Hoffentlich ist genau das jetzt nicht passiert.«

Trotz der Dunkelheit erkenne ich an seinem Gesichtsausdruck, dass meine Worte ihm nahegegangen sind, und ich frage mich, warum es mir so schwerfällt, meine Gefühle auszusprechen. Aber das war schon immer so.

»Und jetzt arbeiten wir zusammen an einem Fall«, stellt er fest. »So wie früher.«

»Besser als früher. Wir müssen besser sein. Die Welt ist in den letzten zehn Jahren nicht gerade ungefährlicher geworden.«

»Das ist einer der Gründe, warum ich das hier mache«, erwidert er. »In der Verbrechensbekämpfung werden Leute mit Weitsicht gebraucht, die wissen, wie die Dinge einmal gewesen sind und wohin sie sich entwickeln. Als wir beide anfingen, waren Serienmörder das große Thema. Nach dem 11. September mussten wir uns plötzlich Gedanken über Terrorismus machen, was nicht heißt, dass wir die Serienmörder außen vor lassen können, weil es von denen inzwischen mehr gibt denn je.«

Ich stoße auf eine fünfunddreißig Minuten alte Nachrichtenmeldung von Fox, in der es heißt, die MIT-Studentin Gail Shipton, zuletzt gesehen am gestrigen Nachmittag in der Psi Bar in Cambridge, werde vermisst. Man mutmaßt, es könne sich um die Tote handeln, die gerade am Briggs Field beim MIT gefunden wurde. Der Videofilm zeigt Polizisten aus Cambridge und vom MIT, die auf einem roten Schottersportplatz neben einem Parkplatz Scheinwerfer aufstellen. Dann ist

Sil Machado zu sehen, der in die Kamera spricht. Der Regen rauscht im Mikrofon und tropft von seiner Baseballkappe.

»Zurzeit können wir uns noch nicht offiziell zu der Situation äußern.« Machado trägt den Spitznamen portugiesischer Krieger, doch er wirkt überhaupt nicht kriegerisch, als er jetzt in die Kamera schaut.

Er ist zwar ernst, macht aber einen leicht nervösen Eindruck, und er zieht in Regen und Wind angespannt die Schultern hoch. Alles in allem hat er die steife Körperhaltung eines Menschen, der sich unwohl fühlt, es sich jedoch nicht anmerken lassen will.

»Wir haben hier eine Tote«, fährt er fort, »wissen allerdings nicht, was geschehen ist oder ob es sich um die vermisste Frau handeln könnte.«

»Ich fasse es nicht.« Marino lauscht und wirft einen kurzen Blick auf mein Smartphone. »Machado als Medienstar.«

»Ist Dr. Scarpetta verständigt worden?«, fragt der Reporter.

»Sobald wir den Fundort untersucht haben, wird die Leiche ins gerichtsmedizinische Institut gebracht«, entgegnet Machado.

»Ist Dr. Scarpetta auf dem Weg hierher?«

Ich sehe nach, was sonst noch im Internet zu lesen ist. Die Scheibenwischer fahren quietschend über die Windschutzscheibe. Im nächsten Moment läutet Marinos Mobiltelefon. Sein Klingelton hört sich an wie eine aufheulende Harley-Davidson mit Screamin'-Eagle-Auspuff.

Als er auf einen Knopf an seinem Ohrhörer drückt, hallt Sil Machados Stimme aus der Freisprechanlage.

»Wenn man vom Teufel spricht – und schon ruft er an«, sagt Marino.

»Channel Five hat ein Foto von ihr gebracht«, beginnt Machado. »Jetzt bekommen wir wenigstens jede Menge Hinweise von Leuten, die glauben, sie in der Psi Bar gesehen zu haben. Aber bis jetzt war nichts dabei, was uns weiterbringt.«

»Wo haben die von Channel Five denn das Foto her?« Marinos Ohrhörer blinkt blau.

»Offenbar hat das Mädchen, das sie als vermisst gemeldet hat, es gegen Mitternacht auf ihrer gemeinsamen Website gepostet«, erwidert Machado. »Haley Swanson.«

»Das ist aber merkwürdig.«

»Nicht unbedingt. Heutzutage hält sich doch jeder für einen Journalisten. Erst hat sie die Polizei verständigt und dann das Foto mit dem Zusatz gepostet, dass Gail verschwunden ist. Offenbar wollte sie uns bei der Arbeit helfen. Die Frau auf dem Foto sieht aus wie unsere Tote hier. Absolut identisch.«

»Gail Shipton«, bestätigt Marino, während ich im Internet eine Meldung finde, die mich aufmerken lässt.

»Sofern sie keine eineiige Zwillingsschwester hat.«

Gail Shipton hat eine Klage eingereicht, in der es um viel Geld geht und die bald vor Gericht verhandelt werden wird. Ich erinnere mich an Carin Hegel und das, was sie mir vor ein paar Wochen im Gerichtsgebäude erzählt hat. Sie hat eine Bande von Gangstern erwähnt und außerdem, dass sie zurzeit nicht zu Hause wohnt. Ich überfliege den Bericht über Gails Klage. Für einen so wichtigen Fall sind die Details erstaunlich dürftig. Ich mache mich auf die Suche nach weiteren Informationen.

»War Haley Swanson inzwischen auf dem Revier, um ein Protokoll aufnehmen zu lassen?«, erkundigt sich Marino.

»Nicht dass ich wüsste.«

»Das gefällt mir gar nicht.«

»Vielleicht hält sie es ja für überflüssig, da Gail inzwischen nicht mehr vermisst wird, sondern etwas viel Schlimmeres passiert ist. Wann kannst du vor Ort sein?«, hallt Machados Stimme durch das Wageninnere.

»Bin in etwa fünf Minuten da.«

»Ist Doc Scarpetta bei dir?«

»Zehn-vier.« Marino beendet das Telefonat.

»Gail Shipton hat sich mit ihrem ehemaligen Anlageberater Dominic Lombardi einen Rechtsstreit geliefert.« Ich lese rasch die Meldung auf dem Bildschirm meines Smartphones. »Seine international tätige Firma Double S hat ihr Büro ganz in der Nähe, nämlich westlich von hier in Concord.«

»Von denen habe ich noch nie gehört.« Verärgert lässt Marino die Lichthupe aufblitzen, weil ein entgegenkommendes Auto das Fernlicht eingeschaltet hat. »Nicht, dass mich diese Investmentfirmen groß interessieren würden. Ich hab noch nie eine gebraucht, und außerdem sind die meisten dieser Wall-Street-Typen doch sowieso Gangster.«

Ich gebe den Suchbegriff Double S ein und entdecke einige Artikel, zum Großteil Lobeshymnen, vermutlich ins Netz gestellt von ihrer PR-Agentur.

»Offenbar haben die sich auf schwerreiche Kundschaft spezialisiert.« Ich klicke ein paar Seiten nach unten und sehe mir eine andere Nachrichtenmeldung an, in der es heißt, dass es für Double S in letzter Zeit nicht mehr so rosig ausgesehen habe. »Die hatten Probleme mit der Börsenaufsicht, und zwar wegen Geldanlagen, die angeblich gegen die Vorschrift verstoßen haben, dass man seinen Klienten auch kennen sollte. Hinzu kommen Schwierigkeiten mit dem Finanzamt. Und jetzt wird es interessant: In den letzten acht Jahren sind sie mindestens sechsmal verklagt worden, doch aus ungeklärten Gründen hat es keiner dieser Fälle bis zur Gerichtsverhandlung geschafft.«

»Wahrscheinlich hat man sich außergerichtlich geeinigt. Das machen doch alle so. Inzwischen sind Abmahnungen und Schadensersatzzahlungen ein eigener Industriezweig. Der einzige, den wir in den Vereinigten Staaten noch haben«, ätzt Marino. »Legale Erpressung. Zuerst bringe ich falsche Anschuldigungen gegen dich vor, und dann bezahlst du mich dafür, dass ich den Mund halte. Und wenn du dir keinen Spitzenanwalt leisten kannst, bist du geliefert. Genau wie die Sache, die mir passiert ist. Eine Sammelklage, die von einer drittklassigen kleinen Kanzlei vertreten wurde, und ich war um zweitausend Dollar Autoreparaturkosten ärmer, einfach nur, weil das Autohaus die größte Kanzlei in Boston, eine PR-Agentur und noch alle möglichen anderen Leute angeheuert hat. Es war ein gottverdammter Konstruktionsfehler, dass die Ladefläche verzogen war. Und die haben behauptet, die kleinen Leute sind schuld, wenn sie mit zu viel Schwung über Schlaglöcher brettern.«

Marino, der alles andere ist als klein, schimpft weiter über seinen im Herbst gekauften Pick-up. Ich habe seine Beschwerden inzwischen so oft gehört, dass ich sie praktisch auswendig herunterbeten kann. Nachdem er den nagelneuen Pick-up eine knappe Woche gefahren hatte, hat er festgestellt, dass das Heck hängt, wie er es ausdrückt. Als er bei der Stelle angelangt ist, dass der Stoßdämpfer von der Hinterachse blockiert wurde und der Rahmen nicht tragfähig genug war, unterbreche ich ihn.

»Ich weiß nicht, ob es in diesen Fällen eine außergerichtliche Einigung gab«, komme ich wieder auf Gail Shiptons Klage gegen Double S und den verdächtigen Umstand zu sprechen, dass sie bequemerweise knapp zwei Wochen vor Prozessbeginn gestorben ist. »Bis jetzt habe ich nichts von einer außergerichtlichen Einigung gelesen, nur dass die Klagen nicht zugelassen wurden. So hat es ein Artikel in der *Financial Times* vor einigen Jahren ausgedrückt. ›Double S ist ein großes international operierendes Unternehmen, das von einer kleinen Firma im Pferdestaat Massachusetts aus betrieben wird.‹«

Ich lese weiter, bis ich zur wichtigsten Stelle komme: »›Die Klagen der ehemaligen Klienten wurden als gegenstandslos bezeichnet und deshalb nicht zugelassen‹, sagt Geschäftsführer Dominic Lombardi. In einem kürzlichen Interview mit dem *Wall Street Journal* erklärte er, dass ›manche Klienten leider Wunder erwarten und verärgert reagieren, wenn diese nicht eintreten‹. Er fügte hinzu, Double S sei auch weiterhin eine hochangesehene Anlageberaterfirma mit einem internationalen Kundenstamm.«

»Ein komischer Name für Investmentberater. Würde besser zu einer Ranch passen«, merkt Marino an, als vor uns die siloförmige Silhouette des Cambridge Forensic Center erscheint.

Doch dort wollen wir nicht hin. Ich muss daran denken, wie nah der Leichenfundort bei meinem Institut ist.

»Es könnte wirklich eine der Pferderanches hier in der Gegend sein.« Mir fällt eine weitere geographische Übereinstimmung auf.

Double S ist nur zwei bis drei Kilometer von Lucys fünfzig Hektar großem Landgut entfernt. Es ist eingezäunt, mit einem Tor geschützt, wird überall von Kameras überwacht und verfügt über einen Hubschrauberlandeplatz, einen Schießstand und eine Reihe von Garagen. Außerdem gibt es dort mehrere ländlich wirkende Gebäude, denen man die spartanische Einrichtung und die hochtechnisierten Geräte in ihrem Inneren nicht anmerkt. Das Haupthaus ist mit von außen nicht einsehbaren Glasscheiben ausgestattet, die drinnen einen malerischen Blick auf den Sudbury River bieten. Ich frage mich, ob sie ihren Nachbarn Dominic Lombardi kennt, und hoffe sehr, dass sie nicht seine Klientin ist. Allerdings bezweifle ich das. Meine Nichte ist finanziell schon einmal hereingelegt worden und seitdem in Gelddingen äußerst vorsichtig.

»Vielleicht betreibt er seine Beraterfirma ja von zu Hause

KLAUS-PETER WOLF

Ein mörderisches Paar

DAS VERSPRECHEN

Ostfriesenkrimi

aus«, mutmaße ich, während ich weiter im Internet nach den wenigen Informationen zu Gail Shiptons Klage suche.

Die Nachrichten bringen fast nichts über den Fall, und ich habe den Verdacht, dass Double S selbst dafür gesorgt hat.

»Anscheinend hat sie die Firma vor etwa achtzehn Monaten auf hundert Millionen Dollar verklagt. Allerdings bezweifle ich, dass ihr die Geschworenen hier eine solche Summe zusprechen würden. Verstoß gegen die Mandantentreue, Vertragsbruch«, lese ich. »Der springende Punkt ist offenbar, dass die von Double S verwendete Finanzverwaltungssoftware zu Lücken in der Buchhaltung geführt hat und deshalb möglicherweise Geld fehlt.«

»Du meinst, gestohlen wurde«, ergänzt Marino.

»Das kann man, wie es aussieht, nicht beweisen, sonst wäre es nämlich ein Strafverfahren, kein Zivilprozess.« Wieder denke ich an den Fall, den Carin Hegel bei unserer Begegnung vor wenigen Wochen erwähnt hat, und frage mich, ob es derselbe ist.

Ich habe das ungute Gefühl, dass die Antwort ja lautet.

»Woher hat eine Studentin so viel Kohle?« Marino schaltet die Enteisungsanlage ein.

»Technologie, Apps für Smartphones«, lese ich und denke wieder an Lucy, die durch den Verkauf von Suchmaschinen und Softwaresystemen in jungen Jahren sehr reich geworden ist.

Ich schicke ihr eine SMS.

»Hmm.« Marino beugt sich zu mir hinüber und öffnet das Handschuhfach. »Stinkreich durch Hightech. Kommt mir irgendwie bekannt vor.« Er greift nach einem fusselfreien Papierhandtuch zum Fensterreinigen. »Wollen wir hoffen, dass die beiden sich nicht kannten.«

8

Überwinternde Boote, in weiße Plastikfolie gehüllt, liegen auf dem Fluss vor Anker. Das rote Citgo-Schild leuchtet hell über dem Fenway Park auf der Bostoner Seite der Harvard Bridge.

Wieder werfe ich einen Blick auf mein Mobiltelefon. Noch immer keine Nachricht von Lucy. Nebel wabert über dem dunklen, bewegten Wasser, während ich in Marinos SUV sitze und eine unheilvolle Vorahnung in mir aufsteigt. Ich bin nicht sicher, ob meine Beklommenheit noch Folge des Wochenendes ist oder ob sie etwas mit dem Fremden an meiner Gartenmauer zu tun hat. Habe ich wirklich ein ungutes Gefühl, oder bin ich einfach nur erschöpft?

Marino kreist um sich selbst, seine Theorien zum Thema Polizeiarbeit und seine Pläne. Seine Prognosen, wie sich die Kriminalität weiterentwickeln wird, könnten deprimierender und düsterer nicht sein. Er redet wie ein Wasserfall, doch ich höre nur mit halbem Ohr hin. Meine Gedanken schweifen zurück an einen grausigen Ort, wo ich nicht sein will.

Hände hoch!

Nicht schießen!

Sätze, gehört über die Lautsprecheranlage der Schule, kommen mir völlig unerwartet in den Sinn. Ich bin immer noch entsetzt darüber, dass ein Dialog zwischen einem Massenmörder und seinen Opfern so banal sein kann.

»Mimikry.« Bentons Erklärung hat mir nicht genügt. »Das

Nachstellen von Fernsehsendungen, Filmen und Computerspielen. Wenn ein Mensch auf seine Urinstinkte zurückgeworfen wird, spricht er wie in einem Comic.«

»Er ruft nach seiner Mutter. Er fleht. Ja, das weiß ich, und trotzdem weiß ich gar nichts. Wir wissen gar nichts, Benton«, habe ich am späten Samstagabend am Telefon zu ihm gesagt, als ich wieder zu Hause war. »Das ist ein neuer Feind.«

»Morden als Schrei nach Aufmerksamkeit.«

»Ich finde das zu vereinfachend.«

»Man setzt sich dramatisch in der Öffentlichkeit in Szene, Kay. Seit dem Schulmassaker an der Columbine High School beginnt der Damm zu bröckeln. Das Phänomen ist nicht neu, nur die gesellschaftliche Beurteilung hat sich geändert. Die Leute gieren nach Rampenlicht und danach, einmal der Superstar zu sein. Und schwer gestörte Menschen töten und sterben sogar dafür.«

Ich habe immer noch nichts von Benton gehört und mache mir allmählich Sorgen um ihn. Seit ich ihn für tot gehalten habe, hat sich mein Weltbild drastisch gewandelt. Ich habe ihn schon einmal verloren, und es könnte jederzeit wieder geschehen. Den meisten Menschen ist nicht einmal ein einziges Wunder im Leben vergönnt, ich hatte gleich mehrere. Deshalb befürchte ich, ich könnte meinen Vorrat an Wundern bis auf den letzten Rest aufgebraucht haben.

Marino biegt in die Fowler Street ein, ein Sträßchen, das den Memorial Drive mit einer engen, unbeleuchteten Seitengasse verbindet. Wieder wischt er die Innenseite der Windschutzscheibe mit seinem blauen fusselfreien Papierhandtuch ab. Mir fällt ein, dass ich Lebensmittel einkaufen muss, dass Benton morgen Geburtstag hat und dass ich nicht weiß, wo er ist. Vor lauter Hunger habe ich ein säuerliches Gefühl im Magen. Wenn ich etwas esse, wird alles gut, und ich gönne mir einen Moment, um mir auszumalen, was ich kochen werde, sobald ich zu Hause bin.

Ich werde meinen Spezialeintopf machen. Kalbfleisch, mageres Rindfleisch, Spargel, Champignons, Kartoffeln, Zwiebeln, Paprika, pürierte Tomaten, jede Menge frisches Basilikum, Oregano, zerdrückter Knoblauch, Rotwein und Cayennepfeffer. Der köchelt dann den ganzen Tag vor sich hin und erfüllt das gesamte Haus mit seinem köstlichen Duft. Wir werden uns alle versammeln, das Haus festlich schmücken und essen und trinken.

Ich schicke meiner Nichte eine zweite SMS. »Wo bist du?«

Nach zehn Minuten schicke ich eine SMS an ihre Partnerin Janet. »Versuche, Lucy zu erreichen.«

Janet antwortet sofort. »Richte es ihr aus.«

Eine seltsame Antwort. Als ob sie nicht zusammenwohnen würden.

»Wir haben überall, von wo aus man Zugang zu der Leiche hätte, unsere Leute postiert«, holt Marino mich in die Gegenwart zurück. »Kein Mensch kommt hier unbemerkt rein oder raus.«

Ein Polizist in einem Streifenwagen aus Cambridge lässt das Blaulicht aufleuchten. Ich öffne und schließe das Fenster, um das Kondenswasser von der Scheibe zu entfernen.

»Ich nenne das eine unsichtbare Absperrung«, wiederholt Marino das, was er mir bereits erklärt hat. »Uniformierte Kollegen zu Fuß oder in abseits geparkten Streifenwagen behalten alles im Blick.«

»Eine sehr gute Idee.«

»Ja, das ist es, sie stammt nämlich von mir«, erwidert Marino.

So wird es noch eine Weile weitergehen. Er wird sich in die Brust werfen, dass es kaum noch auszuhalten ist, ohne zu ahnen, wie sehr er mich damit nervt. Aber ich mache das Spiel mit. »Wurden bis jetzt ungewöhnliche Aktivitäten beobachtet?«, frage ich und überprüfe noch einmal mein Smartphone.

In meiner ersten SMS habe ich mich bei Lucy erkundigt, ob ihr die Namen Gail Shipton oder Double S etwas sagen. Es ist seltsam, dass sie sich nicht bei mir meldet. Schweigen ist verdächtig und normalerweise gleichbedeutend mit Ärger.

»Nein, nichts«, antwortet Marino. »Allerdings könnte der Typ überall sein. Er könnte uns durch eines der zig Fenster hier beobachten«, fügt er hinzu, als sein Mobiltelefon wieder läutet.

Carin Hegels Stimme, die aus der Freisprechanlage des SUV hallt, klingt angespannt und verunsichert. Zuerst erklärt sie Marino, dass sie den Großteil des gestrigen Tages damit verbracht hat, Gail Shipton auf ihre Zeugenaussage vor Gericht vorzubereiten.

»Die klagende Partei ist zuerst an der Reihe, und sie ist meine erste Zeugin. Und natürlich meine wichtigste. Wir wollten vor den Feiertagen schon einmal einiges aus dem Weg räumen«, erwidert die Anwältin aus Boston mit der unverkennbaren Altstimme. Sie hat einen starken Massachusetts-Akzent, der mich an die Kennedys erinnert.

»Wann waren Sie gestern fertig?«, erkundigt sich Marino.

»Sie hat meine Kanzlei gegen sechzehn Uhr verlassen. Kurz darauf ergab sich noch etwas Wichtiges, das ich mit ihr besprechen musste. Also habe ich ihr eine SMS geschickt, mit der Bitte, mich anzurufen. Das hat sie auch getan, aber die Verbindung wurde unterbrochen. Ist mit ihr alles in Ordnung?«

»Wann wurde die Verbindung unterbrochen?«

»Moment, ich schaue mal auf mein Telefon, dann kann ich Ihnen die genaue Uhrzeit nennen. Wissen Sie, wie es ihr geht?«

Inzwischen sind wir mitten auf dem Campus des MIT, wo die Studentenwohnheime und die Häuser der Studentenverbindungen aufragen. Sie bestehen aus Backstein, die Kanten sind mit Kalksandstein abgesetzt. Die Gebäude säumen die Straße links von uns. Rechts befindet sich ein großes offenes Gelände mit Tennis- und Sportplätzen hinter einem hohen Maschendrahtzaun. In der Ferne sorgen die Scheinwerfer der Polizei für eine unheimliche Atmosphäre.

»Sie hat mich um siebzehn Uhr siebenundfünfzig angerufen«, meldet sich Carin Hegel wieder. »Sie sagte, sie sei in der Psi Bar und nach draußen gegangen, wo es ruhiger sei. Ich habe angefangen, ihr zu schildern, was ich mit ihr erörtern wollte …«

»Und das wäre?«, hakt Marino nach.

»Ich bin nicht befugt … das fällt unter das Anwaltsgeheimnis.«

»Vielleicht ist momentan kein günstiger Zeitpunkt, sich hinter der Schweigepflicht zu verstecken, Miss Hegel. Wenn Sie etwas wissen, das uns weiterhelfen könnte …«

»Ich kann Ihnen nur Folgendes sagen«, unterbricht sie ihn. »Ich habe mit Gail gesprochen und erst nach einer Minute bemerkt, dass sie weg ist.«

»Was meinen Sie mit *weg*?« Marino fährt langsam die enge, dunkle Gasse entlang. Die Scheinwerfer spiegeln sich hell auf dem nassen Asphalt.

»Die Verbindung brach ab.«

»Und Sie haben nichts gehört? Zum Beispiel, dass sie mit jemandem geredet hat? Dass sie von jemandem angesprochen wurde?«

Eine angespannte Pause entsteht. »Die Verbindung brach ab, also habe ich gar nichts gehört.«

»Was war kurz davor? Haben Sie da auch nichts gehört?«

»Davor hat sie mit mir telefoniert. Ist mit Gail alles in Ordnung?« Carin Hegels Tonfall ist fordernd und so unnachgiebig wie Beton. »Was ist mit den Meldungen, dass sie vermisst wird? Sie haben mir eine Nachricht hinterlassen, dass Vermisstenanzeige erstattet wurde, und im Internet kann man es auch lesen. Offenbar wurde sie zuletzt in genau dem Lokal gesehen, von dem aus sie mich angerufen hat. Sie ist häufig dort. Ein Treffpunkt für MIT-Studenten, nicht weit von der Stelle, wo eine Leiche gefunden wurde. Stimmt das?«

»Ja, es ist eine Leiche gefunden worden.«

»Ist Gail etwas zugestoßen? Haben Sie da Gewissheit?« Carin Hegel, bekannt als knallharte Anwältin, die niemals einen Prozess verliert, klingt inzwischen verängstigt.

»Besteht ein Grund, warum ihre persönliche Sicherheit durch den anstehenden Prozess bedroht gewesen sein könnte?«, fragt Marino.

»O Gott, sie ist es.«

»Das ist noch nicht bestätigt.«

»Ist Dr. Scarpetta an dem Fall beteiligt? Ich muss mit ihr sprechen. Bitte richten Sie ihr aus, dass wir miteinander reden müssen«, erwidert sie. »Sagen Sie ihr, es ist sehr wichtig.«

»Was bringt Sie darauf, dass ich Kontakt zu ihr habe?«

»Sie haben für sie gearbeitet.«

Marino zögert und sieht mich an.

Ich schüttle den Kopf. Ich habe ihr nichts zu sagen. Keine Ahnung, woher sie weiß, dass Marino für mich gearbeitet hat. Sein kürzlicher Abschied vom CFC wurde nicht in den Nachrichten erwähnt. Eigentlich ist es keine allgemein bekannte Tatsache, die für irgendjemanden von Interesse wäre.

»Ist Gail je von einem Beteiligten an diesem Prozess bedroht worden?«, fragt Marino. »Gibt es da jemanden, den wir mal unter die Lupe nehmen sollten?«

»Der Prozess beginnt in knapp zwei Wochen. Und jetzt überlegen Sie mal, Detective Marino. Das kann kein Zufall sein. Glauben Sie, das Gail die Tote ist, die beim MIT gefunden wurde? Für mich hört es sich nämlich ganz danach an.«

»Offen gestanden sieht es nicht gut aus.«

»O Gott. O mein Gott.«

»Würde es den Prozess stoppen, wenn sich das Schlimmste bewahrheiten würde?«, erkundigt sich Marino. »Ich bin auf der Suche nach einem Motiv, falls sich unsere Vermutung als richtig erweist, auch wenn wir das definitiv noch nicht wissen.«

»Es wäre umso mehr Grund weiterzumachen. Diese miesen Schweine.« Ihre Stimme zittert. »Aber was das Motiv angeht, lautet die Antwort ja.« Offenbar hat sie Mühe, sich zu fassen. Sie räuspert sich. »Sie haben ja keine Ahnung, was das für Leute sind, welche Beziehungen sie haben und bis in welche Hierarchieebenen diese meiner Vermutung nach reichen. Mehr möche ich am Telefon nicht sagen, weil es wahrscheinlich abgehört wird. Vor nicht allzu langer Zeit hat jemand versucht, sich in meinen Firmencomputer zu hacken. Also werde ich mich nicht weiter äußern. Aber es sollte genügen.«

»Falls Ihnen noch etwas Wichtiges einfällt, haben Sie ja meine Nummer.« Marino will nichts mehr hören. Nicht am Telefon. Nicht, wenn das organisierte Verbrechen oder politische Korruption im Spiel sein sollte – oder vielleicht sogar beides.

9

Der mobile Scheinwerferturm, den ich in den Nachrichten gesehen habe, erleuchtet einen schlammigen roten Sportplatz, wo eine gelbe Plane von grell orangefarbenen Tatortmarkierfahnen festgehalten wird. Sie flattern im Wind. Die Leiche ist vor den Elementen geschützt, der Tatort wird von Sil Machado und zwei uniformierten Kollegen gesichert. Sie gehen ungeduldig auf und ab und warten auf mich.

»Kannst du dir vorstellen, warum die mit dir reden wollte?«, erkundigt sich Marino und meint Carin Hegel damit.

»Wahrscheinlich aus demselben Grund, warum alle anderen Leute es auch wollen«, entgegne ich. »Aber wenn man die üblichen Fragen mal außen vor lässt? Nein, abgesehen davon, dass ich ihr letzten Monat zufällig bei Gericht begegnet bin und sie Andeutungen über einen Fall gemacht hat, in dem es um ziemlich üble Gestalten geht. Gangster hat sie sie genannt, und ich hatte den Eindruck, dass sie Angst um ihre persönliche Sicherheit hatte. Also nehme ich an, dass sie gerade darauf angespielt hat. Vermutlich hat sie gründlich nachgeforscht und herausgefunden, dass Double S an einigen zwielichtigen Geschäften beteiligt ist.«

»Und was erwartet sie in diesem Zusammenhang von dir?«

»Menschen müssen sich ihre Sorgen von der Seele reden. Sie wissen, dass sie das bei mir können.«

»Alles Verbrecher. Allmählich habe ich die Schnauze voll von reichen Leuten.«

»Lucy ist in Ordnung. Benton auch. Nicht alle Reichen sind Bösewichte.«

»Lucy hat ihr Vermögen wenigstens selbst verdient.« Natürlich konnte sich Marino den Seitenhieb nicht verkneifen, dass Benton aus einer seit Generationen wohlhabenden Familie stammt.

»Wie kann sie rausgekriegt haben, dass du nicht mehr für mich arbeitest?«

»Das hat ihr eindeutig jemand gesteckt.«

»Aber ich begreife nicht, wie es überhaupt Gesprächsthema werden konnte.«

»Jemand, der beim Cambridge Police Department ist, könnte mit ihr geredet haben«, erwidert Marino. »Oder jemand vom Cambridge Forensic Center.«

»Ich kann mir dafür keinen Grund vorstellen«, beharre ich.

Auf der anderen Seite der eingezäunten Sportplätze und der Vassar Street erhebt sich ein Wohnheim namens Simmons Hall, eine massive, mit Alu verkleidete Konstruktion aus Würfeln und Lücken, die wie ein silbernes Raumschiff schimmert. Ich bemerke zwei weitere uniformierte Polizisten davor auf dem Gehweg und einen Jogger, der nicht langsamer wird, während ein Radfahrer in reflektierender Kleidung in Richtung Football-Stadion entschwindet.

»Für mich hört es sich an, als hätte sie guten Grund anzunehmen, dass Gail ermordet worden ist«, sagt Marino.

»Genau deshalb macht sie sich vermutlich Sorgen. Und außerdem ist diese Erklärung naheliegend, angesichts dessen, was sie alles über Double S weiß.«

»Also fürchtet Carin Hegel offenbar um sich selbst und um den Prozessausgang. Einen Prozess, der ihr ein Vermögen einbringen wird«, höhnt Marino. »Habe ich dir schon mal erzählt, wie sehr ich Anwälte hasse?«

»In etwa einer Stunde wird es hell.« Ich habe keine Lust auf eine weitere Tirade über Anwälte – oder »Aasgeier«, wie Marino sie nennt. »Wir müssen so schnell wie möglich die Leiche hier wegschaffen.«

Ich blicke dem Jogger nach, eine kleine Gestalt in der Ferne, schwarzgekleidet und kaum noch zu sehen. Aus irgendeinem Grund ist er mir aufgefallen, anmutig, schlank, leichtfüßig und in einer enganliegenden Jogginghose. Zierlich gebaut, wahrscheinlich ein sehr junger Student. Diese Leute landen beim MIT, wenn sie eigentlich noch ins Elternhaus gehören, vierzehn oder fünfzehn Jahre alt und hochbegabt. Er läuft über einen Parkplatz und wird von der Dunkelheit verschluckt, bevor er die Albany Street erreicht.

»Eine Leiche so abzulegen, dass sie unter gewöhnlichen Umständen sofort entdeckt worden wäre. Allerdings sind die Umstände hier nicht unbedingt normal.« Marino fährt langsam und sieht sich aufmerksam um. »Wahrscheinlich ist er genau durch diese Seitengasse gefahren, wenn er nicht von der anderen Seite, der Vassar Street, her gekommen ist. Doch dann wäre er auf dem Rückweg praktisch direkt vor dem Revier der Polizei des MIT gelandet. Mit dem Auto gibt es nur zwei Wege hierher. Und er musste ein Fahrzeug haben, um sie zu transportieren, wenn er sie nicht aus einem der Wohnheime oder Wohnblocks getragen hat. Jedenfalls hat er sie hier in aller Öffentlichkeit abgelegt. Absolut bekloppt.«

»Nicht bekloppt, sondern mit voller Absicht«, erwidere ich. »Er war von Leuten umgeben, die nicht hinschauen.«

»Da hast du recht. Und das MIT ist noch schlimmer als Harvard, hundertmal schlimmer«, verkündet Marino, als sei er ein Uni-Experte. »Die müssen in der Bibliothek Deo und Zahnpasta verteilen, weil die Kids dort hausen wie in einer Obdachlosenunterkunft, insbesondere um diese Jahreszeit.

Prüfungswoche. Wer nur eine Zwei schreibt, kann sich gleich aufhängen.«

»Deine Kollegen sind gut darin, sich bedeckt zu halten«, erwidere ich in der Annahme, dass er das auch als Lob für seine Bemühungen verstehen wird. »Man merkt nicht, dass etwas passiert ist, wenn man die Nachrichtenmeldungen im Internet nicht kennt.«

»Die Einsteins hier kriegen sowieso nichts mit. Ich sage dir, die leben nicht in derselben Welt wie du und ich.«

»Ich bin nicht sicher, ob ich die überhaupt in unserer Welt haben möchte.«

Wir kommen zu einem ausladenden Wohngebäude aus Backstein namens Next House, wo die Kleingärten kahl sind und nackte Äste, im Wind bebend, über den schmalen Gehweg ragen. Dann beschreibt die Straße eine scharfe Rechtskurve, und wir fahren, vorbei an einer quaderförmigen Skulptur aus rotem Stahl, in Richtung des eingezäunten und von Bäumen gesäumten Parkplatzes. Die Schranke ist oben, erstarrt in der offenen Position.

Auf der anderen Seite sind nur Polizeifahrzeuge und einer der fensterlosen Transporter meines Instituts zu sehen, an dessen Türen das Emblem des CFC prangt – der Merkurstab und die Waagschalen der Justitia in Blau. Mein Transportteam ist schon da. Rusty und Harold steigen aus dem Führerhaus des Transporters.

»Hier wäre ich an der Stelle des Täters auch reingefahren«, merkt Marino an.

»Vorausgesetzt, du hättest Zutritt zu diesem Parkplatz. Er ist nicht öffentlich.«

»Ist er schon, wenn man den Eingang da drüben nimmt.«

Er weist auf die Seite des Parkplatzes, der an die Vassar Street angrenzt. Ein Fußgängertor aus Maschendraht steht weit offen und bewegt sich im Wind. Ein Auto würde mühelos durchpassen. Allerdings müsste man dazu direkt gegenüber dem aus rotem Backstein und blauen Kacheln erbauten Polizeirevier des MIT über Randstein und Gehweg fahren.

»In diesem Fall war er ganz schön unverfroren.« So weit das Auge reicht, sehe ich Zäune, Tore und Parkplätze, Sperrgebiet für Menschen ohne Magnetkarten oder Schlüssel.

Wer nicht hierhergehört, ist auch nicht willkommen. Das MIT ist wie Harvard ein elitärer Club und so abgeschottet und exklusiv, wie man es sich nur vorstellen kann.

»Um zwei oder drei Uhr morgens bei strömendem Regen braucht man nicht unbedingt unverfroren zu sein«, wendet Marino ein. »Einen anderen Weg hier herein gibt es nicht, wenn man keine Magnetkarte hat, um die Schranke zu öffnen.«

»War sie denn offen wie jetzt, als die Polizei eintraf?«

»Nein. Der Parkplatz war leer und abgesperrt, mit Ausnahme des Fußgängertors da drüben. Das war offen, so wie jetzt.«

»Könnte das Pärchen, das die Leiche gefunden hat, es geöffnet haben?«

»Das habe ich Machado auch gefragt. Er sagt, es war bereits offen.« Marino stoppt den SUV und stellt den Schalthebel in Parkposition. »Offenbar wird es nie abgeschlossen. Keine Ahnung warum, weil es ganz bestimmt keine unbefugten Personen daran hindern würde, hier zu parken.«

»Wahrscheinlich nicht«, erwidere ich. »Allerdings würden nur wenige Leute unmittelbar vor dem Revier der Campuspolizei über einen Randstein und einen Gehweg fahren. Außerdem nehme ich an, dass die Autos, die hier stehen dürfen, einen Aufkleber haben. Also könnte man auch dann abgeschleppt werden, wenn man es ohne Magnetkarte hier herein geschafft hat.«

Marino stellt den Motor ab und schaltet das Fernlicht an, um Rusty und Harold zu ärgern, die gerade das Heck des Transporters öffnen. Die beiden halten sich mit einer theatralischen Geste die Hände vor die Augen und fangen an zu schimpfen.

»Herrgott!«

»Willst du, dass wir blind werden?«

»Mach das verdammte Ding aus!«

»Polizeifolter!«

»Unter den Bäumen und bei Regen und Dunkelheit hätte ihn niemand gesehen, selbst wenn er genau hingeschaut hätte«, fährt Marino fort, mir zu erläutern, wie er als geisteskranker Serienmörder vorgegangen wäre.

Ganz offensichtlich ist er zu dem Schluss gekommen, dass wir es mit so einem Menschen zu tun haben, und ich habe meine Gründe zu befürchten, dass er richtigliegen könnte. Ich denke an Bentons Fälle und frage mich, wo er ist und was er gerade macht.

Marino lässt das Fenster ein paar Zentimeter herunter.

»Ist es okay, wenn er im Auto bleibt?« Ich meine den Hund.

Quincy ist aufgewacht, sitzt in seiner Box und fängt an zu jaulen, wie immer, wenn Marino ihn allein lässt.

»Ich weiß nicht, was es bringt, ihn überallhin mitzuschleppen und ihn dann im Auto zu lassen«, füge ich hinzu.

»Er ist in Ausbildung.« Marino öffnet die Tür. »Er muss sich an Dinge wie Tatorte und das Herumfahren in einem Polizeiwagen gewöhnen.«

»Ich glaube, genau daran hat er sich gewöhnt – an das Herumfahren in einem Polizeiwagen.« Ich steige aus, als Rusty und Harold die Aluminiumbeine einer Bahre ausklappen. Wieder muss ich daran denken, dass ich meinen Chefermittler verloren habe.

Bei diesen Bedingungen wird es mit einer Bahre nicht

klappen, doch ich werde Marino nicht darauf hinweisen. Der Regen wird zeitweise schwächer, inzwischen nieselt es nur noch, und der bewölkte Himmel klart auf. Ich spare mir die Mühe, die Kapuze aufzusetzen oder meine Jacke zuzumachen, während ich den Zaun betrachte, der das Briggs Field vom Parkplatz trennt. Ein offenes Tor ist mit reflektierendem Absperrband blockiert.

Ich stelle mir jemanden vor, der hier geparkt und die Möglichkeit hatte, ein Tor zu öffnen, vielleicht indem er einfach das Schloss geknackt hat. Dann hat diese Person die Leiche auf die andere Seite des Zauns geschafft, sie etwa fünfzig Meter weit über eine Wiese und durch den Schlamm getragen und sie dann in der Mitte eines roten Stücks Sportplatz gelegt, das in der Baseballsaison vielleicht das Mal für den Werfer ist. Während ich den Fundort und die Umgebung auf mich wirken lasse, denke ich an Marinos Worte: *Ein perverses Arschloch, das gerade erst anfängt.* Nur, dass ich mit dem *gerade erst anfängt* überhaupt nicht einverstanden bin.

Ich tippe eher auf einen intelligenten und berechnenden Menschen, der ein klares Ziel verfolgt. Er ist kein Anfänger. Seine Tat war keine Spontanreaktion auf ein unerwartetes Ereignis. Es war keine Panikaktion. Er hat eine Methode, die ihm Vorteile bringt. Die Tote hierherzuschaffen und auf diese Weise abzulegen, hat eine Bedeutung für ihn. Das sagt mir zumindest mein Gefühl. Ich könnte mich irren, was ich sehr hoffe, als ich an die Fälle in Washington denke, die ich mir angesehen habe. Doch eines steht für mich fest: Der Täter hat hier draußen Spuren hinterlassen. Das ist immer so. Die Locard'sche Regel. Man bringt etwas zum Fundort, und man nimmt etwas von dort mit.

»Das Gras ist klatschnass, und sie liegt mitten im Morast. Also können Sie die Bahre vergessen«, erkläre ich Rusty und

Harold, oder Cheech & Chong, wie Marino sie hinter ihrem Rücken nennt. »Benutzen Sie ein Tragebrett, Sie werden sie tragen müssen. Und nehmen Sie zusätzliche Laken und jede Menge Klebeband mit.«

»Was ist mit einem Leichensack?«, fragt Rusty.

»Sie müssen darauf achten, nichts an der Position der Leiche zu verändern und sie genau so zu transportieren, wie sie jetzt da liegt. Deshalb kein Leichensack. Wir müssen kreativ sein.«

»Wird gemacht, Chef.«

Rusty sieht mit seinem langen, ergrauenden Haar, seinen ausgebeulten Hosen und den Häkelkäppis aus wie aus den Sechzigern geflüchtet. Marino bezeichnet das als Surferklamotten. An diesem frühen Morgen trägt er wegen des Wetters eine Regenjacke mit einem Grateful-Dead-Logo auf der Vorderseite, ausgewaschene Jeans, hohe Gummistiefel und ein Batiktuch auf dem Kopf.

»Von nun an müssen wir nicht mehr nach deiner Pfeife tanzen.« Das war ein Seitenhieb gegen Marino, seinen ehemaligen Vorgesetzten.

»Und ich kann mir die Mühe sparen, mit euch zu reden oder so zu tun, als würde ich euch mögen«, entgegnet Marino, und es klingt ernst gemeint.

»Hast du eine Pistole unter deiner Jacke, oder freust du dich so, uns zu sehen?«, stichelt Harold. In Anzug, Krawatte und Doppelreiher-Regenmantel sieht er aus wie ein Bestattungsunternehmer, was er auch einmal war. Die Beine seiner Bügelfaltenhose sind bis zum Rand seiner Stiefel hochgekrempelt. »Ich stelle fest, dass du deinen Leichenspürhund mitgebracht hast, nur für den Fall, dass wir die Leiche nicht finden, die dort liegt.«

»Das Einzige, was Quincy aufspüren kann, ist sein Futternapf.«

»Pass auf, du darfst De-tec-tive Marino nicht verärgern. Sonst schreibt er dir noch einen Strafzettel.«

Rusty und Harold fahren fort, Marino zu hänseln. Sie bringen die Bahre zurück zum Transporter und holen Laken, das Tragebrett und andere Ausrüstungsgegenstände, während ich meinen Tatortkoffer vom Rücksitz nehme. Quincy jault.

»Wir sind ja nicht weit weg. Sei ein braver Junge und halt ein Nickerchen.« Schon wieder spreche ich mit einem Hund, diesmal einem, der im Gegensatz zu meinem Geräusche macht. »Wir sind gleich da drüben, nur einen Katzensprung entfernt.«

Als ich zu den erleuchteten Wohnungsfenstern ringsherum hinaufschaue, zähle ich mindestens zwanzig Personen, die die Vorgänge beobachten. Die meisten sind jung und scheinen, nach ihrer Kleidung zu urteilen, gerade aus dem Bett zu kommen. Vielleicht waren sie ja auch die ganze Nacht auf, um zu büffeln. Ich kann niemanden sehen, der in der Nähe herumlungert, nur die Polizisten auf der anderen Seite der Sportplätze auf dem Gehweg am Zaun.

Ich stelle mir vor, wie es ist, gerade in dem Moment aus dem Fenster eines Wohnheims oder einer Wohnung zu schauen, wenn jemand eine Leiche durch Regen und Morast zum Briggs Field schleppt, also buchstäblich in aller Öffentlichkeit. Es wäre zu dunkel gewesen, um genau zu erkennen, was da geschah, nur, dass es etwas Seltsames gewesen sein muss. Allerdings sind die Studenten hier nicht sehr aufmerksam. Darin hat Marino recht. Sie passen nicht einmal auf, wenn sie eine belebte Straße überqueren, und nehmen ihre Umgebung kaum zur Kenntnis, insbesondere um diese Jahreszeit.

In einigen Tagen werden die Bachelorstudenten, ausgelaugt und erschöpft, über Weihnachten nach Hause fahren. Der Campus wird nahezu menschenleer sein, und ich kann nicht anders, als den gewählten Zeitpunkt – während der Prüfungsphase und eine knappe Woche vor Weihnachten – ungewöhnlich zu finden. Außerdem gefällt mir nicht, dass der Fundort gleich gegenüber dem Revier der Campuspolizei und in Laufnähe zum gerade mal einen Kilometer entfernten Cambridge Forensic Center liegt.

10

Ich hole die Taschenlampe heraus und lasse den grellen Lichtstrahl über den Maschendrahtzaun gleiten.

Soweit ich es erkennen kann, sind die anderen Tore mit Vorhängeschlössern gesichert, und ich verstehe nicht, warum ausgerechnet dieses eine offen ist, außer es hat sich so abgespielt, wie Marino es vermutet. Jemand hat einen Bolzenschneider benutzt oder war im Besitz eines Schlüssels. Als ich die verzinkten Stahlpfosten beleuchte, bemerke ich verschiedene Kratzer, wo der gabelförmige Riegel anliegen würde, wenn das Tor geschlossen wäre.

»Möglicherweise von der Kette und dem Vorhängeschloss.« Ich weise Marino auf die Beschädigungen hin. »Aber diese Furche hier?« Ich halte die Taschenlampe näher an den Pfosten, bis ein tiefer Kratzer aufblitzt wie poliertes Platin. »Die sieht neu aus und stammt wahrscheinlich von dem Gegenstand, mit dem das Schloss geknackt wurde, falls es so passiert ist.«

»Der Kratzer ist frisch.« Marino hat ebenfalls die Taschenlampe gezückt. »Das MIT wird zwar gar nicht erfreut sein, aber ich werde diesen Zaunpfosten ausgraben und ins Labor schaffen lassen, damit er auf Werkzeugspuren untersucht wird.«

»Ganz deiner Ansicht«, stimme ich zu.

»Ich warte, bis wir hier draußen fertig sind.« Seine Augen sind immer in Bewegung und nehmen alles zur Kenntnis. Er hebt das Funkgerät an den Mund.

»Delta 13.« Er funkt Machado an und verlangt Verstärkung,

um Tor und Parkplatz abzusichern. »Jemand soll sofort herkommen, damit niemand den Fundort betritt oder etwas hier verändert«, verkündet Marino laut. »Ich brauche auch keine Polizisten, die hier überall rumstiefeln. Warum sind da bei dir so viele uniformierte Kollegen?«

»Es sind nur zwei.« Das Funkgerät verdeckt Machados untere Gesichtshälfte.

»Ich kann zählen. Sind das die einzigen? Das glaube ich nämlich nicht. Wir müssen Buch darüber führen, wer den Fundort betritt oder betreten will. Hat jemand eine Liste angelegt?«

»Zehn-vier.«

»Wie viele Reporter hatten wir bis jetzt?«

»Ein Fernsehteam vor etwa einer Stunde. Channel Five. Sie kurven weiter hier herum und warten darauf, dass Doc Scarpetta aufkreuzt.« Machado schaut von dem schlammigen Sportplatz, wo die auffällige gelbe Plane mit fröhlichen orangefarbenen Flaggen gesichert ist, zu uns hinüber. »Außerdem war Channel Seven vor etwa zwanzig Minuten hier. Sobald etwas, das sie filmen, live im Fernsehen kommt, ist mit noch mehr Besuch zu rechnen.«

»Im Internet wird schon darüber berichtet«, sage ich zu Marino.

»Zu spät, dank deines kleinen Auftritts bei Fox«, funkt er, damit es auch alle hören können. »Willst du dich bei einer Reality-Show bewerben?«

Marino wiederholt, dass jeder, der kommt und geht, aufgeschrieben und außerdem Ausschau nach »unbefugten Personen« gehalten werden muss – womit er Schaulustige meint. Es könnte auch sein, dass der Mensch, der die Leiche hier abgelegt hat, sich noch in der Gegend herumtreibt. Ich erinnere mich an den Marino unserer Anfangsjahre: kettenrauchend, ständig schlechtgelaunt und ein widerlicher Macho. Aber er verstand etwas von seinem Beruf und war ein verdammt guter Detective. Das hatte ich fast vergessen.

Marino kauert sich vor die Lücke im Zaun und leuchtet mit der Taschenlampe hinein. Das davor gespannte Absperrband reflektiert neongelb. Der starke Lichtstrahl erhellt die Stelle, wo der Asphalt an einer durchweichten braunen Grasfläche endet. Das Gras ist plattgedrückt und zerfurcht, als habe jemand etwas Hartes und Schweres darübergezerrt. Der aufgewühlte Bereich verliert sich in der Ferne, wo der Sportplatz ist, in einer kaum noch auszumachenden Spur, die eher unwirklich als real zu sein scheint, wie von einer imaginären Schnecke hinterlassen.

»Sie wurde geschleift.« Marino erhebt sich.

»Das würde ich auch sagen«, stimmt Harold zu.

»Er hat sie durch das Tor geschleppt«, fügt Marino hinzu, »und dazu musste er eine Möglichkeit haben, außer es war zufällig offen oder ein anderer war schon so nett gewesen, Schloss und Kette für ihn zu knacken.«

»Unwahrscheinlich«, widerspricht Harold. »Die Campuspolizei des MIT patrouilliert hier wie in der Vatikanstadt.«

»Die würden es merken, wenn eines dieser Tore aufgebrochen worden wäre oder ein Schloss fehlt«, fügt Rusty hinzu.

»Habe ich da gerade ein Echo gehört?«, sagt Marino, als wären Rusty und Harold unsichtbar. »O nein, tut mir leid, das kam von den billigen Plätzen. Ich will darauf hinaus«, wendet er sich an mich, »dass der Täter die Beseitigung der Leiche geplant haben muss.« Er betrachtet die rechteckige hellgelbe Plastikplane, die etwa fünfzig Meter entfernt von uns in einem roten Meer zu schwimmen scheint.

Der Wind rüttelt und zerrt an der Plane, als versuche die Gestalt darunter zu entkommen.

»Außer wir haben es mit jemandem zu tun, der wusste, dass er keine Magnetkarte braucht, um diesen Parkplatz zu betreten«, spricht Marino weiter. »Einem Menschen, dem bekannt war, dass es möglich ist, über den Randstein durch das Fußgängertor zu fahren, das breit genug für ein Auto ist. Er wusste, dass die anderen Tore zu den Sportplätzen abgeschlossen sind und er sich einen anderen Weg auf den Parkplatz suchen musste.«

»Außer wir sprechen hier von jemandem, der wirklich eine Magnetkarte oder einen Schlüssel hat. Zum Beispiel einem Studenten oder einem Mitarbeiter«, merkt Rusty an, doch Marino achtet nicht auf ihn.

Er lässt den Blick über die erleuchteten Fenster schweifen. Der Nieselregen legt sich wie eine glänzende Schicht auf sein Gesicht, auf dem sich ein harter und zorniger Ausdruck malt, als nehme er das Schicksal der Toten persönlich und hätte nichts dagegen, dem Schuldigen an die Gurgel zu gehen. Dann starrt er mit finsterer Miene auf den Übertragungswagen von Channel Five, der gerade, eine Satellitenschüssel auf dem Dach und eine Antenne am Heck, in den Parkplatz einbiegt und stehenbleibt. Die vorderen Türen öffnen sich.

»Wehe, wenn Sie auch nur einen Fuß hinter diesen Zaun setzen!«, herrscht er die Reporterin an, eine ausgesprochen attraktive Frau, die ich wiedererkenne. »Hinter dem Absperrband ist der Zutritt verboten. Verschwinden Sie!«

»Wenn ich hier warte und mich benehme, kriege ich dann bitte, bitte ein Interview?« Die Reporterin heißt Barbara Fairbanks, und ich hatte bereits einige Begegnungen mit ihr. Unangenehme.

»Ich habe nichts zu sagen«, erwidert Marino.

»Ich habe mit Dr. Scarpetta gesprochen«, entgegnet Barbara Fairbanks, lächelt mich an und kommt mit ihrem Mikrofon näher. Ein Kameramann folgt ihr auf den Fersen. »Wissen Sie schon etwas? Können Sie bestätigen, dass es sich um die Vermisste handelt?«

Das Kameralicht geht an und beleuchtet Barbara Fairbanks wie der Vollmond. Ich bin klug genug, ihr kein Sterbenswörtchen zu verraten. Wenn ich antworte, dass ich gerade erst angekommen bin, nichts weiß oder die Leiche noch nicht untersucht habe, wird es nur aus dem Zusammenhang gerissen zitiert und im Internet immer weiter verdreht werden.

»Können Sie mir etwas zu Newtown, Connecticut, sagen? Halten Sie es für sinnvoll, den Geisteszustand des Mörders zu untersuchen ...?«

»Wir gehen«, sage ich zu Rusty und Harold.

»Bleibt von dem zerdrückten Gras weg, haltet Abstand«, ermahnt uns Marino. »Ich muss es noch fotografieren lassen, wenn das nicht schon passiert ist. Außerdem möchte ich Bodenproben nehmen. Und schauen, ob da auch Fasern von dem Laken sind, in das sie gewickelt ist, um rauszukriegen, was zum Teufel hier los war.«

Wir tasten uns über das klatschnasse Gras, das an unseren Füßen klebt, zu Machado und den beiden Polizisten hinüber. Der eine arbeitet beim Cambridge Police Department, der andere bei der Campuspolizei des MIT.

Da sie über eine Stunde lang die Leiche bewacht haben, sind sie klatschnass und durchgefroren. Ihre Stiefel sind mit rotem Schlamm bedeckt. Machados jungenhaftes Gesicht wirkt müde und angespannt. Bartstoppeln sind an seinem Kinn zu sehen. Ich spüre, wie besorgt er ist, und er hat allen Grund dazu.

Cambridge ist ein Tummelplatz der Prominenz: Harvard, das MIT und milliardenschwere Hightech-Konzerne, ganz zu schweigen von dem nicht abreißenden Besucherstrom, zu dem Berühmtheiten, Mitglieder diverser Königshäuser und derzeit amtierende Staatschefs gehören. Der Oberstaatsanwalt und der Bürgermeister werden den Ermittlern die Hölle heißmachen, wenn der Fall nicht schnell aufgeklärt wird.

»Ich sehe niemanden, der das Tor bewacht«, sagt Marino sofort. »Da lauern die Geier vom Fernsehen. Zufällig ist Barbara Unfairbanks mit von der Partie. Wo ist die Verstärkung, die ich angefordert habe?«

»Da kommt noch ein Auto.« Machado schaut zum Parkplatz hinüber, wo der Übertragungswagen mit eingeschalteten Scheinwerfern und laufendem Motor wartet.

Kurz blicke ich Barbara Fairbanks an. Sie ist eine hochgewachsene, schlanke Frau mit großen dunklen Augen und kurzem pechschwarzem Haar und auffällig gutaussehend, allerdings auf eine harte Art, wie ein Edelstein, eine makellos geformte Statue aus thailändischem Spinell oder Turmalin. Sie dreht sich um und steigt wieder in den Ü-Wagen. Diese Sensation wird sie sich bestimmt nicht entgehen lassen.

»Vielleicht wurde die Leiche ja auf etwas gelegt und dann geschleift«, sagt Marino zu Machado. »Das Gras direkt hinter dem Tor sieht zerwühlt und zerdrückt aus, mit kleinen Dellen hie und da, wo sich etwas hineingebohrt hat.«

»Hier gibt es jede Menge Dellen und zerwühlte Stellen«, erwidert Machado. Es scheint ihn nicht zu stören, dass Marino die Angewohnheit hat, sich zu verhalten, als hätte er das Kommando. »Das Problem ist, festzustellen, wann sie entstanden sind. Das ist bei diesen Bedingungen schwierig.«

Harold und Rusty stellen ihre Tatortkoffer in den Morast, platzieren das Tragebrett darauf und warten auf meine Anweisungen, während Marino ein paar Untersuchungshandschuhe herauskramt und um eine Kamera bittet. Ich überlege, wie ich fortfahren soll und was vermutlich als Nächstes geschehen wird. Dabei beobachte ich, dass der Ü-Wagen den Parkplatz verlässt. Ich bin absolut sicher, dass Barbara Fairbanks nicht das Handtuch geworfen hat. Vermutlich wird sie zur anderen Seite des Sportplatzes fahren, der direkt neben unserem ist, und versuchen, durch den Zaun zu filmen. Ich werde die Leiche erst untersuchen, wenn ich genau weiß, was sie im Schilde führt.

»Ich mache mal ein paar Fotos.« Marino knipst seine Taschenlampe an, geht vorsichtig durch den Morast und lässt den Lichtstrahl über Pfützen und roten Schlamm gleiten.

»Ich bin sicher, dass er hier draußen nichts mit ihr gemacht hat«, verkündet der Campuspolizist. »Er hat sie nur abgelegt, damit sie möglichst schnell gefunden wird.«

Ich stelle meinen Tatortkoffer ab, während er weiter seine Meinung zum Besten gibt. Er hat einen markanten Kiefer und ist gut gebaut. Wahrscheinlich ist er es gewohnt, im Mittelpunkt zu stehen. Ich habe ihn bei einem Fall vor einigen Wochen kennengelernt, ein Erstsemester am MIT, plötzlicher und unerwarteter Tod beim Ringertraining.

»Drogen«, fügt er hinzu. »Davon bin ich überzeugt.«

Ich weiß seinen Namen nicht mehr, werde aber nie vergessen, wie Bryce ihm nachgelaufen ist und ihn mit Blicken ausgezogen hat, als er im großen Röntgenlabor erschien, wo ich gerade mit einem Einbalsamierungsgerät ein Kontrastmittel in die Beinarterie des toten Ringers einbrachte, eine Prozedur, die jemandem, der noch nie Zeuge eines Angiogramms bei einem Toten gewesen ist, sicher seltsam erscheint. Die dreidimensionalen Computertomographie-Aufnahmen haben mir die Todesursache verraten, bevor ich das Skalpell angesetzt habe.

»Wir sind uns schon einmal begegnet«, sage ich zu ihm,

während ich mich vor meinen Tatortkoffer kauere. »Anfang des Monats.«

»Ja, das war echt schräg. Im ersten Moment dachte ich, Sie wären eine verrückte Wissenschaftlerin, die ihn mit Flüssigkeit vollpumpt, um ihn wieder zum Leben zu erwecken. Andy Hunter«, stellt er sich noch einmal vor und mustert mich eindringlich aus grauen Augen. »Wie sich herausgestellt hat, ist der Vater des Jungen Nobelpreisträger. Man möchte doch meinen, dass Leute, die so viel auf dem Kasten haben, ihr Kind regelmäßig untersuchen lassen. So hätte man seinen Tod doch verhindern können.«

»Ein Aneurysma der Bauchaorta wird nicht umsonst als lautloser Killer bezeichnet. Oft gibt es weder eine Vorwarnung noch Symptome.« Ich klappe die schweren Plastikscharniere auf.

»Mein Großvater ist an einem geplatzten Aneurysma gestorben.« Hunter fixiert mich mit Blicken. Als er vor ein paar Wochen beim CFC war, hat er offen mit mir geflirtet. »Er war ein einfacher Arbeiter, nicht krankenversichert und ist nie zum Arzt gegangen. Plötzlich hat er starke Kopfschmerzen gekriegt, und im nächsten Moment war er tot. Ich habe mir überlegt, ob ich mich vorsorglich untersuchen lassen soll, aber ich habe eine Heidenangst vor radioaktiver Strahlung.«

»Bei einem MRI mit Kontrastmittel wird keine Radioaktivität freigesetzt.« Ich rücke näher an die verankerte gelbe Plane heran, unter der sich eine Gestalt abzeichnet. »Also kann nichts passieren, sofern Sie keinen Nierenschaden haben.«

»Nicht dass ich wüsste.«

»Sprich mit deinem Doc«, zieht Machado ihn auf. »Dem Typen, der dir immer Rechnungen schickt.«

»Gail Shipton wurde vermutlich zuletzt gestern Abend

zwischen halb sechs und sechs in der Psi Bar gesehen. Stimmt das noch so?«, frage ich ihn.

»Ja. Und wir haben eine vorläufige Identifizierung nach dem Äußeren«, erwidert Machado. »Das Foto, das sämtliche Nachrichtensender bringen, sieht aus wie sie. Mir ist klar, dass wir das noch offiziell bestätigen müssen, aber für mich ist das Gail Shipton. Sie hat das Lokal zwischen halb sechs und sechs verlassen, um zu telefonieren. Angeblich. Mehr wissen wir auch nicht.«

»Es hat sicher nicht geregnet, als sie rausgegangen ist.« Ich reiße eine Packung Untersuchungshandschuhe an der perforierten Stelle auf. Es ist die Sorte, die ich am liebsten habe, latexfrei mit geriffelten Fingerspitzen. »Nach der Dauer des ersten Gesprächs zu urteilen, war sie eine Weile draußen. Mindestens siebzehn Minuten. Der Anrufer hatte seine Nummer unterdrückt.«

»Als sie verschwand, hat es noch nicht geregnet.« Machados tiefliegende Augen blicken neugierig drein, als frage er sich, worauf ich mit meinen Bemerkungen über das Wetter hinauswill. »Es hat erst später angefangen.«

»Wissen wir, wann genau? Was heißt später? Ich bin gegen elf schlafen gegangen. Da hat es noch nicht geregnet, sah aber aus, als würde es jeden Moment so weit sein.«

Ich stelle fest, dass Barbara Fairbanks' Team inzwischen auf der Vassar Street vor der Simmons Hall Posten bezogen hat, genau, wie ich erwartet habe.

»Wenn ich sie aufdecke, müssen wir etwas als Sichtschutz hochhalten«, sage ich zu Rusty. »Ich möchte nicht, dass sie im Fernsehen gezeigt wird.«

»Wir haben jede Menge Laken.«

»Dann sind wir ja bereit, falls sie kommen.«

»Das Unwetter hat gegen Mitternacht begonnen«, beantwortet Machado meine Frage. »Regen gemischt mit Eisregen und danach einfach nur Regen. Allerdings ein Wolkenbruch.«

»Wenn wir davon ausgehen, dass sie gegen achtzehn Uhr entführt wurde, kannte der Täter die Witterungsbedingungen oder konnte sich wenigstens vorstellen, wie das Wetter zu dem Zeitpunkt sein würde, als er die Leiche hier draußen abgelegt hat.« Ich suche zwei Thermometer und ein steriles ausklappbares Skalpell heraus. »Anscheinend hat ihn das schlechte Wetter nicht gestört. Der Täter fühlt sich bei kaltem Regenwetter wohl.«

»Offenbar wollte er sich den Spaß nicht verderben lassen«, meint Andy Hunter. »Die Leute in dieser Gegend sind das Wetter gewöhnt.«

Ich beobachte Barbara Fairbanks, die, gefolgt von ihrem Kamerateam, am Zaun entlanggeht. Sie werden durch den Maschendraht filmen müssen, doch ich werde nicht einmal das gestatten. Auch Marino wird es nicht dulden. Eilig watet er durch den Morast auf uns zu, während Rusty und Harold Laken für einen Sichtschutz entfalten.

»Schmeiß mir eins rüber!«, ruft Marino, worauf Rusty ihm ein gefaltetes Einweglaken zuwirft wie ein Frisbee.

Marino fängt es mit einer Hand auf, reißt die Zellophanverpackung auf und stapft durch Schlamm und Pfützen auf das Fernsehteam zu. Er schüttelt das Laken aus und hält es vor den Zaun und die Kamera.

»Ach, kommen Sie schon, Mann!«, beschwert sich ein Teammitglied.

»Sicher wissen Sie, dass Gail Shipton einen Prozess angestrengt hat, der in knapp zwei Wochen beginnen sollte«, sage ich zu Machado.

Ich bin versucht, noch einen Blick auf mein Mobiltelefon zu werfen, verkneife es mir aber. Es beschäftigt mich, dass Lucy womöglich Kontakt zu Gail Shipton hatte, einer Informatikerin mit einem militärtauglichen Smartphone-Etui. Dass Lucy sich nicht meldet, steigert meinen Argwohn noch, weshalb ich beinahe davon ausgehe, dass sie sie wirklich kennt. Janet hat mir versprochen, es Lucy auszurichten. Wenn meine Nichte mich ignoriert, ist etwas im Busch. Mir schwant Übles.

»Ich weiß nichts von einem Prozess«, erwidert Machado.

»Kennen Sie eine Anlageberatungsfirma namens Double S?«, frage ich ihn, während Marino am Zaun entlanggeht. Er hält das Laken hoch und folgt dem Fernsehteam, um ihm die Sicht zu versperren.

»Nie gehört, ebenso wenig wie von einem Prozess«, antwortet Machado, und ich erkenne an seiner Miene, dass ich ihm Stoff zum Nachdenken geliefert habe.

Vielleicht wird er jetzt endlich aufhören, darauf zu beharren, dass diese junge Frau an einer versehentlich eingenommenen Überdosis Drogen gestorben ist, und sich nicht mehr ständig den Kopf über PR-Fragen und eine schlechte Presse zerbrechen.

»Harold, wenn Sie und Rusty sich dorthin stellen könnten«, wende ich mich an die beiden. »Ich glaube, dann müsste es klappen.«

Der Sichtschutz aus Einweglaken erhebt sich knatternd wie die Segel eines Bootes im Wind. Plastik raschelt, als ich die gelbe Plane entferne.

11

Wieder erscheint mir etwas seltsam, als ich sie sehe. Es ist dasselbe Gefühl wie vorhin beim Betrachten der Fotos, die Marino mir gemailt hat. Die Leiche ist anmutig drapiert und in Weiß gehüllt und liegt in einem See aus rotem Schlamm.

Die Augen sind einen winzigen Spalt weit geöffnet, als schliefe sie gerade ein, die bleichen Lippen stehen ein wenig offen, so dass die weißen Kanten ihrer oberen Zahnreihe zu sehen sind.

Ich mustere die Haltung ihrer Arme, das theatralisch angewinkelte Handgelenk, die leicht gekrümmte Hand, die auf ihrem Bauch ruht. Wieder raschelt Plastik, als ich die Plane zusammenfalte, sie Harold gebe und ihn anweise, sie als Beweisstück zu verpacken. Ich möchte keine mikroskopischen Spuren verlieren, die möglicherweise darauf übertragen worden sind.

»Das ist ziemlich schräg«, merkt Rusty an. »Vielleicht sollte sie ja aussehen wie eine Jungfrau.«

»Woher willst du denn wissen, wie eine Jungfrau aussieht?« Harold kann der Steilvorlage nicht widerstehen.

»Einen Moment Ruhe bitte.« Ich möchte, dass sie den Mund halten.

Ich bin weder in der richtigen Stimmung für pubertäre Witze noch habe ich Interesse an ihrer Meinung. Stattdessen betrachte ich weiter die Leiche, trete zurück und umrunde sie dann, um sie aus unterschiedlichen Perspektiven zu studieren, während mein mulmiges Gefühl wächst. Ich sehe makellose

Haut, die viel zu sauber ist, unverletzte Hände und ein viel zu friedliches und unbeschädigtes Gesicht.

An der Art, wie sie aufgebahrt wurde, ist nichts Anstößiges oder Sexuelles. Ihre Beine sind geschlossen, ihre Brüste und Genitalien von dem Stoff bedeckt, der ordentlich vom Brustansatz bis zu den Unterschenkeln drapiert ist. Ihre Kehle ist milchweiß und glatt und frei von Würgemalen oder Blutergüssen. Nur im Nacken hat sie eine gerötete Stelle, die Totenflecken, weil sich das Blut gesetzt hat, nachdem ihr Herz aufgehört hat zu schlagen und der Blutkreislauf zum Erliegen kam. Auf den ersten Blick weist nichts auf einen Kampf hin. Nichts sagt mir, dass sie sich gegen ihren eigenen Tod gewehrt hat, und das erscheint mir zutiefst seltsam und verstörend.

Als ich mich bücke, um sie mir aus der Nähe anzusehen, steigt mir der Geruch von Erde und Regen in die Nase. Von Verwesung ist noch nichts zu bemerken, was sich jedoch ändern wird, wenn sie erst in mein Institut gebracht wurde, wo es erheblich wärmer ist. Ich erschnuppere ein Parfüm, einen fruchtigen Blumenduft mit einem Hauch von Sandelholz und Vanille, der stärker wird, als ich mich tiefer über ihr Gesicht und ihr langes braunes Haar beuge. Der elfenbeinfarbene Stoff sieht nach einem Synthetikgewebe aus und ist bemerkenswert sauber. Ich berühre eine Ecke des eingesäumten Stoffstücks, das sorgfältig und zielstrebig um ihre Brust gewickelt ist und unter ihren Achseln klemmt wie ein Badehandtuch.

»Kein Bettlaken«, verkünde ich. »Ein verhältnismäßig elastisches Synthetikgewebe, das doppelt gefaltet wurde. Also ist es ziemlich lang, aber nicht sehr breit.«

»Wie ein Vorhang?«, wundert sich Machado.

»Eher nicht. Es gibt kein Futter und auch keine Lasche für eine Vorhangstange. Ich sehe auch keine Hinweise darauf, dass je Ringe oder Haken daran angebracht waren.« Ich untersuche den Stoff, ohne seine Position zu verändern. »Auf der einen Seite ist er glatt, auf der anderen Seite hat er eine Struktur, ungefähr so wie eine Strumpfhose. Also ein nicht sehr elastischer Trikotstoff.«

»Keine Ahnung, was das ist«, erwidert er.

»Trikotstoffe benutzt man beispielsweise für Handschuhe, Leggings oder sehr leichte Pullis«, erkläre ich.

Ich betrachte die Position der Leiche und die Art und Weise, wie der Stoff drapiert ist. Er bedeckt sie diskret vom Schlüsselbein bis kurz oberhalb der Knöchel.

»Das erinnert mich an das alte Rom, Jerusalem oder eine Schönheitsfarm«, sage ich, während ich den Gedanken an Bentons Fälle in Washington nicht loswerde. »Zumindest löst es diese Assoziation in mir aus.«

»Nun, deshalb drapieren Psychos ja ihre Opfer.« Marino ist zurück und kauert sich neben mich, wobei ihm beinahe die Füße wegrutschen. »Wir sollen an etwas Bestimmtes denken.«

»Meiner Erfahrung nach tun sie das nicht uns zuliebe, sondern wegen sich selbst.« Ich würde ihm so gern von den Fällen in Washington und davon erzählen, wie diese Leichen drapiert waren, aber ich wage es nicht. »Solchen Menschen geht es nur um ihre eigenen Phantasien und Gefühle zum fraglichen Zeitpunkt.«

»Der Stoff sieht so ähnlich aus wie ein Leichentuch«, sagt Harold, der es wissen muss. »Die werden bei Beerdigungen immer beliebter, insbesondere handgefertigte Leichentücher, in die man den Toten dann einwickelt. In meinem letzten Jahr in der Bestattungsbranche hatten wir einige sogenannte *grüne* Beerdigungen. Alles natürlich und biologisch abbaubar.«

»Aber das hier ist kein natürlicher Stoff. Der wäre nicht biologisch abbaubar.« Ich kauere mich auf die Fersen, mustere die Leiche und lasse jedes Detail auf mich wirken, bevor ich sie berühre.

Helle Fasern, vermutlich von dem Stoff stammend, kleben an der nackten, nassen Haut. Ich stelle fest, dass ihre kurzen, unlackierten Fingernägel unversehrt sind. Es befinden sich Fasern darunter, blaue, und ich frage mich, woher sie wohl kommen mögen. Vielleicht von etwas, in das sie eingewickelt war, als sie noch lebte, sage ich mir. Wenn sich jemand nicht mehr bewegt, geraten normalerweise keine Fasern oder andere Spuren tief unter die Nägel. Ich hole eine Lupe und eine kleine Ultraviolettlampe aus meinem Tatortkoffer.

»Gibt es hier in der Gegend ein Bestattungsunternehmen, das solche Tücher verkauft?« Machado macht noch ein paar Fotos.

»Biologisch abbaubare Sachen wie Urnen, ja.« Harold reckt den Hals, um zu schauen, was aus dem Fernsehteam geworden ist, während er und Rusty weiter den Sichtschutz hochhalten. »Wo man hier handgefertigte Leichentücher kriegt, weiß ich nicht. Die wenigen, die ich gesehen habe, kamen von der Westküste. Oregon vielleicht. Man kann sie im Internet bestellen.«

»Ein Synthetik-Mischgewebe ist nicht biologisch abbaubar«, wiederhole ich. »Wir wissen nicht, was das ist.«

Ich schalte die UV-Lampe ein. Die Linse schimmert violett, als sie unsichtbares Schwarzlicht abstrahlt. Eine vorläufige Untersuchung der Leiche wird mir mitteilen, ob hier Spuren, auch Körperflüssigkeiten wie Sperma, vorhanden sind. Ich will wirklich alles sicherstellen, was beim Transport ins CFC herunterfallen oder anderweitig verlorengehen könnte. Deshalb lasse ich das Licht über die Leiche gleiten. Fluoreszierende bunte Farben strahlen und funkeln. Blutrot. Smaragdgrün. Dunkelviolett.

»Was zum Teufel ist das?« Andy Hunter beugt sich vor,

um es sich aus der Nähe anzusehen. »Irgendein Glitzerpulver? Von einer Weihnachtsdeko?«

»Dazu ist es viel zu fein. Außerdem glaube ich nicht, dass Glitzerpulver unter UV-Licht so reflektieren würde.« Ich bewege die Lampe weiter. Jede Stelle, auf die der Lichtstrahl fällt, leuchtet genauso farbenfroh auf. »So als wäre ein sehr feines funkelndes Pulver überall auf dem Stoff und der Leiche verteilt worden. Die Konzentration ist um ihre Nase, den Mund, die Zähne und in den Nasenlöchern besonders hoch.« Beim Sprechen leuchte ich weiter die Leiche ab.

»Ist Ihnen so was schon mal untergekommen?« Machado kauert sich neben mich. Seine Stiefel versinken im roten Schlamm.

»Nein, nicht unbedingt, aber ganz gleich, was es auch sein mag, ist es offenbar haltbar genug, um nicht vom Regen weggespült zu werden. Entweder das, oder es war noch viel mehr davon da, als sie hier abgelegt wurde.« Ich beleuchte den Morast rings um die Leiche.

Dieselben drei strahlenden Farben funkeln. Ich greife nach einer Packung Tupfer.

»Ich sammle etwas davon für die Analyse ein. Dann messe ich ihre Temperatur, und anschließend bringen wir sie in die Pathologie.«

Ich verstaue die Tupfer in Asservatenbehältern, die ich mit einem Markierstift beschrifte. Danach berühre ich den linken ausgestreckten Arm der Toten, den mit dem theatralisch angewinkelten Handgelenk. Sie ist kalt und steif. Die Leichenstarre ist voll ausgebildet.

Ich lockere den Stoff um ihre Brust und klappe ihn auseinander. Sie trägt nichts als ein Höschen, das ihr einige Nummern zu groß ist. Die hochgeschnittene Unterhose ist pfirsichfarben mit einem Streifen Spitze am schmalen Taillenbündchen. Ich werfe einen Blick auf das Etikett auf der Rückseite. Eine teure Wäschemarke namens Hanro mit einem M für Medium, was einer Frau passen würde, die normalerweise Größe 40 bis 42 trägt. Im Schritt ist das Höschen hellgelb verfärbt, und ich denke erschrocken an das, was Benton mir erzählt hat.

Die drei ermordeten Frauen in Washington trugen das Höschen des jeweils letzten Opfers oder, in einem Fall, das einer Unbekannten. Die Höschen waren mit Urin befleckt. Benton geht davon aus, dass die Opfer ihre Blase nicht mehr beherrschen konnten, als sie erstickt wurden. Außerdem waren da Fasern. Blauer und weißer Lycra, vielleicht von einem Polsterstoff oder der Sportkleidung des Mörders.

Mit dem Skalpell nehme ich einen kleinen Einschnitt am rechten Oberbauch vor. Das austretende Blut ist seltsam dunkelrot, weil es keinen Sauerstoff mehr enthält. Das Blut der Toten. Kalt und dunkel wie ein stehendes Gewässer.

Ich führe ein langes Thermometer in die Leber ein und lege ein zweites auf meinen Tatortkoffer, um die Außentemperatur zu messen.

»Sie ist schon seit einer Weile tot«, verkünde ich. »Mindestens sechs Stunden, aber ich würde auf noch länger tippen. Hängt von den Umständen ab.«

»Vielleicht seit gestern am frühen Abend, als sie verschwunden ist?« Machado beobachtet mich aufmerksam. Offenbar ist ihm die Sache unheimlich.

Bestimmt hatte er noch nie mit einem solchen Fall zu tun. Ich auch nicht, zumindest nicht unter diesen Umständen. Allerdings habe ich Fotos gesehen, über die ich weder mit ihm noch mit Marino sprechen darf. Das muss Benton erledigen.

»Wenn sie gegen achtzehn Uhr entführt wurde, wäre das beinahe zwölf Stunden her«, füge ich hinzu.

Als ich ihren Kopf nach Frakturen oder anderen Verletzungen abtaste, entdecke ich keine.

»Allerdings bezweifle ich, dass sie schon so lange tot ist. Sie wurde irgendwo eine Zeitlang am Leben erhalten«, sage ich.

»Als Geisel vielleicht?«, fragt Machado.

»Keine Ahnung.« Noch einmal suche ich nach Wunden, hebe die starren Arme und Hände an und überprüfe sie sorgfältig von allen Seiten. »Bis jetzt kann ich keinen Hinweis darauf finden, dass sie gefesselt wurde oder sich gewehrt hat.« Ihre Haut fühlt sich durch die Handschuhe kalt an, beinahe wie aus dem Kühlschrank, allerdings wärmer als die Luft. »Ich sehe überhaupt keine Abwehr- oder andere Verletzungen, die von einer körperlichen Auseinandersetzung stammen könnten.«

Als ich ihre nackten Füße mit dem UV-Licht ableuchte, blitzt wieder dieselbe Substanz auf wie Feenstaub. Blutrot, smaragdgrün und dunkelviolett. Die Farbkombination weist darauf hin, dass sie aus einer einzigen Quelle stammt, ein feinkörniges Material, zusammengesetzt aus drei Stoffen, die im kurzwelligen ultravioletten Licht reflektieren. Ich sammle noch mehr davon mit selbstklebenden Tupfern ein, die bunt funkeln, als ich sie in Asservatentütchen verstaue.

»Könnte es nicht irgendein schräges Make-up sein, das sie benutzt hat?«, schlägt Andy Hunter vor. »Die Mädchen stäuben sich heutzutage oft mit Glitzerpuder ein.«

»Am ganzen Körper und auch auf dem Stoff?«, entgegne ich zweifelnd. Ich ziehe frische Handschuhe an, um zu verhindern, dass ich den Staub auf andere Körperstellen übertrage. »Ich habe eher die Vermutung, dass ihre Leiche an einem Ort aufbewahrt wurde, wo dieser Staub naturgemäß vorkommt, und so auf sie und den Stoff geraten ist, in den sie gewickelt wurde.«

Ich hebe ihre starren Unterschenkel an und stelle fest, dass der Stoff darunter verhältnismäßig sauber ist.

»Es gibt Erdsorten, die unter UV-Licht funkeln«, meint Machado.

»Ich glaube nicht, dass es Erde ist. Ein feiner Staub, der immer auf dieselbe Weise leuchtet, ist meiner Ansicht nach künstlich hergestellt, etwas, das man in der Industrie verwendet«, erwidere ich. »Wir werden es erst mal mit dem Elektronenmikroskop versuchen. Hoffentlich ist Ernie heute da.«

Ihre nackten Fußsohlen sind sauber. Ich entdecke nur winzige Schlammspritzer, die vermutlich von dem heftigen Regen von vorhin stammen. Der Glitzerstaub ist überall, von Kopf bis Fuß, so als hätte jemand eine Airbrush-Pistole genommen und sie mit etwas überzogen, das im unsichtbaren UV-Licht aufleuchtet. Mit Lupe und Pinzette fange ich an, die bläulichen Fasern unter ihren Fingernägeln zu lockern, und schüttle sie in eine kleine Asservatentüte.

»Sie wurde nicht hierhergeschleift – wenn, dann nur auf einer Unterlage.« Ich drehe sie zur Seite.

»Vielleicht hat der Täter sie ja getragen«, meint Andy Hunter. »Entweder war er ziemlich kräftig oder nicht allein.«

Ihr Rücken ist dunkelrot mit bleichen Stellen, wo ihre Schultern auf einer harten Fläche geruht haben, als das nicht mehr zirkulierende Blut sich setzte. Die Totenflecken sind voll ausgebildet. Sie hat nach ihrem Tod noch stundenlang auf dem Rücken gelegen, vermutlich auf dem Fußboden an einem warmen Ort, und zwar in ihrer momentanen Körperhaltung, als die Leichenstarre einsetzte. Doch sie ist nicht in dieser Position gestorben. Sie wurde nach dem Tod drapiert, die Beine gerade und geschlossen und die Arme so gebeugt wie jetzt, bis sie so unbeweglich war wie Hartgummi.

Das Blitzlicht einer Kamera flammt auf, als Machado

einige Fotos schießt, während Marino ihm assistiert, zum Größenvergleich ein Lineal anlegt und alles beschriftet. Auf der anderen Seite des an die Vassar Street angrenzenden Zauns sammeln sich die Schaulustigen. Die Kameras von Mobiltelefonen blitzen kleine Lichtfunken. Einige uniformierte Polizisten stehen daneben.

»Vielleicht sollten Sie Ihren Kumpeln mal helfen«, sagt Marino zu Hunter, und ich weiß, warum.

Marino hat genug von Andy Hunters extrem gutem Aussehen und seiner Marotte, mich anzustarren und mir auf die Pelle zu rücken.

»Wir wollen wissen, wer da gafft und fotografiert.« Bei Marino klingt das wie ein Befehl.

Hunter beherrscht sich und lächelt. »Klar, auch wenn ich, soweit ich weiß, nicht bei Ihrem Verein arbeite. Übrigens sind Sie ja noch nicht sehr lange bei Ihrem. Hoffentlich macht Ihnen Ihr neuer Job Spaß.«

Während er den Weg des geringsten Widerstands durch den Morast und über den Parkplatz einschlägt, nehme ich die Thermometer und überprüfe sie.

»Ihre Körpertemperatur beträgt fünfzehn Grad, die Außentemperatur zehn. Demzufolge ist sie seit acht Stunden tot, vielleicht auch länger«, berechne ich. »Den Großteil dieser Zeit hat sie an einem Ort zugebracht, wo es viel wärmer ist als hier, denn sonst wären Leichenstarre und Totenflecken nicht so weit fortgeschritten. Wegen der Kälte und des Regens hätten sie sich langsamer gebildet. Hier draußen ist es fast so kalt wie in einem Kühlschrank, was die Sache ziemlich verzögert hätte.«

»Was heißt, dass sie erst einige Stunden, nachdem sie aus der Bar verschwand, gestorben ist«, ergänzt Machado. »Sie ist mit irgendjemandem mitgegangen, vielleicht jemandem, den sie kannte, und hat das nicht überlebt.«

»Ich kann Ihnen nicht sagen, ob sie freiwillig mitgegangen ist oder dazu gezwungen wurde«, wende ich ein. »Zumindest jetzt noch nicht.«

»Aber sie hat keine Abwehrverletzungen«, wiederholt Machado seine Worte von vorhin. »Also hat sie sich nicht gegen den Betreffenden gesträubt, richtig?«

»Keine offensichtlichen Verletzungen, doch ich habe sie noch nicht bei ordentlichen Lichtverhältnissen untersucht«, entgegne ich. »Sie könnte innere Verletzungen haben. Das sehen wir bei der Computertomographie.«

Wieder wechsle ich die Handschuhe und stecke die benutzten in die Jackentasche.

12

Meine in violetten Handschuhen steckenden Finger schieben vorsichtig die Augenlider der Toten zurück. Die Bindehaut ist mit winzigen Einblutungen übersät. Das Weiße im Auge ist beinahe durchgehend rot.

»Das war kein Unfalltod.« Als ich ihr mit der UV-Lampe in die Augen leuchte, funkelt der gleiche neonbunte Staub.

Blutrot. Smaragdgrün. Dunkelviolett.

»Was immer das auch sein mag, jedenfalls hat sie es überall«, stelle ich fest. »Aller Wahrscheinlichkeit nach ist sie erstickt worden, obwohl Petechien auch auf andere Weise entstehen können. Ich kann keine Spuren oder Male am Hals entdecken, die auf Erdrosseln hinweisen würden. Aber es ist etwas geschehen, das zu einem Platzen der Blutgefäße geführt hat.«

»Was, außer Erdrosseln, kommt da sonst noch in Frage?« Marino kauert sich neben den Kopf, um es sich aus der Nähe anzusehen.

»Ein Ansteigen des Drucks im Brustraum, das den Valsalva-Effekt verursacht.« Ich ziehe die Handschuhe aus. Inzwischen sind meine Taschen mit benutzten vollgestopft. »Ihr Blutdruck könnte sich dramatisch erhöht und die winzigen Einblutungen ausgelöst haben.«

»Und warum passiert so etwas?«, erkundigt sich Marino.

»Ein Kampf. Panik. Vermutlich während sie erstickt wurde. Das könnte der Grund sein. Oder etwas anderes, was das Herz belastet hat. Das kann ich noch nicht mit Bestimmtheit sagen, doch im Moment ist sie für mich noch ein Mordopfer, und so sollten wir sie auch behandeln. Wir wollen sie in den Transporter bringen. Wir treffen uns im Institut«, wende ich mich an Rusty und Harold und stehe auf. »Lassen Sie den Stoff an Ort und Stelle und wickeln Sie sie in ein Laken, damit sich die Körperhaltung nicht verändert.«

»Wie soll Anne sie mit dem ausgestreckten Arm in den Computertomographen legen?«

»Sie passt schon hinein«, erwidere ich. »Ich möchte nicht, dass die Totenstarre gebrochen wird.«

Ich erkläre weiter, dass der ausgestreckte Arm mit dem angewinkelten Handgelenk separat eingepackt und mit Klebeband gesichert werden soll. Um den restlichen Körper kommt dann ein zweites Laken. Nur der Kopf bleibt frei und wird mit einem großen Asservatenbeutel aus Papier geschützt. Kleinere Beutel werden über ihre Hände und Füße gestülpt. Sie soll mit Verpackung in den CT.

»Legen Sie das Tragebrett auf ein sauberes Laken, damit es nicht schlammig wird, und transportieren Sie sie genau nach meinen Anweisungen«, betone ich, denn die Art, wie die Leiche drapiert wurde, ist ein Beweismittel, das ich erhalten will.

Ein Beweismittel, das vielleicht mit den drei anderen Fällen übereinstimmt, und ich darf nicht mit Marino und Machado darüber sprechen. Ich habe das Gefühl, dass die Zeit immer mehr drängt. Allerdings würde ich nicht im Traum daran denken, Benton in Schwierigkeiten zu bringen, nur weil er das einzig Richtige getan hat. Er hat mich um Hilfe gebeten, und zwar aus genau dem Verdacht heraus, der sich nun leider zu bewahrheiten scheint. Das FBI hat, was die Fälle in Washington angeht, eine Nachrichtensperre verhängt, und es ist möglich, dass der Täter sich gar nicht mehr dort aufhält. Er könnte hier in Cambridge sein, der Heimatstadt von Klara

Hembree, seinem ersten Opfer. Das weiß Benton noch nicht, und ich muss einen Weg finden, es ihm mitzuteilen.

»Sie kommt sofort in die Radiologie«, erteile ich weiter Anweisungen. »Ich kümmere mich darum, dass Anne Sie erwartet. Wir haben alle Fotos vom Fundort, richtig?«

Machado bejaht das und schaut wieder über den Sportplatz hinweg zu Andy Hunter, der sich zu den anderen Polizisten auf den Gehweg gesellt hat. Die Menge der Schaulustigen ist angewachsen. Barbara Fairbanks steht vor der Simmons Hall und interviewt jeden, der mit ihr reden will, und ich nehme ein Geräusch wahr, das ich zunächst nicht einordnen kann.

Ein Streifen in Preußischblau am Horizont kündigt den Sonnenaufgang an. Gerade bitte ich Machado, mir seine Fotos so schnell wie möglich zu mailen, als ich das Geräusch erkenne. Wie auf ein Stichwort drehen wir uns in Richtung Fluss um und blicken gleichzeitig nach oben. Das Rattern wird lauter. Ein Helikopter fliegt tief und in südöstlicher Richtung über den Charles River und kommt rasch näher.

»Hoffentlich ist das nicht wieder ein verdammter Fernsehsender«, sagt Marino.

»Ich glaube nicht.« Ich spähe in den dunklen Himmel. »Dazu ist er zu groß.«

»Militär oder Küstenwache«, mutmaßt Machado.

»Nein.« Ich erkenne das obertönige, schrille Dröhnen der Triebwerke des schwarzen Eurocopter und das stakkatoartige Wummern seiner Verbund-Rotorblätter, die sich beinahe mit Schallgeschwindigkeit drehen.

»Am besten decken wir sie zu, bis das Ding weg ist«, ruft Harold. »Bei dem Wind können wir das Laken nicht mehr hochhalten.«

»Schon in Ordnung.« Ich bedeute ihnen, in Position zu bleiben und die Leiche mit dem Sichtschutz weiter gegen das

Fernsehteam und die Schaulustigen abzuschirmen. »Machen Sie einfach so weiter. Alles bestens.« Ich muss schreien, um mich verständlich zu machen.

Der Helikopter fliegt, begleitet von einem ohrenbetäubenden Knattern und Lichtblitzen, über die Hausdächer und den Sportplatz hinweg. Dann schwebt er in etwa dreihundert Meter Höhe über uns, hoch genug, damit wir nicht von den heftigen Luftverwirbelungen seines Rotors erfasst werden. Lucy weiß, wie man an einem Tatort navigiert. Sie verharrt in der Luft, so dass der fünfzig Millionen Lux starke Nightsun-Scheinwerfer die rote Erde beleuchtet und die Leiche in ein weißes Licht taucht. Dann fliegt sie weiter.

Gleichzeitig halten wir uns alle schützend die Hand vor Augen, drehen uns in dieselbe Richtung und folgen mit Blicken dem bedrohlich wirkenden EC 145, als er den Sportplatz umkreist. Er fliegt, diesmal viel tiefer und langsamer, eine Kehre. Lucy bezeichnet dieses Manöver als hohe und tiefe Erkundung, und es dient dazu, Hindernisse wie Antennen, Stromleitungen und Lichtmasten oder andere Gefahren ausfindig zu machen. Ich sehe den Umriss ihres Helms auf dem rechten Pilotensitz. Ein gelbliches Visier bedeckt ihr Gesicht. Ich kann nicht feststellen, wer der Mensch mit dem Kopfhörer neben ihr ist, aber ich weiß es trotzdem. Ich habe zwar keine Ahnung, warum, doch ich könnte erleichterter nicht sein.

»Bleiben Sie stehen!«, rufe ich Rusty und Harold zu, wobei ich wieder den ohrenbetäubenden Lärm überschreien muss. »Rühren Sie sich nicht von der Stelle!«

Eilig stapfe ich durch Morast und klatschnasses Gras zum leeren Parkplatz, während der Helikopter mit der stumpfen Nase und dem breiten Rumpf dicht über dem Boden in der Luft verharrt. Die Bäume am Rand des Parkplatzes biegen sich im grellen Scheinwerferlicht. Dann setzt der Helikopter sanft auf. Lucy stellt die Triebwerke nicht ab. Offenbar will sie nicht lange bleiben.

Die linke Tür öffnet sich. Benton stellt erst den einen, dann den anderen Fuß auf die Kufe und klettert hinunter.

Sein Mantel flattert im heftigen Wind, als er die rückwärtige Tür öffnet, um sein Gepäck herauszuholen. Meine Nichte, den Helm noch immer auf dem Kopf, dreht sich auf dem rechten Sitz zu mir um und nickt. Ich winke ihr zu. Ich habe zwar keine Ahnung, aus welchem Grund sie das getan hat, bin aber ausgesprochen froh darüber. Es ist fast wie ein Wunder, wie etwas, für das ich gebetet hätte, wenn ich auf den Gedanken gekommen wäre, ein Zwiegespräch mit Gott zu halten.

Benton läuft über den Parkplatz. Nachdem ich ihm eine Tasche abgenommen habe, legt er mir den Arm um die Taille, zieht mich an sich und schmiegt das Kinn an meinen Scheitel. Der Helikopter steigt steil in vertikaler Linie auf und fliegt über den Fluss davon. Wir beobachten, wie er über den Häusern und Bäumen beschleunigt und auf Boston zusteuert. Das Dröhnen und die blinkenden Lichter sind so schnell verschwunden, wie sie gekommen sind.

»Gott sei Dank, dass du hier bist. Warum eigentlich?«, sage ich zu Benton, als der Lärm verklungen ist.

»Es sollte meine Geburtstagsüberraschung werden.«

»Ich glaube nicht, dass das der einzige Grund ist.«

»Ist es auch nicht. Außerdem hatte ich nicht vor, schon so früh zu kommen.«

»Ich habe erst am Samstag mit dir gerechnet.«

»Ich meinte, so früh heute.« Er küsst mich und wendet sich dann der erleuchteten Szene mitten auf dem schlammigen Sportplatz zu, wo Rusty und Harold weiter ein kunststoffbeschichtetes Laken hochhalten wie eine Art morbide Girlande.

»Ein Geschenk für mich und eine Überraschung für dich. Außerdem musste ich unbedingt weg aus Washington.«

»Lucy hat meine SMS gekriegt.« Allmählich glaube ich zu verstehen.

»Ja.« Benton betrachtet das nasse Gras und den fast flüssigen roten Morast. Lange bleibt sein Blick an der weißverhüllten Leiche hängen. »Doch sie wusste schon seit Mitternacht, dass Gail Shipton vermisst wird. Ihre Suchmaschinen haben die Information auf der Website von Channel Five gefunden.«

Er erklärt, dass Lucy gestern nach Washington geflogen ist. Am späten Nachmittag ist sie in Dulles gelandet. Eigentlich war geplant, dass sie mit Benton zu Abend isst. Heute wollten die beiden dann nach Hause fliegen. Sie hatte vor, ihn als Überraschung bei mir zu Hause abzuliefern, wo ich, wie sie annahm, noch an meiner Grippe herumkurierte. Doch als sie von Gails Verschwinden erfuhr, hat sie beschlossen, sofort aufzubrechen.

»Ihre ersten Worte waren, dass ihr sicher etwas zugestoßen und sie wahrscheinlich tot sei«, erklärt Benton. »Ist das weiße Tuch, in das die Leiche gewickelt ist, von dir?«

»Sie wurde so gefunden.«

Wortlos starrt er hinüber, und ich weiß, dass er bereits Informationen vergleicht und Details auf sich wirken lässt. Schon jetzt.

»Das erste Opfer stammte aus Cambridge, Klara Hembree«, teile ich ihm meine Befürchtungen mit. »Es ist ein ungewöhnlicher Stoff, und er ist genauso um die Leiche gewickelt, wie ich es bei Klara und den anderen beiden Opfern gesehen habe. Unter die Arme geklemmt wie ein Badehandtuch.«

Ich berichte ihm, meine vorläufige Untersuchung der Leiche habe keinerlei Hinweise darauf ergeben, dass sie sich gewehrt oder sich selbst verteidigt hat. Dann schildere ich, wie die Leiche drapiert worden ist, und erwähne den fluoreszierenden Staub überall und dass ich den Stoff für ein Synthetikgewebe halte. Der leicht dehnbare Stoff erinnere an Lycra – und die bei den Opfern in seinen Fällen sichergestellten Fasern bestünden doch auch aus Lycra. Und zu guter Letzt erzähle ich ihm von dem mit Urin befleckten Höschen, das zu groß ist.

Benton hört aufmerksam zu, nimmt alle Einzelheiten auf und ordnet sie. Offenbar verfehlen meine Worte ihre Wirkung nicht, aber er achtet darauf, keine voreiligen Schlussfolgerungen zu ziehen.

»Weißt du, was für ein Höschen es ist?«, erkundigt er sich.

»Die Marke?«

»Ja.«

Hochwertige Baumwolle, zart pfirsichfarben, ein Schweizer Hersteller, erläutere ich. Anfangs schweigt er, doch ich erkenne an seiner Miene, dass ihm die Information etwas sagt.

»Das dritte Opfer in Washington«, erwidert er schließlich. »Julianne Goulet. Sie hatte eine Schwäche für teure Schweizer Wäsche, eine Marke namens Hanro.«

»Genau das ist es. Und ich erinnere mich aus dem Bericht, dass sie etwa eins siebzig groß war und etwa siebzig Kilo wog. Das könnte Größe Medium sein.«

»Vielleicht gehörte es ihr. Der Täter hat Verbindungen zu dieser Stadt, und ich glaube, dass er Klara nachspioniert hat, als sie noch hier wohnte. Als sie dann nach Washington gezogen ist, ist er ihr gefolgt«, spricht Benton die sich überschlagenden Gedanken aus, die ihm durch den Kopf gehen. »Sie war die Zielperson, die beiden anderen Opfer waren zur falschen Zeit am falschen Ort. Und nun das hier? Wenn meine Theorie stimmt, bedeutet das mindestens drei Morde in einem Monat. Er fühlt sich hier zu Hause, insbesondere in diesem Teil von Cambridge, aber er hat sich nicht mehr im Griff, und deshalb eskaliert die Sache. Ich muss mich umschauen und werde erst darüber reden, wenn ich sicher bin.«

Also wird er diese Informationen weder an Marino und Machado noch an andere Kollegen weitergeben, die in diesem Fall ermitteln. Benton wird ihnen erst eröffnen, dass sie einen Serienmörder suchen, wenn alle Zweifel ausgeräumt sind.

»Sollte es sich wirklich um denselben Täter handeln, haben wir ein großes Problem. Das FBI wird es abstreiten«, fügt er zu meiner Überraschung hinzu. »Jetzt muss ich mich erst mal eine Weile hier draußen umsehen.«

»Vermutlich hast du keine Stiefel im Gepäck.« Ich betrachte seine Schuhe, blitzblank polierte braune Monkstraps. »Natürlich nicht. Warum frage ich überhaupt?«

Benton würde niemals Gummistiefel mit sich herumschleppen. Er besitzt nicht einmal welche. Selbst bei der Gartenarbeit sieht er stets makellos elegant aus. Er ist machtlos dagegen. Er gehört zu den großen, schlanken Männern mit markanten Zügen, die selbst an einem Leichenfundort im Morast wohlhabend und gepflegt wirken.

»Steht bereits fest, wer sie ist?« Sein scharfgeschnittenes, ebenmäßiges Gesicht wendet sich mir zu. Seine Miene ist ernst, sein dichtes silbergraues Haar vom Wind zerzaust.

»Nicht offiziell.« Ich begleite ihn zur Seitengasse, damit er sein Gepäck in Marinos SUV laden kann. »Doch es ist eigentlich klar. Wir gehen davon aus, dass es sich um die Frau handelt, die gestern Abend verschwunden ist. Gail Shipton.«

»Lucy sagt, dem Aussehen nach könnte sie es sein. Das war natürlich aus der Entfernung, aber sie hat das Bild näher rangeholt.« Benton knöpft mit einer Hand seinen langen Kaschmirmantel zu. »Sie hat die Position der Leiche, also wie sie drapiert ist, gefilmt. Das ist wichtig, und zwar sehr. Wenn du also eine Luftaufnahme möchtest, bekommst du sie. Mir ist klar, dass es eine Menge zu erklären gibt, aber das werden wir nicht hier erledigen. Das ist unmöglich.«

»Dann verrate mir wenigstens, warum es unmöglich ist.«

»Marino hat Gail Shiptons Smartphone hinter der Bar gefunden und hat es offenbar noch.«

»Ich begreife nicht, woher du …«, setze ich an. Als wir uns dem SUV nähern, fängt Quincy an zu winseln.

»Nicht jetzt, Kay«, entgegnet Benton ruhig. »Wir dürfen nicht in Gegenwart von Marino darüber sprechen. Nicht über das Telefon, darüber, dass er es hat, und darüber, dass Lucy davon weiß. Sie hat ihn buchstäblich dabei beobachtet, weil sie das Gerät fernüberwacht, seit sie von Gails Verschwinden erfahren hat. Lucy war seit Mitternacht darüber informiert, dass Gails Smartphone noch hinter der Psi Bar lag, wo sie es zuletzt benutzt hat.«

»Lucy hat mit ihr zusammengearbeitet.« Inzwischen bin ich ganz sicher. »Das Telefon ist in einem militärtauglichen Etui, wie Lucy und ich auch eines haben.«

»Das ist ein Problem.«

Was er meint, ist, dass Lucy ein Problem ist oder bald eines werden wird. Wenn meine Nichte ein so großes Interesse an Gail Shiptons Smartphone hat, heißt das, dass es mit irgendeinem Projekt in Zusammenhang steht, an dem sie gerade arbeitet. Also wird sie die polizeilichen Ermittlungen sabotieren. Vielleicht hat sie es ja schon getan.

»Ist dir bekannt, dass der Zeitpunkt des Mordes wichtig sein könnte? Gail Shipton sollte in knapp zwei Wochen vor Gericht aussagen.« Ich bin überzeugt, dass ihm das sehr wohl bekannt ist, und das beklemmende Gefühl kehrt mit aller Macht zurück.

Wo ist Lucy diesmal hineingeraten?

»Wir haben viel zu besprechen, Kay.« Benton streichelt mir den Nacken, aber ich bin nicht beruhigt.

»Hat sie mit dem Prozess zu tun?« Ich muss es einfach wissen. »Hat sie etwas mit Gail Shiptons Hundert-Millionen-Dollar-Krieg mit der Finanzberaterfirma Double S zu tun, die ihren Sitz in Concord, also ganz in ihrer Nähe, hat?«

Wir bleiben am Heck von Marinos SUV stehen und stellen das Gepäck ab. Quincy fängt an, noch lauter zu jaulen und zu kläffen.

»Lucy ist Zeugin«, erwidert Benton. »Der Anwalt des Angeklagten hat letzten Sommer eine eidesstattliche Vernehmung mit ihr durchgeführt.«

»Das hat sie uns nie erzählt!« Ich frage mich, ob es das ist, worüber Carin Hegel mit mir sprechen wollte.

»Vermutlich weißt du inzwischen, dass sie Probleme gern auf eigene Faust löst.«

»Das, was sie auf eigene Faust gelöst hat, steht inzwischen in Zusammenhang mit einem Mordfall, der womöglich eine Verbindung zu den Fällen hat, in denen du ermittelst«, entgegne ich. »Vielleicht ist die zeitliche Nähe zum Prozess ja nur Zufall, doch sie macht mir Sorgen, große Sorgen. Außerdem weiß ich, dass die Anwältin des Opfers, Carin Hegel, so sehr um ihre eigene Sicherheit fürchtet, dass sie momentan nicht zu Hause wohnt. Sie hält die Leute von Double S für gefährlich und hat angedeutet, dass sie mit einflussreichen Persönlichkeiten unter einer Decke stecken.«

»Die Körperhaltung der Opfer und die Stoffbahnen wurden meines Wissens nie öffentlich erwähnt«, sagt Benton, während Quincys Bellen sich zu einem Crescendo steigert.

»Dann haben wir es wahrscheinlich nicht mit einem Trittbrettfahrer zu tun.«

»Vermutlich ist das nicht der wahre Grund, warum Granby

so ein Geheimnis aus diesen verdammten Morden macht, doch in diesem Fall war es offenbar ein Vorteil.« Bentons Tonfall ist hart, wie immer, wenn er über seinen Chef spricht.

Ich schicke Harold eine SMS, damit er kommt und den Transporter des CFC aufschließt.

»In dem Morast wirst du deine Schuhe verlieren. Hoffentlich haben wir noch ein Paar Gummistiefel für dich an Bord. Schon gut.« Ich tue mein Bestes, um Quincy zu beruhigen, indem ich an die Heckscheibe von Marinos SUV klopfe. »Alles ist okay«, verspreche ich.

Benton betrachtet Marinos Welpen, der bellt und scharrt und sich in seiner Box sichtlich unwohl fühlt.

»Armer Hund«, sagt er.

13

Der Leichenfundort ist eine aufgewühlte, morastige Brachfläche mitten in einem Königreich der Gelehrsamkeit, das langsam zum Leben erwacht. Es ist kurz nach acht. Die Leiche ist schon vor einer Weile in mein Institut gebracht worden, als es allmählich hell wurde.

Die Sonne steht tief zwischen den Backsteingebäuden, wo der Charles River träge ins Staubecken fließt, das in den Boston Harbor und schließlich ins offene Meer übergeht. Der Himmel leuchtet blau zwischen den Kumuluswolken, der Wind hat sich gelegt. Es sieht nicht nach Regen aus, als ich auf dem Parkplatz am offenen Tor auf Benton warte. Ich werde nicht gehen, solange er hier ist, allein seine Arbeit macht und sich auf etwas einlässt, das so weh tut, dass man es kaum ertragen kann.

Telefonierend marschiere ich auf dem nassen Asphalt hin und her und werde Zeugin seiner Einsamkeit, während er seine Pflicht tut, und ich denke daran, warum ich mich immer von ihm angezogen gefühlt habe, selbst als es mir noch gar nicht bewusst war. Ich sehe ihm zu und spüre, wie sehr ich ihn liebe. Ich kann mich gar nicht mehr daran erinnern, wie es war, ihn nicht zu lieben, obwohl alles ganz anders begonnen hat. Anfangs habe ich ihn abgrundtief verabscheut, damals, als ich der frischgebackene Chief Medical Examiner von Virginia und er der Hexenmeister war, wie Marino ihn höhnisch nannte. Ich fand Benton Wesleys gutes Aussehen und seine Gelassenheit zu dick aufgetragen und kam sofort zu dem Urteil, dass er genauso streng wie seine teuren, dezenten Anzüge und genauso steif wie seine gestärkten Hemden war.

In jener Zeit stand ich eher auf pflegeleichte Männer, die mir keine Mühe machten und mir nicht unter die Haut gingen. Ich wollte Männer, die einfach zu handhaben waren, billige Männer, unkomplizierte Männer, mit denen ich Sex haben konnte und die mir Vergnügen bereiteten, damit ich eine Weile vergessen konnte, was ich wusste. Ich hatte kein Interesse an einem tollen Profiler vom FBI und ganz sicher nicht an einem, der Oberschicht pur und außerdem verheiratet war und dem überdies ein Ruf vorauseilte wie ein Schwall seines erdig duftenden Rasierwassers.

Ich war noch nicht lange in Richmond und musste mich mit Problemen herumschlagen, mit denen ich nie gerechnet hätte, als ich die Stelle in einem Bundesstaat antrat, in dem es eindeutig zu viele Männer gab, die sich selbst wichtig nahmen. Deshalb beschloss ich, Benton Wesley unsympathisch zu finden und mit Nichtachtung zu strafen, bevor ich ihn überhaupt kannte. Ich hatte gehört, dass er aus einer wohlhabenden Familie in Neuengland stammte. Er galt als intelligent und wortgewandt, ein Special Agent mit Pistole und Kristallkugel, der im Magazin *Time* mit dem Satz zitiert wurde, psychopathische Sexualverbrecher seien die Rembrandts unter den Mördern.

Der Vergleich stieß mich ab. *Was für ein aufgeblasener Wichtigtuer,* dachte ich mir damals. Doch rückblickend betrachtet wundert es mich, dass wir nicht schon früher ein Paar wurden. Es geschah, als wir zum ersten Mal auswärts in einem Fall ermittelten, und zwar Hunderte von Kilometern südwestlich in den ländlichen Hügelausläufern der Blue Ridge Mountains in einem billigen Motel. Wenn es noch existieren und noch genauso aussehen würde wie früher, würde ich jederzeit wieder mit ihm hinfahren.

Wir logen und und betrogen so geschickt, dass jeder Alkoholiker oder Drogensüchtige vor Neid erblasst wäre, und nahmen uns jede freie Minute, die sich uns bot. Schamlos und kühn, wurden wir Meister darin, unser Verbrechen zu tarnen. Wir verabredeten uns auf Parkplätzen. Wir riefen einander von Telefonzellen aus an. Wir hinterließen keine Nachrichten auf Anrufbeantwortern und schrieben uns auch keine Briefe. Stattdessen trafen wir uns, um Fälle zu besprechen, die nicht besprochen werden mussten. Wir besuchten dieselben Tagungen. Luden uns gegenseitig ein, bei Veranstaltungen, die wir leiteten, Referate zu halten. Nahmen unter falschen Namen Hotelzimmer. Wir hinterließen keine Spuren und nichts, was man hätte rekonstruieren können. Und nachdem er geschieden war und seine Töchter nicht mehr mit ihm sprachen, führten wir unsere süchtig machende Beziehung weiter so, als täten wir etwas Verbotenes.

Inzwischen verschwindet Benton in der Simmons Hall in der Vassar Street, einer Ansammlung bienenwabenähnlicher Fenster, die mich an einen Schwamm aus Metall erinnert. Ich habe keine Ahnung, was er dort will, auch wenn ich den Verdacht habe, dass er den galaktisch aussehenden Monolithen emotional auf sich wirken lassen möchte. Das Gebäude soll ihm verraten, ob es eine Rolle in der Angelegenheit spielt, die ich ganz klar als Mord einstufe.

Es verwirrt mich zwar einiges daran, aber ich bin sicher, dass sie keinen stillen und friedlichen Tod gestorben ist. Das erkenne ich an ihren blutroten Augen, und ich stelle mir vor, wie es in ihrem Schädel gedröhnt und wie sich der Druck aufgebaut hat.

Ich schaue auf mein Mobiltelefon, als eine SMS von meiner Assistentin Anne eintrifft, einer tüchtigen und sympathischen Radiologieexpertin, die sich außerdem in vielen anderen Fachgebieten weitergebildet hat. Die Leiche liegt im CT, und Anne hat etwas Seltsames entdeckt.

»Ein kleiner Pneumothorax, rechts«, beginnt sie ohne Umschweife, als ich sie anrufe. »Die Aufnahme zeigt eingeschlossene Luft im Rippenfellbereich des oberen Lungenflügels, was auf ein Trauma hinweist.«

»Am Fundort habe ich nichts dergleichen bemerkt, keine Verletzung an der Brust«, erwidere ich. »Allerdings waren die Bedingungen nicht die allerbesten. Ich hatte nur eine Taschenlampe.«

»Irgendetwas hat dazu geführt, dass ihre Lunge kollabiert ist.«

»Hast du eine Theorie?«

»Ich kann sie nicht untersuchen, ohne sie auszuwickeln, Doc.«

»Erst wenn ich da bin.« Ich beobachte Marino und Machado, die sich gerade damit abmühen, einen Zaunpfahl sicherzustellen. »Was ist mit Verletzungen des weichen Gewebes? Hast du innere Blutungen gesehen?«

»Eine minimale Blutung im oberen rechten Brustraum«, antwortet sie, während ich langsam auf dem Parkplatz umhergehe, unruhig und mit zu vielen Gedanken im Kopf. »Ein kleines Stück oberhalb und links von der Brust.«

»Keine Rippenfrakturen«, mutmaße ich.

»Überhaupt keine Frakturen. Ihre Kleider haben wir vermutlich nicht.«

»Nur einen Schuh, der ihr gehört haben könnte. Sonst bis jetzt nichts.«

»Wie schade. Wirklich ein Jammer, dass wir ihre Sachen nicht haben.«

»Ganz deiner Ansicht. Sonst noch irgendwelche Anomalien?« Die weiße Kuppel der Tennishalle einige Sportplätze weiter wird heller, was mir verrät, dass der Himmel aufklart.

Wir haben inzwischen etwa zwölf Grad, bald wird es beinahe zu warm sein.

»Sie hat in Nase und Mund Klumpen irgendeiner Substanz«, erwidert Anne.

»Was ist mit Nebenhöhlen, Luftröhre und Lunge? Hat sie etwas von dieser Substanz eingeatmet?«

»Sieht nicht danach aus.«

»Nun, das ist wichtig. Wenn sie mit etwas erstickt worden wäre, dem diese fluoreszierende Substanz angehaftet hat, hätte sie doch vermutlich etwas davon eingeatmet.« Die Untersuchungsergebnisse sind verwirrend und widersprüchlich.

»Das Zeug, was es auch immer ist, hat auf der Hounsfield-Skala einen durchschnittlichen Wert von dreihundert, also die typische Röntgendichte von, sagen wir mal, kleinen Nierensteinen«, erklärt Anne. »Keine Ahnung, was es sein könnte.«

»Ich habe eine hohe Konzentration davon in der Nähe von Mund und Nase gefunden.« Ich sehe zu, wie Marino einen Bolzenschneider aus dem Werkzeugkasten nimmt. »Aber ich verstehe nicht, warum sie nichts davon eingeatmet hat. Ich frage mich, ob die Substanz erst nach dem Tod übertragen wurde.«

»Das halte ich für möglich. Ich erkenne das Zeug in Mund und Nase. Allerdings sitzt es nicht sehr tief, weshalb es vielleicht erst dorthin geraten ist, als sie nicht mehr atmete. Auch zwischen den Lippen und Zähnen ist ziemlich viel davon, richtiggehende Klumpen«, meldet Anne. »Das sieht man deutlich im CT.«

»Klumpen?«

»Ich weiß nicht, wie ich es sonst beschreiben soll. Sie sind unregelmäßig geformt, dichter als Blut, aber nicht annähernd so dicht wie Knochen.«

»Ich habe diese Klumpen, wie du es nennst, gar nicht bemerkt. Von außen konnte man sie nicht sehen. Die fluoreszierende Substanz ist sehr fein, so wie Staub. Wahrscheinlich ist sie mit bloßem Auge gar nicht wahrzunehmen. Möglicherweise ist das in ihrem Mund und ihrer Nase ein dichteres Material.«

»Als ob sie mit dem Gesicht hineingedrückt worden wäre?«, schlägt Anne vor.

»Sie hat an Gesicht und Hals weder Abschürfungen noch Blutergüsse. Wenn man jemanden mit dem Gesicht in Erde, Morast oder seichtes Wasser drückt, entstehen dabei deutliche Verletzungen an Lippen, Nase und Wangen. Und dann ist da auch noch die Atemnot. Das Opfer ringt nach Luft. Deshalb finden wir die Erde oder das Wasser normalerweise in den Nebenhöhlen und der Luftröhre, manchmal auch in Magen und Lunge.«

»Ich kann dir anhand dessen, was ich auf der Aufnahme sehe, nur sagen, dass sie ganz sicher nicht an dem kollabierten Lungenflügel gestorben ist.«

»Richtig«, stimme ich zu. »Doch wenn sie sowieso schon Schwierigkeiten beim Atmen hatte, war es vermutlich leichter, sie zu ersticken.«

Mein Verdacht erhärtet sich, dass Gail Shipton erst nach ihrem Tod mit der fluoreszierenden Substanz bestreut worden ist. Warum und wo? Ist der Staub versehentlich an die Leiche geraten, oder wollte der Mörder, dass er gefunden wird? Jedenfalls stammt die Substanz nicht vom Sportplatz, sondern von einem anderen Ort.

»Selbstverständlich ist sie nicht allein an der kollabierten Lunge gestorben«, fahre ich fort. »Im Moment habe ich keine

Ahnung, was der Grund ist, doch es war sicher keine natürliche Todesursache. Ich betrachte den Fall als Mord und werde ihn bis auf weiteres auch so bezeichnen: eine mögliche Tötung durch Ersticken mit zusätzlichen Komplikationen. Ich würde mich freuen, wenn du das Bryce ausrichtest. Aber bitte erinnere ihn daran, dass wir noch keine Informationen an die Medien geben. Zuerst müssen wir sie zweifelsfrei identifizieren.«

»Ach, apropos: Lucy sagt, ihr Zahnarzt sei Barney Moore, mit dem wir schon einmal zu tun hatten. Die Wasserleiche vom letzten Sommer, meinte er zu mir, als ob wir nur eine einzige gehabt hätten.«

»Gail Shiptons Zahnarzt?« Ich verstehe die Welt nicht mehr.

»Genau. Er schickt mir ihre Unterlagen. Sie müssen jeden Moment da sein.«

»Das ist vermutlich die schnellste Methode, ihre Identität zu bestätigen«, stimme ich zu, während ich mich frage, woher Lucy eine so persönliche Information wie den Namen von Gail Shiptons Zahnarzt hat. »Kannst du Bryce bitten, sofort Dr. Adams zu verständigen?«

Ned Adams ist ein Zahnarzt, der uns häufig unterstützt. Er ist außerdem Kieferorthopäde und ein Exzentriker, für den Zähne das Ein und Alles sind. Nichts sei ihm lieber als ein Mund, der keine Widerworte gibt, scherzt er immer, wenn ich ihn sehe.

Während ich mit Anne telefoniere, halte ich Ausschau nach Benton. Er ist noch immer in der Simmons Hall. Einige Bewohner kommen schon, ihre Rucksäcke geschultert, heraus, schwingen sich aufs Fahrrad oder machen sich zu Fuß auf den Weg.

Einige haben offenbar nichts bemerkt, andere werfen, nun,

da die Leiche fort ist, nur rasch neugierige Blicke auf uns. Allerdings sehen sie nichts als zwei Polizisten in Zivil, die mit einem Zaunpfahl kämpfen, einen Schäferhundwelpen, der in einem Auto immer wieder durch Gebell auf sich aufmerksam macht, und eine Gerichtsmedizinerin, die auf einem Parkplatz telefoniert.

»Soll ich sie im CT lassen, bis du kommst?«, fragt Anne.

»Nein. Leg sie auf meinen Tisch, weil ich sie für ein Angiogramm vorbereiten will«, erwidere ich. »Ich möchte wissen, weshalb ihre Lunge kollabiert sein könnte, und auch die Herzkranzgefäße untersuchen, da sie offenbar einen starken Blutdruckanstieg erlitten hat, wodurch winzige rote Einblutungen entstanden sind. Du könntest das Kontrastmittel vorbereiten. Vierhundertachtzig Milliliter Einbalsamierungsflüssigkeit.«

»Plasmol 25, arteriell? Per Hand oder mit dem Gerät?«

»Per Hand. Standard-5-F-Gefäßkatheter und einen Einbalsamierungstrokar plus die üblichen dreißig Milliliter Optiray-Kontrastlösung 23.«

»Wann bist du da?«

»Hoffentlich innerhalb der nächsten Stunde.« Ich beobachte, wie Marino den Maschendraht durchtrennt. Das Metall knackt und klappert. »Wenn die hier nicht bald fertig sind, brechen Benton und ich ohne sie auf. Wir gehen einfach zu Fuß ins Institut. Ich denke, die beiden brauchen noch eine Weile«, sage ich, als ein Stück Zaun wie ein eiserner Wasserfall unter lautem Geschepper zu Boden fällt. »Wenn man sich ihre Debatten anhört, könnte man sie glatt für Archäologen halten, die Tutenchamuns Grab heben.«

Der zerkratzte Zaunpfosten hat sich als hartnäckiger entpuppt als erwartet, denn er ist tief im Beton verankert. In der letzten Stunde habe ich belauscht, wie Marino und Machado erörtert haben, ob es die bessere Lösung ist, das verzinkte

Stahlrohr rings um die fragliche Stelle abzusägen oder den gesamten Pfosten auszugraben und, wenn man schon dabei ist, auch gleich das Tor mit dem zerschrammten gabelförmigen Riegel mitzunehmen. Dazwischen hat Marino Quincy immer wieder Gassi geführt und ihm dabei eine kurze Unterrichtseinheit erteilt, die – abhängig von der Betrachtungsweise – komisch oder ein Trauerspiel ist.

Diese Übungen dauern jetzt schon wochenlang an, seit er beschlossen hat, dass Quincy ein Arbeitshund werden soll. Marino versteckt ein mit der Flüssigkeit einer verwesenden Leiche – zweifellos aus einem Kühlschrank des CFC stibitzt – getränktes Stück Stoff, Quincy erschnuppert den übelriechenden Lumpen, pinkelt entweder darauf oder wälzt sich darin, ein Verhalten, das sich ein Leichensuchhund niemals erlauben dürfte. Heute Morgen habe ich schon dreimal beobachtet, wie er schnüffelnd herumlief, grub, sich wälzte und pinkelte, während Marino, sein Hundeführer, ihn belohnte, indem er in eine Trillerpfeife pustete.

Ich habe mir die absurde Veranstaltung angesehen, wie Marino an einem Zaunpfahl zerrte oder stinkende Lappen versteckte. Doch meine Aufmerksamkeit galt hauptsächlich Benton, der die Umgebung absuchte. Wir sind nur selten zusammen an einem Tatort, und ich bin auf eine sehr beunruhigende Weise angerührt und erstaunt. Er scheint sich von etwas leiten zu lassen, das andere Menschen nicht wahrnehmen können, wie von einer Wünschelrute. So geht er zielstrebig hin und her. Seine Hosenbeine stecken in orangefarbenen Gummistiefeln, die ihm einige Nummern zu groß sind. Zuerst ist er zur Leiche hinübergestapft, bevor diese wie eine Statue verpackt und auf dem Tragebrett weggeschafft wurde. Benton hat mit niemandem, auch nicht mit mir, ein Wort gewechselt, als er die Tote umkreiste wie eine Raubkatze ihre Beute.

Zu dem glitzernden Staub, oder was es auch immer sein mag, hat er sich nicht geäußert. Schweigend und ohne Fragen zu stellen, hat er mit unbewegter Miene gelauscht, als ich meine Untersuchungsergebnisse schilderte und den Todeszeitpunkt mit höchstens drei Stunden nach ihrem Verschwinden angab, also vermutlich gegen acht oder neun Uhr am gestrigen Abend. Die Schaulustigen, die sich vor Simmons Hall sammelten, junge Leute in hastig übergestreifter Kleidung auf der anderen Seite des Zauns, hat er kaum eines Blickes gewürdigt. Es war, als stünde seine Meinung über sie bereits fest, so als wisse er bereits, wie man mit dem Teufel tanzt.

Mit einer Mischung aus Staunen und Beunruhigung habe ich gebannt Bentons düstere Darbietung beobachtet. Sein Verhalten ist ebenso ritualisiert wie das der bösen Menschen, die er verfolgt. Als die Leiche über den Sportplatz durchs offene Tor getragen und in den Transporter geladen wurde, ist er hinterhergestapft und ist dem Wagen in Gummistiefeln bis zum Memorial Drive gefolgt. Dort ist er umgekehrt und hat allein im fahlen Licht des frühen Morgens wieder den Campus betreten. Zurück auf dem Parkplatz, hat er eine Weile reglos verharrt und die Szenerie aus der Perspektive des »Subjekts« auf sich wirken lassen. So nennt er die Leute, die er jagt.

14

Nun sehe ich Benton aus Simmons Hall kommen. Er marschiert auf uns zu.

Allerdings spricht er weder mit Marino oder Machado noch mit mir, sondern geht wieder durch das Tor und watet durch Gras und Schlamm. Er steuert auf die Stelle zu, wo die Leiche gelegen hat, so als hätte er etwas erfahren oder erspürt, das ihn veranlasst hat, dorthin zurückzukehren, wo jemand die Leiche einer hochintelligenten jungen Frau deponiert hat. Vielleicht war ihr einziger verhängnisvoller Fehler ja einfach nur der Zufall, dass sie bei Dunkelheit ein Lokal verlassen hat, um ein Telefonat besser zu verstehen. Nur dass Benton das nicht glaubt. Seine innere Stimme sagt ihm etwas anderes. So viel kann ich seinem Verhalten entnehmen, das mich im Moment an das einer wärmegesteuerten Rakete erinnert.

Mir ist absolut klar, was ihn antreibt, ein notwendiges, aber gefährliches Stück Lebenserfahrung, das Ergebnis dessen, wenn man von der verbotenen Frucht der Erbsünde gekostet hat. Dem Machtmissbrauch, wie Benton zu sagen pflegt. Es läuft alles darauf hinaus. Wir wollen sein wie Gott. Wenn wir nicht erschaffen können, zerstören wir, und sobald wir das getan haben, genügt uns dieses eine Mal nicht. So schlicht und einfach funktioniert es seiner Ansicht nach. Er muss diese Bedürfnisse verstehen, ohne ihnen selbst nachzugeben. Er muss sie zu einem Teil von sich machen, ohne sich von ihnen vereinnahmen zu lassen. Und obwohl ich das von Benton weiß, seit ich ihn kenne, sind meine Gefühle zwiegespalten, wenn ich es mit eigenen Augen sehe. Ich befürchte, das Gift könnte irgendwann das Gefäß zerfressen.

Benton stellt sich genau dort hin, wo die Plane mit Tatortfähnchen gesichert gewesen ist. Er kauert sich in den roten Morast und sieht sich um. Seine Unterarme ruhen auf den Oberschenkeln. Dann steht er auf. Er geht ein paar Meter, entdeckt etwas am Rand des Sportplatzes und bückt sich. Wieder schaut er genau hin. Danach fördert er ein Paar schwarzer Nitrilhandschuhe zutage.

Er berührt sein Fundstück und hält sich den behandschuhten Finger an die Nase. Anschließend erhebt er sich, schaut über den Sportplatz und sieht mir in die Augen. Mit einer Kopfbewegung winkt er mich heran. Und da er Marino und Machado keines Blickes würdigt, nehme ich an, dass ich allein kommen soll.

Ich schleppe meinen großen Tatortkoffer auf den Sportplatz und stelle ihn vor Benton ab. Er zeigt mir etwas, das wie Vaseline aussieht, einen unregelmäßig geformten durchscheinenden Tropfen, etwa so groß wie eine Pennymünze.

Sie schimmert auf den derben braunen Grashalmen am Rand der roten Schlammwüste, und er zeigt mir einen Schmierer vermutlich derselben Substanz auf seinem Handschuh. Als er ihn mir an die Nase hält, nehme ich einen starken, durchdringenden Mentholgeruch wahr.

»Vicks VapoRub«, sagt er.

»Oder etwas Ähnliches.« Ich öffne meinen schwarzen Plastikkoffer.

»Es ist nicht wasserlöslich, weshalb es den Regen überstanden hat.« Er betrachtet den durchweichten Sportplatz. »Allerdings hätte ein Wolkenbruch das Zeug sicher tiefer ins Gras hineingespült. Wir hätten es nicht gefunden.«

Ich hole einen Maßstab und die Kamera heraus. »Du nimmst also an, dass es nach dem Regen hierhingeraten ist.«

»Oder als der Regen stark nachgelassen hatte. Wie war denn das Wetter hier um drei Uhr morgens?«

»Es hat geschüttet wie aus Kannen, zumindest in unserem Viertel.« Ich habe keine Ahnung, worauf er hinauswill.

»Tupfen sich Polizisten noch Vicks in die Nase?« Benton schaut mir beim Fotografieren zu. »Gibt es noch welche, die an diesen dämlichen Trick glauben?« Er wirft einen Blick auf Marino und Machado.

Die Leiche ist noch nicht verwest. Sie hat nicht gerochen, erinnere ich ihn. Außerdem hätte ich Vicks oder eine andere mentholhaltige Salbe bemerkt. Und zwar aus mehreren Kilometern Entfernung, füge ich hinzu. Marino hat sich ganz bestimmt kein Vicks in die Nase geschmiert. Inzwischen weiß er es besser. Ich habe ihm diese schlechte Angewohnheit ausgeredet, nachdem ich ihn im Autopsiesaal zum ersten Mal dabei beobachtet habe. Jetzt hast du gerade sämtliche Verwesungsmoleküle in deiner Nase festgeklebt wie mit einem Fliegenfänger, habe ich zu ihm gesagt, worauf er es gelassen hat.

»Ich habe Marino, seit wir hier sind, nicht aus den Augen gelassen«, erkläre ich Benton. »Ich war die ganze Zeit in seiner Nähe und habe seit zwanzig Jahren nicht mehr erlebt, dass er Vicks mit sich herumgeschleppt hätte.« Ich ziehe frische Handschuhe an. »Und Machado würde es niemals tun. Auf gar keinen Fall. Mit einigen wenigen Ausnahmen weiß seine Generation von Polizisten, dass das nichts bringt. Sie haben gelernt, dass Gerüche uns Informationen vermitteln und dass es zu Verunreinigungen am Tatort führen kann, wenn man irgendwelche Substanzen benutzt, sei es nun Vaseline oder eine Zigarette.«

»Und an der Leiche war dieses Zeug auch nicht.« Benton will auf Nummer sicher gehen.

»Ich habe nur einen leichten Hauch Parfüm wahrgenommen, mehr nicht. Vicks wäre mir sicher nicht entgangen.«

»Also hat er es nicht bei ihr angewendet«, stellt Benton fest, als ob die Frage, ob ein Mörder seine Opfer mit Vicks VapoRub einreibt, etwas ganz Alltägliches wäre.

»Ich habe kein Menthol gerochen, und das wäre mir sicher aufgefallen. Das ist ein ziemlich aufdringlicher Geruch, der einem eigentlich nicht entgeht.«

»Wie zum Teufel ist das Zeug dann hierhergekommen?« Die Frage klingt besorgniserregend rhetorisch.

»Die Polizei ist seit vier Uhr morgens vor Ort«, erwidere ich. »Wenn sich hier, ganz in der Nähe der Leiche, eine verdächtige Person herumgedrückt hätte, hätte das doch jemand bemerken müssen.«

»Was war um diese Uhrzeit los? Mit dem Wetter?« Benton starrt gedankenverloren ins Leere. Der Mantel hängt über seinen Schultern. Die übergroßen Stiefel sind mit Schlamm verkrustet.

Ich rufe Marino an und sehe, wie er das Gespräch annimmt und sich zu mir umdreht, als ich ihn frage, wann die Polizei heute Morgen am Fundort war. Er wechselt ein paar Worte mit Machado und antwortet dann.

»Kurz vor vier«, verkündet er. »Der erste Streifenwagen traf so gegen zehn vor vier ein.«

»Wie heftig hat es hier in dieser Gegend geregnet? Ich weiß, dass es am anderen Ende von Cambridge ziemlich geschüttet hat, als du mich abgeholt hast. Und auch, als ich mit Sock draußen war«, sage ich, worauf er sich wieder an Machado wendet.

»Es kamen immer wieder ein paar Schauer runter. Auf dieser Seite der Stadt war es nicht so schlimm«, teilt Marino mir mit. »Allerdings waren die Bedingungen schon ziemlich übel. Du siehst den Morast ja selbst.«

Ich bedanke mich bei ihm, beende das Gespräch und erstatte Benton Bericht.

»Wahrscheinlich ist das Zeug kurz vor Ankunft der Polizei hierhergeraten, vielleicht nur wenige Minuten«, schlussfolgert er. »Als es nur noch leicht geregnet hat, was keine Rolle mehr spielte.«

»Was ist mit dem Pärchen, den beiden Studenten, die die Leiche gefunden und die Polizei verständigt haben?«, sage ich. »Hätten die nicht bemerken müssen, ob da jemand herumlungert?«

»Gute Frage. Doch falls es so war, haben sie sich sicher keine Gedanken darüber gemacht.«

Benton deutet an, dass er den Mörder kennt und dass es jemand ist, der nicht weiter auffällt oder sich gut unsichtbar machen kann. Er will damit sagen, dass besagte Person die Mentholsalbe im Gras unweit des Leichenfundorts hinterlassen hat.

»Glaubst du, das war Absicht?« Ich verstaue Kamera und Maßstab wieder in meinem Koffer.

»Ich bin nicht sicher«, erwidert er.

»Die Person hat also einen Finger in ein Glas mit Mentholsalbe gesteckt oder hat sie aus einer Tube gedrückt, und dann ist ihr ein Tropfen vom Finger gefallen? Oder sie hat den Finger am Gras abgewischt?« Ich habe ein leicht unbehagliches Gefühl und Zweifel.

»Keine Ahnung. Wichtig ist nur, dass er die Salbe möglicherweise hinterlassen hat, weil ihre Verwendung zu seinem Modus Operandi gehört.«

»Hast du diese Theorie, weil du sie in diesem einen Fall und an diesem einen Fundort entdeckt hast?«, hake ich nach, weil es unmöglich ist, auf der Grundlage so weniger Informationen zu einer solchen Schlussfolgerung zu kommen. »Oder liegt es an den anderen Fällen?«

»Bei den anderen habe ich so etwas nicht gesehen. Aber vielleicht hat er die Salbe diesmal fallen gelassen, ohne es zu bemerken. Ich glaube, er hat sich nicht mehr im Griff«, sagt er zum wiederholten Mal. »Bei ihm spielt sich etwas Katastrophales ab«, fügt er hinzu, als wisse er, was für ein Mensch der Mörder ist. Meine Beklommenheit wächst.

Ich befürchte, Benton könnte dem Täter zu nahe gekommen sein. Diese Befürchtung hatte ich auch schon früher. Hoffentlich haben seine Kollegen bei BAU keine guten Gründe, nicht auf ihn zu hören.

»Die Idee mit der Mentholsalbe ist ja schließlich nichts Neues«, sagt Benton.

Ich tüte seinen beschmierten Handschuh ein und beschrifte ihn. Dann sammle ich das Gel und die Grashalme ein, an denen es klebt, während er erklärt, dass Pferdetrainer häufig die Nüstern ihrer Rennpferde mit Vicks einreiben, damit sie sich besser konzentrieren.

»Hauptsächlich bei Hengsten«, fügt er ruhig hinzu.

Er könnte genauso gut über einen Film sprechen, den wir vor kurzem gesehen haben, oder darüber, was es zum Abendessen geben soll. Das Abnorme ist für ihn normal geworden, sonst könnte er seine Fälle niemals aufklären. Er darf nicht angewidert und mit Ekel reagieren, denn dann sprechen die Dämonen nicht mit ihm. Er muss sie hinnehmen, sie heraufbeschwören, und der Zustand, in den er dabei gerät, macht mir wieder einmal Sorgen. Und zwar mehr als je zuvor.

»Der Geruch sorgt dafür, dass sie Ablenkungen ignorieren«, fährt er fort. »Dann denken sie nur noch ans Rennen, weil sie nichts mehr riechen außer Menthol.«

»Was bedeutet, dass sie die Stuten nicht mehr suchen.« Ich lasse die schweren Plastikschließen meines Tatortkoffers zuschnappen.

»Sie können auch sonst nichts Verlockendes mehr riechen. Aber ja, hauptsächlich Stuten«, antwortet er.

»Ein zusätzlicher Vorteil ist, dass das Menthol die Atmung des Pferdes unterstützt. Ganz gleich, wie du es auch betrachtest, wir reden über dasselbe.«

»Und das wäre?«

»Leistung«, entgegnet er. »Gewinnen. Alle austricksen, und was ihm das bringt.«

Ich denke darüber nach, lasse seine Worte gründlich auf mich wirken und versuche, sie zu verstehen, während ich mich auf den Rückweg zum Parkplatz mache. Rennpferde und Vicks.

So eine abstruse Banalität im Zusammenhang mit einem Mord würde absurd klingen, wenn sie von jemand anderem als Benton käme. Doch er hatte einen ganz bestimmten Grund, mir das zu sagen. Es war nicht aus der Luft gegriffen, sondern ist eine Information, die nichts Gutes verheißt.

»Was haben Sie gefunden?«, fragt mich Machado, unterbrochen vom lauten Stoßen der Schaufel in den harten, felsigen Boden. Es klingt, als würde ein Grab geschaufelt.

»Benutzt jemand hier Vicks?« Ich stelle meinen Koffer auf den Boden neben Marinos SUV. »Ich nehme es zwar nicht an, möchte aber auf Nummer sicher gehen.«

»Herrgott, nein.« Marino reibt sich den Rücken und zieht ein finsteres Gesicht, als hätte ich ihn einer Sünde bezichtigt, die er seit Jahren nicht mehr begangen hat.

»Aber jemand hat welches benutzt, und aller Wahrscheinlichkeit nach erst vor kurzem«, erwidere ich. »Jemand hat Vicks oder eine ähnliche Mentholsalbe verwendet.«

»Nicht dass ich wüsste.« Marino schaut über den Sportplatz zu Benton hinüber, der in seinen großen, bunten Gummistiefeln durch den Matsch auf uns zustapft. »Soll das heißen, er hat Vicks gefunden? Im Gras?«

»Vielleicht ist es ja eine Wärmesalbe zur Lockerung der Muskeln. Schließlich sind wir hier auf einem Sportplatz.« Machado hat aufgehört zu graben.

Er starrt Benton an, als verhielte er sich seltsam und habe vielleicht sogar eine Schraube locker. Die beiden haben schon öfter zusammengearbeitet. Doch als ich nun sehe, wie der junge Detective meinen Mann beobachtet, erschaudere ich. Es ist mir unheimlich.

»Wissen Sie, was er davon hält?«, fragt Machado mich skeptisch, als hielte er Benton für ein menschliches Ouija-Brett, auf das man sich nicht verlassen kann.

»Er tut so, als wäre er der Mörder«, erklärt Marino, bevor ich Gelegenheit habe, etwas zu sagen. Nicht dass ich eine dieser Fragen beantwortet hätte.

Ich verrate den beiden nicht, was Benton davon hält. Selbst wenn ich es wüsste, würde ich es nicht tun. Es ist nicht meine Aufgabe. Ich tappe oft im Dunkeln, und es wundert mich nicht, dass Benton kein Mitglied irgendeines Männerbundes ist. Er hat keine Kumpel beim FBI, der Polizei, anderen Bundesbehörden oder unter den Anwälten. Er sitzt auch nicht mit Berufskollegen in deren beliebten Treffpunkten wie dem Tommy Doyle's in der Grafton Street oder in Marinos Stammbar, dem Paddy's.

Benton ist ein Geheimnis. Vielleicht wurde er so geboren, ein wandelnder Widerstreit aus rauer Schale und weichem Kern, perfekt verpackt in einem hochgewachsenen, schlanken Körper mit kurzgeschnittenem Haar, das silbergrau ist, seit ich ihn kenne, Maßanzügen, passenden Socken und Schuhen, die immer neu aussehen. Er ist auf eine stromlinienförmige Art attraktiv, die seine akkurate Wahrnehmung widerzuspiegeln scheint, und seine abweisende Art dient als Schleuse, um ihn gegen Verletzungen durch die Menschen abzuschirmen, die bei ihm aus und ein gehen.

»Er versenkt sich in ihr Denken, weißt du?« Marino wirft eine Schaufel steiniger Erde zur Seite und verfehlt Benton, der wortlos durch das Tor auf uns zukommt, nur knapp.

Er schweigt. In solchen Momenten wirkt er wie ein menschenscheuer und nicht sehr sympathischer Sonderling. Es geschieht häufig, dass er stundenlang an einem Tatort herumläuft, ohne ein Wort mit jemandem zu wechseln. Er wird zwar allgemein respektiert, aber nicht unbedingt gemocht. Oft wird er missverstanden, und die meisten schätzen ihn völlig falsch ein. Sie bezeichnen ihn als kalt und seltsam und nehmen an, dass ich von ihm nicht das bekomme, was ich brauche.

Ich blicke ihm nach, als er vom Parkplatz wieder in Richtung Vassar Street und des silbrigen Wohnheims geht.

»Er muss die Situation mit den Augen des Täters sehen und sich in seine Lage versetzen.« Marino hat ein hämisches Grinsen im Gesicht, und sein Ton ist abfällig, als er weiter über etwas spricht, von dem er wirklich nur sehr wenig weiß.

Benton versetzt sich nicht einfach nur in einen Gewalttäter hinein. Nein, es ist noch viel schlimmer als das. Er nimmt Verbindung zu den schwärzesten Seiten seiner Seele auf, einer elenden Düsternis, die es ihm ermöglicht, sich seiner Beute nah zu fühlen und sie in ihrem abscheulichen Spiel zu schlagen. Wenn er nach wochenlangen Ermittlungen in einem albtraumhaften Fall nach Hause kommt, ist er oft so erschöpft, dass er psychisch darunter leidet. Er duscht mehrmals täglich. Er isst und trinkt fast nichts. Er rührt mich nicht an.

Und dann, nach einigen unruhigen und schlaflosen Nächten, verschwindet die Anspannung wie ein Fieber. Ich koche etwas Herzhaftes, vielleicht sizilianisch, eines seiner Lieblingsgerichte wie *Campanelle Pasta con Salsiccia e Fagioli* mit einem Barolo oder einem roten Burgunder, von allem große Mengen. Und dann gehen wir ins Bett. Er vertreibt die Ungeheuer, verzweifelt und aggressiv, verscheucht alles, was er an seinen Verstand und seinen Körper heranlassen musste, seine Lebenskraft kämpft mit aller Macht, und ich gebe sie ihm zurück. So geht es, bis wir genug haben, und das ist unsere Beziehung. Wir sind ganz anders, als alle glauben, nicht so zurückhaltend und wohlanständig, wie wir wirken, und wir werden einander nie langweilig.

Nun beobachte ich, wie mein Mann den Fußweg vor der Simmons Hall entlanggeht. Er betritt den Parkplatz, schlendert zwischen den Autos der Studenten herum und macht Fotos mit seinem Smartphone. Hinter dem Wohnheim blickt er in beide Richtungen die Bahngleise entlang, bevor er sie überquert. Dahinter befindet sich eine Brachfläche aus nackter Erde und rissigem Beton, wo Anhänger, Maschinen für Erdarbeiten und Zelte zur vorübergehenden Aufbewahrung von Gegenständen stehen.

Er steuert auf einen schwarzen Pick-up zu, der neben einem Bauschuttcontainer steht. Dort späht er zu den Fenstern hinein und auf die offene Ladefläche, als hätte man ihm Informationen gegeben, was auch zutrifft. Er wird von seinem eigenen Verstand gelenkt; die Energie seiner unbewussten Gedanken führt ihn mühelos weiter, wie das Betriebssystem eines Computers.

Er geht zu einem hellgelben Bulldozer hinüber, dessen Schaufel in der angehobenen Position erstarrt ist, so dass er an eine streitlustige Krabbe erinnert. Als er sich gerade an den hinteren Aufreißer kauert und zu mir hinüberschaut, läutet mein Telefon.

15

»Einer von denen soll herkommen«, habe ich Bentons Stimme im Ohrhörer. »Aber zuerst musst du mir sehr gut zuhören, Kay.«

Ich sehe, dass er aufsteht und auf der Baustelle herumgeht, während er mich auf dem Parkplatz beobachtet. Ich behalte Marino und Machado im Auge, um mich zu vergewissern, dass sie den Inhalt des Telefonats nicht belauschen.

»Was ich jetzt sage, muss im Moment noch unter uns bleiben. Ich kann ihnen Tipps geben, darf es aber nicht weiter ausführen. Wir müssen erst absolut sicher sein.« Allerdings merke ich, dass er das bereits ist. »Außerdem wissen wir nicht, wem wir trauen können. Das ist das größere Problem. Ein Fehler, und Granby hat, was er braucht, um mich von diesem Fall abzuziehen.«

»Diesem Fall oder den anderen?«, frage ich.

»Allen. Ich weiß nicht genau, wie viele es insgesamt sind, doch im Augenblick haben wir mindestens vier.«

»Es gibt einen Widerspruch, und zwar einen wichtigen.« Damit meine ich die Plastiktüten, die der Täter den drei Opfern in Washington über den Kopf gestülpt hat.

»Etwas hat ihn diesmal gestört, das ist meine einzige Erklärung, außer er wollte vertuschen, dass er auch hinter den anderen Morden steckt. Aber ich glaube nicht, dass das der Grund ist. Cambridge ist sein Jagdrevier. Er hat hier schon einmal einer Frau nachgestellt, und es wundert mich nicht, dass er es wieder tut. Wir haben es hier nicht mit einem zufälligen Opfer zu tun. Genauso wenig, wie Klara Hembree eines war. Beim zweiten und beim dritten könnte es anders sein.«

Benton klingt nicht aufgeregt oder nervös, weil das einfach nicht seine Art ist. Doch ich kenne ihn. Ich spüre jede seiner Nuancen, und wenn er seiner Beute so dicht auf den Fersen ist, ist seine Stimme angespannt, als hätte er einen dicken Fisch an der Angel, der sich gegen ihn wehrt. Ich höre zu und weiß, was jetzt kommt, aber da ist noch etwas, wieder diese Bedrohung, die es mir kalt den Rücken hinunterlaufen lässt. Das Gefühl wird immer stärker, während wir, getrennt von einem schlammigen Sportplatz, miteinander telefonieren.

In den letzten Wochen hat Benton immer wieder das Problem Vertrauen angesprochen. Seit er nach Washington geflogen ist, hat er es öfter erwähnt. Und vor ein paar Abenden, als er ein paar Scotch zu viel intus hatte, hat er darauf beharrt, dass die Hauptstadtmorde nie aufgeklärt werden würden. Jemand wolle das verhindern, hat er beteuert, und ich habe ihm nicht geglaubt.

Wie könne er so etwas nur behaupten? Drei Frauen wurden brutal ermordet, und immerhin sei Benton beim FBI. Und nun sage er, das FBI wolle nicht, dass der Täter festgenommen wird? Jetzt hat der Mörder offenbar wieder zugeschlagen, und anscheinend hat Benton dieselben Befürchtungen wie bei den anderen Fällen. Vielleicht hat sich mein Mann zu sehr auf den Täter eingelassen, schießt es mir wieder durch den Kopf. Das wäre schrecklich, doch das, was er andeutet, könnte schlimmer nicht sein. Es besteht Gefahr, dass er schließlich Opfer seines Berufs geworden ist. Davor hatte ich schon immer Angst.

»Die Aufbewahrungsbox auf der Ladefläche des Pick-up wurde aufgebrochen«, erklärt er mir am Telefon. »Auf dem Boden liegt ein Werkzeug. Es ist zwar nass vom Regen, aber vermutlich noch nicht lange dort. Da der Regen vor einigen Stunden aufgehört hat, muss es davor abgelegt worden sein.«

»Was für ein Werkzeug?«, frage ich.

»Eine Art Ratschenschere, wahrscheinlich zum Durchtrennen von Metallrohren. Es wurde absichtlich dort abgelegt, und darauf befindet sich ein Stein.«

»Ein Stein?«

»Ein verhältnismäßig großer Stein, der darauf platziert wurde.«

»Warum?«

»Stein, Schere, Papier.«

Ich warte ab, ob er das scherzhaft gemeint hat. Hat er nicht.

»Die Spielchen eines Menschen mit einem kranken und kindischen Gemüt, das in seiner Entwicklung aufgehalten worden ist und immer mehr abgebaut hat. Inzwischen ist dieser Mensch schwer gestört und verliert rasch die Kontrolle über sich. Eigentlich ist es dafür noch ziemlich früh, und ich kann dir den Grund nicht erklären, aber irgendetwas passiert gerade mit ihm«, fährt Benton fort. »Der Stein und das Werkzeug sind ein atavistischer Rückschritt zu einem Spiel aus seiner Vergangenheit. Ich hatte dieses Gefühl, seit ich gesehen habe, was er in der Nähe der Leiche zurückgelassen hat. Man muss nach Dingen suchen, die einem nicht auf den ersten Blick ins Auge springen, und das tut die Polizei normalerweise nicht.«

»Aber du tust es.«

»Ich bin derjenige, der es in jedem Mordfall gefunden hat, selbst wenn zwischen der Tat und meiner Ankunft schon zwei Tage vergangen waren«, erwidert er. »Stein besiegt Schere, Schere besiegt Papier, und Polizisten sind nichts als Papier. Sie sind Bürokraten, die Formulare ausfüllen, Erwachsene, die willkürlich Regeln erfinden, und für ihn nur Witzfiguren. Polizisten sind kein würdiges Publikum, und so legt er einen

Stein auf ein Werkzeug, mit dem er sein Verbrechen begangen hat, wie einen Stein auf eine Schere, um der Polizei mitzuteilen, dass sie verglichen mit ihm einen Dreck wert ist. Das macht ihm Spaß. Das ist ein aufregendes Spiel.«

»Die Polizei ist nichts wert, aber du schon.«

»Mich würde er nicht als unwürdig betrachten. Er würde wissen, dass ich verstehe, was er da treibt, zumindest soweit es da etwas zu verstehen gibt. Jedenfalls viel mehr, als er selbst versteht, was nicht sehr viel ist. Bei solchen Tätern ist das immer so. Sie sind moralisch unzurechnungsfähig, und wer unzurechnungsfähig ist, ist in seinen Interpretationsmöglichkeiten eingeschränkt. Vielleicht begreift er ja auch gar nichts.«

Ich werfe einen raschen Blick auf Marino, der immer noch den Pfosten ausgräbt. Ohne den daran befestigten Zaun sieht der Pfosten merkwürdig einsam aus. Ich ahne schon, dass Marino sich wieder mit Benton anlegen wird. Er hat sich schon immer leicht von ihm auf die Palme bringen lassen, und nun, da er wieder Macht hat, wird es zu einem wahren Krieg kommen. Die Sache verspricht ziemlich unschön zu werden, bevor sich die Wogen wieder glätten. Und während ich hier draußen stehe, habe ich in dieser Hinsicht nicht sehr viel Hoffnung.

Ständig muss ich an das zeitliche Zusammentreffen denken. Benton fliegt drei Tage früher nach Hause. Der Hauptstadtmörder hat wieder zugeschlagen, und zwar hier, wo wir leben, wie ein Tornado, der plötzlich seinen Kurs ändert und unser Haus wegfegt. Mir fällt der Mensch ein, der, barhäuptig im Regen, hinter der Mauer gestanden und meine Tür beobachtet hat. Schon den ganzen Morgen schaue ich mich immer wieder um, als würde ich von jemandem verfolgt.

»Glaubst du, der Mörder hat irgendwie erfahren, dass du hier sein würdest?«, stelle ich die Frage, die ich lieber nicht stellen würde.

»Offen gestanden habe ich diese Befürchtung«, antwortet Benton.

Denn es wäre nicht das erste Mal. Gewaltverbrecher haben ihm Zettel, Briefe, Leichenteile, Fotos, Videos und Tonbänder zukommen lassen, auf denen sie dokumentiert haben, wie sie ihre Opfer foltern und töten. Bösartige und grausige Souvenirs wie gekochtes Menschenfleisch oder den Teddy eines ermordeten Kindes. Ich kenne die widerwärtigen Drohungen und die bösartigen Verhöhnungen, weshalb mich nicht mehr viel überraschen kann.

Eigentlich hätte Benton bis Samstag in Washington sein sollen. Wenn er nicht beschlossen hätte, früher nach Hause zu kommen, wäre er jetzt nicht hier und könnte weder solche Dinge sagen noch ein Werkzeug und einen Stein finden.

»Woher sollte er denn wissen, dass du hier bist, Benton?«

»Vermutlich hat er mich und uns alle beobachtet«, erwidert er, worauf ich die von der Sonne beschienenen Gebäude, die Studenten, zu Fuß oder auf Fahrrädern, und die im Licht funkelnden Autos auf den Parkplätzen betrachte. »Dass ich herkomme, ist für ihn vorhersehbar. Vielleicht nicht jetzt in diesem Augenblick, aber sobald ich davon erfahre. Ein paar Stunden oder einen Tag später. Doch irgendwann wäre ich vor Ort gewesen und hätte genau das getan, was ich jetzt hier tue.«

»Beobachten ist eine Sache. Wissen, dass du nach Hause kommst, ist eine andere.«

»Vielleicht hat er ja nicht gewusst, dass ich heute komme, aber er konnte sich denken, dass ich bald aufkreuzen würde. Ich habe keine Antwort darauf, muss allerdings diese und auch alle übrigen Möglichkeiten in Erwägung ziehen. Fest steht jedenfalls, dass dieser Fundort aussieht wie die anderen drei. Werkzeug und Stein sind ein eindeutiges Warnsignal. Bei BAU geht man davon aus, dass es nur inszeniert, eine Fälschung ist.

Sie vergleichen es mit dem Scharfschützen an der Schnellstraße und der Tarotkarte, die neben einer Patronenhülse und dem dreizehnjährigen Opfer gefunden wurde. Zehn Mordopfer, einige davon in Virginia, etwa um die Zeit, als du dort weggezogen bist.«

Als ich glauben musste, dass du tot bist. Der Gedanke schießt mir völlig zusammenhanglos und schmerzhaft durch den Kopf, und kurz fällt mir mein Traum ein, den ich sofort beiseiteschiebe. Inzwischen sucht Benton die Baustelle rund um den hellgelben Bulldozer ab. Er spricht ungewöhnlich schnell und flüssig.

»›Nennt mich Gott, nicht an die Presse weiterleiten‹, stand auf der Tarotkarte«, fährt er fort. »Eine Requisite, um der Polizei eine lange Nase zu drehen und sie auf eine falsche Fährte zu locken. Sie sollten denken, der Killer hätte etwas mit Esoterikläden und Okkultismus zu tun. Laut FBI nichts als Schwachsinn, und vielleicht war es in diesen Fällen auch so. Und so etwas höre ich mir nun schon seit Wochen wegen der Werkzeuge, der Steine und der Octopus-Tüten an: *Alles nur Verarsche.* Doch das stimmt nicht. Darauf würde ich jeden Eid schwören. Die Sachen haben eine Bedeutung für ihn. Ein Spiel. Prahlerei. Ich mache mir Sorgen, er könnte unter dem Einfluss von Wahnvorstellungen handeln.«

»Auch welchen, die mit dir zu tun haben?«

»Vielleicht bildet er sich ein, dass er mich beeindruckt hat.« Benton klingt so beiläufig wie ein Zoowärter, der über seine gefährlichsten Raubtiere spricht. »Ich kann nicht sicher sein, aber ich glaube, dass er meine Arbeiten kennt und narzisstisch genug veranlagt ist, sich vorzumachen, ich könnte ihn bewundern.«

»Möglicherweise hat er diesmal ja aus einem anderen Grund zugeschlagen«, wende ich ruhig ein. »Und es besteht gar kein Zusammenhang damit, dass du jetzt hier bist. Es hat überhaupt nichts mit dir zu tun.«

»Es macht mir trotzdem Sorgen«, beharrt er. »Er könnte etwas aufgeschnappt haben. Keine Ahnung, aber etwas verbindet ihn mit diesem Teil der Stadt, und zwar etwas Wichtiges. Er hat die Leiche hier abgelegt, weil die Örtlichkeit eine Bedeutung für ihn hat. Ich möchte das noch niemandem gegenüber erwähnen, jedenfalls nicht direkt«, fügt er mit Nachdruck hinzu. »Das kommt später. Zuerst muss ich einige Telefonate erledigen. Die Entscheidung liegt nicht bei mir. Das finden die zumindest. Denen geht es nicht um den Fall, sondern um irgendwelche Intrigenspielchen, was mir ziemlich zu schaffen macht. Ich muss Granby verständigen. Das ist der Dienstweg und wird zu ziemlichen Problemen führen.«

Er muss seinem Vorgesetzten, dem leitenden Special Agent Ed Granby, Meldung machen, der ein chronischer Blockierer ist und Benton nicht leiden kann. Ich ahne schon, was dabei herauskommen wird, ein ziemlich unbefriedigendes Ergebnis nämlich.

»Und vermutlich übernimmt Granby dann die Ermittlungen in diesem Fall«, merke ich an.

»Das dürfen wir nicht zulassen, Kay.«

»Woher könnte der Mörder etwas erfahren haben, das ihn auf den Gedanken gebracht hat, dass du heute nach Cambridge zurückkehrst?«

»Genau. Woher, falls es sich so abgespielt hat? Könnte er jemanden kennen, der an den Ermittlungen beteiligt ist?«

Ich erinnere mich an Carin Hegels Worte, Korruption reiche bis in die allerobersten Etagen. Ich denke an das Justizministerium und das FBI, obwohl mir solche Gedanken gar nicht gefallen. Also wende ich mich einem unverfänglicheren Thema zu: Nachdem Benton vor einigen Stunden aus Lucys

Helikopter gestiegen ist, hat er mir gesagt, es sei ihr Vorschlag gewesen, er solle doch wegen seines Geburtstags ein paar Tage früher nach Hause fliegen.

»Wann genau habt ihr zum ersten Mal über die Idee gesprochen, dass du schon heute nach Hause kommen könntest?« Ich hole meinen Tatortkoffer.

Ich gehe ein paar Schritte, damit Marino und Machado mich nicht belauschen können.

»Vor drei Tagen«, erwidert Benton. »Am Sonntagmorgen. Lucy wusste, was du am Wochenende in Connecticut erlebt hast. Sie hat befürchtet, du könntest deshalb krank geworden sein.«

»Ich bin wegen eines Virus krank geworden.«

»Sie wollte, dass ich nach Hause komme, und ich wollte es auch. Aber du fandest es keine gute Idee. Ich war sicher, dass du ablehnen würdest.«

Dass er es so schonungslos ausdrückt, erinnert mich unangenehm an andere Dinge, die man mir in letzter Zeit vorgeworfen hat: Ich zeigte häufig meine Gefühle nicht und sagte nicht, was ich wirklich wolle. Das ist nicht fair. Und kränkend.

»Also haben wir uns darauf geeinigt, dass es eine Überraschung werden muss«, fügt er hinzu.

»Wer wusste sonst noch davon?«

»Die Kollegen.«

Beim FBI ist also am Sonntag bekannt gewesen, dass er Washington früher als geplant verlassen würde. Die Außenstelle in Boston musste seine Rückkehr nach Cambridge sogar genehmigen, und Ed Granby hat förmlich Luftsprünge gemacht, weil Benton aus Washington verschwand.

Als Nächstes fällt mir das Hotel ein, in dem Benton übernachtet hat. Auch die Mitarbeiter dort waren über Bentons

Pläne im Bilde. Natürlich war Lucy ebenso informiert, und ich muss wieder an sie denken. Ob sie die Geburtstagsüberraschung Gail Shipton gegenüber erwähnt hat? Und wenn ja, warum?

Lucy musste vor dem Start in Massachusetts einen Flugplan einreichen, auf dem der Dulles International Airport als Ziel verzeichnet war. Aus Sicherheitsgründen dürfen Privatmaschinen nicht ohne Genehmigung und einem Flugplan der Bundesbehörde für Flugsicherheit in der Umgegend von Washington landen. Also Mitarbeiter des Hotels, des FBI und des Flughafens sowie die Fluglotsen. Diese Personen hatten die Möglichkeit, Details wie Start- und Landezeiten, Zielort, ja, sogar die Hecknummer von Lucys Helikopter und die Ausstattung an Bord in Erfahrung zu bringen.

Es ist durchaus möglich, dass jemand Einzelheiten aus unserem Privatleben kannte und diese an die falsche Person weitergegeben hat. Ich kann nicht ausschließen, dass irgendwo ein geisteskranker, aber gerissener Mörder herumläuft, der auf Benton fixiert ist und Gräueltaten begeht, um ihm eine Freude zu machen oder sich mit ihm zu messen. So etwas kommt ziemlich selten vor. Ich glaube nicht, dass ich einen Fall kenne, in dem ein Serienmörder eine erotomanische Fixierung auf einen forensischen Psychologen oder Profiler entwickelt hat. Allerdings heißt das nicht, dass es nicht schon einmal geschehen wäre. Das ist es sicher.

Bei Menschen ist alles möglich, und ich habe sadistische und gewalttätige Verhaltensweisen erlebt, die ich mir in meinen schlimmsten Albträumen nicht ausgemalt hätte. Es ist unmöglich, sich ein grausiges Verbrechen auszudenken und der Erste zu sein, der darauf gekommen ist. Es gibt nichts, was nicht schon einmal vorgefallen wäre. Außerdem ist Benton kein Unbekannter. Er hat Bücher und wissenschaftliche

Abhandlungen veröffentlicht. Hinzu kommt, dass die Medien über seine Ermittlungen in den Hauptstadtmorden berichtet haben, insbesondere nach den letzten beiden. Wenn der Täter Nachrichtensendungen verfolgt, weiß er, dass Benton in Washington war und dass die Fahndung auf Hochtouren läuft, obwohl Einzelheiten der Verbrechen unter Verschluss gehalten werden, vom FBI eingehüllt in den Mantel des Schweigens.

Also war der Zeitpunkt für den Mörder günstig, genau das zu tun, was Benton vermutet, nämlich weiterzuziehen. Vielleicht ahnt dieser gerissene und grausame Mensch Bentons Schlussfolgerungen ja voraus und errät seine nächsten Schritte. Mein Mann hat von Anfang an die Auffassung vertreten, dass der Hauptstadtmörder Verbindungen nach Cambridge hat, wo er sich gut auskennt und wo er sich deshalb auf sicherem Terrain befindet.

Das predigt Benton schon seit April, als Klara Hembree ermordet wurde, und zwar nur einen knappen Monat nachdem sie von hier weggezogen ist. Er sagt, sie sei in Cambridge schon seit einer Weile ausspioniert worden. Dann sei der Stalker ihr nach Washington gefolgt, was er nie getan hätte, wenn er sich nicht in Cambridge und Washington gleichermaßen zurechtfinden würde. Das sind seine Jagdreviere, davon ist Benton überzeugt. Der Killer ist sozusagen auf Mordtournee, schlägt zu, wo er sich sicher fühlt, und tötet an Orten, die wir nicht vorausahnen können.

Ich könnte es ja verstehen, wenn Benton befürchtet, zur Zielscheibe dieses oder irgendeines anderen Mörders zu werden, gegen den er ermittelt, selbst wenn in Wirklichkeit keine Gefahr droht. Wie viel kann er ertragen, bevor seine Grenzen überschritten werden und die Dinge, denen er sich aussetzt, ihm unter die Haut gehen wie eine Infektion?

»Es ist doch klar, dass ich hier drüben nachsehen würde«, spricht Benton auf der anderen Seite des schlammigen Sportplatzes in sein Telefon. »Vielleicht hätte es die Polizei irgendwann auch getan. Aller Wahrscheinlichkeit nach schon, obwohl es ein Stück entfernt vom Fundort der Leiche ist.«

»Und warum solltest du nachsehen?«, erkundige ich mich.

»Wegen des Pick-up.«

»Der, der aufgebrochen wurde.« Ich blicke zu dem schwarzen Pick-up hinüber, den Benton beim Reden langsam umkreist.

»Der gehört hier nicht hin«, fährt er fort. »Er ist kein Baustellenfahrzeug, sondern privat, und wurde absichtlich falsch geparkt. Also ist er mir natürlich sofort aufgefallen.«

»Du nimmst an, dass er mit diesem Werkzeug das Schloss und die Kette am Tor geknackt hat?«

»Er hat dieses Werkzeug benutzt«, bestätigt Benton. »Und er wollte, dass wir es finden. Nach der Laboruntersuchung wirst du sehen, dass ich recht habe. Wir sind sein Publikum, und er möchte, dass wir auch mitkriegen, welche Mühe er sich gegeben hat. Das gehört zu seinem Spiel …«

»Mühe gegeben?«, unterbreche ich ihn. Allmählich werde ich wütend, weil er mir Angst macht.

Ich beobachte, wie Marino in seinem großen Tatortkoffer kramt, der eigentlich ein Werkzeugkasten ist, und hole tief Luft. Als ich mich wieder beruhige, muss ich an Gail Shipton denken. Es würde Sinn ergeben, wenn sie die Verbindung wäre. Das hieße, dass ein Zusammenhang zwischen ihr und ihrem Mörder besteht, selbst wenn sie ihn nicht gekannt hat und sie vorher einander, wie Benton vermutet, nie begegnet sind.

16

Das Werkzeug hat einen Griff aus rotem Fiberglas und eine Metallklinge. Es erinnert an eine Rohrzange, und man kann damit harte Metalle wie Messing, Kupfer und Stahl durchtrennen.

Das erkennt Marino auf den ersten Blick. Er fotografiert das Werkzeug mit dem Stein darauf, ein Brocken einer hier vorkommenden Gesteinsart, etwa so groß wie ein Baseball. Dann nimmt er den Stein weg und hebt das Werkzeug auf.

»Okay, und wo sind das Schloss und die Kette?« Das Werkzeug sieht in Marinos behandschuhter Pranke winzig aus.

Er dreht es hin und her und betrachtet es, wobei er darauf achtet, keine Beweise wie Fingerabdrücke zu zerstören, die meiner Vermutung nach ohnehin nicht vorhanden sind.

»Wenn er wollte, dass wir das verdammte Werkzeug finden, das er benutzt hat, möchte man doch meinen, dass er auch Schloss und Kette liegenlässt, oder?«

Er verstaut das Werkzeug in einem Asservatenbeutel.

»Wenn er schon eine Schnitzeljagd mit uns veranstalten will, wächst der Spaß doch mit der Anzahl der Gegenstände, richtig?« Marino ist inzwischen nicht mehr bedrückt, sondern gereizt und sarkastisch.

Der erste Mordfall, den er nach zehn Jahren Pause wieder als Polizist bearbeitet, und er fühlt sich hilflos und wie ein Laufbursche. Benton flößt ihm Komplexe ein, und Marino wartet nur auf eine Gelegenheit, einen Streit vom Zaun zu brechen.

»Ich will darauf hinaus, dass der Täter nicht unbedingt dieses Ding benutzt haben muss.« Mit einem lauten Ratschen reißt Marino ein Stück Asservatenband ab. »Vielleicht stimmt es ja gar nicht. Vielleicht hast du dich zu weit vom Fundort entfernt und bist auf etwas gestoßen, das gar nichts mit der Sache zu tun hat.« Dieser Satz ist an Benton gerichtet, und als er ihn ansieht, malt sich offene Herausforderung in seinem Blick. Und noch etwas. Zweifel.

Dann wendet sich Marino an mich, als erwarte er, dass ich Partei für ihn ergreife. Vielleicht will er ja auch wissen, was in mir und in Benton vorgeht, denn er kann die Situation nicht richtig einordnen. Wir stehen zu dritt neben einem Bulldozer auf einer Baustelle, und ich frage mich, wie Benton Marino das mitteilen will, was er wissen muss. Benton kann nicht ganz offen mit ihm sein, und Marino wird ihm die Sache nicht erleichtern, selbst wenn er ihm glaubt. Und das wird er meiner Ansicht nach nicht tun, zumindest nicht sofort.

»Vielleicht hat einfach jemand einen Pick-up aufgebrochen, was öfter vorkommt«, fährt Marino in abfälligem Ton fort. »Fahrzeugeinbrüche passieren jeden Tag. Möglicherweise ist das schlicht und ergreifend die Erklärung.«

»Ich würde vorschlagen, dass du auch den Stein eintütest«, erwidert Benton. »Er hat ihn angefasst. Aller Wahrscheinlichkeit nach trug er Handschuhe, vielleicht aber auch nicht, was auf seinen Geisteszustand zum fraglichen Zeitpunkt ankommt.«

»Von wem zum Teufel redest du?«

»Von dem Menschen, den du suchst. Dass er den Stein in der Hand hatte, steht zweifelsfrei fest. Er hat ihn genommen und auf das Werkzeug gelegt. Wir sollten ihn auf DNA überprüfen, ebenso wie auf andere Spuren, die darauf übertragen worden sein könnten.«

»Soll das ein Witz sein?«

»Er hat die Leiche mit dem Auto hierhergebracht«, spricht Benton einfach weiter, als wäre der Einwand nie gefallen. »Zuerst hat er da drüben geparkt.« Er zeigt auf den Parkplatz neben dem Studentenwohnheim. »Dann ist er ausgestiegen, hat den Pick-up aufgebrochen und das Werkzeug herausgeholt. Anschließend hat er die Leiche zu diesem Parkplatz hier gefahren.«

Das Fußgängertor steht noch immer sperrangelweit offen und schwankt im Wind. Ich erinnere Benton an das Risiko. Der Parkplatz befindet sich unmittelbar gegenüber dem Polizeirevier des MIT. Der Mörder hätte über Randstein und Gehweg fahren müssen.

»Er lief Gefahr, von der Polizei bemerkt zu werden«, sage ich abschließend.

»Diese Gefahr bestand nicht«, entgegnet Benton prompt. »Der Täter ist schlau und aufmerksam. Er spioniert seine Umgebung aus. Er liebt das Risiko und den Nervenkitzel. Und wenn er dennoch davon ausgehen muss, beobachtet zu werden, tut er so, als sei er befugt, sich dort aufzuhalten. Er ist auf den Parkplatz gefahren und hat Schloss und Kette vom Tor entfernt. Dann hat er die Leiche auf eine Art Schlitten gelegt, der das Gras plattgedrückt und Klumpen ausgerissen hat, als er ihn auf den Sportplatz gezogen und die Tote dort drapiert hat.«

»Warum?« Marino mustert ihn argwöhnisch. Als er mich ansieht, verdreht er beinahe die Augen.

»Weil es ihn erregt und ein Symbol ist. Den genauen Grund kennen wir nicht. Das ist immer so. Was du hier siehst, sind Hieroglyphen an der Wand seiner gestörten Psyche.«

»Für mich hört sich das an wie ein großer Haufen Mist.« Trotzig stemmt Marino die Hände in die Hüften. »Sind wir hier im *Da Vinci Code*, oder was? Die Frau ist tot wie ein Hamburger, und seine Psyche kann mich mal kreuzweise.«

»Du musst besser zuhören«, entgegnet Benton. »Er hat einige Zeit damit verbracht, die Leiche zu drapieren, sie zu umrunden und sie aus unterschiedlichen Winkeln zu betrachten. Das gefällt ihm, ein Spiel, das immer gewagter wird und zunehmend aus dem Ruder läuft. Er hat seine Methoden, und alles, was er tut, hat eine Bedeutung für ihn.«

»Woher zum Teufel weißt du das, nachdem du dich hier draußen umgeschaut hast?«

»Ich kenne Typen wie ihn, und alles, was ich hier sehe, verrät mir, dass er bereits gemordet hat und es wieder tun wird.«

Während Benton redet, denke ich an die Vicks-ähnliche Salbe, die wir in der Nähe des Leichenfundorts im Gras entdeckt haben. Vermutlich hat der Mörder die drapierte Leiche aus verschiedenen Winkeln betrachtet und sein Werk bewundert, wie Benton es gerade geschildert hat. Der letzte Akt, sein tödlicher Triumph auf einem nassen Sportplatz im Dunkeln. Und dann benutzt er noch ein wenig VapoRub und atmet den durchdringend scharfen Geruch ein, damit er sein Ziel nicht aus den Augen verliert und keine Fehler macht. Vielleicht hat er ja schon welche gemacht. Wie ein Rennpferd, das kraftvoll und zielstrebig galoppiert, doch stets in Gefahr schwebt zu stolpern, eine Hürde zu reißen oder über den Rand des Abgrunds zu stürzen.

»Nachdem er fertig war, ist er hierher zurückgekehrt, hat das Werkzeug gesäubert und es liegengelassen«, fährt Benton fort. »Und zwar für uns.«

»Hier drüben hätte es aber übersehen werden können«, widerspricht Marino ihm weiter. »Die Baustelle ist ziemlich weit weg vom Leichenfundort.«

»Er wusste, dass wir irgendwann darauf stoßen würden.«

»Warum sollte ihn das einen Scheiß interessieren?« Zornig zerrt Marino sich die Handschuhe von den Händen. »Und wie, zum Teufel, konnte er wissen, was in der Aufbewahrungsbox des Pick-up ist? Sollen wir wirklich davon ausgehen, dass die Ratschenschere von dort stammt? Das ist doch total unlogisch. Und sehr schlau von ihm wäre es auch nicht gewesen. Was, wenn da nichts drin gewesen wäre? Dann hätte er mit einer Leiche im Auto dagestanden und nichts gehabt, um das Schloss zu knacken.«

»Er sammelt Informationen«, erwidert Benton geduldig. »Das hier ist keine Tat im Affekt, Pete. Sie wurde sorgfältig geplant, und zwar mit einem Motiv, das nicht der wahre Grund ist, warum er sie umgebracht hat. Er hat es getan, weil er Lust dazu hatte, weil ihn ein übermächtiger Zwang dazu treibt. Er sieht das zwar ein wenig anders, doch das ist es, womit wir es zu tun haben.«

»Du redest, als würdest du ihn kennen.«

»Ich kenne Leute wie ihn«, entgegnet Benton.

»Ich merke, dass du mir etwas verschweigst«, antwortet Marino zornig, vorwurfsvoll und beklommen.

»Er ist ein Mensch, der sich seine Opfer sorgfältig aussucht und sich genaue Informationen über sie beschafft«, erläutert Benton. »Außerdem einer, der sich Zutritt zu ihren Privatwohnungen verschafft, sich dort umschaut und gründlich im Internet recherchiert. Das gehört zu seinem Erregungsmuster.«

»Wir haben Gail Shipton überprüft«, gibt Marino zurück. »Keine Anzeigen bei der Polizei. Kein Einbruch. Überhaupt nichts, was auf einen Eindringling hinweisen würde.«

»Du solltest dich mit Leuten unterhalten, die sie kannten, und fragen, ob sie sich je beobachtet gefühlt hat, insbesondere in letzter Zeit.«

»Danke für den Tipp. Da wäre ich nie drauf gekommen.« Marinos Hals läuft rot an. »Nichts spricht dagegen, dass wir es mit einem hier wohnhaften Spinner zu tun haben und dass die Tote ein Einzelfall ist. Hast du daran vielleicht schon mal gedacht?« Marino schaut hinüber zur Simmons Hall mit den würfelförmigen Fenstern und der silbrigen Fassade. »Er könnte die Informationen ja auch besitzen, weil er in seinem eigenen Wohnviertel zuschlägt. Möglicherweise haben wir Glück, und der verdammte Pick-up ist seiner. Das Werkzeug könnte er aus Versehen liegengelassen haben. Er wollte es wieder in den Pick-up räumen und hat es vergessen.«

»Er beobachtet«, sagt Benton, ohne auf Marinos Einwände einzugehen. »Deshalb weiß er, dass der Pick-up dort steht. Wahrscheinlich wird der Besitzer dir erzählen, dass er ihn schon öfter über Nacht hier geparkt hat. Vielleicht deshalb, weil er nach der Arbeit gern einen trinken geht.«

»Das sind doch alles nur Ratespielchen«, höhnt Marino, als sei er ein Verteidiger, der Einspruch erhebt. »Völlig aus der Luft gegriffen.«

»Vermutlich wirst du herausfinden, dass man ihm schon einmal wegen Alkohols am Steuer den Führerschein entzogen hat, weshalb er keine Wiederholung riskieren möchte.« Benton lässt sich nicht beirren. »Sicher wirst du auch erfahren, dass er irgendeine Sonderstellung am MIT genießt, vielleicht sogar hier arbeitet und seinen Pick-up abstellen kann, wo er will, ohne dass ihm jemand Schwierigkeiten macht. Er hat die Werkzeuge, die er für seinen Beruf benötigt, immer bei sich, weshalb jemand, der sich dafür interessiert, wissen könnte, was er in seinem Pick-up aufbewahrt.«

»Und warum sollte jemand so was tun?«, entgegnet Marino.

»Ich kann dir nur sagen, dass er seine ganz persönlichen

Gründe dafür hat. Sein Verhalten ist geplant und wird von Dingen bestimmt, die nur er sieht oder sich in seiner Phantasie ausmalt.«

Bentons Schlussfolgerungen sind Ergebnis einer schier grenzenlosen inneren Datenbank, zusammengesetzt aus all den unbeschreiblichen Gräueln, die ihm im Laufe der Jahrzehnte untergekommen sind. Er hat einen hohen Preis dafür bezahlt, so gut in seinem Beruf zu sein.

»Denk an das, was ich dir gerade erklärt habe, wenn du den Fundort untersuchst und in diesem Fall ermittelst.« Benton deutet mit dem Kopf auf den Pick-up. »Ich würde an deiner Stelle in die Aufbewahrungsbox schauen. Ich wette, du wirst außer Werkzeugen noch etwas darin entdecken.«

Marino teilt Machado per Funk mit, dass sie ein Fahrzeug auf der Baustelle hier untersuchen müssen und dass eine Aufbewahrungsbox aufgebrochen wurde.

»Hast du schon einen Blick riskiert?« Machados Stimme hallt laut aus dem Funkgerät, während er und Marino einander über das Briggs Field hinweg ansehen.

»Noch nicht.«

»Glaubst du, es hat was mit der Sache zu tun?«

»Wir müssen eben davon ausgehen«, erwidert Marino mit einem gelangweilten Achselzucken, das für Benton bestimmt ist. »Ich funke die Zentrale an und finde raus, wem der Wagen gehört.«

Machado hört auf, den Zaunpfahl zu bearbeiten, der inzwischen ausgegraben und zum Teil in dickes braunes Papier gewickelt ist. Während Marino die Zentrale anfunkt und die Kennzeichennummer des Pick-up durchgibt, kommt er auf uns zu.

»Sobald wir den Fahrzeughalter haben«, teilt Marino uns mit, »weiß ich, wie lange der Pick-up schon hier parkt, und kann daraus schließen, wann er ungefähr aufgebrochen wurde.«

»Ich glaube, das können wir uns schon denken.« Benton betrachtet die Bahngleise, die zwischen der Baustelle und der Rückseite von Simmons Hall verlaufen. »Die Leiche wurde gegen halb vier Uhr morgens gefunden.«

»Wir haben den Anruf um exakt drei Uhr neununddreißig erhalten.« Marino kann der Versuchung nicht widerstehen, ihn zu verbessern.

Der Grand Junction Corridor teilt den Campus des MIT und führt in einer geraden Linie von Cambridges Osten und dicht hinter meinem Institut vorbei über den Mystic River und nach Boston. Mir fällt ein, dass auf einem Abstellgleis der Grand-Junction-Strecke ganz in der Nähe ein Zug steht, wenn in einer der benachbarten Städte ein Zirkus gastiert.

Abgesehen von dieser Nutzung der beinahe stillgelegten Bahnlinie rattert nur hin und wieder, für gewöhnlich am Wochenende, ein Güterzug hier vorbei. Vor ein paar Wochen musste ich an der Schranke wegen eines Zirkuszuges halten, der mindestens anderthalb Kilometer lang war, rot und mit der Aufschrift »Cirque d'Orleans« in goldenen Buchstaben darauf. Er kam aus dem Süden von Florida, wo ich geboren bin.

»Er wollte, dass die Leiche bald gefunden wird. Wahrscheinlich hat er sogar dabei zugesehen und beobachtet, wie der Fundort untersucht wurde, vielleicht sogar von dieser Baustelle aus«, schildert Benton weiter, wie sich der Täter seiner Ansicht nach verhalten hat. »Als es hell wurde, war er längst über alle Berge.«

Inzwischen hat Machado uns erreicht und mustert neugierig den schwarzen Pick-up. Dann sieht er Benton an.

»Soll das heißen, er hat sich die ganze Zeit hier herumgedrückt, während wir vor Ort waren?«, hakt Machado zweifelnd nach.

»Nicht die ganze Zeit, nur lang genug, um Kay bei der Arbeit zuzuschauen und mitzukriegen, wie Lucy gelandet ist.«

»Und um Sie zu beobachten?«

»Möglich«, erwidert Benton. »Als er ging, war es noch dunkel, und er war zu Fuß unterwegs. Aller Wahrscheinlichkeit nach hat er den Campus über die Bahngleise verlassen. Auf diese Weise musste er weder Autos, dem Campus-Sicherheitsdienst noch Studenten begegnen. Hinten an den Gleisen ist er unbemerkt geblieben. Sie sind nicht beleuchtet, und daneben gibt es keinen Fußweg. Also eine ausgezeichnete Methode, hier ein und aus zu gehen, wie es einem passt. Solange kein Zug kommt«, fügt er hinzu. »Also musste er von den Gleisen hier wissen und mit den Fahrplänen vertraut sein.«

»Glauben Sie, dass es ein Student ist, der die Gegend kennt wie seine Westentasche?«, fragt Machado.

»Ich glaube gar nichts.«

»Warum hast du dann die Autos auf dem Parkplatz des Wohnheims fotografiert?« Marino zwängt seine großen Hände in ein neues Paar Handschuhe, spreizt die dicken Finger und streckt sie.

»Weil sie da sind und es vielleicht nützlich ist, die, die nicht beteiligt sind, ausschließen zu können. Einen anderen Grund gibt es nicht.«

»Ich verstehe. Du fällst einfach vom Himmel und willst uns erklären, wie wir unsere Arbeit zu machen haben.« Marino holt die Utensilien zum Sichern von Fingerabdrücken aus seinem Tatortkoffer.

»Ich bin vom Himmel gefallen, weil Lucy mich nach Hause geflogen hat«, entgegnet Benton kühl.

Marino beugt sich über die Ladefläche des schwarzen Pick-up, der, wie ich feststelle, schmutzig und zerkratzt ist, ein Toyota, einige Jahre alt und seit Menschengedenken nicht mehr in der Waschstraße gewesen.

»Nur damit du es weißt«, sagt er. »Wir haben sämtliche Autokennzeichen auf allen Parkplätzen hier in der Nähe aufgeschrieben. Überall, wo jemand hätte anhalten können, um eine Leiche loszuwerden.«

»Spitze«, antwortet Benton ruhig.

Marino inspiziert die beschädigte Stelle am Deckel der Aufbewahrungsbox, der aus Riffelstahlblech besteht. In der Nähe des Schlüssellochs ist das Metall stark verbogen. Er öffnet den Deckel und lehnt ihn an die Heckscheibe des Pick-up.

»Scheiße«, murmelt er.

17

Marino greift hinein und holt eine Handtasche heraus, braunes Leder mit zwei Henkeln, eine unauffällige Umhängetasche der mittleren Preisklasse. Er öffnet den Reißverschluss.

»Bingo«, sagt er sarkastisch. »Noch ein Geschenk, um uns auf den Wecker zu gehen.«

»Deshalb hat er sie nicht hier versteckt«, merkt Benton in sachlichem Ton an.

Er wirkt nicht überrascht oder sonderlich interessiert, als Marino ein Portemonnaie zutage fördert und ihm Gail Shiptons Führerschein entnimmt.

»Wenn er sie zuerst anderswo hingebracht hat, wäre das eine Erklärung dafür, dass ihre Kleider verschwunden sind. Aber warum lässt er das Ding dann hier?« Marinos Kiefermuskulatur verspannt sich, als er den Führerschein mustert. »Warum hat er es nicht einfach irgendwo in den Müll geworfen?«

Auf dem Foto ist sie Anfang zwanzig. Ihr Haar ist viel kürzer, und sie hat Ponyfransen. Außerdem trägt sie eine Brille mit schwerem Gestell, das verbirgt, wie hübsch sie ist. Ihre Miene ist verlegen, ihr Lächeln gekünstelt, und ihr Blick weicht der Kamera aus. Sie hat nicht den offenen, freundlichen Gesichtsausdruck eines Menschen, auf den man gern zugeht. Vielleicht hat es sie ja auch nervös gemacht, fotografiert zu werden.

»Sein Motiv ist nicht, uns auf den Wecker zu gehen«, erklärt Benton, während Marino die einzelnen Fächer des Portemonnaies durchsucht. »Er will uns zeigen, wie toll er ist, und was er tut, hat rein persönliche Gründe. Nicht wir sind der springende Punkt, sondern seine Gefühle.«

»Warum steht er als toller Hecht da, wenn er ihre Handtasche für uns hinterlässt?«, fragt Marino.

»Weil es zeigt, dass er keine Angst vor uns hat. Er hilft uns dabei, die Tote zu identifizieren. Und zwar, weil ihn das erregt«, erwidert Benton, was mir verrät, dass er in den anderen Fällen auch Ausweispapiere der Opfer entdeckt hat.

»Das kapiere ich nicht«, sagt Marino.

»Für mich hört sich das an, als würden Sie über einen Psychopathen reden, einen Serienmörder zum Beispiel.« Machado wirkt gleichzeitig beeindruckt und ungläubig. »Das gebe ich ganz bestimmt nicht nach oben weiter, solange wir nicht sicher sind.«

»Ich würde vorschlagen, dass Sie im Moment überhaupt nichts nach oben weitergeben«, sagt Benton.

»Wenn Sie mich fragen, sollten wir uns mit dem Prozess beschäftigen, der bald eröffnet wird«, entgegnet Machado in einem Tonfall, der uns offenbar daran erinnern soll, dass seine Polizeidienststelle für den Fall zuständig ist. »Es könnte ja sein, dass ihr Tod jemandem gelegen kommt. Keine Ahnung, warum Sie von einem durchgeknallten Psychopathen ausgehen. Ich will auf gar keinen Fall, dass sich solche Gerüchte verbreiten. Wenn wir das FBI an den Ermittlungen beteiligen, müssen wir zuerst mal einiges klarstellen.«

Als er Benton ansieht, ist mir klar, was er denkt, ohne es auszusprechen. Das FBI wurde offiziell nicht in die Ermittlungen einbezogen. Dass Benton sich hier ungehindert umschauen darf, ist ein rein freiwilliger Akt, weil er eben zufällig vor Ort war, weil er mein Mann ist und weil sie ihn kennen. Ich spüre wieder Zweifel und habe den Verdacht, dass Marino über ihn gelästert hat. Er hat sich vor Machado in die Brust geworfen und Benton schlechtgemacht.

»Kreditkarten.« Marino lässt sie in ihren Fächern stecken. »AmEx, Visa, Automatenkarte, vielleicht hatte sie ja auch noch andere. Kein Cash. Wir untersuchen das auf DNA und Fingerabdrücke.«

»Wenn sie Geld bei sich hatte, hat der Täter es mitgenommen, was gegen die Theorie spräche, dass sie wegen des Prozesses umgebracht wurde«, überlegt Machado laut. »Nicht, dass ich ein Fachmann für Profikiller wäre, aber das Geld mitzunehmen, passt meiner Erfahrung nach nicht. Normalerweise möchte der Täter ja keine Verbindung zum Opfer, richtig?«, wendet er sich an Benton. »Das war nur so ein Gedanke, da Gail Shipton jemanden auf hundert Millionen Dollar verklagt hat.«

»Profikiller stehlen normalerweise nicht.« Benton beobachtet, wie Marino die Handtasche durchsucht. Seine behandschuhten Finger berühren die Gegenstände vorsichtig an den Spitzen und Kanten, damit so wenig Kontakt wie möglich entsteht.

Eine Puderdose. Lippenstift. Wimperntusche. Schwarzer Kugelschreiber. Ein Päckchen Papiertaschentücher. Halsschmerztabletten. Eine runde Haarbürste.

»Ich wollte nur darauf hinweisen«, meint Machado, »dass ihr plötzlicher Tod für die Beklagten ausgesprochen praktisch ist.«

»Für gewöhnlich berühren Profikiller ihre Zielpersonen so wenig wie möglich«, erwidert Benton. »Sie hinterlassen keine auffälligen Beweisstücke wie Werkzeuge oder Handtaschen, damit die Polizei sie findet. Sie haben auch kein Interesse daran, sich mit ihrer Tat zu brüsten oder die Ermittler zu beeindrucken. Ganz im Gegenteil. Sie wollen keine Aufmerksamkeit erregen, und außerdem sind sie nicht wahnkrank.«

»Und dieser Typ ist wahnkrank?«

»Ich sage nur, dass erfolgreiche Auftragsmörder es nicht sind.«

Marino fördert ein kleines schwarzes Notizbuch zutage, das von einem grünen Gummiband zusammengehalten wird. Er entfernt es.

»Und das bringt uns wieder zu der Möglichkeit, dass sie willkürlich als Opfer ausgesucht wurde«, sagt Machado. »Mit Raub als mutmaßlichem Motiv.«

Marino blättert die Seiten um, die aus feinkariertem Papier bestehen, wie man es für Mathematikaufgaben oder zum Zeichnen von Diagrammen verwendet. Das Notizbuch ist in einer kleinen, sauberen Handschrift mit ordentlichen Zahlenkolonnen gefüllt, die mir wie ein Geheimcode erscheinen. In der Mitte des Buches enden die Eintragungen mit einer, die mit schwarzer Tinte geschrieben wurde.

61: EIN 18 / 12 1733-1752 (< 18 m) REC 20-8-18-5-1-20

»Ich hoffe, es stört dich nicht.« Ich schieße ein Foto mit meinem Smartphone in seinem militärtauglichen Etui, das dem von Gail Shipton und Lucy ähnelt.

»Sieht aus wie eine Art Tagebuch. Vielleicht sollte sie auf Anweisung ihrer Anwältin Buch über etwas führen.« Marino steckt das Notizbuch zurück in die Tasche. Als Nächstes holt er einen kleinen Bogen mit Aufklebern heraus, rot und mit einem weißen X in der Mitte. »Keine Ahnung.« Er verstaut die Aufkleber wieder in der Tasche.

Ich denke an den letzten Anruf, den Gail Shipton erhalten hat, den mit der unterdrückten Nummer.

Ich deute die Notiz so, dass der Anruf gestern EINgegangen ist, und zwar um 17:33. Knapp 18 Minuten später endete er, als Gail hinter der Psi Bar neben einem Müllcontainer in der Dunkelheit stand.

Allerdings bin ich nicht sicher, wie ich den restlichen Eintrag deuten soll. REC könnte heißen, dass der Anruf aufgezeichnet wurde, und bei der Zahlenreihe handelt es sich vermutlich um eine Verschlüsselung. Ich stelle mir vor, dass Gail Shipton das Gespräch beendet und sich die Zeit genommen hat, den Eintrag in ihr Notizbuch zu machen. Vielleicht hat sie ja die Taschenlampenfunktion ihres Smartphones benutzt, um zu sehen, was sie da schrieb. Allmählich entsteht bei mir ein Bild von ihr. Vermutlich introvertiert und unsicher. Ordentlich, organisiert, möglicherweise starr in ihren Gewohnheiten und zwanghaft.

Ich male mir aus, wie sie so mit ihren kompliziert verschlüsselten Notizen beschäftigt war, dass sie gar nicht bemerkt hat, was um sie herum vorging. Stand da ein Auto? Stoppte vor ihr ein Wagen, ohne dass sie es zur Kenntnis nahm? Ich weiß nur, dass sie als Nächstes Carin Hegel anrief und dass die Verbindung unterbrochen wurde. Gegen achtzehn Uhr muss Gail ihrem Mörder begegnet sein.

»Hast du in Gails Telefon irgendwelche Aufnahmen entdeckt?«, frage ich Marino. »Videos oder Tonbandaufzeichnungen?«

»Nichts dergleichen. Nur die eingegangenen und getätigten Anrufe, E-Mails und SMS«, erwidert er geistesabwesend, während er zuhört, wie Machado und Benton weiter miteinander debattieren. Sie bleiben zwar höflich, doch keiner rückt von seinem Standpunkt ab.

»Sie war zum falschen Zeitpunkt am falschen Ort«, beharrt Machado. »Sie ist zum Telefonieren rausgegangen, und er saß draußen in seinem Auto.«

»Mit dem zweiten Teil bin ich nicht einverstanden«, entgegnet Benton.

»Er fand, dass sie leichte Beute war, und hat sie sich eben geschnappt.«

»Er wusste genau, dass sie dort sein würde.«

»Was macht Sie so sicher, dass nicht Raub das Motiv war?« Allmählich wird Machado ungeduldig.

»Ich behaupte ja nicht, dass er kein Geld oder andere Souvenirs an sich genommen hat«, wiederholt Benton noch einmal. »Menschliches Verhalten verläuft nicht so geradlinig. Es können verschiedene Aspekte und Widersprüchlichkeiten gleichzeitig auftreten.«

»Er könnte auch ihren Schmuck eingesteckt haben«, ergänze ich. »Außer, sie trug gar keinen, nicht einmal Ohrringe. Natürlich können wir nicht sagen, was sie bei ihrer Entführung anhatte.« Inzwischen zögere ich nicht mehr, dieses Wort zu verwenden.

»Also hat er ihr Geld und ihren Schmuck behalten. Möglicherweise auch ihre Kleidung«, stellt Marino fest, während sich wieder die Zentrale meldet. »Vielleicht haben wir ja Glück, und er hat seine DNA auf ihrem Portemonnaie und der Handtasche hinterlassen. Und auf dem Werkzeug«, fügt er sarkastisch hinzu.

»Dreiunddreißig«, meldet er sich am Funk.

Die Zentrale teilt ihm mit, der Pick-up sei auf einen einundfünfzigjährigen Mann namens Enrique Sanchez zugelassen, der beim MIT als Haustechniker angestellt sei. Er werde nicht polizeilich gesucht und sei auch nicht vorbestraft, bis auf eine Anzeige wegen Fahrens unter Alkoholeinfluss und Gefährdung des Straßenverkehrs im Jahr 2008. Man habe sich mit ihm in Verbindung gesetzt, und er sei unterwegs hierher. Benton spart sich die Bemerkung, er habe es ja gleich gesagt. Stattdessen schweigt er.

»Ich muss ins Institut«, verkünde ich und gehe zu meinem Tatortkoffer.

Ich öffne ihn und sammle die Tüten mit dem an Tupfern

haftenden fluoreszierenden Staub, den Fasern und der Vicks-ähnlichen Salbe ein. Während ich die Beweisstücke in Kuverts verstaue, beschrifte und einstecke, nähert sich ein Motorengeräusch. Ich blicke auf, als hinter uns auf der Straße ein schwarz-weißer Streifenwagen des Cambridge Police Department vorfährt.

»Ich gebe die Beweisstücke sofort im Labor ab, aber ich lasse meinen Koffer hier, wenn du nichts dagegen hast«, wende ich mich an Marino. »Da wir zu Fuß ins Institut gehen, möchte ich mich nicht damit abschleppen. Du könntest ihn mir ja vorbeibringen, wenn du zur Autopsie kommst. Bentons Schuhe und sein Gepäck sind in deinem Auto. Es wäre nett, wenn du die bitte auch mitbringen könntest.« Ich achte darauf, nicht so zu klingen, als würde ich ihn herumkommandieren.

Der Streifenwagen bleibt hinter dem schwarzen Pick-up stehen, und ein uniformierter Polizist steigt aus. Er hat einen Notizblock in der Hand. Auf seinem Namensschild aus glänzendem Stahl steht G.B. Rooney.

»Ich wollte das nicht über Funk herumposaunen«, sagt er zu Marino und Machado. »Der Funkspruch, auf den ich vorhin geantwortet habe? In der Windsor Avenue?«

»Mann, können Sie sich vielleicht etwas genauer ausdrücken«, fordert Machado ihn auf.

G.B. Rooney schaut unsicher zu Benton und mir herüber.

»Die sind in Ordnung. Benton Wesley ist beim FBI, und Dr. Scarpetta ist der Chief Medical Examiner«, stellt Marino uns von oben herab vor, während mir klarwird, dass es sich bei G.B. Rooney um Wagen 13 handelt.

Er hat heute in den frühen Morgenstunden auf den Funkspruch reagiert, in dem es um den Eindringling in meinem Garten ging. Und dann hat er sich eine Zeitlang nicht mehr gemeldet.

18

Er ist hochgewachsen und mager und schätzungsweise Anfang vierzig. Als er gegen fünf Uhr fünfundvierzig wieder Kontakt zur Zentrale aufgenommen hat, klang er außer Atem.

Ich erinnere mich an meine Überraschung, weil Wagen 13 am Tech Square war, obwohl er sich noch wenige Minuten zuvor einige Kilometer entfernt auf dem Campus von Harvard, also in meinem Viertel, befunden hatte. Ich hatte vermutet, dass der Polizist die Suche eingestellt hatte, als die aufgebrochenen Autos gemeldet wurden, doch G.B. Rooney hat eine andere Geschichte zu erzählen.

»Ich war noch keine zwei Blocks weit gefahren, als ich hinter der Academy of Arts and Sciences in der Beacon Street eine Person in einem geparkten Fahrzeug bemerkt habe«, erklärt er. »In dieser Gegend war der Eindringling auf der Flucht beobachtet worden, und die Beschreibung passte auf den Mann. Zumindest so gut, dass ich ihn mir mal aus der Nähe anschauen wollte.«

Seine Ausdrucksweise lässt mich aufmerken. Offenbar fand Rooney das Verhalten dieses Menschen sonderbar, und ich spüre, dass Benton gespannt zuhört. Die Gegend, von der Rooney spricht, ist ganz in der Nähe unseres Hauses.

»Groß, schlank, jung, weiß. Dunkle Hose, Turnschuhe und ein schwarzer Kapuzenpulli mit Marilyn Monroe drauf.« Rooney klingt wie ein Polizeibericht. »Ich habe gewartet, bis er losfuhr, und mich dann unauffällig an die Verfolgung gemacht. Er ist auf direktem Weg zu den Sozialwohnungsblocks in der Windsor gefahren, weshalb ich zufällig vor Ort war, als die mutmaßlich von einer Bande verübten Autoaufbrüche stattfanden. In dieser Gegend passiert so was ständig. Jugendliche drücken sich auf Parkplätzen herum und stehlen, was nicht niet- und nagelfest ist. Außerdem ist Sachbeschädigung an der Tagesordnung. Während ich den einen Parkplatz kontrolliere, sind sie auf dem anderen und schlagen dort die Scheiben ein. Und sobald ich den Rücken kehre, kommen sie wieder. Es ist kaum zu glauben.«

»Ich nehme an, dass Sie das Kennzeichen überprüft haben«, sagt Marino.

»Ein Audi SUV, Baujahr 2012, zugelassen auf einen achtundzwanzigjährigen Mann, wohnhaft in Somerville in der Nähe des Hockeystadions in Conway Park, Haley Davis Swanson«, erwidert G.B. Rooney.

»Was?« Marino kriegt den Mund nicht mehr zu. »Haley Swanson?«

»Er hat einen Onkel, der in Haus 2 des Sozialwohnungsblocks in der Windsor wohnt.«

»Haley Swanson ist ein Mann?« Marino fallen fast die Augen aus dem Kopf.

»Zugegeben, ein ungewöhnlicher Name für einen Mann. Familientradition, sagt er. Sein Spitzname lautet Swan.«

»Das ergibt überhaupt keinen Sinn.« Marino ist inzwischen ziemlich verärgert.

Wenn er sich weiter so aufregt, bekommt er noch einen Schlaganfall.

»Haben Sie mit dem Typen gesprochen?«, erkundigt sich Machado. »Haben Sie rausgefunden, warum er hinter der Academy of Arts and Sciences mitten im Wald geparkt hat?«

»Er hat geantwortet, er habe bei Dunkin' Donuts, der Filiale in der Somerville Avenue, zwei Becher Kaffee geholt. Einer sei ihm umgekippt. Deshalb habe er angehalten, um aufzuwischen. Auf dem Beifahrersitz standen zwei Kaffeebecher, und einer war tatsächlich umgeschüttet, also hat er nicht gelogen.«

»Noch mehr interessiert mich, was er bei den Sozialwohnungsblocks gemacht hat, und zwar genau um dieselbe Zeit, als wir hier den Leichenfundort untersucht haben.«

Rooney starrt ihn verblüfft an. »Den Leichenfundort habe ich nicht erwähnt.«

Machado stellt keine weiteren Fragen, und ich glaube, den Grund zu kennen. Er wartet, ob der Polizist von sich aus erzählt, dass Haley Swanson mit Gail Shipton befreundet gewesen ist. Machado will wissen, ob Rooney weiß, dass Haley »Swan« Swanson die Person ist, die sie als vermisst gemeldet und ihr Verschwinden auf der Website von Channel Five gepostet hat.

»Was können Sie uns sonst noch über ihn sagen?«, fragt Machado schließlich.

»Er arbeitet in einer PR-Agentur.« Rooney blättert eine Seite in seinem Notizblock um.

Offenbar ahnt er nichts von der Verbindung. Das heißt, dass Haley Swanson Officer Rooney nicht auf Gail Shipton angesprochen hat, und das ist mehr als verdächtig. Swanson hat sie als vermisst gemeldet, und danach hat er sich offenbar hinter meiner Gartenmauer versteckt? Das ist doch unlogisch. Und warum holt er sich zwei Becher Kaffee? Es ergibt keinen Sinn, dass er sich erst Kaffee kauft und dann beschließt, sein Auto in der Beacon Street zu parken und zu Fuß durch Dunkelheit und Regen zu gehen, um mich auszuspionieren.

»War er nass, als Sie mit ihm geredet haben? Hatten Sie den Eindruck, dass er draußen im Regen gewesen ist?«, erkundige ich mich bei Rooney. Benton betrachtet uns mit regloser Miene, hört aber aufmerksam zu.

»Mir kam er nicht nass vor«, antwortet Rooney. »Ich habe den Namen der Firma, wo er arbeitet.« Er blättert ein paar Seiten zurück. »Lambant and Associates in Boston.«

»Die sind auf Krisenmanagement spezialisiert.« Benton liest die E-Mails in seinem Smartphone. »Das, was man in der Welt der Juristerei positive Beeinflussung der öffentlichen Meinung nennt.«

»Ich frage mich, ob Gail Shipton die Agentur beauftragt hat«, sage ich. »Vielleicht hat sie Haley Swanson ja dort kennengelernt.«

»Unsere Außenstelle in Boston kennt diesen Laden sehr gut.« Benton geht nicht auf meine Frage ein. »Die Klientel ist wohlhabend und prominent. Hauptsächlich Wirtschaftsverbrecher, korrupte Politiker, organisiertes Verbrechen und hin und wieder ein Topathlet, der in einen Skandal verwickelt wurde.«

Nach einem langen und eindringlichen Blick in Richtung Marino fährt Benton fort. »Vor kurzem hat Lambant and Associates sich um die Sammelklage wegen der defekten Pick-ups befasst, an der du dich auch beteiligt hattest, Pete. Das Gericht hat die Klage zurückgewiesen. Keine schlechte Presse, niemandem ist etwas passiert. Ganz im Gegenteil: Die Kläger standen am Schluss wie die Schuldigen da, weil sie angeblich bei extremen Bedingungen querfeldein gefahren sind und so selbst die Hinterachse beschädigt und den Rahmen verzogen haben.«

»So ein absoluter Schwachsinn.« Marinos Gesicht läuft puterrot an. »Und da sich ein Normalmensch keine schicke PR-Agentur leisten kann, wird wie immer der kleine Mann über den Tisch gezogen.«

Ich befürchte schon, dass er gleich zur nächsten Pick-up-Tirade ansetzen wird, aber er beherrscht sich.

»Ich will damit nur sagen, dass Swanson wissen konnte, wer du bist«, fügt Benton hinzu. »Wenn er für seine Agentur an dem Fall gearbeitet hat, hat er auf der Liste der Kläger sicher deinen Namen gelesen.«

»Da gibt es offenbar noch eine Menge zu überprüfen.« Machado macht sich Notizen. »Angefangen damit, welches Verhältnis Swanson zu Gail Shipton hatte. Und wo er war, als sie gestern Abend vor die Tür ging, um zu telefonieren, und verschwand. Warum hat er sie als vermisst gemeldet und sich nicht die Mühe gemacht, aufs Revier zu kommen und uns alles zu erzählen, was er weiß? Ich würde sagen, wir haben einen Verdächtigen.«

Benton schweigt und wendet seine Aufmerksamkeit wieder den Bahngleisen zu.

»Wir schauen uns mal in der Psi Bar um und fragen nach, ob sich jemand daran erinnert, mit wem sie dort war, ob es sich um Swanson gehandelt hat und ob sie ihn kennen«, verkündet Marino.

»Möchten Sie meine persönliche Meinung hören?« Rooney lehnt sich an die Motorhaube seines Streifenwagens und steckt die Hände in die Jackentaschen. »Es ist zwar nicht politisch korrekt, aber ich glaube, ich sollte es trotzdem ansprechen. Ich bin nicht sicher, dass er ein Mann ist. Ich kenne mich zwar nicht so gut mit so was aus, aber wenn man ihn reden hört, könnte man ihn für eine Frau halten. Jedenfalls könnte er als Frau durchgehen. Natürlich konnte ich ihn nicht direkt danach fragen. Ich konnte mich ja schlecht bei ihm erkundigen, ob er gerade dabei ist, sein Geschlecht zu ändern, und Hormone nimmt. Außerdem hat es ja wahrscheinlich nichts mit unserem Fall zu tun.«

»Gibt er sich wie eine Frau?«, hakt Machado nach.

»Ich weiß nur, dass ich ihn anfangs für eine gehalten habe.

Als ich ihn vor dem Sozialwohnungsblock angesprochen habe, meinte ich zu ihm: ›Was macht eine nette junge Dame wie Sie denn um diese Uhrzeit hier?‹ Er hat mich nicht verbessert, und ich bin sicher, dass er einen BH trug. Er hatte eindeutig einen Busen. Angeblich habe er einen Onkel, der hier wohnt, einen Vietnamveteranen und kriegsversehrt, und das, obwohl es dort nur so von Drogensüchtigen und Straftätern wimmelt. Das hat mich ein wenig argwöhnisch gemacht. Vielleicht hat Swanson ja Nebeneinnahmen und kann sich deshalb einen teuren, nagelneuen SUV leisten. Ich habe ziemlich gründlich nachgefragt, was er da wollte. Er hat geantwortet, er besuche manchmal auf dem Weg zur Arbeit in Boston seinen Onkel und bringe ihm Kaffee. Seine Geschichte stimmt. Er hat wirklich einen behinderten Onkel, der dort wohnt. Ich habe seinen Namen. Das steht dann alles in meinem Bericht.«

»Schicken Sie mir den so schnell wie möglich«, herrscht Marino ihn an. Offenbar ist es ihm sehr peinlich.

Er hat gegen ein Uhr morgens mit Haley Swanson telefoniert und nichts von alldem geahnt.

»War's das?«, fragt Machado Rooney. »Er hat keine Erklärung dafür geliefert, warum er in Cambridge herumfährt? Oder warum er in der Nähe von Harvard in der Beacon Street parkt? Sind Sie sicher, dass der verschüttete Kaffee der Grund war? Oder hat er vielleicht das Viertel ausgekundschaftet? Hat er Dr. Scarpettas Haus erwähnt oder dass er weiß, wo es ist?«

»Warum sollte es ihn interessieren, wo wir wohnen?«, wendet Benton ein.

Rooney starrt uns verständnislos an und ändert seine Sitzposition auf der Motorhaube, wobei er darauf achtet, dass sein Gürtel nicht den Lack zerkratzt.

»Jemand hat sich heute Morgen um euer Haus herumgedrückt, und ich habe ein paar Streifen gebeten, den Typen zu suchen, das ist der Grund«, entgegnet Marino, bevor ich antworten kann. Benton starrt erst mich und dann die Bahngleise an. »Als wollte der Kerl Doc Scarpetta ausspionieren«, fügt Marino selbstzufrieden hinzu. Offenbar freut er sich, dass er mehr weiß als Benton.

»Unser Täter ist kein PR-Mann, der möglicherweise mit Drogen dealt«, stellt Benton in einem Tonfall fest, der keinen Widerspruch duldet. »Um den brauchst du dir keine Gedanken zu machen. Der Mensch, den du suchst, bringt keine Leute um, meldet sie anschließend als vermisst und nennt dann einem Detective, den er, verdammt noch mal, namentlich am Telefon zu sprechen verlangt, seinen richtigen Namen.«

»Was macht dich so sicher?«, entgegnet Marino. »Wir schnappen uns diesen Swanson, und dann wird er uns einiges erklären müssen.«

»Er sagte, er habe nicht schlafen können und sei schlecht drauf gewesen und deshalb ziellos herumgekurvt. Dann sei er nach Hause gefahren, um zu duschen, und habe Kaffee gekauft, bevor er sich auf den Weg nach Boston gemacht habe«, fasst Rooney zusammen.

»Schlecht drauf?«, hakt Machado nach. »Hat er den Eindruck gemacht, als wäre er schlecht drauf?«

»Auf mich hat er unruhig und nervös gewirkt. Verängstigt. Allerdings ist das bei vielen Leuten so, wenn sie von einem Polizisten befragt werden.« Rooney dreht sich um, als ein alter weißer Chevy-Transporter mit Holzverkleidungen an den Seiten und Leitern auf dem Dach von der Vassar Street abbiegt und auf uns zukommt. »Der Typ wird nicht gesucht. Ich hatte keinen Grund, ihn festzuhalten.«

»Nun, jetzt haben wir einen«, gibt Marino zurück.

Vom Beifahrersitz des Transporters blickt uns das angespannte Gesicht eines schwergewichtigen Mannes entgegen.

Die Tür wird aufgerissen, noch ehe der Wagen richtig steht. Der Mann hastet zu dem schwarzen Pick-up hinüber, und es ist offensichtlich, dass wir Enrique Sanchez, den Fahrzeughalter, vor uns haben und dass der Mann Angst hat. Er trägt Jeans, eine Windjacke und zerschrammte Arbeitsstiefel und hat die rote Nase, das aufgequollene Gesicht und den dicken Bauch eines starken Trinkers.

»Ich lasse ihn hier stehen, wenn ich mit Freunden mitfahre, weil wir ein Bier getrunken haben«, verkündet er laut und mit starkem spanischem Akzent. Dabei blickt er mit weit aufgerissenen Augen panisch zwischen uns hin und her.

»Wann sind Sie hier weg, um ein Bier zu trinken?«, fragt Marino und macht einen Schritt auf Enrique Sanchez zu.

»Gestern Nachmittag um fünf. Wir gehen immer ins Plough. Ich war nur knapp zwei Stunden da. Dann hat mein Freund mich nach Hause gefahren und heute Morgen wieder abgeholt.«

»Das Plough in der Massachusetts Avenue?«, sagt Marino. »Die machen dort ein leckeres kubanisches Sandwich. Wie oft lassen Sie Ihre Kiste denn über Nacht hier stehen, Kumpel?«

19

Wir folgen den Bahngleisen, vorbei an einem Trafohäuschen und einem Plasmalabor. Daneben steht ein gewaltiger Laborkomplex, wo an Magneten geforscht wird. So marschieren wir zwischen Maschendrahtzäunen, über Parkplätze, vorbei an Müllcontainern und über rissigen Beton, aus dem Unkraut hervorlugt. Dabei lassen wir uns Zeit und suchen nach seinen Spuren.

Benton ist sicher, dass der Täter vor Morgengrauen auf diesem Weg geflohen ist. Ich habe weder irgendwelche Zweifel noch fühle ich mich unbehaglich, auch wenn ich mir nur schwer vorstellen kann, wie jemand bei Dunkelheit hier entlanggegangen sein soll. Ich sehe einfach nicht, wie jemand es geschafft hat, Pfützen, spiegelglatten nassen Metallteilen und Holz auszuweichen und einer gewundenen Route zu folgen, die hinter verlassenen, unbeleuchteten Gebäuden entlangführt. Dabei kann man sich leicht verletzen. Wie hat der Mensch, der vom Leichenfundort geflohen ist, überhaupt gesehen, wo er hintritt?

»Du hättest es mir sagen sollen.« Bentons Tonfall ist nicht vorwurfsvoll, sondern ruhig und besorgt. »Warum hast du nicht gesagt, dass du dich beobachtet fühlst?«

»Weil ich dachte, dass ich es mir nur einbilde. Dann habe ich heute Morgen jemanden gesehen, und der Mann ist weggelaufen. Marino hat anfangs vermutet, es sei ein Jugendlicher, der bei uns einbrechen wollte.«

»Aber das hat nicht gestimmt.«

»Jetzt nimmt er an, dass es Haley Swanson war.«

»Er war es nicht. Und ich glaube, du weißt, was mir mehr Sorgen bereitet. Doch nun bin ich zu Hause, und wenn er es bis jetzt nicht gewusst hat, weiß er es jetzt.« Bei Benton klingt das, als spräche er von einem alten Freund, der ihm nicht wohlgesinnt ist.

»Weil er uns beobachtet«, ergänze ich.

»Das ist seine Vorgehensweise. Er beobachtet und schwelgt in seinen Phantasien. Außerdem warst du häufig in den Nachrichten. Dieser Mensch verfolgt auch deine anderen Fälle.«

»Soll das heißen, er will mir etwas antun?«

»Dazu werde ich ihm keine Gelegenheit geben«, erwidert Benton.

Wir erreichen die riesigen Heiz-, Luft- und Klimaanlagen, Generatoren und Tanks mit flüssigem Stickstoff. Die Edelstahlleitungen, an denen sie hängen, sind mit einer dicken Eisschicht bedeckt. Die hohen Laternen, die aus rissigen Betonflächen ragen, erinnern an Windräder, und die hohen konischen Schornsteine auf den Flachdächern sehen wie Raketensilos oder Orgelpfeifen aus. Als wir einen Heliumlaster in einem großen Bogen umrunden, steigt Trauer in mir auf, und ich weiß nicht, woher sie kommt.

Benton war nicht einmal einen Monat weg, doch mir erscheint es wie eine Ewigkeit. Er ist nicht mehr der Alte, aber vielleicht bin ich es ja, die sich verändert hat, denn ich sehe ihn nicht mehr so wie früher. Ich fühle mich bis ins Mark erschüttert und wage nicht mehr, seinem Urteil zu vertrauen. Ich befürchte, er könnte die Sache persönlich nehmen und paranoid werden. Wie oft habe ich ihn gewarnt, er solle sich nicht zu sehr auf die Menschen einlassen, die er jagt. Wer mit dem Teufel isst, muss einen langen Löffel haben. Auch das predige ich ihm immer wieder.

Als ich einen Blick auf ihn werfe, kann ich nicht erkennen, was genau nicht stimmt. Vorsichtig tastet er sich in seinen schmutzigen orangefarbenen Gummistiefeln weiter. Den Kaschmirmantel trägt er ordentlich gefaltet über dem Arm. Sein Anzug ist anthrazit, sein Hemd dunkelblau. Seine violette Seidenkrawatte hat ein Muster aus winzigen An-Aus-Knöpfen eines Computers, ein witzig gemeintes Geschenk von Lucy.

Die schrägstehenden Sonnenstrahlen betonen die Lachfältchen in seinen Augenwinkeln und die Falten zu beiden Seiten seiner aristokratischen Nase. Im hellen Morgenlicht sind die Spuren des Alterns deutlicher zu sehen. Außerdem hat er abgenommen. Er isst nicht genug, wenn ich ihn nicht dazu anhalte.

»Bist du bei den anderen auch so vorgegangen?« Ich werde es aus ihm herausholen.

Heute Morgen bin ich Zeugin eines Ablaufs geworden, den ich normalerweise nicht beobachten kann, und ich bestehe darauf, alles darüber zu erfahren. Ist er in Washington auch den Spuren des Täters gefolgt? Hat er es genauso gemacht wie jetzt?

»Wir haben es mit sehr unterschiedlichen Situationen zu tun.« Seine Stimme klingt gedämpfter als vorhin. »Im ersten Fall, Klara Hembree, ist er von einer Hauptstraße abgebogen und hat eine Absperrkette durchtrennt.« Immer wieder schaut Benton auf sein Smartphone und scheint in Gedanken an einem Ort zu sein, der nicht sehr schön ist.

»Und er hat ein Werkzeug mit einem Stein darauf zurückgelassen.«

»Ja.«

»Gestohlen?«

»Auf einem Golfplatz wurde in einen Geräteschuppen eingebrochen.« Beim Gehen tippt er eine SMS. Seine Miene ist leicht verärgert. »Ein kleiner Metallschuppen, wo Werkzeuge und Gartengeräte aufbewahrt werden. Dort hat er sich den Kabelschneider besorgt, was heißt, dass er wusste, was sich in dem Schuppen befand.«

»Was ist los?« Da stimmt etwas nicht.

»Ich werde nicht alles stehen- und liegenlassen und sofort wieder zur *Arbeit* gehen. Als ob das, was ich hier mache, keine Arbeit wäre.«

Anscheinend ist die E-Mail von Ed Granby oder jemandem, der in seinem Auftrag handelt.

»Der Killer kannte sich aus.« Wieder schaut Benton auf sein Smartphone, erst gereizt, dann ohne einen erkennbaren Gesichtsausdruck. »Er hat die Absperrkette durchtrennt und ist dann einen Weg für Golfkarren entlang bis zu einem Picknickbereich in einem Wäldchen gefahren, wo er die Leiche drapiert hat. Als ich einige Tage später am Fundort war, habe ich das Werkzeug mit einem Stein darauf hinter dem Picknickbereich in der Nähe von Bahngleisen entdeckt.«

»Er ist mit dem Auto über einen Golfplatz gefahren? Das ist nicht nur riskant, sondern extrem leichtsinnig.«

»Die Parkplätze aller Örtlichkeiten, die er sich ausgesucht hat, werden von Kameras überwacht, und das wusste er sicher.« Benton bückt sich, um seine Socken in den Stiefeln hochzuziehen. »Er denkt wie ein Polizist. Er weiß, wonach man Ausschau halten und was man vermeiden muss. Er tut genau das, womit die Polizei am wenigsten rechnet, zum Beispiel in einen Geräteschuppen einzubrechen oder über einen Golfplatz zu fahren, weil das, wie du so schön gesagt hast, als extrem leichtsinnig betrachtet würde. Die Polizei würde nicht damit rechnen oder auf den Gedanken kommen, danach zu suchen.«

»Aber du würdest es.«

»Ich glaube, dass er genau so vorgegangen ist, wie ich es schildere.« Benton richtet sich auf und wirft noch einen Blick auf sein Smartphone. Kurz blitzt Zorn auf und ist wieder verschwunden. »Ich konnte sehen, wo die Reifen seines Autos vom Weg abgekommen und über das Gras gerollt sind. Geländereifen von Goodyear, die man für Pick-ups und Offroader benutzt, was mir etwas über ihn verrät.«

»Und was?«

»Ende zwanzig, Anfang dreißig, weiß«, antwortet Benton. »Begibt sich gern in Gefahr, betreibt möglicherweise Extremsport, hat einen Beruf mit flexiblen Arbeitszeiten, was heißt, dass er nach Belieben kommen und gehen kann, ohne Verdacht zu erregen. Er lebt allein und hat einen überdurchschnittlichen IQ, allerdings keinen Schulabschluss. Charmant, attraktiv und unterhaltsam, aber rasch gekränkt, wenn er sich beleidigt fühlt. Zusammengefasst ein sexuell gewalttätiger Psychopath mit Anteilen von Narzissmus und Borderline-Störung. Für ihn erfüllt die rituelle Art und Weise, wie er seine Opfer entführt, unterwirft und tötet, die Funktion von Sex. Doch zwischen den letzten beiden Opfern lag nur eine Woche, und jetzt diese Frau hier? Er hat sich nicht mehr im Griff, Kay.«

»Und deine Kollegen teilen deine Meinung nicht.«

»Das drückt es noch milde aus.«

»Du hast die Reifenspuren gefunden, weil du nach dem Unerwarteten gesucht hast. Weil du nicht die Polizei bist.«

»Ich denke anders als sie«, erwidert er. Seine Hosenbeine schieben sich wieder hoch. »Mist, nicht zu fassen, dass ich in diesen Dingern herumstapfe.« Er bückt sich und steckt die Hosenbeine in die Stiefel.

»Du denkst anders als die Polizei und deine Kollegen. Aber du kannst denken wie der Mörder.«

»Jemand muss es tun.« Er geht weiter. »Das ist die einzige Möglichkeit.«

»Du scheinst dir absolut sicher zu sein.«

»Bin ich.«

»Tut er Dinge, die du nicht erwartet hast?«

»Nicht mehr.«

»Du weißt also, was er tun wird. Wie das Vicks zum Beispiel.«

»Das ist eine Hypothese. An den anderen Fundorten wurde keines entdeckt. Allerdings kann ich mir vorstellen, warum er es verwendet hat, und ich weiß, wie er auf den Gedanken gekommen ist.« Entweder ist Benton inzwischen von den Stiefeln genervt, oder seine Gereiztheit hat mit mir zu tun, weil ich gnadenlos immer weiter bohre.

»Hast du eine Idee, warum er es verwendet?« Ich muss wissen, wie tief er schon in diesem hässlichen dunklen Loch versunken ist.

»Du hast doch die Zeitschriftenartikel gelesen, die ich über Albert Fish geschrieben habe. Und davor meine Magisterarbeit. Schmerz ist Ekstase. Ein Parfüm, das brennt. Sich die Genitalien mit einer mentholhaltigen Salbe einreiben, damit man niemanden vergewaltigt. Er war stolz auf seine Selbstbeherrschung. Er hat das Mädchen ja nur erwürgt und mit Gemüse und Kartoffeln zu einem Eintopf verarbeitet. Aber er hat es nicht sexuell belästigt, und es war ihm wichtig, das seiner Mutter mitzuteilen. Das Gesäß sei am leckersten gewesen, aber vergewaltigt habe er die Zehnjährige nicht.«

»Hast du also die Vermutung, dass der Täter das Vicks VapoRub an seinen Genitalien angewendet hat?«

»Das war eine Anspielung auf Baudelaires *Die Blumen des Bösen,* insbesondere auf Methylsalizylate in Parfüms, der Duft des Schmerzes, das, wonach sich Albert Fish gesehnt hat. Schmerz war sein Parfüm des Bösen. Es hat ihn sexuell erregt, sich mit Nadeln in die Hoden zu stechen und Rosenstiele in seinen Penis einzuführen. Er ließ sich auch gern mit einem mit Nägeln gespickten Paddel schlagen. Warum? Weil er mit fünf Jahren in ein Waisenhaus in Washington gesteckt worden war, wo man ihn nackt auszog und vor den anderen Jungen durchprügelte, die ihn gnadenlos verhöhnten, weil er von den Schlägen eine Erektion bekam. Also hat er sich selbst umprogrammiert, um die Schläge zu genießen. Für ihn war das Erotik.«

»Washington«, weise ich ihn auf die Übereinstimmung hin. »Glaubst du, der Hauptstadtmörder könnte sich einen der berüchtigtsten Mörder in der Geschichte zum Beispiel genommen haben?«

»Wir wissen nicht, wer gelesen hat, was ich über ein bislang unbekanntes psychiatrisches Phänomen geschrieben habe. Er ist jahrelang ungeschoren davongekommen, war die ganze Zeit über verheiratet und hatte sechs Kinder. Man mutmaßt sogar, er habe seine eigene Hinrichtung genossen.« Benton erzählt das, als sei es völlig normal.

»Hoffentlich haben wir es nicht mit einem solchen Menschen zu tun.«

»Sicher sehnt er sich danach, auch so berüchtigt zu werden. Es ist wahrscheinlich, dass er Texte über berühmte Mörder liest und sich an ihren Gräueltaten weidet«, sagt Benton. »Es handelt sich um jemanden, der den Großteil seiner Zeit in einer abartigen und von Gewalt geprägten Phantasiewelt verbringt, die auf Ereignissen aus seiner Vergangenheit basiert. Er ist so programmiert, dass er Dinge genießt und als erregend empfindet, die die meisten Menschen abstoßen würden. Entweder war das von Geburt an so, oder es liegt an etwas, das in seiner Kindheit geschehen ist, vermutlich trifft beides zu.«

»Und so hast du es auch deinen Kollegen erklärt.«

»Die denken, dass ich meinen Hut nehmen sollte, solange ich mir noch ein schönes Leben machen kann. Ich sei reich genug, um tun und lassen zu können, was ich will. Das sagen sie mir ständig. Genießen Sie doch das sauer verdiente Geld Ihrer Familie, heißt es dauernd. Machen Sie Urlaub in Aspen. Kaufen Sie sich ein Haus in Hawaii.«

»Sie wissen also, dass du befürchtest, der Mörder könnte deine Veröffentlichungen lesen und sich davon inspirieren lassen.« Ich wage gar nicht, mir auszumalen, welche Reaktionen Benton geernet hat, als er diesen Verdacht äußerte.

»Es war nicht meine Idee. Granby hat es angedeutet, was die Sache noch schlimmer macht«, erwidert Benton zu meiner Überraschung.

»Das ist ein schrecklicher Vorwurf«, antworte ich.

»Das deckt sich genau mit dem, was er sonst immer predigt: Das FBI sollte sich nicht mehr – und ich zitiere – der Erstellung von Täterprofilen widmen wie in den Achtzigern und Neunzigern, sondern sich mit dem Terrorismus befassen. BAU solle in der Anti-Terror-Einheit aufgehen«, entgegnet Benton. »Alles solle sich nur noch um den Terrorismus und die sinnlosen Massenmorde drehen, mit denen wir immer öfter zu tun haben, nicht um Einzelpersonen, die zu Serienkillern werden. Ich sei von gestern und trüge vielleicht sogar zum Entstehen des Problems bei. Die Leute läsen meine Veröffentlichungen im Internet. Nicht auszudenken, wer sie alles zu sehen kriegen könnte, weshalb es uns nicht zustände, brisante Informationen zu verbreiten, die Trittbrettfahrer animieren könnten.«

»Dieser Mensch ist ein Erbsenzähler und Bürokrat«, versuche ich, ihn aufzumuntern, während wir in Sonne und Wind weitergehen. »Er hat etwas gegen deine Art, dich zu kleiden, gegen dein Auto und gegen dein Haus und ist auch nicht unbedingt ein Fan von mir, ganz gleich, wie freundlich er immer tut. Es ärgert ihn, dass du die Methode, Täterprofile zu erstellen, eigentlich erfunden und damit einen Trend begründet hast und dass du ein Fachmann auf einem Gebiet bist, von dem er keine Ahnung hat. Granby wird sich nie wegen irgendetwas einen Namen machen.«

»Irgendwann wird er es schaffen, mich rauszudrängen. Außerdem war es nicht gerade hilfreich von Marino, meine Behörde darauf hinzuweisen, dass ich an Ermittlungen beteiligt bin, von denen sie nichts weiß.« Benton betrachtet seine orangefarbenen Füße, die durch den Morast stapfen. »Natürlich habe ich noch nicht mit Granby gesprochen. Ich war nämlich beschäftigt.«

»Was hat Marino denn gesagt?« Zorn steigt in mir hoch.

»Er hat vorgeschlagen, dass wir uns wegen des Falls zusammensetzen. Reine Gedankenlosigkeit.«

»Verdammt. So ein Pech. Wie kann man so dämlich sein? Er wollte wieder mal den großen Max markieren, und wenn er das tut, leidet sein Urteilsvermögen darunter. Außerdem hackt er gern auf dir herum, Benton. Insbesondere jetzt, weil er verunsichert ist.«

»Seine Gründe interessieren mich nicht. Trotzdem wünschte ich, er hätte es nicht getan.«

»Außerdem hat man dir schon öfter nahegelegt, in den Ruhestand zu gehen. Aber sie haben ihre Meinung immer wieder geändert, weil vernünftigen Menschen klar ist, welche Fähigkeiten du besitzt.«

»Ich fürchte, dieser Fall könnte mir das Genick brechen.« Er steckt das Telefon in die Hosentasche. »Insbesondere, wenn alle glauben, dass ich jemandem dabei geholfen habe, ein besserer Mörder zu werden.«

»Das ist eine Unverschämtheit. Außerdem wissen wir doch

gar nicht, ob er je eine deiner Veröffentlichungen gelesen hat.«

»Vielleicht hat er Anregungen daraus entnommen. Aber die Texte sind sicher nicht schuld daran, dass er jemanden umgebracht hat. So funktioniert das nicht. Allerdings hat Granby es geschafft, mich überall schlechtzumachen, und ich kann nichts dagegen tun.«

»Es ist ziemlich verstörend, was du da schilderst.« Ich muss direkter werden. »Ich mache mir Sorgen um deinen psychischen Zustand.«

Sanft fasst er mich am Ellbogen, während wir durch den zähen Morast waten. Er berührt mich unten am Rücken, wie er es immer tut, wenn er mir mitteilen will, dass er für mich da ist. Doch im nächsten Moment gilt seine Aufmerksamkeit dem Weg, er ist mir nicht mehr nah, und ich spüre die Entfernung zwischen uns, eine kühle Leere. Ich fühle mich aufgewühlt und nervös. Da ist keine Geborgenheit mehr, und ich ertappe mich dabei, dass ich mich umschaue und mich frage, ob wir beobachtet oder verfolgt werden.

»Erzähl mir, wie es dir geht, Kay.« Er sieht mich an und lässt den Blick dann wieder hin und her schweifen. Aufmerksam späht er in alle Richtungen.

»Mir geht es gut. Und dir? Abgesehen davon, dass du nicht genug isst und schläfst. Wer jagt da wen?«, spreche ich es aus.

»Vermutlich geht es dir gar nicht gut. Offen gestanden bin ich sogar sicher. Wenn etwas, das wir überwunden zu haben glauben, auf einmal nicht mehr berechenbar ist, geht es uns nicht gut. Die Welt ist plötzlich ein sehr beängstigender Ort. Sie verliert ihren Charme.«

»Charme«, wiederhole ich mit unbewegter Miene. »Die Welt hat ihren Charme verloren, als ich zum ersten Mal dem Tod begegnet bin. Wir hatten ein unglückliches Zusammentreffen, als ich zwölf war, und seitdem ist er mein ständiger Begleiter.«

»Und nun ist dir etwas begegnet, das du nicht in seine Bestandteile zerlegen kannst. Ganz gleich, wie oft du es auch versuchst, du kannst es nicht erfassen.«

Er spricht nicht von Washington oder Cambridge, sondern von Connecticut.

»Lass uns offen sein, die Welt war schon immer ein beängstigender Ort mit sehr wenig Charme«, versuche ich, das Thema abzutun wie die Grippe, den Tod meines Vaters, als ich zwölf war, und so viele andere Dinge, die geschehen sind, seit Benton mich kennt.

»Du hast aus einer Quelle geschöpft, von der du nicht wusstest, dass sie bodenlos ist, und nun bist du mit den unergründlichen Tiefen der Unmenschlichkeit konfrontiert worden«, sagt er. »Ein sinnloses Gemetzel, für das du keine Lösung finden kannst, weil es bei deiner Ankunft schon vorbei ist, ein Blutbad in einem Einkaufszentrum, einer Kirche, einer Schule. Und ich kann kein Profil des Menschen erstellen, der als Nächster zuschlagen wird, hasserfüllt und aus heiterem Himmel. Zumindest darin liegt Granby richtig.«

»Gib ihm nicht auch noch recht.«

»Wir können nur das Nachspiel bearbeiten, weil so ein Mensch es nur ein einziges Mal tut. Danach ist er tot, und wir warten auf den Nächsten.«

»Wie viele Nächste wird es geben?« Der Zorn regt sich wieder. Ich spüre seinen heißen Atem am Hals und will nichts mit ihm zu tun haben.

»Je öfter es geschieht, desto mehr wird es sich steigern«, erwidert Benton. »Es ist der kleinste gemeinsame Nenner, etwas Urwüchsiges, ganz gleich, wie krank es auch sein mag.

Mord, Vergewaltigung, Folter, Kannibalismus, ja, selbst die öffentlichen Hinrichtungen, die die alten Römer veranstaltet haben, um die Massen im Kolosseum zu unterhalten. Und dennoch hat es in der Geschichte noch nie so etwas gegeben. Einen Massenmord zu begehen, als sei es ein Videospiel. Kinder und Babys zu töten, Hochleistungsgeschosse in Gruppen fremder Menschen abzufeuern, ein grausiges Spektakel, um ins Fernsehen zu kommen. Nein, es geht dir nicht gut, Kay. Uns beiden nicht.«

»Viele Polizisten und Rettungssanitäter, die zuerst am Tatort waren, werden den Dienst quittieren.« Ich schaue nach unten auf den Weg. »Selbst für erfahrene Kräfte war es zu viel. Die, die zuerst eintrafen, wirkten wie Zombies. Sie haben ihre Pflicht getan, aber bei ihnen war niemand mehr zu Hause. Es war, als hätte jemand für immer das Licht ausgeschaltet.«

»Du wirst nicht hinwerfen.«

»Ich war nicht unter den Ersten, Benton.« Ich steige über eine verbogene Schwelle und eine halb unter dem Schotter verborgene Schiene.

»Du hast dasselbe gesehen wie sie.«

Als ich den Arm um ihn lege, spüre ich, wie schlank seine Taille ist. Ich lehne den Kopf an seine Schulter und schnuppere seinen dezenten Geruch, seine Haut, sein Rasierwasser, den von der Sonne erwärmten Wollstoff seiner Jacke.

»Du projizierst deine Ängste auf mich«, murmelt er in mein Haar. »Ich verliere nicht die Kontrolle, aber du befürchtest, dass du es tun könntest. Deshalb überträgst du es auf mich. Das geschieht, wenn einem etwas wirklich unter die Haut geht. Ganz gleich, was wir schon alles erlebt haben, auf den nächsten schrecklichen Schicksalsschlag sind wir nie vorbereitet.«

»Das klingt hart. Und das trotz allem, mit dem wir bereits

konfrontiert waren? Die Welt wird immer kaputter. Manchmal frage ich mich, warum wir uns die Mühe überhaupt machen.«

»Nein, das tust du nicht.«

»Du hast recht«, antworte ich. »Ich stelle mir diese Frage nicht. Ich weiß es nicht besser, und das ist vielleicht noch schlimmer.«

»Hast du die kleine Taschenlampe hier, die du sonst immer dabeihast?«, erkundigt er sich.

Inzwischen sind wir am Institut für Hirnforschung angelangt, wo die Gleise mitten durch das Gebäude verlaufen. Der Tunnel ist etwa einen Häuserblock lang. Drinnen ist es halbdunkel und mindestens zehn Grad kälter als draußen. Ich hole die Taschenlampe heraus und schalte sie ein. Sie beleuchtet unseren Weg, während der Schotter, den wir aufwirbeln, an die Gleise stößt. Es erinnert mich an die Geräusche hinter der Mauer in unserem Garten. Laub und knackende Zweige, ein herabgefallener Stein und dann ein junger Mann, der davonlief.

Als wir wieder in den hellen, vom Regen blankgeputzten Morgen hinaustreten, stecke ich die Taschenlampe ein. Wir steigen über die Pfützen im Kies, bis wir vor einer Stelle stehen, wo eine dünne graue Schlammschicht über die Schienen gespült worden ist. Wir bemerken es gleichzeitig, eine Spur, die aussieht wie der Abdruck eines nackten Fußes.

20

Gail Shipton, ist mein erster Gedanke. Sie war barfuß, aber das ist Unsinn. Sie hat sich nicht selbst in weißen Stoff gewickelt und ist im strömenden Regen die Gleise entlanggegangen, in der Absicht, auf dem Briggs Field zu sterben. Außerdem zeigt der Fußabdruck in die falsche Richtung, also weg vom Campus und nicht hinein.

Wir halten am Ausgang des Tunnels inne, wo die Schienen verrostet sind und Schwellen fehlen, eine zahnlose Bahnstrecke, zwischen eins fünfzig und zwei Meter lang. Auf der ersten Schwelle nach dieser Lücke befindet sich der Fußabdruck im Schmutz auf dem alten, mit Bitumen behandelten Holz. Ich gehe in die Hocke, um mir den deutlichen Abdruck von einer Fußsohle und fünf Zehen mit eigenartigen Kerben an Ballen und Ferse aus der Nähe anzuschauen. Der Fußabdruck ist anatomisch perfekt. Zu symmetrisch und zu perfekt. Auf mich wirkt er wie eine Fälschung.

Drei Schwellen weiter bemerke ich einen identischen Abdruck, dann noch einen, und in der Erde auf der anderen Seite der Schienen sind noch weitere, zum Teil erhalten, zum Teil vom Regen verwaschen, die seltsamerweise in die entgegengesetzte Richtung zeigen, also in den Campus hinein, als wäre die Person wieder umgekehrt. Die Abdrücke wurden zu unterschiedlichen Zeitpunkten hinterlassen, die beschädigten früher, als es noch leicht geregnet hat, wie ich schätze. Die anderen dann später, nachdem der Regen aufgehört hatte. Jeder Fußabdruck ist leicht verschmiert, als sei die Person von Schwelle zu Schwelle gesprungen, gerannt oder beides. Leichtfüßig, kräftig und beweglich. Unter Bedingungen, die es den meisten von uns erschweren würden, sich schnell fortzubewegen, ist sie weder ausgerutscht noch gestolpert.

Die Fußabdrücke scheinen nicht von einem Menschen, sondern von einem Superhelden zu stammen, und er ist so schnell die Gleise entlang verschwunden, wie er gekommen ist. Ein Batman, ein Superman, der kurz auf dem Boden aufsetzt und sich dann wieder in die Lüfte erhebt, nur dass diese Person nicht vorhat, die Menschheit vor dem Bösen zu bewahren. Ich denke an die Gestalt in Schwarz, die ich beim Joggen beobachtet habe, als ich, noch bei Dunkelheit, am Fundort eintraf. Schnell und geschmeidig, und aus irgendeinem Grund ist sie mir aufgefallen, als sie genau auf die Stelle hinter der Simmons Hall zuhielt, wo die Bahngleise verlaufen.

»Ein Barfußschuh. Lucy zieht so etwas manchmal an. Barfußschuhe mit fünf getrennten Zehen, wie man sie zum Joggen oder Sprinten trägt.«

»Minimalistisch wie ein weißes Stück Stoff. Wie schlichte, durchsichtige Plastiktüten, verziert mit einfachen Schleifen aus bedrucktem Klebeband. Minimale Verletzungen. Ein Minimum an Gegenwehr, wenn es überhaupt welche gab.« Benton klingt, als würde er laut überlegen. »Töten mit minimalem Aufwand, aber mit großem Bahnhof und vielen Spielchen. Der weiß, wie man auf sich aufmerksam macht.«

»Hast du je so einen Fußabdruck gesehen?«

Er schüttelt den Kopf. Sein Kiefer ist zornig vorgeschoben. Benton hasst den Urheber dieses Fußabdrucks.

»An den anderen Tatorten wurden keine Fußabdrücke entdeckt«, erklärt er. »Er ist mit dem Auto gefahren und zu Fuß durch den Wald gegangen. Das heißt aber nicht, dass er nicht solche Dinger getragen haben könnte. Ich weiß es nicht.«

»Angeblich sind diese Barfußschuhe fast so, als würde man tatsächlich barfuß gehen. Lucy nennt das Nacktjoggen«, erkläre ich ihm. »So etwas würde man ganz bestimmt nicht hier draußen tragen, insbesondere nicht bei Regen und im Matsch. Sie haben zwar schützende Sohlen, aber man spürt den Untergrund, also jeden Stein, jedes Zweiglein und jeden Riss im Gehweg. Lucy benutzt ihre auf der Straße und am Strand, aber nicht im offenen Gelände.«

Zehn Schwellen später liegen die Gleise wieder in einem Kiesbett. Das dunkle Hartholz ist nass, aber verhältnismäßig sauber, und ich frage mich, ob die Fußabdrücke auch nur ein Trick sind. Vielleicht sollten wir sie ja finden, wie das Werkzeug und Gail Shiptons Handtasche und ihr Portemonnaie. Oder ist ihr minimalistischer und gleichzeitig publicitysüchtiger Mörder unvorsichtig geworden und handelt es sich bei den Spuren von Mentholsalbe im Gras auch um ein Versehen? Ich kann aus der Salbe DNA extrahieren. Dazu brauche ich nur ein paar Hautzellen.

Ich krame das Smartphone aus der Jackentasche und mache damit einige Fotos von einem der Fußabdrücke. Als ich mich wieder aufrichte, wird mir schwarz vor Augen. Kurz fühle ich mich schwindelig. Mein Blutzuckerspiegel ist zu niedrig. Ich schaue zu den kahlen Baumwipfeln hinauf, die sich vom blauen Himmel abheben. Die klauenartigen Äste biegen sich in einem Wind, der ständig die Richtung ändert. Die Brise streift kühl meine Haut. Ich halte Ausschau nach ihm, dem Mann, der Frauen verfolgt und ermordet und wahrscheinlich auch mich beschattet. Ich muss in mein Institut.

Die Leiche muss zu mir sprechen, denn sie wird mir die Wahrheit sagen, und zwar in einer Sprache, die ich verstehen kann. Die Toten treiben keine Spielchen mit mir. Sie lügen nicht. Sie veranstalten kein großes Theater, und sie tun niemandem weh. Ich möchte mich nicht in einen Mörder hineinversetzen. Ich will nicht erleben, was Benton erlebt. Ich muss daran denken, wie es sich anfühlt, ihm dabei zuzusehen, wenn er sich auf einen Menschen einlässt, dessen Opfer dann bei mir landen.

»Ich rufe Marino an«, verkünde ich. »Er muss herkommen, damit ich ins Institut gehen und mit der Autopsie anfangen kann.«

Ich schicke ihm die Fotos und schreibe ihm, dass wir die seltsamen Spuren auf den Gleisen auf der anderen Seite des Tunnels entdeckt haben, der durch das Hirnforschungsinstitut führt, also etwa einen halben Kilometer von der Tennishalle entfernt.

Keine Minute nachdem ich auf Senden gedrückt habe, meldet sich Marino bei mir.

»Hast du Grund zu der Annahme, dass sie von ihm sind?«, lautet seine erste Frage.

»Sie wurden innerhalb der letzten Stunden hinterlassen, erst, als es nur nieselte, und dann, als der Regen aufgehört hat«, antworte ich. »Einige sind nur noch teilweise erhalten und zeigen in Richtung Campus, während die anderen, die intakt sind, in die entgegengesetzte Richtung führen. Deshalb können wir meiner Ansicht nach mit einiger Gewissheit davon ausgehen, dass sie von jemandem stammen, der hier vor kurzem entlanggegangen ist. Erst in den Campus hinein und dann wieder hinaus, während es noch dunkel war und wir den Leichenfundort untersucht haben.«

»Mit der Leiche wäre er wohl kaum zu Fuß zum Fundort gegangen«, erwidert Marino, und ich höre ihm die Zweifel deutlich an.

»Nein, wäre er nicht.«

»Warum läuft er dann dort hin und her?«

»Keine Ahnung, aber du solltest nachschauen, ob es da noch weitere Fußabdrücke gibt, die ich vielleicht übersehen habe.«

»Möglicherweise stammen die Abdrücke ja von verschiedenen Leuten.«

»Sind dir Barfußschuhe ein Begriff?«, frage ich.

»Die schrägen Teile, die Lucy trägt? Sie hat mir vor ein paar Jahren welche zu Weihnachten geschenkt, schon vergessen? Die haben kein Fußbett. Außerdem habe ich damit ausgesehen wie ein Frosch und habe mir ständig die verdammten Zehen angestoßen.«

»Die Abdrücke sind schätzungsweise sechsundzwanzig bis siebenundzwanzig Zentimeter lang. Das entspricht etwa Größe einundvierzig.«

»Einundvierzig?« Marinos Stimme hallt laut in meinem Ohr. »Das ist für einen Mann aber verdammt klein. Könnte ein Jugendlicher sein, der sich an den Gleisen rumgetrieben hat. Ganz zu schweigen von dem schrägen Zeug, auf das MIT-Studenten so stehen. Und manche von den kleinen Superhirnen sind erst vierzehn, richtig? Würde mich nicht wundern, wenn einer von denen in Schuhen mit getrennten Zehen rumläuft.«

»Wir müssen diese Abdrücke mit einem Maßstab fotografieren.« Ich ertappe mich dabei, dass ich Marino sage, was er tun soll, als würde er noch für mich arbeiten.

Ganz gleich, wie viel Mühe ich mir auch gebe, offenbar kann ich der Versuchung nicht widerstehen, seine Vorgesetzte zu spielen. Ich spüre, wie er bockig wird. Vielleicht bilde ich es mir ja auch ein.

»Möglicherweise sind sie ja nicht wichtig«, füge ich beschwichtigend hinzu. Im Hintergrund höre ich das Klappern von Metall und eine zufallende Autotür.

Marino holt Quincy aus dem SUV und legt ihn an die Leine.

»Aber wir wollen auf Nummer sicher gehen. Fotos und Maße bitte«, füge ich hinzu. »Ich glaube nicht, dass du Abdrücke gießen kannst, aber es könnte wichtig sein, die Erde auf Spuren zu testen. Wir bitten Ernie, sich der Sache anzunehmen.« Ernie Koppel ist mein Fachmann fürs Mikroskopieren und das Untersuchen von Spuren. »Mir ist klar, dass es vermutlich weit hergeholt ist, aber wenn es nicht möglich ist, die Fußabdrücke zu sichern, solltest du sie dir gründlich anschauen, solange es noch möglich ist.«

»Bin schon unterwegs«, sagt Marino. »Gehe gerade los. Warte einen Moment, dann mache ich die Fotos und erledige sonst alles Nötige. Eigentlich Schwachsinn, Barfußschuhe zu tragen. Aber wenn sie aus Gummi sind, kann man sie wahrscheinlich genauso leicht abwaschen wie Flipflops. Was für ein Spinner, der gehört echt in die Klapse. Wir sollten mal in den psychiatrischen Kliniken nachfragen, ob denen in letzter Zeit jemand abhandengekommen ist.«

»Das würde ich nicht ganz oben auf meine Liste setzen.« Schon wieder gebe ich ihm Anweisungen.

»Was hältst du davon, mich meine Arbeit machen zu lassen?«

»Genau das sollst du auch tun.«

»Ist er da?« Marino senkt die Stimme.

Ich sehe Benton an, der ungeduldig wartet, am Zaun entlanggeht und sich wieder bückt, um die Hosenbeine in die Stiefel zu stecken.

»Richtig«, erwidere ich.

Ich weiß nicht, ob Benton zuhört, aber eigentlich spielt

es auch keine Rolle. Es wird ihn keine große Mühe kosten, dahinterzukommen, was Marino denkt.

»Hat er Lucy erwähnt?«, fragt Marino. »Ob sie sie kennt?«

Er will Einzelheiten über Lucys Verhältnis zu Gail Shipton hören, doch ich darf nicht darüber reden.

»Nicht wirklich«, erwidere ich, während ich Benton dabei beobachte, wie er umhergeht, ohne mich anzusehen. Dennoch habe ich plötzlich seine Aufmerksamkeit, das merke ich genau.

»Bist du nicht sicher, ob sie sich kannten, oder weißt du nicht, wie genau diese Bekanntschaft aussah?«, hakt Marino nach.

»Ich weiß es nicht.«

»Aha«, entgegnet er. »Aber die beiden hatten bestimmt schon mal miteinander zu tun.«

»Könnte sein.« Ich werde nicht lügen. »Allerdings habe ich keine Ahnung, wie eng.«

»Irgendwas stimmt nicht mit Gails Smartphone. Als ich es heute Morgen fand, waren SMS drauf. So bin ich ja erst darauf gekommen, dass Carin Hegel sie um Rückruf gebeten hat. Außerdem waren da auch E-Mails. Jetzt sind sie weg.«

»Bist du sicher, dass sie überhaupt da waren?«, erkundige ich mich. Benton spitzt die Ohren.

Er sieht mich an.

»Natürlich, verdammt«, erwidert Marino. »Und jetzt sind alle SMS und E-Mails verschwunden. Die Fotos haben von Anfang an gefehlt, und ich glaube einfach nicht, dass da nie welche waren. Wer hat denn kein einziges Foto im Smartphone gespeichert? Ich denke, als ich das Gerät von der Straße aufgehoben habe, hatte schon jemand begonnen, Sachen zu löschen.«

»Schaust du dir gerade in diesem Moment ihr Smartphone

an?« Ich bin verwundert und erkenne an Bentons Reaktion, dass ihn dieser Punkt brennend interessiert.

»Was glaubst denn du, verdammt?«, gibt Marino zurück.

»Es muss ins Labor.«

»So einfach ist das nicht. Ich habe das Ding eben Machado gezeigt, und wir überlegen noch, was wir damit machen sollen«, antwortet Marino. »Plötzlich sind nur noch die eingegangenen und ausgegangenen Anrufe drauf. Nichts auf der Mailbox, keine Apps, keine E-Mails, gähnende Leere.«

»Du musst es ins Labor bringen«, wiederhole ich.

»Wie zum Teufel stellst du dir das vor? Schließlich weiß ich genau, wer es dann untersuchen wird. Darüber habe ich mit Machado gesprochen. Das ist ein schwerer Interessenkonflikt.«

Lucy wäre diejenige, die es untersucht. Sie ist die forensische Computer- und Technologieexpertin des CFC und beschäftigt sich mit allen Beweismitteln, die im Zusammenhang mit Cyberkriminalität stehen. Ich verstehe, worauf Marino hinauswill und worum es in seinem Gespräch mit Machado ging, und male mir aus, wie Lucy gewisse Informationen aus dem Smartphone gelöscht hat, sobald sie wusste, dass es gegen Mitternacht hinter der Psi Bar auf der Straße lag.

Anschließend hat sie Benton in ihrem Helikopter nach Hause geflogen und währenddessen Gails Smartphone aus der Ferne überwacht. Vermutlich hat Lucy, als ihr klarwurde, dass Marino es auf dem Parkplatz hinter dem Lokal gefunden hat, rasch noch mehr gelöscht, und inzwischen hat sie wahrscheinlich fast alle Daten vernichtet. Jetzt ist Marino ihr auf die Schliche gekommen und überzeugt, dass sie sämtliche Informationen beseitigt hat, die sie der Polizei oder anderen Personen vorenthalten möchte.

»Dann schlage ich vor, dass du es dem FBI übergibst«,

sage ich zu ihm. Benton nimmt Blickkontakt mit mir auf und schüttelt den Kopf. »Soll sich dessen Labor damit befassen«, füge ich hinzu, worauf Benton zu meinem Erstaunen noch heftiger den Kopf schüttelt. Offenbar ist er absolut dagegen.

»In diesem Fall würde ich die Kontrolle über die Sache verlieren«, protestiert Marino.

»Für mich hört es sich so an, dass dieser Fall deiner Ansicht nach schon eingetreten ist.« Bentons Miene verrät mir, dass ich das FBI nicht mehr erwähnen soll. Ich werde mich daran halten, obwohl ich den Grund nicht verstehe und ein wenig erschrocken bin.

»Ich werde niemals erfahren, was die rauskriegen«, spricht Marino weiter. »Die stehen nämlich nicht unbedingt auf Teamwork.«

»Du würdest Kontrolle abgeben«, rudere ich zurück, da mein Vorschlag bei Benton offenbar großes Unbehagen auslöst.

»Außerdem muss ich fairnesshalber zuerst mit ihr reden«, fügt Marino hinzu.

Aber vorher spreche ich mit ihr, denke ich. Ich mache einen Schritt auf Benton zu, und wir sehen einander an. Ich stelle fest, dass er verärgert ist und die Situation nicht widerspruchslos hinnehmen wird.

»Vielleicht gibt es ja eine einfache Erklärung«, meint Marino in verschwörerischem Ton. »Du würdest es mir doch sagen, wenn du etwas wüsstest, oder?«

»Pass auf, wo du hintrittst. Der Schlamm ist ziemlich rutschig, und überall liegt verrostetes Metall herum. Wir sind gleich auf der anderen Seite des Tunnels.«

»Okay, du kannst nicht offen reden. Aber ich kann so was im Moment gar nicht gebrauchen. Ein Problem mit Lucy, meine ich, wir beide wissen ja, wie sie manchmal sein kann. So ein verdammter Mist hat mir gerade noch gefehlt«, schimpft Marino. »Und dabei mache ich den Job hier noch nicht mal seit einem Monat.«

»Rate Marino bloß nicht dazu, das Smartphone dem FBI zu übergeben«, verkündet Benton mit Nachdruck. Er spricht über das FBI, als verbände ihn überhaupt nichts mit dieser Behörde.

»Das habe ich aber bereits getan, wie du gehört hast. Es war ein sinnvoller Vorschlag.«

»War es nicht.«

»Was zum Teufel wird hier gespielt?«

»Schlag es ihm nicht noch einmal vor.«

»Wenn du unbedingt darauf bestehst.«

»Ich bestehe darauf, Kay. Verdammt, ich will verhindern, dass Granby von dem Gerät erfährt, und hoffe sehr, dass Marino endlich die Klappe hält. Er hat keine Ahnung, mit wem er sich da anlegt.«

Unsere Blicke treffen sich, während wir neben den Fußabdrücken auf den schlammigen Gleisen warten. Gleich vor uns erhebt sich der Atomreaktor des MIT. Er erinnert an einen großen weißen Treibstofftank. Der hohe Kamin aus Backstein ist rot gestrichen. Seit Wochen spricht Benton schon über ein Vertrauensproblem, und nun kommt es allmählich ans Licht. Es handelt sich nicht nur um Personalquerelen. Offenbar steckt etwas viel Ernsteres dahinter, und ich empfinde seine Reaktion als ziemlich beunruhigend.

»Ist Lucy in Gefahr?«, frage ich. »Was ist los, Benton?«

»Ich möchte nicht, dass sie Schwierigkeiten wegen Behinderung der Justiz bekommt. Dafür könnte sie ins Gefängnis wandern, und er würde dafür sorgen.«

»Marino?« Ich traue meinen Ohren nicht.

»Nein, nicht absichtlich. Es wäre dennoch nicht ratsam, meine Abteilung da hineinzuziehen. Das Cambridge Police Department soll das Telefon untersuchen.« Kies knirscht unter den Gummisohlen seiner Stiefel, als er hin und her geht. Der Wind zaust sein Haar. »Ein Detective von dort wurde dem Geheimdienst zugeteilt. Die könnten die forensische Analyse in ihrer Bostoner Außenstelle durchführen.«

»Warum ist das besser als deine Dienststelle, wo die Leute uns kennen?«

»Dass sie uns kennen, macht die Sache eher schlimmer. Außerdem arbeite ich nicht beim Geheimdienst.« Benton bleibt auf einer Schwelle stehen und testet, wie rutschig sie ist. »Deshalb ist es die bessere Lösung.«

»Was soll das heißen?«

»Dass man denen nicht über den Weg trauen kann, Kay. Das soll es heißen. Hast du eine Vorstellung davon, wie Granby sich die Hände reiben würde, wenn er von dem Smartphone erführe? Marino soll seinen Mund halten.«

Der Gedanke, dass Bentons Chef Spaß daran hätte, meine Nichte fertigzumachen, erschreckt mich. Bis jetzt habe ich ihn immer für einen Langweiler gehalten, den man nicht sonderlich ernst nehmen muss. Für einen typischen karrierefixierten Bürokraten eben. Allerdings wird mir zunehmend klar, dass Granby in Bentons Augen viel mehr als nur ein Ärgernis und ein Erbsenzähler ist, nämlich jemand, der nicht nur für meinen Mann, sondern für uns alle zur Gefahr werden kann.

»Das Smartphone hat ohnehin nichts mit dem Mord an Gail Shipton zu tun«, spricht Benton weiter. »Lucy wird dir erklären, was sie gemacht hat und was sie damit verhindern wollte. Du solltest es von ihr selbst erfahren. Ich muss aufpassen, was ich sage, und ich habe bereits zu viel gesagt.«

»Meiner Ansicht nach hast du nicht annähernd genug gesagt. Es ist keine gute Idee, ausgerechnet jetzt um den heißen Brei herumzureden«, entgegne ich. »Wir haben das schon einmal durchexerziert. Deine verdammte Loyalität gegenüber dem FBI und deine idiotische Vorsicht. Und wohin führt das? Dass es einen Keil zwischen uns alle treibt.« Ich bin aufgebracht, was mir gar nicht gefällt. »Tut mir leid. Ich bin müde und habe noch nichts gegessen. Außerdem zerrt die Sache an meinen Nerven.«

Er schweigt, und ich merke ihm die innere Zerrissenheit an. Den Kampf, der in ihm tobt. »Das werde ich nie wieder zulassen«, sagt er schließlich.

»Du hast es versprochen.«

»Du weißt, was das FBI von einem erwartet. Es verlangt nicht nur, an erster Stelle zu kommen, sondern glaubt, einen zu besitzen. Und wenn es einen nicht mehr braucht, spuckt es einen aus, vergisst einen oder noch schlimmer.«

»Es besitzt weder dich noch mich«, antworte ich. »Ich habe das schon einmal mitgemacht. Deine Leute werden die Finger von Lucy lassen.«

»Es sind nicht meine Leute.« Wieder flammt sein Zorn auf.

»Du bist ein freier Mensch, Benton.«

»Das weiß ich, Kay. Ehrenwort. Andernfalls wäre ich jetzt nicht hier.«

Ich sehe ihn an. »Ich finde, es ist an der Zeit, dass du den Mund aufmachst.«

»Ich bin nicht sicher, ob ich es richtig erklären kann. Aber ich kann dir sagen, was mir Sorgen bereitet, und dass ich ganz allein dastehe.« Zweige knacken, als er einen Schritt von den Schienen weg macht. »Ich möchte nicht, dass dir und Lucy etwas zustößt. Und Granby wird euch schaden, wenn er die Möglichkeit dazu bekommt. Er wird uns allen schaden, weshalb ich sehr hoffe, dass Marino weder ihm noch sonst jemandem in meiner Dienststelle von dem Smartphone erzählt. Warum musste er seine Nase da hineinstecken? Er hätte nicht in meiner Dienststelle anrufen sollen. Und wenn er denen das Gerät gibt, können wir einpacken.«

»Das wird er nicht. Marino hasst das FBI.«

»Da hat er ausnahmsweise mal recht.«

»Ich muss wissen, in welcher Sache du allein dastehst.« Ich werde es aus ihm herausholen. »Ganz gleich, wogegen du kämpfst, du hast meine volle Unterstützung. Die von uns allen.«

»Da er inzwischen hier gemordet hat, bist du eindeutig in die Angelegenheit verwickelt.«

»Es darf keine Geheimnisse mehr geben, Benton. Zum Teufel mit dem FBI. Es geht um uns. Um Menschen, die sterben mussten. Ich scheiß auf das FBI.« Ich fasse es nicht, dass ich ein solches Wort in den Mund genommen habe.

»Marino hat mich wahrscheinlich gerade um meinen Job gebracht, aber das ist mir völlig egal. Wir dürfen es Granby nicht durchgehen lassen.«

»Das werden wir nicht. Aber du musst mit mir reden.«

Benton lehnt sich mit dem Rücken an den Zaun.

»Sie glauben, den Täter zu kennen, und ich werde dir die Information geben, weil du dem, was die dir sagen, nicht vertrauen kannst. Es ist vermutlich gelogen.« Er spricht weiter über das FBI, als würde er nicht dazugehören. »Ich habe dir versprochen, dass es nie wieder passieren wird, und das wird es auch nicht.«

»Was ist passiert, Benton?«

Er erklärt mir, seine Kollegen bei BAU seien sicher zu wissen, wer der Hauptstadtmörder ist, während Benton ebenso sicher ist, dass sie sich irren. Sie liegen *absolut daneben,* wie er sich ausdrückt, denn sie irren nicht nur, sondern gehen von einer völlig falschen Theorie aus. Das ist sein Problem, auf das er schon seit Wochen anspielt. Es geht um Vertrauen. Und um einen Verdacht, wie er schockierender nicht sein könnte.

»Es ist zu schön, um wahr zu sein«, sagt er. »Ein derart gerissener Täter würde niemals seine DNA zurücklassen, und noch dazu so auffällig, dass jeder darüber stolpert. Nicht einmal spezielle Lichtquellen oder irgendwelche Tests waren nötig, um sie auf den ersten Blick zu sehen. Das ist mir merkwürdig erschienen, und meiner Erfahrung nach sind Dinge, die einem merkwürdig erscheinen, in fast allen Fällen genau das.«

»Wen hält das FBI denn für den Täter?«

»Martin Lagos. Er ist vor siebzehn Jahren nach dem Mord an seiner Mutter untergetaucht. Ich sollte das Wort ›mutmaßlich‹ hinzufügen. Damals war er fünfzehn. Das FBI hat zwar seinen Namen, aber nicht den Mann selbst, weil er spurlos verschwunden ist. Und ich bin der Einzige, der das beim besten Willen nicht glauben kann. Warren, Stewart, Butler, Weir, sie alle finden, dass ich eine Schraube locker habe.« Er spricht von seinen Kollegen bei BAU.

Der Name Lagos kommt mir bekannt vor, doch ich kann ihn einfach nicht einordnen.

»Wie kann es sein, dass das FBI seinen Namen kennt und ihn nicht publik macht?«, frage ich.

»Er darf nicht erfahren, dass er verdächtigt wird, die Morde in Washington begangen zu haben, so lautet Granbys Argumentation. Und wenn der richtige Zeitpunkt da ist, wird Granby eine Pressekonferenz veranstalten, eine große.«

»Und wann ist dieser richtige Zeitpunkt?« Ich blicke den verlassenen Schienenstrang entlang und halte Ausschau nach Marino.

»Seine Begründung lautet, dass Cambridge ein großes Interesse an dem Fall hat, weil das erste Opfer von hier stammte. Deshalb hat unsere Abteilung ja von Anfang an ermittelt. Wenn genug Zeit vergangen ist, sonst niemand festgenommen wird und der Täter auch nicht wieder zuschlägt, wird die Öffentlichkeit informiert.«

»Aber anscheinend hat er wieder zugeschlagen.«

»Genau das ist Granbys Problem. Wenn ich recht habe, werden die Beweise nämlich nicht auf Martin Lagos als Täter hindeuten, da das unmöglich ist«, antwortet Benton. »Weder in diesem Fall noch in irgendeinem anderen, sofern es noch weitere gibt.«

»Ich habe keine Ahnung, was du damit meinst.«

»Sie ermitteln gegen Martin Lagos, werden aber seine DNA nicht finden. Aber auch nicht die eines anderen. Das ist es, was ich befürchte. Die Akten in den drei Fällen in Washington werden geschlossen, damit gewisse Leute sich dem nächsten Thema zuwenden können, was offensichtlich in Granbys Absicht liegt. Deshalb habe ich mich in den letzten drei Wochen, während ich weg war, auf eigene Faust umgesehen.«

»Und was hast du entdeckt?«, frage ich.

»Dass es keinerlei Spur von Martin Lagos gibt.« Benton hebt einen Zweig auf und zerbricht ihn in kleine Stücke. »Seit siebzehn Jahren fahndet Interpol nach ihm, doch es gab keinen einzigen glaubwürdigen Hinweis, er sei gesichtet worden.«

»Dann hat man also von Anfang an vermutet, dass er im Ausland lebt.« Einen anderen Grund für die Beteiligung von Interpol kann ich mir nicht vorstellen.

»Die Annahme lautet, dass er durchaus in der Lage wäre, sich in Europa oder Südamerika durchzuschlagen«, erwidert Benton. »Im Haus fehlte eine beträchtliche Geldsumme, und Lagos sprach außer Englisch auch noch Französisch, Spanisch und Italienisch.«

»Mit fünfzehn?« Lagos. Ich kenne den Namen, komme aber einfach nicht darauf, woher.

»Zu Hause wurden verschiedene Sprachen gesprochen, und er ist ziemlich oft gereist. Überdurchschnittlich intelligent, aber schwierig. Einzelgänger, wurde in der Schule gemobbt, hat sich weder an irgendeinem Mannschaftssport noch an anderen Gruppenaktivitäten beteiligt. Einserschüler und ein Computerfreak, bis er in die High School kam und seine Noten plötzlich absackten. Daraufhin hat er sich noch mehr zurückgezogen, wurde depressiv und fing an, Alkohol zu trinken. Und dann wurde seine Mutter ermordet.«

»Und wo und wann soll er sie umgebracht haben?«

»Fairfax, Virginia, im Juli 1996.« Benton schnippt Holzstückchen mit dem Finger weg wie winzige Fußbälle.

»Seine Mutter hatte etwas mit seltenen Kunstwerken und dem Weißen Haus zu tun.« Jetzt fällt es mir ein, und plötzlich stehen mir die Bilder deutlich vor Augen.

Aufgedunsen und verfärbt vom Verwesungsprozess, Haut und Haare rutschten schon vom Körper. Die Zähne entblößt in einem schwärzlich roten und grotesk angeschwollenen Gesicht. Nackt und in brackigem Wasser treibend.

»Gabriela Lagos war dein Fall«, sagt Benton.

21

Damals war ich zwar Chief Medical Examiner des Staates Virginia, habe die Autopsie jedoch nicht selbst durchgeführt. Gabriela Lagos wurde in meiner Außenstelle im Norden obduziert, und mir wurde erst klar, dass es da ein großes Problem gab, als die Leiche bereits untersucht und zur Beerdigung freigegeben worden war.

Ich weiß noch, wie ich zum Beerdigungsinstitut in Fairfax fuhr, und erinnere mich an das Missfallen der dortigen Mitarbeiter, als ich mit einem Tatortkoffer dort erschien. Die Leiche konnte zwar nicht im offenen Sarg aufgebahrt werden, doch das bedeutete noch lange keinen Freibrief für mich, sie mit Einschnitten in gerötete Stellen, die ich für Blutergüsse hielt, weiter zu verstümmeln.

Ich habe viele Stunden mit Gabriela Lagos verbracht und ihre Leiche betrachtet, nachdem ich Berichte und Fotos dieses besorgniserregenden Todesfalles studiert hatte. Damals habe ich mich genauso gefühlt wie Benton jetzt. Ich war der Störenfried, denn ich war überzeugt, dass wir es mit einem Mord zu tun hatten, der als Unfall getarnt war.

»Sie war Insiderin in Washington, von einem ehemaligen Kulturattaché an der argentinischen Botschaft geschieden, Kunsthistorikerin, lebenslustig und eine schöne Frau«, sagt Benton. »Als Kuratorin der National Gallery war sie auch für die Kunstgegenstände im Weißen Haus zuständig und beurteilte die Echtheit der Neuerwerbungen für die Präsidentenfamilie, das waren zu jener Zeit die Clintons.«

»Man versuchte damals, Einfluss auf meine Behörde zu nehmen, nachdem ich der Polizei mitgeteilt hatte, dass Gabriela Lagos ertränkt worden war. Der Verdacht richtete sich auf ihr einziges Kind, Martin, den sie allein großzog.«

Der Fünfzehnjährige hatte sich in Luft aufgelöst. Als er zur Fahndung ausgeschrieben wurde, erhielt ich feindselige Anrufe aus dem Büro des Bürgermeisters, und Senator Frank Lord, ein langjähriger Freund, warnte mich, ich solle auf der Hut sein.

»Sie war eindeutig schon drei oder vier Tage lang tot. Es war Sommer, und jemand hatte die Klimaanlage abgeschaltet, vermutlich, um die Verwesung zu beschleunigen«, erkläre ich Benton. »Sie war in einem ziemlich üblen Zustand. Frische Verletzungen konnte man auf den ersten Blick nicht erkennen. Doch sie waren vorhanden, und dazu auch die typischen Abdrücke von Fingern, wenn das Opfer in der Badewanne ertränkt wird, indem man es an den Knöcheln zieht, bis der Kopf untertaucht. Dabei kommt es fast immer zu heftigen Blutergüssen an den Unterschenkeln sowie an Händen und Armen, weil das Opfer hilflos strampelnd gegen die Seiten der Badewanne schlägt. Wegen der fortgeschrittenen Verwesung war das Muster nur schwer zu erkennen.« Die Einzelheiten stürmen auf mich ein wie Erinnerungen an einen Albtraum. »Und mein Stellvertreter hatte vergessen, die verfärbten Bereiche einzuschneiden und nach Blutungen zu suchen. Er nahm irrtümlicherweise an, die Blutergüsse seien erst nach dem Tod entstanden.«

»Jerry Geist war berüchtigt für seine Schlamperei.« Benton schnippt weiter abgebrochene Holzstückchen weg. »Einen aufgeblasenen alten Sack wie ihn vergisst man nicht so leicht.«

»Und so hätte sie aus verschiedenen Gründen leicht als Unfallopfer eingestuft werden können.«

»Was ohne dich auch geschehen wäre«, erinnert mich Benton daran, welche Auseinandersetzungen ich damals führen musste.

Der Staatsanwalt beharrte darauf, dass die Geschworenen Martin Lagos, einen Minderjährigen, niemals schuldig sprechen würden. Es gebe kaum Indizien. Ich widersprach, sie seien ausreichend vorhanden. Eine gesunde junge Frau, die weder Drogen noch Alkohol intus hat, ertrinkt nicht versehentlich in einer Wanne voller Wasser, das so heiß ist, dass ihre gesamte Haut verbrüht wird. Nichts wies auf einen Krampf- oder Schlaganfall, ein Aneurysma oder einen Herzinfarkt hin, und in diesem Fall hätte sie keine frischen Blutergüsse haben dürfen. Sie wurde ermordet, und ich war überzeugt, dass der Täter versucht hatte, das Verbrechen zu vertuschen.

»Dr. Geist wollte Unfalltod durch Ertrinken auf den Totenschein schreiben, doch ich habe es ihm nicht erlaubt.« Ich habe schon jahrelang nicht mehr an ihn gedacht.

Damals war er schon über sechzig, ein Gerichtsmediziner der alten Schule und ein schamloser Frauenfeind, der sehr erleichtert war, als ich meinen Hut nahm, weil er mich endlich als Vorgesetzte los war. Ich erinnere mich an meinen Verdacht, dass er offenbar unter einem unguten Einfluss von Leuten mit Beziehungen nach ganz oben stand. Und dass er hinter den Kulissen die Fäden gezogen hat, damit ich meinen Posten verlor.

»Er hat darauf beharrt, die lose Haut und die Blasen seien Ergebnis ihres allgemein schlechten Zustands, obwohl ihr ganzer Körper von schweren Brandverletzungen bedeckt war«, fahre ich fort. »Für mich stand fest, dass jemand nach ihrem Tod die Wanne mit kochend heißem Wasser gefüllt hat, vermutlich um die Verwesung zu beschleunigen und Verletzungen zu tarnen. Dr. Geist ließ sich jedoch partout nicht überzeugen.«

»Er war ein arroganter kleiner Mistkerl.« Benton fährt sich mit den Fingern durchs zerwühlte Haar. Der Wind frischt auf.

Auf das Unwetter folgt eine Hochdruckfront. Heftige Böen wehen über die Schienen. In einiger Entfernung bemerke ich Marino mit seinem Hund an der Leine.

»Wie sind sie jetzt ausgerechnet auf Martin Lagos gekommen?«, frage ich.

»Im dritten Fall, Julianne Goulet, wurde angeblich seine DNA gefunden, und zwar in dem Höschen, das der Täter ihr angezogen hat und das Sally Carson, dem Opfer von letzter Woche, gehörte.« Benton steht auf und lockert seine Beine, wie er es immer tut, wenn er Schmerzen in den Knien hat.

»Und wie wurde das Höschen identifiziert?«

»Durch Augenschein. Ihr Mann hat es erkannt, Wäsche, die er ihr geschenkt hat und die sie seiner Erinnerung nach beim Verlassen des Hauses trug, als er sie zum letzten Mal sah. Wir haben ihre DNA nie daran sichergestellt.«

»Das ist seltsam, wenn sie sie anhatte, als sie entführt und ermordet wurde.«

»Vielleicht verstehst du jetzt, was ich meine. Wir haben nicht Sally Carsons DNA gefunden, sondern die von Martin Lagos. Angeblich.«

»Das hast du jetzt schon zweimal gesagt. Angeblich.«

»Der Killer zieht dem aktuellen Opfer das Höschen des letzten an«, fährt Benton fort. »Wie aus dem Lehrbuch. Ich habe über dieses Thema geschrieben.«

»Und aus irgendeinem Grund hinterlässt er beim dritten Fall, Julianne Goulet, seine eigene DNA.«

»So sollte es wenigstens aussehen.«

»Und du glaubst, sie wurde absichtlich hinterlassen.«

»Ich glaube, dass jemand genau das getan hat«, erwidert er.

Benton zieht den Mantel an und beobachtet, wie Marino näher kommt. Er bewegt sich ruckartig, denn Quincy zieht ihn vorwärts wie ein Schlittenhund, folgt irgendwelchen Gerüchen und findet immer wieder Unkrautbüschel, die er markieren muss.

»Martin Lagos ist spurlos verschwunden«, erklärt Benton weiter. »Die Theorie lautet, dass er eine neue Identität angenommen hat, vermutlich schon damals, als er untergetaucht ist. Er hatte einen engen Freund, und ich habe den starken Verdacht, dass der ihm entweder bei der Flucht geholfen hat oder am Mord von Gabriela Lagos beteiligt war. Allerdings wissen wir auch nicht, wo dieser Freund steckt.«

»Was ist mit einem forensischen Alterungsprogramm für Fotos, mit dem man einschätzen könnte, wie Martin heute aussieht?«

»Glaube mir, das habe ich schon versucht.«

»Wirklich? Allein?« Es gefällt mir immer noch nicht, dass er nur von sich spricht, als ermittle er ganz allein in diesem Fall.

»Wir haben die Fotokarteien von Polizeidienststellen, Gefängnissen, der Überwachungsdatenbank des FBI, Pässen, Führerscheinen und so weiter und so fort durchgesehen und auch die Dateien von Interpol. Fahndungsstufe Schwarz zum Beispiel, die nichtidentifizierten Toten«, sagt er. »Keiner, der ihm auch nur im Entferntesten ähnelt.«

»Wer ist *wir*?«

Benton antwortet nicht. Inzwischen nähert sich Marino dem Tunnelausgang.

»Du glaubst also, dass er tot ist«, sage ich leise, weil ich nicht möchte, dass Marino uns belauscht.

»Genau«, erwidert Benton. »Ganz gleich, wie Martin Lagos versucht haben könnte, sein Äußeres zu verändern, wären bestimmte biometrische Parameter geblieben. Sämtliche Umstände wecken in mir den Verdacht, dass es ihn seit siebzehn Jahren nicht mehr gibt, was der Grund ist, warum wir ihn nicht finden können«, fügt Benton hinzu. »Entweder hat er sich selbst umgebracht, oder er wurde ermordet.«

»Vielleicht kann Lucy uns ja helfen«, sage ich, obwohl ich annehme, dass das sowieso schon geschehen ist. »Die von ihr entwickelten Computerprogramme verwenden neurale Netzwerke und erkennen Gegenstände und Bilder fast so wie das menschliche Gehirn. Ich weiß, dass sie mit der Iris, Gesichtszügen und anderen biometrischen Merkmalen experimentiert. Allerdings bin ich sicher, dass du ohnehin weißt, was sie treibt. Wahrscheinlich bist du sogar besser informiert als ich«, füge ich spitz hinzu.

»Eine forensische App.« Er späht die Schienen entlang und beobachtet, wie Marino näher kommt. »Mit der Möglichkeit, sie in bemannten und unbemannten Fahrzeugen einzusetzen. Mit anderen Worten Drohnen, die Zielpersonen ausspionieren, eine ferngesteuerte Möglichkeit, fast alles zu überprüfen, was dir einfällt, vorausgesetzt, du hast Zugriff auf Datenbanken, die den meisten Menschen versperrt bleiben.«

»Ob du Lucy das aktuellste Foto zuspielen könntest? Oder eine Videoaufnahme?« Vielleicht war diese forensische App ja auf Gail Shiptons Smartphone.

Möglicherweise handelt es sich um ein Projekt, an dem die beiden gemeinsam gearbeitet haben, und Benton könnte andeuten wollen, dass sie ihr nicht legal zugängliche Datenbanken durchsucht hat, um ihm zu helfen. Datenbanken der Regierung.

»Das letzte Foto wurde an seinem fünfzehnten Geburtstag aufgenommen«, erwidert Benton. »Nur vier Tage vor dem Tod seiner Mutter. Die Alterungs- und Gesichtserkennungssoftware hat nichts ergeben. Es wurde keine Übereinstimmung gefunden. Er ist tot. Davon bin ich überzeugt, auch wenn ich es noch nicht beweisen kann.«

Dass Lucy in Bentons Auftrag heimlich Datenbanken durchsucht, ist ein weiterer Beweis dafür, wie wenig er seinen Kollegen vertraut. Es würde auch erklären, warum sie alle Daten auf Gail Shiptons Smartphone gelöscht hat. Wenn diese forensische App entdeckt worden wäre, hätte das zu Fragen geführt, wofür sie verwendet worden ist. Jeder Hinweis darauf, dass man sich damit Zugang zu streng geheimen Datenbanken der Strafverfolgungsbehörden verschaffen kann, hätte direkt zu Lucy und zu Benton geführt. Beide hätten mit einem Strafverfahren rechnen müssen. Benton hätte sie sicher nie zu so etwas ermuntert, wenn er nicht sicher gewesen wäre, keine andere Wahl zu haben.

»Haben wir eine Vermutung, warum Martin Lagos seine Mutter umgebracht haben könnte?« Wenn ich mich recht erinnere, war damals nicht von einem Motiv die Rede.

»Wir kennen nur Gerüchte. Angeblich hat sie angefangen, ihn sexuell zu missbrauchen, als er sechs war.« Die Sonne scheint Benton direkt ins Gesicht, als er sich in Richtung Fluss umdreht, den wir von hier aus nicht sehen können. Dann schaut er wieder zurück zu Marino, der gerade den Tunnel betritt.

»Woher stammt diese Information, wenn sie tot und er verschwunden ist?«

»Von einer Computerdiskette. Als seine Mutter ermordet wurde, erhielten wir Daten von einer Diskette, die die Polizei versteckt in seinem Zimmer gefunden hat. Die Festplatte seines Computers war verschwunden. Vermutlich hat er sie selbst entfernt«, erwidert Benton. »Eine Überwachungskamera könnte ebenfalls fehlen. Laut Martins Tagebuch wurde sie benutzt, um seine Mutter beim Baden zu filmen.«

»War Granby damals nicht in Washington?« Dass sich der Kreis immer wieder zu schließen scheint, löst in mir Unbehagen aus.

Granby reibt nämlich jedem unter die Nase, dass er einmal leitender Special Agent in Washington war und was für spannende Zeiten es gewesen seien, als sich noch nicht alles um den 11. September und den Krieg im Nahen Osten gedreht habe. Bei einem Abendessen, nicht lange nach seinem Umzug hierher, hat er mich gefragt, ob ich mich aus meiner Zeit als Chief Medical Examiner in Virginia noch an ihn erinnere. Ich habe geantwortet, es täte mir leid, doch wenn wir uns je begegnet seien, wüsste ich das nicht mehr. Ich habe ihm angemerkt, dass ihn das gekränkt hat. Doch gleichzeitig schien er erleichtert.

»Er war diensthabender Inspector und gehörte dem Stab für nationale Sicherheit im Weißen Haus an«, sagt Benton. »Einzelheiten darüber, dass Martin Lagos sexuell missbraucht wurde, waren nicht in den Unterlagen deiner Behörde vermerkt«, wechselt er wieder das Thema. »Im Polizeibericht stand auch nichts dazu. Die Rechtsmedizin brauchte nichts davon zu wissen, und es wäre nicht hilfreich gewesen, wenn die Medien Wind von solchen Vorwürfen bekommen hätten. Also hat man es so entschieden.« Nicht Benton, sondern ein anderer.

»Glaubst du, der Missbrauch hat wirklich stattgefunden?«

»Nach dem, was ich in dem Tagebuch gelesen habe, ja.«

Inzwischen hat Marino die Hälfte des dämmrigen Tunnels hinter sich. Quincy strebt mit heraushängender Zunge auf uns zu. Er sieht aus, als würde er lächeln.

»Ich würde mir den Fall Gabriela Lagos gern noch einmal anschauen, um meinem Gedächtnis auf die Sprünge zu helfen«, sage ich zu Benton. »Alles, was du dazu hast. An die Verwaltung in Virginia möchte ich mich lieber nicht wenden.

Niemand sieht es gern, wenn sich ein ehemaliger Vorgesetzter einmischt. Mein Beitrag wäre nicht willkommen.«

Wenn etwas mit Martin Lagos' DNA nicht stimmt, werde ich sicher keine schlafenden Hunde wecken und die Rechtsmedizin von Virginia anrufen, die damals die Analyse durchgeführt hat, auch wenn ich sie 1996 selbst geleitet habe.

»Ich kann dir um einiges mehr besorgen als deine ehemalige Behörde, solange ich Granby nicht um Erlaubnis frage«, erwidert Benton. »Er wird zwar nicht nein sagen, aber es wird einfach nichts passieren, zumindest nicht das, was wir wollen.«

»Sobald ich etwas in die Finger kriege, das mich in dieser Sache weiterbringt«, sage ich. »Offenbar glaubst du, dass mein Fall hier mit denen in Washington zusammenhängt. Also zeig mir die Unterlagen. Ich habe das Recht und die Befugnis dazu. Lass uns die DNA und die Fasern mit dem vergleichen, was ich heute Morgen gefunden habe. Gib mir alles, so schnell du kannst.«

»Lass das!«, befiehlt Marino seinem Hund.

»Mit der DNA ist es schwieriger«, entgegnet Benton.

»Bei Fuß!«, hallt Marinos Stimme im Tunnel wider, wo Quincy ihn hinter sich herschleift. »Scheiße!«

»Ich kann dir die mikroskopischen Darstellungen der Fasern mailen«, sagt Benton. »Aber die DNA-Profile sind in der CODIS-Datenbank, und da komme ich nicht direkt ran. Ich müsste eine offizielle Anfrage stellen.«

»Wer hat im Fall Julianne Goulet die Erstanalyse durchgeführt?«

»Die Rechtsmedizin von Maryland. Baltimore.«

»Da kenne ich den Chef sehr gut.«

»Vertraust du ihm hundertprozentig?«

»Absolut.«

Quincy platscht in eine Pfütze und trinkt daraus. »Nein! Lass das, verdammt!«, brüllt Marino.

»Um die Zeit, als Gabriela Lagos vermutlich gestorben ist, hat ein anonymer Anrufer gemeldet, ein junger Mann sei nachts von der Fourteenth Street Bridge in den Potomac gesprungen«, sagt Benton zu mir. »Es wurde nie eine Leiche gefunden.«

»Nie?«, hake ich nach. »Das kommt mir aber seltsam vor. Warst du in diesem Fall der Profiler?« Ich kann mich nicht daran erinnern, dass Benton mir erzählt hätte, er sei mit dem Mord an Gabriela Lagos befasst gewesen.

»Man hat mich zu Rate gezogen, ja. Allerdings nicht ihretwegen, sonden wegen Martin und seinen Tagebucheinträgen«, sagt Benton noch, und dann ist Marino bei ihm.

Benton streckt die Hand aus, um Quincy anzulocken. »Guter Junge.« Er krault den Schäferhund am Hals. »Wie ich sehe, bist du gut ausgebildet«, spöttelt er leise.

»Von gut kann keine Rede sein.« Marino ist außer Atem und hat schlechte Laune. »Und jetzt benimm dich.« Er streichelt den Hund und tätschelt seine Flanken. »Du weißt doch, wie das geht. Mach sitz.«

Quincy reagiert nicht.

22

Ganz in der Nähe, aber von unserem Platz aus nicht zu sehen, befindet sich ein Geldautomat der Bank of America.

»An der Kreuzung Massachusetts Avenue und Albany, der optimale Platz für den Täter, sein Auto abzustellen.« Benton spricht genau von der Kreuzung, wo ich hin und wieder warten muss, weil ein Zirkuszug vorbeirattert.

Das letzte Mal ist noch nicht lange her, es war am 1. Dezember, als der candyapfelrote Zug mit der goldenen Beschriftung an den Seiten eine Ewigkeit brauchte, um in Richtung MIT-Campus zu fahren und auf dem Grand-Junction-Abstellgleis zu parken. Ich saß da, stellte mir die exotischen Tiere in den Waggons vor und erinnerte mich daran, dass dieser Zirkus aus Florida während meiner Kindheit einige Male pro Jahr in Miami auftrat. Immer wenn der Cirque d'Orleans irgendwo hier in der Gegend gastiert, verdüstert sich meine Stimmung, denn dann muss ich an meine Vergangenheit denken und daran, wie mein Vater mit mir losgegangen ist, um mir die Elefanten zu zeigen, die, Rüssel an Schwanz, den Biscayne Boulevard entlangmarschierten.

»Er hätte sein Auto dort auf dem öffentlichen Parkplatz lassen können«, spricht Benton weiter darüber, wo der Mörder möglicherweise geparkt hat, während ich Quincy an der Leine festhalte und ihn streichle. »Und kein Mensch hätte sich darum gekümmert. Wegen des Geldautomaten herrscht hier rund um die Uhr ein ständiges Kommen und Gehen. Also hat er sein Auto abgestellt und ist zu Fuß zurückgekehrt, vermutlich auf den Gleisen. Zu diesem Zeitpunkt hat es noch geregnet. Die Fußabdrücke, die er auf dem Weg zum Fundort hinterlassen hat, sind deshalb zum Großteil weggespült worden. Es waren nur noch die Überreste da, auf die wir gestoßen sind. Die intakten sind auf dem Rückweg entstanden, wahrscheinlich kurz vor Morgengrauen, als der Regen aufhörte.«

»Wenn das seine sind, muss er ein ziemlicher Hänfling sein«, merkt Marino an. »Schuhgröße einundvierzig? Wie groß ist er dann, vielleicht eins fünfzig? Ich wette, es war ein Jugendlicher, der hier rumgelungert hat.«

»In Sachen Körpergröße können wir keine Schlüsse ziehen«, entgegne ich. »Ein Zusammenhang zwischen Schuhgröße und Körpergröße ist nicht exakt zu bestimmen. Wir können zwar auf der Grundlage von statistischen Daten Schätzungen anstellen, aber Genaues wissen wir nicht.«

Marino legt den Maßstab neu an, dasselbe gelbe Plastiklineal, das er vorhin benutzt hat. »Was hältst du davon, mal nicht so zu reden, als müsstest du eine Vorlesung über die Urknalltheorie halten, sondern einfach auf den Punkt zu kommen?«, stichelt er.

»Ein Mann mit Schuhgröße einundvierzig ist durchschnittlich etwa eins fünfundsechzig groß. Das bedeutet aber nicht zwangsläufig, dass der Verursacher dieser Fußabdrücke so klein ist. Es gibt kleine Menschen mit großen Füßen und große Menschen mit kleinen Füßen.« Ich ignoriere seinen kränkenden Seitenhieb, der sich vermutlich eher gegen Benton gerichtet hat als gegen mich.

Marino kann nicht aufhören, sich aufzuplustern, weil er sich ärgert, dass sich Bentons Vorhersagen bis jetzt als zutreffend erwiesen haben. Enrique Sanchez, Mitarbeiter der Haustechnik des MIT, hat die Angewohnheit, seinen Pick-up über Nacht auf der Baustelle stehenzulassen. Das Schneidewerkzeug ist seins, und er benutzt bei der Arbeit seine eigene Ausrüstung. Er wurde schon einmal wegen Alkohol am Steuer festgenommen. Bei einem zweiten Gesetzesverstoß könnte er den Führerschein verlieren, weshalb er niemals trinkt und Auto fährt. Bis jetzt hat Benton in jedem einzelnen Punkt recht behalten, und zum Dank hat Marino ihn bei seiner Dienststelle in Boston reingeritten und, wenn auch unwissentlich, Granby, diesem Intriganten, zusätzliche Munition geliefert.

»Dann eben eins fünfundsechzig, wenn es dir so wichtig ist«, meint Marino zu mir. »Ein Jugendlicher, ein zierlich gebauter Mann, egal. Wenn er sich so verhalten hat, wie du glaubst, muss er jedenfalls ein ziemlicher Idiot sein«, schleudert er Benton entgegen. »Es wäre um einiges schlauer von ihm gewesen, die Leiche abzulegen und sich schleunigst aus dem Staub zu machen. Wer zum Tatort zurückkehrt, erhöht nämlich sein Risiko, erwischt zu werden.«

»Offenbar kann er der Versuchung nicht widerstehen, zuzuschauen.« Benton liest wieder die Mails auf seinem Smartphone. »Er muss Zeuge des Spektakels werden, das er angerichtet hat.«

Wieder dieses Wort: *Spektakel.*

»Er war schon öfter hier. Er kannte den Weg und hat sich sicher gefühlt.« Benton betrachtet die Welt weiter mit den Augen des Ungeheuers, das er jagt.

Mit den Augen von Martin Lagos, denke ich.

Oder von jemandem, der Zugriff auf seine DNA *hatte.*

Insbesondere jemandem, der sein Profil im Combined DNA Index System des FBI, CODIS abgekürzt, aufrufen konnte. Ich male mir die schlimmsten Szenarien aus und überlege, was ich tun würde, wenn ich eine Verbrecherin mit guten Computerkenntnissen wäre. Oder, noch beängstigender, wenn ich in einem DNA-Labor arbeiten würde, böse Absichten hätte oder im Auftrag von jemandem aktiv wäre, der mächtig und korrupt ist.

Ein DNA-Profil sieht nicht aus wie eine biologische Probe auf einem Objektträger oder der Barcode einer Autoradiographie. Es ist nicht sichtbar wie ein Muster aus Blutspritzern oder die Schleifen und Wirbel eines Fingerabdrucks. In einer Datenbank besteht ein solches Profil aus einer Zahlenreihe, die manuell eingegeben und einem Identifikationscode zugeordnet wird, erstellt von dem kriminaltechnischen Labor, das die Analyse durchgeführt hat. Diese Zahlen sind es, die bei einem Abgleich mit einer Datenbank wie CODIS mit einem unbekannten Profil verglichen werden, und wenn es zu einem Treffer kommt, ist dieser Identifikationscode die Verknüpfung, die wiederum zum Namen und den persönlichen Daten der betreffenden Person führt.

Dass sich die in DNA-Datenbanken abgespeicherten Informationen wucherungsartig vermehren, wird diskutiert, seit die Tests in den späten Achtzigern eingeführt wurden. Die Menschen machen sich Sorgen um den Datenschutz. Sie haben Angst vor genetischer Diskriminierung und Verstößen gegen den vierten Verfassungszusatz, der sie gegen Durchsuchungen und Beschlagnahmungen ohne hinreichende Verdachtsmomente schützt. Es gibt immer mehr Bedenken gegen DNA-Rasterfahndungen und Reihenuntersuchungen, bei denen man einfach Proben von allen Menschen nimmt, die in der Nähe eines Tatorts wohnen.

Seit Jahren höre ich mir diese Befürchtungen schon an, und gegen einige davon habe ich nichts einzuwenden. Selbst die ausgereiftesten wissenschaftlichen Verfahren können durch menschliches Versagen zu missbräuchlichen oder verfälschenden Ergebnissen führen, und es liegt auch im Bereich des

Möglichen, dass jemand ein DNA-Profil absichtlich verändert. Man kann es manipulieren. Mir ist zwar kein solcher Fall bekannt, doch das heißt nicht, dass es noch nie vorgekommen wäre. Außerdem muss ein solcher Irrtum oder ein Vergehen ja nicht unbedingt öffentlich gemacht worden sein, und wenn doch, dann gewiss nicht freiwillig.

Falls Martin Lagos' Identifikationsnummer in allen Datenbanken mit der einer anderen Person vertauscht wurde, haben wir keine Möglichkeit, herauszufinden, ob das DNA-Profil wirklich ihm gehört. Das wäre der ultimative Identitätsdiebstahl, aber in Gegenwart von Marino kann ich das nicht ansprechen.

Ich beobachte, wie er Kamera und Lineal wieder in seinem Tatortkoffer verstaut. Quincy sitzt auf meinem Fuß und leckt mir die Hand.

»Los, wir gehen«, befiehlt Marino seinem Hund, der offenbar keine große Lust hat, sich in Bewegung zu setzen. »Wir sehen uns dann bei dir im Büro«, sagt er zu mir, ohne auf Benton zu achten. »Machado und ich müssen noch ein paar Dinge erledigen, zum Beispiel diesen Haley Swanson aufspüren, der inzwischen einen Bogen um uns macht. Später würde ich mir gern Gail Shiptons Wohnung anschauen, falls du mitkommen möchtest.«

»Du weißt, was zu tun ist«, antworte ich. »Denk nur daran, ihre Hausapotheke sicherzustellen. Ich würde gern wissen, welche Medikamente sie genommen hat. Und erzähl mir, was in ihrem Kühlschrank und in ihrem Mülleimer war.«

»Gütiger Himmel«, seufzt er. »Habe ich vielleicht ein T-Shirt an, auf dem *Doof* steht?«

Ich warte, bis er und Quincy wieder im Tunnel und auf dem Rückweg zum Briggs Field sind. Dann bitte ich Benton, sich verschiedene Möglichkeiten zu überlegen, wie sich die am Höschen von Julianne Goulet beim Fund ihrer Leiche sichergestellte DNA erklären ließe.

»Wenn sich das FBI hundertprozentige Gewissheit hätte verschaffen wollen, dass die DNA die von Martin Lagos ist«, erkläre ich, während wir weitergehen, »hätte man sie mit der Originalanalyse vergleichen müssen, die 1996 im Labor in Virginia durchgeführt wurde. Außerdem hätte man das Profil mit dem seiner Mutter vergleichen sollen. Ihre Blutkarte von der Autopsie durch meine damalige Außenstelle Nord müsste noch in ihrer Akte sein.«

»Soweit mir bekannt ist, wurden alle entsprechenden Schritte unternommen«, antwortet Benton tonlos, als wiederhole er nur, was man ihm gesagt hat. »Es wurde bestätigt, dass es sich um die DNA von Martin Lagos handelt. Nichts in der Datenbank von CODIS wurde falsch eingegeben oder verändert, da bin ich sicher.«

»Hast du ausdrücklich danach gefragt?«

»Ich habe Granby auf diese Möglichkeit hingewiesen. Nur jemand in seiner Hierarchieebene kann sich beim Leiter des Labors in Quantico diskret danach erkundigen.«

»Wenn sie es vorher nicht auf dich abgesehen hatten, dann jetzt bestimmt.«

»Alles passt. Die am Höschen sichergestellte DNA weist auf eine direkte Verwandtschaft mütterlicherseits mit Gabriela Lagos hin.«

»Wurde ihre Blutkarte noch einmal analysiert?«, hake ich nach.

»Ich gebe nur wieder, was man mir mitgeteilt hat«, entgegnet er in einem Tonfall, der mir weiterhin Sorgen macht.

»Wenn es wirklich Martin Lagos' DNA ist, bedeutet das, dass er nicht tot sein kann«, erwidere ich. »Die Testergebnisse scheinen zu bestätigen, dass er Julianne Goulet auf dem Gewissen hat. Außer die DNA ist nicht von ihm auf ihrem Höschen hinterlassen worden, sondern auf andere Weise dorthin geraten.«

»Das halte ich für die einzige Alternative.«

»Was du da andeutest, ist unwahrscheinlich, wenn nicht sogar unmöglich. Es ergibt keinen Sinn, dass eine Probe nach siebzehn Jahren im Labor kontaminiert wird.«

»Das denke ich auch.«

»Sperma, Hautzellen?« Ich nehme an, dass entweder das eine oder das andere sichergestellt und getestet wurde.

»Blut«, antwortet Benton.

»Sichtbares Blut. Du hast recht, das ist zu einfach. Warum sollte der Mörder sein Blut auf einem Höschen hinterlassen? Wie konnte das geschehen, ohne dass er es bemerkt und gewusst hat, was das bei einer Analyse des Höschens bedeuten würde?«

»Was, wenn jemand all die Jahre eine Blutprobe von Martin aufbewahrt hat?«, fragt Benton.

»Dann hätte er es richtig lagern müssen. Sprich einfrieren«, erwidere ich zweifelnd. »Du sprichst von einer Tat, die lange im Voraus sorgfältig geplant worden ist, und zwar von jemandem, der genau wusste, was er tat. Außerdem wäre da noch die Frage, warum überhaupt eine Blutprobe von ihm aufbewahrt worden ist. Von wem und warum?«

»Was ist mit Leuten, die Röhrchen mit Blut mit jemandem austauschen und als Schmuckstück um den Hals tragen?« Benton zermartert sich das Hirn nach einer Möglichkeit, denn er hat schwere Befürchtungen, die er nicht in Worte fassen wird.

Er will niemanden offen beschuldigen. Ich soll von selbst dahinterkommen.

»Was, wenn er einer anderen Person so ein Röhrchen gegeben hat?«, fügt er hinzu.

»Und siebzehn Jahre später benutzt diese Person dann dieses Röhrchen, um ihm mehrere Morde anzuhängen?«

»Ich weiß nur, dass die DNA aus der Blutprobe als die von Martin Lagos identifiziert wurde, und überlege nun, welche Möglichkeiten es gibt, diese Tatsache zu erklären, Kay. Außer der offensichtlichen.«

»Und die offensichtliche Möglichkeit wäre ein Problem bei CODIS und deine Befürchtung, dass Granby dich belügt.«

»Ich wünschte, ich hätte nie mit ihm darüber gesprochen.«

»Mit wem hättest du sonst darüber sprechen sollen?«

»Mit dir, also mit jemandem, dem ich mein Leben anvertrauen würde.« Lucy erwähnt er nicht, das würde er niemals tun. »Ich versuche ihn zu übergehen, so gut ich kann.«

Vor uns erhebt sich ein Lagerhaus aus dunklem Backstein, in dessen Fenstern sich das Sonnenlicht spiegelt.

»Nehmen wir einmal an, jemand trug Martin Lagos' Blut in einem Röhrchen um den Hals und hat dann beschlossen, ihm ein Verbrechen anzuhängen«, spinne ich die Theorie weiter. »Tage, nein, sogar Jahre, ohne dass es richtig gelagert wurde? Vergiss es. Das Blut wäre verwest, und Bakterien und UV-Strahlung hätten die DNA zerstört, wenn es der Sonne ausgesetzt war.«

»Und falls es aus irgendeinem Grund im Labor aufbewahrt worden ist?«

»Nicht in unseren Labors in Virginia oder in Washington«, entgegne ich. »Außerdem gab es gar keine Möglichkeit, Martin Lagos Blut abzunehmen, weil nie Ermittlungen oder eine Autopsie stattgefunden haben. Nicht, wenn er von der Fourteenth Street Bridge gesprungen ist und seine Leiche nie gefunden wurde. Als die Polizei den Mord an seiner Mutter untersucht und sein Verschwinden bemerkt hat, hat man sich vermutlich sein DNA-Profil von einer Zahnbürste oder Haarbürste besorgt.«

»Ja«, erwidert Benton. »Ich behaupte ja gar nicht, dass es sein Blut ist. Ich sage nur, dass ich nicht verstehe, wie es dorthin kommen konnte. Und das macht mich verdammt misstrauisch. Jemand will uns an der Nase herumführen.«

»Was sagt man bei BAU zu deiner Theorie?« Ich wage kaum, mir die Reaktionen auszumalen.

»Dass ich schon zu lange im Geschäft bin.«

»Du gehst nicht in den Ruhestand. Das passt nicht zu dir.«

Er wird keine Lehrtätigkeit annehmen oder einer der vielen FBI-Profiler werden, die gegen Honorar Vorträge halten oder im Fernsehen als Fachleute auftreten, wenn irgendwo ein grausiges Verbrechen begangen wird oder ein wichtiger Prozess stattfindet.

»Ich bringe alle gegen mich auf und rede mit dir, ohne die Genehmigung dazu zu haben. Außerdem habe ich mit Lucy gesprochen, doch das brauche ich wohl nicht eigens zu erwähnen«, antwortet Benton. »Wenn die das rauskriegen, gibt es keinen Grund mehr für mich, irgendwelche Rücksichten zu nehmen. Die Sache ist schon weit genug aus dem Ruder gelaufen. Nicht auszudenken, was das zu bedeuten hat … Herrgott, Granby und die ganze Bande sollen sich zum Teufel scheren.«

23

Als wir den rückwärtigen Parkplatz meines sechzehnstöckigen, mit Titan verkleideten Institutsgebäudes erreichen, das die Form eines Geschosses und ein geodätisches Glasdach hat, ist es kurz vor elf.

Der klettersichere Zaun ist hoch und mit schwarzem PVC verkleidet. Die Satellitenschüsseln und Antennen auf den Dächern der MIT-Labors, die das Cambridge Forensic Center von drei Seiten umgeben, ragen silberweiß darüber hinaus. Unsichtbare Daten werden nahezu mit Lichtgeschwindigkeit übertragen, manche davon geheim, viele militärisch und im Zusammenhang mit Projekten der Regierung stehend.

Mein Mobiltelefon läutet. Ich schaue hinauf zu Bryces Fenster, in dem sich das Sonnenlicht spiegelt, als könnte ich ihn dort sehen, was nicht möglich ist. Doch alte Gewohnheiten wird man nur schwer wieder los. Die Glasscheiben des Gebäudes sind von außen nicht einsehbar. Wir können hinausschauen, doch niemand schaut zu uns hinein. Also hat mein Verwaltungschef uns möglicherweise im Blick, was ich jedoch nicht feststellen kann.

»Der Zahnflüsterer ist vor etwa zwanzig Minuten weg.« Damit meint er Dr. Adams. »Es ist tatsächlich Gail Shipton. Offenbar gehört sie zu den Leuten, die deshalb so ein tolles Gebiss haben, weil ursprünglich so viel damit im Argen lag. Ich wette, dass sie in der Schule gehänselt worden ist, so wie ich.«

Ich tippe meinen Code ins elektrische Tor ein. Im ersten Moment passiert nichts. Ich war seit fünf Tagen nicht mehr hier, und Marino hat gekündigt, was mich daran erinnert, dass wir zu zweit hier den Laden geschmissen haben. Ich versuche es noch einmal.

»Vielleicht hat sie als Kind Tetracyclin nehmen müssen, was Verfärbungen der Zähne zur Folge hat. Du weißt schon, diese hässlichen, fleckigen und eingekerbten Zähne, die dafür sorgen, dass man die Schule hassen lernt, weil andere Kinder so gemein sind«, fährt Bryce fort, während das Tor sich zitternd in Bewegung setzt.

Langsam und bebend gleitet es auf seinen Schienen zurück, immer noch stockend, weil es seit der letzten Reparatur vor einigen Wochen auch weiterhin nicht richtig funktioniert. Nun, da Marino nicht mehr da ist, schaut niemand mehr dem Sicherheitstechniker auf die Finger. Er hat jedem Handwerker, den wir gerufen haben, im Nacken gesessen, doch diese Zeit ist vorbei. Ich kann es noch immer nicht so richtig glauben.

»Ich hatte auch so einen Zahn, weil ich mal Fieber hatte. Natürlich war es ein Schneidezahn, was mir den Spitznamen Kreidezahn eingebracht hat. *Bryce kann mit seinem Zahn an die Tafel schreiben.* Ich habe als Jugendlicher nie gelächelt.«

Auf der anderen Seite des Tors sind die weißen Transporter und mobilen Labors kreuz und quer geparkt, und ich stelle fest, dass sie schmutzig sind. Der Anhänger, den wir bei Einsätzen mit mehreren Opfern verwenden, ist ebenfalls verdreckt. Marino würde einen Anfall kriegen, wenn er nicht gekündigt hätte. Wahrscheinlich müssen wir uns eine kostengünstige Reinigungsfirma suchen, die bereit ist, unsere Ausrüstung hier vor Ort zu warten. Noch ein organisatorisches Problem, das ich mit Bryce erörtern muss, der unterdessen weiterredet wie ein Wasserfall.

»Zahlreiche Reparaturarbeiten, die nicht gerade billig waren. Doch sie hatte ja genug Geld, um jemanden auf hundert

Millionen Dollar zu verklagen, wenn man den Nachrichten glauben kann.«

»Benton und ich sind hier«, unterbreche ich Bryce, der es schafft, Gemeinsamkeiten zwischen sich und fast jedem Toten zu entdecken, der hier eingeliefert wird. »Warum setzen wir dieses Gespräch nicht drinnen fort, am besten ein wenig später? Ich muss Beweisstücke an die Labors verteilen, mich um die Leiche kümmern und auch sonst nach dem Rechten sehen.«

Als ich die Jacke aufknöpfe, fällt mir ein, dass ich ja eine Pistole bei mir habe. In meinem Institut dürfen nur Polizisten Waffen tragen. Alle Mitarbeiter des CFC, auch ich, müssen ihre Schusswaffen beim Sicherheitsdienst abgeben, wo sie in einem Waffenschrank aus Stahl, Stärke zehn, eingeschlossen werden. Nicht dass sich alle daran halten würden. Marino hat es nie getan, und ich bezweifle auch, dass Lucy sich groß darum schert. Ich öffne den Klickverschluss meiner Hüfttasche.

»Natürlich bist du da. Ich sehe dich im Überwachungsmonitor und durch die Fenster, du kannst es dir aussuchen. Das Tooooor ist schoooon faaast offennnn«, spottet er über die Langsamkeit der Mechanik. »Und Benton und du, ihr schreitet hindurch wie ein glückliches Paar. Gerade drückst du den Knopf, um es wieder hinter dir zu schließen, was eine Stunde dauern wird. Wir sollten noch mehr von diesen grellorangenen Stiefeln bestellen. Lass mich raten. Er hat keine anderen Schuhe da, weil sein Gepäck in Marinos Auto ist, richtig? Benton wurde von Lucy eingeflogen und ist am Fundort gelandet, und du hast Marino gebeten, sich um seine Sachen zu kümmern. Und jetzt hält er sie als Geisel. Was heißt, dass er den ganzen Tag in diesen grässlichen Stiefeln rumlaufen muss. Sag ihm, er soll zu mir raufkommen.«

Ich schalte den Lautsprecher an, damit Benton mithören kann.

»Ich habe Ersatzturnschuhe hier, die er sich leihen kann. Schwarzes Leder, sieht also ganz ordentlich aus.« Bryces Stimme hallt über den Parkplatz, und ich frage mich, wer sonst noch über Bentons Heimflug im Bilde ist.

Dass Bryce es weiß, wundert mich nicht. Die Frage ist nur, wie er es erfahren hat. Und von wem.

»Ich glaube, wir haben mehr oder weniger dieselbe Größe«, sagt er.

»Wusstest du, dass er heute nach Hause kommt?« Ich beobachte Benton, der damit beschäftigt ist, mit seinem Smartphone Mails zu verschicken.

Er gibt Informationen weiter, die seine Kollegen entweder zurückweisen oder ignorieren werden, und er ist dabei äußerst vorsichtig, noch vorsichtiger als sonst. Agents, die meisten von ihnen noch jung, die ihn anfangs als Legende verehrt haben, wollen ihm nun seinen Platz streitig machen und beweisen, dass sie besser für diesen Job geeignet sind als er. Das war zu erwarten. Was allerdings nicht für das andere Problem gilt. Benton hat den Verdacht, dass man sich gegen ihn verschworen hat und ihn sabotieren will, und es könnte durchaus sein, dass das kein Hirngespinst ist.

»Natürlich hatte ich da so eine Vorahnung. Schließlich musste ich einiges erledigen«, erwidert Bryce geheimnisvoll. »Morgen hat er Geburtstag, und ich war nicht sicher, ob du daran gedacht hast, so krank, wie du warst. Ganz zu schweigen von einem geschmückten Weihnachtsbaum, damit er in ein gemütliches, festlich gestimmtes Haus kommt.«

»Wann hast du es rausgekriegt, und wem hast du es erzählt?«

»Lucy und ich haben miteinander geredet. Du hast noch

keinen Baum und keine einzige Lichterkette oder eine Kerze im Fenster«, tadelt er mich. »Das ist mir jedes Mal, wenn ich dir etwas vorbeigebracht habe, schmerzlich und deutlich bewusst geworden. So ein dunkles, abweisendes Haus, ohne Kaminfeuer, und das eine knappe Woche vor Weihnachten? Was könnte deprimierender sein? Und dann habe ich mir vorgestellt, wie der arme Benton nach Hause kommt. Er kann mich doch nicht hören, oder? Und, ja, das Tor muss noch einmal eingestellt werden. Ich kann sehen, dass es nicht richtig schließt und ruckelt, als hätte es einen Anfall oder wolle uns etwas mitteilen. Ich versuche, von hier aus etwas zu unternehmen.«

»Das Problem ist, dass es nicht richtig eingestellt worden ist, als es das letzte Mal angeblich gewartet wurde.« Als ich die Hüfttasche unter den Arm klemme, spüre ich Form und Gewicht ihres Inhalts.

»Da erzählst du mir nichts Neues. Heute Morgen haben sich die Autos bis hinaus auf die Straße gestaut, weil es so verdammt langsam aufgeht. Ich wäre beinahe von einem Honda Element gerammt worden. Und wer hätte wohl das Ausbeulen bezahlen müssen, obwohl es nicht meine Schuld war? So eine Blechbüchse traut sich an meinen großen, bösen X6 ran, ist das zu fassen? Gut, ich gebe zu, dass er Ethan gehört. Bei meinem Gehalt kann ich mir keinen BMW leisten. Apropos: Was zum Teufel fährt Lucy zurzeit, und was hast du da gerade abgemacht? Hast du etwa eine Waffe dabei? Seit wann?«

»Ich möchte nicht, dass irgendwelche Informationen über die Identifizierung oder sonst etwas nach außen dringen«, teile ich ihm mit, während wir an Marinos leerem Stellplatz vorbeigehen, wo er nie wieder seinen fehlkonstruierten Pickup abstellen wird. »Wer weiß sonst noch, dass Benton nach Hause kommt …?«

»Wenn mich nicht alles täuscht, hast du eine Knarre dabei. Sexy, aber warum? Und weshalb in so eine hässlichen Tasche, diesem großen, schwarzen, klobigen Ding? Gibt es so was nicht auch aus Leder und in fröhlicheren Farben? Ich könnte das Cambridge Police Department bitten, die Informationen freizugeben. Dann ist es ihre Sache und geht uns nichts mehr an.«

»Das ist vermutlich das Beste, sofern wir absolut sicher sind …«

»Dr. Adams hat über eine halbe Stunde gebraucht«, fällt Bryce mir wieder ins Wort. »Offenbar hat sie sich außerdem vor kurzem Zahn Nummer zwanzig ziehen lassen …«

»Bryce, wem hast du erzählt, dass Benton nach Hause kommt und wann? Es ist wichtig, dass ich das erfahre …«

»Ein abheilendes Implantat mit einem Titansockel für einen Zahn, der noch hätte eingesetzt werden sollen. Ich weiß, dass es nicht das richtige Wort ist.«

»Bryce …?«

»Ich weiß, dass Kronen nicht eingesetzt werden wie gekrönte Häupter.« Er senkt die Stimme. »Gut, war ein schlechter Witz.«

Ich öffne den Deckel des Schließmechanismus neben dem Anlieferungstor und lege den Daumen über das biometrische Schloss.

»Nicht, dass ich sicher wäre, welcher Zahn Nummer zwanzig ist.« Bryce redet weiter ohne Punkt und Komma. »Aber ich glaube, es ist ein Backenzahn.«

»Hat Lucy dir erzählt, dass Benton heute ankommt?« Als ich auf einen Knopf drücke, springt der Drehmoment-Motor an. Die massive Eisentür öffnet sich mit einem lauten Scheppern.

»Natürlich. Ich habe ihr doch den Vorschlag gemacht, mit ihrem Riesenvogel nach Washington zu fliegen und ihn zu retten. Hat dir jemand die Überraschung verdorben? Ich schwöre, ich war es nicht.«

Wenn Bryce im Bilde war, ist nicht mehr nachzuvollziehen, wer es sonst noch wusste. Nicht, dass das etwas erklären würde. Was denn auch? Selbst wenn er indiskret gewesen wäre – wie hätte der Mörder so ein Detail herausfinden sollen? Vorausgesetzt, Bentons Verdacht ist begründet. Warum hat es eine Rolle gespielt, wann er nach Hause kommt? Vielleicht kann der Täter der Versuchung nicht widerstehen, das von ihm inszenierte Spektakel zu beobachten. Allerdings bedeutet das nicht, dass die Auswahl des Opfers oder der Zeitpunkt etwas mit Benton zu tun hat. Viel wahrscheinlicher ist, dass Granby Bentons größte Ängste ausnützt, ihn zermürbt und ihn aus dem Konzept bringt, wohl wissend, welche Folgen es für ihn hätte, falls eine seiner Publikationen Inspirationsquelle für einen Gewalttäter gewesen sein sollte. Vermutlich ist Benton inzwischen paranoid, und angesichts dessen, was er mir gerade erzählt hat, mache ich ihm keinen Vorwurf daraus.

»Ist Ernie heute da?«, frage ich. »Ich muss ihm Faserspuren vorbeibringen, und außerdem kommen heute noch ein Zaunpfahl und ein Bolzenschneider wegen Kratzspuren rein. Und auch noch DNA, weshalb du Gloria verständigen musst. Und wenn du schon mal dabei bist, schau in der Toxikologie vorbei, und zwar wegen der zusätzlichen Untersuchungen in dem Selbstmordfall letzte Woche. Sakura Yamagata. Ich möchte, dass da Tempo gemacht wird.«

»Öfter mal was Neues.«

»Das hier ist etwas Neues. Ich bin nämlich ernsthaft in Sorge, womit wir es hier zu tun haben könnten.«

»Willst du mir nicht einen kleinen Tipp geben?«

»Nein, will ich nicht«, entgegne ich. »Außerdem könntest du für mich rauskriegen, wann Dr. Venter, der Chief Medical Examiner in Baltimore, Zeit für ein kurzes Gespräch mit mir hat.«

»Wird gemacht«, erwidert Bryce. »Ernie ist im Kfz-Labor und nimmt das Auto unter die Lupe, das der Betrunkene, den Anne gerade im Computertomographen untersucht, zu Schrott gefahren hat. Außerdem wird gleich ein Verdacht auf Überdosis eingeliefert und auch noch ein Suizid, eine Frau, deren Mann auf den Tag genau vor exakt einem Jahr bei einem Motorradunfall umgekommen ist. Ein Feiertag folgt auf den anderen. Seit Thanksgiving hatten wir durchschnittlich zehn Selbstmorde in der Woche. Ist es schlimmer geworden?«

»Eine Steigerung von mehr als fünfundzwanzig Prozent.«

»Jetzt hast du mir endgültig den Tag verdorben.«

Durch den breiter werdenden Spalt im Tor sehe ich Lucys riesigen SUV auf dem Parkplatz, wo er eigentlich nicht hingehört. Aber sie parkt, wo es ihr passt, ganz gleich, ob sie in einem ihrer Supersportwagen oder mit einem ihrer dröhnenden Motorräder unterwegs ist. Regeln interessieren sie schlichtweg nicht. Außerdem stelle ich fest, dass zwei Rollwagen kreuz und quer an der Mauer stehen. Auf einem liegt ein zusammengeknüllter Leichensack. Neben einem Gully hat jemand schlampig einen Schlauch zusammengerollt, aus dessen Düse Wasser rinnt.

»Warum kümmern wir uns um ein Unfallauto, dessen Fahrer zu Tode gekommen ist?«, frage ich Bryce.

»Weil die Anwälte schon Zeter und Mordio schreien.«

»Das tun sie immer. Also ist es kein Grund.«

»Nicht irgendwelche Anwälte. Carin Hegel.«

»Und was genau will sie?«, erkundige ich mich.

»Das hat sie mir nicht verraten.«

Benton und ich ducken uns unter dem Rolltor durch, während er weiter jemandem simst und mit den Daumen Buchstaben eintippt. Ich drücke erst auf den *Stop*-Knopf und dann auf *Schließen* und mache danach Licht. Zumindest sind alle Kühlkammern zu, der Boden ist sauber, und ich kann auch nichts Unangenehmes riechen.

»Ich glaube, es hat etwas mit der Promillegrenze zu tun, also solltest du mit Luke reden. Klagen, Klagen, nichts als Klagen«, erwidert Bryce, während das schwere Tor unter lautem Scheppern und Rattern wieder nach unten rollt. »Was hältst du davon, wenn ich Pizza bei Armando's bestelle? Am frühen Nachmittag haben wir hier ein volles Haus, und damit meine ich keine Toten. Erstens musst du etwas essen, und zweitens habe ich dir saubere Kleider rausgelegt. Das übliche marineblaue Kostüm, frisch aus der Reinigung, bequeme flache Pumps und eine nagelneue Strumpfhose ohne gezogene Fäden und Laufmaschen.«

»Wo muss ich denn hin? Eigentlich sollte ich heute nicht einmal hier sein.« Ich bleibe am Schlauch stehen und drehe das Wasser richtig ab.

»Ich führe ein Vorstellungsgespräch mit Marinos Nachfolgerin, schon vergessen?«, antwortet Bryce. »Jennifer Garate, reimt sich auf Karate. Sie hat fünf Jahre lang in New York als Ermittlerin in Mordfällen gearbeitet und war davor Arzthelferin. Wir haben uns vor ein paar Wochen ihre Bewerbungsunterlagen angeschaut, aber natürlich waren da eine ganze Menge Bewerbungen. Am Telefon klang sie sehr nett, und Luke scheint ein bisschen zu angetan von ihrem Foto zu sein. Wie ich zugeben muss, fand ich es ein wenig seltsam, dass sie es an einem Strand hat machen lassen, und zwar in Klamotten, die ich immer *wie aufgemalt* nenne. Jedenfalls irgendwelche scharfen Yogashorts, die zeigen, was sie zu bieten hat, was offenbar eine ganze Menge ist. Zum Glück bist du jetzt da und kannst dir selbst ein Bild machen. Vielleicht kommt Benton ja auch dazu, wenn er schon mal hier ist.«

»Nein«, entgegne ich. »Das wird er sicher nicht.« Ich schalte den Lautsprecher ab, weil Benton sowieso nicht zuhört.

Wahrscheinlich schlägt er sich mit seiner Dienststelle oder BAU herum. Offenbar kochen die Bürointrigen hoch. Ich frage mich, ob das FBI anfangen wird, in dieser Gegend nach Martin Lagos zu suchen – also nach jemandem zu fahnden, den Benton für tot hält. Ich grüble bereits darüber nach, was die Untersuchung der DNA von dem Höschen an Gail Shiptons Leiche und der im Gras entdeckten Mentholsalbe ergeben wird. Zum ersten Mal in meiner beruflichen Laufbahn frage ich mich, was wohl aus den Profilen wird, die mein DNA-Labor in CODIS einspeist.

»Tja, es ist ja nur der wichtigste Job, der Einfluss auf absolut alles hier hat«, habe ich Bryces Stimme im Ohrhörer. »Du könntest an eine miserable Chefermittlerin geraten. Du kennst ja den alten Spruch: Müll rein, Müll raus.«

Wir durchqueren eine Halle, so groß wie ein Hangar. Auf der einen Seite parkt der weit über zwei Tonnen schwere schwarze SUV meiner Nichte. Laut ihrer Aussage besteht er aus kugelsicherem Stahl und verfügt über eine Schutzvorrichtung gegen Sprengfallen, Überwachungskameras, Suchscheinwerfer, Survival-Ausrüstung und Blaulicht und Sirene. Wie ein Flugzeug ist er unter anderem mit einer Blackbox und einer Lautsprecheranlage ausgestattet. Ich hatte noch keine Gelegenheit, sie zu fragen, was so eine Festung auf vier Rädern kostet oder warum sie plötzlich glaubt, eine zu brauchen.

»Wer möchte den Rest seines Lebens mit einem groben Klotz verbringen, der auf einer Luftmatratze im Büro schläft, wenn er betrunken ist, Frauen bei Twitter aufreißt und in einem Haus wohnt, das Touristen bei Stadtführungen als Beispiel für Geschmacklosigkeit vorgeführt wird?«, ätzt Bryce. »Ich werde Marino nie verzeihen, dass er einfach per E-Mail gekündigt hat. Er hatte nicht einmal den Anstand, es mir ins Gesicht zu sagen. Aber egal, was hältst du von Armando's, und darf ich die Portokasse plündern?«

Oben auf der Rampe öffnet sich eine Tür, die ins Untergeschoss führt. Lucy trägt einen schwarzen Pilotenoverall, der ihre schlanke, durchtrainierte Figur betont. Ihre grünen Augen funkeln, und ihr rotblondes Haar ist jungenhaft kurz geschnitten.

»... Kay? Ich glaube, ich verliere den Empfang. Hallo, hallo ...?«, sagt Bryce, und ich beende das Telefonat, weil mir klarwird, wie sehr mir sein Geplapper nach tagelanger Einsamkeit und Ruhe auf die Nerven fällt.

Als Lucy die Tür aufhält und sich dagegenlehnt, um eine Umarmung zu vermeiden, schlägt mir ihre Stimmung entgegen wie ein heißer Luftschwall. Ich nehme sie in die Arme, ganz gleich, ob ihr das nun gefällt oder nicht.

»Erzähl mir nichts, was ich nicht hören sollte«, sage ich leise.

»Es ist mir egal, was du hören sollst. Sicher hat Benton dir alles Wichtige sowieso schon erklärt.«

Ich zeige meine Zuneigung zu meiner Nichte normalerweise nicht im Dienst, und kurz huscht ein gereizter Ausdruck über ihr Gesicht, als sie sich losmacht. Im nächsten Moment verspannt sich ihre Miene, und ein Anflug von Zorn malt sich darin.

»Es tut mir leid«, sage ich. Ihre Reaktion darauf fällt so unnahbar und eiskalt aus, als sei ihr Gail Shiptons Schicksal völlig gleichgültig.

Ich spüre eine Entschlossenheit, die unweigerlich immer zu

demselben Ergebnis führt, in eine vorhersehbare Richtung, die mir Angst macht. Meine Nichte ist begabt in Sachen Rachsucht und Wut und kann schlecht mit Trauer umgehen.

»Ich werde Bryces Angebot annehmen und mir ein Paar Schuhe von ihm leihen.« Benton hält sich am Türrahmen fest und zerrt sich mühsam erst den einen, dann den anderen Stiefel von den Füßen.

Er lässt die Gummistiefel oben auf der Rampe zurück, wo ihre Schäfte umkippen wie verwelkte Verkehrskegel, und geht auf Strümpfen weiter. Drinnen im Gebäude wendet er sich nach links in Richtung Aufzüge. Inzwischen ist er wieder mit seinem Mobiltelefon beschäftigt. Seine Miene ist undurchdringlich wie immer, wenn er auf Widerstand und Dummheit trifft. Oder vielleicht auf etwas noch Schlimmeres.

»Wir müssen reden.« Ich nehme Lucy am Arm und schiebe sie von der Tür weg, die sie noch immer festhält.

24

Wir sind allein in der Anlieferungszone und setzen uns an den kleinen runden Plastiktisch mit den zwei Stühlen, die Rusty und Harold das Café La Morte getauft haben. Bei schönem Wetter sitzen sie hier bei offener Tür, trinken Kaffee, rauchen Zigarren und warten darauf, dass Leichen eingeliefert oder abgeholt werden.

Als ich meine Hüfttasche auf den Tisch lege, greift Lucy danach, macht sie auf und schaut hinein. Dann schließt sie sie wieder und legt sie zurück auf den Tisch.

»Warum?«, fragt sie.

»Wahrscheinlich liegt es daran, dass ich Fieber und zu viel Zeit zum Nachdenken hatte.«

»Wahrscheinlich eher nicht.«

»Irgendetwas kam mir komisch vor. Ich dachte, der Grund ist, dass ich mit Sock in den Garten musste, obwohl ich krank war.« Ich möchte mich jetzt nicht in ein Gespräch über den Menschen hineinziehen lassen, der mir möglicherweise nachspioniert hat, denn dann wäre Lucy sofort auf dem Kriegspfad.

Ich will verhindern, dass sie sich auf die Suche nach Haley Swanson oder sonst jemandem macht. Sie hat genug Ärger mit Marino.

»Dann solltest du wenigstens mal mit mir auf den Schießstand gehen.« Sie mustert mich forschend. »Wann hast du das letzte Mal geübt?«

»Das machen wir, versprochen.«

Ich lege eine Kaffeekapsel in die Keurig-Kaffeemaschine ein, die auf einem windschiefen Instrumentenwagen mit verrosteten Nähten und verbogenen Rollen steht. Der heruntergekommene Zustand des Objekts ist mit einer rot-gelb karierten Plastiktischdecke getarnt, die an ein südfranzösisches Landgasthaus erinnern soll. Abgerundet wird das Arrangement von einem Strauß aus Plastiksonnenblumen und einem Aschenbecher mit dem Emblem der Eishockeymannschaft Boston Bruins.

»Du bist sicher ziemlich erledigt. Seit Freitag nicht im Büro, und bei deiner Rückkehr findest du so was vor.« Lucy bleibt, die Arme verschränkt, hinter einem Stuhl stehen. »Du siehst blass und müde aus. Warum hast du nicht gewollt, dass ich vorbeikomme?«

»Damit du dich mit der Grippe ansteckst?« Ich öffne eine Packung billiger Papierhandtücher, wie man sie in öffentlichen Toiletten findet.

»Das hätte mir überall passieren können. Ich würde dich nie im Stich lassen, weil ich Angst um mich selbst hätte. Janet und ich hätten dich mit zu uns genommen und dich gepflegt. Ich hätte dich abholen sollen.«

»Das würde ich meinem ärgsten Feind nicht wünschen.«

»Bei dir ist es keine lästige Pflicht, wie bei meiner Mutter.«

»*Lästige Pflicht* ist nicht das, was mir einfällt, wenn ich an Dorothy denke.«

»Ich meine ja bloß.« Ihre grünen Augen fixieren mich.

»Ich weiß, und es tut mir leid, wenn ich undankbar klinge.«

Sie spart sich die halbherzigen Versuche, mich zu beschwichtigen. Ich bin nun einmal nicht gut darin, mich zu verstellen, und das wissen wir beide. Wieder einmal werde ich an die Seiten erinnert, die ich an mir nicht mag.

»Es geht nicht um Dankbarkeit«, sagt Lucy schließlich. »Im

umgekehrten Fall hättest du mich nie allein gelassen – wenn ich gerade so etwas durchgemacht hätte und danach krank geworden wäre. Insbesondere, wenn ich solche Angst hätte, dass ich plötzlich anfange, auf Schritt und Tritt eine Pistole mit mir rumzuschleppen.«

»Du hast nie Angst und schleppst ständig eine Pistole mit dir rum.«

»Du würdest dich bei mir häuslich einrichten und alle paar Sekunden mit einem Thermometer neben meinem Bett stehen.«

»Ich gebe zu, dass ich es anderen Menschen mit meinem Verhalten oft nicht leicht mache.«

Heißer Kaffee schwappt in einen braunen Pappbecher, auf dem ein Fisch abgebildet ist, überschüssige Navy-Bestände, die Bryce palettenweise bestellt.

»Kaffeeweißer, Zucker? Oder schwarz wie immer?«, frage ich.

»Wie immer, nichts hat sich geändert.« Sie sieht mich an. Ich liebe ihr Gesicht, markante, kräftige Züge, eher faszinierend als schön.

Ich weiß noch gut, wie sie als pummeliges naseweises kleines Mädchen war, nämlich klüger, als ihre Umwelt verkraften konnte, und offenbar nicht mit dem Gen ausgestattet, das einen Menschen auf Grenzen und Regeln hinweist. Sobald sie gehen konnte, folgte sie mir auf Schritt und Tritt, und wenn ich mich hinsetzte, kletterte sie sofort auf meinen Schoß. Ihre Mutter, meine egoistische und mit ihrem Leben unzufriedene Schwester, konnte darüber schrecklich in Wut geraten. Meine Schwester, die zwar Kinderbücher schreibt, aber nichts mit ihrem eigenen Fleisch und Blut, ja, eigentlich mit ihren Mitmenschen im Allgemeinen nichts anzufangen weiß. Sie kommt nur mit Romanfiguren zurecht, die sie erfindet und die sie lenken und nach Bedarf sterben lassen kann. Ich habe schon seit einer Weile nicht mehr mit meiner Familie in Miami gesprochen und einen Augenblick lang auch ein schlechtes Gewissen deshalb.

»Bryce bestellt Pizza. Ich könnte allein eine ganze verschlingen.« Ich stelle den Kaffee vor Lucy hin und lege ein Papierhandtuch daneben.

»Diese Becher sind das Hinterletzte.«

»Sie sind biologisch abbaubar.«

»Ja, weil sie auseinanderfallen, noch während man daraus trinkt.«

»Sie gefährden weder Fische noch Meerestiere und werden von Spionagesatelliten nicht erfasst.« Ich lächle ihr zu.

»Du brauchst mehr als eine ganze Pizza.« Lucy verschränkt weiter starrsinnig die Arme und betrachtet mich. »Bryce erzählt überall herum, du würdest zum Skelett abmagern.«

»Er hat mich zuletzt vor fünf Minuten gesehen, und zwar auf einem Überwachungsbildschirm. Bitte setz dich hin, Lucy. Wir müssen reden.«

Ich stelle den zweiten Becher in die Maschine. Der Geruch ist übermächtig. Mein Magen fühlt sich an wie umgestülpt, so leer ist er. Seit Marinos Anruf um vier Uhr morgens scheint eine Lebenszeit vergangen zu sein. Als sei der Tag irgendwie unwirklich.

Die Pizza ist noch nicht da, und sie kann warten. »Also, Gail Shipton. Was mir im Moment am meisten Sorge bereitet, bist du«, sage ich zu Lucy. »Und mir ist es wichtig, was mir so zu Ohren kommt, selbst wenn es dich nicht interessiert. Ich will nicht, dass eine von uns beiden in Schwierigkeiten gerät. Oder sonst jemand.«

Sie starrt mich an. Sicher ist ihr klar, dass ich auf Benton anspiele.

»Schwierigkeiten?« Sie zieht sich einen Plastikstuhl heran.

»Ich möchte nichts Illegales erfahren.« Ich nehme kein Blatt vor den Mund.

»Da gibt es nichts zu erfahren.«

»Nach wessen Definition?« Ich stelle meinen Kaffee auf den Tisch und setze mich ihr gegenüber. »Ich kann mir so ungefähr denken, was du getrieben hast. Marino weiß, dass die in Gail Shiptons Smartphone gespeicherten Daten inzwischen verschwunden sind. Das hat er mir erzählt und vielleicht noch ein paar anderen Leuten.«

»Es ist nicht ihr Smartphone.« Lucy stützt die Ellbogen auf den Tisch und das Kinn in die Hände, so dass der Tisch ins Schwanken gerät, weil die Plastikbeine ungleich lang sind.

»Wem gehört es dann?«

»Die Software ist meine, auch wenn mir das inzwischen egal ist.« Sie umfasst den Kaffeebecher mit beiden Händen.

»Du klingst nicht wie jemand, dem es egal ist.«

»Mir war egal, wie viel die Software wert ist, weil ich die Zusammenarbeit beenden wollte. Das war eines der Themen, über die ich und Gail gestern geredet haben. Und zwar nicht zum ersten Mal und auch nicht sehr freundlich. Wenn sie ihren Prozess gewonnen hätte, hätte das für mich eine feindliche Übernahme bedeutet.«

»Es gibt niemals eine Gewissheit, dass jemand einen Prozess gewinnt.« Es wundert mich, wie Lucy so naiv sein kann. »Geschworene sind unberechenbar. Es geschehen Verfahrensfehler. Alles ist möglich.«

»Sie war sicher, dass es in letzter Minute zu einer außergerichtlichen Einigung kommen würde.«

»Ich kann mir nicht vorstellen, dass Carin Hegel ihr so etwas versprochen haben soll.«

»Das hat sie auch nicht. Sie war auf einen Prozess vorbereitet, und das ist sie immer noch. Nur dass jetzt keiner mehr stattfinden wird.«

»Schwierig, wenn die Klägerin tot ist.«

»Sie hatte nichts in der Hand, und das war schon seit einer Weile so. Deshalb wird es keinen Prozess geben.«

»Weiß Carin Hegel, dass sie nichts in der Hand hatte?« Lucys Erklärung verwirrt und besorgt mich.

»Ich wollte es ihr mitteilen, sobald ich es beweisen konnte, und ich wäre bald so weit gewesen. Gail war überzeugt, dass sie das Geld von Double S bekommen würde, und sie hat mir mit einer feindlichen Übernahme gedroht. Ich habe keine hohe Geldforderung gestellt, aber ich musste etwas verlangen, um keinen Verdacht zu erregen«, entgegnet Lucy kalt und gleichgültig. »Es war wichtig, einen sauberen Schlussstrich unter die Geschäftsbeziehung mit ihr zu ziehen, und zwar möglichst unauffällig. Fast war ich so weit, und jetzt ist sie tot.«

»Gut, dass du nicht in der Stadt warst, als sie verschwand.«

»Sicher wird man behaupten, dass ich daran beteiligt war.«

»Wenn man dich so reden hört, liegt der Verdacht nah.«

Lucy genießt einen gewissen Ruf, den Marino nur zu gut kennt. Er ist über jedes auch noch so kleine Detail aus ihrer Vergangenheit im Bilde und weiß, wozu sie fähig ist. Ich habe zwar nie erlebt, dass sie anderen Menschen aus Willkür oder Rachsucht geschadet hat, doch sie ist zu einigen Dingen in der Lage, vor denen die meisten zurückschrecken würden.

»Tatsache ist, dass ich nicht hier war, als sie verschwand. Ich war auch nicht hier, als sie ermordet wurde«, sagt Lucy. »Ich war gerade in Dulles gelandet und dann im Hotel, wofür es Beweise gibt.«

»Mir brauchst du das nicht zu beweisen.«

»Du machst dir zu viele Sorgen. Ich konnte Gail nicht ausstehen und hatte zum Schluss auch keinen Respekt mehr vor ihr. Aber ich habe ihr ganz sicher nichts getan, obwohl es früher oder später wahrscheinlich so weit gewesen wäre.«

»Du klingst eher wie eine Zeugin der Verteidigung.«

»Ich will für niemanden Zeugin sein. In einem solchen Fall geht es nur um Manipulationen und viel Geld. Sie haben rausgekriegt, dass wir zusammen an einem Projekt gearbeitet haben, und ehe ich mich versah, habe ich eine Vorladung erhalten, um an Eides statt auszusagen.«

»Das ist interessant. Womit du dich beruflich beschäftigst, ist ja nicht unbedingt öffentlich bekannt. Nicht einmal ich wusste von deinem Verhältnis zu Gail, sei es nun beruflich oder anderweitig. Wie also haben die Anwälte von Double S es rausgekriegt?«

»Das gehört bei Anwälten zum Beruf. Sachen rauskriegen.«

»Jemand hat ihnen die Informationen geben müssen«, beharre ich. »Kann es sein, dass Gail sich verplappert hat?«

»Nein, sie hat sich nicht verplappert. Es war Absicht«, erwidert Lucy.

»Und was wollte Double S von dir?«

»Sich mit mir anfreunden.«

»Ich meine es ernst.«

»Ich auch.« Lucys Miene verhärtet sich vor Zorn. Sie hat kein Problem damit, jemanden zu hassen, wenn sie zu dem Schluss kommt, dass derjenige ihren Hass verdient hat.

Wenn sie jemandem vertraut, verschenkt sie ihr letztes Hemd, doch sobald man ihr Knüppel zwischen die Beine wirft, gibt sie erst auf, nachdem sie den Übeltäter in Grund und Boden gestampft hat. Sie kann nicht anders, weil die schlimmste Übeltäterin in ihrem Leben unerreichbar für sie ist, ihre Mutter, die absolute Immunität genießt. Lucy würde niemals dem Menschen etwas antun, der ihr die tiefsten Verletzungen von allen zugefügt hat, meiner Schwester, die nicht lieben kann und gnadenlos die Hand beißt, die sie füttert – und zwar ohne Vorwarnung und Anlass. Ich beobachte das nun schon seit Jahren, und es bringt mich um den Verstand. Dorothy verhält sich aus reinem Mutwillen kleinlich und grausam.

»Während der Vernehmung hat man mir eine Menge persönliche Fragen über meine Arbeit mit Computern und meine Vergangenheit bei den Strafverfolgungsbehörden gestellt. Warum ich das FBI und das ATF verlassen hätte und wie meine weiteren Pläne für mein Leben aussähen«, erklärt Lucy. »Die Anwälte haben Witze gemacht und waren nett zu mir, und ich habe mitgespielt, denn ich hatte so einen Verdacht, was wirklich dahintersteckte.«

»Hat Carin diesen Verdacht auch?«

»Die hielt sie für manipulative Arschlöcher.«

»Vielleicht haben sie ja gehofft, dass du dich auf ihre Seite schlägst und Partei gegen Gail ergreifst.«

»Das war zumindest Carins Theorie.«

Ich frage Lucy, ob sie Gail Shipton je über den Weg getraut hat. »Denn offenbar hat es mit euch nicht lang gedauert«, füge ich hinzu.

»Anfangs hielt ich sie für einen dieser superschlauen Menschen, die geschäftliche Nieten sind und über den Tisch gezogen werden, weil sie sich mit den falschen Leuten einlassen, auch wenn ich die Hintergründe nicht ganz verstanden habe«, erwidert sie. »Ich dachte einfach, sie sei ein Technikfreak mit miserabler Menschenkenntnis, schrecklich naiv und ohne eine Vorstellung davon, wie es auf der Welt zugeht. Wenn man gründlich nachforscht, verschlägt es einem den Atem, was bei Double S so läuft. Allerdings müssen sie jemanden haben, der in Vollzeit PR für sie betreibt und dafür sorgt, dass alles Negative unter den Teppich gekehrt wird. Außerdem beauftragen sie sicher Leute damit, Werbehymnen über die Firma zu schreiben, und kontrollieren genau, was an die Öffentlichkeit kommt.«

»Ist das nur ein Verdacht, oder weißt du es genau?«

»Dass sie es tun, ist offensichtlich. Genau wissen tue ich es nicht.«

Ich muss an Lambant and Associates und an Haley Swanson denken.

»Sie hat diese Leute nicht überprüft, bevor sie ihnen ihr gesamtes Geld, etwa fünfzig Millionen, anvertraut hat. Und dann haben sie angeblich alles mit schlechten Anlagen in den Sand gesetzt«, erklärt Lucy. »Und im Gegensatz zu ihren übrigen Klienten hat Gail beschlossen, sich zu wehren. Sie war zwar kein sehr mutiger Mensch und ziemlich konfliktscheu, doch sie hat sich, im Gegensatz zu allen anderen vor ihr, nicht einschüchtern lassen. Man muss sich nach dem Grund fragen.«

Lucy ist beim Sprechen aufgetaut. Inzwischen gestikuliert sie. Das Licht fängt sich in dem Siegelring aus Rotgold, den sie am linken Zeigefinger trägt. Ein Riesending mit einem fliegenden Adler und Naturszenen darauf, ein antikes Stück, das, soweit ich weiß, seit mehr als hundert Jahren in der Familie ihrer Partnerin Janet weitervererbt wird.

»Wie lange war Gail bei Double S?«, erkundige ich mich.

»Etwa seit sie mit dem Masterstudium angefangen hat. Sie hat schon als Jugendliche zu jobben begonnen, nicht nur Forschung und Entwicklung, sondern auch Programmieren, Softwareentwürfe und das Einrichten von Datenbanken. Double S hat sie vor zweieinhalb Jahren damit beauftragt, ein neues System zur Datenbankverwaltung für sie aufzubauen, und so hat die Geschäftsbeziehung angefangen. Im Laufe der Zeit haben die sie überredet, sie ihr Geld anlegen zu lassen. Und dreimal darfst du raten, was nur wenig später geschah.« Sie rüttelt an dem Tisch, um festzustellen, welches Bein das

Problem ist. »Sie hat die Geschäftsbeziehung mit ihnen aufgekündigt und Carin Hegel beauftragt.«

»So schnell haben die fünfzig Millionen Dollar verzockt?«

»Ja, fast das ganze Geld, und Carin hat den Fall nicht unter der Prämisse der Erfolgsbeteiligung übernommen. Also muss man sich fragen, wie eine Frau, die beinahe ihr gesamtes Vermögen verloren hatte, sich die Anwaltshonorare leisten konnte. Anfangs klappte es vielleicht noch, aber irgendwann ist Schluss. Inzwischen müssen die Honorare Millionenhöhe erreicht haben.« Lucy faltet ihr Papierhandtuch zu einem winzigen Quadrat zusammen und schiebt es unter das zu kurze Tischbein. »Bist du jemals auf den Gedanken gekommen, dass Computertechnik in der Welt des Wirtschaftsverbrechens eine sehr nützliche Angelegenheit ist? Nimm zum Beispiel Drohnen. Und dann stell dir hochtechnisierte Überwachungstechnologie in den falschen Händen vor.«

»Ich kann es noch nicht offiziell bestätigen, aber ich bin sicher, dass Gail ermordet wurde. Wahrscheinlich bist du schon von selbst darauf gekommen, aber ich möchte dir klarmachen, dass der Täter sie sich aller Wahrscheinlichkeit nach gezielt als Opfer ausgesucht und dann entführt hat.«

Als Lucy wieder an dem Tisch rüttelt, wackelt dieser kaum noch.

»Ich wünschte, ich hätte die Videokamera aktiviert, als es wirklich wichtig war«, sagt sie, als mache ihr das von allem, was ich gerade gesagt habe, am meisten zu schaffen.

Trotz ihrer äußerlichen Gelassenheit ist sie aufgebracht. Es belastet sie, das merke ich ihr an.

»Du hattest die Möglichkeit, ihr Smartphone fernzusteuern.« Endlich komme ich auf den Gedanken, die Jacke auszuziehen, und lege sie auf meinen Schoß.

»*Ihr* Smartphone?« Lucys grüne Augen blitzen. »Die Chips, die Kamerafunktionen, die Kompatibilität, die Reichweite, alles ist von mir. Und ich habe die Produktbeschreibungen, Rechnungen und Copyrights, um das zu beweisen.«

»Was hatte Gail dann zu bieten?« Mir wird klar, wie dringend ich diesen Kaffee gebraucht habe. Er wärmt mir die Kehle und regt den Kreislauf an.

»Multimediasysteme, Datenpakete, Glasfaseroptik mit einem Upstream Speed, etwa zehnmal so schnell wie das, was heute möglich ist. Dazu Suchmaschinen, die Zielvorgaben, nicht nur Suchwörter verstehen. Dinge also, die mich sehr interessieren und an denen ich gearbeitet habe. Bei ein paar Drinks klangen ihre Vorschläge sehr gut.«

»Ich verstehe. Und offenbar hat sich alles nur als heiße Luft entpuppt.«

»Nicht gerade als heiße Luft, aber auch nicht als tragfähig. Und dann hat sie angefangen zu kippen. Ich habe ihr nicht verraten, dass ich ihr auf die Schliche gekommen war. Ich hatte da so eine App, und ich muss ihr zugutehalten, dass sie einige wirklich geniale Ideen dazu beigesteuert hat. Dann jedoch hatte sie ein paar andere Einfälle, die mir richtig Angst gemacht haben«, ergänzt sie, und ich denke an Bentons Anmerkung in Sachen biometrische Software und ihren potenziellen Einsatz bei Drohnen.

»Du hast sie in deiner Freizeit kennengelernt. Seit wann vertraust du fremden Leuten?«, frage ich sie.

»Vor etwa acht Monaten.« Lucy trinkt einen Schluck Kaffee und verzieht das Gesicht. »Billigmist aus Kenia, der schmeckt wie aus dem Supermarkt. Warum muss Bryce nur so ein Pfennigfuchser sein? Janet und ich haben sie zufällig in der Psi Bar getroffen, und so sind wir ins Gespräch gekommen. Wir begegnen dort vielen Leuten vom MIT und unterhalten uns mit ihnen. Das sind die Leute, mit denen ich mich am wohlsten fühle.«

»Und ihr habt einfach so beschlossen, zusammen an einem Projekt zu arbeiten.« Das Koffein dämpft den Kopfschmerz, der in mir aufsteigen will, seit Marino mich geweckt hat. Mir wird klar, dass ich dringend noch viel mehr Kaffee brauche. Ich schiebe meinen Stuhl zurück.

»Keine Ahnung, warum.« Sie spielt an ihrem Billigbecher herum und lässt ihn langsam auf dem Tisch kreisen. »Manchmal bin ich eben doof, Tante Kay.«

»Du bist niemals doof. Jeder von uns hat schon mal den falschen Leuten vertraut.«

»Anfangs hatte ich Mitleid mit ihr, weil sie uns so schreckliche Sachen erzählt hat. Sie sei in Kalifornien in armen Verhältnissen aufgewachsen, und ihr Vater, ein Alkoholiker, habe sich umgebracht, als sie zehn gewesen sei. Ihre Mutter litte an einer früh auftretenden Form von Alzheimer und werde von einer Schwester versorgt, die geistig behindert sei. Und dann habe Gail Leuten ihr ganzes Geld anvertraut, und ehe sie sich versehen habe, sei alles verzockt gewesen.«

Ich stehe auf, um mir noch einen Becher No-Name-Kaffee zu machen, der mir im Moment köstlich schmeckt.

»Ich dachte, ihre Fachkenntnisse könnten mir nützlich sein«, fährt Lucy fort. »Leider stützte sich meine Einschätzung darauf, dass sie als Teenager eine Menge Geld mit der Entwicklung wirklich cooler Smartphone-Apps gemacht hat.«

»Du hast dich zu ihr hingezogen gefühlt, weil es sich anhörte wie deine eigene Lebensgeschichte. Eine Jugendliche, hochbegabt, die über Nacht reich wird. Alle versuchen, sie auszunutzen, wie deine eigene Mutter, die erst wieder aufgetaucht ist, als du Geld hattest. Du unterstützt sie finanziell, und je länger du das tust, desto schlechter geht es ihr.«

»Wem? Meiner Mutter?«, höhnt Lucy.

»Das macht einen sehr einsam.«

»Ach, inzwischen hat sie etwas mit einem Typen aus Venezuela, der doppelt so alt ist wie sie. Habe ich das schon erwähnt? Lucio irgendwas. Besitzt jede Menge Immobilien in Miami. South Beach, Golden Beach, Bal Harbour. In seiner Jugend war er Showmaster im Fernsehen. Vor kurzem hat er sich den Magen verkleinern lassen, damit er für seine neue *mujer fatal* auch gut aussieht. Es ist echt verwirrend. Sie nennt uns beide *Luce.*«

»Das Pech, meine Schwester als Mutter zu haben.« Es hat bei Lucy Wunden hinterlassen, die vermutlich niemals heilen werden. Erst vertraut sie hundertprozentig, und wenn sie verletzt ist, vernichtet sie den Feind mit voller Wucht.

»Sie verdient nicht mehr viel Kohle, seit in ihrem vorletzten Kinderbuch ein Vampir mitspielt. Seit kurzem gibt es da auch noch ein Kind mit Zauberkräften, das ständig holperige Sprüche vor sich hin sagt«, fügt Lucy hinzu.

»Ich habe die Bücher nicht gelesen.«

»Ich tue es aus Gründen der Selbstverteidigung. Sie sollte ihre Autobiographie schreiben. *Fifty Shades of Dorothy.* Das verkauft sich bestimmt spitze.«

»Eines Tages wirst du aufgeben, sie zu hassen.«

»Ich glaube, Oma wird allmählich alt.«

»Meine Mutter ist schon seit einer Weile alt.«

»Mal im Ernst. Sie sollte nicht mehr Auto fahren. Sie fährt nämlich zu Publix einkaufen, mit dieser riesigen weißen Chanel-Handtasche, die sie von Mom hat, und findet anschließend ihr Auto nicht mehr. Und so schiebt sie ihren Einkaufswagen über den Parkplatz und drückt auf die Fernbedienung, bis die Scheinwerfer aufleuchten. Ein Wunder, dass sie noch nicht überfallen worden ist.«

»Ich muss sie anrufen.«

»Das Wort *muss* ist niemals gut. Hoffentlich benutzt du es nie, wenn du von mir sprichst«, erwidert Lucy.

25

»Wenn ich sie anrufe, wird sie wieder jammern, was für eine schlechte Tochter ich bin.« Ich fülle den Wasserfilterkrug am Edelstahlbecken. »So war es auch an dem Wochenende, gleich nachdem ich zurückgekommen war.«

»Wusste sie, was in Connecticut passiert ist?«

»Sie hat es in den Nachrichten gesehen.« Die Anmerkungen meiner Mutter dazu führe ich lieber nicht aus. Sie hat beinahe mir die Schuld gegeben und darüber geklagt, dass ich nie jemandem das Leben rette. Ich sollte in einem Bestattungsinstitut arbeiten, waren ihre Worte.

»Erzähl mir mehr von deiner Zusammenarbeit mit Gail.« Ich gieße Wasser in den Tank der Keurig-Maschine.

»In dieser Phase sollte sie eigentlich nur noch Stichproben machen, was sich aus irgendeinem Grund hinzog«, erklärt Lucy. »Monatelanges Ausbügeln von Problemen, während sie heimlich meine Apps kopiert und Eigenschaften und Funktionen hinzugefügt hat, mit denen ich niemals einverstanden gewesen wäre. Sie hat angenommen, dass ich nichts merke.« Sie trinkt einen Schluck Kaffee und lehnt sich zurück. »Ihre Programme sind nun vernichtet. Niemand wird sie mehr in die Finger kriegen.«

»Irgendwann kriegen die sie trotzdem. Wenn du von biometrischer Technologie, insbesondere Gesichtserkennung, sprichst, also Software, die von Drohnen im Inland verwendet wird, wirst du diesen beängstigenden Prozess nicht aufhalten können.«

»Und ich werde auch keine digitalen Augen in den Himmel katapultieren, damit sie unsere Mitbürger, unsere Polizei oder unsere Politiker bespitzeln. Das Problem ist nur, dass unsere Regierung diese Technik nicht als Einzige nutzt. Stell dir mal vor, was passiert, wenn Kriminelle Zugriff auf mit Überwachungstechnologie ausgestattete Drohnen bekommen.« Wieder erwähnt sie es. »Etwas, das so klein ist, dass es durch ein offenes Fenster hereinfliegen und auf dreihundert Meter Höhe verharren kann, um herauszufinden, wo die Zielperson wohnt, um Menschen in ihre Autos zu folgen, um einen großen Überfall oder die Erstürmung eines Hauses zu organisieren oder einen Mordanschlag auf jemanden zu verüben. Ich überlege mir lieber, wie man solche Albträume verhindern kann. Apropos: Der Vermisste, von dem Benton dir erzählt hat. Der Jugendliche, der vor siebzehn Jahren verschwunden ist?«

Ich zeige keine Reaktion.

»Du brauchst nicht zu antworten«, sagt sie. »Ich weiß, dass Benton mit dir darüber gesprochen hat, denn er muss sich jemandem öffnen, dem er vertraut. Außer mir. Es läuft nicht gut für ihn beim FBI.«

»Ja, das ist mir bekannt.«

»Alterungsprogramme. Gesichtserkennung. Um es einmal so auszudrücken: Martin Lagos ist in keiner Datenbank irgendwo auf diesem verdammten Planeten verzeichnet. Woher also die Idee, dass er plötzlich zum Serienmörder mutiert ist, der seine DNA hinterlässt? Vergiss es. So eine Suche kann ich von meinem Smartphone aus starten.«

»Ist deins mit dem von Gail identisch? Dem, das Marino jetzt hat?«

Lucy nimmt ihres vom Gürtel ihres Pilotenoveralls und legt es auf den Tisch. Es sieht, bis auf das schwarze, gummierte militärtaugliche Etui, aus wie ein gewöhnliches Smartphone.

»Das ist ein ganz normales Mobiltelefon«, verkündet Lucy. »Einfach nur ein Smartphone mit den üblichen Apps auf dem Bildschirm.«

»Zumindest macht es diesen Eindruck.« Als die Keurig zu zischen aufhört, hole ich den zweiten Kaffeebecher heraus.

»Was im Hintergrund läuft, kann man nicht sehen. Die interessanten Sachen.«

»Gefährliche Sachen?«

»Das trifft auf alles zu. Die Frage ist, wie man es benutzt. Ich habe die IP des Geräts, das Gail bei sich hatte, und konnte ihre laschen Sicherheitsmaßnahmen mühelos austricksen. Also ist alles, was sie auf ihrem Smartphone hatte, auch auf meinem und ebenso auf meinem Tablet und meinem Computer gelandet. Wenn sie etwas geändert hat, an dem ich gerade mit ihr arbeitete, konnte ich deshalb jeden Tastendruck beobachten.«

»Du hast ihr offenbar nicht über den Weg getraut.« Ich nehme wieder Platz.

»Natürlich nicht. Das hörte auf, als ich zur eidesstattlichen Vernehmung vorgeladen wurde.«

Von meinem Platz aus habe ich Lucys gewaltigen schwarzen SUV genau im Blick, einen Tarnkappenbomber auf Rädern mit der Luxusausstattung eines Privatjets.

»Hat sie dir denn vertraut?« Da sind so viele Fragen, die ich ihr gern stellen möchte.

»Ich habe ihr nie einen Anlass fürs Gegenteil geliefert.«

»Du hast ihr seit letztem Sommer nicht mehr vertraut und dich dennoch offenbar entschieden, die Zusammenarbeit mit ihr nicht zu beenden.«

»Ich wollte es sehr bald tun.«

»Sind die Probleme mit ihr der Grund, warum du inzwischen in einem gepanzerten Auto herumfährst?«

Sie betrachtet den SUV, als wäre er ein Kind oder ein geliebtes Haustier. »Ich habe es mir aus keinem besonderen Grund angeschafft.«

»Wem, außer Schweinemästern, bist du sonst noch auf den Schlips getreten, Lucy?«

»Al-Qaida mag mich nicht. Die Neonazis mögen mich auch nicht. Schwulenfeinde, Machos, Gegner der Homoehe und Dschihadisten können mich nicht ab. Und bald wäre Double S auch aus meinem Fanclub ausgetreten«, erwidert sie, und die Vorstellung scheint ihr zu gefallen. »Und, ja, die Liste der Schweinemäster ist ziemlich lang. Kürzlich ist auch noch ein Stopfleberbetrieb in New York State hinzugekommen. Diese Farm des Grauens gehört angezündet, solange man nur vorher die Gänse rausholt. Und wenn wir schon dabei sind, Marino ist vermutlich auch ziemlich böse auf mich. Seine neue Bullenschaukel ist nämlich nur ein Vierzylinder und besteht hauptsächlich aus Plastik«, höhnt sie zornig.

»Was genau weiß er?«

»Genau gar nichts, und ich habe auch nicht vor, ihm ein Sterbenswörtchen zu verraten. Ich habe ihn beobachtet, als er das Smartphone hinter der Psi Bar aufgehoben hat. Er hat keine Ahnung, und das wird auch so bleiben, richtig?« Lucy sieht mich an.

»Von mir wird er nichts erfahren. Es sollte von dir kommen.«

»Es wird von niemandem kommen«, entgegnet sie gehässig. »Es ist doch nur Marino, der Räuber und Gendarm spielt, nachdem er sich jahrelang wie ein Lakai gefühlt hat.«

»Hoffentlich sagst du ihm das nie ins Gesicht.«

»Als mir klarwurde, dass Gail verschwunden ist …«

»Wann war das? Ich habe dir erst gegen halb sechs, als Marino mich zum Briggs Field fuhr, eine SMS geschickt. Wann bist du auf den Gedanken gekommen, dich in ihr Smartphone zu hacken?« Ich klinge, als würde ich sie verhören.

»Um Mitternacht«, bestätigt sie mir, was ich schon von Benton weiß. »Als meine Suchmaschinen auf etwas gestoßen sind, was auf der Website von Channel Five gepostet worden war. Daraufhin habe ich sofort die GPS-Position des Geräts ermittelt, also die Psi Bar. Als ich dort anrief, hieß es, sie sei seit mindestens sechs Stunden weg. Da war mir sofort klar, dass etwas nicht stimmt. Also habe ich die Videokamera aktiviert und auf automatischer Einstellung weiterlaufen lassen. Sie verfügt über ein Weitwinkelobjektiv mit Bewegungsmelder und schwenkbarer Speed-Dome-Funktion. So dass ich bis zu meiner Ankunft dort alles verfolgen konnte.«

»Du wolltest dir das Smartphone gleich nach deiner Rückkehr holen.«

»Ja.«

»Aber Marino ist dir zuvorgekommen.«

»Ich habe ihn dabei beobachtet.« Lucy scheint sich hauptsächlich über sich selbst zu ärgern. »Schade, dass ich die Videokamera bei unserem gestrigen Telefonat nicht eingeschaltet hatte. Aber ich hatte ja keinen Grund zu dem Verdacht, dass etwas nicht stimmen könnte.«

Sie steht auf und kippt ihren Kaffee ins Spülbecken.

»Wenn ich nur die geringste Vermutung gehabt hätte, dass da etwas im Busch ist, hätte ich hingeschaut.« Sie lehnt sich mit dem Rücken an die Spüle. »Dann hätte ich gesehen, was draußen hinter der Bar passiert ist. Ich bin sicher, dass sie aus dem Hinterhalt überfallen worden ist. Wenn sie nur ein oder zwei Sekunden Vorwarnung gehabt hätte, hätte sie die Kamera selbst aktiviert, und dann wäre alles sofort bei mir gelandet. Sie hätte nur auf die Notfall-App drücken müssen, doch sie hat es nicht getan. Obwohl sie eine auf ihrem Bildschirm hatte, hat sie sie nicht ausgelöst.«

»Nach dem Telefonat mit dir hat sie Carin Hegel angerufen.

Die Verbindung wurde unterbrochen«, fordere ich sie auf, mir zu erzählen, was sie darüber weiß.

»Vierundzwanzig Sekunden später.« Lucy wirft ihren Becher in den Müll und setzt sich wieder.

»Und was dann geschah, verstehe ich nicht«, erwidere ich. »Man möchte doch annehmen, dass Gail etwas gesagt hat, irgendein Hinweis darauf, dass jemand auf sie zukommt und sie angesprochen oder erschreckt hat. Doch laut Carin brach die Verbindung einfach ab. Sie hat noch eine Weile weitergeredet, ohne zu bemerken, dass Gail gar nicht mehr am Apparat war.«

»Die Verbindung ist nicht abgebrochen.« Lucy greift nach ihrem eigenen Telefon, das auf dem Tisch liegt. »Das ist erst passiert, als Carin aufgelegt hat. Und zu diesem Zeitpunkt war Gail schon nicht mehr im Besitz ihres Smartphones.« Sie gibt auf dem Touchscreen ein Passwort ein.

»Wie konnte das geschehen, ohne dass Carin etwas gehört hat? Protest, einen Schrei, ein Gespräch oder einen Streit?«

Lucy klickt eine Audiodatei an.

»Carin Hegel«, ist die vertraute Stimme der Anwältin in der Aufnahme zu hören, die Lucy sicher heimlich gemacht hat.

»Hey. Gab's was Neues, seit ich Sie zuletzt gesehen habe? Haben die noch zwanzig Anträge gestellt, um uns die Zeit zu stehlen und meine Rechnungen in die Höhe zu treiben?« Gail Shiptons Stimme klingt weich, moduliert, hoch und mädchenhaft.

Ich spüre nichts von dem tiefsitzenden Hass, mit dem ich gerechnet habe. Eigentlich hätte sie Double S verabscheuen und eine Mordswut auf diese Leute haben sollen, insbesondere dann, wenn sie darauf anspielt, dass sie ihr mutwillig Kosten produzieren.

»Spul das bitte noch mal zurück«, sage ich zu Lucy. Sie tut es.

Gail Shipton hört sich zu ruhig an. Ich mache einen gekünstelten Unterton aus, wie bei einem Laienschauspieler, der hölzern eine Textzeile herunterbetet. Das fällt mir auf, weil ich nach etwas suche, das nicht passt. Lucy spielt die Aufnahme noch einmal ab.

»Carin Hegel.«

»Hey. Gab's was Neues, seit ich Sie zuletzt gesehen habe? Haben die noch zwanzig Anträge gestellt, um uns die Zeit zu stehlen und meine Rechnungen in die Höhe zu treiben?«

»Leider liegen Sie nicht völlig falsch«, antwortet Hegel.

»Ich stehe draußen vor der Psi Bar, aber es ist trotzdem ziemlich laut«, erwidert Gail Shipton. »Wie bitte? Kann ich etwas für Sie tun?«

»Ich wollte mit Ihnen nur über Ihre neueste Rechnung sprechen, die ich gerade auf den Schreibtisch gekriegt habe«, sagt Hegels Stimme in der Aufnahme.

Eine Pause entsteht. Schweigen.

»Sie ist ziemlich hoch, wie es so kurz vor Prozessbeginn nicht anders zu erwarten ist.«

Wieder Schweigen.

»Gail? Sind Sie noch dran? Verdammt.« Hegel klingt ungeduldig. »Ich lege jetzt auf und versuche es noch einmal.«

»Das hat sie auch getan«, sagt Lucy. »Aber Gail ist nicht mehr rangegangen.«

Sie spielt den Anfang der Aufnahme ab.

»Wie bitte?«, sagt Gails Stimme. »Kann ich etwas für Sie tun?«

»Sie redet nicht mit Carin.« Lucy spielt den Satz erneut ab, diesmal ein wenig lauter.

»Wie bitte? Kann ich etwas für Sie tun?«

Ich horche auf Hintergrundgeräusche und kann gedämpfte Musik aus dem Lokal hören, allerdings nicht feststellen, ob Gail mit jemandem auf dem Parkplatz spricht, denn da ist nichts außer dieser Musik, New Age, was bis jetzt immer in der Psi Bar lief, wenn ich dort war.

»Wie lange schneidest du Gails Telefonate schon mit?«, frage ich.

»Ein Kinderspiel, wenn sie mit meinem Smartphone telefoniert. Und jetzt hör dir das an«, erwidert Lucy. »Ich habe die Aufnahme bereinigt, die Hintergrundgeräusche von der Musik in der Bar getrennt, verstärkt, was da ist, und die zeitliche Abfolge genau analysiert. Das Geräusch ist vor ihrem Anruf bei Carin erfolgt.«

Sie spielt die bearbeitete Aufnahme ab, und ich kann deutlich einen Motor im Leerlauf erkennen. Und dann höre ich noch etwas, nämlich meine Nichte.

»... wir lassen uns etwas Schriftliches aufsetzen, wenn ich aus Washington zurück bin«, sagt Lucys aufgenommene Stimme. »Jetzt, so kurz vor dem Prozess, ist nicht der richtige Zeitpunkt, um Ärger zu machen, auch wenn du glaubst, dass er nicht stattfinden wird. Du kannst es dir momentan nicht leisten, auch nur den Anschein zu erwecken, dass du ein Problem mit mir hast.«

»Warum sollte es eines geben? Die werden sich außergerichtlich einigen. Keine Sorge, alles wird fair geregelt«, flötet Gail in einem Tonfall, den ich als unaufrichtig empfinde. Außerdem ist da noch etwas.

Das Rumpeln eines Motors. Ganz in der Nähe, auf dem dunklen Parkplatz hinter dem Lokal, steht ein Auto mit laufendem Motor. Und falls Gail das bemerkt hat, scheint es sie nicht zu stören oder auch nur im Geringsten nervös zu machen.

26

»Ein V8-Motor«, verkündet Lucy. »Ordentliche PS-Zahl, vierhundert oder so, eine große Limousine oder ein SUV.«

Geländereifen von Goodyear, die man für Pick-ups und Offroader benutzt, waren Bentons Worte. Jemand, der gern Risiken eingeht, Extremsportarten betreibt und kein Problem damit hat, anderer Leute Pick-ups aufzubrechen oder über einen Golfplatz zu fahren.

»Nicht für hohe Geschwindigkeiten ausgelegt, die klingen anders beim Gasgeben«, erklärt Lucy. »Das Auto war während des gesamten Telefongesprächs mit mir da, was heißt, dass es schon draußen stand, als sie rausgegangen ist, um meinen Anruf anzunehmen. Sie hat sich nicht dafür interessiert und es entweder kaum oder gar nicht zur Kenntnis genommen. Bis zu diesem Moment.«

Lucy klickt eine Datei an und spielt mir noch einmal denselben Satz vor.

»Wie bitte? Kann ich etwas für Sie tun?«

»Sie redet nicht mit Carin, sondern mit jemand anderem«, stellt Lucy mit dem Brustton der Überzeugung fest. »Das merkt man daran, dass sich ihr Tonfall verändert. Man erkennt es kaum, aber es ist, als käme jemand auf sie zu und wolle sie ansprechen, und zwar völlig ruhig und entspannt.«

»Der Mensch spricht sie an, obwohl sie telefoniert. Es macht ihm also nichts aus, sie dabei zu stören«, überlege ich laut. »Und sie klingt weder erschrocken noch argwöhnisch.«

»Allerdings auch nicht freundlich«, ergänzt Lucy. »Ich

glaube nicht, dass sie die Person kennt, aber sie fürchtet sich nicht vor ihr, wer immer es auch sein mag. Sie verhält sich höflich und fühlt sich offenbar nicht bedroht. Und hier hätten wir das andere Geräusch, das ich am Anfang des Telefonats mit Carin aus dem Hintergrundlärm herausgefiltert habe. Ich habe alles bis auf das Auto geschnitten.«

Sie spielt die Stelle ab. Ich höre das Rumpeln eines Motors, sonst nichts. Nur das leise, stete Grollen eines großen Benzinmotors im Leerlauf.

»Und jetzt spricht sie mit jemandem«, sagt Lucy.

»Wie bitte? Kann ich etwas für Sie tun?«

»Aber was du nicht hörst, ist das Zufallen einer Autotür«, erklärt Lucy. »Also ist derjenige offenbar aus dem Fahrzeug gestiegen und auf sie zugegangen, hat die Tür allerdings offen gelassen oder nur angelehnt. Ansonsten müssten wir das Geräusch nämlich auf Band haben. Es verändert sich überhaupt nichts an der Lautstärke. Das heißt, dass unser Unbekannter verdammt leise sein muss. Außerdem wirkt sie nicht erschrocken, nur höflich, interessiert und ruhig.«

Lucy spielt die Stelle noch einmal ab.

»Wie bitte? Kann ich etwas für Sie tun?«

»Anscheinend gibt er sich als eine Person aus, die zunächst keinen Argwohn erregt.« Ich kann es mir gut vorstellen.

Eine bestimmte Verkleidung und ein gut einstudiertes Verhalten, die es ihm schon zuvor mindestens dreimal ermöglicht haben, einen Mord zu begehen. Vermutlich noch bei vielen anderen Gelegenheiten, als er jemanden verfolgt hat, ohne dass derjenige ahnte, wie knapp er dem Tod von der Schippe gesprungen ist. Täter wie er lieben Generalproben. Sie suchen sich potenzielle Opfer aus und schwelgen in Phantasien, bis sie schließlich zuschlagen und jemanden entführen und umbringen.

»Du glaubst, sie ist kein Einzelfall.« Lucy mustert mich

forschend. »Ist das Bentons Schlussfolgerung, nachdem er das ganze Briggs Field durchkämmt hat? Du hast sie dir am Fundort angesehen. Wurde sie vermutlich ermordet oder ganz bestimmt? Erkennst du oder Benton Übereinstimmungen mit anderen Morden?«

»Wer könnte sonst noch gewusst haben, was deine und Gails Software alles kann?«

»Der Angreifer hatte jedenfalls nicht die geringste Ahnung.« Lucy fixiert mich mit Blicken. »Die Software hat nichts mit dem zu tun, was ihr zugestoßen ist, und das kann ich nur mit Nachdruck wiederholen. Würdest du jemanden überfallen, der so ein Gerät bei sich hat? Wenn du es wüsstest?« Sie weist auf das Smartphone, das auf dem Tisch liegt.

»Wenn ich es wüsste, wäre mir nicht wohl dabei«, stimme ich zu. »Ich würde befürchten, währenddessen aufgenommen zu werden.«

»Und wenn es dem Täter um die Software gegangen wäre, hätte er das Gerät nicht auf dem Boden liegengelassen«, fügt Lucy hinzu. »Der Entführer hat sich nicht dafür interessiert und wusste nichts von dem Dronephone.«

»Was soll denn das sein?«

»So etwas wie ein tragbarer Roboter und in diesem Fall kein Beweisstück.«

»Für Marino ist es eines.«

»Der tickt nicht mehr sauber.«

»Offenbar hast du heimlich Aufnahmen gemacht …«

»Weil ich Gail nicht über den Weg getraut habe und erfahren wollte, was sie hinter meinem Rücken treibt. Fast hätte ich es geschafft.«

»Und jetzt traut Marino *dir* nicht über den Weg und umgekehrt. Ich möchte nicht, dass du Schwierigkeiten mit ihm bekommst.«

»Der kann mir nichts nachweisen. Ich habe ihn jede Minute beobachtet. Als er endlich mit dem Analysegerät – übrigens habe ich es programmiert und ihm gezeigt, wie man es benutzt – das Passwort geknackt hatte, war ich ihm schon zehn Schritte voraus. Ich konnte ihn sehen, während er nur das gesehen hat, was ihn meiner Ansicht nach etwas anging.«

»Er behauptet, dass Apps, Mails und Nachrichten auf der Mailbox, die anfangs noch da waren, inzwischen verschwunden sind.«

»Nachdem er das Gerät hatte, musste ich gewisse Vorsichtsmaßnahmen ergreifen.«

»Ich glaube nicht, dass er Verständnis dafür haben wird, Lucy. Ich gehe sogar eher vom Gegenteil aus. Er möchte nämlich aller Welt beweisen, dass er niemanden bevorzugt und mit der Vergangenheit abgeschlossen hat.«

»Soll doch die CIA das Ding kriegen. Mir ist es egal. Keiner kann etwas beweisen. Jetzt brauche ich mir wenigstens keine Sorgen mehr zu machen, dass Gails kaputter Mist oder irgendwas anderes in die falschen Hände gerät. Der Zug ist endgültig abgefahren.«

»Kaputter Mist, der ein Mordmotiv sein könnte?«, frage ich.

»Auf gar keinen Fall. Der Mörder hatte keine Ahnung, wie wichtig das Ding war, mit dem sie gerade telefonierte, als er aufgekreuzt ist. Für ihn war es nur ein Telefon.«

Als Lucy mich ansieht, erkenne ich nicht nur Empörung, sondern auch Enttäuschung in ihrem Blick. Ich habe sie gekränkt.

»Sie war kein guter Mensch, Tante Kay. Sie hat versucht, mich zu verarschen. Sie hat versucht, Carin zu verarschen. Im Grunde genommen hat sich Gail einzig und allein für sich selbst interessiert. Und zu guter Letzt hat sie in die Röhre geschaut. Das meine ich nicht finanziell.«

»Was genau ist ein Dronephone?«, erkundige ich mich.

An der Anlieferungszone schrillt ein Signal. Das Geräusch ist laut und störend und zerrt an meinen Nerven.

»Ich habe es für die Nutzung im Inland entwickelt, um den Menschen zu helfen«, erklärt Lucy. »Damit kann man Leben retten. Stell dir vor, du könntest Drohnen mit dem Smartphone lenken. Keine unbemannten Flugkörper für militärische Zwecke, sondern kleinere. Um Immobilien, Sportveranstaltungen, Straßenverhältnisse, das Wetter oder Wildtiere für die Forschung zu filmen, ohne dabei Piloten in Gefahr zu bringen.«

Als sie über ihr Lieblingsthema spricht, fängt sie an zu strahlen. Es war schon immer so, dass sie technische Erfindungen und Maschinen spannender fand als Stürme oder Sonnenuntergänge.

»Das war anfangs unser Thema, und dann ist Gail auf die schiefe Bahn geraten. Vielleicht war das ja auch von Anfang an ihr Plan.« Ihre Miene verfinstert sich wieder. »Paparazzi-Fotos, schwere Verletzungen der Privatsphäre. Die Jagd auf Tiere. Die Jagd auf Menschen. Spionage. Gewalt, verübt von Zivilisten, und zwar aus den niedrigsten Motiven.«

Ich beobachte, wie das Rolltor aufgeht. Der Lichtstreifen in der breiter werdenden Öffnung ist nicht mehr so hell wie zuvor.

»Etwas ist mit ihr passiert.« Lucy klingt gnadenlos hart. »Vielleicht ist es ja schon vor unserer Begegnung geschehen. Und irgendwann hat es Besitz von ihr ergriffen. Davon bin ich überzeugt. Ich hätte ihr geholfen, wenn sie mich darum gebeten hätte. Doch stattdessen hat sie versucht, mir zu schaden.«

Feuchtkalte Morgenluft weht herein. Im nächsten Moment läutet mein Telefon. Ich sehe nach und stelle fest, dass es Dr. Henrik Venter, der Chief Medical Examiner von Maryland, ist und nehme das Gespräch an.

»Der Empfang hier drin ist miserabel«, sage ich anstelle einer Begrüßung. »Ich rufe Sie vom Festnetz zurück.« Ich stehe auf und gehe zu dem Telefon, das neben dem Kaffeewagen an der Wand hängt.

Ich wähle seine Nummer. »Wie geht es Ihnen, Henrik?«

»Ich kämpfe gerade um Fördergelder, die Hälfte meiner Leute liegt mit Grippe im Bett oder hat Urlaub, und sie haben uns gerade eine Riesenlieferung falscher HEPA-Filter geschickt. Sonst geht es mir blendend. Was kann ich für Sie tun, Kay?«

Ich erkläre ihm, wir hätten eine heikle Situation, was die DNA in den Fällen in Washington anginge, und außerdem einen offenbar damit zusammenhängenden Mordfall in Cambridge. Es könnte sein, dass der Hauptstadtmörder inzwischen in Massachusetts sein Unwesen treibt.

»Die Sache ist an verschiedenen Fronten streng geheim, und außerdem könnte es ein Problem auf Bundesebene geben«, füge ich in vielsagendem Ton hinzu.

»Ich habe in den Nachrichten gesehen, dass im MIT eine Leiche gefunden wurde«, erwidert Dr. Venter. »Weitere Einzelheiten wurden nicht berichtet. Hatte sie eine Tüte von einem Kosmetikladen über dem Kopf? Und war bedrucktes Klebeband im Spiel?«

»Keine Tüte, kein Klebeband, aber sie war in eine ungewöhnliche weiße Stoffbahn gewickelt, und ich gehe von einem Erstickungstod aus.«

»Wie interessant«, antwortet er. »Denn in unserem Fall hier, Julianne Goulet, glaube ich auch, dass sie erstickt wurde, allerdings nicht unbedingt mit der an ihrem Hals zugeklebten Plastiktüte. Die Autopsieergebnisse waren ziemlich verwirrend. Ich habe bläuliche Fasern in ihrer Luftröhre und ihrer Lunge gefunden. Ich frage mich, ob er ihr irgendeinen Stoff aufs Gesicht gedrückt hat.«

»Lycra.«

»Ja.«

»Als sie qualvoll nach Luft gerungen hat, hat sie die Fasern eingeatmet, und als sie an dem Stoff zerrte, sind die gleichen Fasern unter ihre Nägel geraten«, merke ich an.

»Genau. Meiner Ansicht nach wurden Tüte und verziertes Klebeband als eine Art Dekoration verwendet, als sie schon tot war. Genau wie der weiße Stoff und die Art, wie die Leiche drapiert wurde. Natürlich ist das nur meine persönliche Meinung.«

»Henri, ich würde mich freuen, wenn Sie unsere DNA-Analyse, nachdem sie fertig ist, mit Ihren ursprünglichen Untersuchungsergebnissen im Fall Goulet vergleichen könnten – nicht mit CODIS«, komme ich auf mein eigentliches Thema zu sprechen. »Oder vielleicht sollte ich es besser so ausdrücken, dass ich kein DNA-Profil, das wir erstellen, mit dem abgleichen möchte, was derzeit in CODIS ist.«

»Derzeit?«

»Ich stelle nicht die Zuverlässigkeit von CODIS an sich in Frage, nur in diesem einen Fall, den Ihr Institut bearbeitet hat. Julianne Goulet und das DNA-Profil, das Ihr Labor an dem Höschen sichergestellt hat, das sie trug. Ich frage mich, ob beim Einspeichern in CODIS ein Eingabefehler passiert sein könnte«, erkläre ich. Lucy starrt mich an.

»O mein Gott.« Er versteht, was ich andeuten möchte. »Das ist ziemlich beunruhigend.«

Das Rolltor ist ärgerlich laut, und ich sehe durch den sich öffnenden Spalt, dass sich ein Leichenwagen nähert, ein Cadillac mit einem Weihnachtskranz am Kühlergrill.

»Soweit mir bekannt ist, wurde besagtes DNA-Profil von dem Höschen einem Verdächtigen zugeordnet, einem Menschen, der seit siebzehn Jahren vermisst wird und von einigen seitdem für tot gehalten wird«, fahre ich fort, um ihm die unschöne Möglichkeit zu vermitteln, dass eine Manipulation stattgefunden haben könnte.

»Ich weiß nichts von einem Verdächtigen«, antwortet Dr. Venter.

»Das FBI hat einen.«

»Davon hat mir niemand etwas erzählt. Es wurde auch keine Akteneinsicht verlangt, und das wäre verpflichtend, wenn es eine Übereinstimmung mit CODIS gibt. Das Labor, das die ursprüngliche Analyse durchgeführt hat, müsste das bestätigen. Das ist ja unglaublich, was Sie da andeuten.«

»Soweit mir bekannt ist, handelt es sich bei dem fraglichen Fleck um Blut«, hake ich nach.

»Das stimmt nicht ganz. Wir haben eine Mischung von Flüssigkeiten untersucht, die auf dem Höschen, das Julianne Goulet trug, einen Fleck erzeugt haben«, antwortet er. »Vermutlich stammt dieses Höschen von einem früheren Opfer, einer Frau, deren Leiche eine Woche zuvor in Virginia gefunden wurde. Der Name ist mir im Moment entfallen.«

»Sally Carson.«

»Ja.«

»Doch das Profil auf dem Höschen entpuppte sich nicht als ihres«, teile ich ihm mit, »was seltsam ist, da sie es laut Zeugenaussage getragen hat, als sie vor ihrem Verschwinden das Haus verließ. Offenbar wurde ihre DNA gar nicht gefunden.«

»Über den Fall Carson weiß ich rein gar nichts. Dafür war Virginia zuständig, und niemand redet mit mir.«

»Ich fürchte, aus Gründen, die nicht unbedingt begrüßenswert sind.«

»Ich rufe gerade den aktuellen Bericht über den Fall Goulet auf. Doch ich bin ziemlich sicher, dass die DNA hier auch nicht von ihr ist, denn wir haben natürlich ihre Blutkarte und ihr Profil. Also würden wir wissen, ob die DNA an dem Höschen, das ihr vermutlich nach dem Tod angezogen wurde, von ihr stammt. Wie Ihnen sicher bekannt ist, untersuchen wir verschiedene Körperflüssigkeiten mit biospektroskopischen Methoden, und zwar hauptsächlich auf Ribonukleinsäuremarker, also genauso wie Sie. Deshalb kann ich Ihnen ganz klar sagen, was das für Flüssigkeiten waren und ob sich mehrere Profile vermischt hatten. Aber ich bin ziemlich sicher, dass das nicht so war. Meiner Erinnerung nach kamen sie alle aus derselben Quelle, sprich, vom selben Menschen.«

Ich warte, während er seine Datenbank durchschaut. Inzwischen ist das Rolltor ganz offen. Durch die große, quadratische Öffnung sehe ich Federwolken und in der Ferne dichtere, die sich zusammenballen. Langsam rollt der lange schwarze Leichenwagen vorwärts, angetrieben von einem ruhig laufenden Motor, neu und stromlinienförmig, ein Gefährt, das die Mitarbeiter von Bestattungsunternehmen stolz als Landaulet bezeichnen.

»Ich habe den Bericht vor mir liegen«, meldet Dr. Venter sich wieder. »Vaginalflüssigkeit, Urin und Menstruationsblut, alles von derselben Frau. Wir haben hier nur die Identifikationsnummer, die wir der Probe zugeteilt haben, als wir das Profil in CODIS eingaben. Wie Sie sich denken können, wissen wir nicht, um wen es sich handelt.«

Einerseits überrascht mich diese Information, andererseits leider nicht. Ich teile ihm mit, dass Sally Carson laut Autopsiebericht ihre Periode hatte, als sie entführt und ermordet wurde. Es ist möglich, wenn auch nicht wahrscheinlich, dass der Fleck auf dem Höschen an Julianne Goulets Leiche mit Carsons DNA übereinstimmt. Tut er aber nicht, weil jemand offenbar CODIS, die Datenbank des FBI, manipuliert hat. Obwohl ich es nicht laut ausspreche, habe ich den Verdacht, dass Carsons Profil mit dem von Martin Lagos ausgetauscht wurde, was erklären würde, warum er »Blut«, wie Benton es nannte, auf dem Höschen an Julianne Goulets Leiche hinterlassen konnte.

»Ich sehe mir gerade an, was mir vorliegt. Wir wurden ganz sicher nicht über eine DNA-Übereinstimmung informiert«, verkündet Dr. Venter ungehalten. »Man hätte uns das Profil des Verdächtigen zu Vergleichszwecken schicken müssen, und das ist nicht geschehen.«

»Ein Profil eines Verdächtigen aus einer DNA-Analyse, die vor siebzehn Jahren in Virginia durchgeführt wurde«, antwortete ich. »Eines Mannes, der, wie man mir sagte, seitdem nicht mehr gesehen wurde.«

»Eines Mannes?«, ruft er aus. »Vaginalflüssigkeit und Blut wurden ganz sicher nicht von einem Mann hinterlassen.«

»Genau. Verstehen Sie jetzt mein Problem?«

»Außerdem hätte man sich wegen einer Bestätigung mit Virginia in Verbindung setzen müssen«, fügt Dr. Venter hinzu.

»Ich werde mich ganz sicher nicht mit Virginia in Verbindung setzen. Im letzten Sommer ist die ehemalige Laborchefin dort Leiterin des Bundeslabors des FBI geworden. Eine ziemlich rasante Beförderung. Ich kenne sie nicht persönlich.«

»Das ist wirklich ausgesprochen beunruhigend«, meint Dr. Venter. »Ich habe die Autopsie im Fall Goulet persönlich durchgeführt, und mir war, offen gestanden, schon vor unserem Gespräch nicht wohl damit, wie man ihn behandelt hat. Wie heißt noch mal der Mensch, der, als Sie noch in Virginia waren, in der Außenstelle in Washington beschäftigt war und jetzt in Boston arbeitet … Nun, wahrscheinlich sind Sie ihm damals nicht begegnet.«

»Ed Granby.«

Lucy lässt mich nicht aus den Augen.

»Er hat mir ziemlich unverhohlen gedroht«, erwidert Dr. Venter. »Er sagte, ich wolle es mir sicher nicht mit dem Justizministerium verscherzen, was geschehen würde, wenn ich auch nur eine Wort über den Fall Goulet verlöre. Ihm sei natürlich viel daran gelegen, keine Trittbrettfahrer zu ermutigen.«

»Das ist seine alte Leier.« Ich komme auf den fluoreszierenden Staub im Fall Gail Shipton zu sprechen, der bei den anderen Leichen offenbar nicht vorhanden war. »Ich wollte mich nur vergewissern, dass Sie nicht auf so etwas gestoßen sind.«

»Eine graue, zähflüssige Substanz, die ich in Mund und Nase gefunden habe.« Er öffnet den entsprechenden Bericht. »Ein mineralischer Fingerabdruck, sichtbar unter dem Rasterelektronenmikroskop, Halit, Kalzit und Aragonit, die unter UV-Licht auffällig rot, dunkelviolett und smaragdgrün aufgeleuchtet haben.«

»Ich erinnere mich, dass diese zähflüssige Substanz in den Berichten erwähnt wurde. Etwas Graues zwischen Goulets Zähnen und auf ihrer Zunge.« Weitere Details verkneife ich mir.

Allerdings weiß er, mit wem ich verheiratet bin, und kann sich deshalb vermutlich denken, woher ich die Informationen habe. Lucy steht auf, stellt sich dicht neben mich, starrt mich an und macht keinen Hehl daraus, dass sie lauscht.

»Es wurde nicht erwähnt, dass diese Mineralien unter UV-Licht fluoreszieren. Allerdings wäre das beim Bericht über Elementarteilchen auch nicht der Fall«, füge ich hinzu.

»Wäre es nicht.«

»Ich habe diese fluoreszierende Substanz bei der Toten von heute Morgen auf der gesamten Leiche entdeckt.« Ich beobachte, wie zwei Mitarbeiter des Bestattungsinstituts in förmlichen Anzügen die Heckklappe des Leichenwagens öffnen.

»Im Computertomographen war es ziemlich deutlich zu sehen«, sagt Dr. Venter. »Allerdings weist nichts darauf hin, dass sie die Substanz, was immer es auch sein mag, eingeatmet hat. Ich habe nichts davon in ihren Nebenhöhlen, der Luftröhre oder der Lunge gefunden.«

»Im Fall in Virginia, Sally Carson, wurde keine derartige Substanz erwähnt. Allerdings haben die dort keinen CT.«

»Darüber verfügen nur wenige Institute. Also wurde es vielleicht nicht sofort entdeckt und ist während der Autopsie verlorengegangen«, antwortet Dr. Venter.

»Könnten Sie mir alles, was Sie haben, per E-Mail schicken? Die Zeit drängt.«

»Bin schon dabei.«

Ich bedanke mich bei ihm und beende das Gespräch.

»Ist alles in Ordnung?« Nach dem zu urteilen, was Lucy mitgehört hat, ist das ein Ding der Unmöglichkeit.

»Dr. Venter, der Chief Medical Examiner von Maryland, schickt mir die Berichte«, erwidere ich. »Vielleicht kannst du mir helfen, indem du meine Mails überprüfst und dafür sorgst, dass sie so schnell wie möglich an die entsprechenden Labors weitergeleitet werden. Außerdem erwarte ich einen Fall von Benton.« Ich möchte den Namen Gabriela Lagos nicht in Hörweite der beiden Männer vom Bestattungsinstitut aussprechen. Nein, ich werde kein Wort mehr sagen, und Lucy ist klug genug, es auch nicht zu tun.

Während wir die Rampe zu der Tür hinaufgehen, die ins Innere des Gebäudes führt, fragt sie schon mit ihrem Smartphone Mails ab. Ich halte meinen Daumen über das biometrische Schloss, als die beiden Männer eine Bahre auf uns zurollen. Die kleinen Räder klappern.

»Wie geht es Ihnen, Chief? Habe gehört, Sie hatten ein scheußliches Wochenende.«

»Alles in Ordnung.« Ich halte ihnen die Tür auf.

»Die Welt dreht immer mehr durch.«

»Sie könnten recht haben.« Ich schließe die Tür hinter uns.

»Das war vielleicht ein Unwetter. In ein oder zwei Tagen könnten wir Schnee kriegen.«

Sie schieben die Bahre in die Aufnahmezone, wo gewaltige Kühlkammern mit Edelstahltüren und Gefrierschränke eine gesamte Wand einnehmen.

»Innerhalb der letzten Stunde gab es einen Temperatursturz um zehn Grad. In South Shore hat es ziemlich heftig gestürmt, aber hier ist es nicht so schlimm. Man weiß nicht, ob man schon einen Wintermantel braucht oder nicht. Einen ziemlich tragischen Fall haben wir hier. Offenbar begehen viele Leute um diese Jahreszeit Selbstmord.«

»Es kommt einem nur so vor, weil es jedes Mal ein Jammer ist.« Ich kontrolliere das Etikett am äußeren Leichensack, blaues Kunstleder mit dem aufgestickten Namen des Bestattungsinstituts. »Den können Sie wieder mitnehmen.« Ich öffne ihn, so dass der dünne weiße Beutel darunter in Sicht kommt. Die starren Arme der Toten zeichnen sich darunter ab, erhoben und an den Ellbogen angewinkelt wie bei einer Boxerin.

»Nur zweiunddreißig Jahre alt«, sagt einer der Männer, während wir den äußeren Leichensack entfernen. »Angezogen, als wolle sie in die Kirche, geschminkt und tot im Bett. Leere Tablettendöschen auf dem Nachttisch. Tavor und Zoloft. Kein Abschiedsbrief.«

»Viele schreiben keinen«, erwidere ich. »Sie lassen lieber Taten sprechen.«

27

In der Pförtnerloge sitzt Ron, umgeben von den Flachbildschirmen der Überwachungskameras, hinter kugelsicherem Glas. Er schiebt die Scheibe auf, während ich zum großen schwarzen Eingangsbuch greife, um den letzten Neuzugang einzutragen. Ich schreibe ab, was auf dem Etikett gestanden hat.

Heather Woodworth, w, 32, Scituate, Massachusetts. Leblos im Bett. Vermutlich Überdosis, Suizid.

Ein alteingesessener Name in South Shore, hingekritzelt mit Kugelschreiber. Eine junge Frau, die beschlossen hat, ihr Leben in ihrem Heimatstädtchen zu beenden. Ich schaue nach, wer sonst noch eingeliefert wurde. Fünf weitere Fälle, verteilt auf CT und Edelstahltische, entkleidet oder nicht und in verschiedenen Stadien der Obduktion. Drogenmissbrauch, ein Unfall mit einer Schusswaffe, ein Sprung von der Zakim Bridge, eine ältere Frau, die allein in einer Messie-Wohnung gestorben ist, und das Opfer des Verkehrsunfalls, von dem ich schon gehört habe. Der Name lässt mich innehalten.

Franz Schoenberg, m, 63, Cambridge, Massachusetts. MVA.

Der Psychiater, den ich von den Fotos kenne, die ich mir heute Morgen angesehen habe, fällt mir ein wenig überrascht ein. Seine Patientin hat vor einigen Tagen Selbstmord begangen, indem sie vor seinen Augen von einem Hausdach gesprungen ist. Vielleicht ist er deshalb betrunken mit dem Auto herumgefahren. Noch eine sinnlose Tragödie. Die meisten Menschen sterben so, wie sie gelebt haben.

»Was ist mit ihren Medikamenten?«, erkundige ich mich bei den Männern vom Beerdigungsinstitut.

»In einem Beutel im Leichensack«, erwidert der eine. »Die leeren Döschen vom Nachttisch. Ihre Kinder haben bei der Großmutter übernachtet, Gott sei Dank. Sie sind noch klein. Das älteste ist erst fünf. Der Vater ist auf den Tag genau vor einem Jahr tödlich mit dem Motorrad verunglückt. Eine Nachbarin, der sie eine Musikstunde geben sollte, hat sie gefunden. Sie hat nicht aufgemacht, und die Tür war nicht abgeschlossen. Das war genau um zehn Uhr morgens.«

»Sie hat alles ganz genau geplant.« Ich schiebe das Eingangsbuch durch das Fenster, damit Ron die Daten in seinen Computer eingeben und das RFID-Armband programmieren kann, das der Toten dann ums Handgelenk gebunden wird.

»Sie wollte nicht, dass jemand zu Hause war, als sie es gemacht hat. Sie wollte niemandem weh tun«, meint der Mann vom Bestattungsinstitut.

»Jetzt überlegen Sie mal«, entgegne ich. »Nun haben die Kinder keine Eltern mehr und werden Weihnachten vermutlich für den Rest ihres Lebens hassen.«

»Wahrscheinlich hatte sie Depressionen.«

»Ganz sicher hatte sie die, und jetzt werden einige andere Leute auch welche bekommen. Könnten Sie das bitte für mich wegschließen?« Ich reiche Ron meine Hüfttasche.

»Ja, Ma'am, Chief.« Er bückt sich, gibt die Kombination ein und teilt mir dann ungefragt mit, was bis jetzt passiert ist. »Alles ruhig. Ein Übertragungswagen vom Fernsehen ist ein paarmal ganz langsam vorn vorbeigefahren.«

»Lassen Sie sie einfach hier auf der Bodenwaage«, weise ich die Männer vom Bestattungsinstitut an. »Ron, könnten Sie Harold oder Rusty melden, dass ein Fall reingekommen ist? Sie muss gewogen und vermessen und in die Kühlkammer gebracht werden, bis Anne sie im CT untersuchen kann. Ich weiß nicht, welcher Doc die Autopsie durchführen soll. Der, der am wenigsten zu tun hat.«

»Ja, Ma'am, Chief.« Ron verstaut die Tasche im Safe und knallt die schwere Stahltür zu. »Die Nachrichtensprecherin, die Sie nicht abkönnen, war hier.«

»Barbara Fairbanks«, ergänzt Lucy. »Sie hat die Vorderseite des Gebäudes gefilmt, als ich ankam. Wahrscheinlich hat sie mein Auto auf Film, weil ich warten musste, bis das Tor aufging.«

»Außerdem hat sie anschließend hinten rumgelungert, wahrscheinlich in der Hoffnung, sich reinschleichen zu können, während das Tor sich schließt«, ergänzt Ron. »Das hat sie vor ein paar Wochen schon mal gemacht. Ich habe ihr gedroht, sie wegen Hausfriedensbruch festnehmen zu lassen.«

Ron ist ein ehemaliger Militärpolizist, gebaut wie ein Schrank, und hat dunkle Augen, die immer in Bewegung sind. Er kommt aus seinem Büro und wartet darauf, dass die Männer vom Beerdigungsinstitut wieder gehen.

»Können wir die Bahre mitnehmen …?«, fragt der eine.

»Ja, Sir, wenn Sie sie abholen kommen.«

»Noch heute«, verspreche ich ihnen.

Hinter einer weiteren Tür und am Fuß einer Rampe befindet sich das Kfz-Labor, eine fensterlose Halle, wo Wissenschaftler, in weiße Schutzanzüge aus Tyvek gehüllt, an der Arbeit sind.

Sie bauen Zyanoacrylat-Bedampfungsgeräte rund um einen grünen Jaguar E-Type auf, der in einem blauen Zelt steht. Der Sportwagen ist zerschrammt und verbeult, das Dach hat sich nach oben gebogen, die lange Motorhaube ist eingedrückt, und das zerschmetterte Fenster an der Fahrerseite ist mit getrockneten Blutspritzern bedeckt. Kofferraum und eingedellte

Türen stehen weit offen. Ernie Koppel, seines Zeichens Spurensicherungsexperte, beugt sich gerade über den Fahrersitz.

Er sieht mich an, die Augen hinter einer orangefarbenen Schutzbrille verborgen. Auf einem Wagen neben ihm steht eine alternierende Lichtquelle. Er hält die dazugehörige Sonde in der behandschuhten Hand und fährt damit über das Auto, als sei es ein Beweisstück in einem Mordfall.

»Guten Morgen, schön, dass Sie wieder da sind. Ein fieses Virus. Meine Frau hat es sich auch eingefangen.« Er hat Apfelbäckchen, momentan eingefasst von weißem Polyäthylen, demselben Synthetikmaterial, in das auch Gebäude, Boote und Autos eingehüllt werden.

»Stecken Sie sich bloß nicht an.«

»Bis jetzt bin ich, Gott sei Dank, verschont geblieben. Ich habe gesehen, was da in der Anlieferungszone parkt. Da haben Sie aber eine tolle Kiste«, meint er zu Lucy. »Es fehlt nur noch der Turm.«

»Den muss man extra dazubestellen«, erwidert sie.

»Wann haben Sie mal einen Moment Zeit?« Ich nehme Einwegkittel und Überschuhe von einem Wagen. »Offenbar haben wir es hier nicht mit einem alltäglichen Verkehrsunfall mit Todesfolge zu tun«, sage ich.

»Ich schaue mir kurz noch mal den Fahrersitz an, und dann könnt ihr wegen Fingerabdrücken bedampfen«, ruft er den anderen Spurensicherungsexperten zu und dämpft das Licht.

»War er angeschnallt?« Ich binde meinen Kittel hinten zu.

»Seitenaufprall. Ein Sicherheitsgurt hätte ihm da nichts genutzt. Sehen Sie sich mal den linken Hinterreifen an«, erwidert Ernie.

Ich ziehe Überschuhe an, die rascheln wie Papier, als ich mich dem Auto nähere, um festzustellen, wovon er redet. Der Reifen ist platt. Mehr kann ich nicht erkennen.

»Der wurde mit einem spitzen Gegenstand zerstochen«, erklärt er.

»Und das kann bestimmt nicht während des Unfalls passiert sein? Zum Beispiel als er über ein scharfkantiges Metallstück gefahren ist. Nach schweren Unfällen sind die Reifen häufig platt.«

»Dazu ist die Einstichstelle zu sauber definiert. Außerdem befindet sie sich seitlich, nicht unten am Profil«, antwortet Ernie. »Meiner Ansicht nach hat etwas wie ein Eispickel für ein langsames Entweichen der Luft gesorgt, bis er die Kontrolle über den Wagen verloren hat. Außerdem ist da am hinteren Stoßdämpfer ein Lackschmierer, den ich sehr interessant finde. Sofern er nicht schon vorher da war. Was ich bezweifle, denn sein Auto war tipptopp in Schuss.«

Ich sehe, wovon er spricht, eine kleine Delle mit einer roten Farbspur, die zu reflektieren scheint.

»Vielleicht hat ihn jemand touchiert, als sein Reifen Luft verloren hat«, sage ich.

»Bei einem so tiefliegenden Auto wie diesem glaube ich das eher nicht.« Lucy zieht Überschuhe an. »Wenn er mit einem Gegenstand zusammengestoßen ist, dann mit etwas, das ebenso dicht über dem Boden war wie er, vielleicht einem Auto mit Kuhfänger, manche davon reflektieren.« Sie sieht sich die Sache gründlich an. »Insbesondere, wenn besagtes Auto dem Mitglied einer Gang gehört, denn die motzen ihre Autos auf wie blöd. Normalerweise sind es SUV.«

»Einen Moment noch.« Ernie beugt sich ins Fahrzeug und bewegt die Sonde hin und her. Ich spreche weiter mit Lucy über Gail Shipton.

Ich bin noch nicht durch mit diesem Thema.

»In ihrer Handtasche wurde ein Notizbuch entdeckt«, beginne ich.

»Und die war wo?«

»Der Täter hat sie in der Nähe des Fundorts hinterlegt. Offenbar wollte er, dass wir darüber stolpern. In ihrem Portemonnaie war kein Geld, aber es ist schwer festzustellen, ob sonst noch etwas fehlt. Offenbar hat ihn das Notizbuch nicht interessiert.«

Ich klicke das Foto von der Baustelle an und zeige ihr die Seite mit der seltsamen verschlüsselten Nachricht.

61: EIN *18 / 12 1733-1752 (< 18 m)* REC *20-8-18-5-1-20*

»Ihr letzter Eintrag«, erkläre ich. »Offenbar kurz nach dem Telefonat mit dir, vermutlich nur Sekunden, bevor sie entführt wurde. Ein kleines schwarzes Notizbuch mit Seiten, die aussehen wie aus einem Matheheft. Außerdem waren da noch Aufkleber, rote, mit einen X in der Mitte. Hast du dafür eine Erklärung?«

»Logisch.« Als Lucy die Arme in die Ärmel des Kittels steckt, raschelt der Synthetikstoff wie Plastikfolie. »Das ist eine Aufzeichnung in ihrem Code für schlichte Gemüter, den sogar ein Erstklässler knacken könnte.«

»Einundsechzig?«, beginne ich am Anfang der verschlüsselten Zeile. Ich stehe neben Lucy, und wir betrachten beide das Foto in meinem Smartphone.«

»Das ist ihr Code für mich«, erklärt sie, als sei es das Normalste von der Welt, dass Gail ihr einen Code zugeordnet hat. »Die Buchstaben meines Namens haben Nummern. L-U-C-Y steht für zwölf, einundzwanzig, drei und fünfundzwanzig. Macht zusammen einundsechzig.«

»Hat sie dir gesagt, dass sie einen Code für dich hatte?«

»Nix da.«

»EIN ist ein eingegangener Anruf«, mutmaße ich, »und 18. 12. ist das Datum, also gestern, und zwar um siebzehn Uhr dreiunddreißig.«

»Korrekt«, erwidert Lucy. »Wir haben knapp achtzehn Minuten miteinander geredet. REC heißt gespeichert, und die restlichen Zahlen in der Reihe sind der Code für *threat* – Drohung. Die Zahlen stehen für die entsprechenden Buchstaben des Alphabets. Kurz zusammengefasst, ich habe sie angerufen, und sie hat das Gespräch als Drohung eingeordnet. Ich soll sie bedroht haben. Das ist, summa summarum, ihre Nachricht und natürlich erstunken und erlogen.«

»Und wem gilt diese Nachricht?«

»Der Person, die sie mir irgendwann auf den Hals hetzen wollte. Ihre Verschlüsselung sollte gar nicht sicher sein«, antwortet Lucy. »Genau genommen eher das Gegenteil. Sie wollte, dass jemand sie findet und dechiffriert. Sie sollte irgendwann als Beweisstück herhalten. Gail hat Seiten aus dem Notizbuch geschnitten, nur für den Fall, dass ich es mal in die Finger kriege. Ich sollte keine Einträge entdecken, die sie belasten, so hat sie es wenigstens geplant. Schließlich konnte ich ja nicht wissen, dass sie ein Tagebuch mit falschen Einträgen über mich füllt.«

»Sollten diese Einträge als Beweise in ihrem bevorstehenden Prozess dienen oder in einem anderen?« Ich verstehe nicht ganz.

»Vermutlich hatte sie vor, mich einzuschüchtern, und ich habe einfach mal Däumchen gedreht und abgewartet. Zuerst wollte sie sich mit Double S außergerichtlich einigen, und dann wäre der nächste Schritt gekommen. Sie hätte behauptet, dass sie das Dronephone ganz allein erfunden hat. Dann hätte sie keinen Penny dafür bezahlen müssen, und das Ding hätte einfach ihr gehört.« Lucys Tonfall ist ruhig und sachlich. »Sie hätte die Lorbeeren für eine Arbeit eingeheimst, die sie ohne mich niemals hingekriegt hätte. Das wäre fast so viel wert gewesen wie bares Geld. Ein besonders ausgeprägtes Selbstbewusstsein hatte sie ja nicht. Die Sache ist einfach nur schäbig.«

»Wenn sie die Einträge rausgeschnitten hat, in denen etwas Negatives über dich stand«, wende ich ein, »hatte sie doch nichts mehr gegen dich in der Hand.«

»Erstens ist das alles nur ein Witz.«

»Ich kann nichts Witziges daran finden.«

»Kein Wunder, dass jemand sie ausgenutzt hat«, fährt Lucy fort. »Die Seiten sehen deshalb aus wie aus einem Matheheft, weil sie aus einem Smart Notebook stammen. Das funktioniert so, dass man jede Seite fotografiert und die Eintragungen, auch die erlogenen, digitalisiert, damit man sie anhand von Suchbegriffen oder Markierungen wie dem Aufkleber mit dem X wiederfindet. Dann hat sie das Papier entfernt und die Eintragungen, die mich betreffen, handschriftlich gefälscht, indem sie die fotografierten Seiten rausgeschnitten hat. Auf diese Weise sind nur die elektronischen Aufzeichnungen übriggeblieben.«

»Von denen du wusstest.« Mir ist klar, was das bedeutet.

Ich sehe meine Vermutung bestätigt. Ganz gleich, was Gail im Schilde geführt und für wie klug sie sich gehalten hat, Lucy ist ihr auf die Schliche gekommen. Sie hätte nicht gezögert, Gails Handtasche, ihr Auto oder sogar ihre Wohnung zu durchsuchen. Für sie wäre es etwas völlig Alltägliches gewesen, sich überall einzuhacken, und ich erinnere mich an Marinos Worte, auf Gails Smartphone hätte sich kein einziges Foto befunden. Lucy hat sie gelöscht, einschließlich derer mit den Lügen, die Gail aus ihrem Notizbuch abfotografiert hat.

»Sie hat Beweise gegen mich gesammelt, und das schon seit Monaten. Ziemlich bald wäre sie am Ziel gewesen und hätte mich aus dem Weg räumen können. Zumindest hat sie sich in dieser Illusion gewiegt«, sagt Lucy in einem beherrschten

Tonfall, der offenbar verbergen soll, wie abgrundtief verletzt sie in Wirklichkeit ist. »Kennst du den Ausspruch von Nietzsche, man solle sich seine Feinde sorgfältig aussuchen, denn sie wären es, denen man letztlich am ähnlichsten würde?«

»Es tut mir leid, dass sie deine Feindin geworden ist.«

»Ich spreche nicht von mir, sondern von Gail und Double S. Sie war auf dem besten Wege, genauso mies zu werden wie die.«

Ich beobachte einen Fingerabdruckexperten dabei, wie er Regler an einem Verteilerkasten bedient. Dieser ist mit dicken hellroten Stromkabeln verbunden, die sich über den mit Kunstharzlack gestrichenen Boden schlängeln. Zyanacrylat-Luftbefeuchter, Verdampfer und Ventilatoren beginnen zu surren, während Ernie auf uns zukommt. Er zieht die Handschuhe aus und wirft sie in den Müll. Ich reiche ihm die verpackten Beweisstücke und einen Stift.

»Wie ich sehe, stecken Sie heute bis über beide Ohren in Arbeit«, stelle ich fest, während er den Empfang der Gegenstände quittiert, die ich seinem Labor übergebe. »Tut mir leid, dass ich Ihnen noch mehr Mühe mache.«

»Eine traurige Geschichte, die womöglich noch trauriger werden wird.« Ernie weist auf den verbeulten Jaguar und nimmt die Schutzbrille ab. »Ein Psychiater streitet sich mit seiner Frau und fährt in die Bar, deren Inhaber vermutlich einen Prozess an den Hals kriegt, weil er einem angetrunkenen Menschen weiter Alkohol ausgeschenkt hat. Angeblich. Laut Luke war er promilletechnisch noch nicht über dem Limit. Der Mann ist deshalb ums Leben gekommen, weil ihm jemand den Reifen angestochen hat. Auf diese Weise hat er die Kontrolle über das Fahrzeug verloren und ist gegen die Leitplanke geknallt, was die Autopsie Ihnen jedoch nicht verraten wird. Allerdings sprechen die Bremsspuren eine eindeutige Sprache. Ebenso wie das Loch im Reifen. Die Frage ist nur, ob die Beschädigung auf dem Parkplatz vor der Bar oder bei ihm zu Hause stattfand. Wer hatte Zugang zu dem Wagen? Oder hat ihm jemand den Reifen aufgestochen und ist ihm dann gefolgt, um ihm noch einen kleinen Schubs zu geben, was den Lackkratzer erklären würde?«

»Jugendliche. Typisch Gang«, meint Lucy. »In letzter Zeit hat es in der Umgegend von Cambridge einige Reifenstechereien gegeben. Die Kids schlitzen die Reifen von mehreren Wagen auf dem Parkplatz auf, verstecken sich und schauen sich den Spaß an. Anschließend verfolgen sie ihr Opfer, amüsieren sich noch mal, während es schließlich einen Platten kriegt, und berauben es dann, wenn es zu guter Letzt rechts ranfährt. So ein E-Type im Topzustand kostet mehr als hunderttausend. Wahrscheinlich haben die sich gedacht, dass sich bei einem Menschen, der so eine Karre fährt, ein Überfall lohnen könnte.«

»Tja, und jetzt haben sie wegen ihres kleinen Scherzes womöglich einen Menschen auf dem Gewissen.« Ernie wischt sich mit einem Tyvek-Ärmel die Stirn ab.

»Warum, glauben Sie, habe ich Runflat-Reifen, mit denen man auch noch bei einem Platten fahren kann?« Lucy umrundet das Wrack und betrachtet die offenbar mit echtem Sattelleder bezogenen Polster und den Schaltknüppel und das Lenkrad aus Rosenholz. Überall kleben Blut und graue Haare. »Die Frage ist, ob letzte Nacht vor der Bar noch andere Fahrzeuge auf ähnliche Weise beschädigt wurden.«

»Das gebe ich weiter, es ist nämlich ein sehr guter Einwand«, sagt Ernie. »Was kann ich sonst noch für Sie tun?«, fragt er mich.

Ich berichte ihm von den Fasern, dem fluoreszierenden Staub und der Salbe, die nach einem mentholhaltigen Einreibemittel riecht.

»Könnten Sie den Staub vielleicht im Elektronenrastermikroskop untersuchen? Ich habe nämlich so einen Verdacht, was die Elementarzusammensetzung angeht. Es könnte sich um etwas handeln, mit dem ich schon einmal früher in einem Fall in Maryland zu tun hatte. Außerdem wird noch ein möglicherweise mit einem Werkzeug beschädigter Zaunpfahl eingeliefert«, füge ich hinzu.

»Wer ist für was zuständig?« Er möchte wissen, in welcher Reihenfolge die Untersuchungen durchgeführt werden sollen.

»Sie sind die erste Anlaufstelle, außer für die DNA. Hoffentlich habe ich Glück, was die Mentholsalbe angeht. Dann sind Sie dran«, erwidere ich. »Vielleicht erkennen wir ja anhand der chemischen Zusammensetzung, womit wir es zu tun haben.«

»Die Marke vermutlich nicht«, entgegnet er zweifelnd. »Aber das Menthol bestimmt. Dazu der Alkohol, der von Natur aus in Minzölen vorkommt, plus Eukalyptus, Zedernblätter und Terpentin, nur um ein paar Stoffe zu nennen. Ein Hausmittelchen, das es schon seit Ewigkeiten gibt. Was die Anwendungen betrifft, können die Leute recht kreativ sein.«

»Ist Ihnen das in einem Fall schon mal untergekommen?«, erkundige ich mich.

»Schauen wir mal. Bei einem mutmaßlichen Sexualverbrechen vor vielen Jahren war der Analabstrich positiv. Wie sich allerdings herausstellte, hat das Opfer damit seine Hämorrhoiden behandelt. Dann haben wir es auf der Kopfhaut eines Opfers sichergestellt. Die Polizei ging von schrägen Sexspielchen aus und nahm an, der Ermordete könnte eine Schraube locker gehabt haben. Wie ich festgestellt habe, hat er damit seine Schuppen bekämpft. Und einmal hatte ich einen Fall mit einer selbstgebastelten Duftlampe mit offener Flamme. Leider ist sie explodiert, und ein Kleinkind wurde getötet. Und dann gibt es da noch Leute, die das Zeug auf offene Wunden oder raue Lippen auftragen. Der Kampfer kann giftig sein.«

Ich erkläre ihm, dass die Salbe auf Petroleumbasis im Gras auf einem Sportplatz gefunden wurde. Einer Theorie zufolge könnte es sich auch um ein Einreibemittel für Muskeln handeln und nichts mit Gail Shiptons Tod zu tun haben.

»Die Zusammensetzung wäre sicherlich ähnlich«, meint Ernie nachdenklich. »Auch wenn schmerzlindernde Salben normalerweise stärker und gewisse Öle höher dosiert sind. Ich bin nicht sicher, ob wir das feststellen können.«

»Vielleicht ist es nicht weiter wichtig. Es könnte ja auch mit der DNA klappen«, antworte ich. »Allerdings kann ich mir nur schwer vorstellen, warum jemand draußen im Regen mit einem Glas Mentholsalbe hantieren sollte.«

»Hängt davon ab, wofür er sie benutzt hat«, entgegnet Ernie. »Vielleicht hat er ja nicht sich selbst, also seine Haut, eingerieben.«

»Was denn dann?«, frage ich.

»Manche Leute tränken Nasenpflaster mit Vicks, gegen Atembeschwerden, Schnarchen, Schlafapnoe.«

»Draußen und mitten in der Nacht?«, wundert sich Lucy, und ich erinnere mich an Bentons düstere Ausführungen über den Serienmörder Albert Fish, die mir damals verstörend und zusammenhanglos erschienen sind.

Einen scharfen Geruch einatmen, um Ablenkungen auszublenden und sich besser zu konzentrieren. Lust in Verbindung mit Schmerz. Ein Geruch, der Methylsalicylat enthält, und Benton befürchtet, er könnte schuld daran sein. Er macht sich Sorgen, der Hauptstadtmörder könnte Zeitschriftenartikel gelesen haben, die auf *Die Blumen des Bösen* anspielen. Aus meinen Collegetagen habe ich von Baudelaires Gedichten nur noch ihre grausame Sinnlichkeit und seine Auffassung in

Erinnerung, der Mensch sei ein Sklave, der sich durch sein ungewisses und vergängliches Leben quält. Ich fand ihn ebenso deprimierend wie Edgar Allan Poe, denn damals glaubte ich noch daran, dass der Mensch im Grunde genommen gut ist.

Als ich gerade die Handschuhe ausziehe und Ernie bitte, mir Bescheid zu geben, sobald er mehr weiß, läutet mein Telefon.

»Nichts, wogegen du momentan etwas tun könntest«, meldet Bryce, während Lucy und ich den Laborraum verlassen. »Nur eine Vorwarnung. Marino hat auf diesem Kanal, den er so gern mit seinem Funkgerät abhört, ein Gespräch belauscht. Du weißt schon, wenn er neue Frequenzen sucht, wie er es immer tut. Das, was ich als Spionieren bezeichne.«

»Was für ein Gespräch?«

»Offenbar hat ein Funker in der Zentrale des Concord Police Department NEMLEC erwähnt. Alles klingt höchst konspirativ, was immer auch passiert sein mag. Bis jetzt ist noch nichts in den Nachrichten. Ich verfolge sie ständig. Marino hat mich gefragt, ob ich wüsste, dass jemand tot ist, und ich habe geantwortet, alle unsere Schützlinge hier sind es. Ansonsten hat er mir nichts verraten. Allerdings nehme ich an, dass es eine große Sache ist. Sonst würden sie nicht sämtliche Truppen zusammentrommeln.«

»Fährt er hin?«

»Das kannst du dir sicher denken. Schließlich ist er jetzt Sherlock. Vielleicht brauchen sie ja einen Leichensuchhund, und er kutschiert doch den ganzen Tag einen spazieren.«

Offenbar hat Marino dem North Eastern Massachusetts Law Enforcement Council, einem Zusammenschluss von mehr als fünfzig Polizeibehörden, die Ausrüstung und Spezialeinheiten wie Motorradstaffeln, Sondereinsatzkommandos, Sprengstoffexperten und Kriminaltechniker miteinander teilen, seine Dienste angeboten. Wenn NEMLEC anrückt, ist die Lage ernst.

»Kümmere dich darum, dass ein mobiles Labor vollgetankt und abfahrbereit ist, nur für alle Fälle«, weise ich Bryce an.

»Ich will dir ja nicht zu nahe treten, aber wer soll sich heute darum kümmern? Harold und Rusty sind mit Autopsien beschäftigt. Die Wissenschaftler und die Docs kann ich ja schlecht fragen. Und ich würde nicht im Traum daran denken, Lucy anzurufen. Steht sie gerade neben dir? Hoffentlich hört sie mich. Bis wir Ersatz für Marino haben, und selbst dann, gibt es keine Garantie … Moment mal. Erwartest du etwa von mir, dass ich den Tankwart spiele?«

»Zerbrich dir nicht den Kopf darüber, ich erledige das selbst.« Ich habe keine Lust, schon wieder daran erinnert zu werden, dass Marinos Kündigung alles für mich verändert hat. »Ich mache mich auf die Suche nach Anne. Schick Gloria in die Radiologie, damit ich ihr die DNA-Proben geben kann.«

28

Wir schreiten durch eine Wolke aus weichem Licht und folgen grauen Wänden und Fliesen aus Recyclingglas, deren graubrauner Farbton als *Trüffel* bezeichnet wird. In der schalldämpfenden Deckenverkleidung verbergen sich RFID-Sender und kilometerlange Kabelstränge. Sie schluckt den Hall unserer Schritte, als wir einen Flur entlanggehen, der einen geschlossenen Kreis beschreibt. Ich sehe mein Institut als Hafen, nicht als Endstation. Die Arbeit hier schildere ich stets als Teil einer Reise, die Neues definiert und erschafft, nicht als Sackgasse oder Schlussstrich. Die Toten helfen den Lebenden, die Lebenden helfen den Toten. Deshalb empfinde ich die sechzehn kreisrunden Flure in meinem kreisrunden Institutsgebäude als Metapher der Hoffnung oder zumindest als Möglichkeit zu einem Gespräch, in dem sich nicht alles ums Sterben dreht.

Die Tage, in denen ich die Rechtsmedizin ohne zu zögern als Leichenhalle oder Krankenhaus für die Toten bezeichnet habe, sind längst vorbei. Deshalb steht in meinem Mitarbeiterhandbuch und auch in unserer Ausbildung an erster Stelle, dass wir uns stets angemessen und professionell verhalten und ausdrücken sollen. Man weiß nie, wer zuhört, und deshalb sprechen wir nicht davon, dass die, denen wir dienen, den Löffel abgegeben haben, die Radieschen von unten betrachten, abgemurkst, angekokelt oder plattgefahren wurden oder ins Wasser gegangen sind. Sie sind die Angehörigen, Lebenspartner und Freunde anderer Menschen, weshalb ich dem Ansatz das Wort rede, dass das CFC kein Haus des Todes ist, sondern ein Labor, wo medizinische Untersuchungen durchgeführt und Indizien wissenschaftlich analysiert werden und wo die Hinterbliebenen so viel erfahren dürfen, wie sie ertragen können.

Ich habe ein transparentes System eingeführt, das es Besuchern ermöglicht, uns durch Beobachtungsfenster bei der Arbeit zuzusehen. Das, an dem Lucy und ich gerade vorbeikommen, führt zum Asservatenraum, wo blutige Kleidungsstücke in mit HEPA-Filtern ausgestatteten Schränken zum Trocknen aufgehängt sind. Auf einem mit weißem Papier abgedeckten Tisch liegen eine zerbrochene Brille, ein Hörgerät, Schuhe, eine Brieftasche, Bargeld, Kreditkarten und eine Armbanduhr mit zerschmettertem Glas. Wie ich vermute, ist das die persönliche Habe des Mannes, dessen Autowrack wir uns gerade angesehen haben. Als Nächstes kommt die Identifikationsabteilung. Ich wünsche den Spurensicherungsexperten, die gerade die Fingerabdrücke an einer Pistole mit Hilfe einer Unterdruckkammer sicherstellen, mit einem Nicken einen guten Morgen. An den anderen Arbeitsplätzen erkenne ich weitere Mordwaffen. Eine Hantel, ein Messer, einen Besenstiel, eine Messingskulptur, allesamt blutig und mit Superglue bedampft.

»Ein Hubschrauber der Luftrettung hat gerade den Logan Airport angefunkt und um Landeerlaubnis ersucht. Er nähert sich aus Südwesten auf dreihundert Metern.« Lucy verfolgt eine App auf ihrem Smartphone. »Der BK 117 ist in Concord gestartet und auf dem Rückweg nach Plymouth.«

»Wenn er kein Krankenhaus ansteuert, ist es entweder nichts Ernstes, oder es ist jemand gestorben.« Ich öffne die Tür zur Radiologie.

Lucy geht Dateien in ihrem Smartphone durch und überprüft die Kommunikation des Towers in Echtzeit. »Vor genau fünfundfünfzig Minuten ist er in Concord gelandet. Offenbar weil dort etwas vorgefallen ist. Es könnte vielleicht auch kein Zusammenhang bestehen. Ich behalte die Sache weiter im Auge.«

Ich setze mich an Annes Arbeitsplatz. Auf der anderen Seite der Bleiglasscheibe befindet sich der große CT-Scanner. Gerade schiebt sie den Tisch hinein.

Von meinem Platz aus kann ich einen deformierten Kopf und graues, mit Hirnmasse und Blut verklebtes Haar sehen. Ich erkenne ein blutiges, zerfetztes Ohr. Der dreiundsechzigjährige Psychiater, der in eine Leitplanke geknallt ist, vielleicht ein Tötungsdelikt, begangen von Jugendlichen, die es witzig fanden, einem fremden Menschen den Reifen anzustechen und ihn möglicherweise zu berauben. Oder es lag tatsächlich am Alkohol. Man braucht die Promillegrenze nicht zu überschreiten, um am Steuer einzuschlafen oder die Kontrolle über sein Fahrzeug zu verlieren.

»Wer kümmert sich um die Obduktion?«, frage ich.

»Luke, wenn er mit dem Opfer des Wohnungsbrandes fertig ist«, hallt ihre Stimme aus dem Lautsprecher auf dem Schreibtisch. »Er hat bereits einen Alkoholtest durchgeführt.«

»Habe ich schon gehört.«

»Null Komma vier. Nicht einmal ein richtiger Schwips, und sicher nicht wert, dafür zu sterben«, spricht Anne weiter, während sie die Tür öffnet, die ihren Arbeitsplatz vom Röntgenraum trennt. »Jedenfalls hat seine tolle Anwältin inzwischen angerufen.«

»Habe ich auch schon gehört«, erwidere ich.

»Und wie geht es Lucy heute?«, fragt sie mich, als wäre Lucy nicht anwesend.

Die schüchterne Anne, wie Lucy meine begabte Radiologieassistentin nennt, die netter nicht sein könnte, aber über andere stets in der dritten Person spricht und ihnen nicht in die Augen schauen kann. Ich stelle sie mir als Klassenbeste in der High School vor, die von den Cheerleadern und Footballstars nur beachtet wurde, wenn sie Hilfe bei den Hausaufgaben brauchten.

»Das Leben ist scheiße«, meint Lucy zu Anne. »Und bei dir?«

»Übrigens«, füge ich hinzu, »reden wir nicht mit Anwälten, die uns wegen unserer Fälle anrufen, sofern es sich nicht um Staatsanwälte oder Verteidiger handelt, vorzugsweise um solche, die eine gerichtliche Vorladung vorweisen können.«

»Bryce hat ihr nichts Wichtiges verraten, allerdings lange genug mit ihr telefoniert, um sich einen Vortrag einzufangen, worauf er mir einen gehalten hat«, erwidert Anne, während ich durch das Beobachtungsfenster sehe, dass Benton raschen Schrittes den Flur entlangeilt.

»Carin Hegel«, mutmaße ich. Lucy steht neben mir und betrachtet auf dem Flachbildschirm die Bilder des Toten, dessen Ohr wir gerade gesehen haben.

Dr. Franz Schoenberg, Wohnung und Praxis in Cambridge am Longfellow Park. Ich habe immer noch das Foto von ihm vor Augen, das ich vor einigen Stunden gesehen habe. Grauhaarig, mit einem freundlichen, sympathischen Gesicht, das so unbeschreiblich entsetzt und traurig wirkte, als er seine tote Patientin betrachtete, die ihm per SMS mitgeteilt hat, sie wolle vom Dach ihres Hauses aus nach Paris fliegen. Vielleicht stand sie unter Drogeneinfluss und war unzurechnungsfähig. Allerdings habe ich den Eindruck, dass sie es seinetwegen getan hat. Ich nenne so etwas *jemanden mitnehmen.* Denn bei so vielen Selbstmorden geht es mehr um Hass und Rache als einfach nur um Trauer.

»Wir hatten vor ein paar Tagen seine Patientin hier«, merke ich an. »Die junge Modedesignerin, die Selbstmord begangen hat. Sie ist vor seinen Augen vom Dach des Hauses gesprungen, in dem sie wohnte.«

»Vielleicht hat er deshalb mit seiner Frau gestritten und ist losgefahren, um einen zu trinken.« Anne setzt sich neben mich. Ich stelle fest, dass sie einen violetten OP-Anzug mit Spitzenbesatz, Taschen und Bügelfalten trägt, den ich immer als ihr *Grey's-Anatomy*-Outfit bezeichne.

»Dass es nicht hilfreich war, steht fest.« Ich studiere die CT-Aufnahmen von Dr. Franz Schoenberg.

Offene Trümmerbrüche des linken Schläfenknochens und des Scheitelbeins, Axone und Blutgefäße durchtrennt von extremen Drehkräften. Sein Kopf hat beim Aufprall heftig beschleunigt und abgebremst und ist vermutlich mit dem Seitenfenster, nicht der Windschutzscheibe, in Kontakt gekommen. Ich frage mich, wie schnell er wohl gefahren ist. Das sollten uns die Bremsspuren verraten. Außerdem erkenne ich ein leichtes Hirnödem. Sicher hat er nicht mehr lange gelebt.

»Carin Hegel hat schon vorhin versucht, mich zu erreichen«, teile ich Anne mit. »So gegen halb sechs heute Morgen, als ich zum Leichenfundort am MIT fuhr. Sie hat Marino gesagt, dass sie mich sprechen wolle. Ich nahm an, dass es um Gail Shipton ging.«

»Für prozesswütige Anwälte, die Krankenwagen hinterherjagen, herrschen derzeit paradiesische Zustände«, stellt Anne fest.

»Sie ist nicht unbedingt so eine Art Anwalt.« Ich bin gleichzeitig belustigt und verwirrt.

Hegel und ich haben für gewöhnlich keine gemeinsamen Fälle, und zwar aus dem einfachen Grund, dass die meisten meiner Patienten, beziehungsweise deren Familien, sich eine

Anwältin wie sie nicht leisten können. Ich habe hauptsächlich mit Straftaten zu tun, weshalb die Spitzenanwälte der Superreichen nur selten auf meinem Radarschirm erscheinen. Und bei ihr war es heute schon das zweite Mal.

Als Anne gerade ein Aufnahmeformular und weitere Papiere aus einer Aktenmappe auf ihrem Schreibtisch holt, kommt Benton herein. Ihm folgt Bryce, eine riesige Sonnenbrille im Haar. Er trägt hautenge Jeans, einen weiten Pulli aus Kabelgarn und rote Wildlederslipper und ist mit einem Pizzakarton, Servietten und Papptellern bewaffnet.

»Weißt du, was da in Concord los ist?«, frage ich Benton. Und der Blick, den er mir zuwirft, bestätigt meinen Verdacht.

»Vor etwa einer Stunde.« Er stellt sich hinter meinen Stuhl. »Ein Alarm wegen eines Amokläufers, der sich als falsch entpuppt hat.«

»So dass ein Rettungshubschrauber losgeschickt und zurückbeordert wurde«, erwidere ich.

»Sieht danach aus.«

Allerdings weckt sein Tonfall in mir die Vermutung, dass mehr dahintersteckt.

»Was wissen wir sonst noch über diesen Fall?« Ich erkundige mich bei Anne nach weiteren Details über Dr. Schoenberg, unseren Patienten im Scanner.

»War bei der Einlieferung im Cambridge Hospital gegen vier Uhr morgens bereits tot.« Sie blättert Papiere durch. »Offenbar hat er die Bar gegen zwei verlassen, doch es dauerte eine Weile, ihn aus seinem Auto zu holen. Wenn ihr euch den Wagen anschaut, wisst ihr, warum. Es ist ein klassischer Jaguar, ein richtiges Schmuckstück, bevor er mit Hydraulikwerkzeugen aufgetrennt wurde wie eine Suppendose.«

»Ein Jaguar E-Type, frühe sechziger Jahre.« Lucy steht hinter uns in der Tür. »Wahrscheinlich hat er sich so ein Ding gewünscht, seit er den Führerschein gemacht hat, aber damals konnte er ihn sich nicht leisten. Das Problem ist nur, dass diese Oldtimer keine Airbags haben.«

»Was für eine Bar?«, frage ich Anne.

»Der Irish Pub, auf den Marino so steht. Er war ein paarmal mit mir dort und hat so getan, als wäre es kein Date. Die machen Hamburger mit Bier und Käse, für die man sterben könnte, oh, das war jetzt daneben, sorry. Fado's. Außerdem gibt es dort einen mörderisch guten gegrillten Schweinebauch in Cidersauce … Jetzt höre ich auf zu reden, mein Tourette-Syndrom geht mit mir durch.«

»Das Fado's ist nicht unbedingt in einem guten Stadtviertel«, stellt Benton fest. »Nicht weit von den Sozialwohnungsblocks in West Cambridge.«

»Wissen wir, wohin er wollte, als er aus dem Pub weg ist?«, frage ich, denn mir fällt der Funkspruch der Polizei ein: verdächtige Jugendliche in einem roten SUV, die möglicherweise einige Fahrzeuge auf den Parkplätzen bei den Sozialwohnungsblocks in der Windsor Street aufgebrochen haben.

»Den Unterlagen zufolge befand er sich auf dem Memorial Drive in der Nähe der Mass Ave Bridge. Vielleicht wollte er ja nach Hause«, sagt Anne.

Ich stelle mir vor, wie die Jugendlichen in dem roten SUV dem Jaguar folgen und darauf warten, dass der Reifen Luft verliert. Möglicherweise hatten sie ja vor, den Fahrer auszurauben, doch dann haben die Dinge eine weitaus tragischere Wendung genommen. Es könnte auch sein, dass sie den Wagen von der Fahrbahn gedrängt haben, bis er gegen die Leitplanke geprallt ist.

»Wenn sie die Kids erwischen, die beobachtet wurden, als sie von den Sozialwohnungsblocks in der Windsor Street flohen, müssen wir den Lack ihres roten SUV mit den Lackspuren am Jaguar vergleichen«, verkünde ich. »Wir müssen das Cambridge Police Department informieren.«

»Tja, wenn Carin Hegel dich schon um halb sechs erreichen wollte, hat sie eindeutig keine Zeit verschwendet.« Inzwischen redet Anne nicht mehr über Essen und verkneift sich die geschmacklosen Wortspiele. »Sie hat vor etwa einer Stunde hier angerufen, also kurz vor elf. Der Pub müsse schuld sein. Sie hätten ihm keinen Alkohol mehr ausschenken dürfen. Und natürlich konnten wir ihr seinen Promillegehalt nicht verraten, dass er also nicht betrunken war, da wir diese Information erst preisgeben dürfen, wenn die Ermittlungen abgeschlossen sind, und so weiter und so fort. Das Übliche, soweit ich es von Bryce weiß, der mir die Geschichte natürlich schon in fünfzig verschiedenen Versionen erzählt hat.«

»Hat da gerade jemand meinen Namen gelästert?«, sagt er.

»Offenbar weiß Hegel nichts von dem angestochenen Reifen und dass wir es womöglich mit einem Tötungsdelikt zu tun haben«, sage ich zu Anne, während Lucy die Hand ausstreckt, damit Bryce die große Pizza mit Rindfleischwürstchen, Peperoni, Paprika, frischen Tomaten, Knoblauch, doppelt Mozzarella und Asagio-Käse herausrückt. Meine übliche Bestellung.

Vor Hunger krampft sich mir der leere Magen zusammen. Er fühlt sich verengt, ja, praktisch röhrenförmig an, und wenn man Düfte hören könnte, wäre der Lärm vermutlich ohrenbetäubend.

»Nicht so schnell.« Bryce zieht Lucy den Karton weg. »Nicht einmal, wenn du mich mit der Waffe bedrohst und mich aufforderst, die Hände hochzunehmen.«

»Führe mich nicht in Versuchung.«

»Huch, ich sterbe vor Angst. Du bist ja nicht einmal bewaffnet.«

»Woher willst du das wissen?«

»Du bist ein Ungeheuer, allerdings ein niedliches.«

»Sie sucht jemanden, den sie vor den Kadi zerren kann«, fährt Anne fort. »Lass mich raten. Die Frau will aus dem Tod ihres Mannes Geld herausschlagen. Und dabei haben wir den Armen noch nicht mal obduziert.«

»Vermutlich spricht Carin Hegel nicht über ihre anderen Mandanten.« Ich sehe Lucy an.

»Sie hat viele, die eine Menge Kohle haben. Aber woher wissen wir, dass er ihr Mandant war?«, wendet sie sich an Bryce.

»Tja, ich habe es angenommen«, erwidert er. »Sie hat mich gefragt, wie betrunken er war und ob er deswegen sein Auto geschrottet hat. Dabei klang sie ziemlich aufgebracht und für eine Anwältin recht betroffen. Ständig wiederholte sie, was heute für ein schrecklicher Tag sei. Vielleicht kannte sie ihn ja persönlich.«

Er tippt etwas in sein Smartphone.

»Und er hatte Streit mit seiner Frau?«, frage ich Bryce. »Woher kommt diese Information?«

»Aus dem Polizeibericht«, antwortet er. »Als er nicht zu Hause aufgekreuzt ist, hat seine Frau unter Tränen die Polizei angerufen und sein Auto beschrieben. Sie sagte, sie hätten eine Auseinandersetzung gehabt, und er habe zornig das Haus verlassen. Und, ja, schau dir das an. Dr. Schoenberg war in den letzten Jahren Sachverständiger in verschiedenen Prozessen, in denen es um hohe Summen ging. Und rate mal, wer die Anwältin war? Also hat Carin Hegel vielleicht angerufen, weil es für sie um etwas Persönliches ging. Sie hatte gerade einen Freund und Berater verloren, der ihr geholfen hat, viel Geld zu verdienen.«

»Wir nehmen keine persönlichen Anrufe von Anwälten entgegen«, antworte ich. »Keine Informationen über einen unserer Fälle, weder an sie noch an sonst jemanden. So unprofessionell sind wir nicht.«

»Granby hat um drei ein Meeting angesetzt.« Benton, der weiterhin hinter meinem Stuhl steht, legt mir die Hände auf die Schultern.

»Das kann ich mir denken.«

»Was soll ich ihm sagen?«

»Angesichts des Stands der Dinge findet das Meeting besser hier statt.« Ich drehe mich um, als ich ihm antworte. »Ich sorge dafür, dass der Lageraum frei ist. Oder das PIT, abhängig davon, was wir uns ansehen müssen.«

Das Progressive Immersion Theater ist ein Vorführraum, wo wir Bilder dreidimensional, das heißt in virtueller Realität, betrachten können. Einer von Lucys kürzlichen Versuchen in ihrer Mission, die Welt vom Papier zu befreien, besteht aus einem HAPTIC und einem Lidar-Daten-Tunnel und was sonst noch der komplizierten technischen Neuerungen mehr sind.

»Ich muss einen Projektor am Multi-Touch-Tisch austauschen«, teilt sie mir mit, als Gloria, unsere DNA-Spezialistin, hereinkommt.

Ich überreiche ihr die Proben.

»Nach Ihnen bekommt sie Ernie«, teile ich ihr mit, während sie den Empfang quittiert. »So schnell wie möglich.«

Gloria ist Mitte dreißig und hat eine schwarze Igelfrisur und ein Piercing im linken Nasenflügel. Ihr Spezialgebiet ist DNA mit niedriger Vervielfältigungszahl, und sie ist es gewöhnt, dass ich alles am liebsten schon seit gestern erledigt haben möchte.

»Ich setze es oben auf die Liste«, sagt sie zu mir.

»Sie könnten auch bald Laborberichte aus Dr. Venters Büro in Baltimore bekommen«, füge ich hinzu.

»Ich habe sie bereits weitergeleitet«, teilt Lucy mir mit.

Auf dem Weg zur Tür bedenkt Gloria mich mit einem fragenden Blick. Ein DNA-Profil von einem der Opfer des Hauptstadtmörders. Und meine leitende Molekularbiologin ist nicht auf den Kopf gefallen. Offenbar tut sich da etwas Wichtiges und Gefährliches, und das ist ihr bewusst.

»Ich muss wohl nicht eigens erwähnen …« Ich sehe sie an.

»Natürlich. Morgen weiß ich mehr, aber ich bemühe mich, die Sache zu beschleunigen.« Im nächsten Moment ist sie verschwunden. Ich sehe, wie sie auf der anderen Seite der Fensterscheibe den Flur entlanghastet. Wie alle anderen hier hat sie ein Telefon am Ohr kleben.

»Seit wann ist Benton aus Washington zurück?«, erkundigt sich Anne bei mir. »Geht es ihm gut? Er wirkt nämlich ein bisschen mitgenommen. Hast du den Panzer gesehen, in dem Lucy vorgefahren ist? Als sie geparkt hat, klang es, als würde ein Hubschrauber landen.«

»Ich bin übrigens hier im Zimmer.« Lucy stellt den Pizzakarton auf den Tisch. »Wenn die nicht vegan ist, mache ich dich einen Kopf kürzer, Bryce.«

»Richte Anne einen guten Morgen von Benton aus, der genau hinter dir steht«, meint Bryce zu mir. »Echt, allmählich frage ich mich.« Das war an Anne gerichtet. »Sauce, Champignons, Brokkoli, Spinat, Aubergine«, zählt er für Lucy an den Fingern ab. »Und dann schauen wir mal. Voilà!« Er klappt den Deckel auf. »Zwei langweilige Scheiben, nur für dich allein.« Er reicht ihr einen Pappteller und sorgt dafür, dass auch jeder dabei seine Lederarmbänder sieht. »Gefallen sie dir?« Er reckt das Handgelenk. »Alles mit der Hand geflochten und mit einem Drachenkopf als Schließe. Braun und königsblau, was soll ich sagen? Ethan ist einfach zu großzügig. Und Anne? Lucy lässt dir einen guten Morgen ausrichten und ich übermittle deine Antwort. Verstanden?«

Anne ist einfach unfähig, nicht über andere Leute zu reden, als hielten sie sich nicht im selben Raum auf. Aber man kann ihr nicht böse sein. Sie ist einer der sanftesten Menschen, die ich kenne, hat ein freundliches Gesicht, ist immer nett, drückt sich verständlich aus und kann anpacken. Ganz gleich, wie sehr Marino auch getobt hat, sie ließ sich davon nie aus der Ruhe bringen, und auch Bryces alberne Sticheleien scheinen sie nicht zu berühren.

Sie öffnet Gail Shiptons CT-Aufnahme für mich. Ihr Kopf und ihr Brustkorb erscheinen dreidimensional auf dem Bildschirm.

»J. Crew.« Bryce führt uns weiteren Schmuck vor. »Das da ist fast ein bisschen übertrieben, aber einem geschenkten Gaul schaut man nicht ins Maul.« Er zupft an der schwarzen Ledermanschette mit der Edelstahlkette. »Passend zu …« Er zieht eine Kette unter seinem Pulli hervor, an der irgendein Ethno-Ornament aus Metall baumelt. Dann legt er eine Scheibe Pizza auf einen Teller und reicht ihn mir.

Der erste Bissen ist Genuss pur. O Gott, ich bin so ausgehungert. Ich rede erst weiter, nachdem ich die Hälfte der Scheibe verschlungen habe.

»Es geht um Folgendes.« Ich wische mir die Finger an einer Serviette ab. »Fangen wir mit der ziemlich dichten Substanz an, die unter UV-Licht leuchtet. Irgendein Staub, mit dem die Leiche von Kopf bis Fuß bedeckt war.«

Ich zeige auf die grellweißen Stellen in Gail Shiptons CT-Aufnahme, die Spuren in Nasenlöchern und Mund. Der verschwommene, dunkle, mit Luft gefüllte Raum in der Brusthöhle ist der kleine Pneumothorax im oberen rechten Lungenflügel. Als ich ein anderes Bild, einen Querschnitt des Thorax und eines Teils des Herzens, anklicke, kann ich das Problem deutlicher erkennen.

»Die Ansammlung von Luft in einem geschlossenen Raum hat Druck auf die Lunge ausgeübt, so dass sie sich nicht mehr ausdehnen konnte«, erkläre ich Benton und Lucy.

»Das heißt, sie hat nicht mehr richtig Luft gekriegt«, stellt sie fest.

»Das weiß sogar ich«, ruft Bryce.

»Sie hatte seit einer Weile Atemprobleme«, meint Lucy zu mir. »Sie war oft kurzatmig und hat häufig geseufzt, als würde sie nicht richtig Luft bekommen.«

»Ich bin nicht sicher, ob ich verstehe, wovon ihr redet.« Benton setzt seine Lesebrille auf. »Kann man an Pneumothorax sterben?«

»Unbehandelt hätte er zu schweren Atemproblemen geführt«, erwidere ich. »Und hätte ihr Herz und wichtige Blutgefäße eingeengt.«

»Ich versuche immer noch zu erkennen, was du meinst.« Benton beugt sich über mich und mustert den Flachbildschirm. Ich spüre seinen Atem im Haar.

»Diese schwarze Stelle da«, erklärt Anne. »Das ist eine Luftansammlung. Siehst du? Und die ist innerhalb und außerhalb der Lunge gleich, was nicht so sein dürfte.«

»Im Brustraum sollte es keine schwarzen Stellen geben«, füge ich hinzu. »Das hellere Gebiet hier im weichen Gewebe in der Brust ist ein Bluterguss. Sie hat ein Trauma erlitten, das zu einem Lungenkollaps geführt hat. Also müssen wir zuallererst herausfinden, wie es dazu gekommen ist.«

29

Im Vorraum nehme ich Schutzkleidung aus den Regalen. Es ist halb eins.

Ich statte mich mit Überschuhen, Gesichtsschutz und Handschuhen aus. Lucy und Benton folgen meinem Beispiel, doch ich weiß, dass er nicht lange bleiben wird. Er wird versuchen, so viel wie möglich über Gail Shiptons Leiche zu erfahren, und dann muss er die Schwerter mit seinen FBI-Kollegen kreuzen. Oder vielleicht noch mehr als das. Ich spüre es immer, wenn eine Sturmfront in ihm aufgezogen ist. Es ist, als hätte sich der Luftdruck verändert wie kurz vor einem Unwetter, und ich muss an die DNA und an Dr. Venters Worte denken.

»Kam schon etwas in den Nachrichten?«, frage ich Lucy.

»Nur, was er erwähnt hat.« Sie sieht Benton an, um festzustellen, ob er noch etwas hinzufügen möchte. »Etwa vor anderthalb Stunden ging ein Notruf bei der Polizei ein, in Concord würde jemand rumballern. Die Polizei hat sofort reagiert und kurz darauf gemeldet, da sei kein Schütze. Mehr nicht.«

»Wo in Concord?«

»Im Minute Man Park, wo sich gerade einige Schulkinder aufhielten.«

»Und dann kam der Rettungshubschrauber?«

»Mehr steckt offenbar nicht dahinter«, meldet sich Benton zu Wort. »Eine verdächtige Person in dunkler Kleidung wurde beim Rennen durch den Park beobachtet. Offenbar hat man die Fehlzündung eines Autos als Schüsse fehlgedeutet. Die Kinder haben geschrien, und die Lehrerinnen sind in Panik geraten, weil sie dachten, Connecticut würde sich wiederholen.«

»Haben sie den Kerl geschnappt?«, frage ich.

»Nein.«

»Und das ist die ganze Geschichte.« Ich sehe ihn an.

»Das bezweifle ich. Aus dem Notfunk, der das gesamte Gebiet abdeckt, habe ich erfahren, dass NEMLEC an irgendetwas dran ist. Doch das FBI wurde nicht hinzugezogen. Also habe ich keine Ahnung, was sich da tut. Vielleicht wissen die es ja selbst noch nicht. Granby will sich unbedingt mit dir treffen.«

»Warum lässt er mir das über dich ausrichten?« Ich spüre, wie sich mir die Stacheln aufstellen. »Er soll sich an mein Büro wenden.«

»Er hat beschlossen, dass ich nicht dabei sein soll«, erwidert Benton. »Das ist der letzte Stand der Dinge.«

»Du arrangierst ein Meeting und bist nicht eingeladen«, stelle ich fest. »So was nenne ich Stil.«

»Der sollte mal einen Benimmkurs besuchen«, meint Lucy. »Was für ein Idiot.«

Als ich mit dem Ellbogen auf eine Taste drücke, die man nicht mit den Händen bedienen muss, schwingen die Stahltüren automatisch auf. Das Geräusch von plätscherndem Wasser schlägt mir entgegen. Stahlinstrumente klappern auf Schneidebrettern. Eine Strykersäge jault auf und frisst sich dann lautstark durch Knochen. Die Stimmen von Ärzten und Assistenten erzeugen einen leisen Pegel, und ich kann sich zersetzendes Blut, Gärung und verbranntes Fleisch riechen.

Durch die Einwegfenster strömt Tageslicht herein, und grelle Lichtleisten an der zehn Meter hohen Decke leuchten, während meine Mitarbeiter sich an Edelstahlbecken und mobilen Tischen an der Wand zu schaffen machen.

Luke Zenner beendet gerade eine Autopsie an seinem Arbeitstisch, Nummer zwei, der neben meinem steht. Dort liegt Gail Shipton, noch immer steif und starr und in kunststoffbeschichtete Laken gewickelt. Der Beutel über ihrem Kopf wurde entfernt, vermutlich von Dr. Adams, der die Zähne in Augenschein genommen hat.

Nun, in einer wärmeren Umgebung, sieht sie nicht mehr so makellos aus. Außerdem hat sich ein forensischer Zahnarzt an ihr zu schaffen gemacht und musste die Totenstarre in ihrem Kiefer brechen, um ihr den Mund zu öffnen. Ihre Lippen sind trocken und ziehen sich zurück, so dass es aussieht, als wehre sie sich mit einem Fauchen gegen diesen Übergriff, der zwar unumgänglich, aber dennoch demütigend war.

»Schön zu sehen, dass du noch im Land der Lebenden weilst.« Lukes strahlend blaue Augen mustern mich durch die große Schutzbrille. Sein blondes Haar ist mit einer OP-Kappe bedeckt.

»Als Land der Lebenden würde ich das hier nicht unbedingt bezeichnen«, erwidert Lucy. »Muss an der Jahreszeit liegen.« Sie betrachtet die verkohlte Leiche auf Lukes Tisch. Die Brusthöhle ist leer, die gebogenen weißen Rippen sind zu sehen.

»Was ist mit dem CO-Wert?«, frage ich ihn.

»Sechzig Prozent. *Ja, in der Tat, meine Freunde*«, entgegnet Luke, dessen Muttersprache Deutsch ist. »Er hat noch geatmet, als er sich das Dach über dem Kopf angezündet hat. Hat geraucht und getrunken, 2,9 Promille.«

»Das reicht.«

»Die Theorie lautet, dass er umgekippt ist. Und dann hat die Zigarette einen Schwelbrand auf dem Sofa ausgelöst.« Luke wischt sich die blutigen Hände an einem blutigen Handtuch ab und ruft Rusty, der sich auf der anderen Seite des

Raums befindet, zu, er möge die Leiche bitte für ihn zunähen. »Das geht hier heute zu wie in einer Ausnüchterungszelle, was angesichts der bevorstehenden Feiertage nicht anders zu erwarten ist.« Luke zieht die blutige Schürze aus und wirft sie in die Tonne für kontaminierte Abfälle. »Als Nächster ist Dr. Schoenberg dran. Das ist doch Ironie des Schicksals, oder? Ein Seelenklempner, der mit seinen Problemen nicht klarkommt.«

Ich habe den Verdacht, dass ich Unterstützung brauche.

»Ich kann nicht ausschließen, dass wir es mit Ursache und Wirkung zu tun haben.« Ich hole einen Instrumentenwagen näher heran, nehme eine Schere und fange an, Klebeband durchzuschneiden. »Du hattest letzte Woche eine Patientin von ihm auf dem Tisch. Sakura Yamagata, die Frau, die vom Dach ihres Wohnhauses gesprungen ist.«

»Gütiger Himmel.« Lukes Augen weiten sich. »Die zweiundzwanzigjährige Modedesignerin, deren Daddy mit einer Firma für Molekularbiologie ein Vermögen verdient hat? Er hat ihr gewissermaßen die Karriere gekauft. Erst vor kurzem hat er irgendeinem Star aus einer Reality-Serie eine halbe Million Dollar dafür bezahlt, dass er bei einer ihrer Modenschauen auftritt und das Label seiner Tochter anpreist, das einfach schauderhaft ist. Um es in Bryces unnachahmlichen Worten auszudrücken: handlungsfreies Hightech-Drama oder Die Jetsons treffen Snookie.«

»Und woher wissen wir das?«

»Hab ich gegoogelt«, erwidert Luke. »Wirklich erstaunlich, was man da so alles über unsere Patienten erfährt.«

»Ich habe die Toxikologie gebeten, sie auf Designerdrogen wie Mephedron, Methylendioxypyrovaleron und Methylon zu testen.«

»Gute Idee. Wenn du eine Minute Zeit hast, müssen wir

reden. Ich fürchte, dass wir mit diesem Dr. Schoenberg Probleme kriegen könnten.«

»Glaskörper, Blut, Urin, Leber, wir werden nichts unversucht lassen.« Ich falte die Laken zusammen und reiche sie Harold. »Und nicht zu vergessen der Mageninhalt. Hatte er vor kurzem etwas gegessen? Hat er im Pub eine Mahlzeit bestellt? Vielleicht war er ja gar nicht dort, um sich zu betrinken, sondern um allein einen Happen zu essen und sich wieder zu beruhigen, bevor er zurück nach Hause fuhr und sich mit seiner Frau aussprach. Er könnte ja darüber nachgedacht haben, warum es nicht seine Schuld war, dass seine Patientin sich vor seinen Augen umgebracht hat.«

Ich entferne den elfenbeinfarbenen Stoff von Gail Shiptons Leiche. Sie ist nackt bis auf ein pfirsichfarbenes Höschen aus teurer, feingewebter Baumwolle eines Schweizer Herstellers. Die Verletzung oben links auf ihrer Brust ist so klein, dass man sie leicht übersehen könnte.

Die kreisförmige Hautverfärbung ist zartrosa und hat etwa die Größe einer Zehn-Cent-Münze. Mit der Lupe erkenne ich in der Mitte eine Einstichstelle, erzeugt mit einem Dorn, der den linken Lungenflügel durchbohrt und zum Lungenkollaps geführt hat.

»Hast du so was schon mal gesehen?«, wende ich mich an Benton. Es klingt wie eine Prüfungsfrage, rein hypothetisch, eine Denksportaufgabe.

Denn ich darf nicht auf die Hauptstadtmorde anspielen. Ich will keinen meiner Mitarbeiter auf den Gedanken bringen, dass Gail Shipton aller Wahrscheinlichkeit nach das Opfer eines Serientäters ist, der seit acht Monaten die Hauptstadt unseres Landes unsicher macht. Das ist Bentons Aufgabe.

»Sieht aus wie ein Insektenstich.« Er mustert die Verletzung durch die Lupe. Sein Einwegkittel raschelt, als er neben mir steht. Ich spüre seine Wärme und seine innere Anspannung.

Dann sehen mich seine haselnussbraunen Augen über den Rand seines Mundschutzes hinweg an. Ihm ist so etwas noch nie untergekommen. Eine Verletzung wie diese ist ihm neu.

»So aus dem Bauch heraus kann ich auch nicht sagen, was das sein soll«, meint er. »Dass ein Insekt nicht in der Lage ist, die Lunge zu durchbohren, steht fest. Glaubst du, sie könnte eine Spritze bekommen haben?«, fragt er. Ich halte das für unwahrscheinlich.

Vielleicht wissen wir ja jetzt, wie der Killer seine Opfer in Schach hält. Es könnte sein, dass dieser sensationslüsterne Psychopath uns unabsichtlich einen Einblick in seine Vorgehensweise gewährt hat. Inzwischen ist mir klar, wie dieser miese Kerl es anstellt. Ich habe eine bessere Vorstellung davon, was für ein brutaler Feigling er ist.

»Eine Spritze war das nicht.« Ich blicke Benton in die Augen, meine Methode, ihm mitzuteilen, dass ich ihm das Zustandekommen der Verletzung nicht erklären werde. Nicht in Gegenwart von Publikum.

Gail Shipton wurde mit einer elektrischen Waffe beschossen, einem Betäubungsgewehr, und zwar nicht einem von der Sorte, wie es der Normalbürger im Internet bestellen kann, um sein Zuhause zu schützen. Vielleicht ist sogar mehr als einmal auf sie geschossen worden, doch diese Verletzung an der Brust rührt daher, dass eine der Sonden auf nackte Haut getroffen ist, so dass der Pfeil Brustfell und Lunge durchbohren konnte. Wenn die anderen Pfeile bekleidete Körperstellen getroffen haben, sind vielleicht keine sichtbaren Spuren zurückgeblieben. Und da wir nicht wissen, was sie am Abend zuvor im Lokal anhatte, kann ich auch nicht nach Rissen im Stoff suchen.

Elektroschockgewehre verursachen keine Geräusche. Das Opfer wird absolut hilflos, da die an Drähten befestigten Pfeile fünfzigtausend Volt starke Stromschläge abgeben. Es ist, als würde man bei lebendigem Leibe in Todeszuckungen oder sofortige Totenstarre fallen, sofern es etwas so Grausiges gäbe. Man kann weder sprechen noch aufstehen. Außerdem kann man sich schwer verletzen, wenn man stürzt wie ein gefällter Baum und sich dabei den Kopf stößt.

»Hast du was dagegen, wenn ich dein Büro benutze?« Benton hält meinem Blick stand. »Ich muss ein paar Telefonate führen. Könnte Bryce mich anschließend vielleicht nach Hause fahren, damit ich mein Auto holen kann?«

»Harold?« Ich schiebe meinen Gesichtsschutz hoch. »Würden Sie bitte Anne herholen? Ich bin gleich zurück, und dann fangen wir an.«

»Wird gemacht, Boss.«

30

Ich begleite Benton in den Vorraum, als müsste ich ihm den Weg zeigen. Vielleicht glauben die Leute ja auch, dass ich einen Moment mit meinem Mann allein sein will. Er zieht die Schutzkleidung aus, zerreißt den Papiergürtel seines weißen Kittels und wirft alles in die grellrote Tonne für kontaminierte Abfälle.

Ich sage ihm die Wahrheit, die grausam ist und noch viel grausamere Möglichkeiten eröffnet.

»Wenn sie vom Hauptstadtmörder umgebracht wurde, benutzt er eine Elektrowaffe, eine Art Betäubungsgewehr, um seine Opfer auszuschalten. Zumindest hat er es bei diesem hier getan«, verkünde ich. »Und es war kein gewöhnliches Modell. Die Waffe, die er verwendet hat, feuert Patronen mit Drähten und beschwerten Sonden ab, die sich wie Angelhaken in den Körper bohren. Das heißt, er hat eine Waffe, die mich an Polizeibehörden denken lässt.«

»Oder er hat sie illegal auf der Straße gekauft.« Benton setzt sich auf eine Bank, um die Überschuhe abzustreifen. »Was nicht weiter schwierig ist. Außerdem kriegt man heutzutage im Internet fast alles.«

»Ja, das wäre eine Möglichkeit. Allerdings wusste er genau, was er gesucht hat und wie diese Waffe wirkt.«

Benton zieht Handschuhe und Mundschutz aus und wirft sie weg. »Sadismus und Kontrolle«, sagt er, während er die Schutzbrille zusammenklappt und mir gibt. »Allein das Warten darauf, dass einem jemand einen Elektroschock verabreicht, muss einen Menschen in Todesangst versetzen.«

»Ganz sicher.« Ich lege die Brille auf ein Regal, wo sich weitere Brillen unterschiedlicher Größe und eine Sprühflasche mit Desinfektionsmittel befinden.

»Und deshalb wehren sie sich nicht.« Er starrt ins Leere, als hätte er ein grausiges Bild vor Augen.

»Die Lähmung dauert an, solange er den Abzug gedrückt hält, wenn man nicht so viel Pech hat, wie sie es vermutlich hatte. Andererseits könnte es auch ein unbeabsichtigter Gnadenakt gewesen sein. Dass sie an dem Elektroschock starb, hat es ihr erspart, zu Tode gefoltert zu werden. Möglicherweise fehlen deshalb Tüte, Dekoband und Schleife.«

»Da ihm das Sahnehäubchen verweigert wurde, hat er das Ritual abgebrochen.« Benton stützt die Arme auf die Knie und mustert seine Hände. Sie sind schlank und anmutig wie die eines Musikers und blass wegen des Wetters in unserer Gegend. Er betastet seinen schlichten Ehering aus Platin und dreht ihn langsam hin und her.

»Warten wir auf das Autopsieergebnis. Aber wenn er mit einem Betäubungsgewehr auf sie geschossen hat, während sie auf dem dunklen Parkplatz stand, könnte das der Grund sein, warum ihr Telefonat mit Carin Hegel so plötzlich abgebrochen ist«, füge ich hinzu und erzähle ihm von dem Telefongespräch, das Lucy aufgezeichnet hat.

Ich schildere das Motorengeräusch hinter der Psi Bar und Gail Shipton, die *Wie bitte? Kann ich Ihnen behilflich sein?* sagte. Und dann herrschte Schweigen. Ich setze mich neben Benton, Schulter an Schulter, Knie an Knie. Meine Füße in ihren Papierhüllen stehen neben seinen geliehenen schwarzen Turnschuhen.

»Das könnte ein Grund sein, warum Gail nicht weitergeredet hat«, fahre ich fort. »Sie hätte das Telefon fallen gelassen und kein Wort mehr herausgebracht. Allerdings ist sie nicht zu Boden gestürzt, sonst hätte sie Schürfwunden, Blutergüsse oder sogar schwere Verletzungen, wenn ihr Kopf gegen etwas Hartes geprallt wäre. Also hat etwas einen Sturz verhindert, als ihre Muskeln erstarrt sind.«

»Er könnte sie aufgefangen und in sein Auto verfrachtet haben«, schlägt Benton vor und betrachtet weiter mit ernster Miene seine Hände, als habe er gerade entdeckt, dass er die ganze Zeit über etwas Wichtiges übersehen hat. »Sicher war sie orientierungslos, und sie hat sich vermutlich auch nicht gewehrt, um keinen erneuten Elektroschock zu riskieren. Geschrien hat sie eindeutig nicht, denn sonst wäre es auf der Aufnahme zu hören, die Lucy eigentlich nicht haben dürfte und der Polizei bis jetzt vorenthalten hat.«

»Nicht jeder schreit, und einige Leute verlieren auch das Bewusstsein. Wenn sie einen unentdeckten Herzfehler hatte, ist sie möglicherweise besinnungslos gewesen.« Ich werde nicht darauf eingehen, was Lucy getan oder nicht getan hat.

Im Moment interessieren mich ihre üblichen Regelverstöße und Gesetzesbrüche herzlich wenig. Viel mehr beschäftigt mich, dass Bentons Chef beim FBI ganz ähnliche oder gar noch schlimmere Dinge treibt.

»Falls sie an einem Herzinfarkt gestorben ist, muss das für den Täter eine herbe Enttäuschung gewesen sein«, sagt Benton, als wir aufstehen. Ich weiß, wie er sich fühlt.

Das erkenne ich an seinen angespannten Gesichtszügen und den Schatten in seinen Augen. Es sind die Geister jedes grausam getöteten Menschen, gegen dessen Mörder er je ermittelt hat. Er muss wissen, wie die Opfer waren, bevor ihnen von einer Bestie die Seele entrissen worden ist. Er kann sie nicht loslassen. Inzwischen hat sich in ihm eine wahre Menschenmenge angesammelt, ein körperloses, nicht mehr zu zählendes Heer.

»Sei nicht so streng mit dir. Bitte versuch es wenigstens.« Ich sehe ihn an und berühre seine Hand. »Eine Sache, die sich nicht feststellen lässt, kannst du auch nicht wissen. Du kannst keine Fakten aus der Luft greifen.«

»Das, was er mit ihnen macht, muss Spuren hinterlassen, und ich habe sie übersehen.«

»Wenn hier jemand etwas übersehen hat, dann die Rechtsmediziner. Vielleicht hat er bei den anderen ja auch gar kein Betäubungsgewehr benutzt.«

»Da sie keine Verletzungen aufweisen, denke ich, dass er sie auf eine ähnliche Methode gefügig gemacht hat.« Er nimmt Blazer und Mantel von einem Wandhaken.

»Falls die Opfer durch die Kleidung geschockt wurden, insbesondere wenn sie mehrere Schichten übereinander trugen, wären keine Einschussstellen zu erkennen gewesen – oder zumindest keine auffälligen.«

»Die Todesangst des Opfers zu erleben, während es erstickt, ist es, was ihn erregt«, sagt er. »Also war ein Herzinfarkt für ihn ein echter Schlag ins Kontor. Etwa so wie ein Coitus interruptus und dementsprechend frustrierend, was ihn sicher wütend gemacht hat. Er wurde gestört, sein Trieb wurde nicht befriedigt. Extra in Schale geworfen und dann im Regen stehengelassen. Sie hat ihn versetzt. Obwohl er sie eingehend beobachtet hat, hat sie sich unerwartet verhalten. Sie hat tatsächlich die Frechheit besessen, zu sterben, bevor er sie in Ruhe umbringen konnte. Deshalb wird er wieder zuschlagen. Und zwar bald. Das habe ich nicht mit eingerechnet.«

»Warum hättest du das tun sollen?«

»Weil es sehr wichtig ist.« Er schlüpft in seinen Blazer. »Es würde nämlich so einiges erklären. Er konnte nur einen Teil des Rituals absolvieren und wurde um seine Phantasie betrogen. Sie wurde ihm durch ihr unerwartetes Verhalten verdorben, weil sie den Nerv hatte, ihm unter den Händen wegzusterben.«

»Ich werde mein Bestes tun, um das herauszufinden.«

»Vielleicht hat er ja darum das Vicks benutzt, als er mit ihrer Leiche dort draußen war. Es fiel ihm schwerer als sonst, weil sein Spiel durch eine Überraschung gestört worden war. Er war zornig und abgelenkt und hat versucht, sich wieder zu konzentrieren. Sie hat es ihn nicht zu Ende bringen lassen. Sie hat ihn bestohlen. So stellt sich die Sache zumindest für ihn dar. Die Blume des Bösen durfte nicht erblühen, und jetzt sieht er rot.«

»Wir müssen abwarten, was die Leiche uns verrät.«

»Er dreht allmählich durch, er hat sich nicht mehr im Griff«, beharrt Benton, als stünde der Tag des Jüngsten Gerichts unmittelbar bevor. »So läuft es immer. Allerdings habe ich nicht gedacht, dass es so bald geschehen wird. Und dabei passiert es gerade, was der Grund ist, warum er wieder hier sein Unwesen treibt. Herrgott! Er ist hier, weil er die Kontrolle über sich verloren hat, es allerdings nicht weiß. Er wird von einer Macht getrieben, die er nicht versteht, die wuchert wie ein Krebsgeschwür und die Besitz von ihm ergriffen hat. Hier ist er zu Hause. Hier hat alles angefangen. Und hier wird es enden. Auf die eine oder andere Weise.«

Benton sieht etwas, das er nicht aufhalten kann. Er ist so angespannt, als sei er derjenige, der gerade mit einem Elektroschocker traktiert wird.

»Er verliert den Verstand und verstrickt sich immer tiefer in seine abartigen Gewaltphantasien, ohne zu ahnen, wie krank und irregeleitet sie sind. Er stuft sich selbst nicht als grausam ein. Alle anderen sind schuld.« Er schaut mit starrem Blick ins Leere. »Er glaubt, dass er so normal ist wie du und ich. Er hält das, was er tut, für sinnvoll«, meint er, als Anne hereinkommt, um Schutzkleidung anzuziehen. »Ich gehe mein Auto holen. Granby richte ich aus, dass er um drei hierher ins CFC kommen muss, wenn er mit dir reden will.«

»Ja, mit mir«, sage ich, weil Benton ausgeladen worden ist. »Wann führt Bryce denn das Vorstellungsgespräch mit Marinos Nachfolgerin?«, erkundige ich mich bei Anne.

»Um drei natürlich.« Sie mustert Benton neugierig. »Ich könnte ihn bitten, es auf fünf zu verschieben.«

»Falls auch nur die geringste Möglichkeit besteht, schaue ich vorbei«, erwidere ich. »Geht es um eine notwendige Fallbesprechung oder um politisches Geplänkel?«, wende ich mich an Benton, der gerade die Tür öffnet. »Vielleicht möchte ich mich ja gar nicht mit ihm treffen, wenn er nicht will, dass du dabei bist«, füge ich hinzu. Mir wird innerlich ganz kalt.

Zum Teufel mit Ed Granby.

»Ich habe kein Interesse an seinen dämlichen Intrigenspielchen«, fahre ich fort und werde von Minute zu Minute wütender. »Der Zuständigkeitsbereich des FBI und alles, was damit zusammenhängt, erstreckt sich nämlich nicht auf das Cambridge Forensic Center.«

Mir ist die Vorstellung unerträglich, dass Granby nur meine Zeit vergeuden wird. Ich werde nicht in der Lage sein, ihm in die Augen zu sehen, ohne an Vaginalflüssigkeit und Menstruationsblut zu denken, die unmöglich von Martin Lagos stammen können. Ich konnte Bentons Chef noch nie leiden, und jetzt möchte ich so lange nichts mehr mit ihm zu tun haben, bis ich weiß, was in Wahrheit bei CODIS passiert ist. Sollte Granby jemanden angewiesen haben, ein DNA-Profil zu manipulieren, will ich den Grund kennen. Und dann soll der Kerl den Ärger kriegen, den er verdient.

»Tja, für mich stellt sich das Problem folgendermaßen dar.« Benton steht in der Tür und sieht mich an. »Marino hat mehr oder weniger angedeutet, dass ich am Leichenfundort vor dem MIT ermittelt habe, obwohl das Cambridge Police Department unsere Hilfe nicht offiziell angefordert hat. Daraufhin hat der Polizeichef von Cambridge angerufen, weil er sich offenbar auf den Schlips getreten fühlte. Und jetzt will Granby Ordnung in den Laden bringen. Das behauptet er wenigstens. Und ich darf nicht dabei sein, weil ich ja das Problem bin.«

»Und das ist nicht der wahre Grund«, entgegne ich.

»Anscheinend lässt Marinos diplomatisches Geschick noch immer zu wünschen übrig«, merkt Anne an. »Der Mann ist wie ein Elefant im Porzellanladen.«

»Dinge wie diese sind immer heikel«, meint Benton, weil nicht viel dazu gehört, um bei der örtlichen Polizei einen Groll gegen das allmächtige FBI zu wecken. »Granby will wissen, was du weißt«, sagt er zu mir. Das also ist der tatsächliche Anlass für dieses Treffen.

»Wissen, was ich weiß?« Ein anderer Mensch als ich würde sich jetzt vermutlich totlachen. »Im Allgemeinen? Das könnte eine Weile dauern.«

»Bis du dem alles erklärt hat, was du weißt, ist er vermutlich an Altersschwäche gestorben«, höhnt Anne.

»Angeblich will er klarstellen, warum ich bei dir auf dem Briggs Field war, obwohl uns niemand offiziell um Hilfe gebeten hatte«, führt Benton Granbys verlogenes Geschwätz weiter aus.

»Hast du deine Theorie, was unseren Fall von heute Morgen angeht, weitergegeben? Den Grund, weshalb sich jemand auf den Schlips getreten fühlt?«

»Ich mache meine Arbeit und erstatte meinem Vorgesetzten Bericht«, erwidert Benton mit einem Pokerface, das seine wahren Gefühle nicht verbergen kann.

Granby ist offenbar zu Ohren gekommen, dass der Mord

an Gail Shipton vielleicht mit den Fällen in Washington in Zusammenhang steht. Und wenn er tatsächlich Beweise manipuliert hat, kann er sich denken, dass ihm ein Problem ins Haus steht. Deshalb ist es nur allzu verständlich, dass er sich mit mir treffen und alle Einzelheiten erfahren will. Und zwar nicht in Bentons Beisein.

»Ich habe so ein Gefühl, dass ich um drei beschäftigt sein werde«, komme ich zu einer Entscheidung. »Das ist mir gerade erst eingefallen. Weißt du was? Ich habe heute keine Zeit, mich mit ihm zu treffen. Morgen auch nicht. Bryce soll in meinem Terminkalender nachschauen, wann es mir passt.«

Benton sieht mich an, lächelt und geht.

»Na, der wird aber Augen machen.« Anne sucht sich Schutzkleidung aus verschiedenen Regalen zusammen.

»Ich bin mir keiner Schuld bewusst«, erwidere ich. »Die Party fand nicht mir zu Ehren statt. Ich bin nur zufällig hineingeraten.«

»Habe ich gerade das Wort Betäubungsgewehr gehört?«

»Du hast gar nichts gehört.«

»Harold hat gesagt, dass du mich brauchst«, meint Anne. »Was genau soll ich denn tun?«

»Assistieren. Er kann Luke helfen und du mir. Wir müssen ein Angiogramm machen und sie noch einmal in den Scanner schieben, um festzustellen, ob mein Verdacht sich bestätigt und sie möglicherweise unentdeckte Herzprobleme hatte, die zu einem plötzlichen Tod hätten führen können. Ich würde mich freuen, wenn alles, was über diesen Fall gesagt wird, für den Moment unter uns bleibt. Was du gerade gehört hast, sollte diesen Raum bitte nicht verlassen.«

»Meine Lippen sind versiegelt.« Sie tut, als zöge sie einen Reißverschluss zu, und wirft einen imaginären Schlüssel weg. »Von mir erfährt niemand etwas. Wie lautet deine Theorie?«

»Dass wir es eventuell mit einem Killer zu tun haben, der entweder Verbindungen zu einer Polizeibehörde oder zumindest die Möglichkeit hat, sich Zugang zu verschaffen.«

»Ein Killer-Cop?«

»Keine Ahnung, das muss nicht sein. Allerdings hat nicht jeder Zugriff auf ein Betäubungsgewehr von der Bauart, wie es hier verwendet wurde. Also hat er es sich entweder auf illegalem Weg beschafft, hat Kontakt zur Polizei, oder jemand aus seinem näheren Umfeld hat welchen.«

»Wurde so der Pneumothorax verursacht? Fast hätte ich jetzt gesagt, dass ich *geschockt* bin. Wir hatten hier noch nie eine Verletzung durch ein Betäubungsgewehr.«

»Das liegt daran, dass man an so was in den meisten Fällen nicht stirbt.«

»Ich bin mal eine Weile mit einem Typen gegangen, der gerade bei der Polizei anfing. Zu ihrer Ausbildung gehört, sich mit so einem Ding anschießen zu lassen.« Sie zieht einen Kittel über ihren violetten OP-Anzug. »Er hat gesagt, es täte gar nicht so weh, aber man würde eine Scheißangst kriegen.«

»Weißt du, wie es sich anfühlt, wenn man sich den Musikantenknochen anschlägt? Und jetzt stell dir vor, dass ungefähr die tausendfache Kraft für fünf Sekunden oder länger durch deinen gesamten Körper fährt. Das ist etwa so schmerzlos wie ein epileptischer Anfall.«

»Wenn man so etwas mit jemandem macht, wird derjenige vermutlich keinen Nachschlag riskieren, indem er sich wehrt.«

»Außer er steht unter Koks oder PCP. Wusstest du, dass Lucy Benton in Washington abholen und ihn ein paar Tage früher nach Hause bringen wollte, um mich zu überraschen?« Ich kann Anne alles fragen, ohne dass sie es weitersagen oder ein Urteil darüber fällen wird.

»Bryce hat es mir erzählt. Ich glaube, einige Leute waren

informiert und haben sich sehr gefreut«, erwidert sie. »Du hast uns leidgetan, weil du erst in Connecticut so viel durchmachen musstest und dann auch noch die Grippe gekriegt hast. Wir haben kurz vor Weihnachten, Benton war nicht da, und außerdem hat er morgen Geburtstag. Auch wenn es dich wundert, finden die Leute hier, dass du zu viel arbeitest. Wir möchten, dass du hin und wieder auch mal ausspannst und Spaß hast.«

Mir wird klar, wie dringend ich mich aussprechen muss. Mir will Granbys unverschämte Andeutung nicht aus dem Kopf, der Hauptstadtmörder hätte sich von Bentons Veröffentlichungen inspirieren lassen, weshalb die sadistischen Morde zum Teil seine Schuld seien. Und deshalb solle er den Hut nehmen. Außerdem solle sich das FBI nicht mehr mit Täterprofilen beschäftigen, weil das altmodisch und gefährlich sei. Granby versucht, Benton madig zu machen, und das ist ein Geschäft, von dem er etwas versteht. Obwohl ich mich wie immer um eine gelassene und sachliche Haltung bemühe, koche ich innerlich vor Wut.

»Die Leute hier wussten also, dass Lucy Benton heute nach Hause bringt«, sage ich zu Anne. »Seine Kollegen beim FBI wussten es, sein verdammter Chef wusste es, und sein Hotel in Virginia und die Person, die Lucys Flugplan bearbeitet hat, wussten es auch.«

Ich gehe in Gedanken sämtliche Möglichkeiten durch, wie der Mörder von Bentons heutigem Heimflug erfahren haben könnte. Allerdings zweifle ich noch immer genauso an dieser Theorie wie vor ein paar Stunden, als er sie geäußert hat. Er ist aufgewühlt und gekränkt. Er macht sich Vorwürfe. Ich muss zwar Verständnis dafür aufbringen, darf mich aber nicht davon anstecken lassen. Es spielt sowieso keine Rolle. Was der Täter gewusst oder nicht gewusst hat, macht Benton noch lange nicht zum Schuldigen. Wie kann Granby es wagen, so etwas zu behaupten? Wie kann er es wagen, Bentons Leistungen und die Opfer, die er gebracht hat, in den Schmutz zu ziehen?

»Warum?«, fragt Anne.

»Lucy kannte Gail Shipton.«

»Das habe ich mir schon gedacht.«

»Benton befürchtet, der Täter könnte gewusst haben, dass er beim Auffinden der Leiche dabei sein würde. Dass er vielleicht sogar den Zeitpunkt dementsprechend gewählt hat.«

»Wie gruselig.« Ich merke ihr an, dass auch sie nicht im Entferntesten an diese Möglichkeit glaubt.

»Ich frage mich, ob Lucy Gail gegenüber etwas erwähnt hat.«

»Und dann hat Gail es brühwarm dem Menschen berichtet, der plante, sie zu ermorden? So nach dem Motto: Hey, Benton kommt nach Hause, warum machst du es nicht jetzt? Ist das etwa Bentons Theorie?«

»Wenn man es so ausdrückt, klingt es natürlich idiotisch.« Als ich mit dem Ellbogen auf die Taste drücke, schwingen die Türen weit auf. »Vermutlich ist das eine der Fragen, auf die es nie eine Antwort geben wird. Aber ich halte es nicht aus, wie er darunter leidet.«

»Weißt du, was für mich sonnenklar ist?« Anne folgt mir in den Autopsiesaal. »Er sieht gestresst aus. Müde, angespannt und ein wenig niedergeschlagen. Wenn ich in so eine Stimmung gerate, glaube ich auch immer, dass alles meine Schuld ist. Ich habe Angst, dass sich jemand im Schrank oder unter meinem Bett verstecken könnte. Offen gestanden werde ich richtig merkwürdig.«

»Nun, Granby tut eindeutig sein Bestes, damit es Benton schlechtgeht.«

»Du musst die Sache für ihn in Ordnung bringen, Kay, sonst quält er sich nur weiter.«

»Ich weiß noch nicht genau, wie.«

»Frag Lucy«, erwidert sie. »Frag sie, mit wem sie darüber gesprochen hat, dann bist du klüger.«

»Ich will ihr nicht das Gefühl vermitteln, dass ich ihr die Schuld gebe.«

»Du gibst weder ihr noch sonst jemandem die Schuld. Außerdem solltest du aufhören, die Verantwortung für die Gefühle anderer Leute zu übernehmen.«

»Das werde ich wohl nie schaffen«, antworte ich.

Während ich die Einstichwunde präpariere, warte ich darauf, dass Lucy mir eine für sie sicher unangenehme Frage beantwortet. Ich habe diese Frage nicht schon früher gestellt, weil es so viele andere Fragen gab. Inzwischen jedoch haben sich die Prioritäten verschoben. Allerdings weiß ich genau, wie sie reagieren wird.

Lucy zögert und fällt dann eine Entscheidung. »Beiläufig, glaube ich. Ich hielt es nicht für so wichtig.«

Meine hochbegabte, intelligente Nichte ist so leicht durchschaubar, wenn sie bemerkt, dass ich mit ihrem Verhalten nicht einverstanden bin. Es ist, als hätte sie plötzlich Holzschuhe an den Füßen. Ich nehme eine Pinzette vom Instrumentenwagen.

»Ich erinnere mich undeutlich, etwas in diese Richtung gesagt zu haben«, fügt sie, nicht rechtfertigend, sondern gleichmütig, hinzu, als gefiele ihr, wie vorhergesehen, meine Frage nicht.

Und so sucht sie eine logische Begründung dafür, dass es doch verständlich gewesen wäre, wenn sie Bentons Geburtstagsüberraschung in ihrem Telefonat mit Gail erwähnt hat, als diese hinter der Psi Bar stand. Lucy war gerade in Dulles gelandet, als sie anrief. Sie war dort, um Benton abzuholen und ihn am nächsten Tag nach Hause zu bringen.

»Ich habe gesagt, wo ich war und warum«, fügt sie, auf der anderen Seite des Stahltisches stehend, hinzu. Sie spricht mit mir und betrachtet dabei ihre tote ehemalige Freundin, eine Frau, der sie einmal vertraut und die sie dafür belogen und bestohlen hat. Eine Frau, die sie nicht vermissen wird.

»Bist du sicher, dass es nicht bereits früher aufs Tapet kam?« Ich versenke die präparierte Wunde in einem Glas Formalin.

»Doch, wahrscheinlich schon«, räumt Lucy ein. Es macht ihr zwar nicht unbedingt zu schaffen, doch die Frage stört sie.

Der Helikopterflug, um Benton abzuholen, war ein Thema, das auch schon früher hätte zur Sprache kommen können. Offen gestanden ist sie sogar ziemlich sicher, dass es so war. Lucy tut ihr Bestes, um sich ihre Gefühle nicht anmerken zu lassen. Zorn, Verlegenheit und außerdem Kränkung und Empörung, weil ich an ihren Worten zweifle. Denn sonst würde ich ihr ja nicht solche Fragen stellen. So arbeitet ihr Verstand, so denkt und reagiert sie. Als ob ich ihre Mutter wäre, die sie herunterputzt, und das bin ich eindeutig nicht. Ein Kreislauf an Gefühlen, so alt wie ihre Vergangenheit, in dem eines immer zum nächsten führt. Ein Kreislauf, den ich kenne wie die Kreise in meinem Gebäude, die Flure, die dort anfangen, wo sie enden, an diesem Ort des Lebens und des Todes.

Nur eines fühlt sie sich nicht: verantwortlich. Sie hat zu dem, was ich hier andeute, nichts beigetragen, und sie wird nicht so tun, als mache es ihr etwas aus, dass es die Frau, die sie betrügen wollte, nicht mehr gibt. Lucy interessiert es einen feuchten Kehricht, was sie möglicherweise zu ihr gesagt hat. Obwohl mir eine aufrichtige Lucy lieber ist, empfinde ich es als sehr ernüchternd, zu beobachten, wie ihr Basisprogramm abläuft. Es ist kaum zu ertragen. Ich bezeichne sie oft als ein bisschen soziopathisch, auch wenn Benton mich dann stets darauf hinweist, dass man das nicht nur ein bisschen sein kann. Genauso wenig wie ein bisschen schwanger, ein bisschen vergewaltigt oder ein bisschen tot.

Sie berichtet weiter, Gail habe sie am letzten Sonntag besucht, also an dem Tag, als die Geburtstagsüberraschung beschlossen wurde. Gail, Lucy und Carin Hegel haben sich am späten Vormittag in Lucys Haus in Concord getroffen, um den anstehenden Prozess zu erörtern und eidesstattliche Aussagen und weitere Unterlagen zu sichten. Es ist möglich, dass Lucy während dieses Besuches Bentons Geburtstag und ihre Sorge erwähnt hat, weil ich seit meiner Rückkehr aus Connecticut allein zu Hause sei.

»Ich finde es nur interessant, dass sie kurz darauf getötet wurde.« Schlau kommt Lucy auf den Punkt zu sprechen, der für sie der wichtigste ist und den ich offenbar völlig übersehen habe. »Es kam überall in den Nachrichten, dass du in der Rechtsmedizin in Connecticut ausgeholfen hast.«

»Bryce und seine große Klappe«, merkt Anne an.

Natürlich hat er es brühwarm dem Chief Medical Examiner der Streitkräfte, meinem obersten Vorgesetzten, erzählt, und dann hat dessen PR-Chef beschlossen, dass diese Information doch eine gute Werbung sei. Das Cambridge Forensic Center wird vom Commonwealth of Massachusetts und dem Verteidigungsministerium finanziert, und hin und wieder erhalte ich einen kleinen Hinweis darauf, dass ich auch etwas dafür tun kann, solange nichts schiefgeht.

»Als du am letzten Freitag in der Schule aufgetaucht bist und bei den Autopsien geholfen hast, hat das im Internet große Wellen geschlagen.« Lucy wendet den Blick nicht von dem bleichen Gesicht der Leiche ab, deren Lippen trockener und deren Augen stumpfer werden.

Gail Shiptons Leichenstarre lässt nach. Bald wird sie vorbei sein wie bei einer Faust, die nicht mehr die Kraft hat, sich weiter zu ballen.

»Ich glaube nicht, dass es hier um mich geht«, erwidere ich.

»Und ich denke, wir sollten auch nicht annehmen, dass es um Benton geht«, entgegnet Lucy. »Und wenn doch, dann zumindest nur teilweise. Vielleicht erklärt dein Einsatz in Connecticut ja den Rest.«

»Ich verstehe, worauf sie hinauswill«, stimmt Anne einer neuen Theorie zu, die für mich völlig unerwartet kommt. »Benton befürchtet, der Zeitpunkt könnte seinetwegen gewählt worden sein, während genauso gut du der Anlass sein könntest.«

Für ein Spektakel sorgen, so lauteten Bentons Worte. Ein gewalttätiges Drama. Und ich möchte keine Sekunde daran denken, dass es womöglich etwas mit mir zu tun hat.

»Jeder, der die Nachrichten verfolgt, konnte wissen, wann du in Connecticut warst und wann du zurückgekommen bist«, verkündet Lucy. »Der zweitgrößte Amoklauf an einer Schule in der amerikanischen Geschichte. Nur die Schießerei an der Virginia Tech hat noch mehr Todesopfer gefordert. Das würde doch einem Psycho, der Aufmerksamkeit erregen will, bestimmt zu Kopfe steigen.«

Ein Narzisst mit Borderline-Zügen, hat Benton gesagt. Der Mörder muss das Drama beobachten, das er ausgelöst hat.

»Vielleicht hat der öffentliche Rummel sein Pulverfass hochgehen lassen«, fügt Lucy hinzu.

»Gail Shipton wurde ermordet, weil ich in Connecticut ausgeholfen habe«, stelle ich sachlich fest. »Das ist doch absolut unlogisch.«

»Möchtest du lieber, dass Benton schuld ist?« Sie betrachtet mich kühl.

»Ich möchte, dass der Mensch schuld ist, der die Tat begangen hat.«

»Ich behaupte doch nicht, dass das der Grund ist.« Lucys Miene erhellt sich, als hätte sie die Lösung gefunden. »Ich sagte nur, dass der Massenmord und deine Rolle darin …«

»Meine Rolle darin?«

»Jetzt sei doch bitte nicht gleich beleidigt«, entgegnet Lucy, die Ruhe in Person. »Ich sage nur, dass die Ereignisse dadurch eskaliert sein könnten. Das wollte ich damit ausdrücken. Ich glaube, er hatte sich Gail bereits als Opfer ausgeguckt, aber vielleicht hat er beschlossen, sie ausgerechnet jetzt zu töten, weil ihn die Nachrichtenmeldungen dazu angestachelt und ihn in seinem Wahn bestärkt haben.«

»Ich habe auf CNN gesehen, dass du dort warst. Und dann hieß es, du seist wieder in Cambridge«, stimmt Anne zu. Ich will es nicht hören. »Der Killer könnte sich für dich interessieren. Wenn ihn das motiviert hat, ist es nicht deine Schuld.«

»Sind wir jetzt fertig?«, sage ich zu ihr, während ich an den jungen Mann denke, der bei Dunkelheit und Regen hinter meiner Gartenmauer gestanden hat. »Wir müssen uns beeilen.«

31

Die nächste halbe Stunde verbringen wir mit Fotografieren.

Wir füllen anatomische Diagramme aus und stellen Proben von der Körperoberfläche und aus den Körperöffnungen sicher. Ich entdecke weitere bläuliche Fasern. Sie befinden sich in Nasenlöchern, Mund und Haaren. Außerdem kleben sie an ihrer Zunge, klemmen zwischen den Zähnen und stecken ganz hoch oben in den Nasenlöchern. Ich frage mich, wie sie dorthin geraten sein können.

Sie stammen eindeutig nicht von dem weißen, dehnbaren Stoff, in den sie gewickelt war. Und es ist auch recht unwahrscheinlich, dass sie von der Kleidung kommen, die sie trug, als sie entführt und ermordet wurde. Bei der Arbeit muss ich wieder an Dr. Venters Anmerkungen denken. Er vermutet, dass Julianne Goulet die Fasern eines möglicherweise blauen Lycrastoffes eingeatmet hat. Vielleicht habe ich es ja mit etwas Ähnlichem zu tun.

»Bei der Autopsie müssen wir in Luftröhre und Lunge Ausschau danach halten«, sage ich zu Anne, während ich eine hauchfeine Faser mit der Pinzette greife.

Ich lege sie auf einen Objektträger und schütze sie mit einem dünnen Glasplättchen.

»Sie könnte Fasern eingeatmet haben? Das ist doch ziemlich unwahrscheinlich, wenn es kein Stoff war, der wie verrückt gefusselt hat.« Anne öffnet ein Physical Evidence Recovery Kit, kurz PERK genannt, mit dem man Spuren sexueller Gewalt sicherstellt.

»Das bezweifle ich«, wende ich ein. »Bei einem Stoff, der wie verrückt gefusselt hat, wären die Fasern überall. Doch ein blauer Stoff, der ihr Gesicht bedeckt hat, während sie nach Atem rang, könnte eine Erklärung sein.«

»Als ob man jemanden mit einem Kissen erstickt«, erwidert sie. »In diesen Fällen habe ich schon winzige Partikel von Federn und Fasern in Luftröhre und Lunge gefunden.«

»Aber sonst keine sichtbaren Verletzungen, weil Kissen weich sind.«

»Ich hatte schon immer den Verdacht, das könnte eine Erklärung für einige Fälle von plötzlichem Kindstod sein. Wochenbettdepression. Und dann benutzt Mama eine weiche Babydecke oder ein Kissen.«

»Ihr beide könnt einen echt runterziehen«, sagt Lucy.

Ich gehe mit dem Objektträger zu einer Arbeitsfläche, auf der ein polarisierendes Lichtmikroskop steht, und stelle das Objektiv auf hundertfache Vergrößerung ein. Nachdem ich die Schärfe angepasst habe, spähe ich durchs Okular. Die Faser besteht genau genommen aus mehreren, die ineinander verwickelt sind. Sie sind mehrfarbig wie ein elektrischer Kabelstrang: hellgrün, pfirsichfarben, aber hauptsächlich blau.

»Synthetisch.« Ich kehre zum Tisch zurück. »Den Rest muss Ernie herausfinden«, füge ich hinzu, während ich weiter an die bläulichen Lycrafasern in Dr. Venters Fall denke. »In ihren Haaren, zwischen ihren Zähnen und in den Nebenhöhlen.« Ich nehme ein Plastikspekulum aus der sterilen Verpackung. »Deshalb habe ich den starken Verdacht, dass sie mit einem Stück Stoff erstickt wurde, das elastisch ist, was auf ein aus vielen unterschiedlichen Fasern bestehendes Synthetikgewebe sicher zutrifft.«

»Wie die Polyesterhosen, die ich als Teenie anhatte.« Anne schneidet Fingernägel und sammelt das Ergebnis in einem

Umschlag. »Die waren elastisch genug, um jedes Fettpolster zur Geltung zu bringen. Ja, so schwer vorstellbar das auch ist, ich war damals ein ziemliches Pummelchen und bin nicht zum Abschlussball gegangen. Also stammen die Fasern nicht von dem Stoff, in den sie eingewickelt war, denn der ist weiß.«

»Nein, eindeutig nicht«, erwidere ich. »Der weiße Stoff war der letzte Pinselstrich, nachdem sie bereits tot war. Er hat sie an einem Ort aufbewahrt, wo er sie in der Position arrangieren konnte, in der sie sich jetzt befindet, bis die Totenstarre manifest genug war, um sie zu bewegen.«

»Woran erkennst du das?« Lucy ist vom Tisch zurückgetreten und beobachtet uns.

»An ihrem Zustand nach dem Tod«, antworte ich. »Ihre jetzige Körperhaltung ist die, in der die Leiche erkaltet und erstarrt ist, als sich Totenflecken und Leichenstarre gebildet haben.«

»Also hat er ihren Arm absichtlich so hingelegt.« Lucy streckt ihren Arm aus und kippt das Handgelenk nach unten.

»Ja.«

»Wie eine Tonskulptur, die aushärten muss«, stellt Anne fest.

»Das ist ja pervers.« Lucy lässt dieses Detail auf sich wirken. »Warum?«

»Warum tun diese Leute überhaupt das, was sie so tun?«, gibt Anne zurück.

»Das muss etwas zu bedeuten haben.«

»Ich glaube, dass diese Leute gar nicht wissen, was es bedeutet.« Anne reicht mir den Umschlag, damit ich ihn abzeichnen kann. »Sie tun schreckliche Dinge, aber wenn man sie nach dem Grund fragen würde, könnten sie es vermutlich nicht erklären.«

»Wahrscheinlich stimmt das«, bestätige ich.

»Vielleicht liegen die Ursachen in einer Zeit, als er noch ein Baby oder zumindest zu klein war, um sich zu erinnern«, meint Anne. »Weißt du, wie damals, als ich eine Tür zugeknallt habe und nicht wusste, dass die Katze dahintersaß, und ihr den Schwanz gebrochen habe. Ich bin nie darüber hinweggekommen. Aber was, wenn ich eine Verbrecherin wäre und das wäre mein Markenzeichen? Ich wurde mit zehn traumatisiert, und seitdem muss ich Katzen quälen und ihnen den Schwanz brechen.«

»Weißt du was?«, erwidert Lucy. »Du spinnst.«

»Sag ihr, dass das nicht stimmt«, wendet Anne sich an mich.

Wir beginnen, Abstriche von den Körperöffnungen zu nehmen. Von allen.

»Als sie noch lebte, war sie in etwas anderes eingewickelt.« Lucy wendet sich wieder der Toten auf meinem Tisch zu.

»Das würde die Fasern unter ihren Nägeln, in ihrem Haar und in ihrem Mund erklären«, erwidere ich, während ich in Gedanken die verschiedenen Alternativen durchgehe.

Eine Methode, seine Opfer handlungsunfähig zu machen, ohne Spuren zu hinterlassen, erinnere ich mich an die Berichte über die Fälle in Washington.

Ich weiß noch, wie ich im Bett saß und mir jeden grausigen Todesfall in allen Details ausgemalt habe. Eine durchsichtige Plastiktüte von einem Kosmetikladen namens Octopus, über den Kopf des Opfers gestülpt und festgeklebt, bis sich das Gesicht der Frau bläulich rot verfärbte. Ihre Augen, vor Angst weit aufgerissen, während das arterielle Blut pulsiert und die Venen vom Klebeband um ihren Hals abgeschnürt werden. Ein Regen aus stecknadelkopfgroßen Blutungen, die auf ihren Lidern und den Netzhäuten erscheinen. Es ist, als befestige man einen Luftballon am Ende eines Gartenschlauchs. Wasser strömt hinein, kann aber nirgendwohin, und der Druck baut sich auf, bis der Ballon platzt. Ich stelle mir das Dröhnen im Kopf der Opfer vor und ihr verzweifeltes Ringen nach Luft. Doch Gail Shipton hatte keine Tüte über dem Kopf. Vielleicht hat er ja keines seiner Opfer mit einer Plastiktüte getötet.

Möglicherweise liegt Dr. Venter ja richtig. Die Tüten sind ein morbides Deko-Objekt, das der Mörder einsetzt, wenn er seine Opfer auf symbolische Weise arrangiert und zur Schau stellt. Bei Gail Shipton hat er sich diese Mühe gespart, weil sie sein Ritual und seine Phantasie durch ihr vorzeitiges Ableben gestört hat. Vielleicht erstickt er seine Opfer ja mit einem weichen, dehnbaren Stück Stoff, möglicherweise einem aus Lycra, was das Fehlen von Abwehrverletzungen erklären könnte. Außerdem auch die Fasern tief in Gail Shiptons Nasenhöhlen sowie in Julianne Goulets Luftröhre und Lunge.

Menschen, die erstickt werden, wehren sich wie wild, und es weist nichts darauf hin, dass diese Frauen sich gesträubt haben. Wie Benton sagt, ist es, als seien sie freiwillig gestorben, und das ist schlichtweg nicht möglich. Menschen ticken nicht so. Selbst wenn jemand Selbstmord durch Strangulieren begeht und sich bewusst entschieden hat, sein Leben aufzugeben und seinen Plan in die Tat umzusetzen, ergreift im letzten Moment die Biologie das Wort. Die Menschen zerren an der Schlinge um ihren Hals, während sie baumeln und zappeln, nachdem das, worauf sie gestanden haben, zur Seite getreten wurde. Sie versuchen sich die Tüte vom Kopf zu reißen und kämpfen wild entschlossen gegen das Ertrinken. Schmerz und Panik sorgen dafür, dass sie es sich anders überlegen, weil jede Zelle ihres Körpers entschlossen fordert, am Leben zu bleiben. Ich stelle mir vor, wie es ist, jemanden von Kopf bis Fuß in ein leicht dehnbares Synthetikgewebe zu wickeln. Etwas Elastisches.

Die Unterleibsuntersuchung fördert keinen Hinweis auf

einen sexuellen Übergriff zutage. Kein Sperma, keine Blutergüsse oder Entzündungen. Rasch arbeite ich weiter. Ich habe eine Mission, plane ein zusätzliches wissenschaftliches Testverfahren vor der Autopsie. Also klinke ich eine neue Klinge in den Griff meines Skalpells ein und nehme den Y-förmigen Einschnitt vor, der den Torso hinunter verläuft und den Nabel umrundet. Ich schlage Gewebe zurück, entferne jedoch noch nicht den Brustkorb. Die Gabelung der Aorta befindet sich vor den Sakralgelenken am Beckenrand. Ich führe einen Angiokatheter in die linke äußere Darmbeinarterie ein und fange an, große Kanülen voller rosafarbener Konservierungsflüssigkeit hineinzupumpen. Sie sind mit einer nichtionischen Kontrastflüssigkeit versetzt, die im CT neonweiß aufleuchtet.

Die Lösung erfüllt die Arterien und Venen, die sich sichtbar unter der Hautoberfläche ausdehnen, so als sei Gail Shiptons Blutkreislauf wieder in Gang gekommen. Sie sieht beinahe lebendig aus, und dennoch riecht es an meinem Arbeitsplatz im Autopsiesaal wie in einem Bestattungsinstitut.

»Schieben wir sie noch mal in den Scanner.« Ich ziehe die Handschuhe aus und nehme den Gesichtsschutz ab. »Dann werden wir sehen, ob mit ihren Gefäßen etwas nicht in Ordnung war. Lasst uns schauen, ob sie einen Herzstillstand erlitten hat, bevor der Täter Gelegenheit hatte, sie zu ermorden.«

»Woran, glaubst du, ist sie eigentlich gestorben?«, fragt Lucy.

»Wahrscheinlich läuft es auf eine Ausschlussdiagnose hinaus«, erwidere ich. »Herauszufinden, woran sie nicht gestorben ist, könnte uns helfen, die Todesursache zu finden. Zum Beispiel weiß ich, dass ihr Blutdruck irgendwann durch die Decke gegangen sein muss. Deshalb die Petechien in den Netzhäuten.«

Ich löse den Autopsietisch vom Waschbecken und entriegle die Bremsen, die die Rollen blockieren.

»Meiner Theorie nach ist sie an einem Herzstillstand gestorben, nachdem ihr jemand mit einem Betäubungsgewehr einen Elektroschock verpasst hat«, erkläre ich. »Oder vielleicht auch, während er versucht hat, sie mit etwas zu ersticken, wodurch Fasern in Nase und Mund zurückgeblieben sind. Möglicherweise hat sie nach Atem gerungen. Allerdings glaube ich nicht, dass sie sich lange gewehrt hat, jedenfalls nicht so lange, wie es normalerweise dauert, jemanden zu ersticken. Insbesondere dann nicht, wenn der Täter ein Sadist ist, der seinen Spaß daran hat, die Sache hinauszuzögern.«

»Indem er zum Beispiel wartet, bis das Opfer bewusstlos ist, die Würgefessel dann lockert, damit es wieder atmen kann, und dann noch mal von vorn anfängt«, ergänzt Anne.

»Vermutlich. Nur dass das bei Gail nicht funktioniert hat. Nicht bei einem Pneumothorax. Hat sie je über Schmerzen in der Brust oder Herzprobleme geklagt?«, frage ich Lucy.

»Nicht so direkt. Ich weiß, dass sie über Stress gejammert hat. Wie ich schon gesagt habe, hat sie manchmal Kurzatmigkeit erwähnt. Sie hat viel geseufzt und war häufig müde, doch das könnte auch an einer nervösen Verspannung gelegen haben und daran, dass sie keinen Sport trieb. Mehr als Gehen auf einem Laufband war bei ihr nicht drin.« Sie betrachtet Gail Shiptons Gesicht. Ihr eigenes Gesicht ist eine starre Maske, die sich von Minute zu Minute verhärtet.

»Hast du vor hierzubleiben?«, frage ich sie.

»Was hast du denn gedacht?«

»Du musst nicht.«

»Doch, muss ich. Es macht mir nicht so viel aus, wie ich geglaubt habe.«

Wir schieben Gail Shipton in den Autopsiesaal.

»Sie hat sich das selbst zuzuschreiben«, sagt Lucy. »Das ist es, was mir etwas ausmacht.«

»Hat sie nicht«, widerspreche ich. »Das war ein anderer.«

»Ich gebe ihr nicht die Schuld an dem Mord. Aber an der Lawine, die sie losgetreten hat.«

»Sie ist an gar nichts schuld«, sage ich zu meiner Nichte. »Kein Mensch hat es verdient, ermordet zu werden. Ganz egal, was er vorher angestellt hat.«

In der Radiologie decken wir den Schlitten des Scanners mit sauberen Laken ab und legen die Leiche auf den Rücken. Ich pumpe noch mehr Konservierungsflüssigkeit in die Darmbeinarterie, und als Anne auf einen Knopf drückt, fährt der Schlitten mit einem leisen Summen ins Gerät. Sie stellt die Position ein und bedient einen roten Knopf, um die Stelle zu markieren, wo die Laserstrahlen sich am Kopf kreuzen.

»Wir fangen am Teilungssporn an, also am untersten Luftröhrenknorpel, und arbeiten uns dann zum oberen Rand der Augenhöhle vor«, verkünde ich.

Dann ziehen wir uns hinter Annes verglaste Konsole zurück und schalten das grellrote Schild mit der Warnung »Vorsicht: Röntgenaufnahme« ein. Die Strahlung in diesem Raum können nur Tote verkraften.

»Virtuelle 3-D-Wiedergabe von innen nach außen«, entscheide ich. »Hauchdünne Scheiben, einen Millimeter dick mit einem Abstand dazwischen. Was meinst du?«

»0,75 mal 0,5 genügt.« Anne schaltet den Scanner per Computer ein.

Er beginnt zu pulsieren. *Brumm-brumm-klack-klack.* Er wärmt auf. Wir hören, wie das Röntgenrohr sich dreht. Anne klickt *Brust* auf dem Menü an, worauf sich ein Feld im interessanten Bereich öffnet, also dem Herzen. Dort werden wir anfangen. Ich will wissen, ob Gail Shipton an einer Gefäßschädigung litt, die vielleicht zu ihrem plötzlichen Tod geführt hat. So dass sich der Hauptstadtmörder, wie Benton sagte, *versetzt* fühlen musste.

Hat sie Herzrhythmusstörungen bekommen, als er mit dem Betäubungsgewehr auf sie schoss, und ist sie deshalb gestorben, bevor er sie ersticken konnte? Hat ihr Herz versagt, als sie verzweifelt nach Luft rang, so dass er keine Möglichkeit mehr hatte, sie zu Tode zu foltern? Ich habe den Verdacht, dass die stecknadelkopfgroßen Einblutungen in ihren Netzhäuten auf eine gehemmte Blutzufuhr zurückzuführen sind, vielleicht Schwierigkeiten mit einer oder mehreren Herzklappen. Die Opfer in Washington hatten nur leichte Petechien an Wangen und Augenlidern. Bei Gail Shipton hingegen sind die Kapillargefäße um einiges heftiger geplatzt.

Was ist dir zugestoßen?

»Wenn man dem Weg des Kontrastmittels durch die Blutgefäße folgt«, erkläre ich Lucy, »kann man die Strukturen bis ins letzte Detail erkennen, sauber und ordentlich wie hellbeleuchtete Straßen. Und hier haben wir das Problem. Genau da.« Ich deute auf den Computerbildschirm. »Hier sehen wir den Schaden, von dem sie vermutlich nichts geahnt hat.«

»Mann, ist es nicht ein Jammer.« Anne öffnet mit dem Cursor ein neues Feld und holt das Bild heran. »Es macht einem echt Angst, daran zu denken, was so alles in einem lauert, um einem den Tag zu vermiesen.«

Ich zeige Lucy die verengte Koronararterie, die eine ungenügende Blutzufuhr zum Herzen zur Folge hatte.

»Eine Aortenklappenstenose, die zu einer Verdickung der Muskelwand der linken Herzkammer führte«, stelle ich fest. »Möglicherweise angeboren. Vielleicht hat sie sich auch als Kind eine bakterielle Infektion zugezogen, die eine Entzündung und Vernarbung zur Folge hatte. Eine Mandelentzündung zum Beispiel, die sich in ein rheumatisches Fieber verwandelt hat.« Ich erinnere mich an Bryces Bemerkung über Gail Shiptons Zähne. »Wenn sie ein Antibiotikum wie Tetracyclin genommen hat, könnte das die Verfärbungen des Zahnschmelzes ausgelöst haben.«

»Was hat so ein Herzklappenproblem für Konsequenzen?«, erkundigt sich Lucy.

»Mit der Zeit hätte ihr Herz zunehmend die Fähigkeit verloren, Blut zu pumpen. Und irgendwann wäre dann ein Punkt erreicht gewesen, an dem sich der Muskel nicht mehr ausgedehnt hätte.«

»Was heißt, dass sie eine Kandidatin für Herzversagen war. Sie hatte also kein langes und gesundes Leben vor sich«, sagt Lucy, als sei es das, was sie glauben will.

»Wer weiß schon, was ein Mensch vor sich hat?«, wendet Anne ein. »Erinnerst du dich noch an Jim Fixx, den Jogging-Papst? Geht wie jeden Tag zum Laufen und fällt mit einem Herzinfarkt tot um. Reiche Leute werden auf dem Golfplatz vom Blitz getroffen. Patsy Cline ist bei einem Flugzeugabsturz umgekommen. Und Elvis ist auf dem Klo gestorben, was ganz bestimmt nicht in seiner Absicht lag, als er am fraglichen Morgen in Graceland aufgestanden ist.«

»Dann hätte sie also an Müdigkeit, Kurzatmigkeit und Herzklopfen gelitten. Sie hätte sich bei körperlicher Anstrengung schwach gefühlt, was sich mit deinen Schilderungen deckt«, sage ich zu Lucy und betrachte dabei die Aufnahme. »Außerdem hatte sie sicher geschwollene Knöchel und Füße.«

»Manchmal hat sie sich beklagt, ihre Schuhe seien zu eng.« Lucy klingt eher abwesend als ernst oder traurig. »Am liebsten hat sie Slipper oder Sandalen getragen.«

Ich denke an den grünen Ballerina aus künstlichem Krokoleder, den Marino hinter der Psi Bar gefunden hat.

»Klingt, als hätte sich ihr Zustand bereits verschlechtert. Hat sie sich regelmäßig untersuchen lassen?«, frage ich.

»Ich weiß nur, dass sie Ärzte gehasst hat.«

»Ihr Herz musste heftiger schlagen, als gut für sie war«, sage ich.

»Eigentlich hat sie Menschen im Allgemeinen gehasst«, spricht Lucy weiter. »Sie war introvertiert und ungesellig, und ich hätte gleich misstrauisch werden müssen, als sie uns in der Psi Bar angegraben hat.«

»Euch angegraben?« Anne dreht sich mit ihrem Stuhl um und kriegt den Mund nicht mehr zu. »Sie wollte dich und Janet in einer Bar angraben? Ganz schön riskant, würde ich sagen.«

»Im Psi an einem Abend im vergangenen Frühjahr«, bestätigt sie, und wie mir einfällt, wusste ich im Frühjahr noch gar nicht, dass Janet wieder eine Rolle in Lucys Leben spielt.

Ich werde nicht gern an das erinnert, was meine Nichte mir verschweigt. Inzwischen müssten mir ihre Heimlichtuerei und ihre Täuschungsmanöver gleichgültig sein. Zumindest sollte ich keinen Gedanken mehr an diesen Teil ihrer Persönlichkeit verschwenden. Warum interessiert es mich überhaupt, obwohl es besser für mich wäre, das meiste, was sie mir vorenthält, gar nicht zu wissen? Diese Fragen stelle ich mir seit fast dreißig Jahren, als Lucy ein anstrengendes Kind war, das in meinem Computer, in meinem Schreibtisch, in meiner Privatsphäre, ja, eigentlich in jedem Bereich meines Lebens herumwühlte. Obwohl sie Gail Shipton kannte, macht es ihr nichts aus, sie tot zu sehen, ihre inneren Organe zu betrachten, den Tod zu riechen und zu spüren, wie kalt er ist.

»Sie hat uns etwas zu trinken rübergeschickt. Dann hat sie sich zu uns an den Tisch gesetzt, und wir sind ins Gespräch gekommen. Irgendwie kam sie mir von Anfang an komisch vor, aber schließlich waren wir gleich um die Ecke vom MIT.«

Lucy zuckt die Achseln. »Die Leute dort sind eben ein bisschen schrullig. So freundlich wie an diesem Abend habe ich sie nie wieder erlebt, und sie hatte offenbar ihre Gründe. Es war alles nur Theater.«

»Das Theater einer Frau, die ein Herzinfarkt auf Beinen war«, ergänzt Anne. »Wenn man sich die Herzklappen als Türen vorstellt, sind ihre nicht mehr richtig auf- und zugegangen. Ich kann mir nicht vorstellen, dass sie kein Flattern oder vielleicht Enge in der Brust gespürt hat.«

»Sie hätte es auf den Stress geschoben«, erwidert Lucy. »Was zu Carins Begründung der Klage gegen Double S gehört. Die Firma habe Gail so unter Druck gesetzt, dass ihre Gesundheit in Mitleidenschaft gezogen worden sei. Atemnot, Enge in der Brust und Panikattacken, die sie in ihrer Erwerbsfähigkeit eingeschränkt hätten.«

»Warum geht man nicht zum Arzt, wenn man vor Gericht mit seiner Gesundheit argumentieren will?«, wundert sich Anne.

»Gail wollte nicht, dass das Gegenteil bewiesen wird. Sie wollte verhindern, dass die Untersuchung keinen Befund ergibt.«

»Und Ironie des Schicksals ist, dass das nicht geschehen wäre. Siehst du die Verengung der Mitralklappe?« Ich zeige es ihr auf der Aufnahme. »Sie könnte auch undicht gewesen sein.«

»Wenn man sich ein Opfer aussucht, muss man nehmen, was man kriegt«, stellt Anne fest. »Wegen der akuten körperlichen Bedrohung ist sie dem Schwein vermutlich unter den Händen weggestorben.«

»Wir wissen, dass sie auf die eine oder andere Weise gestorben ist.« Lucy mustert die 3-D-Abbildung von Gail Shiptons geschädigtem Herzen, als handle es sich dabei um ein Symbol für ihre Persönlichkeit an sich. »Mit Fehlern behaftet«, merkt sie an. »Ein Jammer, dass man es den Leuten nicht ansieht«, fügt sie mit eisigem Unterton hinzu.

»Todesursache ist Herzstillstand als Folge einer Herzklappenstenose, verstärkt durch einen linken Pneumothorax und akuten körperlichen Schmerz nach Beschuss mit einem Betäubungsgewehr«, schlussfolgere ich.

»Mord durch Herzkrankheit«, meint Anne sarkastisch. »Die Verteidigung wird sich vor Begeisterung überschlagen. Sie werden behaupten, dass Double S sie über den Tisch gezogen hat, habe ihr das Herz gebrochen«, fährt sie fort, als plötzlich die Tür aufgerissen wird.

Bryce kommt hereingestürmt wie ein Wirbelwind. Die Telefonnotiz in seiner Hand ist mit seiner ordentlichen, verschnörkelten Handschrift bedeckt.

»Verdammte Scheiße, verdammte Scheiße, verdammte Scheiße!«, ruft er immer wieder, während er mir das Blatt Papier reicht. Ich erkenne auf den ersten Blick dass es sich um Informationen zu einem Fall handelt, die von Marino durchgegeben wurden. »Es gab gerade ein furchtbares Massaker in Concord!«

32

Das Geräusch des V10-Motors von Lucys SUV klingt wie eine Mischung aus Humvee und Ferrari. Es ist ein Brummen, untermalt vom Abrollgeräusch der Reifen mit dem dicken Profil auf dem Asphalt, was sich wie eine Kombination aus Trommeln und Klopfen anhört. Die gewaltigen Räder scheinen auch über den holprigsten Straßenbelag zu schweben, als sei mein cognacfarbener Ledersitz eine Wolke.

Meine Nichte bezeichnet ihre letzte Neuerwerbung als luftgefederte Kilometerfressmaschine. Ich habe ihr Angebot angenommen, mich zu chauffieren, weil ich keine Lust habe, mit Rusty und Harold im Großraumtransporter mitzufahren, den wir unseren Brotlaster nennen. Ich werde die beiden erst später brauchen, und ich hatte auch kein Bedürfnis, unterwegs anzuhalten, um irgendein Fahrzeug zu betanken, das Bryce auf dem Parkplatz für mich aufgetrieben hätte. Meine Ärzte wissen vor lauter Autopsien nicht mehr, wo ihnen der Kopf steht, und die Warteliste ist lang, weshalb ich keinen von ihnen zum Tatort mitnehmen oder mir Anne ausleihen wollte. Lucy kann mir helfen, und außerdem wird Marino vor Ort sein.

In einem gepanzerten Fahrzeug, das mich an Darth Vader oder arabische Potentaten erinnert, die sich vor galaktischen Kriegen, Bomben und Attentaten in Acht nehmen müssen, fühle ich mich sicherer. Ich bin froh, in Lucys SUV zu sitzen, und froh, dass sie bei mir ist. Als ich bei der Abfahrt Marino anrief, hat er mir am Telefon nicht viel verraten. Doch das wenige, was ich weiß, ist gespenstisch und beinahe unfassbar. Der

Notruf vom heutigen Vormittag, bei dem ein Amokschütze gemeldet wurde, war offenbar doch kein Fehlalarm, denn alles weist darauf hin, dass ein Verrückter gerade in Concord Amok gelaufen ist.

Allerdings hatte die verdächtige Gestalt, die am Morgen dabei beobachtet wurde, wie sie durch den Minute Man Park lief, nicht die Absicht, Schulkinder bei einem Ausflug unter Beschuss zu nehmen. Wahrscheinlich wusste der Mann gar nicht, dass die Kinder dort sein würden, als er durch den kilometerlangen Wald rannte, der das Schlachtfeld aus dem Bürgerkrieg von den hügeligen Rasenflächen, Nebengebäuden, dem Büro und dem Haupthaus von Double S trennt, das gleichzeitig Gestüt und Anlageberaterfirma ist. Nun liegen dort mindestens drei Tote, und Marino bezeichnet das, was sich abgespielt hat, als »Blutbad à la Jack the Ripper«.

Die Opfer wurden überrascht, sagt Marino. Jemand hat ihnen die Kehle durchgeschnitten, während sie sich gerade etwas zu essen holten oder einfach nur auf ihren Stühlen saßen. Der Verdächtige, den Zeugen als jungen Mann in Jeans und Kapuzensweater mit einer Abbildung von Andy Warhols Marilyn Monroe beschreiben, kam aus dem Wald gestürmt und floh über eine hölzerne Fußgängerbrücke. Dabei rannte er durch eine Gruppe von Viertklässlern auf einem Weg, die, um in Marinos Worten zu sprechen, »umfielen wie die Kegel«. Dann ist der Mann über die Liberty Street und auf einen vollbesetzten Parkplatz gesprintet.

In der Panik und dem Durcheinander hat offenbar niemand beobachtet, was aus ihm geworden ist. Man weiß nur, dass als Nächstes die Fehlzündungen eines Autos zu hören waren, die wie Schüsse klangen. Kinder und Lehrerinnen klammerten sich aneinander, liefen davon oder warfen sich auf den Boden. Als die Streifenwagen und ein Sondereinsatzkommando erschienen, war der Mann spurlos verschwunden. Kein Mensch erinnerte sich an ein davonrasendes Fahrzeug. Der Rettungshubschrauber machte wieder kehrt, und die Polizei wäre vermutlich von falschem Alarm ausgegangen, wäre da nicht ein wichtiges Detail gewesen.

Als die Detectives aus Concord den Teil des Parks durchsuchten, wo der Mann gesehen worden war, haben sie einen dicken, mit Blut beschmierten Umschlag entdeckt, auf dem *Double S Finanzmanagement* als Absenderadresse aufgeführt war. Darin befanden sich zehntausend Dollar in Hundertdollarscheinen. Der Umschlag lag unter der Brücke, über die der Mann geflüchtet war. Man nimmt an, er habe nicht damit gerechnet, dass eine Gruppe von Kindern und Lehrerinnen ihm den Weg versperren würde. Und vor Schreck und Verwirrung hat er dann das Geld fallen gelassen, das Marino als sein Fluchtkapital bezeichnet.

»Bis jetzt sind drei Menschen für jämmerliche zehn Riesen gestorben, das sind gut dreitausend Dollar pro Kopf. Ein geringer Preis für ein Leben, aber ich habe schon Billigeres gesehen«, sagt Marino am Telefon. »Ein Kapuzensweater mit Marilyn Monroe darauf und, bingo, Haley Swanson, der sich in Luft aufgelöst hat. Jetzt wurde er beobachtet, und wir wissen, was für ein Mensch er ist. Mein Gott, es war ein verdammtes Glück, dass ich bei dir war, als er sich an deiner Gartenmauer rumgedrückt hat. Nicht auszudenken. Erst bringt er Gail Shipton um, und dann kommt er zurück, um sich einen Nachschlag zu holen, beschattet dich und ist im Begriff, dich aus deinem eigenen Garten zu entführen. Sicher hat er mich und Quincy aus dem Auto steigen sehen.«

Marino möchte glauben, dass er mich gerettet hat. Ich widerspreche ihm nicht. Es spielt keine Rolle.

»Er konnte nicht wissen, dass ich bei dir aufkreuzen würde,

und musste annehmen, dass du allein zum Fundort fährst«, spricht er weiter. »Und das hat ihm die Tour vermasselt.«

Ich habe ihn nicht darauf hingewiesen, dass mir das unwahrscheinlich vorkommt. Marino hat sich seine Meinung gebildet und hätte nicht auf mich gehört. Und dennoch glaube ich nicht, dass der Mensch, den ich heute Morgen ertappt habe, vorhatte, mir etwas anzutun, während ich mit meinem Hund im Garten war. Ich habe keine Ahnung, was er wollte, doch er hätte in den Tagen und Nächten, die ich allein mit Grippe im Bett lag, mehr als genug Gelegenheiten gehabt. Als ich an meine Fieberträume von dem Kapuzenmann denke, frage ich mich, ob es sich um hellseherische Anwandlungen handelt. Ich wurde scharf beobachtet. Die Gedanken eines Fremden kreisten um mich. Und offenbar habe ich das unbewusst geahnt.

Denn ich hatte eindeutig das Gefühl, dass mich jemand ausspioniert, wenn ich mit Sock nach Einbruch der Dunkelheit in den Garten ging. Und falls es stimmt, dass Haley Swanson mich beschattet oder mein Haus ausgeforscht hat, weil er mich ausrauben oder etwas noch Schlimmeres mit mir anstellen wollte, warum hat er es dann nicht getan? Vielleicht weil er gesehen hat, dass ich eine Pistole besitze. Das könnte sein. Allerdings glaube ich nicht, dass das der Grund ist. Möglicherweise stimmt ja Lucys Theorie, der Hauptstadtmörder könnte wegen der Meldungen in den Nachrichten auf mich aufmerksam geworden sein. Und ja, dann hätte eins zum anderen führen können. Sexuelle Gewalt beginnt mit einer Phantasie, und die Gedankenwelt eines psychisch gestörten Killers wird von Bildern angeregt.

Ich erinnere mich an die Fußabdrücke entlang der Gleise. Sie führten in den Campus des MIT hinein und sind entstanden, als es noch regnete. Einige Zeit später haben die Schritte den Campus wieder verlassen. Unser Haus befindet sich gerade einmal drei Kilometer von der Stelle entfernt, wo Gail Shiptons Leiche lag. Und wenn der Mörder einigermaßen gut informiert ist, hat er gewusst, dass ich aller Wahrscheinlichkeit nach zum Fundort fahren würde. Möglicherweise hat er ja das Haus beobachtet. Er hätte sich hinter der Mauer verstecken und sehen können, wie bei mir Licht gemacht wurde. Er hätte beobachten können, wie Marino vorfuhr. Und er hätte mitbekommen, wie ich mit Sock nach draußen ging.

Ich habe die Gegenwart eines Menschen gespürt, der vielleicht der Mörder war. Ich habe ihn hinter der Mauer gehört, und als er sich ertappt fühlte, ist er davongelaufen. Leichtfüßig und mit Barfußschuhen an den Füßen, ist er zum MIT zurückgekehrt, um sich den Rest des Spektakels anzuschauen. Meine Ankunft, die Landung des Helikopters, wie sich das Publikum um sein Werk scharte. Und vor Morgengrauen hat sich der Mörder, wie Benton vermutet, schließlich entlang der Gleise davongemacht, um sein Auto zu holen.

»Das einfachste aller Motive und außerdem das älteste auf diesem Planeten. Geld«, hat Marino vor wenigen Minuten zu mir gesagt. »Wir kennen den Mann, und wahrscheinlich ist er nicht weit gekommen. Vielleicht versteckt er sich ja im Schuppen oder in der Scheune irgendeiner Farm. Wir rufen unsere Leute aus den Revieren in dieser Gegend zusammen und suchen sämtliche Häuser ab, bis wir ihn haben.«

Mit *wir* meint er NEMLEC.

»Haley Swanson hat Double S überfallen. Irgendwie ist die Sache aus dem Ruder gelaufen, und er hat alle umgebracht«, sagte Marino. Doch ich weiß verdammt gut, dass das nicht die ganze Geschichte, ja, nicht einmal ein Teil davon ist. Vielleicht ist auch gar nichts Wahres daran.

Wir haben es hier nicht mit einem auf übelste Weise eskalierten Raubüberfall zu tun. Ich bin überzeugt, dass sich die

Polizei mit ihrem Verdacht irrt und dass sich bald das FBI in die Ermittlungen einschalten wird, wenn es nicht bereits geschehen ist. Minute Man ist ein Nationalpark und fällt deshalb unter den Zuständigkeitsbereich des FBI, das die Örtlichkeit als Vorwand nutzen wird, um sich einzumischen. Ich kann mir vorstellen, dass Benton schon dabei ist, seine Truppen zu mobilisieren. Er wird nicht auf eine Einladung vom Concord Police Department, von Marino, NEMLEC oder sonst jemandem warten. Auch nicht von seinem Chef, der Benton am liebsten außen vor lassen würde. Doch das wird ihn nicht abhalten. Gail Shipton hat Double S verklagt. Nun ist sie tot und die Leute von Double S ebenfalls. Sicher denkt Benton an den Hauptstadtmörder, während ich ständig das Hologramm eines Oktopus auf den Plastiktüten vor Augen habe, die jemand den toten Frauen in Washington über den Kopf gestülpt hat.

Ich male mir kräftige, in Regenbogenfarben schimmernde Fangarme aus. Ein Meerestier, das als Bodenbewohner gilt und eine gummiartige Gelenkigkeit und Anmut besitzt, ein Meister der Tarnung, der sich in die engsten Ritzen zwängen kann, vier Arme, die in einem klugen Kopf mit Schnabel enden. Als Krake musste das wirbellose Tier als Symbol für böse Regime herhalten, die ihre Macht missbrauchen und alles an sich reißen. Faschistische Regierungen, Verschwörer, Imperialisten, die Wall Street. Der Kinderbuchautor Dr. Seuss hat die Nazis als Krake dargestellt.

Die Metapher kann Zufall sein. Oder auch nicht. Vielleicht sieht der Killer sich ja als Übermenschen mit gewaltiger Reichweite, der alles umklammern kann, was er beherrschen will. Für mich hingegen ist er banal und eine Fehlkonstruktion, so als würde man so lange verschiedene Geräte mit einer einzigen Stromquelle verbinden, bis diese überlastet ist, Funken schlägt, Feuer fängt und schließlich explodiert.

Eine Oktopus-Verbindung, eine gefährliche Aktion, als stöpsle man zu viele Kabel in eine Steckdose, so dass es zu einem Kurzschluss kommt. Und genau das ist meiner Ansicht nach geschehen. Ich spüre die Wut und die Arroganz eines Täters, der leise und blitzschnell zuschlägt, und ich denke an die Bahngleise und den Killer, der auf ihnen geflohen ist. In Barfußschuhen ist er in der Dunkelheit von einer glitschigen Schwelle zur anderen gesprungen, ein diabolischer Nijinsky, der zwar eine Primadonna, aber längst nicht so perfekt ausbalanciert ist, wie er glaubt, weder geistig noch emotional.

»Angeblich ist der Verdächtige im Bürogebäude erschienen«, berichte ich Lucy weiter, was Marino für mich zusammengefasst hat. »Man nimmt an, dass die Tür nicht abgeschlossen war, so dass er sich ins Gebäude schleichen und die ersten drei Personen töten konnte, denen er begegnet ist.«

»Wer sind sie?«, fragt Lucy, während wir der Massachusetts Avenue folgen. Auf der einen Seite steht eine Kirche der Christlichen Wissenschaften, auf der anderen erheben sich die dunklen Backsteingebäude der juristischen Fakultät von Harvard.

Ich bemerke unzählige Streifenwagen.

»Bis jetzt wurden sie noch nicht identifiziert.« Ich frage meine E-Mails ab und sehe nach, ob Notrufe eingegangen sind.

»Wie kann es sein, dass wir keine Namen haben, wenn sie bei Double S beschäftigt waren?«

»Laut Marino haben die Leichen keinerlei Ausweispapiere bei sich. Offenbar hat der Täter ihre Brieftaschen gestohlen. Vielleicht hat die Polizei schon Vermutungen, aber es wurde noch nichts bestätigt.«

»Aber sie haben doch Kollegen«, beharrt Lucy, als ob sie Bescheid wüsste, was sie sicher tut.

Schließlich ist sie Zeugin im Prozess gegen Double S. Sie wurde eidesstattlich vernommen und hat erst am vergangenen Sonntag mehrere Stunden damit verbracht, mit Gail Shipton und Carin Hegel die Prozessunterlagen durchzuarbeiten. Wahrscheinlich kennt sie sich besser bei Double S aus als die meisten Menschen. Dafür hat sie sicher gesorgt.

»Mir sind drei Tote gemeldet worden, es könnte natürlich auch sein, dass da noch mehr Leichen sind, die noch nicht gefunden wurden«, erwidere ich. »Außerdem hat die Behörde für öffentliche Sicherheit sämtliche Polizeidienststellen und Schulen in Alarmbereitschaft versetzt, weil nach einem Verbrecher gefahndet wird.«

»Spitze«, entgegnet Lucy. »Jetzt werden alle glauben, dass wir es mit einem gottverdammten Terroranschlag zu tun haben.«

»Mindestens drei Tote. Es handelt sich offenbar um eine geplante Exekution«, lese ich vor, was bis jetzt veröffentlicht wurde.

»Woher zum Teufel haben die ihre Infos? Wer gibt da Pressemitteilungen heraus? Lass mich raten.«

»Harvard, MIT, Boston University und alle anderen Hochschulen schließen. Im McLean Hospital gibt es nur noch eine Notbesetzung«, lese ich weiter die Meldungen, die in meiner Mailbox landen. »Das FBI …«

»Da hätten wir es ja«, unterbricht Lucy mich gereizt. »Die verlieren keine Zeit, was heißt, dass sie bald überall rumtrampeln werden.«

»Der oberste Special Agent der Bostoner Außenstelle, Ed Granby …«

»Noch mehr von seiner Propaganda«, fällt Lucy mir wieder ins Wort.

»Er bittet die Öffentlichkeit um Informationen über den

jungen Mann, der bei der Flucht aus dem Minute Man Park beobachtet wurde, und fordert alle auf, mögliche Fotos und Videoaufnahmen zu sichten«, berichte ich weiter.

»Viel Glück. Die Leute in Concord sind keine großen Freunde von Bürgerwehren, wenn man nicht gerade mit dem Geländewagen durch die Sümpfe fährt oder unter Artenschutz stehende Pflanzen platttritt.« Eine ihrer typischen sarkastischen Bemerkungen über die Stadt, in der sie wohnt.

»Die Opfer sind ein Mann und zwei Frauen. Mehr wusste Marino nicht«, füge ich hinzu. »Wir müssen rauskriegen, welche Informationen Carin Hegel hat. Schließlich ist ihre Mandantin Gail Shipton tot. Und jetzt sind auch noch Mitarbeiter der Firma umgekommen, die sie verklagt hat.«

»Carin weiß nichts, was uns weiterhilft«, erwidert Lucy.

Wir rasen über den Porter Square. Rechts von uns befindet sich ein Einkaufszentrum. Danach kommen das Postamt, Kirchen und ein Bestattungsinstitut.

»Sie hat einen Prozess vorbereitet, in dem alles klar zu sein schien, es aber nicht war«, fügt Lucy hinzu.

Weitere Streifenwagen überholen uns, allerdings ohne Blaulicht und Sirene. Cambridge, Somerville, Quincy. NEMLEC, denke ich.

»Wenn sie bis jetzt keine Angst hatte, hat sie inzwischen sicher welche«, sagt Lucy.

Ich berichte ihr von meiner Begegnung mit Hegel im Gerichtsgebäude im letzten Monat. Sie erzählte mir, dass sie sich bis zum Prozessende an einem unbekannten Ort versteckt hält. Außerdem bezeichnete sie Double S als Bande von Gangstern.

»Weißt du, wo sie ist?« Ich bemerke, dass der Anflug eines Lächelns um Lucys Lippen spielt. So als hätte ich gerade etwas Lustiges gesagt.

Vielleicht liegt es ja auch an den veränderten Lichtverhältnissen, denn der Nachmittag ist wechselhaft geworden. Graue Wolken, aufgewühlt und oben abgeflacht wie Ambosse, hängen draußen über dem Meer und dem Außenhafen. Über South Shore und South Boston hat es zu regnen aufgehört. Als ich die Wolken direkt über uns betrachte, werden sie vom Wind wild herumgewirbelt wie ein Kompass in einer Magnetenhandlung. Zerrissene Gewitterwolken ziehen heran. Sie hängen herab wie Gazefetzen und bringen weitere schwere Regenfälle. Zum Glück befindet sich der Tatort, zu dem wir wollen, im Inneren eines Gebäudes.

»Könnte sie in Gefahr sein?«, hake ich nach.

»Ihr Prozess steht auf tönernen Füßen, aber ihr kann nichts passieren«, erwidert Lucy, und allmählich habe ich einen Verdacht, wo Carin Hegel sich aufhalten könnte.

»Sie ist bei dir.«

»Sie ist in Sicherheit«, beharrt Lucy, und wieder spielt das finstere Lächeln um ihre Lippen. Ihr Gesicht wirkt im Profil kantig und durchsetzungsfähig. Das kurze rotblonde Haar hat sie hinter die Ohren geschoben. »Sie ist mit Janet zu Hause. Falls ungebetene Gäste aufkreuzen sollten, wirst du noch mehr zu tun kriegen als sonst.«

Lucy hat keine Berührungsängste vor dem Teil ihrer Persönlichkeit, der in der Lage ist zu töten. Sie hat es bereits getan, und sie frisst es nicht in sich hinein. Es macht sie weder unglücklich, noch fällt es ihr schwer, sich damit auseinanderzusetzen. Manchmal beneide ich sie darum, dass sie sich so wohl in ihrer Haut fühlt. Ich lasse den Blick ihr kräftiges rechtes Bein bis hinunter zu ihrem Stiefel gleiten, der auf dem Gaspedal steht, und halte vergeblich Ausschau nach einem Knöchelholster. Sie trägt eine schwarze Fliegerjacke über einem schwarzen Pilotenoverall, der viele Taschen für alle ihre Utensilien hat. Ich zweifle keine Minute daran, dass sie bewaffnet ist.

In North Cambridge ist der Verkehr um diese Uhrzeit normalerweise ziemlich dicht. Riesige Lastzüge und Busse rollen auf der Gegenfahrbahn in Richtung Boston, wo der Himmel zwar dunstig und bewölkt ist, aber nicht so bedrohlich wirkt wie im Westen. Direkt über unseren Köpfen werden die sich zusammenballenden weißen Wolken von fleckig grauen Artgenossen weitergeschoben. Wo ein Stück blauer Himmel durchschimmert, ist das Licht seltsam grell, wie so oft vor einem heftigen Gewitter oder einem Hurrikan, was ich noch aus meiner Kindheit in Miami kenne.

Niemand reckt beim Anblick von Lucys martialisch wirkendem SUV anerkennend den Daumen oder abfällig den Mittelfinger. Die Leute starren ihm nur mit faszinierten, verdutzten, ehrfürchtigen oder erstaunten Mienen nach. Kein anderer Autofahrer versucht, sie zu bedrängen oder zu schneiden. Nur die unaufmerksamen Zeitgenossen, die durch SMS oder Telefonate abgelenkt sind, kommen dem schwarzen Koloss zu nahe. Sie hält sich streng an die Geschwindigkeitsbegrenzung. Wenn sie der Polizei einen Vorwand liefern würde, würde sie aus reiner Neugier rechts rangewinkt.

»Die Tür war ganz sicher nicht offen.« Lucy stellt das fest, als dulde sie keine Widerrede. »Alle nach außen führenden Türen dieses Anwesens sind mit Riegeln ausgestattet. Die Eingangstür zum Bürogebäude hat ein biometrisches Schloss mit Fingerabdruckscanner wie auch wir im CFC. Es ist also unmöglich, dass ein Fremder einfach so hereinspaziert ist und die Leute an ihren Schreibtischen umgebracht hat.«

Ich überlege, ob ich sie fragen soll, woher sie über die Schlösser bei Double S Bescheid weiß. Wie immer muss ich die Alternativen gegeneinander abwägen. Es ist stets dasselbe alte Lied: Ist mein Informationsbedarf größer als der Konflikt, der entstehen könnte, wenn Lucy etwas getan hat, von dem sie besser die Finger gelassen hätte?

»Vielleicht war es ja jemand, der dort beschäftigt ist«, schlage ich vor.

»Das passt nicht zu der Beschreibung von einem jungen Typen mit Kapuzensweater, der, einen Umschlag mit Geld in der Hand, durch den Park rennt. Es war kein normaler Mitarbeiter, und die Beschreibung stimmt nicht. Kein Angestellter bei Double S ist unter vierzig. Hat Marino das nicht erwähnt? Fehlt jemand?«

»Er sagt, die Inhaber seien über die Feiertage verreist.«

»Es sind vier. Steuerberater, Anlageberater, Anwälte, einer krimineller als der andere«, entgegnet Lucy. »Außerdem halten sie sich nicht unbedingt an die üblichen Bürozeiten und sind kaum da. Es würde mich nicht wundern, wenn sie gerade auf Grand Cayman oder den Virgin Islands Urlaub machen, eingeölt wie die Schweine in der Sonne liegen und ihr sauer verdientes Geld durchbringen«, fügt sie hinzu, als verabscheue sie diese Leute.

»Marino hat nicht erwähnt, dass jemand fehlt. Außerdem scheint es mir eine Verzweiflungstat zu sein, mit einem Umschlag voller Geld durch einen öffentlichen Park zu rennen. Panisch und ohne Plan.«

»Zehn Riesen in Hundertern ist sicher irgendeine Art von Bezahlung.« Lucy versucht zu ergründen, woher das Geld kommt und wofür es gedacht war. »Ein fester Betrag, der für irgendetwas Bestimmtes vorgesehen war.«

Am Alewife Brook Parkway fahren wir zwischen Bäumen hindurch, die um diese Jahreszeit kahl sind. Ein menschenleerer Fahrradweg durchschneidet den Wald wie eine Narbe.

»Die haben eine Alarmanlage und überall Kameras«, spricht Lucy weiter. »Sie können das gesamte Grundstück mit Bildschirmen, Tablets, Smartphones, oder was sie sonst gerade zur Hand haben, überwachen. Er hat niemandem Angst gemacht, und deshalb konnte er sein Ding durchziehen. Allerdings wird es keine Kameraaufzeichnungen geben.«

»Wie kommst du darauf?«

»Wenn der digitale Videorecorder ihn aufgenommen hätte und noch vor Ort wäre, und ich würde jede Wette eingehen, dass er das nicht ist, hätten sie den Kerl schon identifiziert. Mehrere Kameras und ein IP-gestütztes Überwachungssystem, was allerdings wertlos ist, wenn die Aufnahme fehlt. Der Typ, den wir suchen, mag verzweifelt oder gestört sein, aber auf den Kopf gefallen ist er nicht.«

»Warst du schon mal dort?«, frage ich geradeheraus.

»Es hat mich noch niemand eingeladen.«

»Falls du etwas getan hast, was man nachvollziehen kann«, sage ich zu ihr, »wäre jetzt der richtige Zeitpunkt, sich darüber Gedanken zu machen. Schließlich möchtest du nicht in Verdacht geraten, weil es Kameraaufnahmen gibt und du auf ihnen zu sehen bist. Insbesondere dann nicht, wenn das FBI mitmischt.« Ich denke an Granby und frage mich, was heute wohl sonst noch alles passieren wird.

Welche Lawine ist hier losgetreten worden, und in welchem Grade ist er, wenn vielleicht auch nur indirekt, schuld daran? Irgendwann wird er hier aufkreuzen, weshalb ich mir rasch etwas einfallen lassen muss, um die Beweismittel, die mir zustehen, an mich zu bringen und dafür zu sorgen, dass er keinen Zugriff darauf hat.

»Ich bin nicht auf irgendwelchen Aufnahmen zu sehen«, erwidert Lucy. »Und falls der digitale Videorecorder noch da ist, bin ich diejenige, die ihn sichtet, sofern das FBI uns nicht zuvorkommt.« Sie hat für das FBI, das sie rausgemobbt und gewissermaßen vor die Tür gesetzt hat, als sie Mitte zwanzig war, nichts als Verachtung übrig.

»Herrgott, Lucy, das ist kein Smartphone, von dem du einfach Daten löschen kannst.«

»Jenes Gerät gehört mir. Das ist etwas anderes.«

Wieder einmal ihre spezielle Einstellung zum Thema Ethik, denke ich.

»Es gibt keinen Grund, sich Sorgen zu machen«, meint sie. »Wenn du dir anschaust, wie die Dinge bei Double S organisiert sind, wird dir das eine Menge über den Laden verraten. Eine allgemeine Unaufrichtigkeit, kriminelle Energie, eine Firma, die große Geschäfte tätigt, in der aber niemand geregelte Arbeitszeiten einhält, wenn er überhaupt aufkreuzt, weil alle Deals unter der Hand laufen. Die Gerüchte sind nicht neu, aber es konnte nie etwas bewiesen werden. Das FBI hat die Ermittlungen im Laufe der Jahre immer wieder eingestellt, und ich frage mich, warum. Und jetzt sind Menschen gestorben. Also warte ab, was ans Licht kommt, und zwar nicht nur über die Opfer.«

»Über wen sonst noch?«

»Carin tut mir leid«, antwortet Lucy. »Obwohl es nicht ihre Schuld ist, wird sie einiges erklären müssen.«

»Ich möchte nicht, dass du da in etwas hineingezogen wirst.« Ich sehe sie an.

»Ich werde ganz sicher in nichts hineingezogen. Ich habe nichts weiter getan, als einige Nachforschungen angestellt. Genauso wie ich es auch aus der Luft mache.« Sie klingt nicht im Mindesten besorgt, sondern eher entschlossen.

»Bist du über das Grundstück geflogen?«

»Das wäre nicht nur ziemlich kontraproduktiv, sondern auch noch auffällig gewesen. Mein Helikopter ist nicht unbedingt leise«, entgegnet sie. »Ich kann dir nur so viel verraten, dass man, wenn man uneingeladen dort erscheint, nicht weiter kommt als bis zum großen Stall, der im Einzugsbereich der Kameras steht, angeblich, um einige extrem wertvolle Churchill-Vollblüter zu schützen, die schon jede Menge Pokale gewonnen haben. Der Killer hat sich nicht eingeschlichen. Und was ist mit den Leuten bei Double S, die geregelte Arbeitszeiten haben? Die Haushälterin, die Pferdepfleger, der Gärtner und der Koch? Irgendjemand weiß ganz genau, wer dieser Typ ist, und hält die Klappe.«

»Marino verdächtigt Haley Swanson. Offenbar war er ein enger Freund von Gail.«

»Der Mensch, der Informationen über sie auf der Website von Channel Five gepostet hat. Ich habe eine Meldung erhalten und den Namen gesehen, habe aber keine Ahnung, wer Haley Swanson ist. Ich wusste gar nicht, dass Gail überhaupt enge Freunde hatte.« Lucy schaut in die Spiegel und wechselt elegant immer wieder die Spur, so wie sie auch einen Gehweg entlangschlendert, immer vorausschauend und ihre Umgebung aufmerksam im Blick.

»Ich habe den Eindruck, dass Gail dir nicht alles erzählt hat«, merke ich spitz an.

»Das brauchte sie auch nicht, und ich weiß auch nicht alles. Doch was ich weiß, genügt mir.«

»Er arbeitet bei der PR-Agentur Lambant and Associates. Vielleicht hat Haley Swanson ja Krisenmanagement für Gail betrieben.«

»Wozu sollte sie das brauchen? Sie war weder eine Persönlichkeit des öffentlichen Lebens noch sonst irgendwie prominent und hatte keinen Ruf zu verlieren. Auch wenn sie kurz davor stand«, fügt Lucy hinzu.

»Sie war gestern Abend in der Psi Bar«, erwidere ich. »Mit wem könnte sie dort gewesen sein?«

»Das hat sie mir bei unserem Telefonat nicht gesagt. Ich habe sie nicht gefragt, weil es mich nicht interessiert hat. Wenn sie mit diesem PR-Menschen zusammen war, hätte sie es mir sowieso nicht verraten. Nicht, wenn sie das Gefühl hatte, etwas zu verbergen zu haben – wie fast alles in ihrem auf Lug und Trug aufgebauten Leben. Die Leute sind tatsächlich so dämlich zu glauben, dass man ihnen nie auf die Schliche kommt. Keine Ahnung, warum die Menschheit so abgrundtief doof ist«, sagt sie, und ich kann nicht feststellen, ob sie zornig oder gekränkt ist oder sich einfach nur geniert, weil Gail es geschafft hat, sie hinters Licht zu führen.

»Ich werde Swanson mal als Mann bezeichnen, weil das so in seinem Führerschein steht, auch wenn sein Geschlecht offenbar nicht ganz geklärt ist. Ein Polizist, der ihn heute Morgen angehalten hat, meinte, er habe Brüste.«

»Falls Gail ihn kannte, hat sie ihn mit gutem Grund nicht erwähnt. Vielleicht hat sie diesen oder diese Swanson ja durch gemeinsame Bekannte kennengelernt«, merkt Lucy an, und ich habe den Eindruck, dass sie auf etwas Hässliches und Bedrohliches anspielt

»Er hat auch die Polizei angerufen, um Gail als vermisst zu melden. Und als man ihn aufgefordert hat, aufs Revier zu kommen und eine Vermisstenanzeige aufzugeben, hat er die Informationen stattdessen auf der Website von Channel Five gepostet. Anschließend hat er noch einmal die Polizei angerufen und verlangt, mit Marino zu sprechen«, erkläre ich ihr, während die ersten Regentropfen fallen. »Dieses Verhalten könnte plausibel sein, falls Haley Swanson mit Gail in dem Lokal war, sie rausging, um deinen Anruf anzunehmen, und nie zurückgekommen ist.«

»Lambant and Associates hätten ja auch für jemanden anderen PR-Arbeit machen können, und so sind sie sich begegnet.«

Lucy scheint angestrengt zu überlegen. Ein rein intellektuelles Problem.

Mir will noch immer nicht in den Kopf, wie tot diese Beziehung für sie inzwischen ist. So tot wie Gail Shipton selbst, und das ist einer der düsteren emotionalen Taschenspielertricks, die Lucy auf Lager hat. Sie kann in dieser Minute lieben und in der nächsten nichts mehr empfinden, nicht einmal Zorn oder Schmerz, denn nach einer Weile werden auch die vergehen. Dann bleibt ihr nur noch das, was ich als ihren *Zauberfreundschaftshut* bezeichnet habe, als sie noch klein war und die meiste Zeit allein verbracht hat. *Wo ist denn soundso?*, fragte ich, worauf sie nur die Achseln zuckte, in einen imaginären Hut griff und die Hand leer wieder herauszog. *Puff,* sagte sie dann und brach in Tränen aus. Und dann verschwand das Gefühl, so endgültig wie ihre Mutter, die sie nie geliebt hat.

33

In der Ferne grollt der Donner und erzeugt vibrierende Trommelwirbel, während langsam die ersten Regentropfen, so groß wie Vierteldollarmünzen, auf die Windschutzscheibe fallen. Ich erzähle Lucy, dass ich den Verdacht habe, jemand könnte mich seit meiner Rückkehr aus Connecticut ausspioniert haben.

»Der Kerl war heute Morgen gegen halb sechs hinter dem Haus, als ich mit Sock draußen war«, erkläre ich. »Man nimmt an, dass es Haley Swanson gewesen sein könnte.«

»Wer nimmt das an?«

»Die Polizei. Marino ist absolut sicher.«

»Warum?«

»Weil Swansons SUV gesehen wurde und er angesichts der frühen Uhrzeit eindeutig in Frage kommt«, erwidere ich. »Der Polizist, der mit ihm gesprochen hat, glaubt es auch.«

»Hat Swanson es bei der Befragung zugegeben? Hat er gesagt, er wisse, wer du und Benton sind, und habe sich gegen halb sechs heute Morgen an eurer Grundstücksgrenze aufgehalten?«

»Nein. Allerdings denke ich, dass ihm diese Frage nicht so direkt gestellt wurde. Außerdem erwarte ich nicht unbedingt, dass er es zugeben würde, wenn er mich gestalkt oder unser Haus ausgespäht hätte. Insbesondere dann nicht, wenn er noch mehr auf dem Kerbholz hat.«

»Hältst du ihn für den Hauptstadtmörder?«

»Dafür habe ich keine Anhaltspunkte, also eher nicht.«

»Was ist mit der Beschreibung des Kapuzenpullis mit einem Gesicht darauf, das angeblich aussieht wie Warhols Marilyn Monroe?«, erkundigt sich Lucy.

»Mir ist nicht aufgefallen, dass die Person etwas dergleichen anhatte. Er war außerdem barhäuptig, aber vielleicht hatte er die Kapuze ja bloß nicht aufgesetzt.«

»Hat es geregnet?«

»Ich hatte den Eindruck, dass er nicht witterungsgerecht angezogen war. Zumindest trug er keine Regenkleidung.«

»Ein Mensch, der aufgekratzt, überhitzt und überdreht ist und unter Strom steht. Vielleicht war ihm der Regen ja egal. Und wahrscheinlich war es nicht Haley Swanson«, erwidert Lucy.

»Als die Polizei Swanson befragte, sah er nicht aus, als sei er draußen im Regen gewesen. Vermutlich war es nicht er, der sich hinter der Mauer herumgedrückt hat. Außerdem glaube ich nicht, dass die Person mir etwas tun wollte.«

»Noch nicht, und das ist immer dein Fehler«, entgegnet Lucy. »Du verschließt einfach die Augen davor, dass dein Beruf gefährliche Menschen anlocken könnte.«

»Er hätte genug Gelegenheit dazu gehabt, wenn das seine Absicht war.«

»Vermutlich war er einfach noch nicht so weit, und du hattest sicher deine SIG dabei.«

»Er hätte doch nur mit dem Betäubungsgewehr auf mich zu schießen brauchen, wenn wir vom selben Täter reden. Dann hätte mir meine Pistole auch nichts mehr genutzt. Ich hätte nämlich am Boden gelegen.«

»Du weißt nicht, wer der Mensch war«, stellt Lucy sachlich fest. »Nur weil Haley Swanson sich in der Gegend herumgetrieben hat, muss er es nicht gewesen sein, und wahrscheinlich war er es auch nicht. Und dass Marino sich darauf versteift, der Mann, der durch den Minute Man Park gerannt ist, müsse Swanson sein, hat ebenfalls nichts zu bedeuten. Ich ziehe keine voreiligen Schlüsse.«

»Das sollten wir uns alle verkneifen.«

»Weißt du, wo Swanson wohnt?«

»In der Nähe des Conway Park. Offenbar hat er erst bei der Dunkin'-Donuts-Filiale in der Somerville Avenue vorbeigeschaut«, wiederhole ich Officer Rooneys Schilderung. »Und nach Dunkin' Donuts ist er zu den Sozialwohnungsblocks in der Windsor Street gefahren. Also ist es plausibel, dass er die Straße hinter der Academy of Arts and Sciences genommen hat, und das ist nur ein paar Blocks entfernt von deinem Haus. Wahrscheinlich ist er auf der Park Avenue zur Beacon gefahren.«

»Und wie ich annehme, ist sein Name auch nicht in den Prozesskonferenzen mit Carin Hegel gefallen.«

»Nein, aber das wundert mich nicht. Wenn ich noch nie von ihm gehört hatte, war es bei ihr sicher auch nicht anders.«

»Als er die Polizei anrief, wollte er ausdrücklich mit Marino sprechen. Ich habe angenommen, dass Gail ihn vielleicht erwähnt hat, weil sie seinen Namen von dir hatte«, spreche ich aus, was sie ganz sicher nicht hören will.

»Ich habe nie mit ihr über Marino geredet«, beteuert sie, und dann fällt mir ein, was Benton heute Morgen am MIT zu ihm gesagt hat.

Er hat Marino auf die Palme gebracht, indem er ihn daran erinnert hat, wie teuer ihn sein Pick-up mit dem Herstellungsfehler nach der gescheiterten Sammelklage gekommen ist. Lamband and Associates haben den Händler vertreten und das Märchen in die Welt gesetzt, die Kläger seien miserable Autofahrer und deshalb selbst schuld an den Schäden. Das ist noch gar nicht lange her, und möglicherweise war der Name

Marino Swanson deshalb ein Begriff. Ich erkläre Lucy meine Theorie.

»Was jedoch noch immer nicht die Frage beantwortet, warum Haley Swanson die Polizei anruft und ihn sprechen will«, füge ich hinzu.

»Vielleicht war er ja verzweifelt«, erwidert Lucy. »Was, wenn er einfach nur mit einem Telefonisten in der Zentrale gesprochen hat und nicht weitergekommen ist? Dann könnte er doch noch mal angerufen und einen Detective namentlich verlangt haben.«

»Hast du jemals mit Carin Hegel über Marino gesprochen?«

»Weder über ihn noch über sonst einen von uns. Allerdings ist es nicht unbedingt ein Staatsgeheimnis, wo ich arbeite und wer meine Freunde und Angehörigen sind«, sagt Lucy. »Wir alle sind entweder Polizisten, ehemalige Polizisten oder sonst irgendwie an der Verfolgung von Straftaten beteiligt. Also hatte Gail allen Grund, sich darüber Gedanken zu machen, dass ich von Leuten umgeben bin, die ihr gefährlich werden können. Sie hat sich auf wirklich üble Sachen eingelassen, und es ist vermutlich ihr Glück, dass sie tot ist. Ansonsten hätte sie damit rechnen müssen, dass ich ihr so richtig an den Karren fahre. Es ist schade, dass sie mich in diese Position gedrängt hat, aber sie hat es nun mal getan.«

Als ich sie betrachte, wirkt sie völlig gelassen, selbstbewusst und von sich überzeugt. Eine Hand hat sie am Lenkrad, die andere liegt auf dem Wahlhebel des Allradgetriebes. Ihre Finger schließen sich um den Kohlefaserknauf in ihrem Kohlefasercockpit, das mit so vielen Instrumenten und Joysticks ausgestattet ist wie ein Flugzeug.

»Wie genau wärst du ihr denn an den Karren gefahren?«, hake ich nach.

»Ich wollte Carin die Wahrheit sagen.« Scheibenwischer gleiten über das Glas. Der Donner grollt kehlig und endet mit einem scharfen Knall. »Daraufhin hätte sie Gail als Mandantin rausgeschmissen, doch das hätte mir noch nicht gereicht.«

»Nach dem, was du mir erzählst hast, kann ich es dir nicht zum Vorwurf machen, dass du wütend bist.«

»Ich wollte Beweise gegen sie zusammentragen, aber ich habe noch gewartet, denn es war noch nicht genug«, sagt Lucy. »Das war dumm von mir. Deshalb ist es keine gute Idee, jemanden zu hassen. Sogar ich habe das bemerkt und versucht, einen Schlussstrich zu ziehen. Ich habe mir wirklich große Mühe gegeben, doch bei ihr habe ich es nicht geschafft, und das war ein Fehler. Hass vernebelt einem das Hirn.«

Der Wind weht über die graue Wasserfläche vor Lucys Fenster. Auf meiner Seite stehen Reihen kleiner Häuser, die einen an die Turmstraße beim Monopoly erinnern. Oder an auf dem Reißbrett entworfene Siedlungen, die mich stets an Militärstützpunkte denken lassen.

»Ihr habt sie also in der Psi Bar kennengelernt und etwas mit ihr getrunken. Und kurz darauf hast du schon mit ihr an einem Projekt gearbeitet«, stelle ich fest. »Auch wenn du vor acht Monaten noch nichts von Gail Shiptons Existenz wusstest, könnte sie von dir gehört haben. Vielleicht wusste sie sogar, dass das Psi eines deiner Stammlokale ist.«

»Vielleicht sollte ich mir die Stammlokale abgewöhnen. Es ist unvorsichtig.«

»Es könnte kein Zufall gewesen sein, dass sie euch letztes Frühjahr Drinks an den Tisch geschickt hat.«

»Es war kein Zufall, allerdings haben sich die Dinge erst viel später so entwickelt«, antwortet Lucy. »Ihr Geld ging allmählich zur Neige, und im Sommer hat Double S alles unternommen, um ihre Anwalts- und Gerichtskosten in die Höhe zu treiben. Sie stand kurz vor dem Aus, war aber zu stolz, sich jemandem anzuvertrauen. Doch Double S wusste Bescheid. Die waren genau darüber im Bilde, wie viel Geld sie noch übrig hatte und wie schnell sie es verbrennen konnten. Und irgendwann hatten sie sie dann so weit.«

Ich spüre das dunkle Grollen des Donners und rieche den Regen in der frischen, feuchten Luft, die durch die offenen Lüftungsschächte hereinweht. Lucy mag keine Kunstluft und schwitzt nicht gern. Ich rieche teures neues Leder und den belebenden Grapefruitduft ihres Parfüms. Ich habe ihr wieder eine Flasche zu Weihnachten gekauft, muss sie aber noch einpacken.

»Wer war bei deiner eidesstattlichen Vernehmung dabei?«, frage ich. »Hast du jemanden von Double S kennengelernt?«

»Nur ihre miesen Rechtsverdreher.«

Licht schimmert durch die aufgewühlten Wolken und spiegelt sich im unheimlichen Schein des Unwetters auf dem nassen Pflaster. Ich hake nicht weiter nach. Es regnet nicht mehr so heftig, als wir weiter nach Westen fahren. Vor uns tut sich eine gewaltige Fläche aus seichtem Wasser, Sandbänken und Naturschutzgebiet auf.

»Was ist mit Gail?«, erkundige ich mich. »War sie anwesend?«

»Sie saß die ganze Zeit mit am Tisch.«

»Wie hat sie sich verhalten?« Mein Argwohn wächst.

»Irgendwie verdächtig«, erwidert Lucy, die sie schon viel früher hätte verdächtigen sollen. Doch ich verkneife mir die Bemerkung. »Sie war keine gute Schauspielerin. Eigentlich war sie in gar nichts mehr gut.«

Als wir uns Concord nähern, wechseln sich Wälder mit

Lichtungen, Weiden und kahlen, umgepflügten Feldern ab, die mich an verblassten Cordsamt erinnern. Häuser und Scheunen stehen ein Stück von der Straße zurückversetzt. In diesem Teil der Welt leben Menschen, deren Familien schon seit Generationen wohlhabend sind. Sie halten ein paar Hühner oder Ziegen oder lassen ihr Land brachliegen, um die Natur zu schützen und noch mehr von der Steuer absetzen zu können. Stiftungen für Frieden und Umwelt schießen wie die Pilze aus dem Boden. Berühmte Friedhöfe werden gut gepflegt. Und einen Baum zu fällen kommt einem Kapitalverbrechen gleich. Einwegwasserflaschen sind verboten, weil Plastik eine Sünde ist, weshalb Lucys Nachbarn ihre Spritschleuder vermutlich als Dorn im Auge empfinden. Wie ich sie kenne, vielleicht der Grund, warum sie sich den Panzer angeschafft hat.

Kurz darauf überqueren wir die Main Street in der Stadtmitte, wo die Häuser von Ralph Waldo Emerson und Louisa May Alcott besichtigt werden können, ebenso wie ihre Gräber und auch die von Thoreau und Hawthorne. Die Läden und Restaurants sind klein und altmodisch, und an jeder Straßenecke stolpert man über Denkmäler, historische Stätten und Schlachtfelder.

Durch Weiden und über einen Fluss folgen wir der Lowell Road, die direkt zur Liberty Street führt, wo wir am Minute Man National Park vorbeikommen. Ich sehe Leute auf Besichtigungstour und Mitarbeiter in historischer Kleidung, so als sei überhaupt nichts geschehen. Die Leute scheinen die Polizeifahrzeuge und die Beamten in Zivil, die das Gelände durchkämmen, überhaupt nicht zu bemerken. Sie achten auch nicht auf das Fernsehteam. Wieder Channel Five. Ich erkenne Barbara Fairbanks, die auf einer hölzernen Fußgängerbrücke steht und in ein Mikrofon spricht. Vielleicht ist es ja dieselbe Brücke, über die der Mörder mitten in eine Gruppe von

Kindern gerannt ist, so dass sie vor Schreck auseinanderstoben.

Die Straße, auf der wir fahren, macht eine Linkskurve. Der Wald wird immer dichter. Es ist ein typischer neuenglischer Wald mit einem dichten Blätterdach und ohne Unterholz. Etwa anderthalb Kilometer weiter, hinter einer Wiese, steht ein elektrisches Tor offen. Auf einem steinernen Pfeiler prangen die Buchstaben SS, ohne Hausnummer. Lucy bremst und biegt ab. Sie lässt das Fenster herunter, und wir halten neben einem Streifenwagen des Concord Police Department, der gleich hinter dem Tor parkt. Ich hole meine Dienstmarke aus der Tasche und reiche das dünne schwarze Mäppchen hinüber, während Lucy in ihrer Tasche nach ihrer CFC-Marke kramt.

»Cambridge Forensic Center. Lucy Farinelli. Neben mir sitzt Dr. Scarpetta.« Sie zeigt dem Polizisten, der aussieht wie zwanzig, unsere Ausweise.

»Ich muss aufpassen, dass keine unbefugten Personen hier aufkreuzen, und habe bestimmt schon ein halbes Dutzend Reporter weggeschickt. Gut, dass wir mieses Wetter haben. Sonst hätten wir sicher bereits Hubschrauber hier. Mein Name ist Ryan.«

»Waren Sie schon drin?«

»Es ist nicht zu fassen. Das muss ein Wahnsinniger gewesen sein, der aus dem MCI abgehauen ist.« Damit meint er die nahe gelegene Strafanstalt für Männer.

Sie legt den Gang ihres Monsterautos ein, und dann fahren wir eine geteerte Auffahrt entlang, die eher eine Straße ist. Vor uns erstrecken sich viele Hektar gepflegter Koppeln, Werkzeugschuppen, kleiner Scheunen und der große rote Stall, den Lucy erwähnt hat. Der Weg wird auf beiden Seiten von Birken gesäumt, von denen sich die Rinde schält. Ein Rest totes Laub klammert sich noch an die Zweige oder klebt auf dem nassen

Asphalt. Ich wähle Marinos Nummer, und als er sich meldet, teile ich ihm mit, dass wir in zwei Minuten da sind.

»Park vorn, ich hole dich ab«, erwidert er. »Ich habe deinen Tatortkoffer. Vermumm dich ordentlich, hier sieht es aus, als hätte jemand eine Wanne mit Borschtsch verschüttet.«

34

Die zweistöckige, in einem Blockhaus untergebrachte Firmenzentrale steht auf dem höchsten Punkt des makellos gepflegten Grundstücks hinter Nebengebäuden und einem kleinen Naturteich. Es hat Blick auf Koppeln und Weiden und ist mit Wandelgängen mit der restlichen Anlage verbunden, die von der langen, geteerten Auffahrt aus nicht einzusehen ist. Dazu müsste man ihr bis zum Ende folgen, wo sie eine Kurve beschreibt. Lucy schildert mir den Grundriss. Ich hake nicht mehr nach, woher sie ihre Informationen hat.

Das steile Kupferdach hat eine Patina wie ein alter Penny, und die Veranda wird von zwei dicken steinernen Säulen flankiert. Über der schweren Eingangstür befinden sich Sprossenfenster aus Bleiglas. Die großen Fenster in beiden Etagen bieten sicher eine wundervolle Aussicht über ausgedehnte Ländereien, Schuppen, Ställe und auch die Menschen, die sich auf dem Gelände aufhalten, wenn nicht, wie jetzt, die Jalousien geschlossen sind. Ich denke an die Überwachungskameras, die einen ungebetenen Gast sicher entdecken würden.

Es hat aufgehört zu regnen, so als könne Double S sich auch das passende Wetter kaufen. Als ich den Kopf in den Nacken lege, spüre ich, wie feuchtkalte Luft meine Wangen streift und mir durchs Haar fährt. Ich kann ganz schwach meinen Atem sehen. Der Himmel ist grau und düster, als hätten wir frühen Abend und nicht erst zwei Uhr nachmittags. Ich frage mich, was Benton gerade tut und was er weiß. Bald wird er hier sein.

Daran besteht kein Zweifel, und ich halte bereits Ausschau nach ihm.

Ich folge der Reihe silbriger Birken, die in der wärmeren Jahreszeit ein Blätterdach über der langen schwarzen Auffahrt bilden. Mein Blick wandert an dem ruhigen, schlammig grünen Teich vorbei zu den leeren braunen Koppeln mit ihren Lattenzäunen. Die Pferde befinden sich wegen des Wetters sicher im Hauptstall, denn das ständige zornige Zusammenprallen von Warm- und Kaltfronten kann zu heftigem Schneeregen oder Hagel führen. Jenseits des Zauns und einer von Rutenhirse eingerahmten Wiese beginnen die dichten Wälder. Sie gehen in einen Park über, wo ein fliehender Mann mit Kapuzensweatshirt vor einigen Stunden Kinder und Lehrerinnen in Angst und Schrecken versetzt hat. Bis dahin ist es höchstens ein Kilometer Luftlinie. Mein Verdacht wächst, dass der Mensch, der bei Double S eingebrochen ist, gar kein Einbrecher war.

Ein halbes Dutzend Streifenwagen und Zivilfahrzeuge des Concord Police Department stehen bereits auf dem großen Vorplatz. Außerdem erkenne ich einen teuren weißen Lincoln Navigator und einen weißen Land Rover, vermutlich aus dem Fuhrpark von Double S. Die Fenster von Marinos SUV stehen einen Spaltbreit offen. Sein ungebärdiger Schäferhund in seiner Box auf dem Rücksitz winselt und scharrt wie besessen, als wolle er aus dem Gefängnis ausbrechen, weil er weiß, dass wir es sind.

»Marino lässt ihn sogar bei sich im Bett schlafen«, sagt Lucy. »Der Hund ist absolut nutzlos.«

»Für ihn nicht«, erwidere ich. »Außerdem redet da genau die Richtige. Du und Janet kocht für Jet Ranger frischen Fisch und dörrt Gemüse für seine Leckerchen. Er muss die verwöhnteste Bulldogge auf diesem Planeten sein.«

»Ich kenne da noch andere Leute, die ihren Hund verwöhnen.«

Wir gehen zum Heck von Lucys SUV, der dicht an einem freistehenden Wintergarten aus Glas und Stein parkt. Der Wintergarten ragt aus dem Immergrün auf wie eine Hütte für Stammeszusammenkünfte. Durch die offenen Jalousien sehe ich moderne Ledermöbel, ein Sofa, zwei Sessel und einen Tisch mit Schieferplatte, auf der ein paar lose gestapelte Zeitschriften liegen. Außerdem stehen da zwei Kaffeetassen und ein kleiner Teller mit drei oder vier braunen Eclairhüllen und einer zusammengeknüllten Serviette darauf. Auf dem Tisch neben dem Teller bemerke ich etwas, das wie Schokokrümel aussieht. Die zweite Person, die hier Kaffee getrunken hat, hat offenbar nichts gegessen. Und anscheinend hat die Haushälterin danach nicht aufgeräumt.

Lucy beschreibt mir weiter die Ranch und erklärt mir, dass der freistehende Wintergarten kein Originalgebäude ist.

»Das Bürogebäude besteht aus roter Eiche«, sagt sie, »und das hier ist Fichte und nur im gleichen Farbton gebeizt. Der Wintergarten wurde im Frühjahr gebaut, zufälligerweise um dieselbe Zeit, als die Mordserie in Washington begann. Überall sind Kameras, nur hier nicht.«

»Zufälligerweise?«, wiederhole ich.

Als ich das Dach, den Eingang und die Glastür betrachte, die in das kleine Nebengebäude führt, kann ich keinen Hinweis auf ein Sicherheitssystem erkennen. In dem kleinen Raum mit Sitzecke und Gästetoilette ist kein Bedienfeld einer Alarmanlage zu sehen.

»Ich habe damit nur die zeitliche Übereinstimmung angesprochen.« Lucy öffnet die Heckklappe, und wir holen Overalls, Schutzbrillen, Ärmelschoner und Nitrilhandschuhe mit extralangen Manschetten heraus.

Während sie noch einmal ihr Telefon überprüft, greife ich nach Hygienesets, die HEPA-Atemmasken, Desinfektionstücher und Müllsäcke für kontaminierte Abfälle enthalten, weil ich keine Ahnung habe, was mich hier erwartet.

»Es ist auf Twitter.« Sie schiebt mit dem Daumen den Text weiter. »Ein Massaker in Concord.«

»Hoffentlich stammt der Ausdruck nicht von Bryce, verdammt.« Ich mache mir Sorgen, dass Reporter bei ihm anrufen könnten und dass er sich ihnen gegenüber genauso verplappert wie bei mir.

»Wahrscheinlich hatte er das Wort aus dem Internet. Schauen wir mal. Gerüchte und Fehlinformationen, als Nachrichtenmeldungen gepostet.« Lucy blättert weiter. »Es steht überall, und zwar schon seit fast einer Stunde. USA *Today, Piers Morgan,* Reuters, und alle wiederholen, was sie gelesen haben, bei Twitter. Mehrere Todesopfer bei international tätiger Investmentfirma, mindestens drei Morde, mutmaßlicher Raub. Ich frage mich wirklich, wem wir dieses letzte Detail zu verdanken haben. Und es kommt noch schlimmer. Das FBI bestreitet einen Zusammenhang mit dem Todesfall von heute Morgen am MIT, Gail Shipton, die gegen Double S geklagt hatte. Nichts weist auf eine Verbindung hin, sagt der Bostoner Dienststellenleiter Ed Granby. Hallo? Wer hat denn überhaupt eine Verbindung erwähnt? ›Derzeit ist die Todesursache noch nicht geklärt, es wird nicht von einem Tötungsdelikt ausgegangen‹, sagt Granby.«

»Ich weiß nicht, wie er sich anmaßen kann, etwas zu bestreiten, er hat doch gar keine Informationen über den Fall«, stelle ich fest, während sich mein mulmiges Gefühl wieder meldet wie ein Muskelkrampf. »Benton hätte nie etwas ausgeplaudert, solange ich mich nicht offiziell zum Fall Gail Shipton geäußert habe, und das geschieht erst, wenn die Laborergebnisse da sind.«

»Benton war es ganz sicher nicht«, meint Lucy. »Sondern die Knallcharge, die sein Chef ist. Der Mensch biegt die Wahrheit so zurecht, wie es ihm in den Kram passt.«

CODIS wurde manipuliert, und außerdem hat Granby den Chief Medical Examiner von Maryland unter Druck gesetzt. Jetzt verbreitet er in den Medien Falschinformationen über meine Fälle hier. Ich bin gleichzeitig wütend und besorgt.

»Er tut, als sei er befugt, für dich und dein Institut zu sprechen. Warum könnte er so etwas tun?« Als sie mich ansieht, wird mir klar, was sie von meinem Telefonat mit Dr. Venter mitbekommen hat. Außerdem hat Benton ihr offenbar Informationen gegeben.

Wir lehnen uns an die Stoßstange und ziehen Latexüberschuhe mit extrastarkem Profil an, meine bevorzugte Fußbekleidung, wenn an einem Tatort mit viel Blut zu rechnen ist.

»Um Nebelkerzen zu werfen«, fährt Lucy fort. »Es hat was mit der DNA-Verwechslung zu tun, richtig?«

»Ich fürchte, das war mehr als eine Verwechslung.«

»Granby führt etwas im Schilde. Vielleicht schützt er ja Leute, die Geld haben, um sich mit einem goldenen Handschlag in den Ruhestand zu verabschieden. Die offizielle Pension reicht ihm womöglich nicht.«

»Pass auf, was du sagst, Lucy.«

»Er muss doch einen Grund gehabt haben, uns Martin Lagos als Verdächtigen zu präsentieren«, spricht sie weiter. »Wenn man DNA-Profile manipuliert, braucht man ein anderes Profil zum Austauschen. Warum dieser Junge, der vor siebzehn Jahren verschwunden ist? Wie ist Granby ausgerechnet auf ihn gekommen?«

»Wir wissen nicht mit Sicherheit, wer auf ihn gekommen ist.«

»Nehmen wir einfach mal an, dass es Granby war. Warum

sollte er so was tun? Wahrscheinlich ist ihm bekannt, dass Lagos nicht mehr lebt, weshalb er nirgendwo auftaucht und ich ihn auch in keiner Datenbank finde. Wenn man jemandem die Identität stiehlt, ist es ein gewaltiger Vorteil, wenn der Betreffende nicht plötzlich auf der Matte stehen kann, um sich zu beschweren.«

»Granby war zum fraglichen Zeitpunkt in der Außenstelle in Washington«, erwidere ich. »Er könnte sich an Gabriela Lagos erinnert haben. Der Fall war in allen Medien.«

»Klar hat er sich erinnert. Die Frage ist nur, ob er etwas mit der Sache zu tun hatte. Gibt es einen Grund, warum es ihm etwas bringt, ihren verschwundenen Sohn als den Hauptstadtmörder hinzustellen?«

»Ich kann nur sagen, dass mit der DNA-Analyse in Dr. Venters Fall, Julianne Goulet, etwas mächtig im Argen liegt. Der Fleck auf ihrem Höschen kann nicht von einem Mann stammen. Martin Lagos kann weder Vaginalflüssigkeit noch Menstruationsblut dort hinterlassen haben, was in mir den Verdacht weckt, dass jemand das DNA-Profil in CODIS manipuliert hat, ohne sich die Mühe zu machen, nachzuprüfen, woraus dieser Fleck besteht. Dann hätte er nämlich gemerkt, dass ein Mann nicht in Frage kommt.«

»Das klingt nach genau der Sorte dummer Fehler, die einem FBI-Mackerarsch wie Granby unterlaufen würde. Wenn er hier auftaucht, hast du deine Bestätigung, dass er etwas ausheckt. Ein Bezirksleiter kümmert sich nämlich nicht um Tatorte oder macht sich die Hände schmutzig«, meint Lucy. »Und er wird kommen, das ist so sicher wie das Amen in der Kirche. Für ihn ist das hier sein Revier, das er unter allen Umständen verteidigen wird. Der Typ hat etwas vor, und zwar nichts Gutes.«

»Im Moment ist es *mein* Revier.«

Lucy betrachtet das Nebengebäude mit den Kaffeetassen, wo zwei Menschen ein vertrauliches Gespräch geführt haben, bevor drei Morde geschahen.

»Ein lauschiges Plätzchen für eine kleine Unterhaltung.« Sie späht zum Fenster hinein. »Hier kann man ungestört illegale Machenschaften erörtern« – sie geht zu einem anderen Fenster und hält sich die gewölbten Hände seitlich an die Augen –, »denn es gibt kein Telefon, das man verwanzen könnte. Außerdem haben wir es hier mit einer professionellen Geräuschmaskierung zu tun. Siehst du die kleinen weißen Lautsprecher an der Decke? Vermutlich sind auch welche unter der Verkleidung. Ähnliche Systeme werden heutzutage in Gerichtssälen verwendet, damit niemand mithören kann, wenn der Richter mit den Anwälten spricht.«

Sie weist mich auf die Kameras auf dem Dach des Bürogebäudes, über der Eingangstür aus Mahagoni und an den kupfernen Laternenpfählen entlang des Gehwegs und der Auffahrt hin.

»Wetterfeste, hochauflösende Infrarotkameras, die bei schlechtem Licht, so wie jetzt, automatisch von Farbe auf Schwarzweiß umschalten«, verkündet sie. »Allerdings nicht drahtlos. Siehst du die Kabel? Und weißt du, was das Problem mit Kabeln ist? Man kann sie durchschneiden. Interessanterweise ist das aber offenbar nicht geschehen.«

»Um sie durchzuschneiden, muss man wissen, wo sie sind«, wende ich ein. »Außerdem muss man daran denken, und zwar in dem Moment, in dem man beschließt, einen Fuß aufs Gelände zu setzen.«

»Und das hat er nicht getan«, antwortet sie, während sich die Eingangstür öffnet. »Was dafür spricht, dass die Sache nicht geplant war.«

Im nächsten Moment steht Marino vor uns. Er füllt den

ganzen Türrahmen aus. Sein Gesicht ist unrasiert und angespannt. Die riesigen Pranken stecken in Latexhandschuhen, durch die ich die dunklen Haare an seinen Handgelenken sehen kann.

Hinter ihm kann ich durch den Türspalt Spurensicherungsexperten in Uniform erkennen. Einer fotografiert, ein anderer bedient ein Laser-Vermessungsgerät.

Eine Frau und ein Mann – vermutlich von NEMLEC. Ich kenne sie nicht persönlich. Einige kleine Nachbargemeinden verfügen über Fachleute und Spezialausrüstung, deren Ausbildung beziehungsweise Anschaffung von Stiftungen finanziert werden. Allerdings finden dort nur selten Gewaltverbrechen statt, so dass einige Polizisten aus dieser Gegend noch nie in meinem Institut waren.

»Alles ist bereit, wir warten nur auf dich, Doc.« Marino fördert eine Zigarettenschachtel zutage und holt eine Zigarette heraus. »Zwei Detectives aus Concord, ein Spurensicherungsmensch aus Watertown und ich. Die anderen habe ich weggeschickt. Publikum können wir hier nicht gebrauchen.«

»Du wirst aber welches kriegen«, sagt Lucy. »Das FBI ist unterwegs.«

»Ich habe es abgelehnt, jetzt schon das FBI einzuschalten. Nicht bevor Doc Kay sich die Sache angeschaut hat.« Er klappt sein Feuerzeug auf, eine Flamme züngelt. »Im Moment würden die hier nur stören, und ich finde, dass es das Wichtigste ist, den Tatort abzusichern.«

»Die müssen weder warten, bis du sie anrufst, noch brauchen sie deine Erlaubnis. Granby redet bereits mit der Presse, und als wir gerade durch den Minute Man Park gefahren sind, haben sich dort offenbar schon ein paar von den Brüdern rumgetrieben. Sie werden kommen, ob du sie nun einlädtst oder nicht.« Lucy vergewissert sich, dass ihr SUV abgeschlossen ist. »Ich denke, in etwa zwei Stunden werden sie hier übernehmen.«

»Das viele Geld und der belastende Mist, der hier herumliegt – das heißt doch, dass sie das Ermittlungsergebnis auf dem silbernen Tablett serviert kriegen.« Er inhaliert so viel Rauch wie möglich. »Die Morde sind für die nur Kleinkram.«

Die Spitze seiner Zigarette glüht grellorange, als er sie so hält wie immer: in der Mitte und mit dem brennenden Ende auf seine Handfläche zeigend. Da ich in Windrichtung stehe, steigt mir der scharfe Brandgeruch von glimmendem Tabak in die Nase. Es fällt mir schwer, diesem Ritual zuzusehen.

»Ich glaube, wir haben es hier mit einem Wirtschaftsverbrechen zu tun, das sich gewaschen hat.« Er schnippt mit dem Daumen gegen den Filter, um die Asche abzustreifen. »Und dabei haben wir uns noch nicht einmal alles angeschaut. Einige Bereiche sind mit Stahltüren abgesperrt wie der Tresorraum einer gottverdammten Bank.«

»Also warst du noch nicht drin«, stellt Lucy fest.

»Ich wollte nichts verändern, bevor ihr kommt. Wir haben nichts angefasst, was mit den Leichen zu tun hat.« Allmählich merkt man ihm an, dass Lucy ihm auf die Nerven geht, und sein Ärger über sie zeigt sich immer deutlicher. »Aber ihr werdet es selber merken, wenn ihr reinkommt. Der Laden sieht aus wie eine Kulisse.«

»Seit wann rauchen wir denn wieder?«, frage ich ihn. »Ich dachte, du hättest nach dem letzten Mal, als du für immer aufgehört hast, für immer aufgehört.«

»Fang nicht wieder an.«

»Das sollte ich eigentlich zu dir sagen.«

»Noch ein paar Züge, und ich mache sie aus.« Beim Sprechen quillt ihm der Rauch seitlich aus dem Mund.

Wie damals. Ich kann mich des Gedankens nicht erwehren. Rauchen an einem Tatort. Die Zigarette in der Hand, obwohl er Handschuhe trägt. Blutige Handschuhe. Damals war es nicht so wichtig. Was würde ich für einen Zug meines Lieblingsgifts geben, und wenn ich wüsste, dass ich nur noch eine Stunde zu leben habe, würde ich mir eine anzünden. Ich würde mich mit Marino auf die Treppe setzen, Bier trinken und rauchen, wie wir es früher getan haben, um harte Zeiten und Tragödien zu überstehen.

»Wie viele?«, frage ich ihn. »Du hast von drei gesprochen. Hast du noch andere gefunden?«

Lucy und ich treten auf die Steinveranda, wo ich kleine Tische im Landhausstil und Schaukelstühle bemerke, ein Ort, um sich zu entspannen, auch wenn nichts darauf hinweist, dass ihn je ein Mensch nutzt. Die Möbel sind ordentlich aufgestellt und mit Regenwasser bedeckt, und ich habe den Eindruck, dass vertrauliche Gespräche bei Double S nur hinter geschlossenen Türen und dicken Glasscheiben und im Schutz von Geräuschmaskierungstechnik stattfinden. Lucys Bemerkung von vorhin will mir nicht aus dem Kopf, der Wintergarten sei erst im letzten Frühling gebaut worden, und zwar etwa um die Zeit, als die Morde in Washington begannen. Eine Serie von Verbrechen, bei der es inzwischen auch um manipulierte DNA und einen Bezirksleiter des FBI geht, der die Anweisung dazu gegeben haben könnte und mindestens einem Kollegen von mir gedroht hat.

»Lass uns noch einen Moment draußen bleiben, damit ich dir alles erklären kann.« Beim Sprechen wippt Marinos Zigarette. Er nimmt sie aus dem Mund, kneift die Augen zusammen und pustet eine Rauchwolke aus. »Anfangs haben wir befürchtet, in anderen Teilen des Gebäudes oder auf dem Gelände könnten weitere Opfer liegen, da wir einige abgeschlossene Räume nicht durchsuchen konnten. Außerdem ist es ein ziemlich großer Laden hier, alles verbunden mit Gängen, die verlaufen wie die Speichen eines Wagenrads. So was hab ich noch nie gesehen. Zusammengesetzt sind sie bestimmt anderthalb Kilometer lang. Außerdem gibt es Golfcarts, damit ein Fettsack wie Dominic Lombardi keinen Schritt zu Fuß gehen musste«, fügt er hinzu. Er benutzt die Vergangenheitsform.

»Und niemand hat Schlüssel?«, fragt Lucy.

»Doch, aber ich wollte sie nicht anfassen, bevor du nicht alles untersucht hast, weil sie in einer Blutlache unter einer Leiche liegen.« Das sagt er zu mir, nicht zu ihr. »Aber nachdem ich mich mit ein paar Farmarbeitern unterhalten habe, bin ich sicher, dass es insgesamt drei Opfer sind. Sonst fehlt niemand. Bis auf das Arschloch, das sie umgebracht hat.«

»Und niemand hat etwas gesehen«, mutmaße ich.

»Das behaupten sie wenigstens. Natürlich ist das Schwachsinn.«

»Ausweise?« Mir fällt auf, dass Marino noch dieselben Sachen anhat wie heute Morgen, als er im strömenden Regen bei mir erschienen ist.

Ich rieche, dass er aufgeregt ist und unter Stress steht, seinen männlichen Geruch, der in Gestank umkippt, wenn er nicht schläft, nicht duscht und ohne Pause durcharbeitet. In acht bis zwölf Stunden wird er so nach abgestandenem Schweiß und Zigaretten stinken, dass man ihn schon aus zehn Schritten Entfernung wahrnimmt.

»Dominic Lombardi. Oder Dom, wie man ihn nennt, wie der Champagner. Vermutlich wird es kein gutes Champagnerjahr«, sagt Marino. »Und, warte mal, die andere heißt …«

Er kramt in seiner Tasche. Das Latex bleibt am Stoff kleben, die Zigarette klemmt in seinem Mundwinkel. Er kneift ein Auge zu, blättert ein paar Seiten in seinem Notizblock um und hält ihn auf Armeslänge, weil er keine Lesebrille aufhat.

»Ich kann diesen Namen einfach nicht aussprechen. *Jadwiga Kaminska,* genannt Ika. Seine persönliche Assistentin. Der teure weiße SUV draußen auf dem Parkplatz ist ihrer. Dom und Ika wurden vorläufig von Kollegen aus Concord identifiziert, die du noch kennenlernen wirst. Sie waren schon spät freitagnachts hier, Lombardi hatte einen Einbrecher gemeldet.«

»Und war da einer?«, erkundigt sich Lucy.

»Kann sein.« Er sieht sie an. »Sie haben alles auf den Kopf gestellt und auf einer Aufnahme der Überwachungskameras einen Schatten am großen Stall gesehen. Als hätte jemand sorgfältig auf die Kameras geachtet, weil er wusste, dass sie da sind, und dann die Kabel durchgeschnitten. Die entsprechenden Quadranten auf den Videoschirmen wurden schwarz, als Lombardi gegen Mitternacht am Schreibtisch saß.« Marino lässt Lucy nicht aus den Augen. »Er war so dankbar, dass er versprochen hat, dem Weihnachtsfonds des Concord Police Department zehn Riesen zu spenden. Das Geld wurde vor zwei Tagen bei seiner Bank abgehoben. Der Beleg liegt in seiner Schreibtischschublade, aber vom Geld fehlt jede Spur, und in Concord ist es nie angekommen.«

»Derselbe Betrag wurde in dem Umschlag unter der Fußgängerbrücke gefunden«, merkt Lucy an.

»Du wärst ein prima Cop.«

»Das habe ich hinter mir.« Lucy fixiert ihn wie bei einem Duell.

»Also hat der Mörder offenbar dieses Geld und alles andere gestohlen, was er sonst noch in die Finger kriegen konnte.«

»Klingt plausibel.« Lucy verschränkt die Arme und starrt

ihn an. Offenbar will sie ihn provozieren, bis er ihr auf den Kopf zusagt, was sie meiner Ansicht nach angestellt hat.

Als Marino die Zigarette an einer Steinsäule ausdrückt, sprühen verlöschende Funken, und Asche rieselt. Er steckt die Kippe ein und pustet eine letzte Rauchwolke zur Seite, damit sie uns nicht trifft. Vielleicht war Lucy nie bei Double S eingeladen. Doch das heißt noch lange nicht, dass sie nicht hier gewesen ist.

»Vermutlich haben sie den Einbrecher nicht erwischt«, meint Lucy, worauf Marino sie finster ansieht.

»Wenn du das getan hast, was ich glaube, erklär mir einfach den Grund«, sagt er laut.

»Ich kann dir erklären, was jemand getan haben könnte«, erwidert sie. »Wenn du hier herumlaufen und dich umschauen willst, musst du die Kameras außer Gefecht setzen. Denen entlang der Einfahrt kann man ausweichen, aber nach dem Stall geht das nicht mehr, wenn man nicht durch den Teich schwimmen will.«

»Soll das heißen, der Eindringling hat sich noch hier herumgetrieben, obwohl zwei Detectives vor Ort waren?« Marino wird immer lauter. Beinahe schreit er.

»Die haben im Stall nachgeschaut, wo die wertvollen Pferde sind. Danach haben sie sämtliche Schlösser kontrolliert, um sicherzugehen, dass alles in Ordnung ist. Und dann sind sie wieder gefahren.«

»Warum sollte sich jemand hier umschauen wollen?« Marinos Mimik ist von prahlerisch und verärgert zu ungläubig umgeschwenkt.

»Vielleicht ging es ja nicht um die Örtlichkeiten, sondern um die Personen. Zum Beispiel, wer mit wem schläft.«

»Und das wurde festgestellt?« Offenbar traut Marino seinen Ohren nicht.

»Das kannst du die beiden Detectives fragen, die vor Ort waren.« Lucy weist in Richtung Haus. »Doch als sie dreiundzwanzig Minuten nach Lombardis Notruf hier eingetrudelt sind, war Gail längst weg«, erwidert sie.

»Himmelherrgott, es wäre echt nett gewesen, wenn du mir das, verdammt noch mal, früher erzählt hättest!«, bricht es aus Marino heraus. »Gail Shipton war Freitagnacht hier, inzwischen wurde sie ermordet, und du erwähnst das so nebenbei?«

»Ich weiß schon seit einer Weile, dass sie mit dem Feind unter einer Decke steckt, vermutlich ging es um Versicherungsbetrug und noch um einiges mehr«, sagt Lucy. »Ich habe versucht, eine Antwort zu finden, die sich beweisen lässt.«

»Sie hat mit dem Typen geschlafen, den sie verklagt hat!«, ruft Marino empört aus.

»Nicht freiwillig«, entgegnet Lucy. »Sie brauchte Geld.«

35

»Du hast gesagt, es seien drei Opfer«, wende ich mich an Marino, weil ich endlich loslegen will.

Ich habe nicht die Zeit, Lucy weiter zu befragen. Vielleicht will ich auch nichts mehr darüber hören, worauf Gail Shipton sich eingelassen hat und was Carin Hegel tun wird, wenn sie es schließlich erfährt. Der Prozess ist sowieso gelaufen. Lucy hat recht. Es wird nie zu einer Gerichtsverhandlung kommen. Alles war nur Lüge, ein Trick. Double S hat Gail in finanzielle Bedrängnis gebracht, und was gibt jemandem größere Macht, als einen anderen Menschen zu schädigen und ihm dann anzubieten, ihm aus der Patsche zu helfen? Und sie war schwach, vielleicht in mehr als einer Hinsicht rettungslos verloren. Und zwar nicht nur wegen ihrer undichten Herzklappe, sondern als ganze Person.

»Keine Ahnung, wer das dritte Opfer ist«, erwidert Marino. »Sie war in der Küche, als sie angegriffen wurde. Vielleicht hat sie gerade den Kühlschrank geöffnet oder etwas aus einem Schrank geholt. Du wirst es gleich sehen.«

»Und das Personal kennt sie nicht?« Das kann ich mir nicht vorstellen.

»Man hat mir erzählt, Lombardi hätte heute Morgen jemanden von der Regionalbahnstation im Zentrum von Concord abgeholt. Sie wissen nicht, wer es war. Nur dass Lombardi in seinem weißen Navigator losgefahren ist und bei seiner Rückkehr in Begleitung einer Person war, die sich offenbar zur falschen Zeit am falschen Ort aufgehalten hat. Mehr können sie angeblich nicht sagen, aber wahrscheinlich lügen sie.«

»Warum sollten sie lügen?«, wundert sich Lucy.

»Weil sie daran gewöhnt sind, nie wahrheitsgemäß zu antworten, wenn man sie fragt, was sich hier so tut«, entgegnet Marino. »Im Gegensatz zu den anderen beiden ist sie nicht sofort umgekippt. Bestimmt hat der Täter beim ersten Mal nicht richtig mit dem Messer getroffen, weil sie sich umgedreht hat. Vielleicht hat sie gehört, wie er sich von hinten anschlich. Und dann hat er sie fertiggemacht.« Er ahmt eine Schlitzbewegung mit einem imaginären Messer nach. »Sie ist noch ein paar Schritte gegangen und schließlich hinter einer Theke zusammengebrochen, wo jetzt ihre Leiche liegt.«

»Hast du eine Waffe gefunden?« Lucy schreitet die Veranda ab und schaut hinauf zu den Kameras und hinüber zu den Bäumen.

»Nein.« Inzwischen hat sich der Augenausdruck verändert, mit dem er sie betrachtet.

»Und der Typ mit dem Kapuzensweater, der durch den Park gerannt ist, hatte keine Waffe bei sich«, stellt sie fest.

»Nein. Haley Swanson hatte angeblich keine Waffe. Das ist der Mensch, von dem wir hier reden.«

»Nur weil er ein Sweatshirt mit Marilyn Monroe drauf anhatte? Deshalb bist du so sicher, dass er es ist?«, hakt Lucy nach.

»So ein Sweatshirt ist ungewöhnlich, und Swanson trug so eines, als er heute Morgen von der Polizei befragt wurde, nachdem er in der Nähe des Hauses deiner Tante gesehen worden ist. Eins und eins macht zwei, oder?«

»Solange nicht elf dabei rauskommt«, erwidert Lucy.

»Vielleicht hat Swanson ja PR-Arbeit für den Laden hier erledigt.«

»Und zu dieser PR-Arbeit gehörte, Gail umzubringen und meiner Tante nachzuspionieren?«, sagt Lucy. »Offenbar hältst du Swanson für den Täter.«

Marino schweigt. Ich erkenne an seiner Miene, dass er ihr widerwillig Respekt zollt. Inzwischen will er Lucy nicht mehr loswerden, sondern überlegt, wie sie ihm nützlich sein kann.

»Hat jemand die Leiche in der Küche oder die anderen beiden berührt?«, frage ich.

»Nur auf Video aufgenommen und fotografiert. Ich habe dafür gesorgt, dass alle einen großen Bogen um sie machen. Aber wir werden das FBI nicht mehr lange fernhalten können.«

»Du wirst es gar nicht fernhalten können«, sagt Lucy.

»Dann solltest du das Heu besser einfahren, solange die Sonne scheint«, meint Marino zu mir.

»Und kein Mensch hat auch nur die leiseste Ahnung, wer die Frau in der Küche sein könnte?« Es fällt mir schwer, das zu glauben.

»Wir haben niemanden reingelassen, um sie sich anzusehen. Nur wichtige Beteiligte, das heißt, Polizisten.« Marino lehnt die Schulter an den Türstock.

Geistesabwesend betrachtet er seine behandschuhte Hand und reibt mit dem Daumen über den gelblichen Nikotinfleck. Bestimmt hat er Kette geraucht, und ich frage mich, wie viele Zigaretten er wohl in der Tasche hat. Wenigstens ist er so klug, sie nicht an einem Tatort auf den Boden zu werfen.

»Wir können hier ja schlecht einen Tag der offenen Tür veranstalten«, sagt er. »Ein Farmarbeiter oder die Haushälterin kommen rein, hinterlassen überall ihre DNA, fassen Sachen an oder fangen an zu kotzen.«

»Ihre DNA wäre sowieso hier«, wendet Lucy ein.

»Und ich habe auch nicht vor, rumzulaufen und den Mitarbeitern Fotos von Toten mit durchgeschnittenen Kehlen zu zeigen«, gibt Marino zurück.

»Aber du hast sie gefragt, wer sich im Haus aufgehalten hat«, meint Lucy.

»Herrgott, jetzt habe ich euch alle beide am Hals.«

»Ich weiß, wer hier arbeitet«, sagt Lucy in einem Ton, der vermitteln soll, dass sie ihm keine Schwierigkeiten machen, ja, nicht einmal persönlich werden will. »Name, Alter, Adresse. Ich weiß über diese Arschlöcher mehr, als mir lieb ist. Beschreib mir das nichtidentifizierte Opfer.«

»Etwa deine Größe und dein Alter«, erwidert er. »Anfang dreißig. Allerdings kann ich nur raten, weil sie mit praktisch abgetrenntem Kopf nicht mehr so toll aussieht. Kurzes, dunkles Haar. Weiß. Mager und knochig. Sieht aus, als hätte sie viel Sport gemacht, wäre recht arrogant gewesen und hätte nicht auf Männer gestanden.«

Lucy geht nicht darauf ein. »Hier arbeitet niemand, auf den diese Beschreibung passt oder der so jung wäre. Die Farmarbeiter und der Gärtner sind vierundvierzig, zweiundfünfzig und gerade sechzig geworden. Sie kommen aus Texas, Arizona und Nevada. Der Koch ist Franzose und neunundvierzig. Die Haushälterin kommt aus Südamerika, ist dreiundvierzig und behauptet, kaum Englisch zu sprechen. Die anderen Inhaber sind zwei Amerikaner und zwei Briten, Männer über vierzig. Und dann waren da noch Lombardi und Kaminska, die angeblich mehr als eine rein berufliche Beziehung hatten. Und ja, sie wurde Ika genannt. Mit langem I«, ahmt sie spöttisch Marinos Aussprache nach.

»Der Täter hat das Haus durch die Tür betreten, vor der wir gerade stehen. Vorbei an den Steinsäulen auf dieser Veranda. Und er hat diese Tür geöffnet«, sagt Marino und macht Platz.

Er denkt immer noch, dass es Haley Swanson ist, nach dem wir suchen.

»Was ist mit dem Schloss?« Lucy weist auf das biometrische Schloss aus gebürstetem Nickel und zieht dabei Handschuhe an.

»Bis vor ein paar Stunden war der Himmel noch blau. Vielleicht haben sie bei schönem Wetter die Tür ja offen gelassen und nur die hier zugemacht.« Er öffnet die innere Sturmtür. Mehr hat die Mitarbeiter von Double S nicht von dem Menschen getrennt, der ihnen die Kehle durchgeschnitten hat.

»Wer sagt, dass die Vordertür offen war?« Lucy glaubt das nicht, und als ich sie so beobachte, erinnere ich mich daran, womit sie früher ihren Lebensunterhalt verdient hat.

Als sie beim FBI und später beim ATF arbeitete, war Lucy so erfolgreich, dass man sie rausgeekelt hat. Vielleicht liegt es ja in den Scarpetta-Genen, dass wir nicht unter einem Vorgesetzten tätig sein können. Wir sind die einsamen Heldinnen, müssen alles selbst in die Hand nehmen und laufen so in unser Verderben.

»Man hat mir gesagt, das könnte eine Erklärung sein«, erwidert Marino. »Ein Farmarbeiter, mit dem ich geredet habe, meinte, er hätte die Tür bei schönem Wetter auch schon mal offen gesehen, wenn viele Leute aus und ein gegangen wären.«

»Sie lügen«, verkündet Lucy. »Sie kennen den Täter.«

»Gut dass du hier bist. Dann kann ich ja nach Hause fahren und die Sache auf sich beruhen lassen.«

»Die vier Geschäftspartner sind verreist. Wer also sollte aus und ein gehen?«, entgegnet Lucy. »Außerdem war es heute Morgen nicht unbedingt warm, auch wenn die Sonne schien.«

»Es gibt noch eine Hintertür und eine Kellertür, die beide abgeschlossen und verriegelt sind. Also muss er hier reingekommen sein, so wie ihr jetzt«, beharrt Marino. »Vielleicht hatte er ja auch Zutritt, weil sein Fingerabdruck ins Schloss eingespeist ist. In anderen Worten: Es ist jemand, den sie kennen.«

»Dann wäre es gut, wenn wir seinen Fingerabdruck hätten. Du hast recht«, antwortet Lucy. »Du kannst heimfahren und die Sache auf sich beruhen lassen.«

Marino versucht, sich ein Lächeln zu verkneifen. Er macht sich solche Mühe, ein ernstes Gesicht zu ziehen, dass es fast albern wirkt.

»So sicherheitsbewusst, wie die offenbar sind, kann ich mir kaum vorstellen, dass sie die Eingangstür offen lassen«, stimme ich Lucy zu.

»Das ist absolut ausgeschlossen«, bekräftigt sie. »Hast du dir schon die Aufnahmen der Überwachungskameras angeschaut?«

»Ach, Mist, nein, was bin ich nur für ein Idiot!«, entgegnet Marino.

Das Großraumbüro ist in vier in einer Reihe angeordnete Arbeitsplätze aufgeteilt, die aus hufeisenförmigen Konsolen mit eingebauten Schreibtischen und Schubladen bestehen.

Jeder Schreibtisch ist mit einem Telefon mit mehreren Anschlüssen und einigen Bildschirmen ausgestattet – so wie sich der Laie den Arbeitsplatz eines Finanzexperten vorstellt, der ständig die Börsenkurse und Investmentkonten im Auge behält. Ich sehe weder ein Zettelchen noch einen einzigen Bleistift oder Kugelschreiber oder sonst etwas, das darauf hinweist, dass der Mensch, der täglich hier sitzt, private Interessen oder eine Familie hat. Alles soll wirken wie eine Firma, in der die Abläufe transparent sind und die Mitarbeiter offen miteinander kommunizieren und sich gut verstehen. Und dennoch strahlt der Raum etwas Leeres und Steriles aus, so dass ich mich fühle wie in einem Möbelhaus oder in einer Filmkulisse. Ich habe nicht das Gefühl, dass sich hier jemals lebendige Menschen aufgehalten haben.

Auf der rechten Seite befindet sich eine freischwebende Treppe, die aus Metallkabeln und Tritten aus Stahlblech besteht. An der alten Backsteinwand daneben hängen moderne Kunstdrucke, und gegenüber steht eine Schrankwand aus hellem Eschenholz. Es ist ein maskuliner Stil, dem Wärme und Kreativität fehlen. Der Raum grenzt an einen anderen, in den ich nicht hineinsehen kann. Allerdings höre ich Stimmen durch die offene Tür. Es ist eine Stahltür ohne Fenster, die von einem magnetischen Türstopper blockiert wird. Die beiden Detectives aus Concord unterhalten sich offenbar in einem angrenzenden Büro, der Privatsuite des Geschäftsführers im linken Gebäudeflügel, wo die Leichen von Lombardi und seiner Assistentin liegen.

Im vorderen Teil des Bürotrakts befindet sich eine offene Küche mit Schränken aus tiefrotem, seltenem Holz. Es sieht aus wie Rosenholz, aus dem man sonst Musikinstrumente herstellt. Von meinem Platz aus kann ich die blutbefleckte dunkle Hose mit nach außen umgestülpten weißen Hosentaschen und die blutigen Turnschuhe des Opfers sehen, dessen Identität wir noch nicht kennen. Ihr gerinnendes Blut verteilt sich auf dem Dielenboden und fließt hinter eine beeindruckende Skulptur aus Zebranoholz. Ich erkundige mich bei Marino, was mit den Hosentaschen der Frau ist.

»Hat die Polizei sie auf der Suche nach Ausweispapieren umgestülpt?«, frage ich.

»Sie waren schon so. Vergiss nicht, er hat die Brieftaschen, die Ausweise und das Bargeld der Opfer an sich genommen.«

»Er hat die Kohle und was er sonst noch behalten wollte eingesteckt und die Brieftaschen vermutlich in den Teich da draußen geworfen.« Lucy geht auf und ab. »Die optimale Stelle, um etwas über die Koppel zu schmeißen, wenn man zu Fuß in Richtung Wald läuft und sich so schnell wie möglich aus dem Staub macht.«

Ich betrachte die Arbeitsplätze mit ihren ergonomischen Stühlen. Sie stehen alle in Reih und Glied, nichts weist auf Gewalt hin, und wieder stößt mir die sterile Atmosphäre auf. Während der Bürozeiten an einem Mittwochvormittag waren nur drei Personen anwesend. Und ihr Mörder.

»Der digitale Videorecorder ist weg«, sagt Marino zu Lucy – eindeutig widerwillig, als räume er nur ungern ein, dass sie recht behalten hat.

»Ein zweiter Hinweis, der gegen Vorsatz spricht«, erwidert sie.

»Man müsste wissen, wo man suchen soll und wonach.« Marino zieht eine Schulter hoch, um sich das schweißnasse Gesicht am Hemd abzuwischen.

»Wie schwierig kann das sein?«, fragt Lucy.

Wir führen dieses Gespräch in der Tür neben dem Polizisten mit seinem Laser-Vermessungsgerät. Auf dem Boden stehen offene Hartschalenkoffer. Ein gelbes Stromkabel, an dem ein Ladegerät hängt, ist in die Steckdose eingestöpselt. Der Polizist sieht uns nicht an. Offenbar möchte er nicht den Eindruck erwecken, als belausche er Leute, die nicht mit ihm reden.

»Im anderen Raum ist ein Wandschrank, der eine komplette Multimediaanlage enthält. Außerdem den Server, das LAN-Netzwerk, die Telefonanlage und das Überwachungssystem.« Marino holt meinen Tatortkoffer, der neben der Treppe steht.

»Der Server.« Lucy reagiert wie eine Schlange, die eine Eidechse erspäht hat. Sie schnappt zu. »Der Server von Double S. Jetzt wird es spannend.«

Sie geht zu den vier in einer Reihe an der Wand aufgestellten Schreibtischen hinüber, schiebt mit dem Knie einen Stuhl auf Rollen weg und greift zum Telefon.

»Aber dazu muss man wissen, was ein digitaler Videorecorder ist.« Marino reicht mir meinen Tatortkoffer. »Die meisten Leute würden an so etwas nicht denken, außer sie kennen sich mit Überwachungskameras aus.«

»Dazu braucht man kein Genie zu sein. Außerdem war derjenige vielleicht schon einmal hier. Wir müssen den Server in mein Labor bringen.« Lucy betrachtet das Display des Telefons auf dem Schreibtisch und drückt eine Taste. »Die Polizisten aus Concord können mir eine Empfangsquittung ausstellen, und dann nehme ich ihn mit.«

Sie geht von Schreibtisch zu Schreibtisch und untersucht alle Telefone. Dann kehrt sie zum ersten zurück und greift wieder danach.

»Das solltest du dir notieren«, sagt sie zu Marino. »Mit keinem dieser Telefone wurde seit Freitag nach draußen telefoniert, so als hätte in diesem Büro niemand gearbeitet. Die einzige Ausnahme ist das hier.« Sie deutet auf das Telefon in ihrer Hand. »Lambant and Associates«, liest sie vom Display ab.

»Was?« Marino schaut ihr über die Schulter. »Nun, Überraschung. Also habe ich doch recht. Haley Swanson war hier und hat sein Büro angerufen.«

»Jemand hat es getan«, entgegnet Lucy. »Jemand hat um neun Uhr sechsundfünfzig heute Morgen von hier aus diese Nummer angerufen und siebenundzwanzig Minuten lang telefoniert. Wenn der Typ, der durch den Park gerannt ist, gegen elf beobachtet wurde, hat derjenige, der hier am Telefon war, vermutlich genau um die Zeit aufgelegt, als die Morde geschahen.«

»Wir wissen, wer der Typ ist, nämlich der mit dem Marilyn-Monroe-Kapuzenpulli. Und jetzt wissen wir auch, dass er hier war und telefoniert hat.« Marinos Meinung steht fest. »Haley Swanson.« Er ist einfach nicht davon abzubringen. »Lambant ist die Krisenmanagement-Firma, bei der Gail Shiptons Transen-Freund arbeitet«, verkündet Marino.

»Man könnte daraus schließen, dass sie PR-Arbeit für Double S gemacht haben«, schlage ich vor. »Vielleicht war es ja Swanson, den Lombardi heute Morgen vom Bahnhof abgeholt hat.«

»Genau«, erwidert Marino.

»Jedenfalls können wir uns jetzt denken, wie Gail ihn kennengelernt hat, da sie ja beide mit Double S unter einer Decke stecken«, stellt Lucy ausdruckslos fest. »Hast du schon rausgekriegt, mit wem sie gestern Abend in der Psi Bar war?«

»Sie hat mit jemandem gesprochen, der kein Stammgast ist. Es hätte also Swanson sein können, was plausibel ist, weil er sie schließlich als vermisst gemeldet hat. Es war ziemlich voll, und Gail stand mitten im Gedränge am Tresen. Das haben zumindest die Zeugen ausgesagt. Mehr werden wir wahrscheinlich nicht erfahren.«

»Welchen Grund könnte jemand haben, mit dem Zug hierherzufahren anstatt mit dem Auto?«, wundere ich mich. »Warum sollte ein Mitarbeiter einer PR-Agentur so was tun?«

»Haley Swanson«, sagt Lucy zweifelnd. »Und wir sollen daraus schließen, dass er etwa anderthalb Stunden später alle umgebracht hat und abgehauen ist.«

»Du hast hier gar nichts aus irgendwas zu schließen«, entgegnet Marino barsch.

»Man hat uns erzählt, dass er heute am frühen Morgen einen Audi-SUV gefahren hat«, erinnere ich ihn.

»Den suchen wir noch. Der Wagen parkt weder an seiner

Privatadresse in Somerville noch vor seiner Firma in Boston«, erwidert Marino. »Seine Kollegen in der PR-Agentur haben ihn und den SUV heute noch nicht gesehen. Aber er hat angerufen.«

»Das Telefonat, das von hier aus geführt wurde«, merkt Lucy an. »Von irgendjemandem.«

»Warum ist Swanson nicht selbst gefahren?«, frage ich.

»Wenn wir ihn finden, wird er uns einiges erklären müssen. Doch ich würde sagen, dass niemand seinen SUV bei Double S sehen sollte, weil er schließlich einen Mord begehen wollte«, entgegnet Marino. »Das ist ein guter Grund, um nicht im eigenen Auto rumzukurven.«

»Ich vermute, dass etwas völlig anderes dahintersteckt«, widerspricht Lucy. »Die Morde scheinen nicht geplant gewesen zu sein.«

»Niemand hat dich gebeten, irgendwas zu vermuten«, herrscht Marino sie abermals an.

Lucy lässt sich von Marinos patziger Art nicht aufhalten. Ja, sie scheint sie nicht einmal zur Kenntnis zu nehmen.

»Hat jemand mit seinem Onkel im Sozialwohnungsblock geredet?«, erkundige ich mich.

»Ich habe Machado hingeschickt, aber der hat sich noch nicht wieder gemeldet.«

Lucy öffnet den Reißverschluss ihres weißen Overalls ein Stück und zieht die Handschuhe aus, als sei ihr zu heiß. Sie scheint, was die weitere Vorgehensweise betrifft, ihre eigenen Vorstellungen zu haben.

»Ich muss den Server hier rausschaffen«, sagt sie, »solange das noch möglich ist.«

»Ich verstehe.« Marino weiß, was sie denkt, und er ist ebenso unschlüssig wie bei Gail Shiptons Telefon.

Einerseits möchte er, dass Lucy ihm hilft, andererseits hat er

Bedenken. Ihm ist klar, dass wir den Server nie mehr wiedersehen werden, wenn ihn das FBI erst mal in den Fingern hat. Granby wird eine Pressekonferenz abhalten und beteuern, dass er mit den Polizeibehörden vor Ort zusammenarbeiten und mit ihnen an einem Strang ziehen wird. Doch in Wahrheit ist Zusammenarbeit ein Fremdwort, wenn ein Beweisstück erst einmal in den Bundeslabors in Quantico landet.

Und das ist noch das beste Szenario. Marino weiß nichts von den manipulierten Beweisen. Er weiß nichts von Gabriela Lagos oder ihrem vermissten Sohn Martin, der angeblich im jüngsten Mordfall in Washington einen Fleck auf einem Höschen hinterlassen hat. Marino hat keine Ahnung, dass wir nicht die geringste Chance bekommen werden, in diesen Mordfällen hier zu ermitteln, wenn wir nicht sofort handeln. Ich beschließe, es auf die Medien zu schieben, denn Marino sieht sie als lästiges Übel, dem man unter allen Umständen aus dem Weg gehen muss.

»Es hängt davon ab, ob sie die Sache an die große Glocke hängen. Ein wichtiger Fall, und dann auch noch Gemeinsamkeiten mit dem Massaker in Connecticut. Es wird von Übertragungswagen und Reportern nur so wimmeln.« Ich sehe ihn an. Er hat begriffen.

»Mist«, sagt er.

»Hast du mit Benton geredet?«

»Kurz.«

»Dann weißt du ja, was gleich hier los ist«, beharke ich weiter mein Feld. »Er musste einige Informationen an Granby weiterleiten, und der gibt der Presse bereits Informationen.«

»Der digitale Videorecorder ist das Erste, worum man sich nach einer Straftat kümmert, wenn man nicht völlig verblödet ist«, wendet sich Lucy wieder ihrem Thema zu. »Man kreuzt hier auf und wird gefilmt, was einem erst mal egal ist, denn schließlich ist man ja aus absolut alltäglichen Gründen hier. Man hat nicht mal kurz reingeschaut, um ein Verbrechen zu begehen. Aber dann läuft etwas falsch, und deshalb muss man Aufräumarbeiten leisten. Also macht man sich auf die Suche nach dem Schrank, weil es, verdammt noch mal, zu spät ist, die Kabel der Kameras durchzuschneiden.«

»So könnte es gewesen sein«, entgegnet Marino gereizt. »Doch um einen digitalen Videorecorder zu suchen, muss man erst mal wissen, was das überhaupt ist«, beharrt er.

»Bestimmt hat er ihn weggeworfen. Ich bezweifle nämlich, dass er mit einem Videorecorder unter dem Arm durch den Park gerannt ist. Und in den Wald oder sonst wohin, wo er später gefunden wird, hat er ihn sicher nicht geschmissen. Vielleicht solltest du Taucher anfordern und im Teich nachschauen.«

»Wenn das Ding im Wasser gelegen hat, funktioniert es nicht mehr.« Marino möchte nicht, dass es aussieht, als würde er so schnell klein beigeben. »Ich habe keine Ahnung, wie viel du noch rekonstruieren könntest«, meint er.

»Das hängt von der Marke, vom Modell und davon ab, wie gut die Daten auf der Speicherplatte geschützt sind. Mich interessiert viel mehr, ob Film- und Tonaufnahmen an ein Netzwerk für die Fernüberwachung von Computern weitergeleitet wurden, das sich möglicherweise irgendwo in einem anderen Teil des Anwesens befindet. Wenn noch jemand die Aufnahmen gesehen hat, hätte derjenige zumindest einen Teil des Geschehens mitgekriegt«, antwortet meine Nichte.

»Ich hatte noch keine Gelegenheit, mich überall umzuschauen.« Inzwischen weicht Marino ihrem Blick aus.

»Der Stall, die Nebengebäude, die Schlafzimmer«, fährt Lucy fort. »Alles, wo es Schreibtische oder Laptops und iPads geben könnte. Dort hat vielleicht jemand etwas beobachtet und vergessen, es dir gegenüber zu erwähnen.« Sie drückt sich so diplomatisch wie möglich aus. »Hast du was dagegen, dass ich mal nachsehe?«

»Aber fass nichts an«, erwidert Marino.

»Und ich muss den Server mitnehmen.«

»Bleib von dem Schrank im anderen Zimmer weg und fass nichts an.«

»Und wer verhindert dann, dass per Fernbedienung Daten gelöscht werden, vielleicht von New York oder Grand Cayman aus? Vielleicht passiert es ja schon, während wir uns hier unterhalten«, entgegnet sie.

»Mit dem Löschen von Daten per Fernbedienung solltest du dich ja auskennen.«

»Und wer knackt die Sicherheitscodes? Natürlich könntest du dich umhören, ob dir jemand das Passwort des Systemadministrators verrät. Vielleicht hast du ja Glück.«

»Ich habe dich nicht um deine Hilfe gebeten.«

»Gut, dann fröhliche Weihnachten, Marino. Das FBI wird hier auf dem Dach landen, ehe du dich versiehst«, höhnt Lucy. »Dann kannst du denen ja den Server geben. Vielleicht erzählen die dir ja, was drauf ist, noch bevor du in Rente gehst. Aber vermutlich eher nicht.«

Sie marschiert hinaus. Ihre leichten Schritte auf der Veranda werden leiser, bis ich sie nicht mehr hören kann.

»Du solltest das Ding hier rausschaffen«, sage ich leise zu Marino. »Und das müsste dir eigentlich klar sein. Ich glaube, sogar Benton würde das vorschlagen.« Als er mich ansieht, begreift er, dass das Problem größer ist, als er denkt. »Sie weiß, was sie tut. Und ich auch. Und du wirst bald eine Menge erfahren.« Ich halte Marinos Blick stand. Er versteht zwar nicht ganz, wovon ich rede, ahnt aber, dass die Lage ernst ist.

»Ach, Scheiß drauf.« Er tippt eine Nummer in sein Telefon.

»Mach es«, sagt er, als Lucy sich meldet. »Aber bring nichts durcheinander und sprich mit niemandem. Pack das Ding ein und bring es ins CFC, und zwar so schnell wie möglich. Und wehe, wenn du Mist baust. Ich vertraue dir.«

Er beendet das Gespräch und wendet sich wieder an mich. »Ich zeige dir alles und erkläre dir genau, wie er meiner Ansicht nach vorgegangen ist.«

»Nicht jetzt. Wie er vorgegangen ist, sollen mir seine Opfer erzählen.«

36

Ich will allein sein, mit den Toten und mit meinen Gedanken.

Also gehe ich zu dem Polizisten an der Vermessungsstation. Sie steht auf einem stabilen gelben Stativ. Er packt gerade einen Laptop und ein Ethernetkabel zusammen. Das System ist im Ruhezustand. Der oszillierende Spiegel und der rasch pulsierende Laserstrahl rühren sich nicht.

»Sind Sie da schon durch?« Ich weise auf die Küche, auf die ich gerade zusteuere, in der Annahme, dass er die Bilder und Maße schon gesichert hat.

»Wie geht es Ihnen, Dr. Scarpetta? Randall Taylor, Watertown.«

Er hat ein breites müdes Gesicht und schütteres graumeliertes Haar, das er zurückgekämmt trägt. Eine Lesebrille sitzt dicht oberhalb seiner Nasenspitze. In seiner Uniform, bestehend aus einer ausgewaschenen blauen Cargohose und passendem Hemd mit aufgekrempelten Ärmeln, erinnert er mich an ein altes Schlachtross, das zwar neue Tricks gelernt, aber den Elan verloren hat. Polizisten, selbst die engagiertesten, werden abgeschliffen wie Steine in einem Flussbett, und auch er hat etwas Glattes und Nachgiebiges an sich. Ganz im Gegensatz zu Marino, der einer stacheligen Spezies angehört, die sich selbst schützt, wie ein Seeigel oder ein Dornengestrüpp.

»Wir haben uns letztes Jahr bei dem Abendessen anlässlich der Verabschiedung des Polizeichefs kennengelernt«, sagt Randall Taylor. »Wahrscheinlich erinnern Sie sich nicht mehr.«

»Hoffentlich genießt Ihr früherer Chef den Ruhestand.«

»Er ist mit seiner Frau nach Florida gezogen.«

»Wohin? Ich bin in Miami aufgewachsen.«

»Ein Stück nördlich von West Palm Beach. Vero Beach. Ich tue mein Bestes, damit er mich mal einlädt. Im Januar bin ich wahrscheinlich so weit, dass ich ihn auf Knien anflehe.«

»Was ist bis jetzt erledigt worden?«

»Wir haben verschiedene Aufnahmen, die ich nahtlos zusammenfügen werde, dazu Blickwinkelmaße und Blutspritzeranalyse«, erklärt Taylor. »Damit haben Sie gewissermaßen den gesamten Tatort in 3-D. Ich maile Ihnen alles, sobald ich wieder im Büro bin.«

»Das wäre eine große Hilfe.«

»Ich habe mich zuerst um den anderen Raum gekümmert. Hier bin ich gerade fertig geworden.«

»Fahren Sie dann los?«, frage ich.

»Hier ist für mich alles erledigt. Ich wollte nur sichergehen, dass Sie sonst nichts mehr brauchen.«

»Was ist mit Schnüren?«

Damit meine ich, ob er die altbewährte Methode anwenden wird, Blutstropfen und Spritzer mit Schnüren zu verbinden, um zu ermitteln, wo sie zusammentreffen. Das ist eine mathematisch zuverlässige Methode, um zu rekonstruieren, wo Täter und Opfer sich jeweils befanden, als die Schläge oder Stiche ausgeführt wurden.

»Noch nicht. Dieses Ding hier macht sie eigentlich überflüssig.« Seine behandschuhte Hand tätschelt den Scanner.

Das ist Ansichtssache, was ich ihm jedoch nicht verraten werde.

»Eindeutig Verteilungsmuster von arteriellem Blut sowie ziemlich eindeutige Herkunft«, sagt er. »Das Opfer in der Küche hat gestanden, die anderen beiden haben gesessen. Kein Tatort, der einem Rätsel aufgibt, bis auf die Frage, wie er einfach so drei Menschen hat töten können. Es muss sehr schnell gegangen sein. Aber dass wirklich niemand etwas gehört hat?«

»Wenn man jemandem die Luftröhre durchschneidet, kann er nicht mehr schreien. Und auch nicht sprechen.«

»Die beiden da drin« – er weist auf die offene Stahltür – »sind einfach so an ihren Schreibtischen gestorben.« Als er mit den Fingern schnippt, entsteht ein dumpfes, gummiartiges Geräusch. »Ich habe darauf geachtet, die Leichen nicht zu berühren und Abstand zu halten, bis Sie kommen. Sie sind noch genau so, wie wir sie gefunden haben.«

»Wissen Sie, um wie viel Uhr?«

»Ich war nicht als Erster hier. Aber meiner Vermutung nach?« Randall Taylor hebt den linken Arm, um auf die Uhr zu schauen. »Vielleicht zwei Stunden bevor die Kollegen aus Concord kamen, nachdem sie im Park den Umschlag mit dem Geld gefunden hatten. Meiner Ansicht nach stammt der aus Lombardis Schreibtischschublade. Wenn Sie reingehen, werden Sie sehen, dass alles durchwühlt wurde. In einer der Schubladen liegt ein Beleg über eine Abhebung vor zwei Tagen, also am Montag. Vielleicht ist Raub ja das Motiv. Allerdings stimme ich dem zu, was ich von Ihrem Gespräch aufgeschnappt habe. Der Täter ist nicht mit dem Ziel hergekommen, alle hier umzubringen. Irgendwas ist da schiefgelaufen.«

»Und niemand auf dem Grundstück hat eine Vorstellung davon, was passiert sein kann?« Das will mir einfach nicht in den Kopf.

»Dann sind wir einer Meinung. Meine Vermutung ist, dass sich niemand einmischen will. Jeder wartet darauf, dass der andere zugibt, sie gefunden zu haben.«

»Wie kommen Sie darauf?«

»Überall, wo ich hinschaue, sehe ich Computerbildschirme und Kameras.« Er geht zu einer Steckdose hinüber und trennt das Ladegerät vom Stromkreis. »Und da will man mir erzählen, niemand hätte beobachtet, wie der Typ weglief? Niemand von denen soll zumindest hier angerufen haben, um rauszukriegen, was los ist? Das finde ich einfach verdammt seltsam. Und dann haben die Kollegen aus Concord den Leuten die Sache erleichtert, indem sie hier aufgekreuzt und auf die Leichen gestoßen sind. Was, wenn das nicht passiert wäre? Hätte jemand die Polizei alarmiert?«

»Wegzuschauen, wenn jemand vom Grundstück flieht, scheint mir nicht gerade ein normales Verhalten zu sein«, stimme ich zu. »Aber ich möchte mich auf nichts festlegen.«

Ich habe auf die harte Tour gelernt, meine Meinung lieber für mich zu behalten.

»Der ganze Laden löst in mir ein beklemmendes Gefühl aus.« Er dreht an Schrauben, nimmt den Scanner vom Stativ und legt ihn in einen großen, mit Schaumstoff gepolsterten Transportkoffer. »Es ist viel zu still und einsam hier, und keiner hört oder sieht irgendwas. Und da denke ich an Firmen, die nur Fassade sind, und an Stadtviertel, wo alle Dreck am Stecken haben.«

Ich setze die weiße Kapuze aus Synthetikstoff auf, um meine Haare abzudecken, und suche mir in der Nähe der Küche ein sicheres Plätzchen für meinen Tatortkoffer. Dann gehe ich hinein, wobei ich aufpasse, wo ich hintrete. Dunkelrotes getrocknetes Blut bedeckt Geräte, Schränke und Fußboden. Die Tote liegt zwischen Kühlschrank und Theke in einer dunklen, geronnenen Lache, die in der Mitte dicker ist und an den Rändern auseinanderfließt. Ich rieche verwesendes Blut und angebrannten Kaffee.

Sie liegt flach auf dem Rücken. Ihre Beine sind ausgestreckt, die Arme auf Taillenhöhe verschränkt. Ich weiß sofort, dass sie nicht so gestorben ist.

Ich betrachte sie lange und sorgfältig, versuche, an nichts zu denken, und lasse mir von ihrem Körper, der die wahre Geschichte kennt, berichten, was er weiß.

Der durchdringende Geruch von Blut steigt mir in die Nase. Wo es getrocknet oder geronnen ist, nimmt das Dunkelrot eine rostbraune Färbung an und ist zähflüssig und klebrig. Es passt nicht dazu, dass sie beim Verbluten gestolpert und schließlich zu Boden gestürzt sein soll. Der Täter hat ihr die Hosentaschen umgestülpt. Und er hat noch etwas getan. Ich öffne meinen Tatortkoffer und hole einen Markierstift heraus. Dann nehme ich die Folie mit den Etiketten, beschrifte eines mit dem Datum und meinen Initialen und klebe es auf ein Plastiklineal, das ich als Maßstab benutze. Ich greife nach der Kamera.

Sie ist groß, schätzungsweise eins fünfundsiebzig, und hat feingeschnittene Züge und hohe Wangenknochen. Ihr dunkles Haar ist sehr kurz geschnitten, und sie hat mehrere Piercings in den Ohren. Ihre halbgeöffneten dunkelblauen Augen werden allmählich stumpf. Wenn der Tod sein Zerstörungswerk fortsetzt, wird die Iris verblassen und milchig werden. Die Leiche wird erkalten und erstarren, was anfangs wie eine empörte Abwehrreaktion wirkt. Und dann beschleunigt sich der Verfall zusehends, was mir immer vorkommt, als würde der Körper verzweifelt aufgeben.

An ihrem Hals klaffen große Wunden, und ihre marineblaue Cargohose und die weißen Lederturnschuhe sind mit Blutstropfen übersät. Einige sind länglich, andere rund, weil sie aus verschiedenen Winkeln gefallen sind. Es wundert mich nicht, dass auch ihre Handflächen blutig sind. Das ist bei einer durchtrennten Karotisarterie zu erwarten. Die Kuppe ihres linken Zeigefingers ist am ersten Gelenk bis fast zum Knochen herunter aufgeschlitzt. Ihr stelle mir vor, dass sie sich, im vergeblichen Versuch, die Blutung zu stoppen, an den Hals gefasst hat. Und während sie die Stelle mit der Hand berührte, hat der Täter noch einmal zugestochen und ihr dabei beinahe den Finger abgeschnitten.

Was überhaupt nicht ins Bild passt, ist das Blut, das hinten in ihren leuchtend gelbgrünen geknöpften Fleecepulli eingesickert ist. Insbesondere in den Kragen. Vorn ist überhaupt kein Blut, kein einziger Tropfen, und das obwohl die tiefen Wunden im Hals doch geblutet haben. Allerdings erkenne ich Schmierer, die meisten davon im Bereich der Knöpfe. Die Innenseite der rechten Manschette ist fast bis zum Ellbogen durchweicht. Und das sollte nicht so sein, wenn sie den Pulli trug, während sie aufrecht stand und jemand ihr die Kehle durchgeschnitten hat.

Als ich die gerinnende Lache betrachte, die unter ihrem Rücken hervorkommt und etwa einen Meter fünfzig weit reicht, schließe ich daraus, dass sie dort auf dem Boden lag, während sie verblutete. Allerdings ursprünglich nicht in dieser Stellung. Jemand hat sie nach ihrem Tod bewegt. Ich mache Fotos von ihrer Körperhaltung. Dann hebe ich ihre Arme an und untersuche die Hände. Es sind kräftige, große Hände. Am rechten Mittelfinger steckt ein Gothic-Ring mit einem Amethysten, am rechten Handgelenk hat sie ein geflochtenes schwarzes Lederarmband. In den kleinen Muskeln setzt bereits die Leichenstarre ein. Ihre Körpertemperatur liegt irgendwo zwischen lauwarm und kühl, weil sie kaum Körperfett besitzt und den Großteil ihres Blutes verloren hat.

Ihre Kehle weist zwei Einschnitte auf. Einer fängt auf der linken Seite unter dem Ohr an und endet nach schätzungsweise zehn Zentimetern. Die Haut an ihrem Kiefer wurde bis auf den Knochen durchtrennt, der sich weiß von dem roten trocknenden Gewebe abhebt. Ich bemerke einen eigenartig breiten und flachen Einschnitt mit schartigen Kanten. Stellenweise löst sich die Haut ab wie Hobelspäne, etwas, das ich noch nie zuvor gesehen habe. Die Wunde verläuft parallel zu dem tiefen Einschnitt und beginnt und endet auf gleicher Höhe. Sie erinnert an einen kurvigen Pfad, der an einer Straße entlangführt, und ich habe keine Ahnung, wie sie entstanden sein könnte. Entweder hat die Waffe eine ungewöhnliche Form, oder die Spitze der Klinge ist verbogen.

Die zweite Wunde hat ihr Leben ziemlich rasch beendet. Ein Einschnitt mit demselben abblätternden flachen Rand verläuft parallel dazu. Beide beginnen auf der rechten Halsseite. Diese zweite tödliche Verletzung ist dort am tiefsten, wo eine scharfe, stabile Klinge erst unter dem rechten Kiefer eingedrungen und dann in einer horizontalen kraftvollen Bewegung über die Kehle geführt worden ist, wobei die Karotisarterie, die innere Kehlkopfmuskulatur und die Luftröhre bis hinunter zur Wirbelsäule durchtrennt wurden.

Ich mustere die offene Küche Zentimeter um Zentimeter und betrachte die beiden Arbeitsplatten aus Granit, die einander gegenüberstehen. Die eine befindet sich nah an der Tür, die andere umrahmt Kochfeld und Kühlschrank. Ich bemerke den weißen Karton einer Bäckerei, in dem ich zwei Eclairs entdecke. Sie sehen frisch aus und riechen kräftig nach Mokka und Schokolade. Dem Logo auf dem Karton nach zu urteilen, stammen sie aus einem Lebensmittelladen in der Main Street im Zentrum von Concord. Vielleicht hat Lombardi sie ja auf dem Weg zum Bahnhof gekauft, wo er seinen Gast abholen wollte. Ich denke an die drei oder vier Eclairhüllen, den Teller und die benutzte Serviette im Wintergarten. Ich frage mich, ob die vielen Eclairs von einer einzigen Person verspeist worden sind. Wenn ja, war das eine Menge Zucker.

Neben dem Karton steht eine Kaffeemaschine aus Edelstahl,

ein Modell, das einen Tank hat, keine Glaskanne. Als ich den Deckel öffne, spüre ich, dass der Kaffee noch heiß ist. Er riecht sehr bitter. Der Goldfilter ist voller Kaffeesatz, und ich überprüfe die Anzeige auf der Rückseite. Es sind noch vier Tassen Kaffee darin. Ich erinnere mich an die beiden Kaffeetassen auf dem Tisch in einem Raum, wo Menschen unbeobachtet und unbelauscht vertrauliche Gespräche führen können.

Als ich mich umschaue, entdecke ich weder auf den anderen Schreibtischen noch in der Spüle weitere Kaffeetassen. Ich öffne die Spülmaschine, doch es ist nur ein Löffel darin. Dann teste ich die Schubladen und stelle fest, dass einige davon nur Attrappen sind. Andere sind leer. In einer liegen gefaltete Geschirrtücher, die neu und unbenutzt wirken. In einer anderen befinden sich vier Besteckgarnituren. Ich halte Ausschau nach scharfen Messern, finde aber keine. Als ich den Mülleimer aufklappe, ist nicht einmal eine Tüte darin.

In den Hängeschränken mit Glastüren über der Spülmaschine stehen Geschirrstapel, schlichtes weißes Porzellan, vier Garnituren, und weitere Kaffeetassen wie die im Wintergarten. Ich öffne den Kühlschrank, wobei ich darauf achte, das Blut am Griff nicht zu berühren. Am inneren Rand klebt ebenfalls Blut, und auch die Dichtung ist verschmiert.

Kondensmilch, Sojamilch, Mineralwasser, mit und ohne Kohlensäure, und ein Styroporbehälter vom Lieferdienst. Als ich ihn öffne, stoße ich auf den Rest von in Wachspapier gewickeltem Gyros. Es sieht nicht sehr frisch aus und ist vermutlich schon einige Tage alt. In der Tür stehen Saucen und fettarme Salatdressings, im Gefrierfach liegen Eiswürfel, ebenfalls älteren Datums, und ein Behälter mit Fertigchili aus dem Supermarkt, das laut Aufschrift am 10. Oktober erworben wurde.

Das Opfer ist aus irgendeinem Grund in die Küche gegangen, vielleicht um Kaffee oder eine Flasche Wasser zu holen.

Ich nehme die UV-Lampe aus meinem Tatortkoffer, suche den Lichtschalter und knipse die Küchenbeleuchtung aus. Dann kauere ich mich neben die Leiche. Ich verlagere mein Gewicht auf die Fersen und betrachte noch einmal das Blut und die klaffenden Wunden am Hals. Dann schalte ich die UV-Lampe ein und lasse das schwarze Licht über ihren Kopf abwärtsgleiten, um nach Spuren zu suchen. Sofort leuchten die gleichen Neonfarben auf. Blutrot, Smaragdgrün und Dunkelviolett.

Ihr Fleecepulli schimmert und wird wieder leuchtend gelbgrün, als ich die UV-Lampe lösche. Eine Schicht desselben Staubs, den ich schon heute Morgen entdeckt habe, und er befindet sich nur auf dem Pulli. Mein unbehagliches Gefühl verstärkt sich, denn ich habe einen Verdacht, wer diese Person sein könnte oder warum sie so gekleidet ist. Ich sammle Proben mit selbstklebenden Tupfern. Dann ziehe ich die Handschuhe aus. Als ich Lucy mobil erreiche, höre ich im Hintergrund einen Fernseher. Spanisch. Es klingt nach Dish Latino Network.

»Wo bist du?«, frage ich.

»Im Stall. Überall sind Monitore, Kameras und Überwachungskameras für die Pferde.« Damit meint sie, dass der Mörder sicher ins Visier der Kameras geraten wäre, wenn jemand hingeschaut hätte.

»Bist du allein?«

»Die Haushälterin sitzt hier und sieht fern. *Gracias por su ayuda. ¡Hasta luego!*«, ruft Lucy. »Ich hole jetzt den Server, bevor das FBI aufkreuzt. Benton ist gerade vorbeigefahren, also sind sie vermutlich nicht mehr weit.«

»Du musst für mich Beweismittel bei Ernie abliefern und ihm sagen, dass er sofort einen Blick darauf werfen soll.«

»Was Gutes gefunden?«, fragt Lucy, die inzwischen im Freien ist. Ich höre sie schwer atmen, weil sie offenbar rennt.

»An diesem Fall gibt es nichts Gutes«, antworte ich, während ich auf dem Parkplatz das vertraute kehlige Fauchen eines PS-starken Sportwagens höre.

Der Motor wird abgestellt, und Stille kehrt ein. Ich stelle mir vor, wie Benton aus seinem Porsche steigt. Wahrscheinlich wird er sich eine Weile draußen umschauen, bevor er hereinkommt.

Marinos Schritte sind schwer. Er geht nie schnell, aber so zielstrebig wie ein herannahender Zug. Im nächsten Moment steht er, ein Fingerabdruck-Set in der Hand, auf der anderen Seite der Theke.

»Er hat sich von hinten angeschlichen und ihr zuerst diese Verletzung hier zugefügt.« Ich zeige auf die Schnittwunde an der linken Seite des Halses und am Kiefer.

»Ich habe hier und in den hinteren Büros noch keine Fingerabdrücke gesichert«, sagt er. »Damit wollte ich warten, bis du fertig bist.«

»Bis jetzt habe ich noch keine brauchbaren Spuren gefunden«, antworte ich.

»Er muss doch in Blut getreten sein. Benton ist gerade angekommen. Er schaut sich draußen um.«

»Nichts weist darauf hin, dass der Täter in Blut getreten ist. Die beiden Einschnitte am Hals wurden kurz nacheinander vorgenommen. Danach ist er vielleicht zur Seite gegangen und hat abgewartet, bis sie verblutet war. Sie hat innerhalb weniger Minuten das Bewusstsein verloren und einen Schock erlitten«, fahre ich fort und schaue auf die Fenster am anderen Ende des Raums, als könnte ich durch die geschlossenen Jalousien etwas sehen. Ich denke an das, was Lucy vorausgesagt hat.

Ed Granby wird hier erscheinen. Und wenn er das tut, werden wir wissen, dass er Hintergedanken hat. Er will Leute schützen, die Geld haben, hat sie auf der Fahrt hierher erklärt.

»An Tatorten mit so viel Blut tritt der Mörder normalerweise rein.« Marino zückt die Taschenlampe und lässt den Strahl über den Boden gleiten, so dass die dicke Blutlache rot aufleuchtet. »Es ist kaum zu vermeiden.«

»Nichts weist darauf hin, dass er es getan oder anschließend saubergemacht hat. Hier ist ein teilweise erhaltener Fußabdruck.« Ich deute darauf. »Allerdings stammt der von ihr, als sie in ihr eigenes Blut getreten ist, vermutlich nach der ersten Schnittverletzung.«

»Haley Swansons SUV parkt noch vor dem Sozialwohnungsblock, in dem sein Onkel wohnt«, verkündet Marino. »Alle vier Reifen sind platt. Vielleicht waren es ja dieselben Arschlöcher, die in dieser Gegend Autos aufbrechen oder beschädigen. Sein teurer Audi-SUV parkt häufig da, hat der Onkel Machado erzählt. Die Kiste hat etwa sechzigtausend Dollar gekostet, falls Swanson sie neu gekauft hat. Ich habe so ein Gefühl, dass er noch mehr getrieben hat, als mehrmals pro Woche seinen Onkel zu besuchen. Möglicherweise hat er sich mit den Scheißkerlen eingelassen, die dort mit Drogen dealen. Das sind richtig miese Designerdrogen, an denen schon einige Leute draufgegangen sind.«

»Und der Onkel weiß nicht, wo Swanson steckt?«

»Behauptet er wenigstens.« Marino befestigt die Taschenlampe an seinem Gürtel. »Er sagt nur, Swanson sei heute Morgen gegen acht zu Fuß losgezogen, weil er einen Termin gehabt habe. Er wollte den Zug nehmen. Jetzt wissen wir wohl, wen Lombardi in Concord vom Bahnhof abgeholt hat.«

»Könntest du mir zwei Thermometer aus meinem Tatortkoffer geben?«, bitte ich ihn. »Du könntest mir auch beim Fotografieren helfen. Sie stand aufrecht und hatte sich dem

Kühlschrank zugewandt. Die Tür war offen, als sie von hinten angegriffen wurde.«

»Woher weißt du das mit dem Kühlschrank?« Er beugt sich über meinen auf dem Boden stehenden Tatortkoffer. »Und woher weißt du, dass die Tür offen war?«

»Das Blut da.« Ich zeige ihm die Tropfen in der Nähe des Griffs. »Dieser Bereich ist auf einer Höhe mit ihrem Hals und ihrem Kinn, wenn sie bei geöffneter Kühlschranktür da stand, als ihr die linke Halsseite aufgeschlitzt wurde. In der Türritze hat sich Blut gefangen, was bei geschlossener Tür nicht möglich gewesen wäre. Und dann wurde Blut auf die Dichtung übertragen, als jemand die Tür schloss.«

»Und wer war das?«

»Das kann ich dir auch nicht sagen.«

»Glaubst du, sie hat die Tür selbst zugemacht, nachdem er sie das erste Mal verletzt hatte?« Marino kommt, die Kamera in der Hand, näher und reicht mir die Thermometer.

»Möglich. Ich weiß nur, dass jemand es getan haben muss.«

Die Sturmtür am Eingang öffnet sich. Lucy ist zurück. Als ich ihr das Päckchen mit den selbstklebenden Tupfern gebe, steckt sie es in eine große Tasche am Bein ihres Fliegeroveralls.

»Benton läuft schon draußen herum. Dann sind die anderen sicher nicht weit«, sage ich zu ihr.

»Ich brauche höchstens zehn Minuten.«

»Er ist nicht mit ihnen zusammen hier, sondern allein gekommen. Darauf wollte ich hinaus«, füge ich hinzu.

»Um als Erster vor Ort zu sein«, ergänzt sie und weiß genau, was ich meine.

Im nächsten Moment hastet sie durch die offene Stahltür in die hinteren Büros, wo das, was sie sucht, in einem Wandschrank steht. Inzwischen ist es nach drei, und ich horche nach vorfahrenden Autos. Ich halte Ausschau nach Benton, während ich darauf warte, dass auch der Rest eintrudelt. Er verhält sich so, als würde er nicht dazugehören, und ich erinnere mich an unser Gespräch auf dem Marsch entlang der Eisenbahnschienen. Er hat über das FBI geredet, als sei er kein Teil davon, was im Moment auch zutrifft. Benton will diese Morde aufklären, während Granby etwas völlig anderes im Schilde führt. Ich traue dem Kerl nicht über den Weg.

Ich knöpfe den grünen Fleecepulli auf und schiebe der Toten ein Thermometer unter den Arm. Das zweite lege ich auf die Arbeitsfläche.

»Es könnte ein Reflex gewesen sein, als sie von hinten überfallen wurde.« Ich vermesse die Wunde seitlich am Hals. »Vielleicht hat es sich ja so abgespielt, wie du glaubst. Er hat sich von hinten angeschlichen, und sie hat sich gerade in dem Moment umgedreht, als er ausgeholt hat. Deshalb hat er die wichtigen Blutgefäße verfehlt und ihr den Kiefer durchstochen. Möglicherweise hat sie die Kühlschanktür zugeschoben, oder sie ist dagegengefallen. Der Einschnitt ist zehn Zentimeter lang und wurde von links unten nach rechts oben geführt.«

Marino kneift die Augen zusammen und kritzelt etwas auf seinen Notizblock. Dann tastete er seine Taschen nach der Brille ab, als erinnere er sich nicht mehr, wo er sie hingesteckt hat, findet sie, poliert die Gläser mit seinem Hemd und setzt sie auf.

»Da sind noch flachere Einschnitte, die parallel dazu verlaufen. Sie sehen seltsam aus und haben schartige Ränder. Die Haut schält sich teilweise ab.« Ich diktiere ihm die Maße. »Keine Ahnung, wie das passiert sein kann, außer die Messerspitze ist verbogen.«

»Vielleicht ist das ja bei einer seiner Aktionen geschehen. Ich habe bei Messerstechereien öfter mal verbogene Klingen erlebt, wenn das Messer auf Knochen getroffen ist.«

»Wurde denn jemand erstochen?«

»Sie nicht.«

»Die anderen beiden machten auch nicht den Eindruck«, erwidert Marino.

»Die habe ich mir noch nicht angeschaut.«

»Sie haben kein Blut am Rücken, und es weist auch nichts auf weitere Verletzungen hin. Ich glaube, er hat ihnen einfach nur die Kehle durchgeschnitten, und das war's«, sagt er.

»Offenbar hat das gereicht.«

»Ja, eindeutig.«

»Die zweite Schnittwunde ist fünfzehneinhalb Zentimeter lang, und ich vermute, dass sie ihr von vorn zugefügt wurde. Er stand ihr gegenüber.«

Ich zeige ihm die tiefe Schnittverletzung am ersten Knöchel ihres linken Zeigefingers.

»Etwa so.« Ich stehe auf, um es ihm zu zeigen. »Der erste Einschnitt findet statt, als ich ihm den Rücken zukehre. Ich drehe mich jetzt um.«

Ich spiele die Situation nach.

»Ich kann es nicht ausstehen, wenn du dich selbst als Demonstrationsobjekt benutzt. Ich finde das gruselig«, sagt Marino.

»Dann fasse ich mir links an den Hals, während Blutstropfen senkrecht, also im rechten Winkel zum Boden nach unten fallen.« Ich zeige es ihm. »Diese Tropfen sind kreisrund, so wie die in der Nähe der Kühlschranktür und oben auf ihren Schuhen. Nun wende ich mich dem Angreifer zu, und er holt wieder aus. Diesmal erwischt er auch meinen Zeigefinger. Ich stehe zwar noch aufrecht, bewege mich aber in diese Richtung.«

Ich mache einen Schritt zur rechten Seite des Kühlschranks.

»Jetzt stehe ich an der Theke, lehne mich vielleicht sogar dagegen und fasse mir an den Hals.«

»Vielleicht hat er sie dort festgehalten.« Marino betrachtet die Wellen aus arteriellem Blut an den Schränken. »Er hätte ihr die Hand auf den Rücken legen können, bis zu zu schwach war, um zu fliehen oder sich zu wehren. Das hat er meiner Ansicht nach bei den anderen beiden getan. Sie sind an ihren Schreibtischen verblutet, und er hat ihnen den Rücken nach unten gedrückt, damit sie nicht aufstehen konnten. Das hätte lediglich ein paar Minuten gedauert und wäre eine Erklärung dafür, warum das Blut nur auf ihren Schreibtischen und unter ihnen war. Die meisten Menschen würden doch versuchen aufzustehen, aber die Opfer haben es nicht getan.«

»Das werden wir sehen, wenn ich sie mir anschaue«, antworte ich. »Hier am Schrank haben wir ein arterielles Spritzmuster und einen Sprühnebel an der Glasscheibe, weil sie an ihrem eigenen Blut erstickt ist und es durch die durchtrennte Luftröhre ausgeblasen hat. Sie hat Blut eingeatmet. Es sammelt sich in Luftröhre und Lunge. Und dann fällt sie. Das erkennt man an den Spritzern auf den Unterschränken von Herd und Spüle.«

Ich deute auf die Blutspritzer, das Wellenmuster, das entstanden ist, als das Blut im Rhythmus ihres schlagenden Herzens ausgetreten ist. Große angetrocknete Blutstropfen mit langen Ausläufern führen im Zickzackkurs einen Schrank entlang. Sie werden immer schwächer und wandern weiter nach unten.

»Sie ist auf den Knien«, fahre ich fort, »was die Spritzer hier auf dem Boden erklärt. Blut tropft in Blut, und das Blut durchweicht ihre Knie und den unteren Teil ihrer Hosenbeine. Diese Lache weist darauf hin, wo sie gestorben ist, allerdings nicht in dieser Körperhaltung.«

Ich blicke auf, als Lucy raschen Schrittes das vordere Büro durchquert. Sie trägt einen Server hinaus, wobei sie die Türen mit dem Fuß aufschiebt. Marino bewegt das Plastiklineal und benutzt es als Maßstab für seine Fotos. Ich zeige ihm die Blutschmierer, die mir den wichtigsten Teil der Geschichte erzählen. Draußen höre ich den Motor von Lucys SUV dröhnen. Dann fährt sie schnell davon.

»Als sie bewegt wurde, begann das Blut schon zu gerinnen.« Ich weise auf einen rotumrandeten Kreis und einen Schmierer, ein klar zu erkennendes Muster, das an eine große Kaulquappe erinnert. »Was du hier siehst, ist ein Blutstropfen, der gerade gerann, als etwas darübergeschleift wurde, und zwar erst einige Zeit später. Es gibt noch mehr dieser verschmierten Tropfen. Hier, hier und hier.«

Er beginnt, sie zu fotografieren, und legt zuvor das beschriftete Lineal daneben.

»Ich frage mich, ob dir dasselbe aufgefallen ist wie mir«, meint er. »Ihr Arm, der über ihrem Bauch liegt, als würde sie schlafen. Ich muss da an Gail Shipton denken.«

»Es sieht ähnlich aus.«

»Ein Täter, der sein Opfer in einer friedlichen Körperhaltung drapiert. Fast als hätte er ein schlechtes Gewissen.«

»Als er ihr das zweite Mal die Kehle durchgeschnitten hat, hat er ihr in die Augen gesehen. Ein schlechtes Gewissen hatte der sicher nicht«, entgegne ich. »Wahrscheinlich wirst du feststellen, dass der Fleecepulli nicht ihr gehört.« Ich ziehe das Thermometer unter ihrem Arm heraus und bemerke dabei, dass sie einen schwarzen, gepolsterten Push-up-BH trägt.

Sie hat zwar einen breiten Brustumfang, aber kleine Brüste.

»Siebenundzwanzig Grad.« Ich nehme das Thermometer von der Arbeitsfläche. »Hier drin sind es zwanzig Grad. Sie ist seit mindestens drei Stunden tot, vermutlich eher vier.«

»Was soll das heißen, es ist nicht ihr Pulli?« Marino runzelt die Stirn.

»Ich glaube, er wurde ihr erst nach dem Tod angezogen. Er ist offenbar mit der Substanz überdeckt, die bei UV-Licht fluoresziert. Das Zeug ist überall auf dem Fleecepulli, und die Blutspritzer darauf decken sich nicht mit ihren Verletzungen. Oder den Flecken, die beim Verbluten entstanden wären.«

Ich knöpfe den Pulli ganz auf und drehe die Leiche ein Stück zur Seite. Der Körper lehnt schwer an meinem in Tyvek gehüllten Oberschenkel. An ihrem Rücken entstehen bereits Totenflecken, die jedoch noch nicht voll ausgebildet sind. Als ich auf ihre Haut drücke, verfärbt sie sich weiß wie bei einem Lebenden. Ich stelle fest, dass sie sehr muskulös ist. Nachdem ich sie wieder auf den Rücken gelegt habe, öffne ich ihre Hose. Darunter trägt sie ein schwarzes Damenhöschen. Dann berühre ich ihr Gesicht mit dem Finger. Make-up bleibt an meinem Handschuh kleben. Ich bitte Marino, eines der Päckchen zu öffnen, die ich mitgebracht habe.

»Es sollten feuchte Tücher drin sein«, sage ich zu ihm, worauf er mir eines reicht.

Ich wische ihr Wangen und Oberlippe ab. Die Stoppeln wären nicht zu sehen gewesen, denn ihr Gesicht ist glattrasiert und mit einer dicken Schicht Make-up und Puder bedeckt. Brust und Unterbauch wurden vermutlich mit Wachs enthaart. Und als ich ihr das Höschen herunterziehe, habe ich meine Antwort.

»Das soll wohl ein Scherz sein.« Marino starrt hin.

»Ein Mann, der weibliche Hormone nimmt, und der Mörder hat ihm seinen eigenen blutigen Pulli angezogen.«

»Warum, verdammt?«

»Er hat die Kleidung gewechselt, um sich so gut wie möglich zu tarnen, nur für den Fall, dass er beobachtet worden ist. Der Verdächtige, der gegen elf durch den Park gerannt ist …«, erinnere ich ihn. »Und das würdest du nicht tun, wenn du mit der Absicht hergekommen wärst, jemanden zu ermorden. Er war aus einem anderen Grund hier, und etwas muss schrecklich schiefgegangen sein. Und nun muss er fliehen.«

»Mist. Der schwarze Kapuzenpulli mit Marilyn Monroe darauf, den Haley Swanson laut Rooney heute Morgen anhatte, als er vor dem Sozialwohnungsblock mit ihm geredet hat. Mist!«, ruft Marino ratlos aus. »Er bringt Swanson um und zieht dann sein dämliches Sweatshirt an? Das war doch sicher voller Blut. Was für ein gottverdammter Idiot würde denn so was tun?«

»Treib so schnell wie möglich ein Foto von Haley Swanson auf«, bitte ich ihn, als sich die Sturmtür öffnet. »Wir müssen herausfinden, ob er das ist.«

»Ja, verdammt, er ist es ganz sicher«, erwidert Marino und geht ein Stück zur Seite, um jemanden anzurufen. Vermutlich Machado.

Während Benton durch den Raum auf mich zukommt, höre ich von der Einfahrt das gedämpfte Motorengeräusch eines oder mehrerer Autos.

»Sie sind da«, sagt er nur.

»Wissen sie, dass du hier bist?«, frage ich, als er neben mir steht und die Leiche und das Blut betrachtet.

»Noch nicht, aber gleich«, antwortet Benton.

37

Es ist kurz nach sechs und so stockfinster wie in einer mondlosen Nacht, als ich anfange, meine Sachen zusammenzupacken.

Ich habe mein Möglichstes getan, was im Gesamtzusammenhang nur sehr wenig ist, wenn ich zerstörte Körper untersuche, den abstoßenden Hauch des Todes rieche und berühre, was sich unnatürlich anfühlt, nachdem das Leben daraus gewichen ist. Ich weiß, woran die Menschen bei Double S gestorben sind, und stehe nun vor einem Problem, das ich mit CT-Aufnahmen und Autopsien nicht lösen kann. Die Opfer haben mir gesagt, was zu sagen ist, und ich bin hinter ihrem Mörder her. Und auch hinter dem hohen Tier beim FBI, das ihn schützt.

Ich ziehe Overall, Überschuhe und Handschuhe aus und stopfe alles in den grellroten Müllsack für kontaminierte Abfälle, der neben der Tür auf dem Boden steht. Benton wartet auf mich, fest entschlossen, unseren Plan in die Tat umzusetzen. Es ist wichtig, dass ich die Mordwaffe finde, und ich glaube nicht, dass der Mörder sie aus der Büroküche oder überhaupt aus diesem Gebäude hat. Allerdings bezweifle ich auch, dass er sie bei sich hatte, als er heute Morgen bei Double S erschien und drei Menschen ermordete.

Die Leichen und sämtliche mit ihnen zusammenhängende Beweismittel fallen in meinen Zuständigkeitsbereich, und die Mordwaffe gehört eindeutig dazu. So lautet meine Begründung; sie ist jedoch nur die halbe Wahrheit, wenn es darum geht, zu erklären, warum ich mich weigere, den Tatort zu verlassen. Obwohl ich damit nur meine Befugnisse als Chief Medical Examiner erfülle, fühle ich mich wie ein Eindringling oder eine Spionin, die finstere Pläne schmiedet und sich heimlich herumdrückt. Granby und seine Leute würden mich niemals in Lombardis Haus lassen, in einer Million Jahren nicht, ganz gleich, wie sehr ich mich mit ihnen herumstreite. Und genau dort will ich jetzt hin.

Benton wird mich begleiten und damit ganz klar gegen einen direkten Befehl verstoßen, weil er sich nicht von politischen Erwägungen, seinem persönlichen Fortkommen oder unehrlichen Motiven leiten lässt. Er ist kein Mensch, der irgendwelche Hintergedanken hat, und außerdem macht ihn die Situation, in die er hineinmanövriert worden ist, unbeschreiblich wütend. Dinge wie diese sind ihm zwar nicht neu, doch eine derart schockierende Unverfrorenheit hat er noch nie erlebt. Dass er mich beruflich respektiert und meine Bitte erfüllt, könnte ihn den Job kosten. Wenn er noch einen Job hätte. Granby hat ihn nämlich vor versammelter Mannschaft degradiert und heruntergemacht. Hier brauchen wir keine Hellseher, hatte Granby tatsächlich den Nerv zu sagen. Trinken Sie ein paar Gläser, meinte er zu uns. Frohe Weihnachten und ein gutes neues Jahr. Doch bis es so weit ist, wird Granby am Ende sein. Dafür werde ich sorgen.

Ich werde mir alles anschauen, was es zu sehen gibt, bevor jemand Gelegenheit hat, etwas zu manipulieren. Ich werde Fotos machen, um die Wahrheit festzuhalten, ehe Granby sie nach Gutdünken verbiegen und verdrehen kann, um seinen pathologischen Ehrgeiz zu befriedigen und seine Lügen und Verbrechen unter den Teppich zu kehren. Das wird ihm nicht gelingen. Wir werden das verhindern und müssen deshalb mit Bedacht vorgehen. Wir dürfen nichts tun, was wir später nicht wahrheitsgemäß darstellen können. Benton und ich haben alles genau geplant, als wir vorhin draußen standen, unsere Stimmen übertönt vom Dieselmotor meines weißen Institutstransporters, der mit offener Heckklappe und heruntergelassener Hydraulikrampe vor dem Haus parkt.

Wir sind uns einig, dass unsere gesamte Aktion unglaubwürdig werden würde, wenn man uns auch nur bei der kleinsten Lüge oder Erfindung ertappt. Also werden wir jeden Schritt dokumentieren und alles so sichern, dass wir es auch beweisen können. Benton wird kein einziges Detail äußern, das er seiner Ehefrau verheimlichen muss. Ich war hier, weil ich ein Recht dazu hatte. Man wird mich vor Gericht nach der Waffe fragen und eine Antwort von mir erwarten. Und was die vertraulichen Informationen betrifft, die Lucy Benton elektronisch übermittelt, war es eben einfach Pech, dass ich zufällig die auf seinem Telefon eingehenden SMS gesehen habe.

Er braucht mir also keine streng geheimen Informationen über die russische oder die israelische Mafia, Geldwäsche oder andere schwere Straftaten zu verraten, zu denen möglicherweise auch Auftragsmord zählt. Ich kann nicht verhindern, dass ich etwas mithöre oder mit eigenen Augen sehe, das vielleicht erklärt, warum Granby weiter einen sensationslüsternen Mörder schützt, der immer mehr außer Kontrolle gerät. Fast habe ich das Bild des Täters vor Augen, seine blasse Haut, das dunkle Haar, die kleingewachsene Gestalt und die Barfußschuhe, Größe einundvierzig, die aussehen wie nackte Füße aus Plastik. Inzwischen besteht kein Zweifel mehr daran, dass es der Mörder war, der sich heute Morgen hinter meiner Gartenmauer herumgedrückt hat, und ich stelle ihn mir in der regnerischen Nacht vor, in einem gelbgrünen durchgeknöpften Fleecepulli, barhäuptig und ohne Nässe und Kälte zu spüren.

Ich male mir seine großen Augen und die geweiteten Pupillen aus. Das infernalische Toben in seinem limbischen System, als er sah, wie kurz vor vier in meinem Schlafzimmer das Licht anging. Danach kam das Licht im Badezimmer, und anschließend wurde die Buntglasscheibe über dem Treppenabsatz beleuchtet. Und die ganze Zeit über hat er beobachtet, wie ich auf das Böse reagiere, das er getan hat.

Fast spüre ich seine Erregung, als er mich aus der Hintertür treten sah und hörte, wie ich mit meinem schreckhaften alten Hund redete. Die Frau Doktor schickt sich an, zu einem Tatort aufzubrechen, der von einem schwer gestörten Menschen manipuliert worden ist. Einem Menschen, der sich für mächtiger und klüger hält als den Rest der Welt. Für mich ist er ein skrupelloser Wahnsinniger, ein Ungeheuer, und es könnte durchaus sein, dass ihn das Massaker in Connecticut weiter angestachelt hat. Vielleicht hat es sein Interesse an mir geweckt. Ich frage mich, wie er sich wohl gefühlt hat, als ich meine Tür geöffnet und ihn angeschrien habe wie eine zänkische Nachbarin.

Ich bezweifle, dass er Angst hatte. Wahrscheinlich hat es ihn eher amüsiert und seine Erregung noch gesteigert. Ich stelle mir vor, wie er geschmeidig die Gleise entlang zurück zum MIT-Campus gelaufen ist, um zu beobachten, wie ich mit Marino eintraf, wie Lucy ihren Helikopter landete und wie Benton ausstieg. Was für ein großer Bahnhof, eine Belohnung für einen sadistischen Narzissten. Ich bin sicher, dass er mich seit Tagen beschattet hat, während er den Mord an Gail Shipton plante, Informationen über sie sammelte, ihr nachstellte und sich Phantasien hingab, was für ein Superheld er doch sei, wenn er für noch mehr Angst und Schrecken sorgte. Irrtümlicherweise hat er seine Tat damit gerechtfertigt, dass er eine Person aus dem Weg räumte, die für Double S ein Problem darstellte. Das heißt, falls er überhaupt etwas rechtfertigen, begründen oder logisch denken kann.

Der Mörder hatte keine Aufforderung nötig, um Gail Shipton zu töten, nicht dass ihn jemand darum gebeten hätte, hat Benton in den vergangenen Stunden immer wieder gesagt. Dieser verwirrte Gewalttäter hat auf eigene Initiative eine Frau beseitigt, die er für einen Stachel in Lombardis Fleisch hielt. Als dieser selbsternannte Rächer dann heute Morgen bei Double S erschien oder dorthin bestellt wurde, hat er vermutlich damit gerechnet, gelobt und belohnt zu werden, während er in dem schallisolierten Wintergarten Eclairs verschlang. Doch dann ist es für ihn und für alle Beteiligten ganz anders gelaufen. Das war zumindest Bentons Theorie, kurz bevor Granby ihm den Arm um die Schultern gelegt und ihm gönnerhaft mitgeteilt hat, er solle doch nach Hause gehen und den Rest seines Lebens genießen.

Der Killer baut immer mehr ab. Vielleicht ist er inzwischen psychotisch, hat Benton erklärt, während die Leichen, in Leichensäcke verpackt wie in schwarze Kokons, in meinen Transporter gebracht wurden. Lombardi war zwar seine Zielperson, doch der Mord war nicht geplant. Seine Assistentin Kaminska wurde auch aus persönlichen Gründen umgebracht, die allerdings nicht so schwer wogen. Und das dritte Opfer, das wir für Haley Swanson halten, war einfach zur falschen Zeit am falschen Ort.

Swanson ist mit dem Vorortzug nach Concord gefahren. Er wollte sich mit Lombardi treffen, da es, um es einmal so auszudrücken, zu einer überraschenden PR-Krise gekommen war. Benton hat alles versucht, um das seinen Kollegen beim FBI klarzumachen. Der Mörder sei jemand, den Lombardi gekannt habe, doch Gail Shipton zu töten war weder von Double S geplant noch wäre es im Interesse der Firma gewesen. Ihr Tod war überflüssig und hat nur unerwünschte Aufmerksamkeit und öffentliches Interesse auf das Unternehmen gelenkt, was ein Wirtschaftsverbrecher ganz und gar nicht gebrauchen kann. Wahrscheinlich hat Lombardi eher vor Wut geschäumt, als er es erfuhr.

Benton hat das, was sich vermutlich heute Morgen bei Double S abgespielt hat, als Krisenmanagement bezeichnet. Es kann sogar sein, dass der Mörder wegen seiner Wahnsinnstat gerügt und abgekanzelt worden ist. Benton kann sich gut vorstellen, dass ein solcher Mensch dann gekränkt und gedemütigt davonfährt und zu Fuß zurückkehrt, um Lombardi und alle anderen im Gebäude anwesenden Personen niederzumetzeln. Nur dass Granby die Ohren auf Durchzug schaltet, und zwar nicht, weil ihn das Thema nicht interessieren würde. Es interessiert ihn sogar sehr, da er es sich nicht leisten kann, dass der Fall wahrheitsgemäß aufgeklärt wird.

Er weiß sehr wohl – auch wenn er nicht ahnt, dass wir es ebenfalls wissen –, dass er DNA-Profile gefälscht und CODIS manipuliert hat. Er muss sich darüber im Klaren sein, dass die hier in Massachusetts oder anderswo sichergestellte DNA nicht zu Martin Lagos zurückverfolgt werden kann, weil Martin Lagos nirgendwo biologische Spuren hinterlässt. Er ist nichts als eine Zahlenreihe in einer Datenbank und ein Fleck auf Sally Carsons Baumwollhöschen, der unmöglich von ihm stammt.

»Die Blutkarte von ihrer Autopsie in Virginia muss noch einmal analysiert werden, doch das dürfen wir im Moment niemandem verraten. Es muss warten, bis man es gefahrlos erwähnen kann«, sage ich zu Benton, während ich meinen Tatortkoffer durchsehe und eine Inventur in letzter Minute vornehme.

Ich greife nach den Umschlägen und Behältern, die ich beschriftet und versiegelt habe. Sie enthalten Proben von drei Menschen, die grausam abgeschlachtet wurden, indem man ihnen die Luftröhre durchgeschnitten hat wie den Schlauch eines Staubsaugers.

»So können wir die Manipulation rückgängig machen und beweisen, dass Sally Carsons Profil mit dem von Martin Lagos vertauscht wurde«, erkläre ich. »Wir können den Schaden reparieren, doch es kommt vor allem auf den richtigen Zeitpunkt an. Im Moment wissen wir nicht, wem wir trauen können, jedenfalls ganz sicher nicht der Leiterin eurer Labors in Quantico. Ich habe den Verdacht, dass sie mit Granby unter einer Decke steckt.«

»Einen Komplizen hat er eindeutig«, erwidert Benton.

»Vielleicht ist sie so ja an den Job gekommen. Es ist ein großer Schritt von der Leitung der Labors in Virginia zur Chefin der bundesweiten. Sie hat ihren Posten im letzten Sommer angetreten, etwa um dieselbe Zeit, als Granby die Außenstelle Boston übernommen hat. Und ein paar Monate und zwei Morde später wird bei CODIS ein DNA-Profil manipuliert. Also muss der Betreffende Zugang zur Datenbank haben und wissen, wie man Daten verändert.«

»Das FBI wird sich auf eine Kontaminierung im Labor oder einen Eingabefehler am Computer rausreden.« Benton steht an der Tür. Er sieht mich an. Wir sind allein im vorderen Büro, und niemand achtet auf uns. »Aber so weit wird es gar nicht erst kommen. Man wird es unter den Teppich kehren, bevor es an die Öffentlichkeit gerät.«

»Das werden wir mal sehen.« Ich kontrolliere weiter die Beweismittel und vergewissere mich, dass nichts fehlt, während wir in die Nacht hinausgehen. »Vermutlich wusste dein Chef schon im April, wer Klara Hembree umgebracht hat und dass der Mörder enge Verbindungen zu Double S pflegt. Deshalb hat sich Granby auch hierher versetzen lassen, nämlich damit er ein Auge auf Lombardi haben kann.«

»Klara Hembree ist der Schlüssel zu des Rätsels Lösung«, sagt Benton. »In ihrem Fall mag es sogar ein Motiv gegeben haben. Aber offenbar wurde ein drastischer Schritt wie Manipulationen bei CODIS erst nötig, als Sally Carson und Julianne Goulet sterben mussten.«

»Weil das nicht Teil des Plans war«, entgegne ich zornig. »Weil der Täter ein gefährlicher Irrer ist. Er ist ein Virus und auf dem besten Weg, eine Epidemie auszulösen. Mich wundert, dass ihn noch niemand ausgeschaltet hat.«

»Inzwischen ist es dafür wahrscheinlich zu spät. Ich habe den Verdacht, dass wir es mit einer Sache zu tun haben, die tiefe Wurzeln hat.«

»Sehr tiefe.« Ich kann meine Empörung nicht verbergen.

»Vielleicht solltest du den da ja anziehen.«

Als Benton mir den Mantel hinhält, sehe ich ihm an, wie sehr er mich liebt. Ich erkenne es in seinen Augen, ebenso wie die Schatten des Zorns und der Entrüstung, die Übelkeit ähneln. Granby hätte ihn genauso gut in den Bauch treten können. Ich habe es miterlebt, und es belastet Benton, dass ich dabei war. Es ist, als befürchte er, in meiner Achtung gesunken zu sein, was meine Entschlossenheit und Wut noch steigert.

»Ich habe frische Luft bitter nötig.« Ich brauche saubere Luft, angenehm riechende, belebende Luft, um wieder klar denken zu können. »Die Kälte wird mir guttun.« Ich ziehe den Mantel noch nicht an.

Das Adrenalin hat die Müdigkeit niedergerungen, und der Hunger ist einem tauben Gefühl gewichen. Ich schicke Bryce eine SMS und bitte ihn, Dr. Adams sofort zurück ins CFC zu rufen, damit er die Identität der Leichen bestätigt.

»Er ist schon unterwegs«, antwortet er, bevor ich meine Nachricht mit dem Hinweis beenden kann, dass ich noch eine Weile beschäftigt sein werde.

»Gavin hat erst zum zehnmillionsten Mal angerufen.« Damit meint mein Verwaltungschef den Reporter vom *Boston Globe*, der ein enger Freund von ihm ist, weshalb er bevorzugt behandelt wird. Ich habe es aufgegeben, mich darüber zu beschweren.

Gavin Connors ist ein guter Journalist, der mit Bryce und Ethan zu Konzerten und Sportveranstaltungen geht. Sie kochen zusammen, und wenn es nötig ist, hütet er ihre Schottische Faltohrkatze namens Shaw. Ich habe eine wirklich gute Story für Gavin Connors, aber die muss warten, bis ich einiges klargestellt habe und die Informationen so weitergeben kann, dass ihre Herkunft nicht mehr nachvollziehbar ist. Außerdem bin ich sicher, dass sich Barbara Fairbanks sofort darauf stürzen würde. Eine Sensationsnachricht wie diese kann der Staat nicht in der Versenkung verschwinden lassen. Ich antworte Bryce, wir würden uns nach meiner Rückkehr mit den Medien befassen. Und dann möchte ich alles über das Vorstellungsgespräch mit Marinos Nachfolgerin wissen.

»Ich habe es verschoben. Überrascht?«

»Gute Idee. Ich will im Moment keine Außenstehenden im CFC. Ohne meine Erlaubnis kommt niemand rein, auch nicht das FBI.« Ich tippe mit den Daumen, während ich neben der Küche stehe, wo das Blut von einem leuchtenden Rot zu einem dunklen matten Rubinton getrocknet ist wie ein Lämpchen, das schwächer wird, bevor es durchbrennt.

Ich spüre Bentons Anspannung und Besorgnis, als er auf mich wartet. Er fragt die Nachrichten auf seinem Smartphone ab und mailt mit Lucy hin und her, die gerade dabei ist, durch den Cyberspace und die Datenbanken des Servers von Double S zu rasen.

Sie hat sehr wenig Zeit, aber vermutlich braucht sie nur ein paar Stunden, um die Informationen bis aufs letzte Byte zu sichern. Wenn das FBI im CFC auftaucht und die Herausgabe des Computers fordert, wird nichts darauf hinweisen, dass wir ihn auch nur ans Stromnetz angeschlossen haben. In meinen Labors stauen sich die Fälle, werde ich sagen, wenn man mich fragt. Was heißen soll, dass wir es noch nicht geschafft haben. Leuten wie Granby ist es zu verdanken, dass wir so tief gesunken sind. Wir arbeiten gegen das FBI, also gegen unsere eigenen Leute, weil wir nicht mehr feststellen können, wer eigentlich zu unseren Leuten gehört.

Bryces nächste SMS trifft mit einem Tonsignal ein, und ich teile ihm mit, dass alle Leichen noch heute Abend obduziert werden müssen.

»Sollen wir dir eine aufheben?«, antwortet er, als sei eine Autopsie ein Stück Kuchen oder ein Sandwich.

»Nein, aber kümmere dich darum, dass Luke das Opfer übernimmt, das wir vorläufig als Haley Swanson identifiziert haben.«

»Zehn-vier. Übrigens hat Ernie Ergebnisse. Er ist für heute weg, aber du kannst ihn zu Hause anrufen. Er bleibt immer lang auf.« Bryce ist typischerweise in Plauderstimmung.

»Danke.« Als ich Schritte höre, drehe ich mich um.

Ein FBI-Mann in Polohemd, Cargohose und Kampfstiefeln kommt herein. Er hat eine Glock am Gürtel und einen M4-Karabiner in der Hand, dessen kurzer Lauf nach unten zeigt. Der dazugehörige schwarze Nylonriemen baumelt an seinem Gürtel.

Er bleibt kurz stehen und lächelt fröhlich, jedoch ohne eine Spur von Wärme, öffnet die Stahltür und schließt sie hinter sich, um in den Raum zurückzukehren, wo seine Kollegen schon seit Stunden dabei sind, in Unterlagen zu wühlen.

»Wir sollten losgehen.« Benton schaut in Richtung der hinteren Büros, wohl wissend, was sie dort in seiner Abwesenheit treiben.

Während der Untersuchung von Kaminskas über ihrem blutigen Schreibtisch zusammengesackter Leiche habe ich aufgeschnappt, dass das Eurasian Organized Crime Squad des FBI erwähnt wurde, eine Abteilung, die hauptsächlich hinter Straftätern mit Verbindungen in die ehemalige Sowjetunion und Osteuropa her ist. Ich bin mir dessen bewusst, dass das gesamte Anwesen inzwischen als Tatort betrachtet wird, an dem das FBI das Sagen hat.

Die Zufahrt ist verbarrikadiert und wird bewacht, und bald wird es nicht mehr möglich sein, sich auf dem Gelände zu bewegen, ohne mit Sturmgewehren oder halbautomatischen Waffen ausgerüsteten Agents in die Arme zu laufen. Jemand wird Benton und mich bemerken, bevor wir fertig sind. Doch ich kann mit einer Begründung aufwarten: eine ungewöhnliche Mordwaffe und mein Recht, nach etwas Derartigem zu suchen.

»Was ist mit Schlüsseln?«, frage ich.

Ich habe gesehen, wie Marino dem Agent, der gerade hereingekommen ist, einen riesigen Schlüsselbund überreicht hat. Das war, nachdem Marino und Benton, ohne Genehmigung und ohne es jemandem zu sagen, das Gelände abgesucht hatten. Der Agent hat die Schlüssel mit einem zweifelnden Blick entgegengenommen, als frage er sich, von wem er sie wohl haben mag und woher sie stammen. Ich erinnere mich daran, den Schlüsselbund in einer Blutlache auf Lombardis Schreibtisch bemerkt zu haben. Er lag halb unter seiner nahezu geköpften Leiche. Und später war er dann einfach weg. Benton hat gegenüber seinem jungen FBI-Kollegen kein Wort darüber verloren. Unterdessen entschwand Marino mit seinem Hund in die Nacht, begleitet von der lauten Bemerkung, Quincy müsse lernen, sich mit Pferden anzufreunden, ohne dabei getreten oder niedergetrampelt zu werden.

Dabei hat er die Wörter *getreten* und *niedergetrampelt* besonders betont, worauf mir klarwurde, dass er genau weiß, was gespielt wird und was wir hier treiben. Innerhalb eines Sekundenbruchteils hat sich Marino von Bentons Rivalen in seinen engsten Verbündeten verwandelt.

»Wir brauchen keine Schlüssel«, erwidert Benton.

Ich frage ihn nicht, wie er wieder in die abgeschlossenen Privaträume hineinkommen will, wo er und Marino sich bereits umgeschaut haben: Lombardis Geheimzimmer und seine riesige Garage. Ich werde mir in diesem winzigen Zeitfenster selbst ein Bild machen. Benton und ich dürfen höchstens eine Stunde brauchen. Ansonsten riskieren wir, dass man unsere Arbeit behindert.

»Das klappt schon alles.« Ich nehme Handschuhe und eine kleine Kamera aus meinem Tatortkoffer und stecke sie ein. »Wir sind nicht völlig machtlos. Wir können etwas tun.«

Benton antwortet nicht. Stattdessen starrt er weiter in Richtung der Büros, wo sich das FBI zu schaffen macht, nachdem man die Kollegen vom NEMLEC weggeschickt und ihn selbst angewiesen hat, nach Hause zu fahren und dort zu warten, bis man ihn anruft, was seiner Einschätzung nach nie geschehen wird. Nur ein einziger Detective aus Concord durfte bleiben. Wahrscheinlich sagt er nicht viel, steht nur herum, wird ignoriert und dient, wie die hölzernen Indianerfiguren früher vor den Tabakläden, lediglich dekorativen Zwecken. Schließlich will das FBI sich kooperativ zeigen, so kooperativ, wie es eben möglich ist, wenn ein Mistkerl wie Ed Granby die Ermittlungen leitet.

»Alles klappt. Wir haben einen Vorsprung, Benton.«

Er sieht mich ausdruckslos an. »Das sollten wir nicht nötig haben.«

»Was wir nötig haben sollten oder nicht, spielt keine Rolle. Wir haben einen Vorsprung, und das wird auch so bleiben.« Ich werfe einen Blick auf die Büros hinter mir, wo Granby und seine Leute den *größten aller Fälle* untersuchen, wie Marino es ausgedrückt hat, nachdem er und Benton sämtliche Gebäude Zimmer für Zimmer abgeschritten hatten. »Die sind so scharf auf den Inhalt der Aktenschränke und Schubladen und der vielen Schließfächer im Lagerraum, dass sie sich noch gar nicht um den Computer gekümmert haben«, füge ich hinzu.

»Ich glaube, die haben noch gar nicht bemerkt, dass er weg ist«, sagt Benton. »Wahrscheinlich fragen sie sich immer noch, was aus dem digitalen Videorecorder geworden ist oder ob es überhaupt je einen gab.«

»Von uns erfahren sie nichts. Auch nicht die Spur einer Information.« Ich klappe die überdimensionierten Schließen meines Tatortkoffers zu und bin froh, dass Lucy mit dem Server verschwunden ist, bevor Granby und seine Leute hier waren.

Ich habe die Beweisstücke nicht erwähnt, die in meinem Labor oder dorthin unterwegs sind. Außerdem kann das FBI nicht einfach hereinspazieren und alles mitnehmen. Bei Beweismitteln gibt es nämlich so etwas wie eine Beweismittelkette, und diese Frage müssen sie mit der Polizei von Concord und Cambridge klären. Wenn sich Indizien oder DNA-Spuren bereits in meinem Besitz befinden, muss sich das FBI mit mir auseinandersetzen. Dabei kann ich die Angelegenheit so kompliziert und bürokratisch in die Länge ziehen, wie sie es noch nie zuvor erlebt haben. Es besteht nicht der geringste Anlass, Beweisstücke aus meinen Fällen in Massachusetts an die Bundeslabors in Quantico zu schicken. Nur den äußerst fragwürdigen Grund, dass Ed Granby beschlossen hat, Indizien zu manipulieren, zu vernichten oder einfach verschwinden zu lassen. Deshalb bekommt er von mir nichts, was ich noch gebrauchen kann.

Unterdessen sitzt Lucy, inmitten von Flachbildschirmen, an ihren Tastaturen und sucht fieberhaft nach Fakten. Sie hat Granby bereits den größten Ärger seines Lebens eingebrockt, und den hat er sich wirklich verdient. Er soll zur Hölle fahren, und das wird er auch, wenn ich mit ihm fertig bin.

»Also los«, sage ich zu Benton.

Ich schleppe meine Ausrüstung zur Tür und auf die Veranda. Mein großer Vorteil ist, dass Granby mich nicht ernst nimmt. Das hat er noch nie getan, da kann er mir noch so oft Theater vorspielen. Obwohl er mir schon unzählige Male in seinem oder meinem Büro, in einem Restaurant oder bei uns zu Hause begegnet ist, kennt er mich nicht, da nur die Dinge zu ihm durchdringen, die ihn in seinem Ego und seiner Ich-Bezogenheit bestätigen. Benton kennt er auch nicht besser.

Ich habe keine Ahnung, wie weit Granby die Grenze überschritten hat, auch wenn einem Menschen, der Beweise manipuliert, eigentlich alles zuzutrauen ist. Außerdem ist mir schleierhaft, wie er so rasant hat Karriere machen können. Ich habe die Presseerklärung gelesen, als er zum Leiter der Außenstelle in Boston befördert wurde. Und ich habe mir bis zum Erbrechen seine Monologe zu dem Thema angehört, welche wichtigen Posten er schon bekleidet hat.

Als ich Chief Medical Examiner von Virginia war, war er der stellvertretende Leiter der Außenstelle Washington und für Korruption im Amt, Gewaltverbrechen und weitere prestigeträchtige Dinge zuständig, die ihn auch ins Weiße Haus geführt haben. Danach war er lange Zeit in der Verwaltung des Hoover Building, der FBI-Zentrale, tätig, wo er mit der Überprüfung von Außenstellen und Ermittlungen in Sachen nationale Sicherheit betraut war. Und dann, im letzten Sommer, ist er nach Boston gekommen.

Wie ich mich erinnere, hat Benton erzählt, es sei eine Versetzung auf gleicher Ebene gewesen, um die Granby gebeten habe, weil er aus dieser Gegend stammt. Inzwischen jedoch bin ich überzeugt, dass diese Gründe nur vorgeschoben waren. Seine Versetzung erfolgte letzten Sommer, kurz nachdem Klara Hembree der Stadt Cambridge während eines unschönen Scheidungsprozesses den Rücken gekehrt hatte. Sie ist nach Washington gezogen, um in der Nähe ihrer Familie zu sein, weil sie sich hier nicht mehr sicher fühlte. Und Lucy hat bereits herausgefunden, dass ihr Exmann enge geschäftliche Beziehungen mit Double S pflegt.

Sie hat Belege für den Kauf und Verkauf teurer Immobilien entdeckt. Außerdem Hinweise auf die verschiedensten Zahlungen sowie Gelder, die zwischen diversen Banken und Investmentkonten hin- und hergeschoben wurden. Sie schickt Benton ihre Ergebnisse nahezu in Echtzeit per SMS, und ich kann zufällig hören, wie sie eintreffen, und sie auf seinem Smartphone hellgrün aufleuchten sehen, so wie vor ein paar Minuten.

»Ich bin sicher, dass alles klappt«, sage ich zu ihm, und zwar in einem fröhlichen Ton, der meine brodelnde Empörung und meine Wut verbergen soll.

38

Wir packen meine Ausrüstung und den roten Sack mit der schmutzigen Schutzkleidung in den Kofferraum von Bentons Porsche, als wollten wir gleich losfahren.

Dann verlassen wir zu Fuß den Parkplatz, gehen durch eine Reihe von Fichten mit tiefhängenden Ästen und entfernen uns immer weiter von der Auffahrt. Wir steuern auf weitere Bäume, eine Wiese und einen riesigen Garten zu und nehmen genau den Weg, den er vorhin festgelegt hat. Ich stelle fest, dass er immer wieder einen Blick auf die gelb leuchtenden Laternen wirft, wo Überwachungskameras wie Periskope auf den geteerten Weg gerichtet sind, um jede Bewegung dort zu beobachten. Anstatt der Auffahrt zu folgen, tasten wir uns deshalb durch Dunkelheit und Nebel auf das Haus zu, das Lombardi allein bewohnt hat.

Die Anlage ist durchgeplant wie am Reißbrett. Das Bürogebäude erreicht man nach etwa anderthalb Kilometern Fahrt die gewundene Straße entlang. Ein verglaster Wandelgang verbindet es mit einem größeren Bauwerk, wo sich, wie Benton mir erzählt, Sauna, Fitnessraum und Schwimmbad befinden. Ein weiterer verglaster Gang führt zu einem geräumigen Gästehaus. Und von dort aus gelangt man durch einen anderen Gang zu einem dunkelgrün gestrichenen Haus mit dunkelbraunen Fensterläden und einem ebenfalls dunkelgrünen Metalldach, das zwischen den Bäumen steht und aus der Luft kaum zu erkennen ist. Benton bezeichnet die Höhle des toten Milliardärs als Tarnarchitektur.

Die Türen zu Lombardis Privatgemächern sind mit aufbohrsicheren Riegeln versehen. Zu jedem davon gehört ein Schlüssel, der nicht nachgemacht werden kann. Außerdem sind alle Gebäude auf dem Grundstück, mit Ausnahme von Ställen, Geräteschuppen und Wintergarten, mit Gängen aus Glas und Stein verbunden, die mich an ungewöhnlich lange überdachte Brücken erinnern. Während wir uns in der Finsternis über den aufgeweichten Boden pirschen, erklärt Benton mir Grundriss und Sicherheitsvorkehrungen. Ich muss an einen Oktopus denken, der seine Fangarme über das Gelände streckt und bis zum von schwarzen Wolken verhüllten Horizont nach anderen Städten, Bundesstaaten, Ländern und Kontinenten greift.

»Mach dir selbst ein Bild«, sagt Benton. »Man würde nie glauben, dass hier so etwas läuft, doch das ist im Moment nicht so wichtig. Es kann warten, verdammt. Der Kerl wird noch jemanden umbringen. Und niemand sucht nach ihm.«

»Wir suchen. Aber wir werden ihn nie erwischen, wenn wir nicht vorher Granby das Handwerk legen. Ich glaube, er weiß ganz genau, wer der Typ ist.«

»Wenn das nicht so wäre, müsste man sich fragen, warum er ihn schützen sollte«, erwidert Benton. »Es geht nicht nur darum, Fälle in Washington aufzuklären, die sich negativ auf Politik und Tourismus auswirken. Granby hat einen bestimmten Grund, die Verbrechen jemand anderem unterzuschieben, vielleicht ja auf Lombardis Wunsch. Man hängt einem Vermissten, der vermutlich längst tot ist, drei Morde an, und niemandem wird geschadet, solange der Hauptstadtmörder nicht wieder zuschlägt. Und zwar anderswo, so dass niemand die DNA manipulieren kann. Genau das ist jetzt geschehen, wir forschen nach, und Granby ist vermutlich in Panik.«

Allerdings klingt Benton nicht triumphierend, denn er ist

weder rücksichtslos noch rachsüchtig, während ich vielleicht beides sein kann. Er lotst mich um tiefhängende Äste herum, die ich kaum sehe. Wenn ich sie mit der Schulter streife, ergießt sich kaltes Regenwasser über mich. Ich ziehe den Mantel an und knöpfe ihn zu.

»Wer hätte uns bemerken können, und was wäre passiert, wenn wir einfach die Einfahrt benutzt hätten?« Ich glätte mein feuchtes Haar mit den Fingern.

»Die Kameras hätten uns aufgenommen, und man hätte uns auf den Monitoren erkannt. In zwei Sekunden wären sie da gewesen, und Granby hätte dafür gesorgt, dass wir sofort hinauskomplimentiert werden.«

»Glaubst du wirklich?«

»Es wäre ziemlich unschön geworden«, antwortet er.

»Wenn man davon ausgeht, dass sie nicht zu beschäftigt sind, um uns zu entdecken.«

»Im Moment sind sie es vermutlich sogar. Doch sobald die Verstärkung eintrifft, haben wir Pech gehabt und außerdem keine Zeit mehr. Mich wundert, dass sie nicht schon hier sind.«

»Wie kommen wir ins Haus?«, frage ich.

»Die Tür neben der Garage ist mit einer Alarmanlage gesichert, aber die ist aus. Der Koch hat sie vorhin deaktiviert und nicht wieder eingeschaltet. An dieser Tür gibt es keine Kamera, vermutlich weil Lombardi mit verschiedenen Bekannten, Kollegen, Mafiatypen oder Frauen kommen und gehen will, ohne dass es jemand mitkriegt oder filmt.«

»Ist Kollegen gleichbedeutend mit einflussreichen Freunden?«, sage ich.

»Ich glaube, darauf läuft es hinaus.«

»Und Frauen wie Gail Shipton?«

»Die er manipulieren, beherrschen und seinem Willen unterwerfen kann.«

»Also ging es nicht nur um Sex.«

»Macht«, entgegnet Benton. »Er hat sie dazu gezwungen, weil sie es nicht wollte. Und um ihr zu zeigen, wer der Herr im Haus ist. Carin Hegel dachte anfangs, sie wäre diesen Leuten gewachsen, weil sie keine Ahnung hatte. Für sie war es einfach ein Prozess wie alle anderen. Also hat Lombardi sie ebenfalls in die Schranken gewiesen.«

»Inzwischen ist es für sie kein Prozess wie alle anderen mehr, sonst würde sie sich nicht bei Lucy verstecken. Außerdem frage ich mich, wie vielen seiner ehemaligen Klienten Lombardi auf diese Weise mitgespielt hat. Er hat ihnen ihr gesamtes Vermögen abgenommen, und zwar so, dass ihm niemand etwas beweisen konnte, und sich dann außergerichtlich geeinigt. Mit Geld aus einer Versicherung, von dem er auch einen Anteil gekriegt hat – den Löwenanteil, wie ich vermute. Vielleicht hat er sie auch einfach nur unter Druck gesetzt und ihnen das Gefühl vermittelt, dass sie Widerstand mit ihrem Leben bezahlen würden.«

»Die Sache mit Gail war für ihn eher eine kleine Transaktion«, merkt Benton an.

»Hundert Millionen sind eine kleine Transaktion?«

»Die Summe, auf die man sich geeinigt hätte, also die Zahlung der Versicherung, wäre für ihn nur ein Taschengeld gewesen, ein Witz, weil eine bekannte Anwältin wie Hegel es gewagt hat, ihn zu verklagen. Gail war schwach und hat die Nerven verloren. Damit hatte er sie in der Hand und so auch alle Technologien, die sie für ihn hätte entwickeln können.« Ständig schaut er auf sein Smartphone, wo Informationen von Lucy eingehen. »Wenn sie nicht tot wäre, würde sie wegen Betrugs vor Gericht gestellt. Das MIT würde sie rausschmeißen. Ihr Leben wäre gelaufen.«

»Weiß Granby das? Ich meine, dass sie eine Komplizin war?«

»Keine Ahnung, was er selbst rausgekriegt hat. Aber du hast ja gehört, was ich ihm gesagt habe.« Bentons Stimme klingt stahlhart. »Ich habe ihm alles erklärt, was wichtig ist. Ab jetzt erfährt er von mir kein Wort mehr. Ich habe Urlaub, schon vergessen? Und falls sie mein Auto nicht bemerkt haben, sind wir auch nicht hier.«

»Wenn nicht, müssen das ja tolle Ermittler sein.«

»Die sehen nur das, was in den Unterlagen steht, die sie gerade durchwühlen«, entgegnet Benton. »Wahrscheinlich haben sie inzwischen den Safe geknackt, der Himmel weiß, was drin ist. Ich tippe auf Millionen in bar, Gold, Fremdwährungen und die Kontonummern von Auslandskonten. Sicher telefoniert er ständig mit der Zentrale, intrigiert, plant und prahlt damit, wieder einen großen Fang gemacht zu haben. Der Mann ist so vorhersehbar. Er glaubt, die Weisheit mit Löffeln gefressen zu haben. Dabei ist der Mensch, über den sie sich wirklich Gedanken machen sollten, nicht auf ihrem Radarschirm. Niemand sucht nach ihm, und zwar aus einem ganz bestimmten Grund. Granby beschäftigt seine Leute anderweitig.«

»Er hat DNA gefälscht und so einen Fall aufgeklärt, der gar nicht aufgeklärt ist. Was wird er jetzt deshalb unternehmen?« Wir waten durch Horstgras, wo in der wärmeren Jahreszeit sicher bunte Wildblumen wachsen. »Er wird die Fälle in Washington abhaken, indem er die Morde Martin Lagos anhängt, und in der Sache hier ermitteln, als hätte sie nichts damit zu tun. Organisiertes Verbrechen. Ein Auftragskiller«, mutmaße ich.

»Was absolut unlogisch ist, weshalb es irgendwann einmal jemandem auffallen wird. Nicht alle beim FBI sind unfähig und korrupt«, antwortet Benton. In Wahrheit meint er, dass er das eigentlich niemandem unterstellen will.

»Nur dass wir uns ein *irgendwann* nicht leisten können.«

»Ein Auftragskiller bringt seine eigene Waffe mit, wenn er jemanden umlegen will«, stellt Benton fest. »Er hinterlässt keine Kleidungsstücke am Tatort, nimmt einem seiner Opfer ein blutdurchtränktes Sweatshirt ab, um sich zu tarnen, und rennt dann wie ein Wilder durch eine Gruppe Schulkinder zurück zu seinem Auto. Er schnappt sich keinen Umschlag mit Geld und lässt ihn dann versehentlich in einem öffentlichen Park fallen. Einen Umschlag mit Blut und einer Absenderadresse darauf.«

Benton passt auf, wo er hintritt. Seine geborgten Turnschuhe sind klatschnass. Der Wind ist kälter, als ich gedacht habe, und alles, was wir berühren, ist vom Regenwasser durchweicht.

»Der Täter hat sich nicht mehr im Griff. Er hat die Leute bei Double S nicht ermordet, um sie zu berauben«, fährt er fort. »Vielleicht war er auf eine Belohnung aus und wollte gebauchpinselt werden, indem man ihn dafür lobt, dass er Gail Shipton aus dem Weg geräumt hat. Doch ansonsten hatte er persönliche Gründe. Die Opfer hatten es seiner Ansicht nach verdient. Vielleicht nicht Swanson. Der war ihm vermutlich einfach nur im Weg.«

»Der Mörder ist jemand, den die Opfer kannten und unterschätzt oder ignoriert haben.« Meine Hosenbeine sind klatschnass, und ich habe kalte Hände. »Leute wie die lassen nicht die Tür offen oder kehren jemandem, der ihnen nicht ganz koscher vorkommt, den Rücken zu.«

»Wut«, antwortet Benton. »Lombardi hat diesen Menschen gekränkt. Er hat ihn beleidigt und gedemütigt, und ich habe den Verdacht, dass es nicht das erste Mal war. Wir werden herausfinden, dass es eine Vorgeschichte gab. Er kannte ihn, und ich bin sicher, dass niemand bei Double S ihn gebeten hat,

Gail umzubringen, und zwar wegen des Komplotts, an dem sie beteiligt war. Ganz davon abgesehen, dass sie sowieso nicht deswegen getötet wurde.«

»Er könnte das aber glauben. Er könnte glauben, dass er deshalb auch die anderen ermordet hat.«

»Er betrachtet seine Beweggründe als vernünftig, allerdings geht es in Wahrheit nur darum, was ihn erregt«, erklärt Benton. »Und womöglich ist er jetzt endgültig ausgerastet, denn diese Tat war gefährlich und leichtsinnig. Mich wundert nur, dass ein skrupelloser Strippenzieher wie Lombardi nichts davon bemerkt hat, bis sein Blut über den ganzen Schreibtisch spritzte.«

»Arroganz. Er war ein Mensch, der über Leichen ging und sich für unangreifbar hielt. Die Anwesenheit des Täters könnte ihm auch aus einem anderen Grund selbstverständlich erschienen sein.«

»Granby sucht einen russischen Mafioso, den er festnehmen kann, und er wird sicher irgendwo einen auftreiben«, sagt Benton mit finsterer Miene.

Ich male mir Ed Granby aus, schlank und elegant, mit funkelnden kleinen Augen und einer langen, bleistiftspitzen Nase. Sein nur an den Schläfen angegrautes Haar trägt er zurückgekämmt. Es ist so perfekt gesträhnt, dass er es sicher so färbt. Immer wieder steigt Empörung in mir auf, während ich dicht neben Benton hergehe und spüre, wie er mich streift. Als wir uns dem noch etwa einen knappen halben Kilometer entfernten Haus nähern, werde ich ein wenig ruhiger. Im Parterre brennt Licht, der Rest ist dunkel.

Ich rufe meine Nachrichten ab. Das grelle Leuchten des Telefondisplays durchdringt Dunkelheit und wabernden Nebel. Die Laternen in der Ferne haben kaum eine Chance gegen den Dunst, eine Stimmung, als befänden wir uns an Bord eines

Schiffes, das sich einer nebligen Küste nähert. Ich habe noch eine Nachricht von Ernie Koppel, in der er mir mitteilt, dass er zu Hause ist, falls ich mit ihm reden möchte. Im Gehen wähle ich seine Nummer.

»Ich bin draußen, und es ist windig«, entschuldige ich mich, als er sich meldet.

»Wahrscheinlich sind Sie noch in Concord. Wir essen gerade vor dem Fernseher. Es kommt auf allen Nachrichtensendern.«

»Was haben Sie für mich?«

»Ein verfrühtes Weihnachtsgeschenk. Nein, sogar mehrere.«

»Wie schön.«

»Die Werkzeugspuren stimmen überein, was Sie vermutlich nicht wundert, weil Sie damit gerechnet haben. Und mit dem Fall in Maryland hatten Sie recht«, fügt er hinzu. »Derselbe minerale Fingerabdruck wie bei dem Fall im MIT und der Substanz, die Sie am Tatort in Concord sichergestellt haben.«

»Von den Tupfern, die Lucy vorbeigebracht hat?«

»Richtig«, antwortet er. »Derselbe minerale Fingerabdruck auf dem Fleecepulli des Toten. Halit ist im Grunde genommen ein Steinsalz, und unter dem Elektronenrastermikroskop war einwandfrei zu erkennen, dass es künstlich gewonnen wurde, indem man Wasser mit Salz angereichert hat und es dann verdunsten ließ. Und das wiederum weckt in mir die Vermutung, dass es sich bei dieser Substanz um eine industriell hergestellte handelt.«

»Haben Sie einen Verdacht, was es sein könnte?«

»Kalzit und Aragonit werden häufig im Baugewerbe benutzt, man findet sie zum Beispiel in Zement und Sand. Außerdem braucht man Halit meines Wissens bei der Produktion von Glas und Keramik und auch als Taumittel bei vereisten Straßen. Doch was die Kombination dieser drei Mineralien mit demselben elementaren Fingerabdruck wie in dem Fall in Maryland und nun diesem hier angeht? Es könnte sich um irgendein Bastelmaterial handeln, das man zum Töpfern oder Bildhauern benutzt. Vielleicht irgendwelche mineralischen Pigmente für Temperafarben oder Spezialeffekte. Bei Schwarzlicht würden die hundertprozentig leuchten.«

»Und die Fasern?«

»Bei Gail Shipton bestehen die blauen Fasern, die Sie sichergestellt haben, aus Lycra. Der weiße Stoff, in den sie eingewickelt war, ist auch aus Lycra. Und das wiederum passt zu den Fasern, die bei den Mordopfern in Washington gefunden wurden. Vielleicht sind es in allen Fällen verschiedene Stücke desselben Stoffs. Was mir Rätsel aufgibt, ist die Mentholsalbe. Ich kann die Marke zwar nicht ermitteln, doch dank der Spektralanalyse ließ sich der Überraschungskeks verhältnismäßig leicht identifizieren. Offenbar hatte da jemand mehr vor, als nur seine Nebenhöhlen freizukriegen. MDPV«, sagt er.

»Sie scherzen.«

»Nichts läge mir ferner als das. Die DNA-Abteilung hat mir heute am späten Nachmittag eine Probe zukommen lassen, worauf ich mal einen Test mit dem FTIR-Spektrometer gemacht habe. Und Methylendioxypyrovaleron war das Ergebnis. Ich bin kein Toxikologe, aber wenn Sie nichts dagegen haben, einen Teil der Probe zu verbrauchen, würde ich eine Flüssigchromatographie-Massenspektrometrie empfehlen, um auf Nummer sicher zu gehen. Übrigens sagt die Toxikologie, dass wir es mit demselben Methylmethcathinon wie bei dem Selbstmord letzte Woche zu tun haben. Die Dame, die von ihrem Hausdach gesprungen ist. Offenbar handelt da jemand auf unseren Straßen mit einer wirklich gefährlichen

Designerdroge. Ich fürchte, es ist dieselbe, die schon das ganze Jahr für Verheerung sorgt.«

»Danke, Ernie.«

»Ich weiß, dass es eigentlich nicht mein Job ist, aber ich sage es trotzdem. Meiner Ansicht nach ist es derselbe Täter. Er stellt irgendwas Seltsames mit ihnen an, vielleicht wickelt er sie in einen Stretchstoff und benutzt dann irgendwelchen Künstlerbedarf. Möglicherweise porträtiert er sie ja nach ihrem Tod, wer kann das wissen? Seien Sie bloß vorsichtig, Kay.«

»Rennpferde und Badesalz«, sage ich zu Benton, nachdem ich das Telefonat beendet habe. »Wenn man sich richtig konzentrieren, übermenschliche Kräfte entwickeln und seine Neurotransmitter in Aufruhr versetzen will, mischt man einfach ein bisschen Monkey Dust in sein VapoRub und reibt es sich regelmäßig in die Nase.«

»Das würde die Tat erklären. Und auch noch eine Menge anderer Dinge: zunehmende Paranoia, Erregtheit, Aggression und Gewalttätigkeit.«

»Vermutlich überhitzt sein Organismus, ihm ist warm, er schwitzt, sein Blutdruck knallt durch die Decke.« Ich denke an den barhäuptigen jungen Mann ohne Jacke im eiskalten Regen. »Vielleicht wird er psychotisch.«

Ich male mir aus, wie er mich hinter meinem Haus beobachtet, und frage mich, für wen er mich gehalten hat. Und Benton. Welche Bedeutung haben wir oder seine Opfer für ihn?

»Das Grausige an dieser Droge ist, dass es kein Gegenmittel gibt und dass man nie weiß, welche Dosis eine Packung enthält«, erkläre ich. »Also kann die Reaktion alles von leichtem Rausch bis hin zu Wahnsinn oder Hirnschaden umfassen. Irgendwann wird er daran sterben.«

»Hoffentlich eher früher als später«, erwidert Benton.

Durch nach Zedern duftende immergrüne Gehölze nähern wir uns den erleuchteten Fenstern im Parterre. Dabei achten wir auf Kameras und vergewissern uns, dass niemand in der Nähe ist. Ständig schaue ich mich um, als sei ich auf der Flucht.

Ich sehe weder Autoscheinwerfer noch Taschenlampen, nur die dunkle, feuchtkalte Luft und unseren Atem, der Wolken vor unseren Mündern bildet. Ich höre die schmatzenden Geräusche von Bentons geborgten Turnschuhen. Die Entfernung von der Zufahrt zum Anwesen bis zu der Stelle, wo die Einfahrt eine Kurve, vorbei an den Nebengebäuden und dem Büro, zu Lombardis Haus beschreibt, schätze ich auf etwa drei Kilometer. Wir stapfen durch einen abgeernteten, kahlen Gemüsegarten. Vor uns erstrecken sich ein Tennisplatz ohne Netz, ein Grillplatz und ein für den Winter abgedeckter Pool.

Schließlich erreichen wir eine weitere versiegelte Fläche. Diese hier ist rund und mit vermutlich beheizbaren Platten belegt. Dahinter befinden sich vier Rolltore, die aus schwerem Metall bestehen wie Sturmschutztüren. Laut Benton parken dahinter Autos, seltene Ferrari, Maserati, Lamborghini, McLaren und ein Bugatti, alle mit Kennzeichen aus Miami. Die Spielzeuge der Superreichen und der Superverbrecher und wie Yachten, Privatjets und Penthäuser eine Methode, Geld zu waschen. Wie Benton annimmt, sollten die Autos wahrscheinlich zum Hafen von Boston gebracht und von dort aus an Plätze wie Südostasien und den Nahen Osten verschifft werden.

Eine massive Holztür führt zu dem langen, verglasten Gang, wo, wie ich aus der Nähe bemerke, ein Golfkarren und ein Stapel Kaminholzscheite stehen. Der Gang verbindet das Nebengebäude mit der Sauna mit dem Haus, in dem die private Küche, ein Wohnzimmer, ein Schlafzimmer in der oberen

Etage und eine Garage im Untergeschoss untergebracht sind. Benton öffnet eine andere Tür, die er nicht abgeschlossen hat, als er vorhin mit Marino hier war, und wir stehen in Lombardis Küche. Der gewaltige Raum ist mit einem großen offenen Kamin, einem Frühstückstisch und verzinkten Arbeitsflächen ausgestattet und verfügt über hohe Fenster mit Blick auf das Grundstück.

Unter einer im Parkettboden eingelassenen Glasscheibe ist ein Weinkeller zu sehen. Als ich darübergehe, wird mir kurz schwindelig, und ich habe das Gefühl zu fallen, so dass mir der Magen flattert. Rasch trete ich zur Seite, ohne zu den Hunderten von Flaschen in runden Holzregalen, den dekorativen Holzfässern und dem Tisch zum Verkosten hinunterzublicken.

Kupfertöpfe, so blank poliert wie Rotgold, hängen an einem schmiedeeisernen Gestell über einem Metzgerblock mit einer Platte aus Ahornholz, wo umgekippte Einkaufstüten liegen, die der Koch offenbar hastig dort abgestellt hat, als er heute spät vom Einkaufen zurückkam. Milch, teure Käsesorten und Aufschnitt wurden nicht in den Kühlschrank geräumt, ein offensichtlicher Hinweis auf seine Panik, nachdem er die Polizeifahrzeuge in der Auffahrt bemerkt hat.

Sicher ist er an meinem großen weißen Transporter mit der Aufschrift *Rechtsmedizin* vorbeigekommen, und auch unser blaues Emblem auf beiden Seiten ist unverkennbar. Es gibt nur wenige Dinge auf Erden, die unwillkommener sind als meine Mitarbeiter und ihre Gerätschaften. Den Leuten bleibt das Herz stehen, und sie werden von Todesangst ergriffen. Manchmal vergesse ich, welche entsetzten Reaktionen ich auslöse, insbesondere wenn ich unangekündigt irgendwo erscheine, was meistens der Fall ist. Ich widerstehe der Versuchung, die verderblichen Lebensmittel im Kühlschrank zu verstauen. Es ist eine solche Verschwendung. Stattdessen fotografiere ich sie.

An dem französischen Gastronomieherd bleibe ich stehen, um mir das luxuriöse Messerset mit den Griffen aus Buchenholz anzuschauen. Messer zum Filetieren, Entbeinen, zum Schneiden von Tomaten und Brot sowie Küchenmesser, breite und schmale, manche bis zu vierzig Zentimeter lang, und außerdem Wetzsteine stecken alle in den richtigen Schlitzen zweier Messerblöcke. Ich mache weitere Fotos und dokumentiere alles, was ich betrachte oder berühre, während Benton noch immer die Nachrichten liest, die Lucy ihm in rascher Reihenfolge schickt. Das erkenne ich an den ständigen Signaltönen, die er auf das nervtötende Schrillen einer Fahrradklingel eingestellt hat, damit er auch ja keine verpasst.

39

»Sämtliche Telefone hier werden von einer Software gesteuert.« Benton kann jetzt offener reden und zeigt mir, was Lucy ihm gerade geschickt hat.

»Eine gute Methode für Lombardi, um alle zu kontrollieren«, führt er weiter aus, klingt dabei allerdings nicht so glücklich und zufrieden, wie ich mich stets fühle, wenn ich Fakten auf die Spur gekommen bin. »Offenbar hat er um vier Uhr siebenundfünfzig heute Morgen einen Anruf mit unterdrückter Nummer erhalten. Keines der sechzehn Telefone bei Double S, einschließlich denen hier im Haus, nehmen Anrufe mit unterdrückter Nummer an.«

In den Schubladen entdeckte ich Holzschatullen mit Steakmessern, verschiedene Kochutensilien, Topflappen und Geschirrtücher. Ich stoße auch auf einige Speisekarten vom Pizzaservice und vom Chinesen, bezweifle aber, dass je etwas direkt ins Haus geliefert worden ist.

»Also musste der Anrufer entweder Sternchen zweiundachtzig eingeben wie jeder andere arme Teufel auf diesem Planeten, oder sein Anruf wäre nicht durchgestellt worden«, spricht Benton weiter. »Lucy hat mich gefragt, ob ich die Nummer kenne, und ich kenne sie tatsächlich. Es ist die von Granbys Mobiltelefon, und er ruft nicht zum ersten Mal hier an. Laut Lucy taucht die Nummer häufig auf. Die Frage ist nur, wann.«

Er antwortet ihr und nimmt beim Gespräch mit mir kein Blatt mehr vor den Mund. Wir haben Beweise für Granbys kriminelle Machenschaften. Der Computer von Double S entpuppt sich als wahre Schatztruhe, so dass nun nicht mehr Aussage gegen Aussage steht und wir nicht länger eine Minderheitenmeinung vertreten. Es handelt sich nicht nur um einen Verdacht oder Indizien, und niemand kann uns mehr vorwerfen, dass wir die hässliche Wahrheit verdrehen. Die Daten sind unwiderlegbar und in meinem Institut sicher gespeichert. Bentons Chef ahnt noch nicht, was ihm blüht.

»Marino ist heute Morgen gegen fünf bei mir gewesen«, erwidere ich. »Bis dahin hatte sich die Nachricht von der Leiche am MIT und um wen es sich möglicherweise handeln könnte, bereits im Internet verbreitet. Also ging es bei Granbys Telefonat mit Lombardi vermutlich darum.«

Wieder die schrille Fahrradklingel. Benton liest und sagt: »Die beiden haben ziemlich oft miteinander telefoniert. Die Anrufe ballen sich im März und April, als Granby hierhergezogen ist, und im letzten Monat, einige an genau den Tagen, als die Leichen von Sally Carson und Julianne Goulet gefunden wurden. O mein Gott.« Benton lehnt sich mit dem Rücken an eine Arbeitsfläche. »Was für ein Schlamassel!«

»Aber das wussten wir ja.«

»Warum hätte Granby anrufen sollen, wenn nicht wegen Gail Shipton?«

»Ich glaube, du kennst die Antwort.«

»Und die ist ganz einfach.« Offenbar hat sich Bentons Vermutung bestätigt. »Sie sollte gar nicht ermordet werden. Niemand hat diesen Psycho dazu aufgefordert. Lombardi ist in die Luft gegangen. Anscheinend hat er das bei diesem Menschen schon öfter erlebt, nur dass er jetzt noch mehr Ärger hat, weil Gail in direkter Verbindung mit Double S stand. Das ist, als würde man einen Säufer als Barkeeper einstellen.«

»Das würde niemand tun, außer er weiß nicht, dass derjenige ein Säufer ist, oder er steht in einer persönlichen Beziehung zu ihm.« Ich hole ein Messer mit einer dreißig Zentimeter langen Klinge aus Carbonstahl heraus. Sie ist gebogen, um damit um Knochen herumzuschneiden.

»Also zitiert man den aus dem Ruder gelaufenen Killer hierher, bestellt seinen PR-Fachmann ein, serviert Eclairs und versucht, das Problem zu lösen«, sagt Benton.

»Viel Vergnügen, wenn der aus dem Ruder gelaufene Killer auf Droge ist und sich dazu noch eine Überdosis Zucker einverleibt. Dann gerät er nämlich endgültig außer Rand und Band und rastet aus.« Ich wiege das Messer in der behandschuhten Hand und spüre sein Gewicht und den glatten, harten, elegant geschwungenen Griff.

Als Mordwaffe wäre es ungeeignet. Ich stecke es zurück in den Messerblock, wo es mit einem leisen, stählernen Zischen wieder in seinem Schlitz verschwindet.

»Natürlich müsste der Koch uns bestätigen, ob etwas fehlt.« Die übrigen Messer in Dominic Lombardis Küche brauche ich nicht unter die Lupe zu nehmen. »Die könnten alle tödliche Verletzungen verursachen.«

»Aber sie wurden nicht benutzt«, sagt Benton, worauf ich den Kopf schüttle.

Die Mordwaffe sieht ganz anders aus als die Messer hier. Ganz gleich, was es sein mag, sie hat eine außergewöhnliche Form. Während ich weiter fotografiere, erkläre ich Benton, dass die Klinge, die wir suchen, kurz ist und nur eine scharfe Kante hat. Sie ist abgeschrägt, die Spitze ist möglicherweise abgerundet und stark verbogen.

»Das schließe ich aus den flachen Einschnitten mit der abgeschälten Haut und den schartigen Rändern, die parallel zu den tieferen verlaufen«, füge ich hinzu. »Außerdem geben uns die Spuren auf einem Handtuch, mit dem er das Messer abgewischt hat, Hinweise auf die Form der Klinge und darauf, dass sie Einkerbungen haben muss, die Fäden aus dem Stoff gezogen haben. Und Einkerbungen bekommen Klingen nur, wenn man sie schleift.«

Wieder ein Fahrradklingeln. Eine lange SMS von Lucy, in der sie Benton mitteilt, dass Lombardis zweite Frau einen großen Teil ihrer Zeit auf den Virgin Islands verbringt, wo er einige Firmen hat eintragen lassen. Strohfirmen, wie Lucy vermutet. Dazu gehören Kunstgalerien, luxuriöse Wellnesstempel, Läden, Hotels, Baufirmen, Immobilienagenturen.

»Unternehmen, mit denen man gut Geld waschen und wahrscheinlich auch Drogen umschlagen kann«, merkt Benton an. »Vielleicht sogar die Labors, aus denen die Designerdrogen hier und im Ausland stammen.«

Er öffnet die Tür zu einem Gäste-WC mit Toilette, Waschbecken und einem Fensterbrett, auf dem sich Kochzeitschriften stapeln. *Bon Appétit, Gourmande!, Yam.* Die Freizeitlektüre eines französischen Kochs, der plötzlich arbeitslos geworden ist. Leute wie ihn gibt es in Paris wie Sand am Meer, falls er dorthin zurückkehren sollte, wo seine Frau inzwischen einen anderen hat und seine Kinder nichts mehr von ihm wissen wollen. *Tout est perdu. Je suis foutu,* hat er zu Benton während seines und Marinos geheimen Erkundungsgangs gesagt.

Wir gehen insgesamt vier mit Teppich belegte Treppen hinauf und stehen auf einem Treppenabsatz, wo Wandleuchten aus Kristallprismen an den mit nachgeahmtem Stuck verzierten Wänden prangen. Ich stelle mir vor, wie Lombardi sich hier hinaufgequält hat und immer wieder stehengeblieben ist, um zu verschnaufen. Wenn er sich mit den Wurstfingern seiner pummeligen Hand am polierten Messinggeländer festhielt, funkelte der Diamantring an seinem rechten kleinen Finger, und das Armband seiner Uhr aus massivem Gold klapperte auf dem Metall, während er seinen schweren Körper weiterschleppte. Sich auf seinem Grundstück und hinauf in sein Schlafzimmer zu bewegen, dürfte bei seinem Leibesumfang nicht einfach gewesen sein.

Benton öffnet die nächste Tür, die nicht abgeschlossen ist, weil er dafür gesorgt hat. Dahinter befindet sich ein riesiger Raum, der dennoch von antiken italienischen Möbeln aus seltenen Hölzern fast erdrückt wird. Die kunstvoll gestalteten Stuckkanten und Reliefs an Wänden und Decke sind goldfarben. Aus der Kopie der Erschaffung Adams von Michelangelo baumelt ein bunter, zweilagiger Kronleuchter mit Früchten aus Muranoglas herab. Am Fußende eines Bettes, das eines Königs würdig wäre, steht ein rundes, mit goldfarbenem Satin überzogenes Sofa. Das Kopfbrett des Bettes ist über eins fünfzig hoch, leuchtendrot und mit einer vergoldeten Laubverzierung abgesetzt.

Ein Mann mit Lombardis gewaltigem Wanst hätte niemals auf dem florentinischen Thron vor dem Renaissance-Schreibtisch Platz gefunden. Und die Kommode mit den venezianischen Spiegeln hat sicher seine Unzufriedenheit und sein aus Überdruss angefuttertes Fett reflektiert, wann immer er eine Schublade öffnete. Die Vorhänge an den bodenlangen Fenstern bestehen aus purpurrotem Samt und sind mit kunstvollen goldenen und silbernen Stickereien verziert. Als ich eine Bahn beiseiteschiebe, bemerke ich, dass sie mit goldfarbener Seide gefüttert ist, die mir schwer und üppig in der Hand liegt. Ich lasse den Blick über Lombardis aufgeblähte Welt schweifen, in der alles einen Preis und vermutlich keine Bedeutung für ihn hatte. Finanziert wurde das Ganze mit dem Blut und dem Leid der Menschen, aus denen er auch nur die kleinste Leistung herauspressen konnte, ob es nun Sex, Mord oder Geld für

Designerdrogen war, die einem entweder das Leben oder den Verstand rauben.

Die unbeleuchteten Verbindungsgänge sind im Nebel und der früh hereinbrechenden Dunkelheit kaum auszumachen. Im Saunagebäude brennt kein Licht, und zum ersten Mal fällt mir auf, dass die Rückseite des Bürogebäudes fensterlos ist. Die Laternen, die den gewundenen Weg säumen, schimmern mattgelb. Dahinter erstrecken sich die düsteren Koppeln, der Teich und der Stall mit dem Satteldach. Er ragt in den schwarzen Himmel auf. Ein wenig Licht sickert durch die Ritzen unter der breiten Schiebetür und den mit Fensterläden verschlossenen, vergitterten Fenstern. Ich frage mich, wer außer den Pferden sich noch dort aufhält. Die Mitarbeiter, die nichts gesehen und gehört haben, haben sich längst aus dem Staub gemacht. Marino würde sicher auf uns warten, doch ich bezweifle, dass man ihn lässt. Er gehört zu NEMLEC, ist also ein Niemand. Deshalb haben Granbys Erfüllungsgehilfen ihm vermutlich mitgeteilt, dass er hier nicht mehr gebraucht wird und gehen muss. Ich mustere weiter Fenster und Türen, halte Ausschau nach Licht und horche auf Geräusche. Dabei frage ich mich, wann man uns ebenfalls hinauskomplimentieren wird.

Ich gehe zum Nachttisch, auf dem eine Lampe aus Alabaster, eine Karaffe aus Bleikristall und ein Wasserglas stehen, und öffne die Schublade. Es liegt eine vernickelte Pistole darin, eine Desert Eagle, Kaliber .50, mit genug Munition, um alle auf dem Gelände sowie auf den benachbarten Farmen und im näheren Umkreis niederzumähen. Lombardi hat sich nicht die Mühe gemacht, eine Waffe einzustecken, als er Haley Swanson am Bahnhof abgeholt und sich dann mit einem unter Drogen stehenden, nach Zucker gierenden Bekannten oder Geschäftspartner zusammengesetzt hat, der sich womöglich für einen Auftragskiller oder einen Helden hält.

Ich schließe die Schublade und wende mich dem verspiegelten Bücherschrank rechts vom Bett zu. Auf den reflektierenden Regalen sind gerahmte Fotos von Lombardi in verschiedenen Phasen seines Lebens aufgereiht, das ein so gewaltsames Ende gefunden hat. Ein kleiner Junge auf der Vortreppe eines Reihenhauses, offenbar in einem nicht gerade guten Stadtviertel. Nach den Autos am Straßenrand zu urteilen, wurde es in den Fünfzigern aufgenommen. Er ist strohblond und niedlich, hat aber bereits einen harten Gesichtsausdruck. Es gibt viele Fotos, die ihn mit Frauen zeigen, einige davon berühmt. Sie sind in Nachtclubs und Bars entstanden. Auf einem sitzt er an einem schmiedeeisernen Tisch, mit einer attraktiven dunkelhaarigen Frau, die vermutlich seine Ehefrau ist. Der Tisch steht in einem üppigen tropischen Garten am Rand eines prachtvollen Pools aus Naturstein.

Ein anderes Foto von den beiden wurde vor einer beeindruckenden Villa gemacht, die sehr alt zu sein scheint und mich an Sizilien erinnert. Es gibt noch weitere Fotos von dem Paar und, wie ich annehme, ihren drei Kindern, einem Jungen und zwei Mädchen, Teenager oder Anfang zwanzig, auf einer weißen Yacht. Das türkisfarbene Wasser, die dunkelgrünen Berge und die Dörfer mit den roten Dächern deuten auf die Ionischen Inseln hin. Inzwischen ist Lombardi älter und grotesk übergewichtig. Sein aufgedunsenes Gesicht und die Knopfaugen wirken unzufrieden und gelangweilt, als er auf dem Deck aus Teakholz posiert. Und dabei ist er von so viel Schönheit und Luxus umgeben, wie es sich der kleine Junge, der in einem armen Stadtviertel auf einer Vortreppe saß, wohl nie hätte träumen lassen. Vorausgesetzt, dass sich Lombardi noch an diesen Jungen erinnerte. Allerdings vermute ich, dass er nicht mehr an ihn gedacht oder Träume gehabt hat.

Ein Foto passt nicht zu den anderen, weshalb ich es zur

Hand nehme und gründlich betrachte. Ein großer grauer Elefant überragt den jungen Mann, der einen Schlauch und eine Bürste in der Hand hält und ihm gerade ein Bad verabreicht. Ich halte das Foto ans Licht und mustere die kleine, aber durchtrainiert aussehende Gestalt. Der Oberkörper des Mannes ist nackt, und er trägt eine weite Shorts mit Tarnmuster. Er ist muskulös und dunkelhaarig, und ein leerer, eiskalter Ausdruck malt sich in seinen Augen, als er keck in die Kamera grinst.

Ich spüre, wie sich mir die Nackenhaare aufstellen, als ich seine Schuhe bemerke. Es sind schwarze Barfußschuhe. Seine kräftigen, sonnengebräunten Beine enden in schwarzen Gummifüßen. Das Foto wurde auf einer Wiese mit Kokospalmen gemacht, die von einem Maschendrahtzaun umgeben ist. Dahinter erstreckt sich tiefblaues Wasser, ein Schnellboot rast vorbei, und dahinter liegen weiße Kreuzfahrtschiffe vor Anker. Ich erkenne den Hafen von Miami.

»Wer ist das?«, frage ich Benton.

Er kommt näher, wirft einen Blick darauf und macht dann wieder Platz, damit ich mir das Foto weiter ansehen kann.

»Keine Ahnung«, erwidert er, »aber wir sollten es herausfinden.«

»Der Cirque d'Orleans stammt aus Südflorida.« Ich stelle das Foto zurück in das verspiegelte Regal. »Und am Ersten dieses Monats war er hier in der Gegend. Der Zug stand einige Tage lang in Grand Junction. Mitten im Gelände des MIT.«

»Lombardi könnte durchaus auch einen Zirkus besitzen. Das wäre eine gute Methode, Drogen zu schmuggeln und außerdem Geld zu waschen, zum Beispiel durch vorgetäuschte Kartenverkäufe und so weiter. Vielleicht hat er ja auch auf dem Schwarzmarkt mit exotischen Tieren gehandelt. Wer zum Teufel kann das wissen?«

Ich mache einige Fotos, wobei ich die Kamera schräg halte, um Reflexe so gut wie möglich zu vermeiden, und erkundige mich bei Benton nach Lombardis Familie.

»Laut Lucy hat er eine zweite Frau, die auf den Virgin Islands lebt. Vermutlich die, die auf einigen der Fotos zu sehen ist«, sage ich. »Was ist mit Kindern? Hat Lucy welche erwähnt?«

»Ich frage sie.« Er tippt etwas in sein Smartphone ein.

Benton steht vor einem Drehspiegel mit eingeschnitzten musizierenden Putten. Also kann ich ihn gleichzeitig von vorn und von hinten sehen, die Vorderseite, weil er sie mir zukehrt, und die Rückseite im Spiegel.

Ich betrachte ein Gemälde von Luca Giordano, das Schmiede darstellt. Daneben hängt eine sitzende Frau von André Derain. Der Bildhintergrund ist abstrakt und in Rot- und Grüntönen gehalten. Ein Pierre Bonnard, ein Cézanne und ein Picasso sind so lieblos an einer Wand angeordnet, dass ich mir die Frage nicht verkneifen kann, ob es sich um ausgezeichnete Fälschungen handelt.

»Das hat er den Leuten vermutlich erzählt, wenn sie sich danach erkundigt haben«, meint Benton. »Was denkst du?«

»Ich fühle mich wie in einer Kunstgalerie oder einem protzigen Palast. Ich bin nicht sicher, wahrscheinlich stimmt beides ein bisschen. Keine Ahnung, ob die Bilder echt sind oder nicht. Jedenfalls sind sie faszinierend. Und er hat vermutlich nichts an ihnen wahrgenommen außer ihrem Wert.«

»Der Maurice de Vlaminck, vor dem du gerade stehst, wurde in den Sechzigern in Genf gestohlen. Geschätzter Wert etwa zwanzig Millionen.« Bentons Blick folgt mir.

»Und die anderen?«

»Der Picasso hing zuletzt in einer Privatsammlung hier in

Boston, und zwar in den Fünfzigern. In einer Auktion würde er um die fünfzehn Millionen bringen, wenn da das kleine Problem nicht wäre, dass es recht schwierig ist, gestohlene Kunstwerke zu verkaufen. Außer der Käufer stößt sich nicht daran, und von der Sorte gibt es viele. Meisterwerke wie diese landen in Privathäusern. Sie hängen in Yachten und Privatjets. So machen sie die Runde, bis sie irgendwann wieder auftauchen, wie diese hier. Jemand wird erwischt. Oder jemand erkennt, dass er ein Original vor sich hat. In diesem Fall trifft beides zu.«

»Und das weißt du einfach so.«

»Als ich ein Kind war, hatten wir einen Miró im Wohnzimmer hängen. Eines Tages wurde er gegen einen Modigliani ausgetauscht. Danach kam ein Renoir. Und später war es ein Pissaro, eine Schneeszene mit einem Mann auf einer Straße.«

Benton tritt vom Fenster weg, um den Vlaminck zu betrachten. Ein Bild, das die Seine darstellt. Die strahlenden Farben sind faszinierend.

»Den Pissaro hatten wir am längsten. Ich war sehr unglücklich, als ich aus dem College nach Hause kam, und plötzlich war er fort. Über dem Kamin gab es ein Stück Wand, wo die Bilder ständig wechselten. Mein Vater hat sie häufig verkauft und gekauft, ohne je sein Herz daran zu hängen. Für mich war jedes Bild wie eine Katze oder ein Hund. Ich liebte es oder eben nicht, aber ich habe jedes von ihnen vermisst, wenn es weg war. Genauso wie man einen Freund, den langweiligsten Lehrer an der ganzen Schule oder sogar den Klassenrowdy vermisst. Es ist schwer zu erklären.«

Ich weiß, dass sein Vater ein Kunstkenner war und dass er mit Bildern viel Geld verdient hat. Doch von der Wand über dem Kamin und dem Pissaro, den Benton vermisst hat, höre ich zum ersten Mal.

»Ich habe fünf Minuten gebraucht, um etwas über diese Bilder rauszukriegen. Bevor Granby mich nach Hause geschickt hat, habe ich Fotos davon an mein Büro gemailt.« Benton hält sein Smartphone hoch, das inzwischen unser zuverlässigstes Verbindungsstück zu Wahrheit und Gerechtigkeit ist. »Die kleine Bronzeskulptur auf dem Nachttisch ist ein Rodin. Unten am linken Fuß ist seine Signatur zu erkennen. Sie wurde 1942 aus einer privaten Sammlung in Paris gestohlen und gilt seitdem als verschollen.«

Unter der Skulptur befinden sich Zettel und Papiere, die wie Quittungen aussehen. Offenbar hat Lombardi sie als Briefbeschwerer benutzt, und die Abscheu, die ich eigentlich nicht empfinden sollte, weil ein Tatort nie etwas Persönliches werden darf, steigert sich noch, als ich in sein Ankleidezimmer schaue. An den Kleiderstangen drängen sich Maßanzüge und Hemden. Außerdem stehen da reihenweise handgenähte Schuhe, und die Anzahl der italienischen Seidenkrawatten muss in die Hunderte gehen. Die Ablage im Bad besteht aus Tigerauge, das Waschbecken ist vergoldet, und die Rasierutensilien haben Griffe aus Mammutelfenbein.

An der Wand hinter Dusche und Wanne prangt ein opulentes *trompe l'œil,* das Lombardi in Anzug und Krawatte darstellt. Er posiert mit einem prachtvollen Araberhengst vor einer englischen Scheune. Durch den Torbogen hinter ihm ist eine Landschaft zu sehen, die eher an die Toskana als an die Umgebung von Concord erinnert. Seine dickliche Hand ruht besitzergreifend auf dem schimmernden Hals des Pferdes, während sich ein Hufschmied mit Lederschürze und Gamaschen über das Hinterbein beugt und es mit einem ledernen Handschuh umfasst, um den Huf zu beschneiden. Lombardis Mondgesicht mit den kleinen kalten Augen scheint mich anzustarren, als ich mich vorbeuge, um die Szene aus der Nähe zu betrachten.

Die Werkbank ist mit einer Schraubzwinge, vielen Bohrern, Raspeln, Scheren, Feilen und einem Lederriemen ausgestattet. Doch der Gegenstand, den der Hufschmied fest in der rechten Hand hält, versetzt mich an einen Ort, von dem ich nicht geglaubt habe, dass ich ihn bei einem Besuch in Lombardis Privathaus je betreten würde. Plötzlich befinde ich mich im Stall, obwohl ich nie dort gewesen bin, und mustere ein Messer mit langem Holzgriff und einer kleinen, meißelförmigen Klinge, die eine Seite gezackt, die andere glatt, mit einer nach innen gebogenen Spitze, mit dem man lockeres und trockenes Horn von einem Pferdehuf entfernt.

»Sah es im Stall so aus, als du mit Marino dort warst?« Ich deute auf die Werkbank, die in einem großen Raum steht. Der Boden ist mit Heu bedeckt, an der Decke verlaufen freiliegende dunkle Holzbalken.

»So hübsch und ordentlich war es nicht, und außerdem führte kein steinerner Torbogen zu einem Weinberg«, spöttelt Benton. »Aber es liegen eine Menge Werkzeuge herum. Das Pferd heißt übrigens Magnum.«

40

»Ein Hufmesser.« Ich berühre das Messer in der Hand des Hufschmieds auf dem Wandbild.

»Die scharfe, gebogene Spitze würde den breiteren, flachen und schartigen Einschnitt erklären, der die Haut an manchen Stellen abgeschält hat und parallel zu dem tiefen verläuft, der von der scharfen Kante der Klinge stammt«, beschreibe ich Benton die Verletzungen. »Der Mörder könnte in den Stall gegangen sein, weil er wusste, was sich dort leicht entwenden und als Waffe benutzen ließ. Ich kann mir nicht vorstellen, dass er sich nicht auf dem Gelände auskennt und dass niemand ihn beobachtet hat.«

Ich fahre mit dem Finger den braunen Holzgriff in der Hand des Hufschmieds entlang bis zu der kurzen silbrigen Klinge, die sich an der Spitze nach innen biegt. Ich spüre die dicken Farbschichten auf dem kühlen, rauen Marmor und stelle mir vor, wie Lombardi beim Baden oder Duschen stets das Werkzeug im Blick hatte, das eines Tages beinahe seinen Kopf vom Hals trennen sollte.

»Es ist keine Waffe, an die man automatisch denken würde, wenn man nicht weiß, dass es so etwas überhaupt gibt.« Ich male mir aus, wie ich das Hufmesser in die Finger bekomme und es an ballistischer Gelatine ausprobiere, um festzustellen, was genau damit möglich ist. »Wer es nur auf einer Werkbank liegen sieht, ahnt möglicherweise gar nicht, wie gefährlich es ist. Es ist scharf genug, um einen Huf zu beschneiden, aber nicht so scharf, dass es das Pferd am Fuß verletzen würde, also nicht so scharf wie ein Rasiermesser, das schwierig zu handhaben wäre, wenn man außer sich und voller Blut ist. Wie Hufschmiede ihre Werkzeuge schärfen, ist eine Kunst für sich. Nicht zu scharf und nicht zu stumpf, damit man seine Arbeit machen kann, ohne sich selbst oder dem Pferd weh zu tun.«

»Er hat sich für eine ungewöhnliche Waffe entschieden, was auf den ersten Blick unlogisch wirkt.« Benton tritt hinter die lange, tiefe Steinwanne, um sich das Wandbild aus der Nähe anzuschauen. »Allerdings habe ich dort keine üblichen Messer gesehen. Vielleicht hat er sich einfach den erstbesten Gegenstand geschnappt, der herumgelegen hat, was mit seinem Drogenkonsum zusammenhängen könnte. Er könnte beobachtet haben, wie Pferde gepflegt oder beschlagen werden, wie die Hufschmiede müde werden und ins Schwitzen geraten und wie die Pferde nicht stillhalten, genauso wie Menschen nicht stillhalten, wenn man ihnen die Kehle durchschneidet. Möglicherweise war er ja auch dabei, als sich jemand verletzt hat, oder er hat zugesehen, wie die Messer geschliffen wurden.«

Er betrachtet das Hufmesser.

»Und für seinen immer mehr aus dem Ruder laufenden Verstand hat das eine Bedeutung«, tastet Benton sich an die Gedankenwelt des Täters heran. »Er sieht sich selbst als Pferd, als ein weiteres Besitztum von Lombardi, das unter seiner Fuchtel steht, eingesperrt ist und respektlos und gleichgültig behandelt wird. Vielleicht wurde er heute Morgen kritisiert, hat also verbal Prügel bezogen. Das könnte etwas Symbolisches haben wie die Mentholsalbe oder die Werkzeuge unter den Steinen. Macht. Ich gewinne, du verlierst. Darum geht es eigentlich immer, nur dass es sich in diesem Stadium um ein Nebenprodukt seines Wahns handelt.«

»Das Einzige, was ich mit ziemlicher Sicherheit sagen kann,

ist, dass der Täter nicht zufällig in den Stall gegangen ist«, antworte ich. »Er ist nicht versehentlich über ein ungewöhnliches Werkzeug mit einem langen Holzgriff und einer gedrungenen, oben gebogenen Klinge gestolpert und hat sich gedacht, dass es sich doch prima als Mordwaffe eignet.«

»Er kennt sich mit Pferden, in diesem Stall und in diesem Anwesen aus«, stimmt Benton zu. »Und inzwischen wird er so von seinen Wahnvorstellungen beherrscht, dass sie sein gesamtes Leben auf den Kopf stellen.«

»Warum verraten uns die Mitarbeiter dann nicht, wer er ist? Aus Angst, dass er sich an ihnen rächen könnte, wenn wir ihn nicht zuerst erwischen?«

»Vielleicht trifft auch das Gegenteil zu. Sie fürchten ihn nicht, weil er sie nicht fürchtet. Insbesondere dann, wenn er vor der Tat im Stall war, sich gut mit allen verstanden hat und hier aus und ein geht.«

»Dann sind sie jetzt Komplizen in einem Mordfall, Mittäter, weil sie den wahren Mörder decken.«

»Wenn man es ihnen nachweisen kann, ja.«

»Vermutlich verhalten sie sich aus reiner Gewohnheit so«, merke ich an, während ich Lombardi und den Hufschmied mit seinem Messer fotografiere. Wieder klingelt die Fahrradglocke. Eine neue Nachricht von Lucy landet auf Bentons Smartphone.

»Mit seiner zweiten Frau hat er drei Kinder«, teilt er mir mit. »Der Sohn ist Finanzexperte in Tel Aviv, die beiden Töchter studieren in Paris und London.«

»Klingt nach harmonischem Familienleben«, erwidere ich. Ich beschließe, das Foto von dem jungen Mann und dem Elefanten an Lucy zu schicken. Es löst nämlich ein unbehagliches Gefühl in mir aus.

Als Benton und ich das Haus verlassen, ohne dort etwas

verändert zu haben, erscheint mir die Nacht noch unfreundlicher und kälter. Die dichten Nadelbäume kommen mir noch nasser vor, und ihre triefenden Äste greifen nach uns, als der Wind heftig an ihnen rüttelt. Auf dem Parkplatz stehen inzwischen noch mehr Fahrzeuge, und im Bürogebäude sind alle Fenster hinter den Jalousien hell erleuchtet. Die Toten sind mittlerweile fort und liegen, obduziert und wohlbehalten, in meinen Kühlkammern.

Ich habe das Gefühl, dass es schon viel später ist, als die Uhr anzeigt, und das Dröhnen von Bentons Turbo-Porsche klingt lauter, als ich es in Erinnerung habe, während wir die Auffahrt entlangrollen. Wir passieren den großen roten Stall und bleiben an der Straßensperre stehen, wo ein schwarzer FBI-Transporter mit getönten Scheiben parkt. Ein Überwachungsfahrzeug, und ich weiß, dass da sicher noch mehr sind, die Concord und die Zufahrtsstraßen im Blick haben, ebenso wie sämtliche Straßenkreuzungen, über die sich die Zielperson davonmachen könnte. Wenn sie die richtige Zielperson suchen würden, fände ich das ja beruhigend, aber das tun sie nicht.

Benton schaltet den Porsche in den Leerlauf und zieht die Handbremse an. Er öffnet das Fenster und wartet, denn er weiß genau, wie das FBI denkt, weshalb es wichtig ist, nichts Plötzliches oder Unerwartetes zu tun, was fehlgedeutet werden könnte. Vielleicht erkennen die Agents im Transporter ja sein Auto, weil es auf dem Gelände gestanden hat. Allerdings interessieren sie sich nicht für Benton, da sie ja Posten am Ende der Auffahrt bezogen haben, versteckt in ihrem mit Technik vollgestopften Transporter. Ich stelle mir vor, wie sie jedes Auto, jeden Laster und jedes Motorrad verfolgen, das auf der Straße vorbeifährt. Sie halten Kontakt zu ihren Kollegen in Fahrzeugen und zu Fuß und warten auf eine Gelegenheit, mit Hilfe von Ablenkungsmanövern und Lockmitteln das zu aktivieren, was Benton als schwebenden Käfig bezeichnet. Und der senkt sich dann unsichtbar über den Menschen, hinter dem sie her sind.

Als Benton einen Knopf auf der Mittelkonsole drückt, senkt sich surrend mein Fenster. Ich spähe hinaus in die neblige Nacht, aus der ein Agent in schwarzer Kampfuniform auftaucht. Den Karabiner trägt er quer vor der Taille. Den Finger hat er am Abzug. Wenn er nicht weiß, wessen Fahrzeug er vor sich hat, werden wir warten müssen, während er das Kennzeichen überprüft. Er ist weder freundlich noch unfreundlich.

Sein Gesicht, ohne die Spur eines Lächelns, erscheint in meinem offenen Fenster. Jung, Stoppelhaarschnitt, nett aussehend, schlank, so wie alle seine Kollegen. Lucy bezeichnet sie als Stepford Cops – Roboter, identisch programmiert und schablonenhaft, und sie muss es wissen, denn sie hat früher einmal dazugehört. Agents der Bundespolizei, dank ihres Auftretens, ihrer Macht und ihrer Telegenität Werbeikonen für die USA, pflegt sie zu sagen.

Der Mensch ist viel zu empfänglich für Heldenverehrung und Idolisierung, und meine Nichte hätte kein größerer Fan sein können, als sie als Praktikantin dort anfing, während sie noch auf dem College war. Das FBI ist beeindruckend und sexy wie sonst nichts, lautet ihr Credo, allerdings nur so lange, bis man frontal mit der ihm eigenen Kombination aus mangelnder praktischer Erfahrung und Gewaltenkontrolle zusammenprallt. Bis man einem Ed Granby begegnet, der nur Washington gegenüber rechenschaftspflichtig ist, denke ich, weshalb ich nicht sehr freundlich klinge, als ich dem Agent mitteile, wer ich bin und dass ich nun den Tatort verlasse.

Meinen Dienstausweis zeige ich nicht vor, weil ich will, dass er mich darum bittet. Er schaut an mir vorbei in Richtung Benton, der schweigt und ihn ignoriert, was die beabsichtigte

Wirkung hat. Nervosität und Unsicherheit malen sich auf dem Gesicht des Beamten, als er erkennt, dass er es mit einem ungeduldigen und befehlsgewohnten Menschen zu tun hat, der sich nicht von ihm einschüchtern lassen wird. Doch im nächsten Moment ist da ein anderer Ausdruck. Der Agent lächelt, und ich spüre seine Wut, bevor er Benton in die Schranken weist.

»Wie geht es Ihnen, Mr. Wesley?« Er stützt den Arm auf den Lauf des Karabiners und beugt sich ein Stück vor. »Niemand hat mir gesagt, dass Sie noch hier sind. Aber ich dachte mir, dass Sie so ein Auto nicht einfach stehen lassen und mit jemandem mitfahren würden.«

»Das würde ich nicht«, lässt Benton die Anspielung des FBI-Manns an sich abperlen.

Sein Porsche ist nicht unbemerkt geblieben. Vermutlich haben alle angenommen, dass wir uns noch auf dem Gelände aufhalten und uns umschauen, doch wir sind uninteressant. Da wir nicht Teil des gewaltigen Apparats sind, kümmert sich niemand um uns. Wir stellen keine Bedrohung dar, vermutlich nimmt sogar Granby das an. Im nächsten Moment erscheint ein weiterer Agent von der anderen Seite des Transporters her, die ich von meinem Platz aus nicht im Blick habe. Es ist eine gutaussehende Frau in Uniform, deren Pferdeschwanz hinten aus ihrer Baseballkappe lugt. Sie tritt neben ihren Kollegen und lächelt mich an.

»Wie geht's denn so?«, fragt sie, als handle es sich um ein geselliges Beisammensein.

»Die Waffe, die Sie suchen, könnte aus dem Stall stammen.« Ich schaue in die entsprechende Richtung, doch das Gebäude ist hinter einer Wegbiegung verborgen. »Ein Messer, das man zum Beschneiden von Pferdehufen benutzt, mit einem langen Holzgriff und einer sehr scharfen Klinge, die an der Spitze gebogen ist.«

»Die Mordwaffe könnte also noch im Stall sein?« Der männliche Agent lässt uns nicht aus den Augen.

»Es ist nicht anzunehmen, dass der Täter zurück in den Stall gelaufen ist, nachdem er drei Menschen umgebracht hatte«, stelle ich trocken fest. »Allerdings werden Sie vermutlich weitere Hufmesser dort finden, und es ist ziemlich wahrscheinlich, dass er sich vor der Tat dort aufgehalten hat. Vielleicht möchten Sie das ja an Ihre Spurensicherungsmannschaft weitergeben.«

»Was bringt Sie auf diesen Gedanken?«, erkundigt sich der weibliche Agent, eher neugierig als besorgt.

»Die Verletzungen an den Kehlen der Opfer passen zu dem Messer, das ich soeben beschrieben habe. Und falls der Mörder es nicht zum Tatort mitgebracht hat, hat er es hier gefunden. Ich weiß nicht, was die Schnittwunden, die ich gesehen habe, sonst hervorgerufen haben könnte.«

»Sind Sie sicher, dass es sich um einen bestimmten Messertyp handelt?«, hakt sie nach, als würde sie sich dafür interessieren, was sie eindeutig nicht tut.

»Bin ich.«

»Also sollten wir nicht nach verschiedenen Messern wie Küchenmessern suchen.«

»Damit würden Sie nur Ihre Zeit vergeuden und Ihren Labors überflüssige Arbeit aufbürden.«

»Ich kümmere mich darum.« Der männliche Agent nimmt die Hand vom Fenster und weicht vom Wagen zurück. »Ich wünsche Ihnen frohe Weihnachten.«

Die beiden schieben Sägeböcke beiseite, so dass wir erst im ersten, dann im zweiten Gang hindurchrollen können. Bevor Benton in den dritten schaltet, lässt er den PS-starken Motor aufheulen, seine Methode, ihnen zu sagen, dass sie ihn mal im Mondschein besuchen können. Er ist kurz davor, es laut auszusprechen, und ich habe den Verdacht, dass Granby etwas dergleichen zu ihm gesagt hat.

Während ich Lucys Mobilnummer wähle, frage ich mich, welche Hebel Ed Granby in Bewegung gesetzt haben könnte. Ich spüre einen Anflug von Paranoia, und meine Gedanken überschlagen sich.

Es ist nicht nur möglich, sondern eher sogar wahrscheinlich, dass er von unserer nicht genehmigten Durchsuchungsaktion weiß. Dennoch hat er nichts dagegen unternommen, weil er verschlagen und berechnend ist. Er ist mit Leib und Seele Politiker und kann es sich deshalb nicht leisten, den Chief Medical Examiner von Massachusetts aus einem Haus hinauszukomplimentieren, in dem gerade ein in sämtlichen Medien erörterter dreifacher Mord stattgefunden hat.

Damit würde er sich nämlich verdächtig machen. Es würde aussehen, als hätte er Dreck am Stecken. Ein realistisches Bild also. Granby hätte zwar nicht gezögert, Benton an die Luft zu setzen, aber er ist nicht dumm. In meinem Fall muss er verstohlener zu Werk gehen. Er wird seine Spurensicherungsleute und alle anderen Agents so lange von Double S fernhalten, bis Benton und ich verschwunden sind. Plötzlich erscheinen mir meine elektronischen Kommunikationsmittel nicht mehr sicher. Eigentlich gilt das inzwischen für alles.

»Wir fahren gerade los. Deshalb werde ich mich kurz fassen.« Auf diese Weise teile ich Lucy mit, dass ich mich vorsichtig ausdrücken werde.

»Klar«, antwortet sie.

»Ich weiß nicht, wann wir zu Hause sind, und ich mache mir Sorgen um Sock.« Sie ahnt, dass ich auf etwas anderes hinauswill, denn Janet hat den Hund gegen fünf abgeholt, als meine Haushälterin Rosa gegangen ist. Lucy hat mir das schon bestätigt.

»Ihm geht es prima. Übrigens soll ich dir von Rosa ausrichten, dass sie einen Weihnachtsbaum aufstellen wird, wenn du es nicht tust. Das heißt, falls Bryce nicht bei dir reinplatzt und ihr zuvorkommt.«

»Ich kümmere mich drum«, erwidere ich.

»Sock kann heute nicht nach Hause.«

Was heißt, dass ich nicht nach Hause kann und dass Benton sich besser auch fernhalten sollte. Der Mörder hat sich schon einmal auf unserem Grundstück herumgedrückt, und obwohl wir nicht wissen, wie stark seine Wahnvorstellungen sind, hat er mit Sicherheit welche.

Im Moment hält Sock vermutlich bei Lucy, die ganz hier in der Nähe wohnt, ein Nickerchen, und ich wünschte, ich hätte die Zeit, bei ihr vorbeizuschauen. Warum verläuft mein Leben nicht in sicheren und geordneten Bahnen, damit ich mir mit meiner Familie und meinem Hund ein gemütliches spätes Abendessen gönnen kann?

»Wer ist noch im Büro?«, erkundige ich mich.

»Bryce, der Sicherheitsdienst und ich. Marino ist mit Machado unterwegs. Die Docs sind alle fertig und haben Feierabend gemacht.«

»Ist Anne schon zu Hause?«

»Sie und Luke sind irgendwo essen gegangen. Keine Ahnung, wo sie danach hinwollten, aber sie haben beide gesagt, sie würden zurückkommen, falls du sie brauchst.«

Ich hatte schon so einen Verdacht, dass Anne etwas mit dem attraktiven Frauenhelden Luke Zenner hat. Es ist mir zwar egal, doch es wird nicht von Dauer sein, was nicht weiter schlimm ist, solange sie es sich genauso wenig zu Herzen nimmt wie er.

»Das ist nicht nötig«, erwidere ich. »Aber richte ihnen aus, dass sie sehr vorsichtig sein müssen. Es gibt gute Gründe, sich wegen des geistigen Zustands der Person, nach der das FBI sucht, Sorgen zu machen.«

»Das kann ich mir denken. Immerhin hat dieser Mensch innerhalb von zwölf Stunden vier Leute umgebracht, und niemand weiß, was er als Nächstes anrichtet.«

»Ist bei dir alles in Ordnung?«, erkundige ich mich durch die Blume, wie es bei ihr vorangeht. Das heißt, mit der Durchsuchung des Servers von Double S. »Gab es Nachfragen in Sachen Ort oder Status?«

»Richtig.«

Das FBI weiß also, dass wir den Server haben, und hat sich mit dem CFC in Verbindung gesetzt.

»Der übliche Papierkrieg wird sich eine Weile hinziehen«, fügt Lucy hinzu.

Sie hat sie ausgebremst.

»Aber es könnte nicht besser klappen.« Sie greift mein Stichwort auf und sagt nichts, woraus man ihr einen Strick drehen könnte.

»Wenn ich da bin, gehe ich sofort in den Vorführraum, falls schon alles aufgebaut ist.«

»Alles bereit. Ich habe den kaputten Projektor ausgetauscht. Sag ihm, er soll zuerst zu mir raufkommen.« Sie erwähnt Benton nicht namentlich. »Ich habe da eine echt coole neue Suchmaschine, die ich ihm zeigen will.«

Sie hat weiteres Belastungsmaterial gegen Ed Granby gefunden. Ganz gleich, was er auch ausgeheckt haben mag, hat er sicher nicht damit gerechnet. Allerdings führt er etwas im Schilde. Wir müssen vorsichtig sein.

Und vor allem müssen wir klug und geschickt zu Werk gehen.

»Wird gemacht«, erwidere ich.

Ich beende das Gespräch, lege das Telefon auf meinen Schoß

und schaue aus dem Fenster in die dunkle Nacht. Wir fahren am Minute Man Park vorbei, der nun neblig und menschenleer ist. Undeutlich sind die Silhouetten von Statuen und die geschwungene Fußgängerbrücke aus Holz auszumachen, über die der Mörder heute Morgen geflohen ist. Die Lichter von Double S in der Ferne scheinen durch die Bäume zu flackern, als wir die verlassene Straße entlangfahren.

»Was du da angedeutet hast, wäre eine illegale Abhöraktion«, sagt Benton.

»Ich kann mich nicht erinnern, irgendetwas angedeutet zu haben.« Er wird zu seinem Verein halten, denke ich bedrückt und empfinde die Mischung aus Wut und Trauer, die stets für Abstand zwischen uns sorgt.

»Ich weiß, was es zu bedeuten hat, wenn du so redest, Kay.«

»Und du weißt außerdem, warum ich mir Sorgen mache, Benton.«

Vermutlich wird er niemals wahrhaben wollen, wie ernst die Lage ist. Und ich werde wieder von der altvertrauten Niedergeschlagenheit und Empörung ergriffen, die an meiner Seele nagt. Benton idealisiert das FBI, bei dem er seit seinen von Zuversicht erfüllten Jugendtagen tätig ist. Als einfacher Agent hat er angefangen und sich bis zum Höhepunkt seiner Karriere emporgearbeitet, nämlich zum Leiter der damaligen Abteilung für Verhaltensforschung in Quantico.

Ich verstehe sein Dilemma. Sogar Lucy tut das. Einzusehen, wozu das FBI und das ihm übergeordnete Justizministerium inzwischen fähig sind, wäre für ihn, als würde ich eine Autopsie gefühllos mit einem wissenschaftlichen Experiment, wie etwa dem Sezieren eines Frosches, gleichsetzen.

»Sie werden für alles eine Rechtfertigung finden, auch wenn es das heimliche Ausspionieren von Bürgern, Journalisten oder einer Rechtsmedizinerin ist. Das ist nichts Neues, es ist nur schlimmer geworden.« Es handelt sich um eine Wahrheit, die ich in letzter Zeit viel zu häufig wiederholen muss. »Seit diese Hemmschwelle überschritten wurde, ist es für Granby und seinesgleichen ein Kinderspiel, gegen Gesetze zu verstoßen.«

»Er kann sich nicht auf Gefahr im Verzug herausreden, um uns nachzuspionieren. Ich möchte nicht, dass du paranoid wirst.«

»Sei nicht so verdammt anständig, Benton, er ist es nämlich nicht. Er kann tun und lassen, was ihm gefällt. Und welche Möglichkeit haben wir, dagegen vorzugehen? Sollen wir die Regierung verklagen?«

»Wir müssen die Ruhe bewahren.«

»Ich bin ganz ruhig. Ich könnte gar nicht ruhiger sein. Außerdem kenne ich die Fälle, und du kennst sie ebenso. Und auf jeden, von dem wir erfahren, kommen unzählige andere, die im Verborgenen bleiben. Das weißt du besser als ich, denn es ist deine gottverdammte Behörde, Benton. Du weißt, was hinter den Kulissen passiert. Wer stoppt denn das Justizministerium oder das FBI, wenn man dort beschließt, jemanden ohne richterliche Anordnung auszuspionieren?«

»Granby ist nicht das FBI, wie du und ich es kennen.«

»Das FBI, wie wir es früher kannten, ja. Das sieht ja wohl ein Blinder.« Ich bemühe mich, nicht so zornig und heftig zu klingen, wie ich mich fühle, weil ich Benton damit noch mehr in die Defensive drängen würde.

Ich spreche das Wort *Polizeistaat* nicht aus, obwohl es mir auf der Zunge liegt. Denn dass wir jetzt, wenn wir abgehetzt und müde sind, auch noch zu streiten anfangen, hätte uns gerade noch gefehlt. Benton und ich haben schon öfter hitzige Debatten über das Verteidigungsministerium und das Justizministerium geführt. In diesen Dingen werden wir uns nie einigen können, doch im Alltag haben wir ein Friedensabkommen.

Nur dass diese Situation alles andere als alltäglich ist. Benton wird nicht darum herumkommen, seinen Chef Ed Granby zur Strecke zu bringen. Er ist der Einzige, der diesen Mann erledigen kann, und das weiß er auch, ist aber so prinzipientreu, dass er es bedauert. Das Problem ist, dass er darauf bestehen wird, die Sache diskret und mit Würde über die Bühne zu bringen, was bei der Schlange, mit der wir es zu tun haben, nie im Leben funktioniert. Lucy und ich müssen einen Weg finden, Benton ein wenig Hinterlist beizubringen, eine Aufgabe, die vermutlich an mir hängenbleibt.

»Das FBI ist weit davon entfernt, perfekt zu sein, aber das gilt doch wohl für jede Behörde.« Benton sieht mich beim Fahren nicht an. »Er wird seine gerechte Strafe bekommen.«

»Dafür werde ich sorgen.« Allmählich nimmt eine Idee Gestalt an.

»Das ist nicht deine Sache.« Als er herunterschaltet, um an einer Kreuzung mitten im dichten Wald vom Gas zu gehen, sinkt das kehlige Grollen des Motors um eine Oktave.

»Deine Leute verlangen, dass wir den Server von Double S rausrücken«, gebe ich Lucys Botschaft weiter. »Und ich bin bereit, das noch heute Abend zu tun. Doch Granby muss die Empfangsbestätigung persönlich unterschreiben. Ansonsten werde ich den bürokratischen Aufwand tagelang hinauszögern. Ich bezweifle nämlich, dass das FBI mein Institut stürmen wird.«

»Natürlich nicht.« Als Benton mir einen Blick zuwirft, spüre ich seine Entschlossenheit, durchsetzt von Enttäuschung. »Das ist ein guter Vorschlag. Er soll persönlich antanzen.«

Das Smartphone auf meinem Schoß leuchtet hell, während ich weiter an meinem Plan feile. *Zeugen,* denke ich. Und zwar welche, die nicht bei einer Strafverfolgungsbehörde arbeiten, aber gute Beziehungen zu einflussreichen Persönlichkeiten haben. Anwälte, denen das FBI den Buckel runterrutschen kann. Lucys Lebensgefährtin war früher beim FBI und ist nun eine bekannte Anwältin für Umweltrecht. Und dann ist da noch Carin Hegel, mit dem Gouverneur und dem Justizminister befreundet, um nur einige ihrer Bekannten zu nennen.

Benton biegt an der Lowell Road links ab und überquert langsam einen Fußgängerüberweg. Dann führt die zweispurige Straße über den Fluss, der aussieht wie ein schwarzes Band, und bringt uns in die Innenstadt, wo wir die Main Street in Richtung Schnellstraße nehmen werden. Als ich Benton die Hand auf den Arm lege, spüre ich, wie sich seine Muskeln anspannen, während er den Schaltknüppel bewegt. Ich rufe noch einmal Lucy an.

»Könntest du den Personen, die dich kontaktiert haben, mitteilen, dass wir gern kooperieren, sofern die Kette der Beweissicherung so eingehalten wird, dass sie voll und ganz mit meinen Vorschriften übereinstimmt«, sage ich zu ihr. »Das heißt, dass ich den betreffenden Gegenstand nur dem Leiter der Abteilung persönlich und gegen Unterschrift aushändigen werde. Ansonsten wird sich ein langwieriges und mühsames bürokratisches Verfahren ergeben. Das Beweisstück kann bis Mitternacht abgeholt werden, denn ich bin unterwegs ins Büro. Ach, noch etwas, ich würde mich freuen, wenn Sock sofort ins Büro gebracht werden könnte.«

Meine Nichte schweigt und überlegt, was das zu bedeuten haben könnte.

»Er ist so ängstlich, und solange ein Mörder frei herumläuft, ist er im Büro vermutlich am besten aufgehoben, bis das FBI den Betreffenden findet oder uns versichert, dass er sich nicht mehr in unserer Gegend aufhält«, füge ich hinzu, um der Person, die meinen Anruf möglicherweise mithört, eine Freude zu machen.

Vielleicht werde ich ja gar nicht abgehört, doch ich bin lieber vorsichtig.

»Kein Problem«, erwidert Lucy. »Ich gebe alles weiter, und dann kommt der nächste Schritt.«

»Genau so habe ich es mir gedacht. Ich glaube, angesichts der Umstände bleibt uns nichts anderes übrig.«

»Ich kümmere mich darum und besorge auch etwas zu essen.« Damit wird sie Janet und Carin Hegel beauftragen. Außerdem wird sie keinen Zweifel daran lassen, dass Ed Granby ins CFC kommen und den Server persönlich bei mir abholen muss, wenn das FBI ihn haben will.

»Ich habe Eintopf und eine leckere Minestrone im Gefrierschrank. Außerdem Lasagne und eine Bolognese-Sauce, die ziemlich gut geworden ist.« Ich überlege, was ich sonst noch brauche. »Und bring eine Dose mit Socks Futter, seine Tabletten und eines seiner Betten mit.«

41

Ich bin allein im Vorführraum, wo mir schmerzlich bewusst wird, dass wir, wenn die Welt nicht so schlecht und die Menschheit nicht voller Defizite wäre, nicht solche ausgeklügelten Technologien brauchten, keine Multi-Touchscreens, keine taktilen Schnittstellen, keine Kartenprojektoren und keine Datentunnel. Und das alles nur, um herauszufinden, welche bösen oder traurigen Dinge zu den Tragödien geführt haben, die man zwar möglicherweise besser verstehen, aber nie wieder rückgängig machen kann.

Wie mein Vater zu sagen pflegte, als er im Sterben lag, ans Bett gefesselt war und nicht mehr ohne fremde Hilfe essen konnte: *Wenn mein Wunsch Wirklichkeit wäre, Kay, würde ich jetzt im Garten in der Sonne sitzen und eine Orange schälen.* Der verstorbene Dr. Schoenberg hat sich gewünscht, er hätte seine ebenfalls verstorbene Patientin Sakura Yamagata daran hindern können, mit Flügeln, die sie nicht hatte, nach Paris fliegen zu wollen. Und die tote Gail Shipton hat sich gewünscht, das zu durchbrechen, was sie schon in einem viel zu jungen Alter blockiert hat. Wenn man dem Menschen die Wahl lassen würde, würde sich niemand wünschen, drogensüchtig, verlogen, schwach, depressiv oder tot zu sein.

Menschen versagen. Alles ist fehlerbehaftet. Und der Zauber, mit dem wir geboren werden, an den wir glauben, für den wir uns bemühen, an dem wir irgendwann zweifeln und den wir schließlich fürchten lernen, verrostet, verblasst, verrottet, verfällt, verwelkt, verendet und verwandelt sich letztlich in

Staub. Und meine Reaktion darauf fällt immer gleich aus. Ich räume auf. Das ist mein Beruf, und nun tue ich es wieder, als ich an dem langen interaktiven Glastisch stehe, unter dem computergesteuerte Datenprojektoren Dokumente und Fotos abbilden. Ich berühre sie leicht mit der Hand, um sie aus virtuellen Ordnern zu nehmen, bewege sie, blättere sie durch, als bestünden sie aus Papier, und vergrößere und verkleinere sie. So sichte ich die Berichte über Gabriela Lagos' Autopsie, die Laboruntersuchungen und die polizeilichen Ermittlungen.

Daneben, an einer geschwungenen Wand, leuchtet, riesengroß und grotesk, ihr Bild in 3-D. Ich gehe vom Glastisch zu einem kleineren, wo eine drahtlose Tastatur und eine Maus aufgebaut sind. Dabei fühle ich mich, als sei ich selbst in dem Raum mit der Badewanne, dem schmutzigen Wasser und der aufgequollenen Leiche. Ich kann jede Vene und Arterie sehen, die sich grünlich schwarz unter der durchscheinenden, verrutschenden Haut abzeichnet, die außerdem wegen der schweren Verbrühungen gerötet und voller Blasen ist. Ich bewege die Bilder so, dass es ist, als befände ich mich im selben Raum und untersuchte den Tatort. Ich und nicht mein ehemaliger Stellvertreter Dr. Geist, der inzwischen Ende siebzig ist und in einem teuren Seniorenheim im Norden von Virginia einen gemütlichen Lebensabend verbringt.

Als ich ihn anrufe, ist er zunächst freundlich und sagt, es sei eine nette Überraschung, nach all den Jahren von mir zu hören. Er erzählt, er genösse den Ruhestand sehr und sei hin und wieder beratend in einem Fall tätig. Nicht mehr so häufig wie früher, nur noch, um nicht einzurosten, denn es sei ja so wichtig, geistig rege zu bleiben. Im Laufe des Gesprächs wird er allerdings immer herablassender und mürrischer, und als ich ihn nach Einzelheiten im Fall Gabriela Lagos befrage, reagiert er richtiggehend aggressiv. Es sind dieselben Einzelheiten, über die wir uns schon 1996 gestritten haben, nur dass ich damals noch nicht wusste, was ich heute weiß.

Am 3. August ist er um dreizehn Uhr elf bei ihr zu Hause eingetroffen und hat rasch entschieden, dass ihr Tod ein Unfall war, weil sein Urteil schon von vornherein feststand. Er war darüber informiert, was er vorfinden würde, und hatte sich bereits eine Deutung der Umstände zurechtgelegt. Dahinter bin ich erst heute Abend gekommen.

»Ich weiß noch, dass ihre Leiche in der etwa halbvollen Wanne lag«, sagt er am Telefon. Es ist etwa halb elf, und ich merke ihm an, dass er schon ein paar Gläser intus hat. »Eindeutig Tod durch Ertrinken, es war nichts Verdächtiges daran. Wenn ich mich recht entsinne, hatten wir beide deshalb eine kleine professionelle Auseinandersetzung.«

»Sind Sie, rückblickend betrachtet, noch immer sicher, dass am Leichenfundort nichts manipuliert worden ist?« Ich frage mich, ob er seine Lügen im Laufe der Jahre vielleicht verdrängt und selbst den Grund dafür vergessen hat. Möglicherweise möchte er sein irdisches Dasein ja als ehrlicher Mensch beenden.

Allerdings sollte es mich eigentlich nicht wundern, dass er sich seitdem kein bisschen verändert hat. Er erwidert, er erinnere sich noch daran, dass es im Haus heiß und stickig und dass das Badezimmerfenster schwarz von Fliegen gewesen sei. Das Surren sei ohrenbetäubend gewesen, denn sie seien zwischen den heruntergelassenen Jalousien und der Scheibe hin und her geschossen. Es habe so atemberaubend gestunken, dass ein Polizist sich habe übergeben müssen. Seine Kollegen seien, mit dem Brechreiz kämpfend, in den Garten geflohen. Gabriela Lagos habe vor ihrem heißen Bad Wodka getrunken, was das Risiko einer Herzrhythmusstörung erhöht habe. Deshalb habe sie das Bewusstsein verloren und sei ertrunken, betet Dr. Geist herunter.

Am Leichenfundort sei nichts Ungewöhnliches gewesen, wiederholt er seine Worte von damals. Er ändert seine Geschichte nicht, weil in den letzten siebzehn Jahren nichts geschehen ist, was ihn dazu bewogen haben könnte, alles noch einmal zu überdenken, Selbstkritik zu üben oder einfach nur seinen Hintern zu retten. Wahrscheinlich hat er bis zu meinem Anruf all die Zeit keinen Gedanken mehr an den Fall verschwendet.

»Und niemand hat in Ihrer Gegenwart im Bad aufgeräumt? Oder vielleicht vor Ihrer Ankunft?«, erkundige ich mich.

»Das kann ich mir nicht vorstellen.«

»Sind Sie wirklich sicher?«

»Ich muss mich gegen Ihre Andeutungen verwahren.«

»Die Küchentür, die nach draußen führte, war nicht abgeschlossen, und es ist Ihnen doch sicher aufgefallen, dass die Klimaanlage ausgeschaltet worden war, Dr. Geist. Und das hat sie vermutlich nicht selbst getan, als sie noch lebte. Es war Ende Juli und weit über dreißig Grad warm.«

Während ich mit ihm spreche, betrachte ich die Fotos auf dem Datentisch. Der Thermostat mit Schalter in Nullstellung. Die offene Tür, durch deren Glasscheibe ein Garten mit dichtem Baumbestand zu sehen ist. Also wäre es ein Leichtes gewesen, sich nach Einbruch der Dunkelheit Zutritt zum Haus zu verschaffen und den Tatort zu manipulieren. Die Person muss gewusst haben, wonach die Polizei suchen würde. Deshalb muss es jemand gewesen sein, der sich gut auskannte und keine Scheu hatte, zu täuschen, zu betrügen und frech zu lügen. Dr. Geist wäre sicher nicht so dreist gewesen, eine Straftat zu begehen. Doch bestimmt war er bereit, gewisse Details zu übersehen, wenn ihn ein Mitarbeiter der Regierung davon überzeugt hätte, dass es in aller Interesse sei.

»Dass sie 1,4 Promille Alkohol im Blut hatte, lag vermutlich an der Verwesung.« Ich hole mir den Bericht heran. »Bei der toxikologischen Untersuchung wies nichts darauf hin, dass sie überhaupt Alkohol getrunken hatte.«

»Wenn ich mich recht entsinne, hat die Polizei eine leere Wodkaflasche und eine Orangensaftpackung im Müll gefunden.« Sein gehässiger Ton und seine blasierte Art lassen mich an eine zu oft abgespielte Schallplatte denken.

»Wir wissen nicht, wer den Wodka getrunken hat. Vielleicht war es ja ihr Sohn oder sonst jemand …«

»Damals war mir nicht bekannt, dass sie einen Sohn hatte. Und als er schließlich in Verdacht geriet, lag das hauptsächlich daran, dass Sie so versessen darauf waren, den Fall zu einer Sensation aufzublasen und sich wichtig zu machen«, unterbricht er mich barsch, was ich von ihm bereits kenne. »Es ist nicht die Aufgabe eines Rechtsmediziners, Schlussfolgerungen zu ziehen, und wie ich schon immer sage, würden Sie sich einen großen Gefallen tun, wenn Sie sich aus Dingen heraushalten würden, die Sie nichts angehen. Eigentlich hatte ich gedacht, dass Sie das gelernt haben, nachdem Sie Ihren Hut nehmen mussten, was für uns alle natürlich ein trauriger Tag war.«

»Ja, und ich zweifle keinen Moment daran, dass meine Haltung im fraglichen Fall ein klein wenig zu diesem traurigen Tag beigetragen hat. Die angenehme Folge für Sie war, dass Sie bis zur Rente keine Vorgesetzte mehr hatten, die Sie kritisiert und sich wichtig gemacht hat. Außerdem haben Sie dank Ihrer Beratertätigkeit, hauptsächlich für Bundesbehörden, ein recht angenehmes Leben geführt. Es tut mir leid, dass ich Sie so spät störe. Ich hätte nicht angerufen, wenn es nicht dringend wäre.«

»Ich habe stets meinen Respekt vor Ihrer Tüchtigkeit und Kompetenz zum Ausdruck gebracht«, entgegnet er, und ich kann mir gut vorstellen, wie er über mich gelästert hat, wenn sich jemand dafür verwenden wollte, mich auf meinem Posten zu belassen. »Allerdings sind Sie immer einen verdammten Schritt zu weit gegangen. Ihre Aufgabe ist es, die Leiche zu untersuchen, nicht sich zu fragen, wer der Täter sein könnte und wer nicht und warum und wieso. Dafür sind wir Forensiker ebenso wenig zuständig wie für das Ergebnis der Gerichtsverhandlung.«

Er hält mir immer noch Vorträge, und ich verabscheue ihn genauso wie damals, als ich seine gebeugte Gestalt zum letzten Mal bei einer Sitzung gesehen habe. Das war, nachdem ich Virginia endgültig den Rücken gekehrt hatte. Er sah mich aus seinem spitzen Gesicht an und bleckte die gelben Zähne, während er mir die Hand schüttelte und meinte, er bedaure es sehr, aber ich sei ja noch jung genug für einen Neuanfang. Vielleicht könnte ich ja an einer medizinischen Fakultät unterrichten.

»Mir liegt eine Kopie der gesamten Akte vor, einschließlich der Telefonnotizen«, sage ich. Inzwischen verhält er sich offen feindselig. »Und ich habe gesehen, dass das FBI Sie im Zusammenhang mit dem Fall Gabriela Lagos angerufen haben muss, da die Notiz in ihrer Akte liegt und mit ihrer Fallnummer versehen ist.«

»Man hat sich für sie interessiert, weil sie eine Sicherheitsfreigabe hatte, um im Weißen Haus zu arbeiten. Irgendetwas mit ihren Kunstausstellungen. Außerdem war sie ja früher mit irgendeinem Botschafter verheiratet. Ich muss jetzt Schluss machen.«

»Ed Granby, der leitende Special Agent der Außenstelle Washington, hat Sie am 2. August 1996 um genau zehn Uhr drei angerufen.«

»Ich verstehe nicht, was das soll. Außerdem ist es schon sehr spät.«

»Gabriela Lagos' Leiche wurde erst am nächsten Tag gefunden, also am 3. August.«

Ich spreche weiter, bevor er mir wieder ins Wort fallen oder auflegen kann, und erinnere ihn daran, dass sie vermutlich am frühen Abend des 31. Juli gestorben ist. Am 3. August habe eine besorgte Nachbarin die Zeitungen in der Auffahrt und die Fliegenschwärme an den Fenstern bemerkt und die Polizei verständigt.

»Und deshalb interessiert mich, warum Ed Granby sich mit Ihnen wegen dieses Falls in Verbindung gesetzt hat, und zwar einen Tag *bevor* die Leiche entdeckt wurde.« Damit, dass ich das bemerken würde, hat er vermutlich nicht gerechnet. »Wie konnte er von einem Todesfall wissen, der noch gar nicht eingetreten war?«

»Ich glaube, man war wegen der vermissten Jungen in Sorge.«

»Der Jungen? Also mehr als einer?«

»Ich erinnere mich nicht. Nur daran, dass man in Sorge war.« Er wird laut, als sei seine Stimme eine Waffe, mit der er mich attackieren kann.

»Vermutlich hat Granby mit Ihnen geplaudert, um sicherzugehen, dass kein Grund zur Sorge bestehen würde, wenn Sie eine unschöne Entdeckung machen. Was bald geschehen sollte«, entgegne ich schonungslos. »Zufälligerweise bereits am nächsten Tag.«

»Ich würde mich freuen, wenn Sie mich nicht mehr wegen dieser Sache anrufen!«

»Der nächste Anruf wird nicht von mir sein, Dr. Geist.«

In einer hochaufgelösten 3-D-Darstellung ist nicht mehr zu übersehen, dass mein ehemaliger Kollege uns alle absichtlich getäuscht hat. Ich blicke in das altmodisch ausgestattete Badezimmer, und zwar von der Türschwelle aus, also von draußen, als sei ich gerade erst eingetroffen und noch nie zuvor hier gewesen. Dann trete ich wieder ein.

Der schwarze Deckel der weißen Toilette ist geschlossen, so als habe jemand darauf gesessen. Auf dem schwarz-weiß gefliesten Boden davor liegt eine flauschige weiße Matte mit den Abdrücken zweier ziemlich großer Turnschuhe, schätzungsweise Größe fünfundvierzig oder sechsundvierzig. Ich stelle mir vor, wie ein Mann, vermutlich ein junger, auf dem Toilettendeckel saß, während Gabriela ihr rituelles Bad nahm. Das deckt sich mit den Tagebucheintragungen, die Benton auf einer Datensicherungs-CD des fünfzehnjährigen Martin Lagos entdeckt hat. Ich habe die Seiten vor mir.

Sie schmiert sich dieses fiese kalkweiße Zeug ins Gesicht & ruft mich dann wieder & wieder. »Martin! MARTIN*!« Bis ich endlich komme & sie mich so voll krass anglotzt wie immer, wenn sie krank drauf ist. Ich weiß nicht, wie ich das beschreiben soll, & eigentlich sollte ich es auch gar nicht beschreiben müssen. Keine Ahnung, warum ich da überhaupt reingehe. Ich kotze mich selber total an, weil ich es tue, aber sie schreit rum, & dann mach ich es eben. Ich hasse, hasse, hasse das!*

HASS*! Ich habe so einen Hass, & das will ich nicht. Aber so läuft es halt mit der menschlichen Natur, wenn man eigentlich ziemlich okay war, & dann tun die Leute Sachen, die einen runterziehen. Ich weiß, dass ich für den Rest meines Lebens ihr weißes Gesicht sehen werde. So weiß wie bei einem Clown oder dem Joker, umzüngelt von Flammen, & dann der Dampf, der riecht wie der Mist, mit dem sie mich überall einreibt, wenn ich erkältet bin. Ich weiß noch, dass es anfing, als ich krank im Bett lag. Dann kam sie rein, & ich wäre am liebsten gestorben. Daran denke ich jedes Mal, wenn sie mich ruft. »Martin, komm her! Komm & setz dich & rede mit deiner Mutter!«*

Die kleinen Flammen waren Votivkerzen. Solche Kerzen hatte auch jemand nach Gabrielas Tod am Badewannenrand aufgestellt, und Dr. Geist kann unmöglich übersehen haben, dass sie mit übergelaufenem Wachs bedeckt waren. Zwei waren sogar angeschlagen und hatten Risse, und außerdem befanden sich auf dem Boden einige stecknadelkopfgroße Wachströpfchen. Im Wasser schwammen auch welche. Ich kann sie auf den Fotos, die Lucy zusammengefügt auf die geschwungene Wand projiziert hat, deutlich erkennen. Die Kerzen sind eindeutig irgendwann umgeworfen worden. Sie fielen auf die Fliesen und in die Wanne, so dass das flüssige Wachs unregelmäßig ausgehärtet ist. Und dann hat jemand die Kerzen neu arrangiert und sie in genau den richtigen Abständen aufgestellt – so wie alles andere auch.

Ich bemerke große weiße, makellos gefaltete Handtücher auf Handtuchstangen und kleine, kunstvoll gerahmte Bilder, in Reih und Glied aufgehängt an einer grauen Steinmauer. An einem Haken neben der verglasten Duschkabine hängt ordentlich ein Bademantel. Auf dem auf der Ablage neben dem Waschbecken ausgebreiteten Waschlappen steht eine Gesichtsmaskentube mit einem Preisschild aus einem Kosmetikladen namens Octopus und daneben eine Flasche mit Eukalyptus-Körperöl, das die feuchte Luft vermutlich mit dem durchdringenden Geruch einer Mentholsalbe erfüllt hat. Hier wurde aufgeräumt, damit der Tatort eine Geschichte nach Dr. Geists Geschmack erzählte. Nämlich dass Gabriela eine Gesichtsmaske aufgetragen und Duftöl in die Wanne gegeben hat, bevor sie das Pech hatte, irgendeine Art von Anfall zu erleiden, das Bewusstsein zu verlieren und zu ertrinken.

Doch obwohl mein ehemaliger Stellvertreter gerissen und ein guter Handwerker war, sind ihm einige Fehler unterlaufen. Zum Glück passiert das den meisten skrupellosen Menschen, insbesondere denen, die keinen persönlichen Bezug zu ihrem Lügengebäude haben. Das Schicksal von Gabriela Lagos war ihm gleichgültig. Seiner Ansicht nach ging es ihn nichts an. Und da er arrogant war und das nötige Fachwissen besaß, konnte er den Fall auf die verschiedensten Arten und Weisen darstellen und seine Schlussfolgerungen danach beinahe selbst glauben.

Dr. Geist hat sich nur für seine eigenen Belange interessiert und vermutlich angenommen, dass Special Agent Granby daran gelegen war, Aufsehen zu vermeiden, da seine Vorgesetzten im Justizministerium, bei der Staatsanwaltschaft oder wo auch immer politische Konsequenzen befürchteten. In drei Monaten sollte die Präsidentschaftswahl stattfinden, weshalb es unangenehme Folgen gehabt hätte, das Weiße Haus in einem schlechten Licht zu zeigen. Schließlich war Gabriela Lagos dafür bekannt gewesen, dass sie Ausstellungen organisierte und Kunstwerke für die Präsidentenfamilie beschaffte. Doch das spielte keine Rolle. Dr. Geist hat sich bestimmt vor Diensteifer überschlagen, weil seiner Ansicht nach niemandem ein Schaden daraus entstand und für ihn etwas dabei heraussprang.

Was ich auf den ausgedruckten Fotos, die ich damals gesichtet habe, nicht erkennen konnte, war die Perspektive der beiden Menschen, die sich vermutlich zusammen im Bad aufgehalten haben, bevor die Situation so tragisch entgleiste. Wenn Martin, die großen Füße fest auf der Matte, auf dem geschlossenen Toilettendeckel gesessen hat, hätte er seiner Mutter direkt ins kalkweiße Gesicht geschaut, während sie sich selbst in dem hohen Spiegel neben ihm an der Wand sah. Er erwähnt das in seinem Tagebuch, dessen Inhalt Benton als authentisch einstuft.

Sie schaut uns beide im Spiegel an, und obwohl ich das gar nicht will, beobachte ich, wie sie uns beobachtet. Ich will, dass wir beide tot sind. Wie konnte diese ganze Scheiße nur passieren? Im Moment bin ich so brutal schlecht drauf (nicht, dass ich je gut drauf gewesen wäre) ... aber ich habe es endlich Daniel gesagt, dem besten Freund, den ich je hatte.

Inzwischen frage ich mich, ob das nicht ein schwerer Fehler war, aber ich habe ihm die ganze Scheißgeschichte erzählt, soweit ich mich noch dran erinnern kann. Wir haben bei ihm im Keller Bier getrunken, & mir ging es echt mies, weil meine Noten unter dieser Scheiße zu Hause leiden & weil mich keiner abkann. Keine Ahnung, wie das passieren konnte. Erst war noch alles in Ordnung mit mir, & dann bin ich einfach so gegen eine Wand geknallt. RUMS! *Ich habe das Gefühl, dass die Leute mich anglotzen, als hätte ich eine Schraube locker, & ich bin endlich dahintergekommen, dass das Leben nichts als Strafe ist. Worauf soll ich mich denn noch freuen, verdammt?*

Wenigstens hat er nicht gesagt, dass ich krank im Kopf bin. Er sagt, der ganze Mist ist nur allein ihre Schuld, & wenn ich das weiter mitmache, will er nichts mehr mit mir zu tun haben. Er sagt, ich muss es filmen, weil er »Beweise« braucht, sonst glaubt er mir nicht. Also mache ich Folgendes: Ich schließe eine Überwachungskamera an, & nachdem ich ihn überzeugt habe, macht er »die Schlampe« fertig. Ich habe nichts gefühlt, als er das gesagt hat. Ich HASSE *sie, das ist die Wahrheit. & wenn er abhaut, werde ich ohne Freund so einsam sein. Also gehe ich morgen zu Radio Shack & kaufe mir einen dieser Überwachungsvideorecorder. Dazu muss ich Geld aus dem Safe holen, ohne dass sie was merkt ...*

42

Ich bewege die Tagebuchseiten hin und her und schiebe sie zu Benton hinüber, der gerade hereingekommen ist. Die letzten Stunden hat er in Lucys Labor verbracht. Nachdem er sich auf einem schwarzen Bürostuhl mit Netzbespannung niedergelassen hat, fasse ich mein Telefonat mit Dr. Geist kurz zusammen.

»Die Abdrücke der Barfußschuhe auf den Gleisen stammen nicht von Martin Lagos«, füge ich hinzu. »Er kann seine Mutter nicht umgebracht haben, und du hast möglicherweise recht mit deiner Vermutung, dass er tot ist. Und zwar seit dem Tag, an dem er verschwand und angeblich von der Fourteenth Street Bridge sprang.«

»Was ein anonymer Anrufer von einer Telefonzelle aus gemeldet hat«, ergänzt Benton. »So hat es sich nicht abgespielt.«

»Nach seinem Tagebuch zu urteilen, war er schwer angeschlagen und selbstmordgefährdet.«

»Meiner Ansicht nach wurde er ermordet, und einige Leute wissen das genau, weshalb es kein Problem war, ihm die genetische Identität zu stehlen.«

»Eine bessere Gelegenheit ergibt sich nie wieder.« *Ed Granby gehört ins Gefängnis,* denke ich zornig. »Jemand, der gesucht wird, wird vermisst, und man besitzt das Insiderwissen, dass derjenige nicht mehr lebt. Das einzige Problem ist, dass nur sehr wenige eingeweihte Personen als Täter in Frage kommen, wenn die Aktion auffliegt.«

»Granby muss es gewusst haben, denn sonst hätte er die

Manipulation der DNA nicht veranlassen können. Offenbar hat er sich ziemlich sicher gefühlt, sonst wäre er das Risiko nicht eingegangen.«

»Er steckt hinter dem ganzen Komplott und trägt die Schuld am Tod von mindestens sieben weiteren Menschen.« Ich habe Mühe, meine Gefühle im Zaum zu halten, die sich inzwischen von instinktiver Abscheu zu Rachedurst gesteigert haben.

Ich erkundige mich nach dem Freund namens Daniel und ob Martin die heimlichen Videoaufnahmen, die er in seinem Tagebuch erwähnt, je gemacht hat.

»Wenn ja, liegen sie uns nicht vor«, erwidert Benton. »Allerdings spielt er bis etwa eine Woche vor dem Mord immer wieder darauf an. Vermutlich hat er ihre sexuell aufreizenden Badeorgien gefilmt, und die hatten sicher eine anregende Wirkung auf die Gewaltphantasien eines jungen zukünftigen Serienmörders.«

Ich frage, ob wir eine Personenbeschreibung von diesem Daniel haben und wissen, wo er ist.

»Dunkles Haar, dunkle Augen, weiß. Keine Ahnung, wie viel er inzwischen wiegt«, antwortet Benton.

»Sicher dünn, wenn er süchtig nach MDPV ist.«

»Wahrscheinlich ist er zwischen eins siebzig und eins fünfundsiebzig groß, wenn wir nach den Fotos in den Jahrbüchern aus Schule und College gehen.«

»Könntest du die Lucy geben?«

»Das habe ich gerade erledigt.«

»Klein und dunkelhaarig wie der junge Mann, der den Elefanten abduscht«, erinnere ich ihn an das Foto, das wir in Lombardis Schlafzimmer gefunden haben.

»Schauen wir mal, was Lucy damit anfangen kann. Was macht dich so sicher, dass Martin seine Mutter nicht umgebracht haben kann? Nicht, dass ich an deinen Worten zweifle, aber ich brauche Beweise, und zwar möglichst wasserdichte.«

Ich hole ein Foto heran: Martin beim Ausblasen von fünfzehn Kerzen auf einem Schokoladen-Geburtstagskuchen. 27. Juli 1996, vier Tage bevor er verschwand und seine Mutter ertrank.

»Das ist der Grund«, verkünde ich.

Ein Junge, der zu schnell gewachsen ist, so dass sein Körpergewicht nicht Schritt halten konnte. Er ist schlaksig und grobknochig, hat große Hände und Füße und trägt ein ärmelloses T-Shirt und weite Shorts. Sein Haar ist kurzgeschoren, und er hat abstehende Ohren und schmutzig braunen Bartflaum auf der Oberlippe. Ich hole seinen rechten Arm näher heran. Er steckt in einem blütenweißen Gipsverband, auf dem sich nur eine Person verewigt hat: »Vergiss nicht, nie das zu tun, was ich dir sage, Alter. HA! HA! HA!«, hat sein Freund Daniel mit rotem Markierstift und in großen Buchstaben daraufgeschrieben. Neben seiner schwungvollen Unterschrift ist eine leuchtend blaue Zeichnung zu sehen, die aussieht wie eine dicke Version der Zeichentrickfigur Gumby.

»Martin hat seine Mutter nicht ertränkt.« Nun bin ich ganz sicher. »Mit einer Hand konnte er sie schlecht an beiden Knöcheln festhalten.«

»Er macht einen ziemlich kräftigen Eindruck. Und wenn er in Rage geraten ist? Du glaubst, mit einem Arm hätte er es nicht geschafft?«

»Hätte er nicht. Es wurden zwei Hände benutzt.« Ich halte beide Hände hoch, als würde ich etwas fest umklammern. »Das geht aus ihren Verletzungen eindeutig hervor. Er hat sie nicht umgebracht, was allerdings nicht heißt, dass er nicht damit einverstanden war und das Geschehen von einem Logenplatz aus verfolgt hat.«

Ich betrachte Martins gezwungenes Lächeln und die verängstigt dreinblickenden Augen und stelle mir vor, wie ihn jemand an seinem Geburtstag fotografiert hat. Da er in die Kamera schaut, als habe es ihm jemand befohlen, war es vermutlich seine Mutter.

»Wissen wir, wie er sich den Arm gebrochen hat?«, frage ich.

»Ich weiß nur, dass er gern mit dem Skateboard gefahren ist. Mehr kann ich dir auch nicht sagen, ohne noch einmal Daniels Mutter anzurufen, was ich im Moment nicht unbedingt möchte.«

»Vielleicht war er ja mit seinem Freund Daniel mit dem Skateboard unterwegs. Seinem einzigen Freund.«

»Daniel Mersa. Er taucht in Martins Tagebuch immer wieder auf, was mir damals schon seltsam vorkam. Allerdings nicht annähernd so seltsam wie vor ein paar Wochen, als ich von den DNA-Ergebnissen erfuhr, die, wie wir ja inzwischen wissen, manipuliert wurden.«

»Er wurde nach dem Mord sicher vernommen.«

»Anfangs konnte die Polizei ihn nicht finden«, entgegnet Benton, und ich denke daran, dass Dr. Geist von mehreren Jungen gesprochen hat. »Als sie ihn endlich kontaktieren konnten, hat seine Mutter ihnen die Ausrede aufgetischt, er sei bei ihrer Schwester in Baltimore gewesen, was die Schwester natürlich bestätigte. Als Daniel schließlich befragt werden konnte, behauptete er, keine Ahnung zu haben, was Martins Mutter zugestoßen sei. Er sagte, Martin habe Probleme in der Schule gehabt und sei bei den Mädchen nicht beliebt gewesen. Deshalb sei er immer depressiver geworden und habe zu trinken angefangen. Mehr wollte man vor siebzehn Jahren nicht von ihm wissen.«

»Mehr wollte eine bestimmte Person nicht wissen«, erwidere ich.

»Granby«, sagt Benton.

»Ich habe den starken Verdacht, dass eine verhältnismäßig gut informierte und durchsetzungsfähige Person am Tatort war, bevor die Leiche gefunden wurde. Diese Person hat die Klimaanlage abgeschaltet, die Wanne mit kochend heißem Wasser gefüllt, das Badezimmer umgeräumt, die versteckte Kamera entfernt und möglicherweise die Festplatte von Martins Computer mitgenommen, ohne zu ahnen, dass er in seinem Zimmer Sicherungskopien versteckt hatte. Jugendliche würden nicht so sehr aufs Detail achten, auch wenn dem Betreffenden dennoch einige Fehler unterlaufen sind. Die Manipulationen sind ziemlich offensichtlich.«

»Granby ist ziemlich offensichtlich«, gibt Benton zurück.

»Ich weiß nicht, wie du ihm in diesem Stadium etwas nachweisen willst.«

»Die Manipulationen am Tatort vermutlich nicht. Aber er war es ganz sicher.«

»Wenigstens hast du die Telefonnotiz«, antworte ich. »Er hat Dr. Geist wegen Gabriela Lagos angerufen, und zwar einen Tag bevor irgendjemand außer den an der Tat beteiligten Personen von ihrem Tod wissen konnte.«

»Lass uns das Ding ausdrucken.«

Ich schicke Lucy die Identifikationsnummer des Dokuments und bitte sie, das zu erledigen. Ich sage ihr weder, worum es sich handelt, noch nenne ich ihr einen Grund, sondern fordere sie nur auf, uns den Ausdruck nach unten zu bringen. Sie schreibt zurück, wir würden bald Besuch bekommen, und ich kann mir denken, wozu Benton den Ausdruck braucht.

»Nachdem Gabriela ermordet und bevor ihre Leiche gefunden wurde, hat jemand Granby mitgeteilt, dass es da ein Problem gibt«, erklärt Benton. »Ansonsten sehe ich keine

Möglichkeit, wie er im Voraus informiert gewesen sein könnte. Es war jemand, der über Daniels Tat im Bilde war, eine einflussreiche Person, der Granby sicher gern geholfen hat.«

»Dann muss Daniel sich dieser Person anvertraut haben.«

»Natürlich«, erwidert Benton. »Er war schließlich nur ein Jugendlicher, der gerade die Mutter seines besten Freundes umgebracht hatte, eine Prominente aus Washington, die Kunstwerke für das Weiße Haus beschaffte«, lässt Benton die in seinem Gedächtnis gespeicherten Informationen Revue passieren, während ich in meinem eigenen krame. »Daniel hat jemanden angerufen, weil er glaubte, Hilfe zu brauchen, um ungeschoren davonzukommen.«

»Eine Person, die im Zentrum der Ereignisse steht und zu der alle Wege führen.« Wieder muss ich an einen Oktopus denken. »Wie alt war Daniel damals?«

»Dreizehn.«

»Das überrascht mich. Ich hatte angenommen, dass er der ältere der beiden war.«

»Er war der dominante Part in dieser Freundschaft«, entgegnet Benton. »Von einem Kontrollzwang besessen, sehr organisiert, risikofreudig und prahlerisch, ständig auf der Suche nach neuen Abenteuern und mit einer sehr hohen Schmerztoleranz. Er empfindet Schmerz und Furcht nicht so wie andere Menschen.«

Ich kann mir gut vorstellen, dass Daniel Martin zu waghalsigen Kunststücken mit dem Skateboard provoziert hat, die womöglich mit einem gebrochenen Arm und weiteren Verletzungen und Demütigungen endeten.

»Martin war zwei Jahre älter und zwei Klassen über ihm, hatte allerdings nur sehr wenig Selbstbewusstsein. Er war sehr klug, aber kein sonderlich guter Sportler«, sagt Benton. »Ein Eigenbrötler.«

»Waren sie schon lange Freunde?«

»Offenbar verstanden sich ihre Mütter sehr gut.«

»Da war es doch praktisch, dass Martins Mutter Kunstexpertin war, die Ausstellungen arrangierte und Meisterwerke für die Präsidentenfamilie erwarb.« Ich denke an die gestohlenen Kunstwerke in Lombardis Schlafzimmer.

»Ich habe denselben Verdacht wie du.«

Benton hat mit Daniels Mutter gesprochen und ihr gesagt, es sei sehr wichtig, in Erfahrung zu bringen, ob jemand von seinem Jugendfreund Martin gehört habe, denn der könne in Gefahr schweben oder eine Gefahr für andere sein.

Sie behauptete, nichts zu wissen, denn sie habe nichts mehr von ihrem Sohn Daniel gehört, seit dieser mit einundzwanzig Jahren die Sommerkurse am College in Lacoste, Frankreich, abgebrochen habe. Ja, er sei immer wieder in Schwierigkeiten geraten, habe häufig die Schule gewechselt, sei ins Ausland geschickt worden, habe nie einen Abschluss gemacht und hielte keinen Kontakt mehr zu ihr.

»Glaubst du, dass sie die Wahrheit gesagt hat?«, frage ich.

»In diesem Punkt ja.« Benton zieht die Projektion einer Akte näher heran. »Ich bin sicher, dass sie sich jetzt Sorgen macht.«

»Wegen der Hauptstadtmorde?«

»Die habe ich nicht erwähnt.«

Er zieht Dokumente aus der virtuellen Akte und fängt an, virtuelle Seiten umzublättern.

»Aber ich hatte den Eindruck, dass sie wusste, wovon ich redete, als ich sie darauf ansprach, dass wir Martin finden müssen«, fährt er fort. »Etwas an ihrem Verhalten hat in mir die Vermutung geweckt, sie wisse verdammt gut, dass wir ihn niemals aufspüren werden, weil er nämlich tot ist. Allerdings heißt das nicht, dass sie Daniel deckt, während der sich irgendwo herumtreibt und Menschen umbringt.«

Er legt Berichte über Disziplinarverfahren nebeneinander. Sie tragen den Briefkopf des Savannah College of Art and Design.

»Eine der vielen Bildungseinrichtungen, die Daniel vor die Tür gesetzt haben, und seine Zeugnisse sprechen Bände.« Als Benton mit dem Zeigefinger auf die Glasscheibe klopft, wird das Dokument kleiner, so dass er es wieder vergrößern muss. »Er hat den Spind eines Mitstudenten aufgebrochen, hat sich in das Mädchenwohnheim eingeschlichen, um Unterwäsche zu stehlen, hat die Mülltonnen des Beratungslehrers angezündet, einen Hund ertränkt und damit geprahlt, den Unterricht gestört, Sachbeschädigungen begangen. Die Liste ist lang und reicht bis in die Zeit an der High School zurück.«

»Wurde je die Polizei eingeschaltet?«

»Sie wurde nicht verständigt. Man hat die Dinge unter der Hand geregelt, typisch für Schulen. Vielleicht gab es ja auch noch andere Gründe.«

»Was hat seine Mutter sonst noch gesagt?«

»Sie habe alles für ihn getan und keine Kosten für Beratungen und Therapien gescheut. Als Kind wurde bei ihm eine Hyperaktivitätsstörung festgestellt, und wie ich ihren Erklärungen entnommen habe, äußerte sich das in seinem Fall nicht dadurch, dass er auf Sinnesreize überreagiert habe, sondern dass er nicht genug davon habe bekommen können. Anfangs ging man wegen seiner ständigen Gier nach Außenreizen von ADHS aus, denn er konnte nicht stillsitzen, musste dauernd alles berühren und war immer auf der Suche nach Aufregung und Risiko. Er ging auf Stelzen, kletterte auf Telefonmasten und Wassertürme und aus dem Fenster, rutschte Fallrohre hinunter und brüstete sich damit vor anderen Kindern, die es ihm nachzutun versuchten und sich dabei verletzten. Sie sagte, sie hätte ihn nicht bändigen können, ganz gleich, wie sie sich auch bemüht habe.«

»Klingt, als suche sie nach Ausflüchten für ihn, weil sie vom Schlimmsten ausgeht«, merke ich an.

»Sie wollte mir klarmachen, dass sie eine gute Mutter gewesen ist. Sie hat seine Störung mit den typischen Hausmitteln zu behandeln versucht: Schaukeln im Garten, Hindernisparcours, Klettergerüste, Trampolins, Gymnastikbälle und therapeutische Bodysocks, also dehnbare Ganzkörperanzüge. Sie hat persönlich darauf geachtet, dass er taktile kreative Techniken wie Malen mit Fingerfarbe oder das Modellieren mit Ton geübt hat.«

»Ton«, wiederhole ich. »Das, was Ernie gefunden hat.«

»Daran hatte ich auch schon gedacht.«

»Ein mineraler Fingerabdruck, der von Künstlerbedarf wie Farbe oder Ton stammen kann«, erkläre ich Benton meine Theorie.

Lycrafasern von einem Stretchmaterial wie einem Bodysock. Ich zoome das Foto von Martin noch einmal heran, um es gründlicher zu betrachten, und mustere Daniels Zeichnung auf dem weißen Gipsverband. Eine leuchtend blaue, an Gumby erinnernde Zeichentrickfigur, die von Kopf bis Fuß in einem Sack aus einem dünnen, aber stabilen Material steckt. Man kann es vor dem Spiegel oder als Schattenriss vor einer Wand in verschiedene kreative Formen dehnen. Ein therapeutischer Bodysock ist durchscheinend und unzerreißbar, und wenn der Reißverschluss eingehakt ist, kommt man nicht mehr heraus. Er ist zwar luftdurchlässig, doch das heißt nicht, dass es unmöglich ist, jemanden damit zu ersticken, wenn man ihn fest um das Gesicht des Opfers wickelt.

Eine gute Methode also, einen Menschen außer Gefecht zu setzen, ein weicher, seidiger Stoff, der fast keine Verletzungen hervorruft. Ich stelle mir Gail Shipton, gelähmt nach dem Schuss mit dem Betäubungsgewehr und eingeschlossen in so einen Sack, vor. Das würde die blauen Lycrafasern überall auf ihrem Körper, unter ihren Nägeln und zwischen den Zähnen erklären. Ich sehe vor mir, wie sie sich in diesem elastischen, sackähnlichen Gefängnis sträubt, während sie im Auto des Mörders liegt. Vielleicht hat sie am Stoff gekratzt und hineingebissen, weil sie in Panik geraten ist und ihr vorgeschädigtes Herz in ihrer Brust klopfte wie wild.

Hoffentlich ist sie schnell gestorben, bevor er sein Werk vollenden konnte, denn ich kann mir denken, wie es sonst weitergegangen ist. Ich sehe förmlich vor mir, was der Mistkerl mit ihr gemacht hat. Vielleicht hat er den Stoffbeutel, der einem Leichensack ähnelt, auf dem Autositz ausgebreitet. Und sobald er sie hineingestopft hatte, hat er ihr versichert, er werde ihr nichts tun, solange sie sich benehmen würde. Und sie habe doch keine Lust auf einen zweiten Elektroschock, oder?

Dann fährt er sie in der Dunkelheit irgendwohin. Vielleicht redet er mit ihr, und sie wehrt sich nicht. Und dann bringt er sie an einen Ort, den er sich im Voraus ausgesucht hat, zieht den elastischen Stoff um ihr Gesicht zusammen und erstickt sie. Das hat in etwa genauso lange gedauert wie jemanden zu ertränken, sofern er nicht so grausam war, es langsam zu tun, was durchaus im Bereich des Möglichen liegt. Er hätte den Stoff anspannen und dann lockerlassen können, bis sie wieder zu sich kam, um dann das Ganze zu wiederholen, und zwar so oft er will, bis der Körper die Quälerei nicht mehr aushält und den Dienst versagt.

Dann drapiert er sein Opfer und verziert es, um seine kranken Phantasien zu befriedigen, indem er eine Plastiktüte mit bedrucktem Klebeband, das nach dem Tod eine schwache Einkerbung und eine Druckstelle hinterlässt, eng um ihren Kopf schließt. Und zu guter Letzt wird eine dekorative Schleife aus demselben Klebeband unter ihrem Kinn angebracht, und er zieht ihr das Höschen eines anderen Opfers an. Alles symbolisch. Alles nur seinem unvorstellbar verdrehten Denken und seiner zerstörten Seele entsprungen. Die Choreographie seiner finsteren Vorstellungswelt, seiner bösen Kunst, einer abartigen Inspiration, die bis in die Anfänge seiner unter einem Unglücksstern stehenden Zeit auf Erden zurückreicht. Und möglicherweise in Gang gesetzt von perversen Amateuraufnahmen, die zeigen, wie Gabriela Lagos badet und ihren Sohn verführt.

Ich male mir aus, wie Daniel Mersa die Leiche auf einer Art Schlitten oder Brett hinter sich herzieht und sie am Ufer eines Sees platziert. Ein Arm ausgestreckt, das Handgelenk etwa so angewinkelt wie Gabriela Lagos' linker Arm, als er im Badewasser trieb. Lässig ausgestreckt, das Handgelenk abgeknickt, während der andere Arm um ihre Taille lag.

Dieses Bild hat sich vermutlich unauslöschlich in Daniels Gedächtnis eingebrannt, als er zusah, wie ihr nackter Körper völlig reglos und schlaff wurde und tiefer im Wasser versank, während die Arme nach oben trieben, so als entspanne sie sich in dem dampfenden, scharf riechenden Bad, umgeben von Kerzen und riesigen flauschigen weißen Badelaken. Vielleicht hat er den Mord ja gefilmt. Sich die eigene Tat immer wieder anzusehen, hat seinen Trieb sicher noch beflügelt und seinen Verstand noch mehr verwirrt.

»Eine Hyperaktivitätsstörung muss sich mit zunehmendem Alter nicht unbedingt legen«, erklärt Benton. Ich wende mich zu ihm um und versuche, die Bilder vor meinem geistigen Auge zu vertreiben. »Und das Schlimmste, was ein Mensch mit dieser Krankheit tun kann, ist Designerdrogen wie MDPV zu schlucken.«

»Und alles, was du mir jetzt über Daniel Mersa erzählst, wurde von BAU nicht ernst genommen.« Ich bin müde und friere und muss mich zwingen, mich zu konzentrieren.

»Keiner hört mir zu, weil heutzutage nur noch die DNA zählt. Daniel Mersas Profil hat keinen Treffer bei CODIS erzielt. Es ist nicht einmal bei CODIS eingespeichert, weil er nie verhaftet wurde, und zwar aus gutem Grund.«

Die Bilder der sterbenden Frauen halten sich hartnäckig in meinem Kopf. Ich sehe ihre Todesangst beim Ersticken. »HA! HA! HA!«, das hat Daniel Mersa schwungvoll auf Martins Gipsverband geschrieben.

»Daniel Mersas Vater. Der wurde nirgendwo erwähnt.« Ich ahne, in welche Richtung die Wege uns führen werden, alle in dieselbe, dorthin, wo das Zentrum von so viel Grausamkeit sitzt.

»Samenbank«, erwidert Benton. »Seine Mutter hat immer behauptet, sie wisse nicht, wer der leibliche Vater ist, weshalb man sich fragen muss, wie sie sich die Therapien, das College und das Auslandsstudium leisten konnte. Veronica Mersa ist eine ehemalige Schönheitskönigin, war nie verheiratet und hat als Sekretärin bei einem Kongressabgeordneten aus New Hampshire gearbeitet, der sich erst vor kurzem aus der Politik zurückgezogen hat. Sie hat nicht viel verdient und keine anderen Einkommensquellen. Und dennoch scheint es ihr nie an Geld gefehlt zu haben.«

»Ich lade nichts mehr in CODIS oder in irgendeine andere Datenbank hoch, bevor ich nicht weiß, dass es sicher ist.« Daran ist bei mir nicht zu rütteln. »Wir führen alle Vergleichsuntersuchungen in meinem Labor durch, und ich werde eine Verwandtschaftsuntersuchung anordnen, um Angehörige ersten Grades ausfindig zu machen. Falls uns die DNA einer solchen Person vorliegt, kriegen wir es raus.«

»Zeig mir, was dich so sicher macht, dass der Mörder beide Hände benutzt hat. Ich muss es sehen, damit ich es selbst und ohne jeden Zweifel erklären kann.«

Ich berühre die Glasplatte, wo Autopsiebericht und Fotos nebeneinanderliegen.

43

»Krankengeschichte: keine«, lese ich, was Dr. Geist auf Gabriela Lagos' Autopsieprotokoll vermerkt hat. Er hat einige Tatsachen aufgeführt, andere weggelassen.

»Keine Vorgeschichte, die auf ein Anfallsleiden, Ohnmachten, Herzbeschwerden oder sonst irgendetwas hinweist. Und dann nimmt sie ein Bad und stirbt plötzlich im Alter von siebenunddreißig Jahren. Die Drogentests waren ohne Ergebnis, und der Alkoholgehalt im Blut war auf die Verwesung zurückzuführen.« Ich lege Benton das vierseitige Dokument vor und gehe Punkt für Punkt mit ihm durch, was auf den Tisch projiziert wird. »Der weiße Schaum in Nase, Mund und Luftröhre ist der Grund, warum es unmöglich war, einen Tod durch Ertrinken zu verschleiern.«

Benton steht auf und geht in den Vorführraum, wo Gabrielas Badezimmer und ihre verwesende Leiche ihn umgeben. Die Lichter und projizierten dunklen Formen reflektieren auf seinem Gesicht, als er sich an den kleinen Tisch setzt, den Lucy als Cockpit bezeichnet. Die drahtlose Tastatur und die Maus ermöglichen es ihm, alles Gewünschte umzustellen und sich durch den Tatort zu bewegen, als wäre er wirklich dort. Er schiebt die Leiche in der Wanne nach rechts. Anfangs ruckelt das Bild noch ein wenig, doch dann hat er sich eingearbeitet.

Ich sehe, wie sich ihr langes braunes Haar auf der stehenden, trüben Wasserfläche ausbreitet. Gleich daneben treibt ein Gummiband mit einer schimmernden schwarzen Schleife, das offenbar ihr Haar zusammengehalten hat, bevor sie ertränkt wurde. Die äußere Hautschicht, die abgerutscht ist, ist mit einer weißen Gesichtsmaske bedeckt. Ihr froschähnliches Gesicht ist vom Kinn abwärts krebsrot, weil sie untergetaucht war, nachdem die Wanne abgelassen und mit kochend heißem Wasser nachgefüllt wurde. Diese wichtige Tatsache hat Dr. Geist ebenfalls nicht erwähnt. Er hat die hellen freiliegenden Hautstellen oberhalb der Wasserfläche nicht aufgeführt, das heißt, den oberen Teil des Gesichts und die Oberseite der Handgelenke, während der restliche Körper feuerrot war.

»Wenn das Wasser kochend heiß gewesen wäre, als sie ertränkt wurde«, erkläre ich Benton, »wären ihr Oberkörper und ihr Kopf von oben bis unten mit schweren Verbrühungen bedeckt. Und das ist der springende Punkt, denn es weist darauf hin, dass das Wasser erst nach ihrem Tod heißer wurde. Und allein das ist für mich ein Hinweis auf Mord.«

»Das mit dem Schaum habe ich noch nie verstanden.« Als Benton die Maus bedient, wird Gabrielas Gesicht plötzlich größer. Aufgequollen von Verwesungsgasen, die Augen treten hervor wie in Todesangst. »Jemand liegt unter Wasser, und trotzdem ist da noch Schaum. Warum wird der nicht weggespült?« Er bewegt den Cursor zu dem weißen Schaum zwischen ihren aufgetriebenen Lippen, um mich darauf hinzuweisen.

»Er scheint sehr hartnäckig zu sein, weil er nicht nur zwischen den Lippen ist«, erwidere ich. »Wenn jemand ertrinkt und verzweifelt nach Atem ringt, bildet sich dichter Schaum, so wie Seifenblasen, in Lunge und Luftröhre. Da befindet sich der Großteil davon, und das, was du da siehst, quillt ihr aus dem Mund. Es wird nicht weggespült, weil so viel davon vorhanden ist, und deshalb wusste Dr. Geist, dass er Ertrinken als Todesursache nicht abstreiten konnte. Ihm war klar, dass ihre

Leiche ihm diese Lüge nicht durchgehen lassen würde. Also war seine einzige Chance, die Sache als Unfall zu bezeichnen.«

Ich gehe zu Benton hinüber. Als ich sie wieder ansehe, erinnere ich mich daran, warum ich damals dieses merkwürdige Gefühl hatte und zu dem Bestattungsinstitut im Norden von Virginia gefahren bin. Die Blutergüsse sind wegen des Zustands der Leiche zwar nur schwer auszumachen, doch sie sind da, dunkelrote Stellen, manche leicht abgeschürft, und zwar auf der rechten Wange, am Kiefer, an der rechten Hüfte und an beiden Händen und Ellbogen. Kleinere, von Fingerspitzen stammende Abdrücke sind über beide Fußknöchel und Unterschenkel verteilt. In den Kniekehlen befinden sich breitere, weniger scharf definierte Blutergüsse.

»Um diese Blutergüsse an den Fußknöcheln zu hinterlassen, brauchte man zwei Hände. Und es wurden auch zwei Hände eingesetzt. Keine großen Hände wie die von Martin, und das ist der andere Einwand«, sage ich zu Benton. »Diese kreisförmigen Abdrücke von Fingerspitzen, die sich in das Gewebe der Unterschenkel und der Fußknöchel gepresst haben, sind klein.« Ich halte die Hände hoch. »Nicht viel größer als meine. Jemand hat sie fest gepackt, ihre Knöchel mit den Händen umfasst, sie nach oben gerissen und ihre Kniekehlen in seinen Armbeugen eingehakt, was die Blutergüsse dort hervorgerufen hat.«

Ich zeige es ihm.

»Jetzt hält er sie an den Unterschenkeln fest und drückt diese fest an seine Brust, so dass der Oberkörper ganz unter Wasser gerät. Die übrigen Blutergüsse an Hüfte, Händen, Ellbogen und Gesicht sind entstanden, als sie um sich geschlagen hat und dabei an die Badewannenränder gestoßen ist. Sicher ging es ziemlich gewaltsam zur Sache. Wasser spritzte in alle

Richtungen, Kerzen fielen auf den Boden und ins Wasser. Und wenige Minuten später war es vorbei.«

»Ich kann nachvollziehen, dass das mit einem eingegipsten Arm nicht geklappt hätte«, sagt Benton.

»Martin hätte das nicht geschafft, aber ich glaube, er hat zugeschaut. Er saß auf dem Klodeckel, die großen Füße auf der weißen Matte. Wahrscheinlich saß er den Großteil seines Lebens da, an jedem grauenhaften Tag, an dem sie ihn gezwungen hat, Zeuge ihrer Badeorgien zu werden«, erwidere ich. »Dass er ihren Tod herbeigesehnt hat und sich von ihr befreien wollte, kann man ihm nicht zum Vorwurf machen. Allerdings hat er vermutlich nicht geahnt, wie es ist, so etwas mit anzusehen.«

Ich stelle mir vor, dass er starr vor Entsetzen dagesessen und beobachtet hat, wie seine Mutter vor seinen Augen einen grausigen Tod starb. Ab einem bestimmten Punkt gab es kein Zurück mehr. Vielleicht wollte er es ja noch aufhalten, aber es war unmöglich.

»Es muss schrecklich gewesen sein«, sage ich zu Benton. »Doch eines kann ich dir versichern: Ihr Sohn hat unmöglich wissen können, wie schrecklich es werden würde.«

»Er hatte sicher keine Freude daran«, erwidert Benton. »Martin Lagos war weder ein Soziopath noch ein Sadist. Außerdem war er nicht ständig auf der Suche nach Abenteuern, und sei es ein Mord.«

»Ich frage mich, welche Schuhgröße Daniel Mersa hat.« Ich denke an den jungen Mann und den Elefanten auf dem Foto.

Ich spüre eine Luftbewegung, als sich die Tür hinter uns öffnet. Es wird heller im Raum, weil Licht aus dem Flur hereinfällt. Lucy tritt ein, ein Blatt Papier in der Hand. Sie macht ein sehr zufriedenes Gesicht. So sieht sie immer aus, wenn sie kurz davor ist, jemandem das Handwerk zu legen oder ihm einen Schlag zu verpassen, den er so schnell nicht wieder vergessen wird.

»Granby und seine Truppen sind hier«, verkündet sie. »An der Pforte. Ich habe sie angewiesen, dort zu warten, bis du kommst. Der Computer ist verpackt und bereit zum Abtransport. Ron hat ihn, und ich habe den ganzen Papierkram unterschrieben. Jetzt fehlt nur noch, dass du dir die Ehre gibst, das Ganze zu quittieren. Wir müssen noch eine Menge durchschauen, aber ich habe von allem Sicherheitskopien gemacht, was die allerdings nicht wissen. Carin und Janet sind oben.«

»Ausgezeichnet«, erwidere ich.

Lucy wirft einen Blick auf ihr Telefon, sieht mich lächelnd an und reicht Benton das Blatt Papier. »Also?«, meint sie.

»Ich wollte gerade anfangen«, sagt er zu ihr.

»Er hat schlechte Nachrichten, die gute sind«, stellt Lucy vergnügt fest.

Ich bemerke, dass Bryce über den Flur auf uns zukommt. Zu dieser späten Stunde wirkt er ein wenig zerknittert. Doch in seinen weit aufgerissenen Augen malt sich Aufregung, so wie immer, wenn uns tragische und dramatische Ereignisse im Griff haben.

»Der *Globe* ist da ...«, beginnt Bryce und tritt ein. »O Gott!«, ruft er aus. »Das ist ja ein schauerlicher Anblick. Können wir das Foto nicht ausblenden?« Er dreht sich von den im Vorführraum projizierten Bildern weg. »Obwohl ich es schon öfter gesagt habe, kann ich es nur wiederholen. Wenn ich einmal sterbe, lass mich bitte nicht so aussehen. Finde mich sofort oder nie. Sock ist oben in deinem Büro auf seinem Bett. Ich habe ihm ein Leckerchen gegeben. Im Pausenraum steht etwas Essbares, und Gavin hat mit abgeschalteten Scheinwerfern auf dem Parkplatz Posten bezogen. Er meldet, dass er das FBI hat vorfahren sehen. Ich hole ihn gleich rein, als würde er hier arbeiten. Das wird die tollste Story. Ich möchte, dass er mit eigenen Ohren hört, wie sie den Computer und alles andere fordern.«

»Bryce, du redest zu viel«, warne ich ihn.

»Zahlungen von zehn Riesen im Monat, angeblich für die Anmietung eines Büros in Washington«, erzählt Lucy mir das, wozu Benton noch nicht gekommen ist. »Überweisungen an eine Bank in New York, wo die Summe in Beträge unterschiedlicher Höhe aufgeteilt wurde. Die wurden dann an eine andere Bank überwiesen, wieder aufgeteilt, noch einmal überwiesen und so weiter und so fort. Das funktioniert nun pünktlich wie ein Uhrwerk seit siebzehn Jahren, also seit August 1996, was ganz bestimmt kein Zufall sein kann. Möglicherweise hätte nie jemand rausgekriegt, dass Granby der Empfänger dieser eindeutig gewaschenen Gelder ist, wenn er nicht eine Riesendummheit gemacht hätte. Eine E-Mail.« Lucy grinst übers ganze Gesicht. »Vor etwa einem halben Jahr hat er mit einem Investor zu Mittag gegessen, der das in einer E-Mail an Lombardi erwähnt hat.«

Sie zeigt sie mir auf ihrem Smartphone:

Von: JP
An: D*Lombardi*
Betreff: »Gran Gusto«
Danke für die Empfehlung. Super Mittagessen mit einem tollen Hecht (dieser FBI-*Typ kann vor Kraft kaum gehen & hat das Wortspiel nicht erkannt, als ich meinen Lieblingsitaliener vorgeschlagen habe!). Habe ihm geraten, sein Konto nach Boston zu verlegen, da er dort einen neuen Job angefangen hat. Eine kleine Summe in Cash, den Rest in Aktien, Beteiligungen etc. Er kennt jemanden, der mir bei meinem lästigen Problem mit der Steuerprüfung helfen kann. Scheiß aufs Finanzamt. Tschüs.*

Wir gehen den runden Korridor zum Empfangsbereich entlang. Ich schreite schnell aus. Unter dem Laborkittel trage ich eine Uniform, die ich kaum noch zur Kenntnis nehme. Inzwischen habe ich ein Stadium der Übermüdung erreicht, das an eine außerkörperliche Erfahrung grenzt: hellwach und gleichzeitig in Zeitlupe.

»Wahrscheinlich können du und Marino ihn nicht an Ort und Stelle festnehmen, oder?«, frage ich Benton.

»Er wird alles abstreiten.«

»Natürlich wird er das.«

»Und sobald morgen der Tag anbricht, hat er einen Anwalt.«

»Das ist mir egal. Der Kerl ist am Ende, Benton.« Ich habe dafür gesorgt, dass Granbys Niederlage eine öffentliche wird.

Benton betrachtet mich. Doch seine Gedanken gelten nur der Aufgabe, die ihm bevorsteht. Und er hat nur wenig Lust darauf, obwohl es ihm eigentlich eine Freude sein sollte.

»Kein Anwalt kann ihn retten, und seine einflussreichen Freunde in Washington werden ihn nicht mit der Kneifzange anfassen wollen.« Ich verstumme, als wir uns der Anlieferungszone nähern.

Ron sitzt in seiner Pförtnerloge. Die Glasscheibe ist offen. Einen Moment lang erschrecke ich beim Anblick von Granby und seinem Gefolge. Er wirkt zwar erschöpft, verhält sich aber höflich, als wisse er, dass er sich auf meinem Territorium befindet und Grund hat, mir dankbar zu sein. Die drei Agents in Cargohosen und Jacken stehen ein Stück hinter ihm. Ich habe das Gefühl, dass Ed Granby Angst hat, und damit habe ich nicht gerechnet.

Ich frage mich, ob er ahnt, dass Lucy den Server von Double S geknackt hat. Dann jedoch komme ich zu dem

Schluss, dass er weiß, was gleich geschehen wird. Er ist nicht naiv und genau darüber informiert, wer sie ist und was sie kann. Und ganz gleich, ob er erwartet, dass sie Informationen gefunden haben könnte, die ihn belasten, geht er vom Schlimmsten aus. So funktioniert das bei Leuten, die in einem solchen Ausmaß Schuld auf sich geladen haben wie er. Hinter jedem Verbrechen, bei dem man sie ertappt, verbergen sich mindestens hundert weitere, von denen nur sie etwas wissen.

»Verzeihen Sie, dass ich Ihnen Umstände mache«, wendet er sich an mich. Berton würdigt er keines Blickes, ebenso wenig wie Bryce und den bärtigen jungen Mann neben ihm, der ein kariertes Hemd, eine Strickweste, Jeans und Turnschuhe trägt.

Lucy geht an uns vorbei zum Aufzug, und ich höre, wie die Tür aufgleitet.

»Offenbar haben wir es hier mit einem schweren Fall von Wirtschaftskriminalität zu tun, weshalb ich mich dafür bedanke, dass Sie unseren Wunsch, den Computer von Double S in unser Labor zu bringen, respektieren … äh … Verständnis dafür haben«, sagt Granby zu mir. »Ihre Mitarbeit ist uns sehr wichtig«, stammelt er nervös. Er ist übertrieben höflich und lächelt zu viel.

»Gern geschehen«, entgegne ich, allerdings ohne zu lächeln, ja, ich bin nicht einmal im Entferntesten freundlich. »Wir haben alles für Sie vorbereitet.« Ich sehe Ron an, der mir durchs offene Fenster zunickt.

»Ja, Ma'am, Chief«, erwidert er. Vielleicht liegt es ja am Schlafmangel, aber ich bilde mir ein, den Anflug eines Grinsens wahrzunehmen. »Ich habe ihn hier, und die Papiere sind alle in Ordnung.«

»Und dann wären da noch die Morde.« Ich blicke Granby an, der gerade seine makellose Frisur mit den perfekten grauen

Schläfen mit beiden Händen glattstreicht. »Wir werden weiter daran arbeiten und dem FBI sämtliche Informationen zur Verfügung stellen.«

»Da kann ich mich wie immer nur bedanken.« Er streicht weiter seine Haare glatt und beobachtet dabei, wie Ron die Tür öffnet und einen Wagen hinausschiebt, auf dem sich, in Plastik gehüllt und aufrecht stehend, der Server befindet. Wie um einen Akzent zu setzen, hat Lucy ein leuchtend rotes Klebeband darum gewickelt, auf dem eine Warnung in großen schwarzen Buchstaben prangt: VERSIEGELTER SPURENTRÄGER – *nicht berühren.*

Ich nehme einen Filzschreiber aus der Tasche meines Laborkittels und hole das Formular für die Übergabe von Beweismaterial aus der durchsichtigen Plastikhülle, die am Computer klebt. Dann zeichne ich es vor aller Augen mit meinen Initialen ab, datiere es und reiche es vorschriftsgemäß Granby, damit er offiziell bestätigt, dass das FBI ein Beweisstück in Empfang genommen hat für eine Analyse, die absolut überflüssig ist. Ich frage mich, wann sich der Leiter einer Außenstelle das letzte Mal die Mühe gemacht hat, Beweisstücke abzuholen oder in der Rechtsmedizin vorzusprechen. Es würde mich nicht wundern, wenn Granby noch nie bei einer Autopsie dabei gewesen wäre.

»Ich bin erstaunt, Sie hier zu sehen«, sagt er zu Benton. »Was genau machen Sie hier?« Wieder berührt er sein Haar.

»Ich genieße meine Freizeit. Vermutlich mehr, als das bei Ihnen der Fall sein wird.«

Granbys Augen scheinen sich zu verengen, wenn die nackte Wut ihn packt. Doch er lächelt wieder. »Freizeit? Ich? Dazu bin ich viel zu beschäftigt.«

»Ich denke, Sie werden bald mehr Zeit als genug haben, Ed.«

Ich höre, wie sich vom Aufzug her entschlossene Schritte nähern. Lucy, Janet und Carin Hegel erscheinen und beziehen Posten neben Bryce und Gavin Connors. Eine Gruppe von Zeugen hat sich plangemäß versammelt.

»Was soll das werden?« Granbys Aufmerksamkeit richtet sich auf Hegel, und seine Blicke scheinen sich in ihre Haut zu bohren wie die Pfeile eines Betäubungsgewehrs.

Er weiß ganz genau, wer sie ist. Wegen ihrer medienwirksamen Prozesse wird sie häufig in den Nachrichten erwähnt, und sie ist hier in der Gegend fast so bekannt wie eine Profisportlerin. Doch was noch wichtiger ist: Sie hat Gail Shipton in einer Klage gegen eine Firma vertreten, die Granby, wie sich herausgestellt hat, seit Jahren auf ihrer Gehaltsliste hat. Eine ordentliche Summe jeden Monat und vermutlich noch weitere Vergünstigungen. Sicher hat er angenommen, dass kein Grund zur Sorge besteht, solange er sich nicht in seinem eigenen Lügengewebe verheddert. Und genau das ist nun geschehen. Das süße Leben ist für ihn vorbei.

»Falls Sie sich vorstellen können, worum es hier geht, Ed, wäre jetzt der richtige Zeitpunkt, den Mund aufzumachen.« Benton lässt ihn nicht aus den Augen. »Martin Lagos ist nicht der, nach dem wir suchen. Ich weiß, was Sie getan haben. Wir alle wissen es.«

»Ich habe keine Ahnung, wovon Sie reden, und empfinde Ihre Andeutungen als Unverschämtheit.«

»Sie sind im Begriff, die Hauptstadtmorde einem Jungen anzuhängen, der vor siebzehn Jahren verschwunden ist, und zwar auf der Grundlage eines DNA-Profils, das, um es einmal diplomatisch auszudrücken, auf einer Verwechslung beruht. Sicher werden Sie jetzt sagen, dass im Labor ein Fehler passiert sein muss.«

»Das ist jetzt weder der richtige Zeitpunkt noch der richtige Ort!«, schleudert Granby ihm entgegen. »Wir werden das unter vier Augen erörtern.«

»Kommt überhaupt nicht in Frage«, wendet Carin Hegel ein.

Carin ist eine kleine, energische Frau mit kurzem kastanienbraunem Haar und einem hübschen Gesicht, das nicht im Mindesten bedrohlich wirkt, solange sie nicht den Mund aufmacht. Sie trägt eine dunkle Kaschmirjacke mit einem auffälligen Kragen und großen Silberknöpfen, eine schwarze Hose und Stiefel.

»Jedes Wort, das gesagt wird, wird in Anwesenheit von uns allen fallen.« Sie klingt eher wie eine Richterin als wie eine Anwältin.

»Das soll wohl ein Scherz sein.« Allerdings scheint Granby sich nicht unbedingt zu amüsieren, und dass seine Nervosität von Angst abgelöst wird, ist nicht zu übersehen.

Ich beobachte, wie seine Anspannung wächst, bis er an eine zusammengerollte Sprungfeder erinnert, und überlege, ob er womöglich flüchten wird.

»Ich dachte, Sie möchten das hier vielleicht gern sehen.« Benton reicht ihm den Ausdruck der Telefonnotiz. »Ich weiß, es ist schon lange her, aber möglicherweise erinnern Sie sich noch an Ihren Anruf bei Dr. Geist. Er war der Rechtsmediziner, der die Leiche der ertrunkenen Gabriela Lagos obduziert hat, ein Mordfall, den Sie so unbedingt als Unglück hingestellt sehen wollten.«

Granby starrt auf das Blatt Papier in seiner Hand, als habe er plötzlich das Lesen verlernt.

»Wir haben Beweise dafür, dass der Tatort manipuliert wurde«, fährt Benton fort und führt das aus, indem er die abgeschaltete Klimaanlage, das kochend heiße Badewasser, das verschüttete Wachs und die Aufräumarbeiten erwähnt.

»Und ihr Sohn Martin hatte sich den Arm gebrochen, weshalb er sie gar nicht an beiden Knöcheln hätte packen können, um sie zu ertränken«, fügt Benton hinzu. »Ich kann Ihnen die Verletzungen an den Unterschenkeln und die Abdrücke der Fingerspitzen zweier Hände zeigen, falls es Sie interessiert.«

In seinem Entsetzen bemerkt Granby gar nicht, dass der junge bärtige Mann mit dem karierten Hemd und der Strickweste eifrig Notizen macht und die hübsche blonde Frau neben Lucy einen Digitalrecorder in der Hand hat, der ihrer Aussage zufolge eingeschaltet ist. Janet hat schon mehrfach verkündet, dass sie das Gespräch aufzeichnen wird und dass jeder, der etwas dagegen einzuwenden habe, das nun äußern solle, da sein Einverständnis ansonsten vorausgesetzt werde. Granby schweigt, doch ich ergreife das Wort und teile Ed Granby mit, dass Janet und Carin Anwältinnen sind. Danach nenne ich den Grund, warum sie sich hier eingefunden haben.

»Die Ergebnisse der kriminaltechnischen Untersuchung weisen auf einen Zusammenhang zwischen den Morden an Gail Shipton, Haley Swanson, Dominic Lombardi und Jadwiga Kaminska und denen in Washington hin, auch wenn Sie noch so sehr auf dem Gegenteil beharren«, fahre ich fort. »Fasern, ein mineralischer Fingerabdruck, und dabei haben wir eben erst angefangen. Außerdem weiß ich genau, dass ein DNA-Profil bei CODIS gefälscht wurde. Die Probe, von der Sie sich ein Profil besorgt und dieses mit dem von Martin Lagos vertauscht haben, stammt nämlich eindeutig von einer Frau, denn die Mischung aus Flüssigkeiten enthielt Menstruationsblut.«

»Dieser Angelegenheit werden wir nachgehen.« Carin Hegel mustert ihn und die Agents, die hinter ihm stehen. »Ich habe dem Justizminister bereits eine Nachricht hinterlassen«, fährt sie fort, doch da rennt Granby schon los.

Die Telefonnotiz in seiner Hand weht zu Boden, als er durch die Tür in die offene Anlieferungszone stürmt. Er reißt sie so heftig auf, dass sie gegen die Wand knallt, kommt aber nur bis zum Parkplatz, wo Marino gerade aus seinem SUV steigt. Als er uns alle aus dem Gebäude laufen sieht, reagiert er wie damals als Cop in Richmond.

»Hoppla! Wohin so eilig?«, ruft Marino, als Granby zu seinem Auto hastet.

Mit wenigen großen Schritten holt er ihn ein, packt ihn hinten am Gürtel und hebt ihn ein Stück hoch, so dass nur noch seine Zehen den Asphalt berühren. Granby rudert hilflos mit den Armen, während Marino ihn mit der anderen Hand auf Waffen abtastet. Er entdeckt eine Pistole in einem Schulterholster unter Granbys Sakko und reicht sie Benton.

»Ich lasse Sie wieder runter, wenn Sie aufhören zu strampeln«, teilt Marino Granby mit.

»Nehmen Sie Ihre Scheißflossen weg!«, kreischt Granby. Seine Agents mischen sich nicht ein.

Sie stehen einfach nur da und beobachten die Demontage ihres Chefs mit ausdruckslosen Mienen. Offenbar sind sie klug genug, um zu wissen, auf wessen Seite sie sich schlagen sollten, also eindeutig nicht mehr auf seine.

»Sagen Sie uns, wo er ist, Ed.« Benton fixiert ihn auf dem hellerleuchteten Parkplatz mit seinem Blick. »Haben Sie geholfen, Martin Lagos zu beseitigen, oder hat sein Freund Daniel Mersa das allein erledigt?«

Granby, noch immer auf Zehenspitzen, starrt ihn schweigend an. Marino stellt ihn wieder fest auf beide Füße, hält ihn aber weiter hinten am Gürtel fest.

»Wo ist er?«, fragt Benton. »Wollen Sie, dass er noch jemanden umbringt?«

Granby stiert ihn aus stumpfen Augen an.

»Das ist Ihnen scheißegal, richtig?«, hakt Benton nach, und ich höre ihm die Enttäuschung an.

»Leck mich«, sagt Granby leise und ausdruckslos.

»Sie haben noch eine Chance, die Sache wiedergutzumachen«, beharrt Benton, und ich weiß, dass er Ed Granby damit nicht mehr erreichen wird.

Ich kenne die Art von Verzweiflung, die leer und hart und schließlich so kalt wird wie das Weltall. Und ich weiß auch, wie sie endet.

44

Fünf Tage später
Miami, Florida

Die Sirene des Zugs erzeugt ein klagendes Geräusch, eine Dissonanz in Moll.

Es ist ein anderer Zug, der da auf einem Gleis in der Ferne fährt, nicht der candyapfelrote Zirkuszug mit der goldenen Beschriftung, der auf einem Abstellgleis neben einigen Parkplätzen in Floridas Wintersonne leuchtet. Letzte Nacht haben sich dort noch die Menschen gedrängt, die darauf brannten, mit angehaltenem Atem die Kunststücke von Trapezkünstlern, Akrobaten, Clowns, Dompteuren und natürlich Löwen, Tigern und Kamelen zu verfolgen. Und vor allem die der Elefanten, kleiner als ihre afrikanischen Artgenossen, aber dennoch groß, grau und traurig.

Ein Obdachloser namens Jake, der sich meistens hinter der Arena herumtreibt, hat Lucy und mir erzählt, dass die Elefanten deshalb hin und her schwanken, weil sie einsam sind und einander berühren wollen. Wenn man ihnen genug Platz gibt, knurren, brummen, tröten und trompeten sie und rempeln einander dabei an wie verspielte Kinder. Sie behandeln ihre Mütter gut, sorgen füreinander und sind in der Lage, Mitgliedern ihrer Herde durch Vibrationen und Gerüche, die Menschen nicht sehen oder wahrnehmen, über große Distanzen Botschaften zu übermitteln. Elefanten sind sehr intelligent und sensibel, und er hat sie auch schon weinen gesehen.

Wenn wir ihnen erlauben würden, frei zu leben, so wie Jake frei lebt, meint unser neuer Freund, könnten wir sie dafür einsetzen, Wasser in der Wüste zu finden und Treibsand, Erdbeben, Tsunamis und andere Gefahren zu erspüren, auch böse Menschen. Außerdem würden wir besser mit dem Tod zurechtkommen, wenn wir uns die Elefanten zum Beispiel nehmen. Ich habe angemerkt, es wäre schön, wenn Menschen mehr Achtung und dafür weniger Angst vor dem Tod hätten. Allerdings habe ich Jake nicht verraten, welchen Beruf ich ausübe und dass ich weiß, wovon ich rede.

Ich habe ihm noch nicht anvertraut, dass meine Nichte und ich hinter der Arena und in der Nähe des Zirkuszugs herumlungern, weil wir darauf warten, dass unser Freund, ein Detective, und mein Mann, Profiler beim FBI, einen ziemlich grausigen Tatort erkunden. Das Versteck eines Killers, das, wie die Unterkunft der Elefanten, ein Eisenbahnwaggon ist. Nur mit dem Unterschied, dass Elefanten niemandem etwas zuleide tun. Jake ahnt nicht, dass seine beiden neuen Bekannten aus dem Norden nicht in Miami sind, um die Feiertage mit ihrer Familie zu verbringen, sondern in mehreren Mordfällen ermitteln. Und die stehen in Zusammenhang mit dem Zirkus, den er seiner Aussage nach seit seiner Geburt bewundert. Ich habe ihm nichts verraten und werde es auch nicht tun.

Lieber plaudere ich mit ihm über Elefanten. Er betrachtet sich als ihr Beschützer und behauptet, er studiere sie, wenn der Zirkus in der Stadt ist, seit er arbeitsunfähig geworden ist, also seit 1985, als sein Charterboot mitten in der Nacht von einem Tanker gerammt wurde. Er hat sich fast sämtliche Knochen gebrochen und musste unzählige Male operiert werden. Die Arena war 1985 noch nicht da, weshalb ich nicht weiß, ob diese Geschichte oder überhaupt eine seiner Geschichten wahr ist. Aber ich glaube ihm, was er über Elefanten und den kaltblütigen jungen Mann erzählt, der auf ihren Rücken Kunststücke macht. Zumindest bis gestern, als er in Handschellen abgeführt wurde. Eine Gruppe von Polizisten in Zivil, unter ihnen Benton und Marino, hat ihn von dem leuchtend roten Zug weggeführt. Ihre Fotos waren übrigens heute Morgen im *Boston Globe* und überall im Fernsehen.

Daniel Mersa ist sehr klein, beinahe so klein wie ein Kind, und man könnte ihn von hinten für eines halten, bis er sich umdreht und man sein hartes schmales Gesicht und seine grausamen grauen Augen sieht. So hat Jake den geisteskranken Massenmörder beschrieben, dessen Namen er nicht kannte, bis Lucy ihm den Artikel im *Globe* auf ihrem Smartphone gezeigt hat. Gavin hat sich fair verhalten und seinen Knüller erst nach Mersas Verhaftung veröffentlicht. Und es ist wirklich eine spannende Story, wie ich zugeben muss. Um Bryce zu zitieren, geht sie mittlerweise »um die ganze Welt«, und er ist sicher, dass sein Reporterfreund »den Pulitzerpreis gewinnen« wird. Der Weihnachtsmann werde Ed Granby einen »orangefarbenen Gefängnisoverall« bringen, und Daniel Mersa werde »nach Virginia ausgeliefert, damit er mit der Giftspritze hingerichtet werden kann«.

»Ich mochte ihn noch nie«, murmelt Jake immer wieder kopfschüttelnd, seit wir heute Morgen zum ersten Mal mit ihm gesprochen haben. »So heißt er also, Mersa. Das klingt ja wie eine Infektionskrankheit. Wie haben die ihn gekriegt?«

»Computersoftware«, erwidert Lucy, als hätte sie nichts mit der Sache zu tun, während sie doppelte *café con leche* verteilt. »Es gibt Programme, die menschliche Gesichter erkennen. Wenn zum Beispiel ein Foto in einem College-Jahrbuch abgedruckt ist und aktuellere Bilder von diesem Menschen existieren, weil er in einem Zirkus auftritt. Und dann kann man natürlich noch die DNA und andere Indizien abgleichen.«

»Ich habe noch nie einen Computer benutzt.«

»Offenbar brauchen Sie auch keinen.«

»Ich sag Ihnen was, den kleinen Stinker konnte ich von Anfang an nicht leiden«, wiederholt Jake zum hundertsten Mal. Wir sitzen auf der Kaimauer, an der auch sein altes Fahrrad lehnt. »Ich habe ihn dabei beobachtet, wie er den Elefanten mit einem Haken am Hinterbein gepackt hat, genau an der Sehne, damit es auch richtig weh tut! Außerdem hat er die Elefanten ohne Grund geschlagen.« Er schlägt mit einer wettergegerbten Hand in die Luft. »Und er hat ihnen mit dem Wasserschlauch direkt ins Gesicht gespritzt, mit vollem Druck, und dabei gelacht.« Er macht es nach und spritzt mit einem imaginären Schlauch herum.

»Schade, dass ich das nicht gesehen habe«, sagt Lucy.

»Am liebsten wäre ich über den verdammten Zaun gesprungen.« Er zeigt auf den eingezäunten Platz am Ufer. »Und hätte ihm eins mit dem Haken verpasst. Das hätte ihm sicher gefallen, einen Haken hinten ins Bein zu kriegen.«

»Ich hätte Ihnen geholfen, aber ich hätte nicht nur den Haken benutzt«, erwidert Lucy, und Jake ist sehr zufrieden mit ihr. Falls es möglich ist, mit einem Mann in Kontakt zu bleiben, dessen Zuhause ein vollbeladenes Fahrrad ist, wird sie es vermutlich tun.

Meine Nichte und ich sind aus einer Reihe von Gründen vor Ort, und während ich auf Benton warte, erfreue ich mich an dem Anblick vor meinen Augen. Leuchtend rote Eisenbahnwaggons, die sich anderthalb Kilometer weit zwischen Parkplätzen und dem weißen Gehweg entlang der Northeast Sixth Street erstrecken, die vom Festland und über das Wasser bis nach Watson Island und darüber hinaus führt. Der rote Zug, den ich so oft mehr als zweitausend Kilometer nördlich von hier in Cambridge gesehen habe, steht nun still. Stabile

Rampen aus Metall ragen aus den offenen Türen, wo Arbeiter die letzten Gerätschaften des Cirque d'Orleans verladen.

Alle Mitarbeiter und exotischen Tiere werden Miami verlassen und sich auf den Weg nach Orlando machen. Anschließend geht es weiter nach Atlanta und dann wieder in den Norden, als wäre nichts geschehen und als wäre nichts dabei, dass ein Profiler vom FBI und ein Detective aus Cambridge die örtliche Polizei dabei unterstützen, Beweismittel im achten Waggon von hinten sowie in dem großen schwarzen SUV sicherzustellen, der auf einem Tieflader-Waggon steht. So transportieren viele Zirkusartisten und Mitarbeiter, die in einem Zug leben, ihre Fahrzeuge von Stadt zu Stadt.

Daniel Mersas Verhaftung lief ohne die ihm so wichtige Dramatik ab, was nur recht und billig bei einem sensationsgierigen Serienmörder ist, der erst vor kurzem die Hauptrolle in einer Horrorshow im ländlichen Massachusetts gespielt hat. Dort hat er drei Menschen, darunter seinem leiblichen Vater Dominic Lombardi, die Kehle durchgeschnitten. Die FBI-Beamten von der Außenstelle Miami und die Polizisten aus Dade County in voller Kampfausrüstung, die Daniel Mersas Waggon umstellt hatten, waren überflüssig. Benton und Marino wären auch allein zurechtgekommen.

Ich war nicht dabei, sondern habe die Einzelheiten erst erfahren, als Benton mich aus dem Bundesgefängnis an der Ecke Northeast Fourth Street und North Miami Avenue, nur wenige Häuserblocks entfernt von hier, anrief. Er sagte, Mersa sei benommen und desorientiert gewesen und habe wirres Zeug geredet, er wolle nicht vor dem Weltuntergang von Aliens entführt werden. Er wünsche in Ruhe gelassen zu werden, um eine Pilgerfahrt in das Pyrenäendorf Bugarach in Südfrankreich anzutreten, das für einen ungewöhnlich geformten Berg, Holzwerkzeuge und Hüte berühmt sei. Sein Vater sei einige

Tage vor dem Ende der Welt plötzlich verstorben, ausgeblutet von denselben Aliens, die auf Erden nur überleben könnten, wenn sie Blut stählen. Daniel habe genug Geld, um jeden nach Bugarach mitzunehmen, der ihn begleiten wolle, ehe es zu spät sei.

Und Marino, der das Jüngste Gericht der Maya mit dem christlichen verwechselt hatte, habe ihm geantwortet: »Rate mal, was passiert ist, du kleines, mieses Stück Scheiße. Der 21. Dezember war vor drei Tagen, und die haben dich zurückgelassen.« Er fuhr fort, er werde Daniel den Aliens übergeben, die schon auf ihn warteten und über Miami schwebten, um ihm sein Blut abzuzapfen oder noch schlimmere Dinge mit ihm anzustellen.

Benton hat Marino davor gewarnt, einem Wahnkranken gegenüber solche Dinge zu äußern – zumindest hat er das am Telefon gesagt, während Lucy und ich uns mit meiner Mutter und meiner Schwester Dorothy in Coral Gables beschäftigten, wo wir die letzte Nacht verbracht haben. Benton und ich haben mit einigen Unterbrechungen immer wieder telefoniert, während ich das tat, was ich in meiner Heimat immer tue. Ich habe gekocht, saubergemacht, das Haus weihnachtlich geschmückt und mich darum gekümmert, dass es allen gutging. Nachts habe ich im Gästezimmer geschlafen. Lucy auf dem Sofa. Ich werde Benton bald wiedersehen. Dann werden wir zusammen die schrecklichen Ereignisse verarbeiten, die in Connecticut angefangen und hier geendet haben, wie so vieles andere auch.

Lucy und ich warten an der Kaimauer hinter der Arena, die schon immer American Airlines Arena heißt. Als ich hier aufwuchs, gab es sie noch nicht. Damals schlug der Cirque d'Orleans genau hier in der Nähe der Weiche, wo der lange rote Zug steht, ein riesiges Zelt auf.

Hinter uns befindet sich Bongos Cuban Café. Die Glaskuppel auf dem Dach hat die Form einer Ananas. Inzwischen ist es kurz vor drei Uhr nachmittags, und wir haben uns ein Festmahl aus gefüllten Kochbananen, Schweinebraten und Reis gegönnt. Jake war mit einem Sandwich mit gegrilltem Fisch zufrieden. Links von uns umspült das schillernd blaue Wasser der Biscayne Bay den Hafen von Miami, wo Kreuzfahrtschiffe aufgereiht sind wie kleine weiße Städte. Direkt vor uns, auf der anderen Seite des Zauns, befindet sich die Zirkuszeltstadt, die eigentlich keine Zeltstadt ist, aber so genannt wird, weil sie damals, als es noch ein Zelt gab, auch so hieß.

Meiner Schätzung nach handelt es sich um ein etwa vier Hektar großes, mit Gras und Kokospalmen bewachsenes Gelände, wo weiße Wohnwagen und Laster zu einer Art Stadt angeordnet werden, wenn der Zirkus hier für ein paar Tage Station macht. Es gibt einen eingezäunten Bereich, damit die Elefanten »Auslauf« haben, wie Jake uns erklärt hat. Doch im Moment sind keine da, und ich ertappe mich dabei, wie ich nach ihnen Ausschau halte, obwohl ich weiß, dass ich sie nicht mehr sehen werde.

Bei unserer Ankunft heute am frühen Morgen haben wir beobachtet, wie die Polizei den Biscayne Boulevard vor dem Gelände abgesperrt und zwischen der Northeast Eighth und Northeast Sixth Street sämtlichen Verkehr blockiert hat, damit die Elefanten, Rüssel an Schwanz, im langsamen Trott von dem eingezäunten Bereich über einen leeren Parkplatz und zur Northeast Sixth Street marschieren konnten, wo man sie langsam in Richtung Gleise und, einen nach dem anderen, über die Rampen hinauf in die wartenden Waggons trieb.

Lucy und ich haben die Karawane der gewaltigen Dickhäuter auf einer öffentlichen Straße gebannt betrachtet, ohne zu wissen, ob ihnen die Parade gleichgültig, angenehm oder verhasst war. Niemand kann das sagen, denn wir waren nicht in der Lage, die Botschaften, die sie einander möglicherweise übermittelt haben, zu hören oder zu riechen. Ehrfürchtig schweigend standen wir ein Stück abseits, und aus irgendeinem Grund sorgte der Anblick dieser gewaltigen, unbeholfenen Landtiere dafür, dass mir die Tränen in die Augen stiegen. Ich habe sie diskret abgetupft und sie auf die grelle subtropische Sonne geschoben, die tief über der Bucht hing.

Ich habe mich dabei ertappt, dass ich häufig blinzeln und tief durchatmen musste, während ich zusah, wie sie schwerfällig vorbeigingen, bis ich sie nicht mehr sehen konnte. Dann kehrte ich zur Kaimauer zurück, wo Lucy und ich jetzt mit Jake sitzen. Ich empfinde seine Gegenwart als beruhigend, als wir uns die Meeresbrise um die Nase wehen lassen und uns unterhalten. Die Sonne bescheint warm mein Haar und das dünne langärmelige Hemd und die Hose, die ich trage. Wir hatten Spaß daran, eine Vergangenheit heraufzubeschwören, an die wir uns beide erinnern, weil wir etwa gleichaltrig sind. Und obwohl ich nicht den Großteil meines Erwachsenenlebens im Freien verbracht habe, haben wir eine Menge Gemeinsamkeiten. Wir waren beide Kinder in Miami und fühlen uns beide ein wenig wie Elefanten in einer perfekt durchgeplanten Welt, die nicht viel versteht.

Als ich ein Kind war und der Zirkus in die Stadt kam, bildeten die Elefanten zur Freude einer gewaltigen Menschenmenge eine noch längere Karawane auf dem Boulevard, und die ganze Welt hielt inne. Das dachte ich wenigstens. Ich habe Lucy Situationen wie diese geschildert, weil ich möchte, dass sie mehr über ihre Familiengeschichte erfährt, auch wenn sie sie nicht selbst erlebt hat. Bevor mein Vater krank wurde, ist er mit mir die Elefanten anschauen gegangen, habe ich ihr erklärt. Ich sehe noch immer ihre regelmäßigen Schritte vor mir, als sie langsam vorbeimarschierten, diese riesigen grauen Geschöpfe mit den braunen Haarbüscheln, den runzeligen kleinen Augen, den runden Hängeohren und den säulenartigen Beinen. Jeder Elefant hatte den Rüssel um den Schwanz seines Vordermannes geschlungen, als wollten sie sich an den Händen halten, um eine Straße zu überqueren.

Heute waren an dem kurzen abgesperrten Straßenstück nur wenige Zuschauer zu sehen. Ein paar Streifenwagen und Verkehrspolizisten mit Warnwesten. Wahrscheinlich ahnte niemand, warum eine junge durchtrainierte Frau und eine ältere weniger durchtrainierte schweigend dastanden und das Schauspiel bestaunten. Anschließend gingen wir zur Kaimauer, wo ein Obdachloser, den wir nicht kannten, Palmwedel in hauchdünne Fäden zerpflückte. Inzwischen hat er daraus eine Eidechse, einen Fisch, einen Grashüpfer und einen Vogel geflochten. Ich habe ihm zwanzig Dollar für den Grashüpfer gegeben und dabei erfahren, dass er Jake heißt – nicht der Grashüpfer, sondern der Mann, der ihn gemacht hat.

Die Körbe seines verbeulten blauen Fahrrads sind mit Müllsäcken vollgestopft, in denen er seine Sachen aufbewahrt. Das Rad lehnt an der Kaimauer. Gerade zeigt er uns einen Delphin auf der Jagd nach Fischen, ein silbergrauer Schatten unter der gekräuselten Wasseroberfläche. Im nächsten Moment sehe ich den grauen, geschwungenen Rücken, bevor die stumpfe Nase aus dem Wasser bricht. Es wirkt, als würde er über sein Jagdglück lachen, denn er hat einen kleinen Fisch im Maul. Er wirft ihn in die Luft wie einen Ball, und ich lächle beim Anblick dieses glücklichen Tiers.

Jake beobachtet die Delphine und die Elefanten schon seit vielen Jahren. Seit er im Freien unter der Sonne Floridas lebt, die seine Haut gegerbt hat, bis sie an altes braunes Leder erinnert. Das graublonde Haar hat er zu einem Pferdeschwanz zusammengebunden. Seine sehnigen Arme sind mit Narben und Tätowierungen bedeckt. Seine Augen haben fast die gleiche Farbe wie das seichte Wasser der Bucht, ein leicht grünliches Blau, das einen dunkleren Farbton annimmt, wenn er philosophisch wird, in seinem Gedächtnis kramt oder eine Meinung zum Besten gibt.

»Was machen Sie denn an Weihnachten?«, frage ich ihn, während ich die neuesten Fotos betrachte, die Benton mir geschickt hat, die von Daniel Mersas Eisenbahnwaggon, in dem er acht Jahre lang lebte und mit dem Zirkus durchs Land zog.

»Nicht viel.« Jake greift nach einem Bündel Palmwedelstreifen, die aufrecht in einem Korb an seinem Fahrrad stehen. »Ein Tag ist wie der andere. Nur das Wetter unterscheidet sich.«

»Warum kommen Sie nicht zu uns zum Essen?«

»Ich könnte einen Engel flechten, weil Sie beide welche sind«, erwidert Jake »Nur dass Engel so langweilig sind.«

»Ich bin kein Engel«, protestiert Lucy, und wahrere Worte wurden nie gesprochen.

»Was halten Sie von einer Hibiskusblüte?«

»Meine Tante kocht recht gut«, sagt Lucy.

»*Recht* gut?« Ich blicke nicht von meinem Smartphone auf und halte die Hand darüber, damit sich die Sonne nicht im Display spiegelt.

45

Im Eisenbahnwaggon sieht es aus wie in einem Wohnwagen. Die Fotos, die Benton mir schickt, zeigen ein schmales Bett, ein Sofa, einen Couchtisch, einen Fernseher und eine Kochnische. Alles ist blitzsauber und ordentlich und auch nicht sonderlich bemerkenswert. Bis auf die Masken.

»Sie sollten Weihnachten bei uns essen«, drängt Lucy, während Jake weiter Streifen aus Palmwedeln ineinanderflicht. Die langen, schmalen grünen Bänder glänzen und blitzen auf, als sie sich rasch in der hellen Sonne bewegen.

Die Keramikmasken sind an festen Ständern angebracht, die auf einem Regal hoch oben an der Wand stehen. Es sind sieben Gesichter, die im Lichtspektrum des darüberhängenden unsichtbaren Schwarzlichts leuchten. Blutrot, smaragdgrün und dunkelviolett. Sieben Gesichter von sieben Frauen. Benton erkennt nur vier, wie er mir schreibt. Die Opfer aus Washington und das letzte, Gail Shipton.

»Er hat schon früher getötet«, lautet Bentons nächste SMS.

»In Coral Gables«, sagt Lucy zu Jake.

»Als Kind war ich häufig im Venetian Pool«, erwidert er, während die Hibiskusblüte in seinen flinken Fingern Gestalt annimmt. »Es ist so teuer in The Gables, dass sich niemand mehr leisten kann, dort zu wohnen.«

»Kennen Sie die Gegend, wo meine Großmutter früher gewohnt hat?«, fragt Lucy. »In der Nähe der Seventy-ninth Street?«

»Die schlimmste Straße in Miami. Da fahre ich nie hin.«

»Früher war es anders. Wir mussten ihr etwas Neues besorgen.«

»In The Gables«, sagt Jake. »Da fahre ich auch nie hin. Zu viel Geld. Aber das war sehr nett von Ihnen. Schließlich will man nicht, dass die eigene Großmutter einem Verbrecher in die Hände fällt.«

»Da hätte ich mehr Angst um den Verbrecher«, antwortet Lucy, worauf Jake brüllend lacht.

»Vielleicht kann Lucy die drei Masken, die du nicht kennst, mit einem Gesichtserkennungsprogramm abgleichen«, schreibe ich Benton. »Werden in den Städten, in denen der Zirkus aufgetreten ist, Frauen vermisst & für tot gehalten? Wenn ja, vergleich die Masken mit ihnen.«

»Die Opfer könnten auch Frauen sein, die DL im Weg waren«, schreibt Benton zurück. »Ist möglicherweise schon Jahre her.«

DL ist Dominic Lombardi. Die Theorie lautet, dass er seinen schwierigen leiblichen Sohn, einen Soziopathen, gebeten hat, gelegentlich eine lästige Person wie Klara Hembree zu beseitigen, allerdings niemals wollte, dass Daniel Mersa zum eigenen Vergnügen Menschen umbringt. Aber, wie ich zu sagen pflege, man bekommt nicht immer das, was man bestellt hat. Benton glaubt, dass Daniel am Vertrieb der Drogen beteiligt war, die ihm schließlich zum Verhängnis wurden. Methylendioxypyrovaleron. MDPV. Badesalz, das sich die Verbrecherbande von Double S in chinesischen Labors beschafft und dann in Städten überall in den USA, auch in Cambridge, verkauft hat.

»Er hatte sein Auto vor kurzem oben im Norden«, hält Benton mich weiter auf dem Laufenden. »Der Zirkus war Anfang Dezember in Boston und dann in Brooklyn, bevor er in den Süden zurückgekehrt ist. Der SUV fährt auf dem Tieflader mit, & er benutzt ihn überall, wo der Zirkus Station macht.«

In Daniel Mersas Suburban würden neun Personen passen, wenn er nicht alle Sitze bis auf die beiden vordersten ausgebaut hätte. Diese Fotos habe ich gestern gesehen. Zwischen Führerhaus und Ladeabteil befindet sich eine mit schwarzem Teppich überzogene Trennwand. Das ist sein Studio, ein leerer, mit Pressspan ausgekleideter Raum, schwarzlackiert und schallisoliert. Hier hat er seine Opfer erstickt und Totenmasken aus an der Luft trocknendem Ton von ihnen angefertigt, bevor er die Leichen ordentlich drapiert hat. Ein Arm ausgestreckt und am Handgelenk angewinkelt wie der von Gabriela Lagos, nachdem er sie in der Badewanne ertränkt hatte. Anschließend hat er die Leiche in ein langes weißes Stück Stoff gewickelt, das an ein großes weißes Badelaken erinnert.

Während der Ton trocknete, setzte die Totenstarre ein. Er zog seinem letzten Opfer das Höschen des vorangegangenen an. Und nach seiner Ankunft an dem Ort, den er sich ausgesucht hatte, schleppte er seine grausige Last auf einer Bahre aus Bambus weg, die er ebenfalls hinten in seinem Mordmobil, wie Marino es nennt, aufbewahrt hat. Er und Benton haben bunte Bodysocks aus Lycra, Plastiktüten des Kosmetikladens Octopus, bedrucktes Klebeband, einige Betäubungsgewehre, Dutzende von Patronen und weiße Akrobatiktücher sichergestellt, die ebenfalls aus Lycra bestehen. Die langen Bahnen aus einem speziellen Stoff gehören zum Handwerkszeug von Artisten wie Daniel, die sich an diesen Stoffen hin und her schwingen und, zur Freude und Begeisterung des Publikums, in waghalsigen Posen durch die Luft fliegen.

Bei Daniels Sachen befanden sich außerdem Hunderte von Videos mit Gewaltpornographie, auch mehrere, auf denen Gabriela Lagos aufreizende Bäder nimmt, beobachtet von ihrem Sohn Martin, der, den Arm in Gips, auf dem Toilettendeckel sitzt. Ihre letzten Minuten, bevor Daniel Mersa sie ertränkt hat, sind ebenfalls auf Film festgehalten. Im Laufe der Jahre hat er seine Filmbibliothek auf DVDs und in jüngster Zeit auch auf seinen iPad überspielt. Außerdem besitzt er eine umfangreiche Sammlung von Berichten und Aufnahmen, die berüchtigte Serienmörder zum Thema haben, einschließlich derer, über die Benton geschrieben hat.

Die Identität des Hauptstadtmörders und das genaue Ausmaß seiner Verbrechen stehen zweifelsfrei fest. Jedoch wundert mich noch immer, dass keiner seiner Kollegen beim Zirkus Fragen zu den seltsamen Umbauten in seinem SUV oder den gruseligen schimmernden Masken in dem Waggon gestellt hat, in dem er seit Jahren wohnte. Allerdings lebte er nicht unbedingt in einer normalen Welt, sondern verkleidete sich und schminkte sich manchmal sogar, bevor er in die Manege trat, um auf Pferderücken Purzelbäume zu schlagen, Saltos rückwärts auf einem Elefanten vorzuführen, waghalsig an Stoffbahnen, Seilen oder Ringen herumzuwirbeln oder in einer Kugel umherzurollen, die einem Spielzeug für Hamster nachempfunden ist.

»Ich kann Sie abholen, wenn Sie mir sagen, wo.« Lucy versucht noch immer, Jake zu überreden, an Weihnachten zu uns zum Essen zu kommen. »An meiner Großmutter werden Sie nicht viel Freude haben, und ich würde Ihnen dringend empfehlen, meine Mutter total zu ignorieren.«

»Das hört sich aber verlockend an«, stelle ich fest, während ich zu dem roten Zug hinüberblicke, wo Benton und Marino noch immer an der Arbeit sind.

»Okay«, sagt Jake und überreicht Lucy seine grüne geflochtene Blume, die einer Hibiskusblüte so ähnlich sieht, wie das bei einem aus den Streifen eines Palmwedels geflochtenen

Gegenstand nur möglich ist. »Sie können mich hier abholen, solange mein Rad in Ihr Auto passt.«

»Es passt. Aber ich brauche eine Uhrzeit.«

»Die bestimme ich meistens nach dem Sonnenstand.«

»Um wie viel Uhr gibt es an Weihnachten Abendessen, Tante Kay?«

»Das hängt von meiner Mutter ab.«

»Alles hängt von Großmutter ab«, seufzt Lucy und verdreht die Augen.

»Ich bin sowieso fast immer hier, also spielt es keine Rolle.« Offenbar hat Jake etwas auf dem Herzen, das er nicht laut aussprechen will. »Morgen ist Weihnachten. Ich hätte gar nicht dran gedacht. Mich interessiert nur das Wetter und wo ich hingehe, wenn es kräftig regnet. Außerdem mag ich Blitze nicht.«

»Sie kommen.« Ich stehe von der Kaimauer auf.

»Wer, die Rotröcke?«, scherzt Jake, aber es ist, als hätte sich eine Wolke vor die Sonne geschoben. Ein wehmütiger Ausdruck, den ich nicht deuten kann, legt sich auf sein Gesicht.

»Marino will Mini-Spareribs«, lese ich die Nachricht vor, die gerade eingetroffen ist. »Er möchte wissen, wo er welche bekommt. Ich habe ihm Shorty's am South Dixie Highway empfohlen.« Während ich rede, schreibe ich eine Antwort.

»Janet kann sie holen«, schlägt Lucy vor.

»Marino will bestimmt selber hin. Überall Neonreklamen für Bier, Wagenräder, Rinderschädel und Sättel. Genau der richtige Laden für ihn. Vielleicht bleibt er ja für immer dort.«

»Ich weiß, wo man den frischesten Fisch kriegt, den Sie je gegessen haben«, sagt Jake.

»Ich habe Lust auf Meeresschnecken, aber sie müssen frisch aus der Schale und in kaltem Salzwasser sein.« Ich beobachte, wie Benton und Marino sich von dem langen roten Zug entfernen und auf uns zusteuern. »Und Gelbschwanz-Thunfisch vom Grill in einer einfachen japanischen Marinade, ganz leicht, denn mehr braucht man nicht, wenn der Fisch frisch ist«, sage ich zu Jake, als würde ich eine Bestellung aufgeben.

»Sie müssen nur der Sixth Street zum Miami River folgen. Keine zehn Minuten von hier.«

»Zeigen Sie es uns?«, frage ich, obwohl ich mich hier auskenne.

»Na klar«, erwidert er.

Man braucht von der Innenstadt zum Haus meiner Mutter zwanzig Minuten, wenn, wie jetzt, nicht viel Verkehr ist.

Benton und Marino werden sich dort mit uns treffen, nachdem sie Spareribs, Krautsalat, Maiskolben und alles andere geholt haben, was Marino bei Shorty's bestellt hat. Shorty's ist ein berühmtes Grillrestaurant im texanischen Stil mit einem riesigen Kamin im hinteren Teil des Lokals. Vermutlich ist er als Einziges übriggeblieben, als das Restaurant in den frühen Siebzigern bis auf die Grundmauern niedergebrannt ist. Ich war als Kind ein paarmal im ursprünglichen Lokal, normalerweise an meinem Geburtstag, als mein Vater noch gesund war und mit seinem kleinen Lebensmittelladen unseren Lebensunterhalt verdiente.

Ich fahre den Granada Boulevard entlang und nach Coral Gables hinein, wo alte Bäume mit dichtem Laub stehen. Efeu rankt sich korallenrote Mauern hinauf, die noch aus den Zwanzigern stammen, und überall wachsen hohe Sichtschutzhecken aus Steckenpalmen und undurchdringliche Barrieren aus Wachsbäumen mit ihren duftenden kreisrunden weißen Blüten und den mit spitzen Dornen bewehrten Ästen. Die Namen der engen, ruhigen Straßen sind mit schwarzer Farbe auf die weißen Randsteine gepinselt. Riesige Eichen breiten ihr

Blätterdach über die weißen Gehwege, ebenso wie die Ficusbäume, deren dicke, knorrige Wurzeln Straßen, Bürgersteige, Swimmingpools und Wasserrohre sprengen.

Die Häuser reichen von kleinen Schmuckstücken bis hin zu Villen und großen, von Säulen gezierten Anwesen. Hierher, in diese reiche Kleinstadt mit ihren fünfzigtausend Einwohnern, haben wir um diese Jahreszeit Ausflüge unternommen, als mein Vater noch gesund genug war, um mit uns herumzufahren und die Weihnachtsdekorationen zu bewundern, die früher viel opulenter waren als das, was ich bis jetzt gesehen habe. Ich erinnere mich an Winterlandschaften mit Schneemännern, lebensgroßen Weihnachtsmännern, komplett mit Schlitten und Rentieren, auf den Dächern und so vielen Lichterketten, dass man ihren Schein schon aus mehreren Kilometern Entfernung wahrnahm. Mein Vater fuhr einen weißen Chevrolet, Baujahr 1950, und ich weiß noch, wie die Polster gerochen haben, wenn sie sich in der Sonne erwärmten und ich mein Fenster heruntergekurbelt hatte.

Das Haus meiner Mutter wäre sicher keine Station einer Weihnachts-Sightseeingtour, denn im Fenster stehen nur ein paar elektrische Kerzen und die kleine Zypresse im Blumentopf, die ich in einem Biosupermarkt entdeckt habe. Wenn man sie sich selbst überlässt, macht sie keinen Finger krumm, um das Haus zu schmücken oder zu kochen. Und meine Schwester überträgt Aufgaben wie diese normalerweise bezahlten Kräften, was vom Geldbeutel des *hombre del dia* abhängt, wie Lucy und ich ihren jeweils aktuellen Lover nennen. Zumindest wird meine Mutter nicht mit der Wimper zucken, weil wir einen Obdachlosen zum Essen eingeladen haben – vielleicht sogar zu mehreren Essen. Sie hat nie vergessen, was es bedeutet, arm zu sein, während Dorothy keine Erinnerung mehr daran hat und sich aufspielt wie eine feine Dame. Es ist nicht angenehm, das mitzuerleben, eine Erfahrung, die ich niemandem wünsche.

Ich biege nach links in die Milan Avenue ein. Das Haus meiner Mutter steht an der Ecke. Es ist weiß verputzt und hat ein mit gewölbten roten Dachpfannen gedecktes Dach und eine Garage, die Platz für ein Auto bietet und eine Limousine von Honda beherbergt, von der ich wünschte, sie würde sie nicht länger fahren. Ich sehe, dass die hölzernen Läden an einem der vorderen Fenster sich bewegen, die berüchtigte Methode meiner Mutter, nach Neuankömmlingen Ausschau zu halten, obwohl ich sie schon so oft darauf hingewiesen habe, dass es ein wenig heikel werden kann, die Tür nicht aufzumachen, nachdem man kundgetan hat, dass man zu Hause ist. Natürlich hat Lucy dafür gesorgt, dass sie einen Türspion und eine Alarmanlage hat, zu der Kameras an Vorder- und Rückseite des Hauses gehören. Aber sie würdigt den Bildschirm keines Blickes. Lieber schiebt sie die Lamellen der Fensterläden auseinander und späht hinaus, wie sie es ihr ganzes langes und mühevolles Leben lang getan hat.

Ich biege in die Einfahrt ein, die gerade lang genug für ein Auto ist. Lucy, Jake und ich steigen aus.

»Wen habt ihr da mitgebracht?« Die Stimme meiner Mutter ist zu hören, noch ehe sie die Tür ein Viertel weit geöffnet hat. Auch eine alte Angewohnheit. »Das ist doch nicht etwa der schreckliche Mann, hinter dem alle her sind!«

»Nein, Mutter«, antworte ich. »Der wurde festgenommen und sitzt jetzt im Gefängnis.«

Ich öffne die Tür ganz. Meine Mutter trägt dieselbe Kittelschürze wie gestern, weiß mit großen bunten Blumen darauf. Wegen des Blumenmusters wirkt sie kleiner und dicker, das Weiß lässt ihre Haare weniger weiß und ihre Haut gelblich aussehen. Allerdings ist es zwecklos, etwas dazu anzumerken, und ich verkneife es mir, solange es sich nicht um ein hygienisches Problem handelt, was selten der Fall ist. Vielleicht ein Fleck, den sie nicht mehr sehen kann, oder ein Geruch, den ihre Nase nicht mehr wahrnimmt.

»Warum ist Lucy so angezogen?« Meine Mutter mustert Lucy von oben bis unten, als wir, mit einer Eiskiste voller Fisch, hereinkommen.

»Ich habe dieselben Sachen an wie heute früh, Grandma. Cargoshorts und ein Sweatshirt.«

»Ich weiß nicht, wozu du die vielen Taschen brauchst.«

»Um Ladendiebstähle zu begehen, wie du es mir beigebracht hast. Wo sind Janet und die Hunde?«

»Sie führt sie im Garten Gassi, und wehe, wenn sie den Dreck nicht wegmacht. Drei Hunde? Mein Haus ist dafür zu klein. Außerdem zerkaut Quincy ständig Sachen. Wie kann man einen Hund nach dieser albernen Fernsehserie benennen?«

»Und wo ist Mom?«

»Sie lässt sich die Nägel machen. Oder die Haare? Wer kommt da bei ihr noch mit?«

»Ich bezweifle, dass Wieheißternochmal bei ihr mitkommt«, entgegnet Lucy. »Er ist uralt und stopft sich noch immer so viel hinein wie früher, als er dick war. Es wird sicher kein Spaß, wenn sein Magenband reißt. Aber wahrscheinlich hat er Kohle. Sie hat ihn doch nicht etwa eingeladen, oder?«

»Das ist Jake«, stelle ich unseren Begleiter vor und nehme ihm im Wohnzimmer die Kühlkiste ab.

»Nett, Sie kennenzulernen, Ma'am.« Er überreicht meiner Mutter eine Blume, die er geflochten hat.

»Na, die ist aber hübsch. Was ist es denn für eine?«

»Eine Hibiskusblüte wie die, die vor Ihrem Haus wachsen.«

»Die sind aber nicht grün. Muss sie ins Wasser?«

Ich schleppe die Eiskiste in die kleine Küche meiner Mutter. Sie hat einen Terrazzoboden. Neben dem Kühlschrank hängt ein Bild, das einen im Garten betenden Jesus darstellt. Die nächste halbe Stunde verbringe ich damit, Thunfischfilets zu reinigen und eine Marinade aus Sojasauce, frischem gehacktem Ingwer, süßem japanischem Kochwein, Sake und Rapsöl anzurühren. Ich lege den Fisch in den Kühlschrank und hole eine Flasche sehr guten Sancerre heraus. Als ich sie entkorke, steigt mir der Duft von Grapefruit und Blumen in die Nase. Ich schenke mir ein Glas ein und beginne mit der Vorbereitung der Kroketten.

»Kann ich dir helfen?« Janet steht in der Tür. Sie ist sehr blond, hat helle Augen und ist leicht sonnengebräunt. Sock und Jet Ranger folgen ihr auf den Fersen. Im nächsten Moment kommt Quincy hereingestürmt und stürzt sich schwanzwedelnd auf mich.

»Hier ist nur Platz für eine Person.« Ich lächle ihr zu. »Lust auf ein Glas Wein?«

»Noch nicht.«

»Könntest du bitte unsere Freunde mitnehmen?«

»Komm, Quincy. Los, Bande, wir gehen.« Sie pfeift und klatscht in die Hände. Dann bin ich wieder allein.

Ich zerkleinere das zähe Fleisch der Meeresschnecke und schneide Paprikaschoten, Selleriestangen und Knoblauch. Dabei höre ich zu, wie sich Lucy, Janet, meine Mutter und unser Gast im Wohnzimmer unterhalten, als seien sie schon seit Jahren befreundet. Da meine Mutter immer schwerhöriger wird, spricht sie ziemlich laut. Die Hörgeräte, die ich ihr geschenkt habe, verstauben normalerweise auf der Ablage im Bad neben den verschiedenen Pasten und Bürsten, die sie für ihr Gebiss braucht. Wenn sie allein ist, also meistens, trägt sie immer dieselbe Kittelschürze und kümmert sich nicht darum, ob sie etwas hört oder Zähne im Mund hat.

Ich presse Meyerzitronen aus und krame die Fritteuse aus dem Schrank, als ich höre, wie wieder die Vordertür aufgeht. Im nächsten Moment rieche ich die Mini-Spareribs, die Marino gekauft hat. Er bringt große weiße Tüten mit, auf denen *Shorty's Bar-B-Q* steht. Außerdem ist das Logo des Lokals, ein Zeichentrick-Cowboy mit einem gewaltigen Hut, der ein großes Einschussloch aufweist, darauf abgebildet.

»Raus, verschwinde.« Ich nehme Marino die Tüten ab und scheuche ihn aus einer Küche, in der unmöglich genug Platz für uns beide ist. »Ich glaube, du hast nicht genug eingekauft.«

»Ich brauche jetzt ein Bier«, verkündet er. In diesem Moment erkenne ich seine Miene und dann einen völlig anderen Ausdruck auf Bentons Gesicht, als dieser hinter ihm in der Tür erscheint.

»Wenn du kurz unterbrechen kannst«, sagt Benton zu mir. Offenbar ist etwas geschehen.

Ich trockne mir die Hände an einem Geschirrtuch ab und betrachte die beiden. Sie tragen Jeans, zugeknöpfte Hemden und unauffällige Windjacken, unter denen sich ihre Pistolen verbergen. Marinos Gesicht ist bartstoppelig und nach einigen langen Tagen in der Sonne gerötet, während Benton so aussieht wie immer, wenn etwas im Argen liegt.

»Was ist los?«

»Mich wundert, dass dein Büro dich nicht angerufen hat«, antwortet Benton.

Als ich auf mein Smartphone schaue, entdecke ich eine Nachricht von meinem Stellvertreter Luke Zenner, die mir entgangen ist, weil ich Fisch gekauft habe, Auto gefahren bin und dann von meiner Mutter abgelenkt wurde. Luke schreibt, alles sei unter Kontrolle. Ich solle mir keine Sorgen machen. Er werde mit der Autopsie erst heute am späten Abend beginnen, wenn der Chief Medical Examiner der Streitkräfte, General Briggs, vor Ort sei. Er sei gerade vom Luftwaffenstützpunkt Dover unterwegs, um zu assistieren und als Zeuge zu fungieren. Was für ein verdammter Mist, dass so etwas ausgerechnet an Heiligabend passieren müsse. Sie würden sich um alles kümmern, damit morgen alle hoffentlich freinehmen könnten. Abschließend wünscht Luke mir schöne Feiertage.

»Es ist eigentlich besser, dass du nicht in der Stadt bist«, teilt Benton mir mit. Und dann erzählt er mir das wenige, was er weiß, und es gibt auch nicht viel zu wissen. Das ist meistens so, wenn jemand die klare Entscheidung trifft, sein Leben zu beenden, und dazu einen einfachen Weg wählt.

Ed Granby hat gewartet, bis seine Frau gegen vier Uhr nachmittags zu ihrem Spinning-Kurs ging. Dann hat er alle Türen ihres Hauses in Brookline verschlossen, und zwar mit den Riegeln, die nur von innen zu öffnen sind, damit sie nicht mehr hereinkonnte, um ihn als Erste aufzufinden. Danach hat er eine E-Mail an seinen Stellvertreter, einen engen Freund, geschickt, in der er ihn bat, sofort zum Haus zu kommen und sich Einlass zu verschaffen, indem er ein Kellerfenster einschlug.

Granbys Mail wurde an Benton weitergeleitet, und er zeigt sie mir in der Küche meiner Mutter, während das Öl in der Fritteuse heiß wird.

»Danke, Kumpel«, schrieb Granby. »Ich bin am Ende.«

Er ist in den Keller gegangen, hat ein Seil um die Bizepsstange einer Kraftmaschine gelegt, sich ein Handtuch um den Hals gewickelt, sich auf den Boden gesetzt und sich erhängt.

»Komm.« Ich schalte die Fritteuse ab, nehme den Sancerre und zwei Gläser, und dann verlassen Benton und ich die Küche und gehen zu den anderen ins Wohnzimmer, wo sich die

Geschenkberge, die ich bei meiner zwanghaften Einkaufsattacke erworben habe, um den kleinen Baum türmen.

Meine Schwester Dorothy ist gerade angekommen. Sie trägt eine hautenge Designerhose aus künstlichem Eidechsenleder, einen tiefausgeschnittenen Body und dickes Make-up, so dass sie genau so aussieht, wie sie auf gar keinen Fall aussehen will: älter und schwabbeliger mit überdimensionalen Silikonbrüsten, die so hart und rund sind wie Gummibälle.

»Ich glaube, ich möchte einen.« Sie beäugt den Wein, worauf ich den Kopf schüttle. Nicht jetzt. »Ach, entschuldige, dann werde ich mich wohl selbst bedienen müssen.«

»Und dabei sind wir nur hier, um dich zu bedienen«, entgegnet Lucy.

»Was du auch solltest. Immerhin bin ich deine Mutter.«

Anders als sonst geht Lucy nicht auf sie los. Ihr Blick ruht auf Benton und mir, als ich die Hintertür öffne, den angenehm milden Spätnachmittag spüre und die langen Schatten im kleinen Garten meiner Mutter sehe. Es ist nicht der Garten meiner Kindheit, und wie immer halte ich mir das vor Augen, wenn ich hier bin und nichts wiedererkenne. Weder die Pflanzen noch das Haus oder die Möbel, denn alles ist neu oder aufgearbeitet und hat keine Seele.

Das Gras unter meinen Füßen ist dicht und federt. Eine kühle Brise weht durch die alten Grapefruit- und Orangenbäume, die sich noch unter ihren Früchten biegen. Wir setzen uns auf geflochtene Gartenstühle neben dem Steingarten, der aus Palmen und kleinen Statuen – ein Engel, eine Muttergottes und ein Lamm – zwischen Sonnenblumen und Springbrunnenpflanzen besteht.

»Und das tut er seiner Familie am Heiligabend an.« Ich schenke Wein ein und reiche Benton ein Glas. »Ich habe kein Mitleid mit ihm, sondern mit seinen Angehörigen.«

Ich lehne mich zurück und schließe die Augen. Kurz sehe ich den Limettenbaum vor mir, den meine Mutter im Garten stehen hatte, als ich noch ein Kind war. Der Zitrusbrand hat ihn zur Strecke gebracht, und außerdem sind wir hier in einem anderen Teil der Stadt und in einem anderen Garten. Benton greift nach meiner Hand und flicht seine Finger in meine. Die Sonne schwebt wie ein glühend heißer, orangefarbener Feuerball über dem niedrigen Flachdach eines benachbarten Hauses. Wir schweigen. Es gibt nichts zu sagen, und die Ereignisse kommen nicht überraschend. Also sind wir still, trinken unseren Wein und halten uns an den Händen.

Als die Flasche beinahe leer ist, liegt der Garten im Schatten. Die Sonne steht so tief, dass man sie nicht mehr sehen kann, und haucht nur noch einen orangefarbenen Schein auf den unteren Rand des sich verdunkelnden Himmels. Benton sagt mir, er habe gewusst, dass Granby sich umbringen würde.

»Ich habe mir auch so etwas gedacht«, antworte ich.

»Es ist mir klargeworden, als Marino ihn hinten am Gürtel vom Boden hochgehoben hat«, fährt er fort. »Da habe ich in Granbys Augen gesehen, dass etwas Wichtiges verlorengegangen war und nie zurückkehren würde.«

»Da war nie etwas, das hätte zurückkehren können.«

»Aber ich habe es gesehen und nichts unternommen.«

»Was hättest du denn unternehmen sollen?« Ich betrachte sein markantes Profil in der frühabendlichen Dämmerung.

»Nichts«, sagt er.

Wir stehen auf, um ins Haus zu gehen, weil es kühl wird. Außerdem wäre es zu gefährlich, die Fritteuse, den Grill oder sonstige Kochgeräte zu bedienen, wenn ich noch ein Glas trinke.

Benton legt den Arm um mich, und ich schlinge meinen um seine Taille. Das dichte Gras knirscht unter unseren Schritten.

Die Bäume wiegen sich im Wind, als wir durch einen Garten gehen, für dessen Pflege ich bezahle, in dem ich aber nur selten sitze.

»Lass uns Dorothy dazu bringen, über sich selbst zu reden, damit wir nichts zu sagen brauchen«, schlage ich vor, während wir die drei Stufen zur Tür hinaufsteigen.

»Nichts leichter als das«, erwidert Benton.

Patricia Cornwell

Geboren 1956 in Miami, arbeitete die Autorin als Gerichtsreporterin und Computerspezialistin in der forensischen Medizin, bevor sie mit ihren Thrillern um Kay Scarpetta internationale Erfolge feierte und mit hohen literarischen Auszeichnungen bedacht wurde. Sie lebt derzeit in New York und Florida.
Weitere Informationen zu Patricia Cornwell unter: www.patriciacornwell.com.

Mehr von Patricia Cornwell:

Die Kay-Scarpetta-Romane:
Post Mortem · Flucht · Das fünfte Paar · Phantom · Body Farm · Die Tote ohne Namen. · Schuld · Verderben · Brandherd · Blinder Passagier · Das Revier · Dämonen · Staub · Defekt · Totenbuch · Scarpetta · Scarpetta Factor · Bastard · Blut · Knochenbett · Blendung

GOLDMANN
Lesen erleben

Unsere Leseempfehlung

448 Seiten
Auch als E-Book
und Hörbuch
erhältlich

Als erfolgreiche Privatermittlerin in Miami ist es Bailey Carpenter gewohnt, die Dinge unter Kontrolle zu haben. Das ändert sich schlagartig, als sie eines Nachts von einem Unbekannten brutal überfallen wird. Von nun an quälen Bailey Panikattacken und Albträume, sie ist besessen von dem Gedanken, verfolgt zu werden. Und dann bemerkt sie, dass ein Nachbar im Hochhaus gegenüber sie beobachtet. Bailey ist außer sich vor Angst, denn er scheint ein makabres Spiel mit ihr zu treiben. Doch niemand will ihr glauben – selbst dann nicht, als der Mann in seiner Wohnung einen kaltblütigen Mord begeht ...

www.goldmann-verlag.de
www.facebook.com/goldmannverlag

GOLDMANN
Lesen erleben